献 给 我 的 草 原

最后的女权王朝

江觉迟 著

复旦大学出版社

自序
它是宿命的安排

一天,我的编辑看完书稿,发来这样一句话:"当你在那片草原扎根够深,历史就会开口说话。"我当时有股说不出的冲动!觉得编辑是把这部作品的创作背景,完整地浓缩在这句话中了。

确实,在草原上断续地生活了十二年,除了我之前写作的《酥油》和我的孩子们,还有就是——总是在抱着一种信念,努力着想去叩开古老的草原文化其中的一扇大门。我怀着惴惴不安的心情,徘徊在这扇大门边,是因为对它的依恋和敬畏,觉得自己身单力薄,无法承续太多。还好,有众多人热爱并支持这份工作。

记得多年前,在我的碉楼学校快要解散时,喇嘛曾对我说过一段话:"梅朵,过去那些年,你在草原上寻找娃娃、救助娃娃,这是在多多地救助生命,给了娃娃们生活的帮扶。但一个娃娃的生命与成长,是和一个地方的水土分不开的。水土给了他们生命、生活、文化、心灵,他们就像一棵棵树,长得再高也离不开土壤。也是一个模样的道理:你帮了娃娃们成长,但最终你要让娃娃们能够回到属于他们心灵上的那个家!所以,和多农喇嘛稍有不同,我更希望未来你能投入到草原文化的保护工作——把精力投入到'文化帮扶'中。比起生活上的帮扶,文化帮扶更为迫急啊!"

也许,喇嘛的这段话,对我来说便是宿命的安排。就像写《酥油》,最初我是希望能通过它寻到可以接替我帮扶工作的人。写这本书,我也有一个迫切的心愿——在弘扬西部文化的同时,寻求更为合理的方式,保护古老的草原文化。因为随着公路在高原上的逐步通达,沿路的草原文化正在深受影响。有很多珍贵的原始文化,在还没有被发现或者受到重视时,就已经遭到破坏。等到人们有所意识,它们却早已经消失了。

所以这些年我一直记着喇嘛的嘱托,它让我在做草原工作的同时,更为留心地去走访、收集、整理资料,直到完成这部小说。

最终,我是希望能通过这部小说,让更多人感受西南地带那些独特宝贵却可能面临消失的草原文化,让更多人去了解它、珍惜它。更希望能通过这部小说,引发社会各界人士对于草原文化的关注和保护。尽其所能,为它努力!

> 轻轻的风,牵我走过栈道
> 浅浅的浪,送我踏过波涛
> 走一路拾一路故事
> 剩下的,悄悄流入他人的生活

谨以这首轻盈的草原小诗,送给有心的朋友们。愿我拾掇的故事,温暖你们的生活。

人物表

主要人物（女）

苏墀：女王。
朗玛：小女王。
天官（赭面娘）：女国的重要朝官，横跨两代王朝。
苏梨：内务女官。
西染高霸：女官，西城康金家族的长女。
拥中高霸：工部女官。
绛月大相：王宫"十三女战队"大首领。
青次高霸：王宫"十三女战队"小首领。
丹沙姑娘：负责美容、炼丹的女官。
西贡波：负责制毒、放蛊的女官，王宫"蛊战队"大首领。
蓝鹊使者：王宫"密探队"大首领。
洛绒措：南城洛绒家族的大小姐。
蛙母：女寨的大寨主。

主要人物（男）

非天王：女王苏墀的丈夫。镇守女国西城，是西城之王。
松格金聚：女王的第二个男人。镇守女国南城，人称"南王"。
火金聚：女王的第三个男人。

水金聚：女王的第四个男人。
阿乌格拉：女国的重要朝官,女王的亲舅舅。
丹增活佛：王宫寺院的大主持。
神师刚布：女国巫师,掌控着女国神权。
绛珠大相：王宫"男战队"大首领。
洛塔：王宫"猎战队"大首领。
裹作：女国西域边境的"裹作部落"大首领。
扎西森波：女国西域边境的"森波部落"大首领。
金布：西城康金家族的大少主。
卡珠：南城洛绒家族的大少主。
温加：哥爸寨（男寨）的大寨主。

目 录

上 部

楔子

第1篇

1. 甲姆拉的凶手 　　　　　　　4
2. 祖母神山 　　　　　　　　　8
3. 她有神马引路,不会迷失 　　14
4. 人间甲姆 　　　　　　　　　15

第2篇

5. 各方城池的贵族 　　　　　　19
6. 梨花入月 　　　　　　　　　21
7. 那些青年 　　　　　　　　　23
8. 女王的金聚们 　　　　　　　25

第3篇

9. 像杜鹃一样怒放 　　　　　　30
10. 替我复活 　　　　　　　　　31
11. 金沙做媒,珠联璧合 　　　　35

第4篇

12. 金沙的光芒 　　　　　　　　39
13. 借他的战旗,破他的城池 　　42
14. 灭族仇人 　　　　　　　　　46

15. 神山上有我的眼睛 　　　　　49

第5篇

16. 青烟冉冉 　　　　　　　　　52
17. 带着信物出征 　　　　　　　55
18. 潜伏深穴的大蛇 　　　　　　57
19. 深暗无边 　　　　　　　　　61
20. 供奉一神 　　　　　　　　　65
21. 我的手指跟你那战刀一样锋利 　67
22. 人面天珠 　　　　　　　　　70
23. 带上我的蛊毒去见他 　　　　72
24. 不可思议的行刑人 　　　　　74
25. 她的心思,就像草原上的海子 　76
26. 林卡里的秘密计划 　　　　　78
27. 蛊毒 　　　　　　　　　　　80
28. 空气不长眼睛 　　　　　　　83
29. 蓝鹊报信 　　　　　　　　　85
30. 西城之王 　　　　　　　　　88
31. 阿妈目光凝视的地方 　　　　92

第6篇

32. 远走高飞,你要飞往哪里 　　96
33. 像大鹏顶天负地 　　　　　100

34. 祖母秘籍 102
35. 不恭一神,水火不容 104
36. 繁茂之花 106
37. 死了一半的人 107
38. 雪山上透射的凌厉之气 111
39. 松格斩熊 112
40. 因祸得福 116
41. 南城 118
42. 香獐背后的理想 121
43. 那隐蔽的地方 123
44. 弓箭才是它们的主人 126
45. 催山 129
46. 凡人无法解决的大事 130
47. 管不住仇人的目光 133

第7篇

48. 梨花峡谷 136
49. 永不颠覆的金宫 139
50. 丹增活佛的嘱托 141
51. 鸟卜的预言 144

第8篇

52. 大血拼 148
53. 华丽的刀鞘,锋利的刀锋 151
54. 一母所生,性格各异 152
55. 山风送来的声音 155
56. 它的妩媚,恰似朝霞一样 159
57. 云抱月亮,雾绕青山 162
58. 灿烂的朝霞和清冷的月光 163
59. 神魂出窍 165
60. 女官的肚皮里,兜着王朝大事 167

61. 让她顶天立地,百世流芳 169
62. 像他那样的青年,也不是天下无双 171
63. 四朗说 174
64. 两头公牛 177
65. 他像精美的铜饰 178
66. 只想和你共度良宵 181
67. 两位高霸 183
68. 纷飞如雪,落地如霜 185
69. 不知西城可有梨花盛放 187
70. 人墙马道 188
71. 灿烂的山岩 190

中　部

第9篇

72. 女官是水,城池是那山崖 197
73. 花葬场 200
74. 四方城池的才女 203
75. 脸上堆着愁云,心里埋着惆怅 206
76. 各输一分 209
77. 舞会上那双忧伤的眼睛 212
78. 夜间拜访的人 216

第10篇

79. 香雾弥漫的地方 219
80. 把你忠诚的心灵,交给它吧! 222
81. 讨伐南城 225
82. 她的阿妈,她的神山 227
83. 让那些女眷,为我们生育战奴 229

84. 女寨 231
85. 这是甲姆拉的想法 232
86. 他已是满身缤纷 235
87. 落马坠地的瞬间,她默默回望 239
88. 只要它有足够粗暴的力量 241
89. 这是神谕的安排 243
90. 信人次吉的理想 245
91. 哥爸寨的夜郎 247
92. 她的身体多么神奇 249
93. 她是洛绒措 251
94. 秘密魔咒 254
95. 神谕会照亮你的眼睛 258
96. 请让我向神山,供一盏天灯吧 260
97. 哥爸寨的每一粒沙子,都是金沙 263

第11篇

98. 康金家族叛逃 267
99. 迷人的矿脉 270
100. 我的鞭子就是力量 272
101. 莽莽丛林,山高路远 275
102. 金沙!金沙! 277
103. 让黑暗变得金光闪闪 279

第12篇

104. 云霞散尽,阴风阵阵 282
105. 独断的建议 284
106. 梨儿卡下血水成河 288
107. 借助金沙的光芒,我们相互壮大 290
108. 我要亲自出征 292
109. 大矿区 294
110. 女人是我的牛奶 295
111. 我是所有男人的女人 298
112. 镀金的骨头和叛逃的人 299
113. 叛逃人的最后理想 301
114. 你是我的金匠 303
115. 千般筹备,还有一疏 307
116. 愤怒的火焰燃烧草原 309

第13篇

117. 乘驾月光,从天而降 312
118. 心中有我时,也要有我的兄弟 313
119. 当松明灯不再亮起的时候 317
120. 神师和药师都治不了病 320
121. 我们要一起回西城 322
122. 变成了咒语 324
123. 我那无法倾诉的女伴 326
124. 我的生命都是您的 329
125. 一幅女官的画像 331
126. 习性相通,盛放相同 332
127. 最后的请求 336
128. 雪花不是花吗? 338
129. 我要变成一只蓝鹊,飞回家乡! 340
130. 大雪纷飞 342

第14篇

131. 梨花宫 344

132. 天官的暗示　　　　　345
133. 甲姆的每句话,都是金沙　349
134. 香流　　　　　　　　353
135. 比不得那位姑娘　　　355
136. 追逐花期的姑娘　　　357

156. 矿场就是葬场　　　　414
157. 石头上开出惨烈的花朵　416
158. 我要回宫主政　　　　420
159. 满腹的声讨,变成了石头　422
160. 她们是领地的半壁江山　424
161. 头上的花冠,和脚下的马鞍　426

下 部

第15篇

137. 大风　　　　　　　　363
138. 小王朗玛的主见　　　366
139. 让他们像石头一样滚进峡谷里去　　　　　　　　369
140. 亲吻她打马路过的地方　372
141. 她的英烈之气已经逼入王宫　374
142. 天神的赏赐　　　　　378
143. 金腰铃　　　　　　　380
144. 两王的疑惑　　　　　383
145. 他不是你的翅膀　　　385
146. 第一次震荡　　　　　387
147. 穷人的保护神　　　　390
148. 他们脆弱又强大　　　394
149. 恨不得把身子变成金子,
　　　敬献给她　　　　　397
150. 第五层曼扎才是你的驻地　400
151. 神山看不到的地方　　401
152. 不到本王垂老,她永远别想回宫　　　　　　　　403
153. 树葬背后的秘密　　　405
154. 猎官洛塔的暗示　　　409
155. 她的翅膀　　　　　　412

第16篇

162. 男人的领地　　　　　429
163. 麻子与花朵　　　　　432
164. 丛林之子和雪域之子　435
165. 凡人刚布　　　　　　439
166. 那是我们的领地　　　442
167. 她们就是画出来的战马　444
168. 一队神秘人马　　　　445
169. 谁的野心在膨胀　　　447
170. 祖母王朝的苍松翠柏　449
171. 日月　　　　　　　　450
172. 来自天上的经声　　　453
173. 阿乌格拉带回的礼物　456
174. 架起那道铜墙铁壁　　457
175. 两支特殊战队　　　　460
176. 神秘的森林　　　　　462
177. 火攻开道　　　　　　464
178. 让金沙的光芒照亮来生　467
179. 踏着灰烬上路　　　　468
180. 物在人在,物毁人亡　470
181. 守望着他,遥望着你　472
182. 他像山峰一样　　　　475
183. 嘎乌里的惊天秘密　　478
184. 神秘的哥爸寨人　　　481

185. 最后的堡垒战关	483	188. 你为什么而来	489
186. 血色浪花	486	189. 云霞归天	492
187. 只为远方那深爱的人	487	结束语	497

附　录

图片与注释	501
后记：追溯神秘失落的草原文明	505

上部

女王执政初期。是年,女王20岁……

楔　子

　　当紫色云霞铺满天空的时候，一只大鹏自遥远的西天朝东方飞来。在经历九天九夜的高空飞行之后，它终于在洁白的云朵下寻见一方城池。此城池耸立在万丈悬崖之上，重重叠叠；又有流雾萦绕其间，若隐若现，仿佛那天上宫阙。大鹏以盘旋之势环绕城池飞过三圈。此时，云朵下方的世界，那些总爱与流雾厮混一处的高大山脉，以及山脉底端深不见底的雪山峡谷，正进入寒冬腊月。奔腾的河流被封冻。河流上方，悬崖峭壁之上矗立的，正是大鹏所见的人间城池。其间最高建筑物为一座石碉宫殿。它分为九层，高达八十一丈，处于城池的中心位置。紧挨石碉宫殿的两侧，分别是六层高的附属宫楼，宫楼与宫殿紧紧相连，形成一个鲜明的"凸"字形。

　　现在，大鹏所瞩目的位置正是悬崖绝壁方向，即宫殿的背面。因为处在高大陡直的崖壁上方，那宫殿背面的气势，比正面更加恢弘。它盘踞崖顶，无路可攀，又高耸入云，确实比得上天上宫阙！依常人之理解，背面属于阴面，"阴"象征女性。因此，大鹏盘旋在万里高空之上也能深刻地感应：此方天地阴性气场强大，应该是一处由女性掌权执政的城池。

　　不错！这里正是以女子为统治中心的祖母王朝，俗间称之"女国"。那"凸"字形的庞大宫殿即是女国王宫，里面住的是王朝的新任大主——女王苏埠。这里述说的，正是她的王朝，她的故事。

第 1 篇

1. 甲姆拉的凶手

雪花像梨花一样纷乱。

在苍茫的山岭间，喇嘛们的经声不是飘扬的，却像纷纷坠落的沙尘，念一遍，便在送葬人心头积压一层悲伤，还有对于祖母王朝中，那崇高的甲姆拉①突发离世的种种猜测。确实，人们很难理解，在女国，在美丽而安详的女王的河谷中，热爱狩猎且技法娴熟的甲姆拉，怎么会在捕猎途中突发猝死？除丛林间暗藏仇敌，遭遇凶手，人们难以寻到别的原因。

虽然在这期间，宫廷的神师刚布已经得到天神的启示，指认了凶手。那凶恶的人将会在甲姆拉的葬礼中受到应有的惩罚——他的人皮将被做成驱鬼的鞭子，他的腿骨将被做成降魔的法器，他的鲜血将被放入神师的嘎巴拉碗，供奉举头之上的天神，但人们仍旧充满猜测。因为除天神和神师，谁也无法提前预知凶手是谁？他又为什么要暗害人间尊贵的甲姆拉？人们对凶手既猜测也痛恨：真应该把他打入魔鬼居住的三角碉②中，让他的灵魂像魔鬼一样永远不得转世，让他死也不得翻身！

而此间，年轻的王权继承人——女王苏埿正被众多侍官簇拥着，蜷缩在丛林中临时搭建的宫帐里。她在颤抖。悲伤与寒冷，还有即将面对血祭仪式的恐惧，让她哆嗦不止。

王朝的大天官赭面娘正恭敬地立在女王的身旁。她尖细的眉目犹如两道佝偻的弓弦，目光却似是离弓之箭，透过宫帐一侧那撩开的布帘，射向帐外那方花棺——

---

① 甲姆拉：嘉绒藏族有"甲(尔)木"和"斯巴甲(尔)木"的说法。藏语中，木与姆发音相近，"甲(尔)木"亦读"甲(尔)姆"，意为女王、神妃。斯巴甲(尔)木，意为众生的女王。这里的甲姆拉是对老女王的尊称，甲姆是对现任女王的尊称。
② 三角碉：相传在原始宗教中，魔鬼是住在三角地带。人们因此会把十恶不赦的人送进三角形的碉楼。住在里面的人不仅要忍受嘲讽诅咒，更要时刻受到来自宗教业果的报应。由于对象特殊，三角碉楼并不常见。

她在凝视曾被她服侍过大半生的甲姆拉,望她淹没在色彩艳丽的花棺里。那花棺因为过于华丽与花哨,竟也掩盖了少许生离死别的阴寒气息。

转眼,天官又把目光投向女王。这位新任大主满面惊乱的神色,却未能触动天官。相反,她那年轻的面目仿佛让天官看到甲姆拉曾经的容颜:鲜明、闪亮,无限灿烂——她们都像花棺一样华丽!也许甲姆拉的生命因为高贵的祖母王权,将会璀璨地轮回,谁知道呢!就像王城下方的花葬场,它周边的那些被蛇血浇灌的火杜鹃。一轮花逝,待到来年春天又一轮如期盛放,就这样生生不息,灿烂无边!

是的,接下来,随着花棺被大木焚烧,那火光的喷薄,将会催生着生命与王权又一次旺盛地轮回。被花棺拥抱的甲姆拉将会在烈火中重生!天官对此坚信不疑。

"乞求神天,乞求神地,请加持我们的人王苏墀吧!请给她力量。让她坚强,让她壮大。让她替在天的英灵(甲姆拉)骄傲地复活——让她们顶天立地,百世流芳!哦拉索!"

苍老而华贵的大天官向着天空这么祈祷。不,只是她的心在向天神这么呼唤。她那无限感慨的面容已经像云朵一样铺展开来。但见她,恭敬且又严谨,侧身贴近女王,半跪在瑟瑟发抖的新主脚下,用习惯性地语气提醒:"甲姆,您应该起身了。"见新主未有反应,又换作开导的语气招呼:"只是瞬间的坚持就会过去。甲姆,您就当走个过场吧。"

走个过场?自继承王位以来,对于女王苏墀,一切生活都像在走过场。参加各种陌生的宫廷仪式,接受各类庄严的神权典礼,介入各桩复杂的朝政事务……这当中女王经历了多少次形形色色的人生过场呢,她已经记不清。但作为一代王朝大主,这是她必须面对的过程。

只是当下这丧葬中的"血祭"过场又是有些特别,虽然无须付出多大智慧与之较量,却尽是生生的血腥、残酷的死亡,且需要女王亲身面对!这让年轻的女王悲伤,恐惧,步步惊心。

女王唯一的至亲舅舅——阿乌格拉①等候在宫帐外急躁不安。这次甲姆拉的葬礼虽是由格拉和天官二人全权主持;但按照祖母王朝沿袭的祭规,葬礼进行当天,新任女王必须亲临现场,同甲姆拉"告别",送她最后一程。现在女王迟迟不肯出

---

① 阿乌格拉:阿乌,藏语中是指舅舅;格拉:原意是突出、高耸,一般是对男性长者的尊称,亦指老师或睿智的老人。

场,整个丧葬场面即将陷入僵局。

其实,让女王惧怕的"血祭"仪式,在历代丧葬中早已被禁用。只因这次情况特殊。甲姆拉突发离世,实在有些蹊跷。天神诏示:必须启用血祭,方可扼制魔气。而针对甲姆拉的葬礼,还有一个亲密而委婉的名称:生死无别。即无论阴间还是阳间,逝者的生活都不曾改变;甲姆拉生前拥有的一切,死后也会伴她同行。这其中,最为重要的丧葬仪式则是护送逝者的灵魂回归"祖先们居住的地方"。那背负灵魂的神马已经立在祭场上方。马背上驮有九款甲姆拉生前珍贵的花冠衣袍,以及珠宝佩饰。神马下方,用于血祭的牲畜早已被捆绑得结实。同时被捆绑的还有一位暗害甲姆拉的凶手。这要死的人已被戴上面罩,将会在血祭之后处置。

主持仪式的神师正处在牲畜与凶手之间作法。但见他身着一件宽厚的氆氇衣袍,衣袍下摆和边角均绣有一圈骷髅形图案,袖口处则绣上一排三角形图案。最醒目的是他那被编成大辫子的长发,其间裹挟着由珊瑚和松石串联的发箍。平日不做法事时,神师会将发辫盘在头顶上方。远远望去,像是戴上一顶尖尖的绒帽。作法时,他会将发辫放下,送入嘴边哈气加持;之后会充当鞭子,用来鞭打被施法人的背部。

葬礼先是从血祭开始,继而处置凶手,最后将由神师策马引路,以唱经的方式护送甲姆拉的灵魂"回归祖地"。此间,一切就绪,只等女王亲临现场。女王呢,却哆嗦在宫帐内迈不开脚步。天官恭候在她的身旁。一面,女王听天官正在不断地说着丰盛饱满的安慰言辞,恳求她尽快出场;一面,她又听到宫帐外舅舅阿乌格拉正在佯装咳嗽。暗示之声紧迫,犹如铜锥扎进女王耳膜。女王内心尤为纠结!

只是雪花不知道纠结,仍然那么悠扬,漫不经心,温柔地,默默地抚摸着甲姆拉的花棺。慢慢地,花棺又白了。神师已经用松柏的掸子无数次拂去花棺上的雪花,他再也没有耐性等待。而血祭时辰已到,神师高举唢呐,端对唇舌,鼓起腮腺。雪地上突然爆发出一声孤泣而凄怆的唢呐声,响彻云霄。女王浑身跟着震荡了一下,还未及作出反应,却被侍官扶持着走出了宫帐。她惊慌失措,目光跌落在雪地上,竟然找不到一处落目的焦点,只在惶惶中空洞地张望。脑神经由于紧迫,已经拉成了弓弦的模样。

雪花开始飘得凌乱。血祭上的生灵,那些用于祭祀的牲畜,它们幽黑的眼睛里满含着无辜、悲伤与绝望。这样的目光,同女王惊恐的目光一对应,就像浪花拍打岩石,女王顿时感觉浑身被撞击得四分五裂。身首分离在空气里,怎样努力也是合拢不到一处。软得立不起身,女王像一件松散的氆氇,被侍官紧紧地扶持着站在祭台前方。

丧场上,除正在做法的神师和闭目念经的登天寺大主持——丹增活佛,所有送葬人均朝女王跪下身来。人们在恭敬地磕头,万众一心地高呼:"哦拉索!人间甲姆!"虽然,昔日人们也以相同的姿态,万众一心地高呼花棺里的女人,奉她为"人间甲姆";但现在,他们似乎当花棺内的甲姆拉是一种可以催生"新的生命与王权"的物质,不比唢呐声更叫人伤怀,或者说,不比唢呐声下的血祭更叫人惊心。

血祭就这样开始了。

神师已经放下盘在头顶上的特有法器——他那又粗又长的"骷髅辫"。因为辫子当中裹着质地坚硬的珊瑚和松石,看起来它更像是一条硬实的鞭子。神师先是把骷髅辫送入嘴边哈气加持,继后向着天空急速地挥舞。一头毛色纯黑的小牦牛已被拉上祭台。也许深受惊吓,小牦牛先是麻木地盯着神师,毫无反应,直到祭师手中的神刀猛然刺入它的咽喉、刀尖捅破它的皮肉时,死亡的血腥气息才刺痛了它麻木的神经,它猛然偃起头来,幽深的眼角里奔出一汪泪,朝女王"嗷——"地一声,凄厉长哞!这时才有了反应,知道挣扎,知道反抗,知道用最后的呐喊,撕破生命最后的伪装!殷红色的血浆顺着神刀奔涌而出,喷得祭师一脸血红!女王见此,心头一裂,大脑"嗡"地响过一下;但紧接着被拉上祭台的小羊更让她惊厥——心灵稍有脆弱,你便不能承受小羊临死之前,对于生命的那种让人崩溃的求生方式!女王并不知道,小羊面对死亡的姿态竟像个脆弱的孩子——它会面对神刀下跪,磕头,流泪!它那么孤卑、无助,从鼻孔里发出揪人心肠的"咩咩"哀嚎。像溺水已久的孩子,发出最后的,细碎又微弱的呼喊:"救救我……救救我……"求救声让女王神情崩溃,致使她双目眩晕,即将昏厥。但被侍官有力地扶持住,她只能站在那里,眼神涣散地瞧那快要咽气的小羊,见它的气息慢慢地回落,生命慢慢地中止……

血祭仪式完毕,跟着即是惩罚凶手。那位被神师指认的凶手,他头戴面罩,已被押上祭台。

牲畜不懂得命数,临死前做出最大本能的挣扎、反抗,或以卑微的姿态呼救,试图躲过劫难。它们并不知道,一切都是命运的安排,无论怎样努力,最终都是徒劳;或者说,它们并不知道天地之间有天神的存在。不知道天神的时候,一切都是无畏的。而人不同,人知道天神,并且知道自身再大也大不过天神。天神要做的事,人只能认命。所以人一旦被认定成凶手,又接受了神师口授的天谕,人就只能认命。

何况,即使不认命,捆绑在身上的那些结实的绳索,也不会给人带来任何希望——从未见过凶恶的杀手,不需要捆绑还会自觉地双膝跪地,甘心和虔诚地承担报应!

因此就不知道,面前这凶恶的人,他死后会不会在阴间变成厉鬼,继续对逝者(甲姆拉)作恶?

这是一个从女王脑海中突然蹦出的问题。因为她真的看到厉鬼了——那位凶手,那位即将死去的人,当神师的骷髅辫狠狠地抽向他的背部时,由于用力过猛,竟然抽破了蒙在他头上的面罩,让他的面目完全暴露在女王面前!但见他那目光,幽暗,凝固,像两道沾染着黑色血浆的铜锥,尖利而愤怒。那样的神情,若是把它埋进黑暗,它定会凝聚成漆黑而巨大的暗流。有一天,它会像火焰一样,带着巨大的摧毁之力爆发出来!是的,那么愤恨的凶手,死后肯定不会安宁,他肯定会变成厉鬼的,肯定!

可是女王在突发震惊过后,却又不敢相信自己的眼睛了:"这不是真的!"女王心存侥幸,询问扶持自己的侍官:"那是非天吗?"

侍官倒很惊异,没听懂,恭敬地回她:"甲姆,那是暗害甲姆拉的凶手。"

"暗害甲姆拉的凶手?"女王惊慌失措,复问身旁的天官:"那是非天吗?!"

天官惶惶作答:"拉索,甲姆!那正是西城阿修家族的大少主非天。真没想到,竟然是他!"

天官话音刚落,却见女王眼睛一吊,浑身软成一摊泥,扶也扶不起了。她昏了过去。

2. 祖母神山

葬场上,凌乱的雪花突然无声无息地消失了。天空阴暗。人们望见,葬场对面那高耸的祖母神山,在它的上空,正有一团乌云翻涌着朝葬场这边笼罩过来。人们一直认为,神山的家是云雾做成的神殿。它轻世又神秘,从不为平凡人轻易目睹,除非是遇到世间最大的喜事,或者最大的祸事。逢上喜事,开心时,神山上会彩云游荡;遭遇祸事,发怒时,就会乌云翻滚。

这下神山腾起乌云,人们已经明白:神山发怒了!人们很少见到神山发怒,葬场因此乱成一片。神师站在祭台上诧异不已。现在,即使他怀揣挡天的法力,也无法控制如此突发的天象,以及女王突发昏厥的紧急局面。阿乌格拉正在疾呼宫廷药师抢救女王。登天寺的大主持丹增活佛,则坐在一旁急促地念诵光明八字真言:"嗡玛遮么耶萨雷德,嗡玛遮么耶萨雷德……"

一阵过后,活佛注视神师,目光严谨,语气凝重,问:"刚布,神山震怒,你可知道原因?"

神师怔忡少许,恭敬且满含悔悟地向活佛解释:"阿苛(对活佛的尊称),刚布在想,这可能是由血祭引发。虽然我们的原始教法中是有'杀牲血祭'的劣习,但自从一世先祖过后,不是遇到特殊情况,血祭也已禁用。只是甲姆拉走得实在蹊跷,不是小事。刚布才想到要以血祭扼制凶手魔气。因为事发突然,匆促启用,刚布来不及请示阿苛——是刚布仓促了!阿苛,请动用您手里的神鞭吧,多多鞭策刚布!"神师说时,欲朝活佛伏下身去。

活佛则朝神师摆手道:"免了吧。你也是尽心尽孝甲姆拉。不过,虽然血祭我们早已禁用,但在神山下方的一些乡野民间,这样的陋俗时有发生,也不见神山为它震怒。"

神师接不上话了。

活佛目光先是盯在神师脸上,凝神地注视他。见他表情复杂,无法回话,便开始环顾四周,寻望四方大众。瞧他们正在埋头倾听,就把目光投向王城西边,仰望女国西城方向,凝重地发话:"哦呀!我倒以为,如今造成神山震怒,实则是人为祸事。那所谓的凶手,却是西城阿修家族的甲松(少主)。他本是金骨头的身份①,又遥居西城;平日他的家族为人处事十分低调,和王城并无利害。他为什么要去暗害甲姆拉呢?"

活佛这一提,众人哗然。

但听活佛继续道:"我前前后后,细细致致地回想,甲姆拉平日的身体状况——感觉她是身体引发了疾病,是自然回归!"

众人又哗然,同时伴着一阵唏嘘。

神师在一旁小心地接话:"阿苛,身体引发疾病,这事可不好说啊!"

活佛显得胸有成竹,对神师直言:"刚布,你不用着急。是不是身体引发疾病,这事应当询问药师尼玛。"

神师眉目绷紧了,犹豫地应声:"拉索。"

于是宫廷药师尼玛很快被侍官带上来。

活佛严谨的目光注视药师,问他:"尼玛,甲姆拉的身体平日是怎样的?"

尼玛认真地回答:"阿苛,要说甲姆拉的身体,尼玛只言片语也说不清。不过早

---

① 金骨头:四川阿坝地区一带的方言,意为血统高贵的贵族。

在年轻时期,甲姆拉就患有三种病症:风湿病、痛骨病和痛心病(心脏病)。中年过后,这三种病是越发加剧了。"

神师连忙插话,打断药师道:"尼玛,你这可就说得远了!阿苛是在问你——当下甲姆拉的身体状况。"

尼玛盯住神师,语气严厉:"刚布,人的身体突发疾病,并不是一时半刻的病因导致。有一些疾病,是由身体内部原本存在的各种病因导致。就像甲姆拉,一直患有痛心病。这已经不是一年两年。拖到今天,她这病情已经很严重,可以说是不堪一击!"

药师这一说,叫神师哑了口。却见活佛不住地点头,示意药师继续。

尼玛即又认真地阐述:"阿苛,尼玛观察到,最近一段时间,甲姆拉的脸色时常会有苍白,有时又会发褐、发紫。这正是痛心病的预兆。这么严重的病情最忌讳剧烈运动。尼玛深知甲姆拉喜好捕猎,早已恭敬地提醒过她:需要抑制喜好,以防不测。但不想尼玛担心的事终究还是发生了!"

活佛点头,跟着发话:"哦呀,既然尼玛药师也认同我的想法,那就请甲姆拉的猎官上来,具体说说甲姆拉当时的捕猎情况。"

话音落下,甲姆拉的护身猎官佰杰已经自主地来到活佛面前。

活佛注视佰杰,语气无比严肃:"佰杰!你是甲姆拉的护身猎官。甲姆拉在丛林捕猎,当时是什么状况,你比别人更为了解。当着天神的面,你要实话实说!"

佰杰猎官朝活佛深深地行礼,悲伤地回答:"阿苛,佰杰有罪啊!虽是甲姆拉的护身猎官,但平日甲姆拉捕猎时却喜欢独自出场。佰杰才有大意,闪失了!当时为追逐一只香獐,甲姆拉高举弓箭奔进丛林。平日捕猎我们都有规矩,不到甲姆拉独自射中猎物,任何人都不得追随。那天佰杰也是按规矩等候在猎林的外围。但见甲姆拉策马奔进猎林后,多久也听不到平时那胜利的欢呼声。佰杰觉得奇怪,紧忙赶进猎林,就见甲姆拉已经坠倒在地……"

神师一听佰杰的陈述,连忙接话:"猎官说得对了!甲姆拉可是王城上下顶顶第一的大骑手。好端端地骑马射猎,却莫名其妙地从马背上摔下!就说坠倒吧,也不至于就这样走了。不是遭遇暗害还是什么!"

活佛则不理会神师,继续追问猎官:"那后来呢?"

佰杰望一眼天官赭面娘,只道:"阿苛,后来就是天官带人赶进丛林,把甲姆拉背回了宫帐。佰杰就不便进去侍候。"

活佛表示理解。再传天官问话。

天官一想起甲姆拉,早是满脸悲伤。一边流泪一边回忆:"阿苛,等内官赶到现场时,见甲姆拉双目恐惧。内官赶紧和两个侍从把甲姆拉背回宫帐。当时甲姆拉双手紧紧地捂住胸口,一边呻吟一边说胸口灼痛。内官帮她轻轻揉了一阵,希望她能舒坦。哪知她却突发哮喘起来。内官抹抹她的嘴唇,竟是抹出了血痰!内官慌张不已。就听甲姆拉说,不但是胸口灼痛,颈部和肩部也在疼痛!接着已见她大汗淋漓,呼吸急促,慢慢地……"天官已说得泣不成声:"也就交待一些后事,就……意识模糊了……"

活佛安慰天官道:"哦呀,你别难过,甲姆拉这是想念祖地,回归她的祖地去了。"

葬场上,多半人均因活佛的安慰稍微地放松了情绪。

这时就听药师尼玛面对活佛,也是针对众人,大声分析:"痛心病发作时,主要症状就是心口灼痛,并且伴有恶咳、血痰、发汗、呼吸急促。天官说的这些症状足可以说明,当时甲姆拉就是因为追赶猎物,急剧运动,导致痛心病发作。因为猎官无法随同,就不能及时发现和及时抢救,最终导致甲姆拉出事。"

活佛听得慎重,点头发话:"哦呀,尼玛药师分析得十分准确。甲姆拉就是猝死,不是凶害!"

活佛这一决断道出,葬场顿时骚动起来。人们发出一阵阵惊叹。更多的则是惊讶声,如同傍晚时分的归巢之鸟,乱哄哄吵个不停。

这时有个男官跳出了人群,大胆地请问活佛:"阿苟,小官东知冒犯了。您说甲姆拉自然猝死,有什么证据?难道仅凭药师尼玛的几句话,就可以随便断定吗?!"

活佛面色严肃,注视东知,还未回话,却见药师尼玛语气坚定,慎重地对东知道:"我是一个严谨的药师。我以人格、公正,和四十年的诊断经验证明——甲姆拉就是自然猝死!"

东知以怀疑的语气反问药师:"尼玛,你既然可以诊断,为什么早不说,现在才说?"

尼玛难过地注视甲姆拉的花棺,跌入悲伤中:"甲姆拉突然离去的当天,我正在东城行医。这才刚刚返回王城。甲姆拉却已经归入花棺,无法再见最后一面——这里的一切都已经就绪,我来不及说啊!"

东知不屑地问:"你的意思,是你能决断天神要做的事?"

尼玛坚持道:"我当然不能决定天神要做的事。我只是想如实地向天神汇报甲姆拉的身体状况!"顿了下,反问东知:"至少我可以说出甲姆拉身体上的病症,这就是证据。东知官,你如果怀疑,也请拿出证据。"

尼玛药师这一说,倒把东知难住了。

这时，但听葬场上方众僧突发齐唱，诵起了涛涛经声。活佛端坐在高高的法座上。他庄严的法身和满身绛红色的僧袍，在白雪的映衬下，犹如身披霞光的大鹏临空而降！面色庄重，手执法铃，活佛向着四方天地扬手，缓缓地摇动法铃。人们在清脆的法铃声中共同举目，共同寻望葬场上方的那顶紫铜香炉，目不转睛地注视香炉里的杉针烟火——在天神的教义中，人们认为自然万物，尤其瀑布、降雪、云彩、深谷中升腾的云雾，乃至大风、空气，都是天神的活动。而杉树是天神的树，它的针叶燃烧的烟火十分清净，是请神作法的专用供物。人们以焚烧杉针烟火的方式邀请天神下降到凡界，同时把凡界生活的原委带进神界。为求得和天神沟通，人们会请一位"天神的使者"点燃杉针烟火。天神会降临于烟火之上，与使者对话。就是说，观看杉针烟火与风、云、雾、露，以及空气相融，即凡界与神界沟通的显现。这时，人们会从杉针燃烧的姿态中，从它上升的模样中读出天神传递的预言。比如缓缓上升的清烟，预示着肯定、顺利、吉祥；不断被风吹断的黑烟，预示着否定、障碍、不吉等。

人们凝神地观望香炉，看到里面的杉针烟火——它正是清烟冉冉呢！人们通过吉祥的清烟，得到了天神肯定的预示。他们开始在巨大的经声里慢慢地停止骚动，慢慢地安静，凝听活佛的声音。

活佛已经从法座上庄严地立起身，寻望四方，语气洪亮，坚定地发话："阿修家的甲松——非天，原本是那西天大战神下凡，背负着天神的使命，守护祖母王朝的西城大地。误认他为凶手，触怒了神山。神山震怒，以甲姆昏厥作为惩罚。但发生这样大的误会，实则不是凡人的力量！"

言毕，活佛目光盯在神师的脸上，专注地问他："刚布，往日你作法时，常有天神的口谕在预示途中遭遇风魔干扰，导致你传播失误。这一次——应该也是了？"

神师一惊，心想：这是活佛在有意替他解围呢？还是另有想法？

但听活佛不等神师回话，又声色俱厉道："刚布！这次既然是风魔干扰，导致你传播失误，那就重新请示天神吧，释放被误会的人。不然神山震怒，甲姆有难了！"

活佛这一发话，让神师情绪复杂。一面他只能违心地回应活佛"拉索"，一面心绪翻滚。虽然活佛和药师都已经认定甲姆拉就是自然猝死，但他还想坚持。这坚持当然不能出自他本人，而是葬场下方那些景仰他的民众。于是神师把希望的目光投向了他们。

却听活佛意志坚决，面对民众大声承诺："请众生多多放心吧，甲姆拉就是正常回归。证据就在眼前：只要释放阿修家族的甲松，天空就会云开雾散，甲姆就会苏醒过来。"

　　人们因为活佛的决断而慌张。一个是法力无边、掌控神权、可以决断凡人生死的神师，一个是精心修法、德高望重的丹增活佛。惊骇的人群困惑其中，不知如何是好。他们一面沉浮于活佛的呼吁，一面在窥视神师，同时则又面朝天空全体下跪，虔诚地叩首。一般情况下，在遇到教法、神术都无法解决的大事件时，人们就会把希望寄托于更大的虚像：天，或者祖母神山。而这时的神师，见天地间突发剧变，女王已经晕厥，众人又抛下他一心跪拜苍天。他心中已有觉察：其实在人们心中，他与活佛都只是天神的虚像。天，才是最大、最可以依靠的神。且根据自己对于气象所掌握的经验，雪中临雨一般都会很短暂。如此，活佛所说的云开雾散将成为可能。那就是天意了！

　　是的，纵然自己拥有再高法力，也不能去冒犯天吧！神师因此失神，犹豫不决。

　　众人见神师失去主见，拜完苍天后开始跪拜活佛。活佛却朝众人摆手，招呼他们："请众生不要拜我，应该去请求刚布，现在是最需要请他出面的时候！"

　　于是众人调转方向，整体地朝着神师跪拜，恳求他重新作法，请示天神的口谕。

　　一时间，民众的恳求声如同大风从葬场四周扑向神师，只把他打落得措手不及。本意里，神师是绝对不想释放非天的。在他内心，一直就隐匿着一个不可告人的暗藏，当然是和非天的家族有关。这次他可是费了好大心神，才借以神权之力指认非天为凶手。本来他是想趁着作法的机会，利用骷髅辫狠狠击晕非天，以便行刑时让非天丧失反抗能力。没想到操之过急，用力过狠，竟然抽破了非天脸上的面罩。败了心愿，坏了大事！现在如果释放非天，对于他就是功亏一篑！自然心有不甘。但活佛的发话和药师的分析，句句铁实，他无法辩驳！而这时，民众的目光已是雪亮一片，睽睽紧逼，叫他连一丝挣扎的机会也找不到。他万般孤独。也是第一次，他鲜明地感受到，一股长久潜伏在万众当中的强大逆流正在冲击着他。这让他震惊，又很无奈。

　　最终神师只能顺应活佛的暗示，准备释放非天。但见他用深暗的目光瞧着甲姆拉的史官，对她道："姜措官，请用你真诚的心灵，记下甲姆拉回家的行程吧。"

　　言毕，神师摆出随身法器：普巴、盲加、色线、人皮鼓和嘎巴拉碗。①向着神山抛

---

① 普巴：很尖利的铜质法器。盲加：法器之一，由恶人、暴死人的腿骨所制。嘎巴拉碗：神师或巫师作法时，专门盛放鲜血的法器（碗）。

撒咒符，又向着天空作法念咒，"嗡嗡哼哼"好大一阵。继后，折身挨近香炉，自杉烟中取出火种，走向甲姆拉的花棺，恭敬地点燃。同时为葬礼铺开最后的帷幕，唱读送魂的经语——

"广阔的大地，请为人间尊贵的甲姆拉铺展回家的道路吧。光明的日月，请把甲姆拉回家的路程照亮吧。矫健的神马，请记住甲姆拉回家的每道关口吧。从这里出发，沿着甲姆的河谷一路向西；到达河谷上方，宽阔的草原；越过草原前方，高耸的山梁；进入山梁对面，壮阔的大漠；翻过大漠中央，延绵的雪山；前往雪山下方，大鹏的宝地，那是祖先们居住的地方。人间尊贵的甲姆拉，您将会永远地安居在——祖先们富足、安详、美丽、丰饶的圣地上！"

3. 她有神马引路，不会迷失

就在神师刚布唱诵甲姆拉的灵魂回归祖地的同时，人们已经把热切的目光投向丹增活佛。他们想亲眼见识活佛的法力，怎样让天空中乌云散去，让晕厥的女王清醒过来。对此，他们拭目以待。

活佛面色沉静，转身走进宫帐。这时药师尼玛早已在帐内忙开了。他令侍官将女王平卧在临时搭建的床榻上，一手掐住女王人中，一手替女王把脉。一位内侍正用双肘当成临时枕垫，托起女王头部，以便促进血压恢复。

活佛走上前，轻声询问药师："尼玛，甲姆现在怎样？"

尼玛回道："阿苛，甲姆没事。这是常见病，只要抢救得当，她很快就会好起来。"

活佛点头，却又不放心地问："那要什么时间才能清醒？"

尼玛真诚地示意："我这边抢救进展顺利。阿苛，现在只等您的经声了。您的经声可以帮她缓解神绪。"

活佛注视女王，见她嘴唇似有张合，问尼玛："要不要给她喂些温水，缓和一下？"

尼玛摇头："暂且不用给甲姆补水。"

活佛见女王嘴唇张合越发明显，不放心地提议："少量喂些温水，是不是也可以缓解她的神绪？"

尼玛认真地解释："阿苛，药医看病都是结合天文历算。给病人补养时，都是根据病人当时的体内脉相变化，看是不是适合补养。现在还没到给甲姆补水的时辰。"

活佛点头，应一声"哦呀"。退到一旁去，"嗡嗡"地念起经语。

多久一阵过后，才见尼玛吩咐天官备水。他自身则凑近女王，以食指按下她的人中，吩咐内侍协助，轻轻拨开女王的嘴唇。这时天官已经备好一碗温水，小心翼翼地给女王喂水；但刚刚喂进嘴边，水却顺着嘴唇往外溢出。喂上一口，溢出一口。此时女王似乎丧失了吮吸的气力。这让天官心急，不停地张望尼玛。尼玛示意天官稍安勿躁。天官性急，又寻望活佛。却见活佛神态安定，呼唤一样的经声一直在持续地念诵。尼玛示意身旁的内侍，以鹰羽扇为女王轻轻送风。稍缓一阵后，再吩咐天官尝试喂水。果然，由着微风、温水和温婉的经声，女王的嘴唇开始微微地张开！天官来了精神，小心地喂进一口，再一口。活佛的经声因此更加温婉，细密。一边念诵，一边欣慰地注视女王。微笑，等待。慢慢地，女王终是缓缓地睁开了双目！只是眼神里仍然布满惊恐。

活佛注视女王，小声招呼她："甲姆，您终于醒过来了。是害怕杀生吧？现在好了，血祭已经停止。那所谓的凶手，其实是个误会，他将会被释放。"

女王一边还难以缓气回话，一边听到"将会释放"，有些不信自己的听力。绵软着双目，她在等待更为响亮的，或者更为肯定的声音。

活佛就肯定道："哦呀，甲姆不要再有惊慌。血祭中止了，凶手是个误会。"

却见女王脸上浮现的，又不是那种获喜的神色了；而是一种被强制地打破习惯性的思维，因此变得突发僵硬的神色。气息不佳，惶惶幽幽，女王问："阿苛，您是说，血祭已经中止？这怎么取得——甲姆拉的灵魂怎么回归祖地呢？"

活佛认真道："不怕，刚才我听刚布唱经时，条条路线清晰，又有识途的神马引路，甲姆拉不会迷失。"

女王眨了下眼睛，表示赞同。但她内心最真切的关心却是——到底是怎样的误会，才导致西城的非天青年被指认成凶手呢？

4. 人 间 甲 姆

现在，既然非天青年是被误认，女王心情自然大好起来，只想尽快走出宫帐。但听活佛的声音温婉且又充满暗示，敲击着她："甲姆，今日发生这一切，您难道不认为是天意？"

女王思量片刻，会心地笑了。活佛用心良苦，他的点拨女王已经悟出。当下女王感激地朝活佛深行大礼，应一声"拉索"，走出宫帐。

这时，天空正如活佛的预见，滚滚乌云已经淡出，凝重的天色变得轻盈起来。天际当中，万丈光芒破云开雾，把连片的云海撕成一块一块的大云朵；而从云朵间投射到雪地上的，则是无比雪亮的阳光。

当然，即使阳光可以破云开雾，有着无比辉煌的力量；也比不得人的内心产生的那股救命之力强大——为尽快解救非天青年，女王浑身忽发变得硬实起来。但见她举步走出宫帐，努力着使自己的面目，显示出作为"人间甲姆"应有的肃穆大方。面向祭台，女王竭力镇定神绪。抬脚，向前迈出一步，她就踏上了祭台。是的，不用搀扶，她竟然独立地站在祭台上。

寻望四周，女王就看到送葬的人群黑压压一片，正勾着腰身恭候在葬场上，口里齐声念诵平安经，为她祈祷，并等着朝拜她。感受如此真诚的场景，女王随即就恢复了常态。当下只在内心感慨——其实所谓惧怕，只是自己吓唬自己而已——是自己的内心还不够强大。另外，任何惧怕都源于陌生，没有尝试。即使是杀生血祭，经历了，跨过了心灵上那道脆弱的坎，也就没有什么害怕的。

送葬的人群见女王不但苏醒过来，还独立地站在祭台上，无不惊讶。他们不是惊讶女王突发的勇气；而是惊讶活佛的法力——他终是让天空云开雾散，女王苏醒过来！这是怎样神圣又宏大的力量啊！

正当人群处于惊喜当中，却听女王陡然发话，问："各位城子，你们可知大地的今天，是什么大日？"

那些崇拜的人群，他们脸上的喜庆神色瞬间就僵化了。面面相觑，不知女王何出此言。

女王则跟着昭示："今天是本王有幸拜见天神的大日——刚刚本王受神人助力，抵达天际，得天神口谕——甲姆拉离世，和阿修家族的大少主并无关联。她是自然回归！现在，按天神授意，释放被误会的非天大少主。本王同各位城子，一切平安！"

送葬人群一听女王这话，当然明白这是昭示，又是天意的昭示，就跟着齐声响应："哦拉索！"

这时丹增活佛缓缓地走出宫帐，一边走一边念经。他通身绛红色的衣袍，洪亮的经语伴着庄重的身子，响彻天空之上。天空之上，已是云开雾散，彩云漫天。在山峦与彩云之间，人们忽然看见，一只大鹏正从西边天际朝着南方飞来！但见它：金色的翅膀穿越在白色的云涛当中。时而凌厉而上，冲入云霄；时而俯冲直下，在云涛间悠悠滑翔。它是那么地自由，洒脱，又是那么地盛大，安详。它欢腾在万里高空之上，勾勒出一派圆满的霞光胜景！人们惊异于这样的视觉盛宴，抬头，仰望，追随；同时向着大鹏飞翔的方向五体投地。多半人因为狂热地磕头，已经让额头上布满血迹。

也许那只是幻觉,也许那只是一只腾云飞翔的岩鹰吧。但它在恰当的时候出现,给人们带来了吉祥的视觉。人们怀着激动和虔诚的心情,面向神鹰整体朝拜。直到它闪亮的身影变成一个圆点,消失在万里云霄当中,人们还意犹未尽。

接下来,人们已经齐刷刷地朝着女王跪下身。连连磕头,异口同声地高呼:"哦拉索!人间甲姆!哦拉索!人间甲姆拉!"

女王大悦。甲姆拉,这个昔日对于老女王的尊称,因为那神鹰的昭示,竟然如此和谐地就落在女王的名下!这意味着:在民众心中,女王已经具备了等同于老女王一样的厚重地位!

这让女王内心欣喜。但见她踏实地站在祭台上,面色放松开来。

活佛和喇嘛的经声盖住了一切。神师在经声里神情沮丧。年轻的女王身处大片绛红色的僧袍当中,她在向活佛深行教礼,一边真诚地邀请活佛:"尊敬的阿苟!您的慈悲和智慧,就像夜晚的星辰照亮人间!王城上方,宫殿九楼,甲姆拉的经堂,那里需要您的加持。请接受王宫的邀请吧——今后,甲姆拉的经堂就是您的道场!"

活佛面色沉静,口中"嗡嗡"地念着经语。女王沉浸在经语里,耐心地等待活佛答应。

天空中云霞散尽,万里通明。活佛止了经语。微微地起身,回女王一个教礼,招呼她道:"甲姆,请不要为我用心。那宫殿的九楼经堂,它自有日月光芒映照,无须我的加持。甲姆拉的仙体已经由神马引路,回归她的祖地。这样,我的使命也已经完成。接下来,我是要进山修行去了。"

说完,一手指向祖母神山的主峰:"甲姆您看,那雪峰下的山崖,那里才是我的道场。"

停顿少顷,活佛又以慎重的语气,请求女王:"是刚布的努力,是他以真诚的心灵把甲姆拉的灵魂送回了祖地。甲姆,我进山修行后,请让刚布代替我——主持一切吧。"

女王听活佛这么徒然的请求,先是一惊,继而陷入深思。她知道活佛既然出口,定有他暗在的缘由,就在寻思着如何追问这个缘由。

活佛见此,带着玄秘语气道出一句:"这是刚布的命数,也是甲姆的命数,哦呀!"

女王正想探问究竟,却见活佛已经撩起僧袍,同自己作别。

女王再难出口,只好犹豫地应声:"拉索。"双眼不由湿润。目送活佛转身,望他那一身飘拂的衣袍,又似是要把女王的魂魄也带了去!静立,恭送,默默地凝望。直到侍官牵来宫马,女王才意识:甲姆拉的这场隆重而凌厉的葬礼,终是结束了。

冬日里惯有的凛冽气息,随着葬礼的结束稍微地缓和了一些。女王准备回宫。

雪花又开始零星地飘落起来,变得像梨花一样——洁白,轻盈。对于女王,这样的飘落已经扰乱她的心绪,让她的思维变得更加纷乱。

第 2 篇

5. 各方城池的贵族

每年三月,当阳光由幽凉慢慢地回暖时,万物便开始在女王的河谷里复苏。这期间,蛰伏于地下的,生长于地上的,甚至天空中的云彩,都相约着活跃起来。河流开始在细细的雨点中轻吟。巨大的黄杨树,枝条上开始破出点点柔绿。画眉也似是叫得欢了。但无论怎样繁荣,一切生命,总也比不得这个期间,盛放在女王河谷里的那些汹涌的梨花。包括天上的云朵,河谷里的浪花,王宫中那些美丽高贵的女官,她们脸上灿烂的笑颜,都比不得梨花!

梨花,它美,美到清凉,像沐月一样;美到凌厉,像涉盅一样;美到凄迷,像薰香一样。从惊蛰开始,它们就落成这等让人惊慌的、无所适从的美。

现在,女王的心思也随着梨花的盛放而无限激荡。谁知道呢。也许只是借花献佛——她深爱的并不是梨花,而是梨花下的"花赛"。是对于花赛的急切期盼才叫她心情激荡、忐忑不安吧。因为在这期间,女国将在王城下方的梨花峡谷中,为女王招选"金聚"[①]。

这是女国最为盛大的招亲比赛。其间设有骑马、射箭、狩猎、掌船、泅渡等多项赛程。依照血统的寻定,女国领地之内,凡是具有高贵血统的青壮少年,均可参赛。前提是,他们的属相和生辰八字须得与女王般配。王宫会从各层各面对青年们进行考核,胜出者将成为女王金聚。金聚若有同胞兄弟,也会相应成为女王的小金聚。

选拔金聚的招亲比赛声势浩大。女国领地当中,无论大小城池均会选送代表。而在梨花峡谷中,供女王和国舅阿乌格拉下榻的王族宫帐,早在举办花赛的前半个月就已经搭建。

围绕王族宫帐的四周,先后也搭起了多项华丽的宫帐,临时住着女国的各大权

[①] 金聚:据《隋书·西域传》《旧唐书》等记载,东女国,"俗重妇人而轻丈夫。女王之夫,号曰金聚,不知政事"。因此,这里的金聚是专门针对女王丈夫的称呼。金聚,又可译为(女王)的家人。不知政事,指不会涉入朝政,只会参与战事,或者从事农耕。

贵家族——

由康金大矿主及其长子金布带领的，掌控着女国西城所有金矿资源的康金家族；由非天大少主及其三位亲兄弟带领的，具有"金骨头"血统的西城阿修家族；由卡珠大少主及其阿妹洛绒措小姐带领的，女国最大的商贸家族，南城洛绒家族；由神师刚布带领的，具有挡天法力的神权家族，王城的刚布家族；由"王宫男战队"大首领绛珠大相，及其阿妹绛月带领的，王城的绛珠家族；由西贡波及其宗亲南贡波带领的，女国制毒放蛊的家族，峡谷深处的西贡家族；由"王宫猎战队"大首领洛塔带领的，女国最强悍的狩猎家族，峡谷深处的洛塔家族；另有边境城池的一些小贵族：东城的白玛家族、北城的柏嘎家族等。

众多家族，众多华丽的官帐当中，要说顶顶气派的，当属西城的康金家族。

康金家族背景深厚、势力强大。大矿主康金掌控着女国西城两大要职：一是西城镇城之主，坐拥西城所有战力；二是掌控着西城的所有金矿资源。尤其是家族里的长女西染高霸[①]，她高居王城，是在女王身旁做官。因此家族的长子，大少主金布自然是信心百倍地参入花赛。无论从金钱、地位、人脉方面，年轻气盛的金布都希望多多。

当然，在众多参赛者中，金布将会面临两位极难征服的对手。一是同样来自西城，阿修家族的大少主非天青年；一是南城洛绒家族的长子——卡珠青年。对于金布，来自这二人身上的压力均不同寻常。

非天青年虽然只是西城战队的一个男战官，家族势力并不强大，不能从权势上同康金家族抗衡，但相传他们家族的先祖来自天上，是西天大战神下凡。在信奉天神的领地上，有着这样一个坚实的传说可也不一般。首先从精神和气魄上已经牵制住金布，叫他心下没底。

而南城的卡珠青年，他的家族掌控着南城所有商业命脉。南城地处主国边境，是女国的商埠要塞、经济中心。西城的黄金和紫铜会从这里流向主国，主国的茶叶和丝绸会从这里流向更远的西域。包括康金家族掌控的金矿，最终也只有通过南城才能变成实在的价值。

另外，在各大贵族官帐的下方，零零散散地又搭建了众多大帐房。祖母王朝的男大相、女首领；王城中的上等女官，她们的男伴；各个山寨的大头人、小贵族等，均聚集在此。比如内务女官苏梨、宫廷药师尼玛、工部女官拥中高霸、战事女官青次高

[①] 高霸：据《新唐书》卷一百四十六之《西域传》上记载，"东女国，有女官，号曰高霸，平议国事"。因此，这里的高霸是专门针对宫中女官的称呼。

霸、密探女官蓝鹊使者等。

6. 梨花入月

女王选在花赛的前两天，下达梨花峡谷。这期间，正值峡谷中万树梨花盛放，女王却无法悉心观赏。因为王城通往梨花峡谷路程虽然不远，但由于峡谷太深，马道曲折，女王一路骑马颠簸，行程并不如意。而途经每一处山寨，总会出现成群结队的麦农。他们匍匐在女王打马经过的山道旁，闭目、吐舌，双手向着女王虔诚地伸展，恭迎女王路过他们的山寨。自然，女王需要认真地安抚那些心灵真诚的朝拜者。因此直到夜幕降临，女王才在疲惫中抵达峡谷中央的王族宫帐。

这时，天官赭面娘早已吩咐内侍，为女王备好了晚餐。整盘的油淋人参果、大块的新鲜牛肉、酥油、奶酪、梨花香酒，一一摆上茶桌。女王瞧一眼，却没有胃口，倚身靠在床榻上自顾休息。天官深知女王这是累了，只能耐心地恭候在一旁。目光恳切，又默不发话。那神态，既像女官，又像祖母；当然，也不乏有一些下官及奴婢的谦卑神色。这些复杂的表情，尽显在这位五十岁的大天官脸上，更显得八面玲珑。女王幽幽地瞧着，忽而就笑了，来了精神。想起白天在行程中，总是安抚没完没了的朝拜者，并没有时间观赏梨花。这下不如趁着夜色前往白天已经打马路过的梨园，亲身感受一下——那月光中的梨花，肯定与白天有所不同吧。

女王想想，随即起身。

天官见女王不动晚餐，却要出帐，上前小心地询问："甲姆，您要外出吗？"

女王点头，应一声："哦呀！"走两步，又跟着招呼："本王只想一人走走。"

天官见自己不能跟随，慌忙劝阻道："甲姆，天色已晚，您一人出帐可有些不便。"

女王并不回应，举步往外走。

天官无奈，跟在女王身后。

女王才道："有什么不便，梨园中哪里不是帐篷，还怕本王走失了？"

天官为难地解释："可您不是一般人，您是甲姆。"

女王反问："甲姆怎么了，有规定甲姆就不能一人夜行吗？"

天官连忙回应："没有。"

女王就笑了："那就好，甲姆的脚就是风，神谕也管不住！"说时，已经出了宫帐。

天官犹豫少顷，还是跟上去，请求女王："甲姆，就让内官随在您的身后吧。"

女王坚定道："天官，你还是止步吧！"

天官战战兢兢:"甲姆,天黑,您一人实在……"

话还没完,女王已经走出多远了。

步入夜色中,女王信步往前走,不久就来到梨园。此时,夜晚的梨园正是梨花入月,浮光霭霭。女王不敢走得太快。脚尖子轻轻地点击地面,轻盈,小心,也是生怕惊落了梨花。如此地沉浸、爱惜。满目的梨花,满身的月色,穿过弥漫着花粉气息的夜气,女王渐行渐远。不久就落入了梨花深处,来到一条溪流旁。这是白天已经看过的溪流。但见梨花夜月中,这溪流却变了模样。其间那流水,不比白天清亮,却是水银落地一般,默默地穿过梨园,静寂地流淌。女王望得,心绪忽而就惆怅了。蹲下身去,伸手捧一口溪水,轻轻送入口中。那味道,似是甘甜,又像是落入了些许花蕊的清香。含在舌尖上,沉迷地吮吸、回味;不由又伏下身去多饮了几口。而风,只是轻轻一摇,连女王也不曾觉察,梨花却迎着它纷飞不止。落在溪水上,随溪流默默远去,有源头,却不知归途。一树梨花一溪月,这夜色,落得恍惚而醉意绵绵。此情此景,瞧得女王莫名地愁伤起来。

不,也不是莫名愁伤,倒是她在担心——两日后的花赛中,到底非天青年,他能不能从众多的优秀青年中脱颖而出呢?越是担心,心情越是凝重。虽然她暗中对此早有对策,但不到迫不得已,她是不能轻易启用。正纠结中,却发现前方的梨林中晃着一个人影。

女王心生惊奇,不由上前去,却见是内务女官苏梨。

这苏梨原本是女王的宗亲,来自相同的苏墀家族。只因年幼时丧失双亲,便由着女王带到王城来,作为亲姐妹一样留在宫中。慢慢地培养,直到如今在女王身边做官。因此在朝政方面,她早已从最初的宗亲,变成了女王的亲信女官。

想到这个,女王就止住脚步,轻轻地发出声响,只等苏梨过来问候。

却见苏梨一动不动,立在梨树下,面色如同夜露模样。而被风摇落的梨花,纷飞着扑在年轻女官的脸上,只把她那双目打落得泪花盈盈——她也在莫名地愁伤,未能觉察女王的到来。

女王等候好半天,不见苏梨反应,就有些等不及,主动上前招呼:"苏梨官!"

苏梨才有觉察,慌忙转身回应:"拉索,甲姆,您怎么也在这里?"

女王反道:"苏梨官又为什么来了?"

苏梨朝女王会心一笑,却未及时回话。这是无礼的。一般来说,女官们遇见女王,不但需要问候,还需要跪拜。这是宫规,违者必被视作大不恭敬。但女官苏梨静候在梨树下,她似乎在等待什么。

果然,夜风又摇落了一树梨花。苏梨展开双手,小心地接过;少顷,就是一手的花瓣。捧在手心里,心醉地嗅一嗅,苏梨才道:"甲姆,我们都是为它而来……"

女王会意地笑了,道一声:"哦呀。"

两下又各自沉默起来。都在月下,迎着梨花,心思却各不相同。苏梨心绪缥缈,没有定点——也许梨花的盛放,正催生着一场少女怀春的心思;也许她只是纯粹地爱着梨花,谁知道呢?

但女王心境通明,身处梨花月色中,心却向着别的地方。究竟什么地方?只有她自己明白。

7. 那些青年

第三天清晨,当第一只画眉清脆的叫声映入梨花峡谷时,女王已经端坐在梨园中央临时搭建的花台上。但见她一身盛装王袍亮相,华丽非凡。单是论发髻之上那顶高翘的人王花冠,便是罕见之物。那花冠又称"九朵花冠"。它的正中位置,是一只展翅飞翔的大鹏宝鸟。由金沙作底,间嵌稀世珍宝"人面天珠"一颗;四周配搭松石和珊瑚的边饰;又有珍珠及琥珀点缀其间。围绕大鹏宝鸟的两侧,分别排列着四只镂空的金沙梅朵,两边共列八只;加上中间大鹏宝鸟一只,数为九,意为"九朵花冠",它象征唯一、极致。

这唯一极致的九朵花冠,被固定在方帕图形的金丝贡缎上。贡缎的沿口处匝有九层宝饰花边。花边一直拖到衣领深处。而与衣领"耳鬓厮磨"的,则是色彩斑斓的金耳垂珰。垂珰之下,脖子间佩戴的又是由金沙梅朵、红海珊瑚和突厥美玉串联的大串珠二款,小串珠二款。其间各坠"彩虹天珠"九颗,"莲花天珠"九颗。众多稀贵的天珠佩饰,意为女王身份尊贵,地位显赫,集九乘功德于一身。

脖宇下方,衣襟的前胸又佩有九朵"金花嘎乌"。与之前四款珍贵的串珠搭配在一起,相互依偎,几乎覆盖了整套王袍。王袍则是一件深厚的大青色贡缎长袍,其袖委地。长袍的正面绣有大鹏金鸟一只,呈现展翅飞翔之状。王袍下身裹的是十六开皱的青毛绫裙。绫裙外佩戴九条彩带,其间仍然坠满各色细碎珠宝。而整个王袍的背面,又披有一斗宽厚的绣珠大斗篷,与那满身的珠宝佩饰相互辉映,华丽无限,气势逼天。

当下，女王端坐在花台中央，正以上朝之势接受众官朝拜。这其间，参加花赛的十八位青年也依次上前叩拜女王。当然，在众多英气逼人的赛手当中，女王留意最多的，还是西城阿修家族的非天青年。到这青年走近花台，拜见女王时，二人便是一个台上，一个台下；一个坐立，一个跪拜；地位与地段有着鲜明的阶级层次，却不能阻止彼此之间的目光，相互交织，心照不宣。

只是竞技时间紧迫，非天青年自然不敢过久地停顿。他一边意犹未尽，一边却匆匆完成朝拜，返身归入赛队当中。比赛将以混合赛式开展。赛手们先得骑马穿越充满障碍的梨园；到达梨园尽头，则以射箭方式打开进入女王河谷的门栏；越过门栏后，必须弃马，以奔跑方式抵达女王的河谷；又以飞跃方式跳入河中的牛皮船。独身撑船过河，抵达对岸女王的丛林；再以射猎方式，捕获事先放养在丛林中的原麝一只。之后迅速带上猎物返身；重新以牛皮船渡河，返回梨园，赶上花台，亲手向女王敬献猎物。

谁先顺利地完成整个过程，谁就将成为女王金聚。

梨花峡谷的花台前方，一场决定身份命运的招亲比赛即将开始。参赛的十八位青年各就各位。也许大赛的主持者阿乌格拉心中早有想法。作为甲姆的格拉（老师），他的目光不在别处，只停留在充满希望的地方——西城的金布青年、非天青年、南城的卡珠青年，这三位参赛者的英姿，深深地锁住了阿乌格拉的目光。

而在花台下方，金布青年则获得了更多人垂青。他一身穿戴华贵。头顶金丝官帽，火狐皮的帽檐，更显细实。身裹呢绒氆氇，金丝加洛的滚边，格外精神。氆氇上下又有裘皮的边饰，和丝绢的腰带搭配。丝绢则是从那遥远的主国贩来，无比珍贵。内衬的丝绸长衫也是那遥远的主国之物，价值不菲。胸前佩戴着硕大的金沙嘎乌一只，金沙梅朵三只，珊瑚串珠二款。又有彩虹天珠和九眼天珠串连其中。腰间悬挂由松石和蜜蜡点缀的金鞘宝刀，再有藏银包金的打火器配备。财大气粗的气势直逼眼目。又是名副其实，势不可挡！

自然，南城洛绒家族的卡珠青年亦不甘落后。就衣装来比，除款式和颜色与金布稍有不同；他那一身穿戴——各色的绸缎，各类的珠宝，各款的佩饰，应有尽有。所以无论身前身后，更是斑斓华丽，威武大方。

两位青年衣装打扮得如此鲜亮，目的也只有一个：多多地收纳女王的第一印象。

只是非天青年不一般。他仅是青衣赭面，腰带简朴，素丽无华。倒是一双明犀亮眼，婉若夜间的行豹一样，发出生亮的光芒。那光芒，却又是所有青年比不得，也看不透的,包括女王。它有金沙的绚丽,也有雪山的清澈;有河水的汹涌,也有细雨的温润。真是捕捉不透的感觉,谁知道呢——也许深邃的,都是不能深究的。而就他那一身简约的衣装其实大有窍门。你想,用一时的华丽迷惑女王的目光,哪有用深刻的力量抓住女王的心灵,更为重要?华丽的衣装并不能战胜实质性的困难。如何取得胜利,除个人体能外,衣装的简洁更是最为重要的环节,越是简单越是通达。花赛中那些艰难的赛程可不欢迎烦琐的衣装!这是一个简朴的心机,谁都会想到,可是只有心态明亮的人才能做到。

8. 女王的金聚们

花赛在吉祥的杉针烟火中开始。

随着一声号角响起,十八位青年就像十八只花豹,迅速飞上各自的坐骑,策马疾奔。只是点香的工夫,青年们已经冲进梨园深处,不见踪影。这是一场壮观的群体竞技。像呼啦啦的风从山间猛烈刮过。一些人刚刚进入第一关,就被密集的障碍绊倒,落马而败。一些人虽然跨过了第二关,又因奔跑不慎,滑入陡峭的山道。一些人幸运地越过第三关,却在过河时被汹涌的河水冲出赛程。一些人好不容易坚持到返程,最终因为体力不支,不得不选择放弃。最后,是风的全都飞散,落下的仅是风中的金沙。

而能够坚持到比赛终点的,只有非天和金布这两颗金沙。果然应验了阿乌格拉毒辣的眼力:这是两颗闪闪发光的金沙!

现在,令女王和阿乌格拉都为难了:两位勇敢的青年,他们竟在同一时刻赶上花台,共同向女王敬献猎物!这叫女王心存顾虑。她心中早已情定非天,当然想接下非天的猎物。她甚至在想,要不要启用事先已经安排好的对策,让非天十拿九稳地献上猎物。但宫有宫规,作为人间甲姆,她也不能过于明显地实施她的对策,因为花台下方正是众目睽睽呢。

女王望一眼阿乌格拉,望一眼心上的青年,再望一眼满含期待的金布,最后则把目光投向天官赭面娘。

天官心照不宣,果断地走上花台,面向台下民众大声建议:加赛,加一场摔跤赛。理由是,前面的赛事均是个体行为,实则也有运气和勇气的因数。摔跤却是两个人的赛事,更能凸显个人体能。

天官道出这样理由后，花台下随之响起热烈的欢呼。人皆支持，掌声雷动。

于是比赛的号角再一次在梨园中吹响。但女王忽而又有些紧张了。因为之前她的对策，其中大半都是基于对非天个人能力的肯定。但就在刚才，她面对非天时，只感觉他那奉上猎物的双手有些虚脱——他的体能是不是快要耗尽？能不能经受住这场加赛？若最终他会败在金布手下，她就只能强硬启用自己的对策——那虽然可行，但肯定得不到朝官们的信服。

而非天的这个不易觉察的脆弱姿态，同时也被细心的金布窥视了去。金布因此对非天就多出一份轻视。

加赛当场开始。由于刚才的窥视，金布心下已有底数，求胜的心情就更急切一些，总想来个先发制人。于是等号角声刚一落下，金布就迅速扑向非天，猛然间把非天打倒在地。非天被打得猝不及防，想反击，金布则用双手死死地掐住非天双肩，把他摁在地上。看似非天再也不能动弹。人们在尖叫，这其中不乏南城洛绒家族的长女——洛绒措小姐。她的尖叫声像她头上美丽的金饰，既闪亮又不那么尖锐。你无法捕捉那样的声音，是在为金布呐喊，还是在为非天助威。

而非天确实不愧为传说中的西天大战神下凡。刚才你看他还身陷困境，但只在一瞬间，他竟像只灵敏的花豹，以那花豹攀枝之势反手推开金布，顺势一个大翻滚，从金布手下挣脱出来。接着又以鹞子翻身之势，翻转着一头扑下，牢牢地挟住金布双肘。金布被抱束，使不得劲；只得用双脚拱着地面，使出浑身解数，终是摆脱；紧接着便以鲤鱼打挺之势，跃起身，朝非天反扑下来。他这一招胜出，又似是非天故意的一个埋伏。但见非天趁势急速地抬起右腿，迎上金布，来个大摆腿，只把金布绊倒在地，摔得四仰八叉。这个脆弱的摔跌姿态，将是金布失败的致命点。看那非天，早以花豹扑食之势，让整个身体腾空而起。其实他是利用飞跃的方式，让身体落下时所产生的重力，彻底撞击金布，压迫他再也不能动弹。

人们在尖叫中热烈鼓掌。而女王心下却在为一个细节揣摩：原本她见非天刚才那神态已经略显疲惫，怎么却在突发间冒出一股强大的反攻之力？难道真的应验了那个传说——他是西天大战神下凡？抑或这就是他的一个谋略？谁知道呢！女王既迷惑也惊喜，感动的泪珠已经由不得人地爬出眼角。为不让外人看见，她只好垂下面目，悄悄地抹了把眼角。

但还是被敏感的神师觉察到了！好像这世间就没有什么可以逃过神师的目光，包括空洞的风！现在，神师已在细密的窥视中恨得咬牙切齿：先前是在甲姆拉的葬礼上，因为女王突发昏厥，他只能无奈地释放非天；这下非天又在花赛中独占鳌头，将要成为女王金聚。对于深埋在神师内心的那个暗藏,这真是雪上加霜!而非天已经奉上猎物,就要敬献女王。毫无疑问,金玉良缘已成定局。神师痛苦地闭上双眼,发出一声怪异的长叹。这时,金布大少主也在黯然神伤中离开了花台。女王则朝非天伸出双手,生怕再有闪失,快速地接过非天敬献的猎物。刚刚放到席位上,却见非天又像变法戏似的,从腰间取出一枚金饰,敬献女王。女王举目一看,不由惊讶:这不是自己十二年前就已经丢失的胸饰吗——她的云凤金佩!目光顿时跌入回忆中——

那时,女王还生活在西城的苏堻家族。在西城举办的一次赛马大会上,她遇见非天。当时正值非天荣获马赛冠军。但见他高跨大马之上,立在万众当中。人群像潮水一样围拢着他,冲着他热烈欢呼。年轻的苏堻姑娘身处人潮当中,周围全是情绪激昂的观赛人,挤来挤去,不久她就被人推到非天身旁。她慌忙抬头,和非天的目光刚有交织,却又被人挤出了多远。这时,一转身,她就发现欢呼的人群已经把她的宗亲姐妹苏梨姑娘,架空着挤到更远的地方去了。苏梨急得朝她大声呼喊。但那边苏梨过不来,这边她也过不去。两人被夹在人潮中拼命地向着对方挤动。好不容易挨近了,苏梨却发现,佩在苏堻胸前的那只稀罕之物——云凤金佩,不见了!苏梨急得要去寻找;但苏堻却抓住苏梨问:"那阿修家的非天,如今在哪里做官?"苏梨很神秘地回答她:"好像在西城战队。但作为西天大战神下凡,西城战队那么小的地方,肯定也留不住他吧!"苏堻似是而非地点点头,心里只在可惜:刚才好不容易接近他了,却来不及多看一眼,就被人给挤出来。但现在远远地观望,瞧他那般气势,依然是一副威武强壮的模样,气度不凡!当下不由产生敬慕之心。暗中已在寻思,马赛过后她要想个办法去见他!但不想七天后,王宫却传来诏令,作为未来的王位继承者,她必须十日之内赶到王城。匆忙中,她只能带上对于非天的蒙昧情绪出发。一进宫,任何事可都由不得她了。她开始投入封闭的政治学习。严格而紧张的宫廷生活,让她再也无暇顾及初衷的情感。这一晃就是十二年!直到甲姆拉突然离世,她在匆促中即位。但万万也想不到,十二年之后,她竟在甲姆拉的葬礼中发现非天,并且还是凶手!当时正因为事发突然,无法接受,她才晕厥在葬礼上。

现在细细想来,包括马赛中的邂逅,葬礼中的遭遇,花赛中的惊喜,云凤金佩神奇地失而复得……冥冥当中,这一切就像是命中注定,天神的安排。

女王这么一想,心绪顿时荡漾开了。脸颊上飞满红晕,望一眼云凤金佩,欲接还羞。

但见非天青年凑近一步,双手奉上信物,无比深切地道:"甲姆,这信物里渗透了我真诚的心意,请收下吧!"

梨花就那么纷扬着,女王就那么沉浸着。非天青年正在缓缓地伸展双手——不,他像大鹏,正在缓缓地舒展双翅,深情地揽住女王,裹着云彩,护着她,悠悠地飞上天空,徜徉在九天云霞当中……这美妙的浮想,是历史性的定格浮想,只发生在女王和非天对视的目光里。除他俩,谁人也看不懂。

泪花盈盈。在梨花纷乱的扑闪中,女王接过云凤金佩,握在手心里浮想翩翩:这信物,当初到底是被狂热的人群挤得脱落呢?还是非天青年趁势故意拿走了它?

女王正沉浸在美妙的回忆中,却听天官在一旁轻声地提示:"甲姆,按照宫规,非天大少主应当加封为王。"

女王深情地望一眼非天,早已在心头叫一声:"非天,我的男王!"

那非天自然懂得,迎着女王会意而笑。

天官却又提醒道:"甲姆,封王一事,须得您当众明确呢。"

女王自是喜悦,当即速速宣令,封非天为男王,称非天王。

天官继而禀报:"甲姆,非天王的三位亲兄弟,他们正在花台下等待甲姆召见。"

女王一听非天的亲兄弟,随口应道:"哦呀,让他们上来。"

天官却站在原地不动身。

女王便问:"怎么了?"

天官神秘一笑,悄声说:"甲姆,他们上来,除拜见您,还有一个规矩。"

女王心中自然明白天官说的"规矩"是什么,她却想暂时避开这个规矩。

就听天官直言:"按'祖母秘籍'中的规矩,他们也是甲姆的金聚。"

天官提到的"祖母秘籍",是一部专门为历代女王制定的,集政事、民事、礼教、祭祀等为一体的宫书宝典。每一朝女王在当政之前都必须熟背它。其中有一条,是针对女王个人情感方面的规定,女王当然记得清晰。这下见是避不开,女王便点头,传非天的三位兄弟。

少顷后,但见三位青年走到花台前。一位英俊含蓄、气质可佳的模样,是非天的大阿弟松格布;一位神态灵通、畅快潇洒的模样,是二阿弟火布;一位清朗秀气、白面书生的模样,是三阿弟水布。三位均是非天的同胞兄弟。女王瞧得,心绪跟着纷乱起来。其实此刻她心中唯一中意的人就是非天。对于眼下这三位小金聚,她并不想早早安顿他们。

天官自是看出了女王的心思,上前一步,语气严谨地提醒道:"甲姆,按以往的宫规,您应当赐他们官寨,留在王城。这也是祖母秘籍的规矩!"

女王听天官反复提及祖母秘籍,认真地思量一番,终是点头。竟又像批示奏折一般了,加封三位小金聚,赐了称呼。分别为:松格金聚、火金聚、水金聚。又赐三位金聚官寨各一座,夫碉各一座,家侍各九人。其他生活均以王朝相官的待遇安排。

第 3 篇

9. 像杜鹃一样怒放

除了梨花,在女王的河谷中,还会盛放一种繁茂之花,便是杜鹃。与梨花不同,杜鹃的美只会释放一种气息:灿烂热烈,如同焚烧一样。虽然,在梨花盛放的春天里,杜鹃仍然是青蕾硕硕;但搭建在梨园外围,杜鹃丛林当中那些花哨的大官帐,里面住着的单身贵族们,他们心间的春潮早已像杜鹃一样怒放。比如南城洛绒家族的长女洛绒措小姐,因为自幼喜爱金饰,洛绒措小姐对于手中掌控着金矿资源的金布大少主早有所闻。她心中正盼着能在这次花赛中结识金布。如今见他赛事失利,又和自己的阿哥卡珠同病相怜,自然一切水到渠成。很快金布就在洛绒措的主动邀请下,进入洛绒官帐作客。

要说洛绒措小姐,可也不是一位平凡女子。她生在主国边境,出身商贾之家,自幼过着养尊处优的生活。金银珠宝应有尽有,绫罗绸缎任其享用。又见多识广,人脉发达。南城之内,不管什么事,别人听不到的她能听到;不管什么人,别人见不到的她能见到。再经她那首领阿妈——大洛绒一手调教,便是尽显刚烈,洒脱;又不失聪慧,玲珑;更有一副未来女领主的大气势,端端地摆在那儿,远近闻名。

同样,金布对洛绒措也是早有所闻。如今这么一撮合,自然心照不宣。就由着卡珠青年出面招待,在洛绒官帐里摆开了酒席。一边是金布与卡珠,二人在为彼此共同的失落,你一杯我一杯地喝地推心置腹;一边洛绒措小姐也没闲着。端坐在二人的下方,边为二人斟酒,边自斟自饮。数杯下去,已有些醉意。看人就丧失了真切,望那金布大少主,倒像个金沙打造的人儿,金光闪闪。

当酒喝到半酣时,洛绒官帐里又钻进了两位宫中女官。第一位三十挂边的年纪。衣着光鲜,神态洒脱,两只犀利大眼光芒四射;且又不露半点儿酸辣尖刻。乍看妩媚无度;细细琢磨,却是精明智慧更多一些。第二位二十五六的年纪。身材修直,面色清朗,明眉皓齿又冷静端庄,好比雪山一个模样。

洛绒措虽未见过这二人,但凭借灵敏的眼力,从神态及着装上她已经大致分辨出:这第一位应该是金布的阿姐西染高霸。立马上前招呼,让了座位,斟了满杯,一边客气地敬上。西染高霸连续接过洛绒措三杯敬酒,却是自己从未喝过的烈酒。就问什么酒。洛绒措这时已经喝过多杯,有了醉意,说话就丧失了顾忌,抑制不住情绪,骄傲道:"阿姐,这个酒,你们王城人可也喝不到!"

西染高霸惊讶问:"什么好酒,竟然王城也喝不到?"

洛绒措无比自豪地解答:"这些都是从主国贩来的,用金色谷子酿造的美酒!"

西染高霸一听,竟被这姑娘闪耀的语气给弄得不知所措。但见洛绒措表情兴奋,举杯又要敬酒,西染高霸连忙摆手。洛绒措却是先干为敬了。西染高霸注视这姑娘,不单是喝酒的架势让人目不暇接,就那随便的一注目光,一个手势,都显得无比地干练和生猛!不由暗下思量:烈酒虽好,却更容易把人打倒;这姑娘也同烈酒一般,自己真有些招架不住嘛!想想,只好暗示洛绒措,应当向自己的同僚女官青次高霸敬酒。

洛绒措这才认识到大意,因为急于表现,竟冷落了西染带来的客人。就又倒了满杯,正要敬给青次高霸,却被她的阿哥卡珠给拦住。

但听卡珠语气半醉不醉,招呼洛绒措道:"阿妹,你就多多地陪好西染官。这位女官,让我来陪嘛。"

一旁西染高霸听卡珠这个话,就多瞧卡珠几眼。却见这青年正在含情脉脉地注视着青次高霸,目光似水,柔情万丈。那神态,尽显一见钟情的爱慕。

本来,就王城周边的风俗习惯,青年人寻找伴侣,多半会选择一些重要的节日。比如成人礼、赛马大会、锅庄舞会等。包括当下这场盛大的女王花赛,均是一般单身青年借以相亲的重要机会。

那么卡珠青年爱慕谁呢?如今官帐里只有五人。西染高霸左一瞧,阿弟金布正和洛绒措对上眼了;右一瞧,女官青次高霸一杯酒还未喝下,听卡珠说一句"让我来陪",却是红透了面色。西染高霸当即心有底数,眼看这架势:一边是金布和洛绒措正在推杯执盏;一边是卡珠与青次正在羞羞答答。便觉得自己挡在中间是有些冷落,也有些多余了。只好找个借口离开,前去拜见女王。

10. 替我复活

西染高霸走近梨园中央的王族宫帐,正欲进帐拜见女王,却被守在外面的侍官给拦住。

原来在宫帐中,女王正和天官赭面娘发生争执。主要是女王又想趁着夜色出帐。这回可不是观赏梨花;而是想去会会心上的青年,她的非天王。天官对此顾虑重重。虽然在这期间,众位王朝女官可以借助花赛的机会自由选择男伴。但女王的自身情感则有局限。毕竟她是人间甲姆,一举一动就像雪山一样,总是处在人们的视线里。就是说,女王可以驾驭人间极致的祖母王权,却难以拥有信马由缰的情爱生活。按"祖母秘籍"中的规定,不等正式进殿朝拜,举办婚礼,作为人间甲姆女王也不能屈尊,随意和金聚们相会。这主要是为捍卫高贵的祖母王权,体现甲姆至高无上的尊严!所以比起花赛之前的那个月夜,这次已有不同。女王再想出帐,天官就不敢大意。情愿自身承受莫大责备,她也得紧紧地守住女王。

女王见天官紧随在自己身旁,心中不快,直言问她:"我还是你的甲姆吗?"

天官真切地回答:"拉索,您永远是内官的甲姆!"

女王反道:"那甲姆想做的事你也要成心为难?"

天官伸展双手,朝着女王深深地勾下腰身,悉心解释:"内官记得,甲姆拉曾经说过:天地之大,大到无限,也有我们的视觉困住了它。甲姆,您可以做任何事。但您是万众之母,您的行为万众的视觉都在瞧着呢!"

女王一听天官拿甲姆拉说事,就不想回应。她最顾忌天官提及甲姆拉!那甲姆拉虽然已经归天,但她有一双不灭的眼睛,一直雪亮在天上。不管什么事,白天她要借助日光看到它;晚上她要借助月光看到它;即使天阴雨下,借不得光芒,她也要借助天官的目光看到它!你逃得了日光,逃得了月光,但怎么逃得过身旁亲密人的目光呢!

这么想时,女王就不想理会天官了,独自窝火,郁闷。二人当即沉默,各怀心思。

多久过后,但见天官脸上荡出一抹雾气,神态闪烁,目光虚浮。视觉随着雾气慢慢地游离。恍惚中,她就来到甲姆拉临终前的丛林……这时的甲姆拉已经躺倒在丛林当中临时搭起的帐房里。临终前,甲姆拉用细若游丝的声音,把最后的心愿托付给生命中最为亲密的人。

甲姆拉:"阿佳(天官),我看到天上……大鹏正在向我飞来。它要用金色的翅膀,带我回家……"

天官双目湿润。

甲姆拉:"阿佳!年轻时你就伴我沉浮大宫。共政,同寝。我们无所不做,无所不谈!"

天官泪流满面。

甲姆拉:"你就像我的身体——是我的身体,你就要替我留在宫里,替我复活!"

天官伤心答应:"拉索!"

甲姆拉:"那些未了的心愿,你要替我完成。"

天官抹一把泪水,答应:"拉索!"

甲姆拉:"拿纸笔来,记下它们。"

天官深切地回答:"甲姆拉,阿佳的心就是纸墨!"

甲姆拉感叹道:"哦呀,确实了,你的智慧,你的心灵,就跟铜镜一样,我能看得清楚明白。可我已经不能看到,我这侄女子(女王苏垾),她的前途。这姑娘生性叛逆,但并不刚毅。我走后,你要竭尽心力地扶持她,让她强大,成为我的模样。"

天官坚定地答应:"拉索!"

甲姆拉恍惚一阵,又艰难地阐述:"我的阿佳,你知道这一生,我是多么惜爱,梨花峡谷。它当中,那口香泉,是我的挚爱。我正想在那泉池上方,建一座夏宫。哪知这么快,大鹏就要带我离去。这么突然,我始料不及啊! 我走后,你要替我完成心愿——在那泉池上方,建造我的神宫,供上我的神位……"

天官等在那里。

甲姆拉:"你也知道,我早有计划,要从那高山的牧场,到峡谷的泉池,铺设铜管,把那牧场上的鲜奶,引进泉池,供我沐浴——"断一下,竭力地回想:"我倒糊涂了,我曾叫它什么?"

天官轻声地提示:"甲姆拉,您叫它'香流'。"

甲姆拉:"哦呀,香流。我走后,你要避开众官视觉,建造我的神宫,铺设我的香流……你要把我的神位,供在那香流上方……生死无别,我虽在天上,也会经常下来。"

天官犹豫少顷,吞吐道:"甲姆拉,以紫铜铺设香流,工程巨大。阿佳是有这个决心;但您不在时,有那甲姆的格拉阻碍,只怕阿佳没有这个权限了。"

天官所说的格拉,是指女王的舅舅阿乌格拉。确实,每一朝的人王背后总有一两位思想深厚的血亲阿乌(舅舅),或者阿古拉(叔叔)帮着涉入政务。他们就像大树的根系,稳实地支撑着大树的辉煌!

甲姆拉这一想,唇齿就跟着颤抖了。像是回光返照,她突发变得十分有力,大声道:"我走前定要敕令,让你继任天官大职——留在宫中! 住在宫中!"言毕,艰难地从胸口间取出一件宝物,递与天官,断续中嘱咐:"我的阿佳,收好它吧。必要时拿出它来,可以代我说话。平日,你要把它佩戴胸间,紧实地收藏。有它陪伴,谁人也不敢随便怠慢你了。哦呀阿佳,竭尽你所有智慧吧,让它越发闪亮!"

天官勾着腰身,恭敬地接过。才见是伴随在甲姆拉胸前、一生都未取下的镇宫之宝——人面天珠!这稀世之物,它的珍贵及厚重,等同于人王的地位和极致的祖母王权。举国上下,王城内外,只有尊贵的人间甲姆才会拥有。而女国一共只有三颗,一颗早在百年之前就已经失落民间,一颗是在女王苏堙手中,一颗就在眼前!

天官见此,当即一头趴倒在地,面朝甲姆拉感激地磕头,连连应声:"哦拉索,哦拉索!"

"哦拉索!哦拉索!"这个声音穿越时空,顷刻就由梦呓变成了实在的语言,敲击在女王耳边。女王吃惊。见天官神态恍惚,像是被人抓走了魂魄一样,便有迷惑,不解地招呼她:"天官……"见她依然沉浸,不得反应,就加重语气道:"天官!"

天官神色一抽,才从恍惚中挣扎出来,连忙应声:"拉索!"

女王不高兴地问:"你怎么了?"

天官扬起唇齿,嘴角间已经爬出了述说的欲望;但转瞬间又变得十分地沉着,冷静地回道:"甲姆,没有什么。"

女王肯定道:"你一定有事,难道不能说出来!"

天官连忙朝女王勾下腰身,推诿说:"甲姆,内官只是偶尔走神而已。"

女王反道:"走神?甲姆拉对这点有什么定义?"

天官摇头,谨慎地回应:"内官愚钝,请甲姆明示。"

女王毫不客气问:"你不是总喜欢拿甲姆拉说事吗——对于下人做梦,包括像你这样'走神',甲姆拉都有什么说法?"

天官低头,不敢应话。

女王大声道:"甲姆拉曾说,下人做的梦都是属于甲姆拉的。"

天官一惊,诚惶诚恐地应声:"拉索!"

女王语气强硬:"那还不说出来!"

天官只好吞吐道:"刚才,内官是想起甲姆拉来了,想起甲姆拉——"

女王见天官又是一口一个甲姆拉,当即打断她:"想念甲姆拉原本就是常事,你又何必吞吞吐吐!"

天官很想解释:"我是想起甲姆拉的遗愿来了——她想在梨园中建一座祭宫。"但又觉得直接说出来并不妥当,就转换了方式,以探试地的语气提示女王:"甲姆,这梨园中有一口梨花泉,泉眼多多,又温度适中,甲姆要不要沐浴?"

女王不屑道:"之前不是已经去过吗。那梨花泉,比起王城中的甘露泉还是差了。陋了些,也野了些。"

天官并不甘心,竭力提示:"但它的周边,那些梨花真是太美了。"

女王一听梨花,才缓和了情绪,跟着感叹:"哦呀!梨花的美,确实比得天上白云,人间雪花!"

天官无比赞同地点头,急切响应:"拉索!"

但听女王却陡然地冒出一句:"本王倒是想过,在那梨花泉的上方,建一座夏宫。那样,至少梨花盛放时节来这里赏花,就不用繁琐地搭建帐房,又可以随时随地沐浴了。"

女王这话一出口,就把天官接下来想要表达的意图,直接给封住了。现在,她如果再向女王提及要替甲姆拉建造祭宫,那就是把美妙的花事,变成了不吉的祭事。对于新政王权,这自然是不可取的。天官由此陷入困惑。一面她需要迎合女王,对女王的想法表示赞同;一面她又担心会不会在自己的手里,断失了甲姆拉的遗愿。不过反过来一想,就她伴随甲姆拉风风雨雨那么多年,亲眼看见王宫内外诸多变迁,她又觉得,凡事也不是绝对的。以她多年伴政的经验,倒可以这样理解——只要能在梨园中建宫,就不用考虑最终它会派上什么用场。也许今年是夏宫,明年就会变成祭宫。诸事无常,谁知道呢!

前后这么一般思量,天官又像是茅塞顿开,顺着女王的意思赞道:"拉索,甲姆的想法就像这满园梨花,实在是美好。"

女王则又若有所思地发话:"如果建宫,人马费用呢?我听说先前甲姆拉建造'甘露泉'时,遭到很多阻碍——遇到朝中那些男官,事就复杂了。"

天官心下明白,女王所说的男官,是指国舅阿乌格拉,以及民事大相多吉、工部大相格日、男战队大首领绛珠大相、猎战队大首领洛塔等人。这些男官战将对于祖母王朝既忠诚又耿直,且他们手中都掌控着巨大的实权!即便是那高高在上的甲姆拉,平日也不会在他们面前做出出格之事。这倒让天官也为难了,一时丧失了主见。

11. 金沙做媒,珠联璧合

宫帐内,女王和天官正在为建宫一事发愁。这时,却听侍官禀报:女官西染高霸已在宫帐外守候多时,等着拜见甲姆。天官一听西染高霸,不由喜悦。连忙吩咐侍官快快请西染官进帐。一面凑近女王，与她轻言了几句。女王一听，当即会心而笑。

不一会，果然见那西染高霸勾着腰身走进宫帐。一进来即是利落地朝拜，恭敬地问候女王："甲姆泽仁，扎西德勒！"

女王赐座，以惯例口气招呼她："哦呀，西染官近日可好？"

西染高霸回答："托天神赐福，下官一切安好。"

女王点头。

西染高霸一面入座，一面目光顺着宫帐的四壁溜索一遍。带着无比关切的语气，又在问候："下官这么晚打搅甲姆，主要是担心这样露宿野外，甲姆住得好不好，可能适应？"

女王感慨道："都是世代深居峡谷，就算不适应也已经习惯。"说完，顿了下，又补充一句："只是住宫帐肯定比不得住寝宫安逸。"

西染高霸连忙应声："拉索，这是唯一遗憾。要不，这么美好的峡谷，可也比得人间天堂！"

这话说的，正中女王心思嘛。女王欣慰而笑，趁势道："哦呀，本王正有同感。确实遗憾……也很困难。"

西染高霸听得糊涂，跟着女王的话题往里钻："遗憾是遗憾，甲姆说的困难又是什么？"

这时天官恰到好处地插进话来："高霸，甲姆所说的困难是指银两问题。银两困住了甲姆的想法。"

西染高霸一听天官这话，连忙观望女王。见女王正目光殷切地瞧着自己呢，当即请问："不知甲姆有什么具体想法？可能让下官知晓？"

天官又替女王接话："甲姆的想法嘛，是希望在梨园中建一座夏宫。这样的话，未来各位高霸下来赏花时，也就有了固定休憩的地方。"

西染高霸惊望天官，等她继续。

但听天官转口道："可是建造夏宫，银两从哪里来嘛？总不能从国库中提取。"天官说完，意犹未尽地盯住西染高霸，揣摩她的反应，等待她的回答。

西染高霸这才明白过来，顿时一惊，心下不由感叹：要说王城内外，各大家族的财富状况，除南城洛绒家族深藏不露外，西城康金家族的财富那是有目共睹！女王尤其明白这点。明摆着嘛，天官这是在替女王探试自己的口风。作为康金家族的长女，她是否应当主动应承，为女王捐建夏宫呢？当然，顺了女王的心思那是最好；不顺的话,她却是在女王身旁做官,这未来会不会发生什么闪失。谁知道呢!

前前后后,好一番细致地思量。之后,西染高霸赶紧知趣地向女王表白:"拉索,甲姆,请不要过虑银两问题。我们康金家族世代享受祖母王朝的恩泽,无以报答。如果能为甲姆捐建夏宫,那真是康金家族的荣幸! 甲姆,请收纳康金家族这份真诚的心意吧!"

女王见西染高霸果然通明,多多识相。脸色明亮起来,客气道:"高霸谦虚了,难得你们有这份心意,本王会记在心上。"

第二天,带着盛大圆满的心情,女王开始返宫。浩浩荡荡的王宫马队分成两路,一前一后。前面是由女王带领的女官队,包括女王的宗亲姐妹女官苏梨、康金家族的长女西染高霸、"十三女战队"大首领绛月大相、工部女官拥中高霸等。紧随其后是男官队,以各大贵族为主,包括阿乌格拉、神师刚布、大首领绛珠大相、猎战官洛塔,以及女王未来的四位金聚。

两位在花赛中落选的贵族青年,西城的金布和南城的卡珠,却没有随同王宫马队离开梨花峡谷。

在头一天的酒事中,西染高霸离开洛绒官帐后,洛绒措小姐立马感觉轻松了不少。随即暗示金布,要竭力向自己的阿哥卡珠敬酒。金布心下会意,便是一杯紧着一杯地敬上。卡珠哪里战得过金布,再三推辞,不敢回敬。这时,正好逢上青次高霸不胜酒力,中途提出要走。卡珠立马承担起护送任务。洛绒措心领神会,速把二人送出去。接着就是她和金布独处官帐,开怀畅饮。那酒,便是你一杯我一杯,恍恍惚惚又多杯,喝得不知时辰。

到第二天上午,也就是女王返城之时,多半达官贵人都跟着相继离开。但因为爱慕青次高霸,卡珠却留了下来。他准备暂且不撤官帐,要在杜鹃丛林中多逗留一些时日,同心上人多多约会。那青次高霸呢,自是默契地响应,留了下来。金布和洛绒措则已经结伴,前去南城——青稞酒的夜晚,西城的金布大少主相上南城的洛绒措小姐。金沙做媒,珠联璧合,他们这是要回南城向洛绒家族报喜去。

当天傍晚,女王由女官马队护送回到宫中。接下来,王宫上下将会为女王的大婚作一切欢庆准备。那男官马队到达王城后,却不进宫。暂时驻扎在王宫前方的梨花大萨上。他们撤下梨园里的官帐,又搬到梨花大萨中央重新搭建。这时女王居住的王族宫帐也已经搬上梨花大萨,变成男王非天,以及三位金聚——松格金聚、火金聚、水金聚的住处。这兄弟四人中,将由男王非天作为代表,在宫帐中等待神师刚布占卜,择出吉日同女王完婚。

提到神师刚布,则有一个必要的说明——在女国,凡是遇到玄秘、高深,用眼睛看不到,用思想也无法理解的大事时,就只有两个人可以预见:一是登天寺的大主持丹增活佛,一是神师刚布。这二人同时存在,各行其道。活佛把握着未来,和通往未来的道路,人间悲喜的更替,以及灵魂安顿等神圣大事;神师则掌控着世间天象、年辰凶吉,有着呼风唤雨、拯救天地的法力。

因此,相关女王的婚庆大事,按"祖母秘籍"中的规矩,是应当请丹增活佛主持,念经祈祷。但自从甲姆拉葬礼过后,丹增活佛一直深处雪山闭关修行。王宫已经遣了侍官前去请驾,活佛却不出山。侍官请问活佛将会修行多久。答曰:顺日月而修,日月多长,修行多长。侍官又请问活佛何时出山,却说:人间诸事无常,日月有变时才会出山!

女王听到这样的话,有些难过,也有些不悦。暗自祈祷:但愿日月轮回,永不变更;活佛修行,永不出山!于是便把希望一门心思地寄托在掌控着人间天象的神师身上。请他卜卦,择了吉日,即花赛后的第十三日,与男王成婚。届时,王宫将会举办盛大的锅庄舞会。王城上下,众多达官贵人也将会驻扎梨花大萨,为女王的婚庆狂欢十三天。

第 4 篇

12. 金沙的光芒

　　大凡悲观者，亦为大智者。悲观者认为，诸事无常，所谓圆满，其实只是浮世的假象。比如晚霞灿烂天上，那般壮丽，终究也只是为黑夜垫个绚丽的底色而已。是的，哪有永恒的圆满呢。现在，正当女国沉浸在女王苏墀的婚庆当中，人间美丽的假象便开始现形——因女国西城地带遍布金矿，金沙的光芒早已照亮西城之外的草原部落——裹作部落。

　　关于这个部落，人们对于它的认识，至少是女国西城的猎户们对于它的认识，就像猎人对于金雕的认识。猎人们深知金雕捕猎的战术，虢猛且又凶残。即使是独只金雕，也敢攻击野狼。它会在草原上长距离地追逐狼群。发现一只落伍，立即俯冲而下，直扑狼首。一爪扼住狼脖，一爪刺入狼眼，首先让狼的视觉陷入黑暗；再趁着黑暗扭断狼脖。继而撕开皮肉，就着活体生生猛食。一顿茹毛饮血地饱餐后，仍然不忘带上残食，展翅高飞，像一片神秘的云雾消失在万里高空。对于西城的猎户们，外域的裹作部落就像金雕捕食，他们也是一片神秘的云雾。

　　是的，当这片云雾被雷电照亮，暴雨就要来临了——裹作部落正计划：趁着女国人王大婚，入侵女国西城！就在前一天，部落首领裹作派出的十一个密探已经返回草原。他们匍匐在裹作巨大的营帐里，衣衫褴褛，目光却如同金沙一样烁烁放光。带队的密探头官黑鸢，向裹作汇报了这样的战报——因为参加女王的招亲花赛，女国西城最为强健的青年战官们，基本都赶去了王城。西城距离王城路途遥远，往返路程大约二十天，中间在王城逗留大约十五天，前后就是一个多月。还不知哪位青年赢得女王金聚。若是落在西城，不管是哪个家族哪位战官，又不是一个月可以返城的事了。也就是说，这时的西城防御空虚，正是入侵的大好时机。

　　裹作兴奋不已，连夜召集部落里三位重要战官——师爷波扎、战队头官达理和客居裹作部落、来自西域森波大部落的勇士东嘎。他同时也是裹作"大小阿吉"[1]的阿哥，便是地位显耀的大阿乌（舅舅）了。另有密探头官黑鸢，以及部落的大管家跌布。六个男人密集地团坐在营帐中央。

一个清瘦寡言且精炼深沉的男人，是师爷波扎。一个谦卑谨慎且气息厚重的男人，是大管家跌布。一个双目狭细、面色闪烁的男人，是密探头官黑鸢。一个骁猛彪悍、豪气万丈的男人，是大阿乌东嘎。一个神态沉定、含而不露的男人，是战队头官达理。一个踌躇满志、目光锋亮的男人，便是部落首领裹作。

六人目光交织，穿梭不止。尤其裹作，那利箭一般尖锐的目光，一会儿盯住师爷和管家，一会儿盯住达理和东嘎。他美丽油亮的"大小阿吉"正在上上下下地忙碌，为男人们倒酥油茶，递送美食。女人那个溜索的腰身，好比那风中火把，在六个男人面前左右摇摆，晃个不停。

要说师爷波扎，平日是最喜爱被裹作召集的。每当这样时刻，他就可以光明正大地、充分地享受裹作的两个女人，她们温柔的伺候。这当中，他会不失时机地用目光尽情地抚摸两个女人，她们妩媚的笑面、野性的腰身，连同她们氆氇下偶尔闪显的花靴，都会让波扎陷入一场美好的想象。

但是现在波扎毫无心情。因为裹作目光严峻，像把刀子，恨不得把每个人脑海里的智慧统统给挖出来。

大管家跌布是个谨小慎微的人，对任何事都抱有敬畏和谨慎之心。对这次仓促入侵女国，他自然顾虑重重。但见他第一个站出身，以劝诫的口气提醒裹作："杰波[2]，虽说攻打女国西城是我们的一直愿望，但也是最为艰难的愿望。这次虽然机会可靠，但那女国甲姆可不是一般女子，上到掌朝执政，下到远征伐战，内到温情蜜意，外到骑马操刀，她是样样强悍，身手不凡！听说在她的领地上，男人们都会甘心为她卖命——景仰她，拥戴她，听命于她。他们从不涉入政事，平日只以作战为大事，个个生猛好战，是目前高原上最难征服的大熊。我们如果不做好充分的战事筹备，仅凭一次机会就匆促出征，怕也不妥。"

裹作见大总管滔滔不绝地描绘那女国甲姆，这不是长他人志气，灭自己威风么！当下对大总管的表现很失望，驳斥他道："你说的那是过去嘛，现在已经不一样。那些大熊，他们早就变成甲姆的大猫了。"

---

[1] 阿吉：康巴方言，意为妻子。
[2] 杰波：藏语，意为首领、大首领之意。

说得一旁大小阿吉忍不住"噗嗤"笑起来。

东嘎和达理则用蔑视的目光盯住跌布。对于生性好战的勇士，怠战简直就是死亡！跌布的消极表现让两位勇士咬牙切齿，恨不得用目光的鞭子抽他一顿。

师爷波扎却显得漫不经心，用疑惑的语气问黑鸢："头官，你们十一人前去女国也有三个月，都进入了哪些地区？中间有没有被人发现？"

黑鸢坚定地回答："师爷，您大可放心。我带领三人以西城之外的民间作为据点，十分安全。其他六人分别遣去女国的北城、东城和南城，又有二人遣去王城，都是以商人身份深入其中，不会被人怀疑。"

波扎一听王城，就问："那遣去王城的二人牢靠吗？"

黑鸢伸出双手，保证道："我们是左手和右手一个模样的兄弟。"

波扎则话里有话地提示："听说那女国王城，是一座淫浸在梨花香酒当中的华丽城池！"

黑鸢眉头一皱，严肃地解释："我们兄弟都是岩石的性子。即使碾碎了，那也是沙石，不畏任何风浪。"

波扎终是点头，闭目沉思。眼线锁得紧密，凝成一条线。许久才道："这次我们可以进攻。"

裹作脸上露出希望的笑意，跟着追问："那对于取胜您有多大把握？"

波扎思考一阵后，回答："杰波，多大把握我不好说，但有两个良机会帮到我们。第一，这时正值她们的老王去世不久，新王执政经验不足，那祖母政权一时还不稳定；第二，她们正在为新王操办盛大婚礼，防御当然松懈。参加婚庆的各城青年，包括那些西城战将，既然一时难以返城，这次确实是我们进攻的大好时机。"

裹作赞许道："哦呀，现在对于我们正是天时地利！"

东嘎和达理看六人中已有二人态度肯定，顿时精神抖擞。长期困于草原部落，过着无所事事的平庸生活，对于勇士来说简直生不如死。勇士的精神是：生活只在刀尖上，生命只在搏斗中。二人因此情绪亢奋，尤其东嘎，当即对裹作积极表态："杰波，我认为今夜就应该集结战力，三天后就可以出发。我们需要争分夺秒，充分利用时间，速战速决！"

裹作双目雪亮，兴奋发话："好！有大阿乌这样决心，我们行动吧！"

管家跌布一听真要行动，怔在那里洞张着嘴。

裹作就朝他哈哈大笑了，嘲弄道："我的大管家，瞧你那嘴张开的，跟金矿的洞口一样。为什么不能从里面挖出金沙来呢！"

13. 借他的战旗，破他的城池

于是当夜里，插在裹作营帐四周的火把，竟像火龙一样分散到草原四方。裹作人急速行动。除集结在营帐周边的原有战力，他们又深入各地区的大小牧场，临时召集人马。其实分布在牧场当中的那些牧民，只要身为男人，多半也不是纯粹的放牛娃，而是草原战营的战卒。因为平日无战，他们才回到各自牛场。这下得到军令，自然积极响应。裹作心下明白：要想成功占据女国西城，就必须壮大入侵战队。因为对于管家跌布提出的战事担忧，实则不容忽视。

其实攻打女国西城，无论从地理还是从对方的战事防御方面，确实难度非凡。虽然就地理位置看，女国西城与裹作部落仅仅隔着几层山地，属于近邻，但二者地貌完全不同：裹作部落地处西城之上，地势极高，是纯牧区；女国西城则像一块厚重的金砖，方方实实地落在牧区之下的崇山峻岭间。而那些散布在峻岭当中的金矿，它们则像一口口天然的聚宝盆，里面蕴藏着黄灿灿的金沙，这使得女国西城富得流油。自然对于城池的巩固做得极为扎实，无比用心。那里，整座城墙均为岩石所砌。岩石又是清一色的深层岩，硬度高、耐磨损，是天然的防御石料。再通过黏土层层夯实，砌出来的城墙，就跟长出来的天然磐石一样——厚重，牢固，坚不可摧。正因此，裹作虽然早年就对女国金矿垂涎不已，却也不敢轻易攻打西城。

但现在，上天终于给裹作降下机会！往往是，最安全的地方最容易捅娄子。那西城人正是太过于信任大城墙的战事防御能力，西城战队的青年战将们，包括金布、非天、松格等，才会放心地前去王城。

草原上，裹作人火速组军，仅仅用过五天时间，就把平日散布在牧场四方的铁骑壮士们神速地召集起来。点了数目，竟有八千战力！结合草原战营原有的两万战力，裹作的入侵战队已经充壮到近三万人马。到第六天，裹作立即率领战队出发。

因为赶时间，裹作人日夜行军，沿路占据女国的大小战关十一处。每到一处，因战力强大，攻破那些平日只有百多人把守的小战关，好比踩踏一只只蚂蚁，竟连战关里的信官都不会留下一个。这样的一路，总共花费十五天时间。到第二十一天，裹作大军已经悄悄地抵达了女国西城郊外。

一时间，裹作的入侵战队犹如马蜂出巢，几乎包围了西城北面的所有丛林。那些身穿牛皮战袍的战卒，他们身上携带了足够的战器。近战的钺、戈、钯、铜、战刀；

远战的弓箭、飞矛、暗刀等,人均紧握在手,时刻待命。当然,虽然暗下已经包围西城,但裹作军并不敢轻易暴露目标。因为他们从未见识过如此恢弘的西城大墙——它几乎就像一道山崖,战卒们的心因此被堵住了。他们只能暂且隐蔽在丛林深处,等待首领裹作的命令。

裹作呢,即便是先前他的密探头官黑鸢,已经向他描绘过西城大墙的真实状况,但真正亲临现场时,还是心有顾忌——现在看来,如此坚固又深厚的城墙,若是不能另辟蹊径,仅仅通过硬战攻打,怕是他那三万战力难以招架!

裹作只好询问师爷波扎,寻求他的想法。

波扎遥望大城墙陷入沉思。眼下,但见那城墙上方,每道垛口处都立着几位威武壮士。他们手持战戈,姿态端正,目击四方。而高耸的烽火台旁,花花战旗正在迎风招展。波扎的视觉显得有些凌乱,跌入了更深的思索。半天时间也已经过去,他总是不给裹作答案。

裹作性急,又询问达理。达理虽然是草原战队的战事头官,但平日带兵操练都是在草原上,只熟悉草原战地。这一下深入峡谷,哪里见过这等坚固的防御大墙!自然一筹莫展。

裹作对他的战事头官很失望,又把目光转向阿乌东嘎。阿乌东嘎则表现出一副血气冲天的架势,建议裹作直接打硬战。裹作无奈,最终询问黑鸢:"你对那堵大墙,应该更有想法吧?"

黑鸢一怔。他是密探队的头官,对于侦察方面倒是在行;但对于攻城战事,他多也不敢乱想。担心说错了主张,又会影响战事。

裹作不由气恼,责备他道:"你嘛,在这里侦察过三个月,难道天天就是看墙,不去想想怎么攻破它!"

黑鸢心下憋气,面色表现出好大委屈。

这时,却听波扎若有所思地接话:"看墙,其实也是好的。只要能看出细节,看出名堂。"

所有人就把目光投向波扎了。

但听波扎不动声色地询问黑鸢:"你看墙,对于上方那杆战旗可有了解?能不能寻一面过来?"

黑鸢不解问:"要他们的战旗作什么?"

波扎坚持:"你寻来就是。"

黑鸢想了下,回答:"丛林间的山寨庄园里就有那样的战旗,我去取过来。"

波扎朝黑鸢摆手："快去吧。"

裹作一听丛林间的山寨庄园，连忙询问达理和东嘎："那些发现了我们的山寨人，有没有控制好？"

达理响亮回道："杰波放心，全部控制了。连一只苍蝇都飞不出来！达理深知，只要溜走一个，他定会给那王城报信，哪敢让他们乱跑！"

裹作点头，就听波扎充满信心地发话："现在倒有一个办法，可以破那城墙。"

裹作立马催促："师爷快说。"

波扎抬起手，遥指城墙上方："杰波，你看那垛口处的战卒，应该都是那西城康金大矿主的手下。"

裹作："对，这是黑鸢探得的消息。他们都是西城战队的人。那大矿主掌控着西城战队，他的长子金布又是西城战队的头官。那些人当然都归属康金父子的手下。"

波扎："拉索。既然他们也是金布的人，不如就从金布身上寻找出口。"

裹作："可黑鸢早有报信，此时他正在王城。"

波扎："他是在王城，但他的家族在西城。"

裹作等波扎继续。

波扎："那金布不是正在王城参加女国甲姆的招亲比赛吗——不论是那康金家族的强大势力，还是那金布本人的战事能力，他都极有可能成为甲姆的男王。"

裹作："哦呀！"

波扎："那就假定他已经被推为男王吧。获得这么高贵的名分，他得衣锦荣归。那对于康金家族，这么特大的喜讯，也不能来得太突然吧——"

裹作惊望师爷，突发哈哈大笑了。恨不得举起师爷，把他当成一面战旗摇晃。万分激动地道："这么大的喜事，王城方面定要提前遣人送信到西城，也好让富有的康金家族，提前做好恭迎男王的准备嘛——哦呀！哦呀我的师爷，我们就来做一次信人，回城报喜，让他们打开城门！"

波扎跟着招呼："杰波别激动得过早，具体细节还需要多多思量。"

裹作哪里抑制得住情绪，兴奋道："细节很简单，就是趁着天黑，晚上，充当他们的信人，借他们的战旗，破他们的城池。我聪明的师爷呀，你不是都已经安排好了吗！等黑鸢取回他们的战旗，我们立刻行动！"

波扎却面色沉定地提示裹作："杰波，仅是天黑又不行。我们还需要挑出更合适的时辰，去叫城门。"

裹作急切问："师爷认为什么时辰合适？"

波扎对裹作分析:"夜晚最黑的时辰,是黎明之前的黑暗,那时叫城门最好。不但可以借助黑暗过关,黎明前也是那些站过一夜哨卡的侍卫,他们最为困倦的时候,突然听到有人叫喊城门——他们嘛,思想还丢在梦里,打开了城门,说不定还以为是在做梦!"

于是,就在当夜的黎明之前,西城巨大的城门下方,出现了一支五人组成的小小马队。他们的脸深埋在黎明前的黑暗里,但手里高举的西城战旗,却飘扬在火把闪烁的光芒里。他们在叫喊城门。

这时高大的城墙上方,几位守城的侍卫,虽然看起来个个摆着站立姿势,但更像是站着睡觉一样。站岗放哨,熬过一夜,黎明之前正是他们精神最为疲乏的时候,却忽然听到下方有人叫喊城门。火把一照,困乏的视觉里,只见城门下晃动着寥寥五人的小马队,举着西城战旗,像是哪个家族的人回城。

城墙上便在例行公务地喊问:"你们是哪个家族的?"

城墙下回应:"我们是大矿主家,金布少主的信人。"

城墙上:"金布少主?他可是在王城。"

城墙下:"哦呀就是,他是在王城。但我们需要提前回城。请上面的官爷们为大矿主家祝贺吧。我们提前回来,是向大矿主报喜来了——大少主在花赛中独占鳌头,已经贵为甲姆男王啦!"

城墙上顿时气氛活跃起来,有人惊喜道:"哦呀,大矿主家果然出了人王!"

但只一会子,惊喜又变得冷静了,经过一阵窃窃私语,城墙上又传下话来:"下面的信人,王城那边现在是什么情况?"

城墙下回答:"王城正在为甲姆和男王举办盛大婚庆——那火热的舞会场面,实在壮观!参加庆典的男女朝官,来来往往,就像潮水一样。他们洁白的官帐,依次列在梨花大萨的周边,就像一朵朵白云落在地上。"

城墙上发出感叹:"哦呀!可以想象!大矿主家的西染小姐呢?你们有没有看到她?"

城墙下突发怔住,冒充叫阵的波扎,慌慌支使身旁的黑鸢,小声地招呼他:"这个你来回答。"

就听黑鸢大声答应:"阿弟大婚,可也是阿姐的喜事!西染小姐嘛,官职已被甲姆提升到'天官'的级别啦!"

城墙上跟着响应,赞叹:"哦呀,肯定会是这样!美丽的贡缎上肯定要绣出金色的太阳!"稍许停顿,又问:"大婚后,大矿主家的男王,他可选了什么吉日回城?"

黑莺大声回答:"男王已请那王城的神师卜卦,十天后的大吉日子回城。这才遣了我们先回来,向大矿主报喜,主要是为十天后恭迎男王,布置场面。"

黑莺话落,只听墙上又在问:"那十天后——"

黑莺紧忙打断道:"各位官爷,见面再问吧。快快打开城门让我们进去。按王城那神师的测算,天亮之后就不是吉日。我们必须赶在天亮之前的吉日给大矿主奉上喜讯。耽误了,我们可都承担不起呀!"

城墙上一听天亮之后就不是吉日,经过一阵商议,最终朝下面恭敬地回道:"请信人等候,我们这就打开城门。"

14. 灭族仇人

最终裹作人趁着黎明前的黑暗,借助西城战旗骗开了西城城门。

如此一来,裹作军从草原一路南下,沿途跋山涉水,风餐露宿,实则也有疲惫;又是仓促入侵,心虚、顾忌。原本他们面临的将是一场无法预计的复杂战事,不想到达西城后,却是出其不意地顺利。随着"哑"的一声闷响,深厚的西城城门竟在黑暗中缓缓地张开。张开来,迎接的又不是黑暗了;而是黑暗化成了黑浪——裹作埋伏在城墙外的第一批冲锋战力,瞬间变成一袭浪潮呼啸着杀进城门。他们兵分三路:一路由战事头官达理领阵,冲上城楼,与上方措手不及的守城侍卫厮杀;一路由裹作本人领阵,冲向西城战营;一路则由黑莺带路、裹作的阿乌东嘎领阵,直奔康金家族,挟持康金大矿主。

而城外的丛林中,大批潜伏的裹作战力一时间竟如牦牛转场,黑压压地涌进西城。顿时,城楼上下,战营内外,遍处刀戟交织,杀声震天。裹作战队这是有备而来,自然杀得坚毅,不留余地。西城战队因为被突发地偷袭,则显得手忙脚乱,无法精深战事。如此,也就不过两三个时辰,西城战队基本就被裹作军给控制。裹作见胜利在望,当即吩咐手下战官收拾残局,自己则折身直奔康金大院。一到现场,见他的阿乌东嘎已经把大矿主给挟持住了,顿时大喜。这次偷袭西城,裹作最大的目标就是挟持康金大矿主。因为他手中掌控了所有西城区域的金矿分布图。获得这份地图,就等于获得了女国的半壁江山。

自然,康金家族随着大矿主的挟持,全族被困。金布的阿妈志玛夫人、姑母兼女管家泽真夫人,大矿主那年仅十八岁的妩媚女伴小达娃,以及众多男女家侍,均被控制在康金大院里。

裹作原本计划:先要通过刀箭控制西城战队,再以诱降招数拿住大矿主,软禁在康金官寨,劝其交出金矿地图。但没想到这位大矿主竟像一块落入泥沼的顽石,又滑又硬。自从被挟持,无论裹作怎样威胁利诱,他一边作出屈从的模样,一边却金口难开。

当然,这是大矿主应付裹作的招数。他暗下意在——为王宫的救城战队拖延时间。因为西城外的跑马关驿站,里面的信官肯定已经出发,赶往王城报信。不久,王宫定会派出强大战力前来救城。

康金的心思裹作不是没有洞察。但对他来说,这次入侵的最大目的就是索取金矿地图,再以西城作为驻地开采金矿。现在被康金这么不痛不痒地牵着鼻子,他是打也不能,杀也不能。就只能抱着侥幸再作劝诱。同时已有意识:迟早那些奔赴王城的战将是要返城。等他们一回返,战事就会拉大。裹作因此一边对康金加强施压,一边则在为防守做准备。西城之内,除一般城民,多半达官贵族都被裹作给挟持,充作人质押上西城城楼。

按裹作的算计,如此一来,即使西城战将们回城,他们上要面对城楼内自己的亲人,包括康金大矿主也在其中,当然有所顾虑,不敢强硬攻城;下呢,由于城墙坚固,城门封锁,更无处可入。而按照王宫距离西城的路程计算,西城失守的消息,就是有专门的信官报信,半月之内战将们也无法赶回西城。有这么长的时间去消磨,怕是康金最终承受不住,只能交出地图。因为先前裹作只是抱着侥幸软禁康金,尽量以说服为主;但数天下来,一无所获。裹作最终失去耐心,开始改变策略,准备动用酷刑。

于是整个康金家族又被带出康金大院,押入已被裹作人占据的西城大狱,关进了阴森的刑房。那刑房中,将会有众多险恶的刑具,鞭抽、火燎、锥刺、夹肘、扒皮、抽筋,正在等着大矿主一家人。

眼看大矿主的心理底线就要被惨不忍睹的酷刑给攻破。恰巧在这时,他那十八岁的妩媚女伴小达娃,面对刑房内那些锋利的刑具,突发失控了。猛然朝裹作及行刑人大嚷大叫:"小达娃知道!小达娃知道!小达娃带你们去找金沙!"

大矿主惊讶不已。他心中明白,这个自己才疼爱过两年的女伴,她并不知晓什么金沙。原本她只是西城阿修家族收养的一个女侍而已。后被他偶尔相中,带回康金大院。她还有个阿弟,是她唯一的亲人。如今正在西城外的跑马关做事,是战关里的一个信官。这姐弟俩感情一直深厚,却是一个住在城里,一个住在遥远的城外,平日很难相见。事实上,小达娃可能是被锋利的刑具给吓坏了,以为再也见不到亲人阿弟。背叛康金家族就可以获得自由,从而与亲人阿弟团聚吧。大矿主是这么想的。

自然,精明的裹作更不会轻信小达娃——老成的大矿主,怎么可能会让一个地位卑下的女伴知晓金矿地图呢!但是小达娃却朝裹作大声吼叫起来:"杰波,不信您跟小达娃走吧,康金大院里遍地埋有金沙!墙脚下,花坛下,屋基下,到处都是!小达娃全都知道!全都知道!"

大矿主这一听,眼球突出得简直就要掉下来。无比震惊,也无法理解——这个仅在自己身边生活了两年的女伴,她是怎样获得了康金家族如此机要的秘密?!

裹作却一把托起小达娃的脸,佞笑道:"我凭什么相信你?"

小达娃坚定地发誓:"天神在上,小达娃如果说谎,天雷轰顶!"

裹作一听小达娃拿天神发誓,脸色才变得柔和了一些,但内心仍然不能信任,疑惑问:"你为什么要背叛自己的家族?"

小达娃双目喷出仇恨的火花,面向大矿主,咬牙切齿:"谁和他是一个家族!他是我的灭族仇人!"

大矿主震惊不已,颤抖问:"你——你究竟是什么人?"

小达娃决裂道:"拉措矿主你还记得吧。"

大矿主一听拉措小矿主,眼前顿时一黑,腿脚哆嗦不止。

原来,小达娃原本出生在西城一个富裕的小矿主之家——拉措家族。十二岁时,他们家族因为金矿资源,同大矿主发生矛盾。后拉措家族被强大的康金家族变相侵吞,几乎覆灭。小达娃和唯一的阿弟有幸被阿修家族的大少主暗下营救。二人后来就成了阿修家的侍人,一直埋名隐姓地生活。长大后,小达娃为报灭族家仇,竭尽心力地搭上了大矿主,成了他的女伴。那些伴随仇敌同眠的日子,不知小达娃是怎样崩溃地挺过来!这样的女子,内心燃烧着深刻的复仇之火,自然对大矿主的家事处处留心。占着一张玲牙利嘴又天生聪颖,小达娃总是可以打通各路关节,最终摸清了康金家族的各种底细,包括大矿主埋藏在大院地下的金沙。心埋仇恨的女子,只盼着有一天利用这些金沙,抄翻整个康金家族。

裹作自然无心追究这些细节。一想到金沙,面朝小达娃哈哈大笑了:"哦呀,我可不管你们有什么深仇大恨。我们要的也不仅是那埋在地下的金沙,我们要金矿。"

想了下,则又道:"不过倒也不错,这可是现成的金沙嘛。"

于是吩咐一旁的东嘎:"阿乌,你带上这个女人,到康金大院去挖金沙。要掘地三丈,统统给我挖出来!"

东嘎眼睛雪亮地应道:"拉索!"当即把小达娃带走了。

15. 神山上有我的眼睛

夜晚,雾气蒙蒙,杉烟蒙蒙。在小达娃的指引下,东嘎已经令劳工们挖翻了整个康金大院。那些深埋地下的金沙,放出灿烂的光芒,被集中运到了裹作的临时战营。

所有人均为之惊叹。包括裹作本人,他也不曾一次性地见识如此壮观的金沙——它简直就像一座小金山。裹作心花怒放,盯着金沙连连感慨:"哦呀!哦呀!康金大院就是一座金矿嘛!"顿一下,则询问东嘎:"阿乌,康金大院里,别的地方你可都仔细检查过?"

东嘎笑着回答:"杰波放心,除经堂外,连沓晃里的一粒沙子我们都看得一清二楚。"

裹作面露狡黠之色,问:"经堂里就没有细看?"

东嘎解释:"那是天神居住的地方,我们倒不想冒犯。"

裹作话里有话地道:"不冒犯,也可以朝拜一下嘛。认真地'朝拜'!看看天神是不是还有什么吩咐。"

东嘎会意,应一声"拉索"退了。当即带上随从前去康金大院。

裹作面色又恢复了心花怒放的模样。一边抚摸金沙,一边对身旁的小达娃赞不绝口:"不错不错!你这个小女子,我要赏你什么才好?"

小达娃就探试地问:"杰波,这些金沙,可不可以换小达娃一个自由?"

裹作哈哈大笑,直言问:"你认为自己能值这么多吗?"

小达娃就知道裹作是不会轻易放过她了。当即一头趴在裹作脚下,无比悲伤地道:"就是杰波不赏小达娃,小达娃也不想走了。给小达娃报仇的人,就是小达娃的恩人,小达娃这身贱骨头从此就是恩人的!请杰波收了小达娃吧,就是做个厨娘也很知足。"

裹作这一听,才笑了。吩咐小达娃起身,一边发话:"好吧,看在金沙的分上,允了你。"

当即吩咐随从,带小达娃到临时大营的厨帐里做事。由于人马太多,那里正需要厨娘。

随从便把小达娃领进一个负责三百战力饮食的小厨帐。但见这小达娃,一进厨帐就像到了自家厨房一样，立马熟练地忙开了。收拾，打理，利索得很。随从这一看，放心地给裹作报信去了。

其实，能够伴随仇人同床共枕的女子，哪有这么简单！小达娃之所以投靠裹作，除了借助裹作之手报复大矿主之外，她更多的想法还是——希望能从绝望中寻找出路：第一，避开严刑拷打的苦难；第二，获得自由，重新回到她的恩人家族——阿修家去。因此，虽然现在身处裹作大营，保住了性命，但小达娃的心中总有不安，总在寻思着如何才能回到阿修家去。至少要去看看她的女领主，有没有在这场战乱中受难？而自己又能帮她些什么？可西城并不大，如果她明明白白地离开，肯定会被裹作人盯梢，那就会连累阿修家族。她只能选择暗下行动。

三天后的一个夜晚，小达娃佯装做活疲惫，早早就睡下了。等其他厨娘们睡熟后，才悄悄地爬出厨帐，溜了出去。月黑风高，小达娃避开裹作人的眼目，深一脚浅一脚只往阿修家赶。

提到阿修家族，有件事就不得不说。早先这个家族的男主人，就是非天的阿爸，坐镇西城战队，官职也是达到了大首领的级别。但自从他突发蹊跷地离世后，不但是阿修家族的一棵大树被砍倒，就是他的长子非天也莫名其妙地被降了官职，直接由带队数千人的战事头官，降到了信官的位置。是信官，就要经常往返王城。这也差点要了他的性命。那一次，他正是前往王城例行公事。却在丛林间的行马大道上被人突然挟持，蒙住头面，后来竟变成了甲姆拉的凶手！另有家族里的次子松格，更是被革去了西城战队的军师之职，同其他两位兄弟，火布和水布一样，清闲在家。从此阿修家族开始没落，在西城渐渐失去影响。又被财大气粗的康金家族那灿烂的光芒给遮掩，几乎就没了声息。正因此，也算是因祸得福，这一次竟然被裹作人忽视，未被抓去充作人质。

虽然当下已经不一样，大少主非天已经贵为甲姆的男王，阿修家族也即将东山再起，但喜讯还未传入西城。而自从西城失守后，接管阿修家族的女领主，就是非天的阿妈，一直深处官寨的经堂里念经。已经多天，每天只以糌粑和酥油度日，足不出户，也不见下人。下人们只能聚集在经堂的四周，生活得提心吊胆。现在，女领主的经声是下人们唯一可以依靠的保护神——他们都认为，是女领主的经声让阿修家族获得了安全。

因此，当小达娃摸着夜色赶到阿修家，她匆促的脚步敲响经堂外的地板时，下人们惊慌失措，认为这个不懂规矩的女侍打破了家族的安宁。连忙上前拦住她，正要拖出去责罚,却听经堂里女领主突然止住经声,清烟一样的声音,飘出了经房:"哦呀,让她进来。"

小达娃朝下人们挤出一个怪怨的鬼脸,匆忙扎进经房里。当她面对神龛下方的女领主时,匆促的脚步立即就收敛了,变得轻悄、谨慎。抱着无比恭敬的心情,小达娃跪在了女领主的脚下。是的,自从进入阿修家以来,小达娃极少有幸这么亲近地接触女领主!她因此屏住呼吸,拘谨,紧张。但内心似乎又在翻腾着一股难以表述的浪潮,被压抑着,欲出不能!纷繁的情绪,叫她一时竟忘了要去问候女领主。

却不料女领主倒先开口了,叫一声:"孩子。"

小达娃紧忙应声:"拉索!"

"起来孩子。"女领主充满预见地、认真地发话:"当你需要去做一件天神才可以完成的大事时,你不必对我下跪。"

小达娃听女领主如此发话,顿时震惊,不知怎么回答。因为她实在弄不明白,对于她投奔裹作,女领主怎么连一句谴责的话也没有出口?难道已经看出她的心思?

确实,刚才也说过,她投奔裹作是有三个目的:第一,为家族报仇;第二,躲避拷打的苦难;第三,没有阿修家族给予第二次生命,她又怎么报仇!其实在她心中阿修家才是真正的恩人!那又要怎样报恩?想想,裹作人这也是一时大意,暂时没有注意到阿修家。但不能保证时间长了还会大意。因此她投奔裹作,更多还是想竭力取得裹作信任。如此,未来阿修家若是被裹作人为难,看在金沙的份上,自己总可以在裹作面前求得一些情面。

其实小达娃的这份心意,从她一进门,女领主就在她那恭敬而复杂的神态中感应到了。但见女领主抬头,仰望窗外那深埋在夜雾中的西城神山,意味深长地道:"不用多想,孩子,那神山上有我的眼睛。"

第5篇

16. 青烟冉冉

再说王城。女王的婚庆刚刚结束,却突然接到西城报信。送信的是那跑马关的信官,也就是小达娃的阿弟雪雉。当他快马加鞭,日夜兼程,一头扎进王宫大殿时,他极度疲惫的身子已经虚脱,匍匐在地,说不出话。女王见状大惊,紧急传召文武百官上朝,尤其是各方战队的首领和战官:男首领绛珠大相、女首领绛月大相、女战官青次高霸、猎战官洛塔、蛊战官西贡波、大金聚松格、阿乌格拉、神师刚布、内务女官苏梨等,均在突发中接令,匆促进宫。另有非天王和天官赭面娘已在宫中。

女王端坐大鹏宝座中,目光严肃,俯视大殿下方。但见阿乌格拉、非天王、大金聚松格、绛珠大相、神师刚布等男官,都已经在列;再瞧绛月大相、青次高霸、西贡波、苏梨等女官,均也到场。史官姜措早已紧张地立在一旁,执笔正准备记录大事。却见少了一个重要女官——康金家族的长女西染高霸。这西染高霸可是朝中要官,职位已近"天官"的级别,平日参与一般朝会也是十分积极。如今西城出事却不见她到场,实在令人费解。

女王诧异,质问内务官苏梨:"你的传令官呢?难道没有给西染传令?"

苏梨吞吐中回应:"甲姆,这次内官倒是亲自上门给她传了,只是……"

女王焦急发话:"只是什么,你快说!"

苏梨解释:"只是西染官早在梨花大道上就遇见了西城信官,就比我们早先一步获知西城失守。到下官传令时,见她正在官寨里忙着清点人马战器。毕竟康金家族深陷其中,西染官心急如焚——她或许是在替王宫组织战力,以便充实救城战队吧。"

女王呵斥道:"是谁给她私自组织战力的权利?"

苏梨就不敢应声了,众官也因此惊愕。神师这一听,心头却跟着掀起了浪花:西染高霸竟然私自组织战力,如此妄自尊大,这不是直接藐视祖母王权嘛!而时间短暂,且西染又不是战官,她凭什么能力可以神速地组织人马?莫不是她的官寨里早就藏有一支私人战队?这个惊人的猜测一旦被神师联想到,立马就上奏给女王了。但此时王宫大殿正处在水深火热的救城浪潮当中,谁也没有心思关注神师的这个猜测。

但听女王已在命令苏梨:"你再去,到西染官寨,把那西染带进宫来。"

苏梨接令:"拉索!"正欲出宫,却见西染高霸像只慌张的野鹿撞进了大殿。

女王见西染,很不高兴地问:"西染官,你在忙什么?!"

西染高霸左右一看,见自己正处在众目睽睽当中,心中早有底数,说话就不敢冒失,老实地解释:"甲姆,下官因为清点家侍和他们身上的战器,这才迟了。"

女王听是清点战器,厉声发话:"难道你要私自组织人马!"

西染高霸神色焦躁,为自己辩护:"甲姆,您实在误会下官了。虽然家父被挟持,下官心急如焚。但下官真正担心的并不是这个——我们康金家族掌管着西城所有金矿地图,这要是流落到外域人手里,后果不堪设想!救城时间争分夺秒,容不得半点拖延,下官只是在替王宫分担负担。"

女王一听金矿地图,才缓了口气:"西城发生那么大的战事,哪是你一个高霸能够分担得了!"

神师听女王这口气,就知道女王是不想追究西染高霸了,只好把寻求的目光投向众位朝官,包括非天王。却听非天王请示女王道:"甲姆,西染官说得在理,她这边焦急情有可原。西城战队已被那裹作人控制,失去抵抗能力。我们必须争取时间,尽快救城!我是西城人,对西城地理更为熟悉。请甲姆下令,我要速回西城!"

非天王的请求叫女王面露难色。其实她心中已有决定,那就是让大金聚松格出征。因为毕竟非天王已经正式入宫。适逢新婚,夫妻离别,她是舍不得的。而最主要的,是她的内心产生了一种莫名的担心。这种担心既无根源,又能真切地感受。就像做梦,你抓不住,但却真实地感受到了。因此,让大金聚松格出征,从情理和情感上更符合她的心思。再说,西城失守固然事大,但还不至于大到需要非天王出山。那裹作人偷袭西城主要是为金沙,也就是盗贼的阵式而已。遣派大金聚松格协同绛珠大相前去驱敌,应该足够了。

想到这些,女王立马发话:"男王是宫中半边大主。历来宫规就有规定:不是地动山摇,王宫大主不得出山。"言毕,着重地看一眼天官赭面娘,意思是让她再证实一下。

天官意会,跟着出列,响应道:"哦呀!这是'祖母秘籍'中的宫规,已经沿袭了三百年。"

非天王一听急了,紧忙上奏:"甲姆!宫规并不是天神的口谕。即使沿袭三百年,也是凡人定下的规矩。"

男王的话让在席朝官无比惊讶。虽然男王说的是个大实话,可总也不能这么直白地揭示嘛！一时男王自身也觉得出口冒失,当下就有些尴尬,不好再继续话题。

但他既然提到天神的口谕,就有一位男官借着势头大胆地出列了,上奏女王道:"甲姆,对于一些突发大事,凡人是没有能力作出正确决定,天神才有这个能力——小官东知很想知道,男王出征,不知天神会有什么说法？"

女王一瞧,竟是之前在甲姆拉的葬礼上,跳出来和丹增活佛争辩不休的那个小小男官。见他官位不高,却出语锋利,女王便有不快。但碍于众目睽睽,就把目光投向神师,询问他:"刚布,你是怎么想的？"

神师面色深沉,且又语气巧妙地回答:"甲姆,最重要的并不是谁能出征,而是谁出征才能救城。您的男王就是有这个决心,也需要请问天神,看看天神的安排,是不是他去就能顺利救城。"

于是一场专门为出征请问天神的法事即将开始。由于救城时间紧迫,女王只好吩咐天官赭面娘引领神师,就在大殿外的月台上,那焚烧杉针烟火的香炉前,临时设置作法道场。神师招呼宫中内侍备好杉针及火草送至香炉旁。自身则面朝祖母神山的方向,摆出随身携带的作法神器,普巴、盲加、色线、咒符、人皮鼓、嘎巴拉碗,开始作法。一时间,月台上法铃声响,咒符纷扬。神师密集的咒语也跟着响起来,像那山噪鹛的叫声,扑打着女王的心。女王神情紧张,不时地朝大殿外张望。但见神师一边念咒一边抛撒咒符。同时双手摆布着各种幽异动作,一忽悠悠向上,宛若游蛇出洞一样；一忽急剧而降,风驰电掣一般。如此地反反复复,咒符不知被抛出了多少回,总也不见他往香炉里焚杉针,燃烟火。

因为呀,他反复地抛撒咒符,就是在观察咒符飞起时的风向——只有无风的时候,烧起的烟火才会青烟冉冉,预示吉祥的天像——那将意味着男王出征顺利。

神师立于香炉下方,不断地抛撒咒符,一遍又一遍。最终,随着又一道咒符被抛撒出去,神师终于往香炉里放进一些干燥的杉针；同时,在他抽手的瞬间,已有一件密物自他宽大的衣袖内侧迅速地落入杉针里面。这时,虽然立在一旁的天官正用紧迫的目光盯住香炉,但她"咚咚"撞击的胸口让她无法注意到神师的这个细节。是的,在天官的内心,她不但希望男王出征,女王的所有金聚都应该出征！因为在甲姆拉时期,祖母王朝就是女人的天下。男人,只是天上的彩云,水中的浪花。想起甲姆拉,天官那颗思念的心哪,就像被河岸旁的仙果刺(仙人球)给扎了,隐痛,又密密麻麻,拔不出它。

天官正因此走神,难过,却见那香炉里悠悠扬扬地冒出一股青烟!天官顿时大喜,目光抑制不住地闪烁了一下。这一举动虽然稍纵即逝,不用心根本发觉不到,但还是被视觉灵敏的神师窥视到了。当场神师就感觉有一股深暗的气息袭击了他,这叫他原本快慰的心情变得有些复杂。

举步走进大殿,神师禀报女王道:"甲姆,神谕昭示,男王应当出征。"

女王听到这话并不吃惊,因为她已经从神师的面色中看出来了。但还是不放心地问:"当真需要出征?!"

神师见女王心有顾忌,更坚定了语气:"拉索!甲姆,神谕授意,只有男王出征才能顺利救城。"

女王晃了下目光,见天官走进大殿,立即问她:"天官,外面的香炉你可看仔细了?"

天官响亮地回答:"甲姆,那里正是青烟冉冉。"

女王这一听,心情不悦,但碍于神谕,就没有再作坚持。当下吩咐史官:"哦呀姜措,你要把今日占卜的一切预言,给本王细致地记录下来。"

听女王这口气,虽然她需要在无奈中应允男王,但同时也对神师发出警告:但愿天神庇佑,男王一切平安,否则你刚布罪责难逃!

17. 带着信物出征

经过朝会廷议,王宫决定由绛珠大相率领男战队,配合非天王出征。又分派非天王的三阿弟火金聚随军。为防万一,在阿乌格拉的建议下,留女王的大金聚松格于王城中待命。而女王的小金聚水布因为生得一副清瘦之身,并不得力,自成亲以来倍受女王冷落,一直就不曾正式召见。即便是在如此紧要的关头,他仍然像个被遗忘的闲人儿,连阿乌格拉似乎也疏忽了他,更不说参与战事了。

分派完出征战事后,女王又单独召见了绛珠大相。私下对他下过一道死命:无论多大战事,一定要保护好非天王——如何完整地带走,就如何安全地带回!

绛珠大相原本是个耿直性子,哪里说得出这未知的承诺。但想到女王也是新婚,夫妻惜别,确实有些难舍,不免又生出怜惜之心,只好答应一句:"甲姆放心,这次出征,不是他带回我,就是我带回他。"

这一夜竟是分离之夜。由于救城战事急迫,非天王已经退去新婚华服,换上了出征战袍。他将投身到绛珠大相的救城战队中,次日清晨就会出发。虽然在这期间,王城上下的梨花仍然盛放得无比热烈,但在王宫七楼寝宫内,女王再也无心眷念梨花,或说梨花下的男王了。现在她的男王已经变了模样。但见他那一身:黄金打造的头盔,高高在上;紫铜打造的铠甲,气势昂扬;一双明犀大目亮如星月,一身强健体魄又如那风中鸷鹰。当下只把女王瞧得,目光竟有些虚晃。镇定了下,望男王,又觉得他那一身金铜战袍虽然威风凛凛,似乎还是缺点什么。细细端详,女王就从胸前取下一枚金饰,却是那云凤金佩!再望男王时,女王眼角间已经沁出晶莹的泪珠。手托信物,女王嘱咐男王道:"我的王,请带上这只金佩吧。出了宫,它就是我的金令。危难时刻,你可以拿它替我说话;争锋时刻,你可以拿它替我作主;危险境地,你可以拿它默念,保你多多平安!"

非天王见是之前自己赠予女王的信物,它又要返回自己手中,当时那个心情,就如信物一样沉甸。接过来,半晌也说不出话。不知感慨了多久,才把信物贴在胸口间,对女王表白一句:"甲姆,我定要用血肉之躯温暖它,带它回来。"他嗓音哽咽了,又道:"定是人在物在!"

女王一听人在物在,心情更为沉重——这决绝的言辞,竟像是生死誓约!女王转身,不敢再望男王。毕竟这是远征,生死的路程。当下只见二人:一个步履迟缓,临行,却又迈不开久别的脚步;一个面色忧伤,欲诉,则也无法用言语表达。非天王把云凤金佩放进胸口最深处的衣兜里,和嘎乌放在一起。之后,整好衣冠,站在七楼寝宫的门槛旁。一边掀开门帘,一边回望,意欲转身安抚女王,却听宫楼下,远征的战鼓已经敲响。声声如箭,撞击心房。非天王踌躇片刻,深情回眸后,快步走下楼去了。

当他雄健的脚步跨出七楼寝宫后,又不再是刚才那般犹豫了。变成大风的模样,疾步而下,直奔王宫前方的梨花大萨。这时大萨中央已经聚满了绛珠大相的战力。在映天的火把光芒中,但见绛珠大相穿戴一身铜网铠甲,显得无比的威武,雄壮。一双大目直视非天王,竟是放出豪光;那胯下的战马已在砸蹄嘶叫。那人那马,都是一副急不可待的模样!非天王瞧得,浑身顿时热血沸腾。绛珠大相朝他挥手,向他抛出一根马鞭。随那马鞭的方向,就有一匹矫健大马奔至非天王面前。这时的非天王,尽显一身金戈铁马的壮士气度,以那雄鹰展翅的架势一步飞上战马。

到天明时,绛珠大相和非天王率领的救城战队已经集合完毕,开始出发。一时间,只见宫外的梨花大萨上,鼓声雷动,战马飞驰。这时女王却不想亲自送别男王。她只身走进王宫九楼大经堂,长跪在甲姆拉的神位下,为神位奉上净水、哈达、金沙、珠宝,祈祷甲姆拉的在天之灵,保佑救城战队和她的男王——战事顺利,一切平安!她就那么一直长跪、回避,没有走出经堂。哪怕只是站在月台上目送男王,她也竭力地克制住了。只在不断地念经,不断地祈祷,不断地五体投地。

多久过后,直到宫外再也听不到战鼓声响,她才提起勇气走出经堂。可是,当她步上月台,举目远眺时,却发现她的男王早已消失在苍茫的山岭间了。他就像一匹野马,勇猛且又坚毅。出征的步伐那么迅速利落,像是天上的太阳也难以追逐到他。

18. 潜伏深穴的大蛇

是夜,夜不能寐中,女王忽听内侍禀报,大金聚松格求见。女王听是松格,心下已经预知这位金聚夜访王宫的心思。刚好心情不佳,也需要有个倾听的人陪她说话。就吩咐内侍先把松格请进五楼大茶房。

岂料一见面,瞧这位大金聚却是面色不佳,并非女王想象的那样,是特地进宫看望她的。

确实,松格求见女王实则是有要事。因为西城沦陷,松格预计非天王此去定有周折。虽然王宫的救城战队阵势强大,但毕竟西城已经失守,落入战敌手中,自然战敌也有防备。以那西城大墙的坚固,只要防备到位,肯定易守难攻!松格正是抱着这个担忧,怀揣救城的战策而来。

女王却无心觉察松格的这个胸怀。除在梨花峡谷中第一次相见,有着一些模糊印象外,女王对这位踌躇满志的金聚忽略得大了,并不知他的心间搁着多少心思。

当下,只见松格那面色,看似平静,却是焦虑更多一些。女王则不关注松格。她的心思全在男王身上,自然开口闭口都是男王。就着茶房中央的大锅庄,女王端坐在上方,松格面对女王而坐。一把蛙形酒壶,两只金镡,斟的两镡梨花香酒。女王一边饮酒一边回味男王,也顾不得松格的感受。只从当初甲姆拉的葬礼,到后来的花赛、婚庆,以及与男王那短暂的宫廷生活,点点滴滴地向松格倾诉,总也说不完。

直至说到后来,说到现在,说到西城失守,最后说到男王出征时,松格才有机会插进话来。便是小心又坚定地安慰女王:"甲姆,请不要过度担心西城,西城就像您的宫殿,它也坚不可摧。"

女王一声叹息:"唉!再坚不可摧,如今却失守了。"

松格暗示道:"飞去的大鹏也有回巢的时候,何况那么大的城池!"

女王点头应声:"哦呀,大鹏回巢那是肯定的,只是需要折损一些兵将。"

松格缓了一会,吞吐地说:"如果战事部署得当,就会减少兵将的折损……"

女王见松格语出一半,就知他有思想,当即问:"金聚有什么好建议?"

松格则答非所问地说:"那王宫下方的蛊战队,听说她们的女首领西贡波有些厉害。"

女王一听西贡波,目光闪了一下,一边思忖一边道:"确实,虽然蛊战队只会制作蛊毒,难以参与实际战事。但对付一些特殊战事,制作蛊毒可能比参加实战更为重要。"

松格就知道自己的意思,女王已经领悟了。趁热打铁地问:"听说在王城下方,还有一支擅于战事侦察的女战队?"

女王回他:"那是王宫密探队。她们的女首领,那个蓝鹊使者嘛,是女战队中鼎鼎有名的侦察官。"

松格连忙用探试的语气再问:"王城前往西城,除行马大道外,还有一条捷径,使者可也知晓?"

女王骄傲道:"就像天空中的红嘴蓝鹊,没有她到不了的地方。"缓了下口气,则话里有话地说:"任何一场战事都少不了密探队的力量。哦呀金聚,我知道你想表达什么。但使者的用场,我早已经安排过了。"

松格听女王这么说,就不知再怎么表达他的想法。

却听女王直言招呼他:"西城告急,王宫出征匆忙,定有疏忽的地方。金聚原本身为西城战队的军师,这么深夜进宫,定是带着想法。请细说吧。"

松格听到女王这话,才又放开了心情。便把如何遣派蓝鹊使者前去西城侦察敌情,又如何遣派蛊战队的西贡波同行,利用蛊毒协战救城的计策,娓娓道出。

当下听得女王眼睛一亮,连连点头道:"哦呀就是! 毕竟我们的西城已经落入敌手,变成敌守我攻,且攻击对象首先就是我们自己的城民。这是一道可怕的心理战术。如果硬打,从心理上我们已经输给对方。为确保救城顺利,这次我们是可以从'战力、放蛊、神法'三面入手。那就是以男王非天和绛珠大相的王宫战力——配合'蛊战队'的西贡波给战敌投放蛊毒——再由神师刚布就着灵验的蛊毒、传播灾难的神喻,以此动摇敌心。如此,三股力量交汇作战,救城才会稳操胜券。"

松格见女王把他想要表达的思想完整地道出来,当下从心底佩服女王。而女王对于这位精于战事谋略的大金聚也是刮目相看,当场夸赞道:"哦呀! 原来金聚胸怀大局嘛!"

随即吩咐内侍,夜传神师刚布、密探队女首领蓝鹊使者和蛊战队女首领西贡波,进宫密议。

说起蛊战队的西贡波,就有必要介绍一下蛊战队的大本营——依杜官寨。虽然这官寨一直隐蔽在王宫下方的密林深处,平日看似清冷,少有动静,实则大有来头。因为女国盛产金沙和紫铜,矿产丰富又美女如云。在过去,分布在女国金矿边境的一些外域部落,时常会越境偷盗金矿。而境内的大小部落之间,也经常为争夺金矿地盘发生摩擦。王城的战将们远征伐战,损失惨重。女人失去男人强有力的保护,只能依赖独特的峡谷地势和坚固的碉楼作为防御。但如果面对更为强悍的对手,先天体力不足的女人们自然难以对付。为保护家园,女人们不得不研制一种杀人不见血的武器——蛊毒。她们将蛊药投入侵犯者的食物或者身体里,以此消灭战敌。因此在战乱年代里,依杜官寨对于祖母王朝意义非凡!

只是现在的依杜官寨,因甲姆拉当政时期,领地之内国泰民安,女首领西贡波少有用武之地,自然无法得到王宫大主的重视。她已经多久未被王宫召见,早已记不清。现在,深夜里突发接到诏令,西贡波内心感受自然不一般。预计女王这么晚寻她,定是有重大事件——或许就是依杜官寨被王宫重用的时刻即将到来!这位与蛊毒结缘的女子,她的生命在这一夜,因女王的召见,就像蛇血浇灌的火杜鹃,又开始灿烂妖娆起来。

西贡波开始梳妆打扮,穿衣戴帽。作为祖母王朝的制毒官,西贡波的出行装束却和一般女官不太一样。

在女国,一般宫中女官的朝服,基本会参照大鹏鸟的模样设计。女子将发鬓高高地盘起,犹如大鹏鸟高昂的头冠。再以青色贡缎做成花帕,戴于发鬓之间,又以璎珞垂于耳际。上身配以大襟长袄裹身,外罩红白相间大披风,下身则是青毛绫裙搭配。腰间束一条绣以蛇鳞及舌头的青丝腰带,形似那衔在大鹏鸟口中的青蛇。绫裙内侧的衣裤是要被五彩布条紧紧地裹实,就像那大鹏鸟的跗骨一样。脚蹬尖头高翘绣花靴,走起路来,将双手轻轻地抬起。那模样,实则就是一副大鹏展翅的姿态。

西贡波的装束,除这些传统的规矩外,比起一般女官却又多出两件必不可少的腰饰:一是火狐皮制作的蛊药囊,挂在不易被人觉察的绫裙内侧,里面装有不同种类的蛊毒——熏心杜鹃、噬髓蚁、虮子蛊、血蛇蛊等。要看以什么样的方式,给什么样的仇敌下毒,她的药囊里就会装起与之匹配的蛊毒;二是紫铜皮打造的小酒壶,更是形影不离地系在腰间,里面终年盛放自家密制的解蛊药酒。她那已经渗透全身的蛊毒虫子,是离不开这个药酒的,需要天天饮用,以此维持生命。一旦断了,各种蛊毒就会侵袭她的全身。而每一种蛊毒都足以致她性命:熏心杜鹃会叫她心脏无限膨胀,绽裂而死;虮子蛊会让她下身开花,溃烂而亡;噬髓蚁只要钻进大脑,便以温水煮蛇的方式慢慢吸干脑髓,吃空人脑器官;血蛇蛊则在人体的条条血管里产子,数天后生出漆黑如墨的小蛇。小蛇一旦睁开双目,立即顺着血管,通过人的七孔、耳朵、鼻子、嘴唇、眼睛等,爬出体外。不断地生产,不断地爬出,直到活生生的人体被侵蚀成一张人皮……

穿戴完毕后,西贡波匆忙踏入密道。这密道自依杜官寨一路向上,直接通达王宫下方的地宫。一般情况下,女王召见西贡波时,走的都是这条密道。比起王城当中那些鲜明的战事营地,依杜官寨则是王宫的一处隐蔽的战力储备所。它像一条潜伏深穴的大蛇,阴寒、神秘;且又无比厚重,从不随便对外人开放。包括具有通天法力的神师,他无限宽广的神谕,也难以真实地探测依杜官寨的真容。

西贡波很快通过密道上达王宫。进入四楼议事厅时,但见女王和大金聚松格已经等在那里,就知道女王确实是有要事寻她。心下正得意着,又见神师刚布接踵而来,还有密探队的蓝鹊使者,就不明白女王为什么又要请这二人进宫。而神师见到西贡波和蓝鹊使者,想她俩一个是密探头官,一个是制毒头官,心下已经预知了大半。

当下三人共同向女王叩拜。坐定后,女王即把松格的建议道出来。同时交给他们一项秘密使命:前往西城,由蓝鹊使者先行打入敌营,摸索战况;再利用西贡波的蛊毒、神师的神谕,里应外合,协助救城战队打一个阻击战。

神师一听要去西城协战,脸色顿时明亮起来,干脆地应承。

却听西贡波提出一个担忧:"甲姆,王宫战队早已经出发。我们这才起程,怎么赶得上?"

女王望一眼蓝鹊使者,胸有成竹道:"王宫战队人马壮大,只能选择行马大道。你们人少,可以选择最近的路程——使者会带领你们通过一条捷径追赶他们!"

西贡波才有放心,连忙答应。

女王欣慰,当即对三人作出承诺,等救城回宫,将会重重赏赐他们。

三人各自谢过,接了密令退出去。

女王目送他们离开后,终是缓下一口气。

这时松格呢,见女王已经把密令下达,心情才跟着放松开来。他的使命已经顺利完成。接下来,接下来夜就深了。而女王精力充沛,注视松格,对于这位精于军事谋略的大金聚心怀感动。彼此对视,情意绵绵。那气氛,真是无比的温暖。夜,轻轻的,静静的。远方的峡谷里,白天那奔腾的河流也像是睡着了。西天之上,一抹淡蓝色的云系正朝着银月飘过来。慢慢地,它抱住了月亮。

慢慢地,女王和大金聚松格,也如那夜云揽月,他们变成了一个人……

19. 深暗无边

再说当天夜里,西贡波离开王宫时,走的是地宫密道回返。这是女王赐予依杜官寨的特权;而神师走的则是王宫正门。因此两个将要合作的协战伙伴就来不及碰面,或说商议一下,各自应该拿出怎样的看家本领,漂亮地完成任务。

要说神师刚布,对于王宫下方的依杜官寨,那是一直心生好奇。以玄秘为生计的人容不得他人玄秘。神师总认为,外界一切自己不能掌控的玄秘事物,对自己都具有一定的威胁性。因此总想寻找机会探访依杜官寨,揭开它神秘的面纱。但无奈始终不能得手。这下正好,因为合作协战,神师终于有了机会。当然,对于协战这也很有必要。因为只有预先了解西贡波手里都有哪些蛊毒,又都是什么毒性,神师才能利用相应的蛊毒,传播相应的神谕。鉴于此,即使西贡波不欢迎,神师也可以借助共同协战的机会进入依杜官寨。

第二天一大早,原本神师应当在官寨里收拾出征装备,前往王城下方的花葬关集体汇合,但他却又匆匆赶进宫中,向女王提出:行前需要进入依杜官寨,了解各种蛊毒的属性。

女王先是有些顾忌,对神师道:"你与西贡波即将一路同行,那茶余饭后,了解蛊毒的机会可是多多有了。"

神师竭力解释:"甲姆定也明白,通过西贡波的口说出来,不比亲眼看到更为生动、细致。到西城,传播神谕也要让人心服口服。刚布如果对自己所传的神谕,具体内容都不了解,又怎么能让那裹作人信服呢!"

神师这一说,女王倒也认同。想到那西贡波同样会在清晨出发,为赶时间,女王特地为神师开启了地宫密道。因依杜官寨地处秘境,女王便把神师带来的两个随身家侍打发了,换上自己的地宫密侍陪同神师。这叫神师很不自在,下达密道时就显得有些忐忑,这是他从未有过的感受;或者说,这是他的神权所不能控制和预见的感受——依杜官寨究竟会是什么模样?里面制作的蛊毒又是怎样的厉害?他更希望通过这次探访,得到传说中的"臭鼩毒",但最终是否能够如愿?这些问题好像比天神的口谕更难让他把控。

心下没底,忧心忡忡,带着无法预测的焦虑,神师被两个地宫密侍带到了依杜官寨。因为怀揣心思,神师并不希望女王的密侍一直跟随在自己身边,就吩咐二人在外面等候。他亲自走向依杜官寨大门,小心地叩起来,却是多久也无人响应。神师迷惑,等候一阵,又继续叩门,仍然不得响应。他只好举手探试地推一下,不想那院门一推即开。

神师惊讶不已,抬脚跨过门槛。一进去,顿时就有一种迷失的感觉,呈现在他面前的,竟是一个他从未见识过的、无比奇丽的大院。到处是,嗨,不是他先前预想的那个模样:阴沉,昏暗,遍地弥漫着熏烟气息,和面色阴郁的放蛊婆娘——竟不是这些,却是满院的杜鹃怒放得跟朝霞一样。

真是奇怪了,峡谷里的杜鹃还是青蕾硕硕,这个大院里的杜鹃却是一丛丛一簇簇,盛放得铺天盖地。

火杜鹃,是一种可以生生活烧的花木。一棵火杜鹃,生命中会有两次灿烂。它们在夏天里开出妖娆的花朵。除此之外,那旺盛的叶脉里又蕴含着像松香一样易燃的液汁,一着火很快就会抽出火苗,像是再一次盛放。而这再一次盛放只会发生在依杜官寨——火杜鹃是依杜官寨制作蛊毒的原始火料,提取蛇毒、蝎毒、蚁毒、臭鼩毒等,均离不开火杜鹃。以它焚烧时熏起的烟雾,才能从活蛇、活蝎、活鼠体内提出毒液。

神师当然不知道这些!他已经被眼前如此盛大的开放搅得心神不宁。却又见得,每一簇杜鹃下都置有一块干净漂亮的天然岩石。有几位年轻的姑娘正坐在上面休憩,悠然自得的模样,见他这么唐突地闯进来,却也不显得惊讶——她们就像这满院的杜鹃,并不在意看客的惊异,只迷恋自身的美丽。这着实让神师吃惊,一时尴尬在那里,却又佯装不以为然,随手拨弄着身旁那些坠满绒粉的杜鹃花。

这时,就见西贡波裹着一身完备的出征战袍,站在门口招呼他:"哦呀,尊敬的阿苟,请别动那些花粉。"

神师一见西贡波,便把惊讶的情绪暗藏起来,跟着询问:"女战神,你这里的杜鹃开放得多多早了,是什么催生它们这样地盛放?"

西贡波骄傲道:"它们都是蛇血浇灌的火杜鹃,当然比一般山杜鹃开放得更早。"

神师暗下吃惊:难道这就是传说中的蛇血杜鹃!据说依杜官寨中的所有蛊毒,都离不开这种烈性杜鹃的熏制。可见它本身的毒性会有多大!神师不由缩回手去。

西贡波这才故作警惕地问:"昨晚不是已经约好,我们和使者是在花葬关集合。您怎么寻到我这里集合来了?"不等神师回答,又自顾道一句:"当然,不是门外立着两位甲姆的密侍,我还真不信是甲姆允你到这里来。"

神师就开门见山道:"女战神,昨晚行走匆忙,来不及和你商量。现在我们既然成为协战伙伴,对于依杜官寨的各种蛊毒,我就需要先有了解。这样我们才能对症下药。"

西贡波一听神师为这个来,很不高兴。

一般情况下,除女王外,依杜官寨的蛊毒就是西贡波个人的秘密,从不会轻易向外人展示。但现在神师打的是协战旗号,又有女王应允。那她是说呢?还是不说?好像都挺为难。

眼珠子骨碌一转,西贡波就道:"我们依杜官寨的蛊毒,就跟峡谷间的梨花一样多。阿苟,您要我从哪里说起呢。我看不如这样,您心中有着什么样的协战计划,需要传播什么样的神谕,先说出来。我再从众多蛊毒中寻找匹配的,这样更为简单。"

神师见西贡波反倒把问题推给自己,暗下憋气,又不便表露。事还未成,他只能顺着西贡波的话说明:"眼下到西城,我们需要对付的并不是小个体,而是强大的入侵战队。人太多,就需要携带像瘟疫一样,具有强大杀伤力的蛊毒。我将有一道神谕,就是专门配备这类剧毒,你这里可有?"

西贡波想了下,说:"依杜官寨倒有一种臭鼩毒,具有瘟疫效果,可以一次性杀伤众多战敌。"

神师一听臭鼩毒,心下已有底数,却又佯装不放心地道:"我倒没有见识过这种毒。它到底具备多大的药性?确实可靠吗?别等到我的神谕在敌营中传播出去,你这'战器'却丧失了灵验。"

西贡波狡黠问:"这么说您是想试验一下?"

神师正色道:"救城是王朝大事。你我一定不能大意,一定要做到万无一失——我觉得有必要先做试验。"

西贡波原本不想在外人面前展示她的"战器"。但听神师说起救城大事,自知这神师也不是轻易可以得罪的,只好转身进了内室,取出一只银盒,领神师前往依杜官寨专门试验蛊毒的牢笼。她从腰间抽出一只小牛角,往银盒里小心地搅动一下,正要给牢笼中的地鼠投毒,却听到神师疑惑的声音:"女战神,我看你这小牛角上什么也没有嘛!"

西贡波自信道:"当然有,只是不易看见。就这点药末子,也是经过蛇血杜鹃三天三夜的熏制才能得到,药量极少,毒性巨大。"

神师好奇中提示:"你这里是可以用小牛角,但到战敌那里投毒,这个目标太明显,很容易被发觉。"

西贡波语气得意,解释道:"给战敌投毒肯定不是这样。"她朝神师翘起白皙的小手指,但见那上面的指甲又尖又细又美:"您看吧,药末子藏在指甲缝里。只要有机会接近战敌,随便地一个动作就完成了。"

神师显得无比惊异,连忙请求:"这药末果真神奇,细密又强大嘛!女战神,你可否递与我看看,也让我见识一下。"

西贡波一时愣住,但见神师手已经朝她伸来,只好小心加小心地递上。

却还是不慎,小牛角竟在神师接手时,打翻了!

西贡波双目瞪得像绽开的石榴,一声尖叫,慌忙抽手抓小牛角,但还是迟到一步,小牛角从神师手里滑到地上。

神师满脸愧疚,连忙解释:"这肯定是天神也不忍心看到我们伤害活物吧!"又面对牢笼中的地鼠招呼:"哦呀,得了天神的庇护,你们的命才大了。"

西贡波又好气又好笑,很想当面数落神师,但听神师摆出天神——他拿天神说话,她当然不敢面对天神耍脾气。只好弯腰,一边拾小牛角,一边心疼地问:"既然天神也不同意,我们就不用继续试验了吧?"

神师点头道:"哦呀,不能再继续。"

二人因此各怀心思。西贡波总感觉刚才那情景发生得有些蹊跷,但又不知蹊跷出自哪里。

神师却已在暗自窃喜。没想到这日思夜想的臭鼩毒,竟然这么轻易就能得手!于是只当这西贡波是个没有城府的女子,对她就有了几分轻视。原本在宫中,他认为自己最难看透的女人并不是女王苏墀,而是另外两个女人:一个是闪闪发光的西染高霸,一个是阴气幽幽西贡波。这一阴一阳两个女人,曾经像两道悬在空中的雷电,都是他可望而不可即的。

但现在看来，要说阴气幽幽，西贡波已经算不上。倒是女王身旁的天官赭面娘，越发让他感觉深暗无边。是的，想起之前，他为男王的出征请示神谕时，天官的目光像铜锥一样处处盯住他不放——他在拖延时间，等待风向，选择干燥的杉针放入香炉，趁着无风时点起烟火。那前前后后的过程，不论粗疏细致，总不见天官有半丝大意。到最终，天官看到香炉中青烟冉冉，目光一闪，如释重负……她那专注又变化莫测的神态，让神师一直无法释怀。

20. 供奉一神

协战队一行人，神师和西贡波，终是在王城下方的花葬关和蓝鹊使者汇合，一同前往西城。

这时在女国南城，也有一支人马即将上路。他们将从南城直奔西城。便是康金家族的长子金布的人马。原本在南城做客的金布，正沉浸在洛绒家族大小姐的情爱当中，不想却从王城飞来一封急信，这才得知西城失守！金布心急如焚，连夜收拾，准备出发，却被洛绒家族给绊住。因为虽然还未正式成亲，洛绒措小姐却早已把心交给了金布。如今西城失守，那是金布的家园，未来也将成为自己的家园。洛绒措当然不想轻视，她决定跟随金布奔赴西城。

这事遭到洛绒家族的强烈反对。虽然在这之前，家族的女首领大洛绒对两大家族结亲无比支持，但那都是基于门当户对。如今却不一样。西城失守，情况已有变化。且不说大洛绒的胸怀是宽是窄，康金家族被困，前途未卜，这已是铁的事实，不得不想。

大洛绒因此对长女直言不讳："前去失守的西城，我的波姆（女儿），你可明白这是多么冒险的行为！我不知道你们的情爱会有多深——就是有峡谷那么深，那未来的变化你也琢磨不透，未来的路程你也无法看清。"

生性刚烈的洛绒措反驳大洛绒道："阿妈拉，无论怎样变化，我和金布的情感都是真诚的，发自内心。那未来的路程虽然无法用肉眼去看清，但我们会用心灵去感受。"

这样的决心并不具备说服力。大洛绒不屑道："真诚的情感？发自内心？树上的画眉也是这么说的。但只要一场大难临头，各自就会飞得不见踪影。"

洛绒措知道用情感无法打动强大的阿妈，一转念，改变了策略，对大洛绒说明："阿妈拉，其实这次出行不但不危险，还是西城在向我们家族展示联姻的机会!"

大洛绒注视女儿,并不理解。

洛绒措就道:"这次王宫战队肯定能够救回西城。"

大洛绒并不信任这话,反问长女:"西城已经生灵涂炭,怎么还能夺回?"

洛绒措神色决然,语气坚定地解释:"生灵涂炭也有死灰复燃的时候,就看是谁去点燃那灰烬中的火星。如果是不可抗拒的神谕和百灵百验的蛊毒参与协战呢?您细想吧:那裹作入侵,也就是边民骚扰的阵势,哪里敌得过强大的王宫战队。又有神谕和蛊战配合,那就是天时、地利、人和都占尽了。再要救不回西城,除非那裹作是有天神帮忙。"

大洛绒听长女这番话,惊诧不已,只道:"信官送回的消息,是说那甲姆遭派绛珠大相前去救城,又破例让她的男王出征。但她什么时间又派了蛊战队?"

洛绒措神秘一笑:"这可是朝中的战事机密。"

大洛绒就糊涂了:"是战事机密你又怎么知道?"

洛绒措提醒阿妈:"那王城中既然有无所不能的蓝鹊使者,也就有无处不在的西染高霸!"

大洛绒一听西染高霸,心下已有底数。

但听洛绒措更深一步提醒:"阿妈拉,我们的信官已经被南城的繁荣蒙住了锋亮目光,连那西染官寨里的小小密探都比不上了——西染官寨的那些密探,他们的目光就像雷电一样。"

大洛绒这一听,当即陷入沉思。

洛绒措趁热打铁道:"阿妈拉,您就放心吧,金布少主对我的情感就像天上的太阳。"

大洛绒思想开始在摇晃。

洛绒措挨近大洛绒,以恭敬的声音,道出最后的杀手锏:"阿妈拉,您可知道,康金家族和洛绒家族,我们供奉一神!"

大洛绒好奇问:"难道他们家族也供奉扎拉[①]?"

[①] 相传原始宗教中,"朱拉"意为财神,"扎拉"意为战神。在当时,原始苯教是由氏族部落内部自发产生的信仰。各个部落或家族崇拜的神灵,往往被认为与本部落有着共源共存的血亲关系。只有本部落的神,才和部落成员休戚相关。而神灵与神灵之间,就像部落与部落之间一样,是并立的关系,并不存在等级高低,也谈不上是互相隶属的关系。因此在当时,对于信仰的名称,名义上都可以笼统地称为苯教。具体落实到各个部落内部时,却又各自为政。

洛绒措信心满满地回答："当然！他们家族曾经掌控着西城那么多金矿，却不供奉朱拉，而是供奉扎拉。这就是天注定的——我们俩家共奉一神，我和金布就是一家人！"

21. 我的手指跟你那战刀一样锋利

大洛绒最终只能同意长女的选择，于是金布带上洛绒措火速回返西城。这时非天王与绛珠大相早已经上路。由于人马壮大，他们只能行走王城通往西城的行马大道；协战队一行人则由蓝鹊使者领队，超着捷径小道前行。他们日夜兼程，不敢停顿。到第四天，协战队已经赶上了王宫战队。第六天，从南城过来的金布也汇入了王宫战队。大战队又共同奔赴了五天。到第十一天，终于抵达西城。

这时不出松格所料，那襄作人果然早有防备，已把西城各大贵族都拉上城楼，做了人质。就造成这样的被动局面：无论救城战队选择火攻城楼还是箭攻城楼，交锋时刻都会殃及亲人性命。大战队因此被牵制，陷入困境。

夜晚，战队中的核心人物，非天王、绛珠大相、神师等，集结在西城外的一处空地上，烧起篝火。一群人围坐在火堆旁。上方坐的是主战官非天王，紧挨他身边的是绛珠大相，其次为神师、西贡波、蓝鹊使者，金布和洛绒措分别坐于下方。

非天王盯着协战队一行人，忧虑的目光打量他们。他在寻思，这些人都带来了什么看家本领。望向神师，他带来一身作法神器：普巴、盲加、色线、人皮鼓和嘎巴拉碗。再望西贡波，别的也没看出什么，但瞧她那腰间的佩饰，比一般女子更为繁琐。用心一看，却是两只别致的酒囊。非天王心想：那里面装的什么？难道是救城的美酒？又望一眼金布，他除了带回洛绒家族的大小姐，还带回了两柱愤怒的目光。女伴洛绒措则坐在一旁无助地瞧着他，一筹莫展。这当中，唯有蓝鹊使者不同寻常。但见她正在朝非天王使眼色，之后擅自起身，钻进篝火下方的丛林里。

非天王心下思量：作为王宫的特殊战队，密探队的主要任务就是如何在决战之前，及时地为大战队提供可靠的作战信息。因此蓝鹊使者的行动一向是独立而机密的。就说这一次，她并没有及时地跟随救城战队出征，那也是她一贯的作战风格——其实她早已经安排手下密探，赶在救城战队之前就出发了。她自身不出征只是为了迷惑外人。到大战队出发后，她自然会独立出发，独立行动。

这也正如之前女王对松格说的，"她的用场早已安排过了"。

非天王这一想,就明白使者这会儿离开,肯定是有要事需要单独向他汇报,随即跟了上去。

进入丛林后,却见使者并不说话,只是从怀中掏出九只红嘴蓝鹊来。非天王诧异,就听使者轻悄地解释:"王,这些都是我们的信使,报信鸟。"

非天王见是报信鸟,感觉特别地亲切,像是前世里就已经熟悉它。

原来,相传阿修家族的祖先是西天大战神下凡。而蓝鹊使者呢,据说她们家族祖先是西天女神的信使下凡。在女国,一直延续着一种说法:祖母王朝的第一任始祖是来自昆仑神话中的女神,她是人间幸福与美满的化身。传说为女神传书的信使是一只红嘴蓝鹊,正是蓝鹊使者的祖先。如此,身为女神信使的化身,自然就赋予了女神的智慧。所以这蓝鹊使者才不是平凡之人。

非天王已朝使者投去敬重的目光。却见使者并不理会,显露着一副匆促要走的模样,擅自把自己如何提前进城,如何打探战报,如何从城内放出红嘴蓝鹊报信,放出多少只鸟,又会是什么意思……对非天王一一说明;继后,再把阿修家族,也就是非天王的本家,如何被裹作人忽视,因此暂时安全的事报了;又把康金大院里埋了多少金沙,又怎么被裹作人发现一事作了交待。说完,朝非天王深行一个战礼,钻进丛林深处,消失了。

非天王望着使者离去的身影,觉得使者果真有那红嘴蓝鹊的风格:利索,敏锐,且十分神秘,不由多加几分敬重。再回到篝火旁时,见众人都在张目望他。自然,神师已经明白非天王追进丛林,这是与蓝鹊使者秘密说事去了,心下就有些不舒坦。其实对于神师来说,因为这次救城而把自己的命运和非天王绑在一处,这是他极不情愿的。当仇人的目光竟然可以那么无辜和平静地划过他的脸面——那种不经意,那种轻视,那种对于仇恨一无所知从而表现出的陌生感,是最挑战一个时刻怀恨在心的仇人,他的心理极限的!

"无论救城战事是否顺利,这仇人,他一定要死在救城的搏击中!"神师暗自发恨。

正当他想得咬牙切齿时,却听非天王以寻求的语气问他:"刚布,对于救城战事,您有什么建议?"

神师努力着恢复了常态,却又答不出话了。

非天王就把目光转向西贡波,问:"西贡官,你呢?"

西贡波朝非天王摊开双手,表示:"王!我有一双可以调制花粉的手,但它却提不起战刀。"

非天王纠正道:"西贡官谦虚。既然你的手能够调制那些神奇的花粉,也跟我们的战刀一样锋利了。"

西贡波一时不知如何回应。

非天王无奈,困望篝火下方一行人,只当闲话一样地再问一句:"你们呢,都有什么想法?"

金布目光先是闪了一下,但立即又跟着摇头。

这一举动虽然迅速,稍纵即逝,非天王还是注意到了。心下就在思忖:这金布肯定是有办法。但又犹豫,一时不说。

于是非天王紧紧地盯住金布,目不转睛。

金布被盯得有些心虚,就问道:"非天,你这样看着我做什么?"

非天王见金布口出不恭,并不称他为王。就以激将的语气,突发来一句:"除了救城,除了救你阿爸,那些深埋在康金大院里的金沙,难道真的就要变成裹作人的腰饰和马鞍吗?!"

金布一听非天这话,先是懵了一下,接着心口"咚咚"直撞,就像要跳出来——这非天,他怎么知道康金家族埋有金沙?难道那些金沙已经被裹作人发现?是的,就在刚刚他内心还在挣扎,要不要告诉非天他的家族有条通往城外的秘密地道。但想起地道里同时还埋有金沙,又不是正常所获,并且数量巨大,就犹豫了。心想,不到迫不得已是不能说出家族地道的。

但是现在,金布已经从下座里跳了起来,直逼非天问:"什么金沙,非天你说明白!"

非天王见金布一副狗急跳墙的架势,知道他这是急疯了,就实话告诉他:"我也是刚才听到使者报信,你们康金大院的金沙被裹作人挖了。"

非天王话音刚落,就见金布身子一歪,倚在洛绒措身上。

这边,神师一听康金家族有条秘密地道,顿时喜悦。只是作了少顷的思量,就对西贡波发话:"我看嘛,女战神,这次就得瞧瞧你的火杜鹃又要怎样盛放了。"

西贡波惊望神师,问:"您这话怎么说?"

神师话里有话地点拨她:"那天拜访依杜官寨,有幸听你介绍过一种粉毒,是以蛇血杜鹃培制而成,叫'半根香'吧。"

西贡波一听半根香,心下就有了底数。

原来,依杜官寨里深藏着一种会飞的粉毒,是由蛇血杜鹃的花蕊与麻黄草混合碾成的粉末。这花蕊因为是在蛇血中生长，就吸收了蛇血的阴毒；麻黄草又是一种可以麻痹神经的药草。两种末子相混合，培制成粉毒。又以毒蛾甬埋入粉毒中，培毒三个月。之后毒蛾甬破粉成蝶。那蝶儿吸食粉毒后，双翅中也会携带毒粉。飞起来，落粉如雨，像一只"雨蝶"。一般迷惑仇敌时，先把雨蝶包入火杜鹃的叶片中，放蝶者会在自己的鼻孔间抹上一层特制的解毒药，让粉毒不近自身。雨蝶一旦飞出，粉毒就会随着双翅飞舞而散落在空气里，进入仇敌的气管。当下就会导致仇敌昏迷半根香的时间，故名"半根香"。由于粉毒中含有蛇血阴毒和麻黄粉末，具有损伤大脑记忆的功能。所以凡是中过这类粉毒的人，醒来都不会记得中毒的过程。

这时，所有人都把目光投向神师了。他们知道，既然神师跟西贡波提到这个粉毒，肯定就想到了与之匹配的计策。非天王连忙发话，对神师道："刚布，您有什么想法，请细说吧。"

神师面色深沉，应一声："拉索。"道出三个计划：一是协战队将如何通过康金家族的地道，进入西城；二是如果在地道的出口处遭遇裹作人，将如何利用西贡波的半根香麻痹他们，以保证协战队安全脱险；三是进入西城后，将如何化妆成合适的人物，以便打入裹作战营，投毒和传播神谕。

22. 人面天珠

最终协战队一行人借助半根香的神秘掩护，通过康金家族的密道悄然进了西城。这时神师已化装成传说中的民间神人——挡天的人①；西贡波则变成挡天人的家眷；金布和洛绒措一个扮作挡天人的家侍，一个则扮作厨娘。因为自幼生活在西城，满城尽是熟客，为不露破绽，洛绒措就对金布作了赭面化妆。四人谨慎地避开裹作战队，窝在一处隐蔽的旮旯里。一直等到深夜，街坊无人时，才在金布的带领下叩开阿修家族的大门，匆忙递上非天王的亲手信，住进去了。

阿修家这时自然需要周密的安排。为防下人们嘴杂，这四人身份也只有女领主和管家二人知晓。因此一切只能依照常规安排：神师受女领主邀请，住进阿修家的经堂；西贡波作为挡天人的家眷，临着经堂之下的侧室而居；洛绒措因为扮的是厨

---

① 青藏高原一带，传说中能与天对话，具有呼风唤雨、控制天气的民间神人，当地俗称"挡天的人"。

娘，自然高贵的小姐身份要被屈尊，只和家族的厨娘们住在一处。虽然有些憋屈，但比起金布又要安然一些；倒是金布，面对自己熟悉的家园却要视作陌路，那个精神上的折磨不是一般人能够体味。何况他又是扮作"挡天人"的家侍，那就是下人了，所以只能和阿修家的奴仆们住在一起。

夜晚，阿修家的奴仆倒床即睡，鼾声如雷。因为长久也不梳洗，整个屋子弥漫着汗液与霉味混合的刺鼻气息。金布实在憋不住。只要一闭上眼，面前就会映现康金家族那华丽干净的客堂，以及那宽敞得可以揽住月光的康金大院。那里，不仅表面光华明亮，就连地下也是金光闪闪。但是现在——唉，裹作人是怎么发现了那些深埋在地下的金沙？难道他们有入地三分的视觉？真是这样的话，那康金家族的整个官寨……

金布再不敢往下想，因为对于他，大院里的那些金沙以及官寨里的所有摆饰，均也比不得隐藏在经堂内壁里的那颗镇族之宝——人面天珠的价值。前面已经说过，对常人来说，这稀世之物，它的珍贵及厚重，等同于人王的地位和极致的王权！女国上下一共才只有三颗。一颗是在女王手中；一颗落在天官手中；另一颗，外界传言是在百年之前失落民间，其实就落在康金家族。可见它对金布是多么的重要！裹作人信奉神明，借那神明的慈悲胸怀，他们总不会冒犯经堂吧——那镇族之宝，它还安全吗？

夜长梦多，金布越想越觉得放不下。一心只想摸回官寨尽早取出来。

于是当天夜里，等奴仆们睡熟后，金布悄悄地摸出了阿修官寨。他在夜风中穿行，只感觉昔日那么平坦的街道，现在是风也凛冽，路也冰寒。一边哆嗦一边躲闪，他尽量绕着弯道，避开夜间巡逻的裹作人，直到后半夜才摸回康金官寨的后院墙。借着裹作人挖金沙开出的豁口，以凹凸不平的土堆作掩护，金布爬进了自家官寨。伤心中寻望，但见昔日华丽的客堂里正横七竖八地睡着裹作军，金布就不敢乱走。毕竟他最熟悉自己的宅子，只好闪身钻进一处家族暗道，通过暗道爬进经堂。刚刚立起身，却见肃穆的经堂大门，它竟然是敞开的！心不由一紧，慌忙闪身躲进神龛底部。

一只野猫原本安详地卧在神龛下，被金布慌乱的脚步一惊吓，突然"喵"地一声尖叫。金布晃了下身，迅速爬上神龛；挪过神像，按住机关，头和手几乎同时伸进了机关内壁。在那漆黑的空间里，他的十指像树根一样，恨不得扎进所有缝隙里，抓狂而决绝地摸索，再摸索，却是——天，哪里还有人面天珠！

金布心一裂。随着双手像切断的树根那样，遽然间失去知觉，他的浑身也软成了一摊泥！而神龛下那只野猫越发叫得凶了。金布脑袋晃荡了下，从神龛上跌落，一头趴倒在地，脸面啃着地面，痛哭起来。这时，只听头顶上方那野猫的叫声变成了一阵窃窃暗笑。金布空茫地抬起头，他才望到，经堂里又多出几只高大的"野猫"……

23. 带上我的蛊毒去见他

第二天清晨，一贯独行的蓝鹊使者却突然来到阿修官寨。这时洛绒措才得知金布已经被裹作人抓去，顿时抱头掩面哭起来。神师很烦躁，指责她道："哭什么，你是想把裹作人招到这里来吧！"

洛绒措才稍微作了克制。

一旁西贡波充满担心地问神师："您说，那金布会不会把我们的下落供出来？"

洛绒措朝西贡波愤愤道："你当金布什么人！"

西贡波语气不屑，回她一句："他是不会随便说。但被裹作人抓住，送进西城刑房的话，谁知道那些刑具会不会说。"

神师朝二人摆手，大声发话："都别说了，解决问题最重要。"

两人才息声。

神师瞧一眼蓝鹊使者，见她目光凝重，便以打探的语气询问："使者，我们的计划还没有眉目，我们最重要的人却被抓走了。现在怎么办？"

蓝鹊使者忧心忡忡："我正为这事过来。金布被抓，这事确实大了。那裹作已经把城楼上的大矿主也押下来，父子俩已被送进西城大狱。裹作准备在那里对父子俩同时动刑拷问！"

神师担心道："只怕严刑之下要出乱事！我们得想办法尽快救出人质才行。"

蓝鹊使者点头："哦呀，必须先救出康金父子。金矿地图都在他俩手中，一日不救一日危险——我们一定要保住金矿地图，这是甲姆的命令。"

神师跟着响应："就是！康金父子是裹作最重要的人质。救出他们，裹作手里的人质价值就会贬低，他们就会变得被动。被动时，人心就有浮动。那时我们更有机会趁虚而入，打入他们内部。"

神师的推断让一旁的洛绒措既敬佩又感激，当即朝他投去殷切的目光。

却听神师又沉重了语气："只是康金父子已被押入西城大狱，我们怎样才能突破那些牢卒——我看只有先控制牢卒，才有可能进行救人计划。"

蓝鹊使者冲着神师神秘一笑："牢卒嘛，我倒寻到了一个目标。"

神师惊喜又惊讶，连忙道："请使者细说。"

蓝鹊使者思索了一阵，开始阐述："要说那西城大狱，你们肯定不会陌生。它是西城的处罚中心，以往西城所有罪犯都被关押那里。到裹作人占领后，不愿投靠裹作的就地一刀砍了。愿意投靠的，无论犯人还是牢卒都被释放。一些人被编入裹作战队，成了战奴。一些忠心又能干的，就变成大狱的管事人。比如刑房的头官区批，这人原本只是个行刑的牢卒。因为平日拷打罪犯时，手段凶残又极有计策，才被提升为刑房的头官。裹作占领大狱后，区批不但投靠了裹作，据说还及时地向裹作报出西城的一个重要机密。因此获得了裹作的特别重用。"

神师好奇问："什么重要机密？"

蓝鹊使者无奈地摇头："这个暂时我还没有查出。但我已经了解过，这区批有两个特征：一是残暴，二是贪色。"

蓝鹊使者说完这些，转眼盯住洛绒措，话里有话地说："所以，我们的突破口就是这刑房头官了。"

洛绒措浑身一怵，连忙发话："使者，你这样盯着我做什么？"

蓝鹊使者直言不讳："小姐要是想救金布，就得你来下手。"顿一下，又补充："当然，你还需要借助西贡官的蛊毒才能成事。"

洛绒措无比惊慌，当场回绝："放蛊投毒的事，我从来没有做过！"

蓝鹊使者问："那你不想救金布？"

洛绒措愤愤道："是想救，但凭什么让我亲身去救？我是贵族小姐！"

蓝鹊使者反道："那你想让谁去？金布可是你的男伴！"

洛绒措一时又被问住了，憋气说不出话。

蓝鹊使者便知洛绒措这一关可以过了，就把话题抛给西贡波，询问她："西贡官，你手里可有什么相应的战器？"

西贡波却不作答，提起腰间的铜皮酒囊，独自饮起了药酒。使者和神师只好耐心地等待。

过一会儿，二人再瞧西贡波，但见她那原本锅灰一样的面色，在饮过药酒之后却变得丰润饱满，如同酥梨一般。二人无不好奇，惊异不已。

西贡波见二人直愣愣地瞧着自己，才收了酒囊，发话："哦呀，我手里另有一种粉毒，正适合小姐去办大事。"

二人好奇地注视西贡波,等她继续。

西贡波却又不想多说,推诿道:"你们放心就好。这毒只要进得男身,不管他是天鹰还是地鼠,一概跑不了。"

原来西贡波这次说的粉毒并不是"半根香",而是她的得意战器——虮子蛊。这蛊毒是由乌莲花、五步蛇、藏蝎子、虮子虫、蛇血杜鹃培毒而成。乌莲花是生长在五步蛇洞穴旁的阴暗花朵,形如莲花。只在暴雨来临之前开放,是雷声催出的花朵。别的花,花粉呈现干燥状态。乌莲花粉因为浸染了五步蛇的粘液,却呈现潮湿的凝粉状。五步蛇又是一种青睐乌莲花的剧毒蛇,它会在乌莲花开放之际,昂头嗅食花香。张嘴时,蛇液就会滴入花粉。因为蛇液具有较强的粘性,花粉才会慢慢地凝滞,变成阴湿的凝粉。取下这种凝粉加以藏蝎毒,以蛇血杜鹃熏上三天三夜。等到含水的成分被挥发,就会剩下极少的粉末。再以虮子虫植入粉末中。以腐猪皮包裹,沉入千年阴沟中培毒半年。最终粉末会与虮虫子相融,生成"虮子蛊"。细若尘丝,肉眼难见。这蛊虫只以粘液为食。遇到男人的精液更会成倍壮大,几日后就会侵食下身。如果不用解药,半月之内下身就会开花。随之萎靡,最终溃烂。

24. 不可思议的行刑人

西城大狱里,大矿主和金布已被押进刑房。裹作先是对父子俩分开盘问。折腾了三天,没有结果。第四天,裹作令阿乌东嘎把父子俩押进同一间刑房,准备同时动刑。

大矿主这边呢,原本他是牙关紧咬,对于金矿只字不露。却不料长子金布竟被抓进了刑房!这让大矿主神情崩溃。见金布时,已顾不得询问原因,只是紧紧地抱住他,像个女人一样呜咽着哭起来。行刑的阿乌东嘎见此,很想发火,但想到金矿地图还未到手,又不能过分阻遏,只好吩咐牢卒临时看场子,自己则去请示裹作。

东嘎哪里知道,老成的大矿主心下早有算计,见东嘎一走开,连忙低声招呼长子:"金布,无论怎样拷打,我们都不能说出金矿!"

金布坚定应话:"阿爸拉,我当然知道利害。我们并不清楚裹作最终的心思,交和不交都不知前景。还有阿姐西染,我们家族最大的希望可就是她!但她目前身处王城,正在甲姆手中。要是说出金矿,只怕阿姐性命难保!"

大矿主对长子的悟道充满感动,正要点头,却见两个行刑人赶上来。其中一个执鞭子的,二话不说,举起皮鞭,竟是一鞭子抽开了父子俩!那皮鞭绞起皮肉,粘着血液,只把金布抽的皮开肉绽。行刑人尖锐的逼问也同时朝着金布砸下来:"说吧,你这头金贵的牦牛,把你脑壳中的记忆统统交出来!"

金布仇恨地瞪着行刑人,目光也像一条鞭子。

行刑人越发来气,挥舞皮鞭,粗声吼叫:"再不说,我就要把你的头皮当作金矿地图撕下!"

金布咬紧牙关,一声不吭。

行刑人怒火中烧,手里的鞭子就像花蛇啃起了金布浑身。很快金布就有些挺不住,垂下头去。行刑人连忙朝金布脸面上泼冷水。金布翻一下眼皮,只感觉浑身往下沉,掉进深暗的河中。正恍惚中,又见一个打板子的行刑人朝他走来。还没等他缓过神,脑袋上就狠狠地挨了一板子。遽然间,好比天雷炸空脑壳,金布头一甩,晕了过去。

两个行刑人因此争执起来。拿鞭子的责备打板子的:"你哪里打不行,为什么要打他脑壳?那大矿主早已说过,金矿地图全都藏在他的脑壳里,打坏了就什么也记不起。"

这时,身后突然冒出一个声音:"那是老家伙骗人的鬼话。"

拿鞭子的回头一看,见是首领裹作,他已经进了刑房。连忙恭敬地退到一边去。

裹作上前来,瞧一眼晕倒的金布,鄙夷道:"装在脑壳里?西城那么大,金矿分布那么复杂,神明也难以记清路线。难道他的脑壳比神明还要高一等?"

打板子的行刑人立马讨好地应承:"拉索!杰波说的是,不可能。肯定是有实际的金矿地图。"

话音刚落下,却迎来一阵鞭子。裹作气得不行,一边抽打一边斥责:"你是地鼠的脑壳吗!打是要打,但不能往死里打。打死他金矿地图永远也出不来了!"

打板子的行刑人抱头只求饶,裹作才歇了手。盯着大矿主,不屑道:"虽然他像一块石头,我相信他的长子不会是石头。"

一旁东嘎早已瞧得不耐烦,怒声发话:"他就是石头,我也要让石头开花!"

裹作则吩咐他:"这些行刑人都不管用,只知道打不知道设计。阿乌,你去把那区批换上来,看他们还招不招。"

东嘎应声:"拉索!"

二人随后走出刑房。一边东嘎吩咐牢卒去使唤区批,到刑房实施下一轮拷打。

于是不久,头官区批进了刑房。这时,对于康金父子的第一轮拷打刚刚过去一炷香的工夫。拿鞭子的行刑人也是打得累了,这会子正坐在一旁闭目休息。区批见此,趁机摸到金布这边来,摇了摇他。金布被折磨得人还处在混沌当中,却听耳朵里钻进一个声音:"喂!少主,你还活着吧?"金布心下打晃,以为这就进了地狱,听到小鬼催命的声音。晃了下脑袋,竭力地张开双目,寻找声源。定定神,就看到面前这行刑人,他竟是区批!

金布之所以记得区批,并不是他有多高的官职,而是他行刑时的手段,粗暴凶残,极其险恶。这在西城无人不知。金布心下完全明白,区批能够站在这里,肯定是投靠裹作了。不免担心起来。心想:落在这么凶残的行刑人手中,真不知会有什么后果!

于是非常鄙夷地吐出一句:"你投靠他们了?"

区批面色尴尬,有些无奈地解释:"少主,我也是迫不得已。要活命嘛,被他们逼的。"

金布就不再作声。

没想到区批却突然话锋一转,紧切地招呼他:"少主,你一定要挺住,千万不能说出金矿地图。只要捱过今夜,到明晚,你的协战队就会想办法营救你们。"

金布一听,震惊又觉得不可思议——这个阴阳逢世的恶人,他怎么会说出这样的话?并且,他竟然还提到协战队!协战队在西城的行动一直是秘密的。连阿修家也只有女领主才知道他们身份。这恶人又是怎么知道的!那么,不管他的话是真是假,是福是祸,这背后肯定是有隐情。那又是什么隐情——是区批个人有什么心计?还是裹作有什么阴谋?

金布暗在思量,正惊疑中,就见那东嘎走进刑房,在朝区批大叫:"头官,你在做什么?"

区批慌忙回他:"大阿乌,我在看这个人死了没有。"

东嘎发出一串大笑:"哈哈,他可死不了。那些地图也不会让他死的!"

25. 她的心思,就像草原上的海子

再说已经投靠了裹作的小达娃。这天深夜,她又摸着夜色悄悄地离开了裹作营帐,前去阿修家看望女领主。这个时候,从阿修家也悄悄潜出了三人:神师、西贡波和洛绒措。他们匆匆钻进阿修官寨后方的林卡(树林)里。西城大狱的刑房头官

区批,早已等在那里接应他们。

原来,前一天区批对金布所说的并非戏言。在这之前,也就是金布被抓的第四天,由着蓝鹊使者的秘密牵线,洛绒措小姐已经得手,利用"虮子蛊"控制了区批。因为想讨得解药,区批只好配合协战队,准备引领他们前去西城大狱,营救康金父子。

四人在林卡里碰头,又有蓝鹊使者趁着夜色机密地参与进来。大家匆匆地作过交流后,便留下神师,在林卡中为营救之后的人质作安顿。其他人则跟随区批直奔西城大狱。

有区批领路,三人很快就顺利地摸到了大狱的后方。钻进一个仅供牢卒们平日通往的侧门。区批先是贴着侧门附耳观测动静;再对西贡波细细交待一般;之后迅速打开侧门,钻了进去。这时,就着半掩的门缝,西贡波迅速朝里面放进几只雨蝶,就是前面提过的"半根香"粉毒。不久,侧门之内,包括区批也在其中,所有牢卒均被半根香给熏倒。西贡波见此,连忙塞给洛绒措一匹火杜鹃的解毒叶片,吩咐她贴在鼻孔间防毒,同时拉上她钻进侧门。蓝鹊使者则守在侧门外放哨掩护。

二人迅速摸进刑房里。金布一见是洛绒措,才知道区批并没有妄言。当下感动得手脚只打哆嗦。又因体力不支,一时无法表达,就把慌乱的目光射向不远处的大矿主,对洛绒措道:"快!快!阿爸一人走不了!"这时大矿主已经被裹作折磨得不能单独行走。洛绒措疾步上前,在西贡波的扶持下,她竟然背起了大矿主!这边金布也是寸步难行,只能依靠西贡波连拖带拉地扶持,才仓皇地出了刑房。

到达侧门时,加上蓝鹊使者的力量,一切就顺利了。几个人一路摸索,躲躲闪闪又跌跌撞撞,直到大半夜才把大矿主背进阿修家的林卡里。因为害怕追查,他们并不敢把大矿主直接送入阿修家,只能暂时隐蔽在林卡深处的一个废墟里。这时神师已经为康金父子备好了简单的地铺。草草安顿后,蓝鹊使者、神师、洛绒措、西贡波,以及受伤的金布,五人围坐一起,开始商议下一步协战计划。

正讨论中,却听林卡间发出"窸窸窣窣"的脚步声。五人顿时紧张。蓝鹊使者敏捷地离开队伍,独自闪进废墟深处。其他四人则慌张地摸到废墟外。这时,就见前方有个黑乎乎的人影正在朝着他们晃动。四人均被惊出汗来。那人影见废墟旁有动静,一时也被惊住。金布已经溜身躲进暗处,借着树梢间射下的月光,他定神一看,那竟是小达娃!胸口顿时"咚咚"直跳,心想:这么晚,这个背叛康金家族的仇人来这里做什么?眼下自己可是刚从大狱里逃出来,特别害怕暴露。

金布紧忙摸回身,把小达娃的身份悄声告诉了神师。自己则拉上洛绒措躲在一边等待。

神师得知是小达娃,当即和西贡波迎上去,主动和小达娃打起招呼,作了自我介绍。

小达娃呢,一听神师和西贡波来自王城,别的也就来不及解释,只急切地询问:"二位从王城来,可见过阿修家的大少主?"

西贡波好奇地探问:"你是他什么人?"

小达娃脸颊突发热了。这叫她怎么回答呢。她的心思,就像草原上的海子;但她的身份,却只是海子里的一粒沙尘。所以吞吐了好大一阵,小达娃才说:"我先前是他的……家里人。"

躲在暗处的金布见这个家族仇人说话半遮半掩,实在憋不住,就从暗中走出来,嘲弄地补一句:"什么家里人?一个暗恋大少主的下人,后来成了康金老爷的女伴!"

小达娃大吃一惊,没想到金布会在暗处,一脸羞怒。

金布早恨不得扑上去扒了小达娃的皮,但刚刚被拷打过,一时又丧失攻击能力。无奈,只好朝小达娃咬牙切齿道:"你这只鹞子,担心别落在我的手里!"

小达娃鄙夷一笑,回击他:"还不知谁落在谁的手里!"

金布双目瞪圆:"你想怎样?"

小达娃愤愤发话:"看在王城人的情分上,我不想和你争执。但别惹急了我,报出你的身份!"

这话是有效的,金布被堵得一时哑口。

一旁洛绒措见状,连忙安慰小达娃:"哦呀,请别介意金布少主的话。我们都是信任你的。"

但小达娃并不买账,得知洛绒措的身份后,却是冷冷地道:"我只想为自己担心的人做事,不需要你信任。到你正式成为金布的阿吉,你也是我的仇人。"

说得洛绒措脸上一阵燥热。

26. 林卡里的秘密计划

就在小达娃和金布斗嘴的时候,蓝鹊使者适时地从林卡里钻出来。微笑着注视小达娃,递给她一封桦树皮子做成的信件。小达娃接过一看,竟是非天王写与她的!虽然里面只有寥寥数句的介绍,大半还是相关协战队的介绍。但能够收到大少主的亲手信,那就跟收到天神的祝福一样!同时她也才知道,眼前这帮人是受了王宫的重托而来,都是自己人,不由恭敬许多。转眼张望蓝鹊使者,就听使者把"请她参加协战"的想法果断地说了;又与她细细分析,为什么需要她来协战,这其中有什么重要性、厉害性,一一阐述。

当下只听得小达娃目瞪口呆,多久后才询问使者:"裹作那么大的战营,单单我一人协战,怎么做得了呢?"

蓝鹊使者提示她:"达娃,并不是你一人协战。还有我们。阿苛(神师)、西贡官、洛绒措,我们都会协助你的。"

小达娃盯住使者,依然迷惑。

蓝鹊使者进一步解释:"刚才我也告诉你了,我们将会利用神谕和蛊毒合作协战。进行蛊毒协战时,主要手段就是投毒,给战敌投毒!这就需要借助食宿。正好你是裹作战营的厨娘,所以投毒的事也只有你才能完成。"

小达娃一边惊讶一边摇头:"这事实在有些大了。"

蓝鹊使者放缓了语气,悉心地对她说明:"哦呀达娃,你不用害怕。任何事,不了解和不熟悉时,都是大事。了解和熟悉了,就会很简单。"

小达娃困惑地望着蓝鹊使者。一会后,又把困惑的目光投向神师——也许只有得到天神的支持,她才会更有信心吧。但见神师已在点头发话:"达娃,天神早有预言。这个事除了你,甲姆也不能胜任。"

这话说得分量太重了!一时倒镇住了小达娃。

西贡波见此,连忙开导她:"其实嘛,投毒本身并不是很大的事,你只要按照步骤完成就可以。投毒的后果才是很大很大的事!但那又不是你可以控制的,只有天神才能控制。你就放心吧。"

小达娃见大家都在竭力向她表达。想了又想,想了又想,才勉强点头。但同时又担心地说:"要是我真能给他们全军投毒,你们也不用攻打了——我管的厨帐只有三百战力。"

神师笑道:"三百足够了,三十战力都可以完成!"说完,生怕小达娃再有反悔,当即趁热打铁,对西贡波道:"女战神,你需要给达娃提供四种蛊毒:熏心杜鹃、噬髓蚁、血蛇蛊、臭鼩毒。"

西贡波应声:"拉索。"

神师就开始细细地交待小达娃:"达娃,这四种毒符合一个紧密的作战计划:噬髓蚁的毒性神秘而不动声色。只要投放成功,我们就可以利用它在裹作大营制造恐慌气氛。你先设法给一位战卒投放噬髓蚁。三日内这毒就会在战卒的脑壳中生成无数只黑蚁,黑蚁将在一夜之间吃空战卒的头颅。我们正要借助战卒这种不同寻常的遭遇,首先震荡一下裹作大营。为持续这种震荡效果,在投放噬髓蚁的同时,你再给一两个战卒投放血蛇蛊。也就是三天两夜的时间,这血蛇蛊就会在战卒体内发作,生出条条漆黑小蛇。小蛇会通过他们的七孔里出入。这时你再寻找一位战卒,给他投放熏心杜鹃。这蛊因为发作极快,可迅速取人性命,投放它主要是用来帮我传播神谕。等到裹作大营接连发生多起中蛊事件,又有他们自己的战卒传播我的神谕。这之后,你再给其他战卒一次性投放臭鼬毒。因为它是瘟疫蛊毒,就可以在裹作大营中制造更大恐慌,以好应验我的神谕——"

小达娃急迫地打断神师,问一句:"您的神谕,那中蛊的战卒怎么会知道?"

神师缓了下神,认真解说:"当然,我的神谕还需要你去传给他们——你在给战卒投放熏心杜鹃的同时,要暗示这个中蛊的人——如果他的胸口发生剧烈疼痛,危及生命,那将是天神在借助他的身体,遣使他,要他向世间传播天神的口谕。那时,你就趁机对中蛊人口授我的神谕,告诉他,只要大声叫喊神谕,痛苦就会消失,他就会脱离危险。到时,为了保命,那中蛊人肯定会高呼我的神谕。"

小达娃担心道:"喊完之后呢?等那中蛊人疼痛一减轻,我就被暴露了!"

神师语气坚定:"当然不会,等他喊完神谕,厉害的熏心杜鹃会让他迅速暴毙,死无对口!"

小达娃听得惊奇又惊骇:"这太可怕了!但为什么神谕不是您亲自传播呢?"

神师耐心地解释:"我当然是要传播。但需要寻找合适的机会。对于裹作那边,神谕只有先从他们自己人口中喊出来,才会具有更坚实的说服力。等到裹作大营接连发生多起玄秘事件,慌乱中的裹作定要请我这个'挡天的人'出面——他需要通过占卜,验证中蛊人喊出的神谕到底是真是假。这么一来,通过裹作人自己喊出的神谕,又有我占卜得出的相同结果,裹作也只能信服。而他的大营将会因此陷入恐慌。我们的目标也就达成。哦呀!"

小达娃这么一听,大致也就明白,总算松了口气。

西贡波则朝神师投去惊讶的目光。她这才理解神师——之前他为什么要执意请示甲姆,进入依杜官寨索问蛊毒的各种属性。看来神师确实是做到了事无巨细,有备而来。

27. 蛊　　毒

再说西城大狱这边,中"半根香"迷毒的牢卒们相继醒来。个个迷糊,不明白时间为什么会莫名其妙地停顿这么久，又回忆不起任何破绽。包括头官区批，在西贡波放出雨蝶的同时，他也故意让自己中上粉毒。自然对协战队救出人质的过程一无所知。直到后来换班牢卒进入刑房，例行检查时才发现，金布和大矿主已经逃走。

慌慌禀报裹作。裹作大惊，立马押起区批和当班牢卒，严刑逼问人质去向。但确实无人知晓整个逃离过程，因此怎样逼供也得不到结果。折腾了三天，裹作并不死心，亲自进刑房给区批上"火蛇"（就是用烧红的铁杵烫嘴，再由口腔刺入咽喉）。区批见到火蛇，平日这可是自己用来逼供犯人的凶具！他无数次目睹被火蛇折磨的惨状，这下将深受其害，那真是说不出的痛苦！但如果供出实情，他将无法得到解药，那就连性命也保不住了！想到这个，区批当然是牙关紧咬，金口不开。裹作自知以粗暴手段难以拿下区批，就把场面交给阿乌东嘎，吩咐他换个方式逼供。

他自身只好避开，走出大狱。刚刚回到战营，就见一战卒面无表情地立在那里，见他时，竟像见到风一样，视若无睹。裹作心下奇怪：一个小小战卒竟敢无视尊卑，这不是反了！立马朝战卒一巴掌掴下去。这一掴不要紧，但见那战卒的人头竟像一只陶罐，"咕噜"一下掉到地上。

裹作浑身一怵，打了个趔趄，差点摔倒。惊愕之余，又以为只是幻觉，瞪大眼目再一瞧，却真是人头！又见那头颅内已不见血肉，只有密密麻麻的黑头蚂蚁，攒成一团，尖黑细亮，如同虫子一般。裹作拼命地摇晃脑袋，一边努力着稳定情绪。再张望身旁的随从，却见他们早已吓得面目煞白，呆若木鸡。裹作气不过，朝着随从又是一巴掌。一边呵斥："难道你这脑壳也跟死人一样！"

正发怒中，就见前方的战营里奔出两个战卒。一面惨叫，一面在疯狂地奔跑。裹作疾步赶上去。一看，浑身不由收紧，差点没有呕吐出来。但见两战卒已经扒光上身衣物，全身肌肉都在绞动，像是有无数只箭头钻进皮肉里，相互扭拧。裹作本能地抽出战刀，正欲结束两个痛苦人的性命。却见他们的面部突发变化，竟然爬出一条条尖细的血蛇！先是眼睛里，血蛇一边蚕食眼球，一边不断地从眼球内侧往外汩出。接着是嘴巴里、鼻孔里、耳朵里，血蛇一条接一条，裹着血膜直溜溜地蹦出来。

裹作惊慌失措，慌忙令随从斩断两个战卒的头颅。这一斩，但见成团的蛇子从血肉中呼啦而出，绞在一起，如同一团凌乱的麻绳！裹作倒退一步，令人放火。那蛇子相互攥动着被大火烧成一堆黑炭，散发出恶劣的腥臭。裹作呕吐不止，紧步钻进大营。

这下裹作真叫慌乱了。一边是康金父子逃脱，不知去向；一边大营中却发生如此怪异的人命祸事。城外呢，这几日却蹊跷地变得安静起来。裹作钻进大营后就直奔城楼上方。这时天色已黑，他朝城外张望，只感觉那里更不同寻常。往日那些对峙的战营一到夜晚总会灯火通明，但这一夜他们似乎像烟雾一样消失了，呈现在面前的只有寂静的夜空。那种寂静就像满天星云——听不到任何动静，却望得到它们那气势，铺天盖地！这叫裹作心虚。

事实上，城外的救城战队这几日正处在决战之前的休整当中。勇士们大半都停在战营中养精蓄锐，只有少数战力被派往西城郊外的丛林间，砍伐大木。他们要伐得最为粗壮的大树，以便用来撞开城门。按非天王的预计，神师一行人进城已有十天，应该有所作为；而神通广大的蓝鹊使者已在城内放出第一批红嘴蓝鹊，以鸟语暗示：攻城指日可待！

当然，随着战营内部持续发生怪异事件，又在城楼上方观察到城外战营的异常，裹作已有警觉。连夜召集师爷波扎、阿乌东嘎、战队头官达理，以及管家跌布，研究下一步作战计划。

当晚，五人正讨论中，忽见身旁的一个随从捂着胸口大叫起来。五人还未反应，随从却已经躺倒在地，胸口冉冉冒出体气，像是胸腔里正在燃烧着一团烈火！这随从很快就被高烧折磨得恍惚，问他情况，却吐字不清。裹作匆忙令人朝随从的胸口泼冷水。这一泼火上浇油，但见随从的胸口竟像开花一样，瞬间皮开肉绽！这要死的人因为捱不住剧烈疼痛，突发癫狂，惨烈大叫："霍乱！霍乱！战事不胜，天降霍乱！"随即伏地，当场暴毙。

这一次裹作已经不再惊骇，而是惊怒。

一旁，管家跌布盯住地上的死人，俯身，仔细地观察，若有所思。

裹作就问他："跌布，你在想什么？"

管家一边起身，一边发出铜锥一样尖厉的声音："杰波！这些人不同寻常的死亡，是不是和那女国的蛊毒有关？"

裹作心一晃，立马联想到康金父子蹊跷地出逃。而在过去，他确实听说过女国人擅长放蛊投毒，但具体情况他并不明白。现在经跌布这一提，已有惊慌，只道："放蛊？难道她们的人已经混入我们战营？那又是谁！"目光同时迅速地射向师爷波扎。

波扎也是一阵心惊。他第一个想到的就是小达娃。

却听跌布已在请示裹作："杰波！要不要把那小达娃押过来？"

裹作侥幸道："她可是投靠了我们，还给我们带来那么多金沙。"

跌布急声提醒："杰波，这可说不准。她和康金家族有仇，但和西城却没有仇。"

裹作点头，当即令人抓来小达娃。一边朝她挥舞皮鞭，一边黑着脸质问："你这只鹞子！这几天大营中频发怪异事件，那就是中毒——是你给我们的壮士下了毒！"

小达娃浑身一抽，心想，难道这么快就被裹作识破了？抬头窥视裹作，但见他脸面上飘晃的尽是讹诈的神绪，又安心了。迎着鞭子昂着头，一副大义凛然的模样，大声道："杰波，您要是觉得小达娃厨娘做得不好，鞭子只管抽下来！但您要是冤枉小达娃，小达娃活着也就没有意思，还不如您一鞭子抽死更好！"

裹作见小达娃竟有这么强硬，心下就在忖度：看来面对我的鞭子你是不会招实了，但面对天神的时候，不怕你不心虚。

想到天神，裹作陷入了更深的忖度——如今战营中频发怪事，战卒之间已经传得纷纷扬扬。到处谣言四起，搅乱军心。这时，正需要借助一种方式，比如借助西城的挡天人，通过他向战卒们传播吉祥的神谕，以好安定军心。

于是裹作对小达娃佞笑道："你想骗也骗不过多久，来人！"

他的随从慌慌走上前。

裹作问："是不是说这西城内，有一位可以挡天的人？"

随从回答："杰波，确实是有一位。"

裹作又问："他都有什么本领？"

随从想了下，回道："听说他精通占卜、祭祀、祓禳、遣送和役使鬼神的法术。又能和天神对话，具有呼风唤雨的能力。"

裹作就朝随从挥手："速去把他找来，问问天神投毒到底是不是她干的。"

小达娃一听寻找挡天的人，就知道是去请神师刚布了，不由松下一口气。

28. 空气不长眼睛

也就是几炷香的工夫，神师就被带到裹作的临时大营。

一进营帐，见地上躺着一具烧焦的黑尸，后方立着裹作以及几位战官，都是一脸乌青，气势凶恶；又见小达娃已被战卒给挟持。神师心下就有了底数，知道事已办成。

正暗下高兴，却听裹作粗声粗气地问："你就是挡天的人？"

神师答道："哦呀，正是。"

裹作开门见山："挡天的人，面前这祸事你已经看到，帮我去问问天神，是不是有人作祸，暗下投毒破坏大营！"

神师这一听，就知道裹作寻他来并不是要为难他的，而是想利用他通过占卜决断小达娃的罪名,或说借他的神谕来安稳军心。他当然不会顺从,但又需要作出配合的模样。于是摆出随身法器,普巴、盲加、色线、人皮鼓和嘎巴拉碗,开始作法。

裹作和战官们立于一旁,凌厉的目光盯住神师。神师并不理会。以惯例手法,燃杉针,撒咒符,一边放下头顶上的骷髅辫,将它送入嘴边哈气加持。继后猛然甩起它来,对着地面奋力抽打。同时急促地念起咒语。多久过后,得出这样结果:面前的祸事并非人为导致,而是这死人本身遭受天谴——天神原本是要通过这死人向凡世传授口谕,但这死人却没有及时传达。因此遭到天谴,暴毙身亡。

裹作疑惑问:"天神向世间传授口谕?具体是指什么?"

神师面露为难:"杰波,具体什么口谕,还需要深入地请问天神才知道。"

裹作不高兴道:"刚才你不是请问过吗!难道还没有问清?"

神师面色严肃地回答:"天神想做的事,不是我们凡人想问就能问清,还需要我们反复地悟道!"

裹作不耐烦说:"要悟道,也是你这个挡天的人去悟道——悟道不了就再卜一卦。"

神师显得一脸无奈,并不想继续。但见裹作目光强硬又凶恶,只好同意。

于是重新占卜。这当中,念咒和抛撒咒符的时间比先前更加长久,骷髅辫抽打地面的力度比先前更加猛烈。但到最终,却见神师口吐白沫,手脚突发一阵抽搐。同时语气惊骇,以天神的口气继续地向裹作宣告:"列玛烧天,达娃冰地。鼠精现世,作难人间。天灾霍乱,不过数日!"

裹作一听,先是懵了一下,继而震怒,恨不得一刀砍了神师首级。但同时经受神师点燃的这股鬼蜮的怒火一烧,别的没烧起来,却把内心那点摇摆不定的信心给烧没了——他既愤怒又疑惑,更多的则是迷茫——不够坚定,难以持续地对神师保持怀疑。因为刚刚他才听到地上的死人口喊霍乱,这又听挡天的人重复提起;而前面呢,已经发生多起怪异的人命祸事——这过于频繁的,似乎潜在着某些神秘规则的怪异,反倒显得不够玄秘,倒是更为蹊跷了。

所以裹作带着打探的语气责备神师:"我身旁的下人,遇到不懂的事总会胡说八道。你这个挡天的人难道也和下人一样,只是徒有虚名吗!"

神师见裹作出语不逊,并不信任自己,面色难过地道:"哦呀,既然杰波不在乎,我还是走吧。"随即收拾神器,准备走人。

裹作原本叫神师来是有两个目的:一是为了吓唬小达娃,让她招出投毒的事实,并交出相应的解药;二是想借助挡天的人传播吉祥的神谕,以便安稳军心。但不想目的未成,却弄出更大的祸事——挡天的人竟然占出了凶卜!就不知在场的几位战官听此,会不会受到影响,心有动摇。

于是裹作就不想多留神师,怕他接下来还会发出什么凶恶之语,速速打发了他。又令人把小达娃捆绑结实,暂且丢进厨帐。继后,开始同战官们剖析近几天发生的蹊跷事。

裹作直言道:"我总不太信任那个挡天的人。既然女国盛行放蛊,战营中的人命祸事又发生得那么怪异,定和她们的蛊毒有关。"

师爷波扎接话,语气肯定:"杰波说得对。为什么怪异事件仅仅发生在我们战营?而那挡天的人,虽然看起来是在奉神说话,我们却也无法分辨,这当中是不是掺入了他个人的心计。什么霍乱,霍乱,未来西城如果真会发生霍乱——那霍乱可是大染病,总不会单单发生在我们战营。空气不长眼睛,它肯定也会殃及其他城民。"

裹作点头,朝师爷投去信任的目光。

但听师爷提议:"所以我们不要过于惊慌,急着撤军,应该再等一等。"

管家跌布一听师爷提议滞留,慌忙提醒裹作:"杰波,还是尽早走吧。不管是霍乱还是蛊毒,那都是要死人的!"

裹作气恼道:"跌布!难道你这脑壳里装的尽是石头——要是我们的人已经中蛊,不查出放蛊的人,拿不到解药,撤离也会死在路上!"

29. 蓝鹊报信

为查出放蛊的人,裹作只好又给小达娃松绑。带进营帐,佯装安慰,好一番威胁利诱。但毫无凭证,再有神师占卜得出的霍乱预言作后盾,小达娃底气十足,对投毒之事只字不露。裹作一怒之下又把她给捆了,再次丢进厨帐。而几天之内相继发生多起人命祸事,早已惊动了裹作大营。现在,一是康金父子像风一样逃离大狱,谁也不知去向,这事实在蹊跷;二是战营内部发生那些怪异死亡,有说是遭受天谴,有说是中了蛊毒。但不管是天谴还是蛊毒,都是要人性命的祸事!就说中蛊吧,即使当场不死,传说中那些可怕的毒虫子儿,又不知已经潜伏在哪些战卒的身体内了。除了这个,叫人更为担心的还是那挡天的人,他占到的凶卜,预言西城将会发生霍乱。霍乱是什么概念呢,就是全军覆没啊!

一时间,种种猜测竟在裹作大营里传得纷纷扬扬。疑神弄鬼的,胡乱恐慌的,搅得战卒们惶惶不安,哪里还能安心守阵。俗话说,军心不可动摇。但现在正是自己的战队陷入恐慌！裹作已知大事不妙。本来，倚仗西城大墙的坚固，城楼上又押有那么多重要人质，裹作预计城外的女国战队一时半刻难以突击。但现在，随着大营内部人心摇晃，身边的达理头官，头官手下的众多小战官，以及管家跌布等，人人陷入焦虑。他们已在联名请谏裹作，要求撤离。

裹作本人表面看似平静，什么也不表达，但内心已经有了动摇。就是一想到金矿地图并未到手，又觉得极不甘心。

恰在这时期，也就三天两夜的时间，果不其然，西城内真的发生了霍乱！首先是西城的阿修家，不知何故，一夜之间家族人丁竟然死亡过半。听说女领主也差点丧命，幸亏被一位家客以神秘药丸救活。而距离阿修家附近的街铺上，一些风餐露食的街人已在突发中死亡。再往城楼方向追踪，裹作战营里早有百十个战卒莫名地暴毙。所有尸体都呈现一个相同特征：双目血红，眼球突出，浑身生出恶疮，脸面皱折成蛤蟆形状，死相狰狞，无比可怕。

这叫裹作真正慌张起来。他不得不重新思考挡天的人占出的那个凶卜。因为不但是自己的大营，民间同时也在遭遇霍乱。

裹作就不敢再有执意。他决定带领战队从西城"天门关"的崖降通道撤离。那崖降通道原本设计隐蔽。乍一看只是一堵巨大的崖壁，并无实际通道；但在其中最隐蔽的地方，却暗藏着一道道藤索的崖降。那藤索都是由深山中最为柔韧的麻藤精心编织而成，十分结实。大到人马战器，小到金银细软均可承载。当初西城设置这道机密的关口，主要是用于战乱时期，西城的达官贵族们逃生所用，不想现在竟变成了战敌的撤离之道！

原来，这都是刑房头官区批造下的罪孽。不是他之前泄密，给裹作提供这样的退路，裹作哪有胆量耗在陌生的西城这么多时日！只是这个阴阳逢世的恶人，最终却因为想保住性命，被裹作人用刑过度，竟死在自己熟悉的刑具上！这也算是对背叛城池的人应有的惩罚。

当然，等真正下令撤离时，裹作大营顿时轰乱了。除了那些已被裹作下过死令，必须留城抵抗的死亡战队外，一般的大小战官以及战卒，均在慌慌地作着逃亡之前的算计。包括裹作本人。现在对他来说，最难控制的并不是手下战卒，而是从康金大院里挖出的那些金沙和背运金沙的战器的战马。它们就像磐石一样沉甸。如果撤离，又必须通过天门关的崖降通道，以溜索的方式撤离，那将是非常复杂又非常艰险的征程！这个时候，烦心的裹作就再也顾不得捆在厨帐里的小达娃了。

倒是小达娃见裹作大营轰乱，就知道他们是要撤离。趁着厨帐外人马慌乱之际，小达娃艰难地扭过头，看一眼厨帐中央的锅庄。望那上面，烧酥油茶的柴火正在"呼呼"地抽着火苗。小达娃目光闪了一下，再瞧瞧自己的浑身，虽然已被捆得结实，就像一截无法动弹的木头，但她还是可以利用滚动的方式捱到锅庄上去。只要挨进锅庄，就可以用火苗烧断绳索——小达娃心想。当即铆足暗劲，侧身向着锅庄滚动。费尽好大气力才接近了，但抬头一望，只见那灶口中的火苗，竟像一团吃人的火怪朝她舔着火舌！浑身一怵，小达娃一时就不敢行动。困厄在锅庄旁，反复犹豫，反复思量，最终也是想不出比火烧绳索更为可靠的办法，能够让她逃生。无奈，只好一咬牙关，一闭眼，把手肘生生地塞进火堆里，顿时浑身上下，肩膀、手肘、绳索、衣袍、皮肉，跟着一起着火！

小达娃痛得大汗淋漓，却又不敢叫喊。只能死死地咬住牙，生生地忍耐。直到绳索被火苗慢慢地烧断，她才抽搐着滚出火堆。奋力爬起身，摇晃了下，就拼命地朝着阿修家的林卡奔去……

半个时辰过后，隐蔽在阿修家林卡里的蓝鹊使者，终于听到小达娃吃力地汇报："裹作……再无心恋战……他们正在……"话还没完，蓝鹊使者已完全明白，紧忙从怀中摸出九只红嘴蓝鹊，朝着天空放出去。

这时非天王和绛珠大相正领军集结在西城外。攻城战事已经部署完毕，正是千军待发，又突然看到西城内飞出一群鸟。一数，不多不少正好九只，又是红嘴蓝鹊。非天王立马明白，这是攻城信号！当即集合战力。点狼烟，吹号角，搭弓弩，架战梯，开始突击攻城。

一时间，西城外号角升天，西城内兵荒马乱。裹作令战卒把最为重要的人质迅速押下城楼，为自身的撤离作人肉掩护。再封住通往城墙上下的战关大门，把其他人质锁在城楼上，以防他们下楼轰乱。这时城墙外的救城战队已在用大木撞击城门。但听粗壮大木与城门碰撞，发出沉闷的"轰轰"声响。裹作慌了手脚。一面下令战卒死守城门，一面装载金沙，一面又听管家跌布在身旁抱怨："我说早早撤离，杰波偏是不信。"

裹作一鞭子朝跌布抽下去，朝他吼叫："你的话就是牛粪！"同时对手下战卒发令："人质、战器、金沙，全部带上。别的统统放下，包括女人！"

女人？是的，小达娃呢？裹作突然想起了这个祸事女人。想当初她告密的时候，他还不屑地认为，只是一个卑贱的厨娘而已，值不了一包金沙。现在看来，她不单是一包金沙，还是一座金矿——让他更快地惨失了金矿！裹作想得咬牙切齿，也是来不及了。只能装上金沙，押上人质，仓惶地朝天门关逃窜。

这时城外的救城战队在非天王的指令下，利用大木已经破开城门。一进城内，立马遭到裹作的余留战力拼命抵抗。这帮人因为被裹作下了死命不能回撤，自然不顾性命，变成一堵活生生的人墙，拖住了救城大军的步伐。非天王和绛珠大相见此，高举战刀杀入敌阵。他们高大的战马涡旋在黑压压的战敌当中，好比两座突出的山峰，所到之处，人头遍地。

二人砍杀好大一阵，却也不见裹作。非天王便知不好。想那裹作定是发觉了天门关的崖降通道，现在正是利用人肉搏击拖住救城战队，以便为逃跑赢得更多时间。非天王紧忙朝绛珠大相叫喊："大相，那盗贼定要从天门关出逃，我们快追！"但这时绛珠大相却被战敌团团围住，脱不开身。非天王当机立断，独自杀出一条血路，带领战队直奔西城天门关。

果然不出所料，非天王赶到天门关时，见那里已经聚集了一批裹作军。非天王立马杀进敌阵，又交起一场血战。但这一次却不能杀得尽兴，因为裹作人竟把所有人质混夹在人马当中。那些手无寸铁的人质都是西城的大小贵族。非天王自幼就和他们生活在一城，不说如同亲人，也是十分熟悉。如今为了救城，非天王虽也不敢顾及太多，但毕竟举手投足都会伤及无辜性命。那份无奈与疼心，不是一般人可以体会。

当下非天王只在痛苦中以乱刀砍杀。一场下来，已不知多少人质作了陪葬。而当非天王锋利的战刀砍向裹作最后一个余留战卒时，那人却朝非天王冷笑道："你斩得断我的头颅，却斩不断你们的矿脉，我们迟早还会再来！"

非天王一听临死人这话，举刀的手不由晃了一下。抽身赶上天门关，一望崖壁下方，那裹作及一批人马早已通过崖降，潜到峡谷底端逃跑了。

30. 西城之王

等到救城战队把裹作残军杀尽，包括阵亡的壮士、人质，以及中毒暴毙的无辜人，西城已是遍地横尸，血水成河。当非天王从天门关返回大街时，他听到一个痛心的消息：阿修家惨遭霍乱，家族人丁已经死亡过半！非天王无比震惊：所谓霍乱，原本只是协战队为救城而实施的投毒计划，属于人为，定点操控。怎么会殃及到无辜的阿修家！

非天王越想越感觉蹊跷，本想就地调查。但眼下他也无法策马回家。因为就在身旁，就在大街上，遍地都是伤残的人质和已经散失家园、亟待安顿的老少百姓。他只能投身其中。手下的救城战队已被化分三路：第一路人马首先救治受伤人群。非天王亲临现场，指令战卒腾出宽敞的康金官寨，用来安置伤员。又召集西城内所有药师，全力救治；第二路人马专门搭建居家帐房，安顿被裹作人放火烧毁房屋、无家可归的城民。同时动员城民之间相互自救。年轻的城民均被分配，照顾那些在战乱中失去亲人的孩子和老人；第三路人马则负责清理战场。对于战亡的人，非天王下令，不论是战敌还是自己人，均要同等相待。请挡天的人唱经，策马引路，才能送出城去。

　　康金父子也被及时地接出废墟，安顿在临时搭建的官帐里。遭遇这样的一场突发战灾，裹作人虽然已被击退，但康金大矿主仍然心有余悸，惊望西城大墙只打哆嗦——无法面对。这昔日令人无限骄傲的大城墙，它让大矿主流下痛心的眼泪——西城失守，归根结底还是他太信任这堵大墙。都以为它坚不可摧，可以让他的家族，和深埋在地下的那些金沙高枕无忧。看来他错了！这世间，一是人不可以信任，比如他那么宠爱小达娃，最终却是她在背叛；二就是再坚固的物质也不会永恒，就像山，也有山崩；地，也有地裂；金沙即使深埋地下，它的光芒也会刺亮那些别有用心的人！

　　而让他更为痛心的还不只是这些。是西城，刚刚把裹作人赶走，自以为可以安心地重建家园。哪里想到，他的身子刚才安稳，心却跟着震荡起来——西城大街小巷竟然流散着一个糟糕的传言：非天王将会代表王宫，镇守西城！

　　西城有两个至高无上的权力机构：一是金矿，二是战力，即西城战队。一直以来，两大组织均由康金家族把控。太平年代里，西城战队主要又是为保护金矿服务的。因此，西城其实就是康金家族的小王国。其他家族，比如阿修家族，自从他们的男族主莫名离世，他们在西城就只能算是一粒沙子，最多一块石头而已。

　　却是当下，情况发生了翻天覆地大变化，阿修家的长子已经贵为男王。正因此，传言才变得真实可信。这让一向独揽大权的康金大矿主惶恐不安。如果非天王真的留城，作为一代男王他就是见官高一级。那原本由康金家族掌控的西城战队，自然就要归属到非天王的手下。

　　确实，对于小小的西城，王的光芒就像太阳！何况在这次救城战事中，非天王已经初露锋芒，尽显人王本色。战事中，他冲锋陷阵，独当一面；战事后，他亲临现场，救死扶伤。对于失散城民的安顿，他尽心尽力；对于受伤人群的救治，他细致贴心；

对于阵亡战将的后事,他安排得事无巨细;即使是对待死亡的战敌,那也是无比的仁慈。他因此获得了人们的热烈拥戴。

等到战火的烟云散尽,各路城民安顿之后,就在大街上,人们开始欢呼着涌向非天王坐镇的地方——西城城楼。他们将要联名请谏男王——请他留守西城,镇守西城。一些年轻的姑娘已经自发地组织起来,沿着非天王路过的街道载歌载舞。美酒一杯杯敬上来,哈达一条条献上来。人们追随非天王,向着他走过的方向五体投地,像是膜拜天神一样!这时,非天王正处在城楼之上,所有拥戴的人群涌到城楼之下。他们以无比崇拜的目光仰望城楼上方。但见他们的男王:身高八尺,紫铜面,箭字眉,头戴金翅相雕,一身的金衣铠甲,立于大墙之上。那气度,竟是百步威风,万丈煞气。

人们禁不住面朝男王热烈欢呼。正此时,但见天空中,一只鸷鹰自从遥远的天际朝西城飞来,它翱翔的身影穿云破雾,一忽凌厉而上;一忽俯冲而下;一忽优雅地滑翔在金色的阳光里。它那闪耀的双翅,已被霞光染成彩虹的模样。如此圆满的胜景,直接透入人心。如此灿烂的气势,令人无限遐想。是的,人们想到了扎拉,不,是看到了扎拉!那可是人们心中的大战神!但见那战神:猛虎一般的腰身,老熊一般的臂膀,胡狼一般的双目,大鹏一般的脸膛。手持五彩长幡,跨于棕红大马,奔腾在万里云霞之上……

人们惊异于这吉祥圆满又威武强壮的视觉胜景,几乎在异口同声,向着非天王高呼:

"大鹏!扎拉!"

"大鹏!扎拉!"

"大鹏!扎拉!"

所有人均热情高涨,持续不断的高呼声竟像翻滚的热浪。一群智者和勇士已经攀上城楼,站在高耸的垛口上。他们当中选出了一位出色代表,面朝非天王大声呼喊:"王!您是上天遭派,前来守护西城的大战神!您豁达仁爱,果敢英明!您是所有西城子民的福星——您就是我们的人王,我们请求您留下!"

城墙下,康金大矿主听到这样的话,吓得不轻。慌忙扒开人群,冲到前方,大声斥责高呼的人:"你们这些冲动的牦牛,都给我下来!下来!人王俯视的地方是那辽阔的大地。西城算得什么?它只是大地上的一粒沙子。非天是大地之王,他不会留在小小的西城,他要回王城去!"

城楼上,非天王听到大矿主这样的声音,严肃了面色。也许大矿主不出此言他还心有顾虑，但经过大矿主这么逆向地一斥责，倒让他鲜明了主见。其实在他内心，他并不关注城子们赋予他"大战神"的称谓；或者大矿主暗自以为——他这是在与康金家族争夺西城控制权——这些都不是他的本意。他如果真要留守西城，根本思想却是对于西城的未来充满担忧。

西城属于边境城池，战略位置十分重要；又蕴藏着大量金矿，是女国主要的经济命脉。现在外域人已经盯上西城。回想不久前他斩下裹作的最后一个战卒，那要死的人临终所言——"你斩得断我的头颅，却斩不断你们的矿脉，我们迟早还会再来"，这句话，让非天王一直忧心忡忡。作为西城之子，守护家园原本就是他应有的职责。何况现在他身为一朝男王，保卫西城领地他更加责无旁贷。

非天王想到这些，就清了清嗓门，面朝人群大声宣布："众位城子，西城是我生养之地。作为西城战官，护家守院是我义不容辞的责任。我当然是要留下，与众位城子共同保卫家园！"

城楼下，所有人均被非天王的话给撞击了一下。一些人被撞击得热血沸腾，比如广大民众，他们均在欢呼呐喊，无比拥护。一些人被撞击得心情飞扬，比如神师，方才还是一块大石压在心上。现在听到非天王驻守西城，心情立马大快起来——只要非天王留在西城，女王身旁就会少去一个助手；他嘛，也就少去一个对手。而有些人则被撞击得心惊肉跳，比如康金大矿主。非天王如果留助，康金家族势必遭受重创。原本由大矿主牢牢掌控的西城战队，定要归属到非天的名下；而那些分散在西城山脉间的金矿啊，说不定就像太阳出山一样——强大的王朝势力将会逐步地控制、收拢所有金矿，谁知道呢！

大矿主越想越心惊。现在对于他也没有别的救命草可抓，唯有一个人，是不是还可以帮他挽回局面？大矿主目光紧切地盯住绛珠大相。他迅速爬上城楼，已经顾不得常规礼节，一把抓住绛珠大相双手，无比狂躁地道："大相！王朝自有沿袭的宫规，甲姆金聚作为一代男王，他所担当的责任并不在西城这个小地方。他应该回王城去，为甲姆，为朝政，担负更大重任！"

绛珠大相推过大矿主铁钳一样有力的双手，反问："大矿主，您认为西城小吗？"

大矿主摊开双掌："您看，西城就这么大一块地方，对于我们辽阔的领地，它就是一只巴掌。"

绛珠大相坦言道："即使是最小的地方，最偏僻的地方，金沙也会像太阳一样——它的光芒会照亮辽阔的大地。"

大矿主听得,身子跟着颤抖起来。正不知怎么回应绛珠大相,却见他的长子金布赶上城楼来,冲着绛珠大相提出异议:"大相,就算民众是有万分意愿,那也无效。没有得到甲姆的调离令,非天就不能自作主张,擅自留守西城。"

金布这一提,大矿主原本颤抖的身子立马就端正了。父子俩目光锋利地盯住绛珠大相。

绛珠大相先是怔了一下。少顷思想后,大声解释:"宫中有道'祖母秘籍'。其中有一条战规我记得清楚明白——但凡首领战将,远征伐战,因地域遥远,局势难控,在一时得不到王令的情况下,收复的领地和城池可暂时由战胜者兼管。之后由战胜者就实际战况禀报王宫,由王宫再作最后定局。西城这一战,非天王是作为主战官击退战敌,按'祖母秘籍'中规定,他是可以先驻守兼管,后禀报王宫。"

绛珠大相话音刚落,就听金布怒声质问:"祖母秘籍?口说无凭!你可能拿出实物宣读一遍?何况,没有甲姆的敕令,你宣读也是无效。"

这时,却不料非天王以一个大鹏展翅的姿势,飞身越上城楼最高的垛口,立在顶台上,面向广大城民,高高地举起一枚金令,却是那云凤金佩!

但见非天王昂首挺胸,手执金佩,声音洪亮地宣告:"众位子民,请你们细看,这是甲姆金令。出征之前我已得到甲姆口令:危难时刻,我可以拿它——替甲姆说话;争锋时刻,我可以拿它——替甲姆作主;危险境地,我可以拿它默念——保我们的城子永远不再经受战难,永远吉祥平安!"

城楼下,人们先是听到非天王如此美好的祝福;又见到金灿灿的王令,顿时就像倾听女王的声音,亲见女王本人一样,纷纷朝着金令下跪,五体投地。

非天王趁热打铁,宣誓道:"爱我的城子,授你们意愿,我将镇守西城。以这金令为誓,我将为西城尽职终身!"

人们齐声呼应:"哞!哦啦索!哞!哦拉索!"

31. 阿妈目光凝视的地方

非天王宣示完毕,望城楼下方那些人群,他们带着满足的心情开始慢慢地回返。这时,他才想起自家的祸事来。匆忙奔下城楼,策马回赶。一进阿修大院,却见昔日宁静的院落已经丧失常有的人气,迎面扑来的尽是清冷气息。非天王心一紧,慌忙走进经堂。就见阿妈端身坐在神龛下,正在念经。不忍心打断,非天王只好收住脚步,悄声地等在阿妈身后。

待过好一阵,阿妈终是止了经语,起身,走出经堂。

非天王随身跟出来。注视阿妈,但见她看起来神态安静,却也难以掩饰内心的悲伤。

非天王满怀内疚,悔恨道:"阿妈拉,我回迟了!"

阿妈却回他一句:"我的孩子,你一直就没离开我的经堂——因为你是在替天神做事。"

非天王无限悲伤:"要是真的没有离开,那些家侍也不会无辜死去了。他们是为救城作了陪葬。"

阿妈不动声色地问:"这么说,你也认为他们是中了那个蛊毒?"

非天王语气肯定:"正是。有人在给裹作人下毒的同时,也在暗害我们家族!我一定要查出真凶!"

阿妈问他:"你以为哪一个更有机会给我们下毒?"

非天王想了下,吞吐问:"西贡波呢?"

阿妈摇头:"她嘛,不大可能。放蛊人也有规矩,不会无故伤害无辜。她和我们家族素无仇怨,为什么要害我们?就说暗藏仇恨,她为什么不直接针对我呢?我中毒时还是她及时地救我。"

非天王觉得有理,又懵道:"只有她和小达娃手里有那种蛊毒,但不可能是小达娃。"

阿妈一听小达娃,目光黯淡了,一声叹息:"唉,可怜的姑娘!"

非天王陪着阿妈伤心了一阵,才又继续:"排除她们俩,您认为还有谁更可疑?"

阿妈声音变得凝重起来:"我总有预感,在我们的家族背后还隐蔽着一个深刻的仇人!要真是这样,就不是一时半刻可以查出的事了。"

非天王痛恨道:"不管多久,我一定要查出这万恶的凶手!"

阿妈思量少顷,则道:"哦呀,西城遭受战难,正是百废待兴。现在你要把精力多多地投入新政。今天这个怀疑我们暂且就放在心底吧,等一切政职安稳之后,再去慢慢调查。"

非天王一听新政,更有无限惆怅:"阿妈拉,我这里虽然对子民作了承诺,留守西城,但又怎么回复王宫呢!"

阿妈意味深长道:"世间之事,苦是它的本性,空是它最终的结局。你还是顺其自然吧——要王宫就会错失西城,要西城就难以回宫了。"

非天王纠结中感叹:"顺其自然,我也陷入了两难。回宫吧,怕甲姆会有舍,再不允我回返西城；不回宫，又怎么让甲姆安心？真不知怎样才能做到顺其自然！"

阿妈的目光就射向大院之外去了。她在凝望院外那层层叠叠的山峦。那些山峦，它们是多么的深暗、厚实，雄伟壮大。昔日镇守它的，是那势力强大的康金家族。今日换了新主，这新旧交替的时光势必会有动荡。那就时刻需要镇守的人专心致志地看护，才能慢慢地安稳它。也就是说，非天王刚刚坐镇西城，趁着人心所向时，正好巩固基础。如果还未坐镇就要离开，怕是那康金家族将会趁虚而入，制造间隙。另外，阿修家族人丁死亡过半，也需要长子留下来，及时处理后事。

思来想去，阿妈就道："非天，虽然现在你身为西城之王，却是城子们赋予的名位，并不稳定。那政事、民事、战事、矿产和商业，仍然是由康金的人掌控。你这一走，一时就不能接手。这中间若有什么变更，等你再回西城怕也难以控制。"

非天王听阿妈这番分析，只觉得事态复杂而严峻，自己还真不能轻易离开，一时陷入困顿。

他的阿妈却已是满脸倦意，提醒他道："哦呀，今天就说到这里。阿妈要休息了。你去看看小达娃吧。"

非天王惊讶问："小达娃，她回来了？"

阿妈瞧瞧官寨的下房，难过道："可怜的姑娘，这次是伤得不轻！西城协战，她可是你们的功臣，去看看她吧。"

非天王应声："拉索，请您休息。"即朝自家的下房走去。

小达娃呢，上次为了给蓝鹊使者送信，她滚到锅庄上烧断双臂间的绳索，致使上身烧成了重伤，这时正躺在床榻上养病。一见大少主进来，连忙爬下床，一头跪在地上。正要叩首，非天王则亲手搀扶起她，小心地送回床榻，一边没头没尾地询问："除了双手，身体上别的地方都没伤着吧。"

小达娃道一声："大少主……"忽而又觉得喊错了，改口道："王，小达娃什么都是好的！"随即艰难地抬起双臂，努力着表达："这里不久也会好起来的——小达娃不是无用的残废人。"

非天王笑了："知道你是好姑娘，能干的姑娘。哦呀，安心养好身子。未来我要封你官职，让你做西城的女官。"

小达娃又滚到地上了，这回是非天王怎样搀扶，她也不愿起身。声音颤抖地请求："王！小达娃不做女官。小达娃永远是您的奴仆，只求能留在您的身边，做一个女侍就安心了！"

非天王倒被小达娃的话给弄得有些糊涂，不解道："做女官可是所有姑娘的梦想，这也是你应得的荣誉。这次协战，你功劳巨大。"

小达娃被逼出了泪水："王！小达娃真心不想做女官，小达娃……王！请允了小达娃吧！神山在上，小达娃今生只盼做您的脚垫！"

非天王这一听，又像是誓言了，只好答应："哦呀，等你身体康复后，去管理我的营房吧。"

说完，再次搀起小达娃，送回床榻就离开了。

出来后，非天王边走边在思想阿妈刚才的话——要王宫就会错失西城，要西城就难以回宫。细细掂量这句话的深刻与厉害，最终他只能作出决定：暂且不回王宫，等把西城操持得安稳，权位巩固之后再行回宫计划。

非天王离开下房，经过客堂时，就见到神师和西贡波正在收拾行装，准备回宫。他这才想起，自己这么擅自地留守西城，也应该给女王一个交待。要不是借以女王的信物，又借以当初离别时女王的那些真心的嘱咐，他就是再想留城怕也不易。如今倒是——女王送他云凤金佩，原本是想更安全地保护他回宫；现在因为西城安危，这信物却变成金令，分开了他们。

非天王想得，越发感觉对不住女王。另外也有担心——按"祖母秘籍"中那一句"收复的领地和城池可暂时由战胜者兼管"，既然是暂时兼管，未来还是需要女王正式下达敕令。若女王不允，他就得回宫！这么想时，非天王便有些性急，匆忙策马赶回营房，提笔疾书。把自己从西城到王宫，又从王宫到西城，最后决定留守西城的前因后果，真诚地、竭力地阐述一遍。

完了，放下笔，摸摸胸口间的云凤金佩——它竟是温热的！这女王赠送的信物，已经沁入了他的体气，释放了他的体温！当下不由多出一份感慨来。再次提笔，在落款处添加一句：甲姆，我虽然不能长伴你的身边，但这一生，我定要用血肉之躯把你的心意珍藏——定是人在物在！

深重地写下这些后，他又惆怅地凝望南方，越望心中越发难受。只又咬破了手指，淋下一滴指血印在落款处，才收了笔。一封长信叠合后，非天王再次凝望南方。回想临行前女王的音容笑貌，片刻间，竟是湿润了目光……

第 6 篇

32. 远走高飞，你要飞往哪里

人世间的景致，如果连视觉也无法抵达，那该是多么壮观；人世间的情感，如果连思想也无法穿透，那该是多么复杂！现在，沿着女王宫殿的周边，峡谷之上的梨花开得是多么的汹涌！用凡人的视觉，你根本无法穿透它那铺天盖地的气势：一团粘着一团，一簇挽着一簇，一遍连着一遍。它们如此地热爱阳光、雨露和女王的河谷，盛放得如同追逐的浪潮。

这么说吧，女王的河谷属于垂直性气候。山下终年温暖湿润，山巅终年白雪皑皑。由于分布地段不同，坡度高低不同，气候变化不同，梨花的花期也会追逐季节——由着不同的节气，盛放在不同的地方。它们先是在坡度最低的峡谷底端开放，慢慢地沿着山势，随着坡度的升高一路开上山巅。

这一袭开的，少不得也要一个多月。

春天，第一缕春风催生的是峡谷底端的梨花。时间要推算到女王的招亲花赛之前。这个时期，梨花会在峡谷深处开放。带着探试的气息，开得谨慎、小心，生怕春寒料峭。第二次花期是在花赛来临之际。在峡谷的中段，梨花不开则罢，一开即明朗大方，如同落雪模样。

第三次花期就是现在——远征西城的战将们凯旋回宫的时候。这时，王城周边的梨花刚好如期盛放。自然，女王迎接男王回宫时，梨花就成了少不得的映衬。那宫殿前方的梨花大道上，殷殷梨花正是浓郁。梨花之下，高大的梨花台已经搭建，新酿的梨花酒也已经备好。女王由着侍官簇拥，早已恭候在花台上方。花台四周，众多女官，包括各位救城战官的家眷们，更是满身盛装，佩戴梨花银饰，手捧洁白哈达，正在翘首盼望各家的勇士们远征归来。一时间，王城上下——远方那巍峨的山峦，近处林立的碉房，身旁殷殷怒放的梨花，女王和她恢弘的王宫大殿，女官们华丽的装饰，花台、香酒、哈达、梨花……那场面，好比天宫之上，白云深处，西天女神设置的盛宴。

当绛珠大相的马队奔上梨花大道,那战马奔腾时掀起的一路梨花,竟像纷飞的雪花,搅乱了所有人的视觉,包括女王,均以为那奔驰在马队前端的威武首领,就是胜利归来的非天王。

女王已经疾步走下花台,手捧哈达,她要亲自敬献男王。

绛珠大相一路打马飞驰,不敢停顿。直到抵达花台。当他勒住缰绳,滚身下马时,女王才发现,竟不是她的男王!

女王顿时惊愕,紧切问:"大相,怎么是你!我的男王呢?!"

绛珠大相匆忙跪拜解释:"甲姆,请别惊慌。救城战事顺利,除了失去一些战卒,战官们均是过去的模样。"

女王点头,大声发话:"我的男王现在哪里?"

绛珠大相回道:"甲姆,您的男王还在西城。"

女王急声问:"他怎么不回宫?"

绛珠大相从怀中拿出一封信件,高高举过头顶,大声回应:"这是男王的亲手信,一切尽在其中,请甲姆细看。"

女王见是信件,心跟着一颤。当初非天王执意出征时,她心中生出的那个莫名担心,现在果然应验了!她的男王果然像梦一样——能真切地感受,却抓不住它。

女王心情凌乱,当即接过信件。掂一下,却是厚实又沉甸。看来内容很长,一时半刻是看不完。女王匆忙转身,意欲回宫细看,却见有人上前朝拜。女王见是随行远征的火金聚,他倒是毫发未损地回来了。心下稍得宽慰,只说:"金聚,一路远征,你辛苦了。"

火金聚望一眼绛珠大相,自嘲道:"甲姆,金聚受到大相一路照顾,负责管理伙房。没有直接参战,只能算是远行,谈不上远征了。"

女王纠正他:"金聚不必遗憾,伙房也是战队的一部分。"言毕,已无心再叙,转身要走。

没有获得女王应允,绛珠大相和火金聚就不敢擅自退下。这是宫规,他们只能等候那里。

一旁天官见状,只好凑近女王,小心地提示:"甲姆,远征奔赴十分辛苦,大相和您的金聚都还等在这里呢。"

女王才发话:"让他们回官寨休息。"一边转身下了花台,打马回宫。

回到王宫五楼大茶房,女王连忙拆开信件。但见桦树皮子的纸面上,字数绵密,洋洋洒洒。前面说的都是如何救得西城:包括康金家族对于金矿地图的坚持和保护,神师、西贡波、蓝鹊使者和小达娃的配合协战,绛珠大相和王宫男战队的英勇作战等;中间又对救城之后,怎样救治伤员,怎样安顿城民,怎样处理善后之事,一一汇报;最后才慎重地解释,自己是如何得到城民的呼吁,需要留守西城。而西城地理又是如何重要。因为战灾刚过,为安稳民心,他暂时如何不能回宫等,细致地、竭力地作了说明。

女王先是只当政事文件,匆匆地阅过。当看到最后一句话,见到落款处印着四个血字——人在物在!当下那个心,竟像针扎一样地疼痛。才意识到:她的男王从此不是枕边人了。因为,应允吧,他的身子从此就不在宫中;不允呢,他的心也不会回到宫中!

女王的心顿时跌入空茫,呆坐在茶房里,半天不得反应。

这时,就见天官小心地走进茶房,轻声招呼她:"甲姆,您的晚餐准备好了。"

女王却答非所问:"传绛珠大相进宫。"

天官愣了一下,应声:"拉索!"

其实绛珠大相回官寨后,一直也不敢宽衣休息。他早已预料要被女王召见,只等王宫传信就速速进宫了。这时女王已经下达王宫三楼大殿,端坐在大鹏宝座上,绷着脸。绛珠大相观察女王神色,心下自有底数。上前作过一番常规的朝拜,过后就站在原地等候女王发问。

女王却不赐坐,像是非天王不回宫,却是绛珠大相的主意,只把火气撒在他身上:"大相,为什么我的男王有去无回!我不是嘱托过你——怎么完整地带走,就怎么安全地带回吗!"

绛珠大相小心地解释:"甲姆,您的男王并没有任何闪失,他是安全的。"

女王厉声:"既然安全,为什么不先回宫!"

绛珠大相提醒道:"甲姆,男王写给您的信件里,已经说明了原因。"

女王反问:"你也认同他的那些原因?"

绛珠大相真诚地回答:"我确实是这么认为。"

女王一听大相这话,火气越发大了。原本召大相进宫,是希望听到他发出不同的心声。不想他的思想却和非天王如此一致,与她的理解完全不同。理解不同,倾诉的欲望也就断了。但听女王毫不客道:"你们男人的心,就像金矿一样——虽然深埋地下,但是光芒凌厉啊!"

绛珠大相面色委屈。

女王跟着怒言："他的用心我全知道！回王宫他是男王，留在西城他是人王。要是你，恐怕也会选择西城吧！"

绛珠大相被女王这样的话给堵住，就不知如何继续了。

女王置身大鹏宝座，仰头望上方。她发现，宝座后上方那张翅膀模样的靠背，虽然只是紫铜皮子打造，却像是活起来，正以飞翔的气势把她紧紧地揽在怀中。目光晃荡了下，女王突然感觉，再怎么飞，她也飞不出那大鹏的翅膀。

绛珠大相见女王一阵凌厉发问过后，这会儿却沉默在宝座里不说话，就以为女王火气已经发泄完毕，他可以走了，连忙请示："甲姆，如果没有事，我下去了。"

女王目光落下来，瞧一眼绛珠，这面前的男人，他的战服还未退去——那白银打造的头盔，坚毅端庄；紫铜打造的铠甲，威武明亮。站在那里，犹如崖岩上的松柏，坚韧又挺拔，似乎连天雷也无法动摇他。欲要离去，则又变成一副大鹏展翅、远走高飞的模样。女王心想，远走高飞，你要飞往哪里！

想想，却突发笑起来，朝绛珠大相摆手道："别下去。"

绛珠大相愣望女王，不知何意。

女王则语气响亮地招呼他："来，随我上寝宫。"

绛珠大相惊出一身汗来。因为谁都知道，王宫七楼寝宫，那可是女王和金聚们的私密空间。一般宫中内侍也不能轻易进入，他一个外人怎么可以冒犯宫规！当下既紧张也糊涂。同时又在侥幸地想，是不是自己听错了话？

正不知所措时，却见女王已经起身了。看绛珠大相站在原地不动，女王才又止步，目光闪烁，问他："怎么，只是上楼陪我喝杯香酒，也丧失了主张？"

绛珠大相心情凌乱，暗想：您可不是一般人，您是人间甲姆！我哪能随便陪您饮酒，更不敢动身。

女王就知道绛珠大相这是心有顾忌，想了下，放低姿态道："哦呀，就当是陪你的姐妹喝一镈，上楼吧。"

绛珠大相连忙朝女王勾下腰身，真诚地表白："甲姆可不要折煞绛珠！您是西天女神转世，天下唯一！"

女王从未见过这么无心的大相，想和他攀个亲切，竟然被他干净地拒绝。当下来气了，生硬道："我还是你的甲姆吗？！"

绛珠大相诚然应话："拉索，您是天下人的甲姆。"

女王："那甲姆的话你也不听？"

绛珠大相无奈："如果这是甲姆的命令，我只能服从。"

女王才笑了:"那就对了,上楼,这是命令!"说完,径直上楼去了。

绛珠大相踌躇好一阵,只能跟上去。

33. 像大鹏顶天负地

上了楼,才见得女王的寝宫,除富丽堂皇外,也是一个梨花香酒的天地。那些用花蕊、香梨、鲜蜜汁混合酿造的香酒,盛满了精美的四角碉酒坛、五角碉酒坛、母蛙酒坛和布谷鸟酒坛。众多酒坛,层层叠叠地摆放在茶房一侧的大壁柜中。让绛珠大相好奇的是,那深厚华丽的大壁柜,它共分三层:一层和二层都摆满了梨花香酒,但第三层,就是壁柜的最顶层,却仅仅搁置一只三角碉酒坛。它高高在上,就像一尊神像被供在那里。

绛珠大相一见三角碉酒坛心就紧了。他心下明白,但凡三角碉酒坛,里面盛放的可不是什么香酒,而是赐给仇敌的毒酒。一般情况下,三角碉酒坛只会摆放在王宫的三楼大殿。女王赐三角碉酒坛给哪个家族,意味诛灭那个家族。赐三角碉酒杯给哪个人,意味判那人死刑。现在,七楼寝宫居然也会搁置三角碉酒坛,且模样又与三楼有所不同。三楼那些酒坛都是紫铜皮子打造。这里的酒坛看起来却是精致又金贵,不仅坛子的沿口处錾着一圈金花,底座上还攀附着一只金翅大鹏鸟。

绛珠大相就不明白:女王的寝宫怎么会放这种不祥的酒器?但并不敢多想。晃个眼,又被茶桌上一排独特的酒具给吸引。这些用金沙、藏银以及珠宝打造,仅供女王专用的酒具,精美华贵又款式纷繁,让绛珠大相看得眼花缭乱。

要说女国当时盛行的酒生活,确实不一般,堪比那梨花盛放,洋洋洒洒。仅酒具就分五六个种类,又规矩繁多。且酒生活也分层次,每个阶层所用的酒具均有不同。处在王宫最高层曼扎①的人,比如活佛喇嘛,他们用于祭祀的酒具均是由雪亮的藏银打造,形状犹如白塔。第二层曼扎里,女王公开常用的酒具又有两款。一款是由藏银作底,金沙镀边,间嵌松石珊瑚的金蛙酒具,另一款是以大鹏鸟为图形的金鐏。第三层和第四层曼扎的贵族官寨里,男女朝官们常用錾花的铜皮子酒具。第五层曼扎的平民百姓,他们则用不起铜具,仅用羊头石杯。而第五层曼扎以下那些更为贫困

---

① 曼扎:一种呈现螺旋形的佛器。相传当时的女王宫建于山巅,整个王城上下呈现曼扎式的"台地"形状。

的人,比如熊胆谷中的哥爸寨人,他们是连石杯也用不起的,只能用陶土烧制的粗陶酒盅。

这些不同级别的人所用的不同级别的酒具,绛珠大相早有见识。但在女王的寝宫里,绛珠大相却看到了一款他从未见识的酒具:一只由金沙打造的鏊花酒壶。壶体呈现布谷鸟状,壶嘴则呈现蛟龙状,壶盖上落有一只豌豆大小的浑圆洞孔,其间插上一支青稞秸,看起来既精致又巧妙。

肯定甲姆饮酒时,正好吮吸那支青稞秸——绛珠大相暗在揣想。抬头再望壁柜上方那只大鹏酒坛,就感觉这两款酒具都很特别——他哪里知道,那大鹏酒坛里盛放的竟是地动山摇的毒酒!已经不知存放了多少朝代,附有颠覆阴阳之气,就像大鹏顶天负地,谁人也不敢轻易去动它。据说一动大鹏就会翻身,王宫就会坍塌!而作为女王寝宫的私用品,眼下这只鏊花酒壶,也只有女王和金聚们团聚时才会动用。

但是今夜女王用上了它。

一只四角碉酒坛已经摆上茶桌,里面盛放的是春天里刚刚酿造的梨花香酒。女王先给自己的鏊花酒壶倒满,又赐了绛珠大相一只金鐏,亲手为他斟满。坐下来后,女王抱起酒壶,玉唇微张,果然对着上面的青稞秸吮吸了一口。

绛珠大相不知所措,接过女王的香酒,却也不敢品尝。

女王就道:"你不喝,难道是要与我共饮一口?"

绛珠大相只得慌张地喝起来。

女王才笑了,抬手朝绛珠大相敬酒。绛珠大相又怕女王再有说法,只得老老实实地喝。喝下去,自然也要回敬女王。这下就变成你来我往,停不下。绛珠大相越喝越发心虚,心下琢磨:甲姆这就是在借酒消愁,但以这样的方式,只会越喝越愁。这么想时,绛珠大相就不想再继续陪酒。可这时女王已顾不得他了,只管自饮。绛珠大相无奈,一边劝阻,一边在不知不觉中却又喝下多鐏。似乎,梨花香酒的精髓力量正在摧毁绛珠大相的庄重!这叫他只能竭力克制,努力着控制内心那不断翻涌的浮躁情怀。

这时,却见女王面色红润,吐着酒气招呼:"绛珠。"女王这么说,竟免了大相称呼:"绛珠,从我进宫时,这宫中就有你。那时你独身,现在仍然独身。是什么力量让你这样坚定?"

绛珠大相被问得无话,面色尴尬。

女王又转过话锋了:"非天王留驻西城,他从此也会独身吗?绛珠,你告诉我,他会吗?"

绛珠大相惊得说不出话,他无法回答女王的问题。

但见女王双目已经湿润:"我从赛马中结识非天,从葬礼中救下了他,从花赛那一天起他就是我的男王。他像一颗金沙落在我的心上。我不想这金沙虽然闪亮,却不能把我的心照亮。绛珠,我的心被他扎得好痛哪!难道,正因为男王和人王的区别,他竟要离我而去?"

绛珠大相心绪凌乱,低头不回应。

女王神态似是跌入游离中,忽而唐突地问一句:"绛珠……要是你,你会这么绝情吗?"顿一下,继续问:"绛珠……如果是你,你是要做天上的大鹏,还是做甲姆的彩云?"

绛珠大相这一听,更加答不出了。

女王则又变了语气,厉声发话:"绛珠!非天不回宫,作为战事大相,你就是王宫最重要的朝官,你也是本王最重要的人!"

绛珠大相浑身一震。

女王继续:"所以,你必须孝忠祖母王朝,也必须服从本王。"说时,一手指向壁柜上方那只酒坛,大声发令:"你看那大鹏酒坛,你,必须让它安稳!让它永生永世——仅是一只酒坛,不是一座山!"

绛珠大相一见那大鹏酒坛,心绪更加凌乱。女王的话一面像是敕令,一面又像在故意暗示什么。这叫他如何应承呢?混沌在女王遮遮掩掩的意图里,如何回答都难了!

绛珠大相自知女王已有醉意,若不尽早脱身,怕是还有更大的烦忧在等着他。就连忙叫喊女王的侍官,又佯装自身也有了醉意,擅自摇晃着退下了。

女王醉眼花花地瞧着绛珠大相离去,本想令他停下,但视觉一晃,却见天官领着几个内侍已经围上来。她就不想再多话。闭上眼,双手撑着额头,由着醉意伏在茶桌上。

天官见此,知趣地退了,一边遣内侍前去宫外的东山官寨,召松格金聚进宫侍寝。

34. 祖母秘籍

第二天,正逢五日朝会[①]之际。女王召集文武朝官进宫,她要加封众位救城英雄。

[①] 五日朝会:据《新唐书》卷一百四十六之《西域传》上"东女国"条则记载,东女国:"俗轻男子,女贵者咸有侍男。有女官,号曰高霸,平议国事。在外官僚,并男夫为之,五日一听政。其王左右,侍女数百人。"

先是非天王。虽然他暂时没有回宫,但作为救城的主力战将,他甘愿驻守边城,精神可贵,又身为当朝男王,经过廷议,已被正式封为西城之王,同时接管西城战队。包括镇城之主的位置,也都落在他的名下。康金是保留了大矿主的地位,仍然统管西城金矿。绛珠大相被晋升为辅国大相。神师则被授以"王朝大阿乌"封号,自此在宫中,神师将会享受国舅阿乌格拉的级别。西贡波作为制毒官,是她的蛊毒战器在关键时刻发挥了重要作用,因此功不可没,被赐以"女战神"封号,又赏以众多金沙。

另有女官西染高霸。她虽然没有亲身参战,但康金家族誓死捍卫西城的金矿资源,这事比得天大!考虑到康金家族的切身利益,自然需要加封西染高霸。便从资历上对她作了提升,自此在宫中享受"天官"的待遇。天官,从级别上讲,又是和两代王朝的大天官赭面娘平起平坐了。最后是女王的火金聚,原本也会加封官职,但在救城战事中确实无作为,便以金银作了赏。

其他参与远征的战官战将,包括蓝鹊使者,均有记功,无一挂漏。

自然,除救城英雄外,朝官当中也有调整。当时的女国,重中之重就是资粮。女人要想稳固祖母王朝,就必须牢牢地抓住资粮,不让男人涉入。这其中可以参看"祖母秘籍"中记载的前三条规定:第一,以掌控资粮,使全体男性无形中受到羁勒;第二,以哺乳婴孩,博得全体民众更多爱护;第三,以情爱征服,让全体男子为之倾倒。从中可以看出,资粮排在第一,是为首要。

因此王朝的资粮大职一直是由女王本人掌控。当然,权限抓在女王手中,操持事务则是由天官赭面娘完成。但由于天官年岁渐高,又身居多职,自身已觉得难以担负繁杂的资粮重任。趁着朝会之际,天官便向女王提出"让贤"。

女王心有底数,直接点名,委任女官苏梨代管资粮。如此,女王的意思也就明显——等到赭面娘老去,那天官一职就要交与苏梨。确实,天官的位置并不是一般人可以胜任。外到朝政大事,内至宫中内务,天官都有提议的权限。就是说,天官所做的事,也是女王所想的事。因此第一她必须是女王最为信任的人;第二必须有智慧、有能力;第三必须忠诚可靠;第四必须终生独身——只有心无牵挂,才能心系王朝。而除男王之外,天官也是王城中唯一能和女王同住王宫的朝官。

天官之后,女王又对王城中的战官作了调整。主要是针对王城中的"十三女战队"。原本十三女战队的首领之位,是由绛珠大相的阿妹绛月大相坐镇。但女王已经加封绛珠为"辅国大相",他手中自然掌控了巨大的战力实权。考虑到王宫战力不能集中在同一家族,女王心中正在思考,如何启用事先已经备好的理由,革去绛月大相的首领之职。却是在关键时刻,那绛月大相竟然不来上朝!内侍禀报说,绛月得了荨麻疹,已经请过药师看病,可非但没有治愈,还转成了慢性麻疹。一时难以恢复,担心感染甲姆和众位朝官才不能按时上朝。

女王一听绛月得的是久治不愈的传染病,心里多出几分担忧;同时也趁此宣布,临时休去绛月的首领之职,吩咐她在官寨中好好休养。至于什么时间回返战队,要等她身体完全康复再作廷议。

之后,女王竟又速速宣令,扶持绛月手下的副首领青次高霸,暂且替代十三女战队大首领之职。众官一时惊愕,均不能理解:十三女战队原是守护祖母王朝的堡垒战队,是王官的铜墙铁壁。这么特殊的战队,这么重要的首领之位,竟然不通过任何廷议,仓促宣布休职又仓促宣布代职。如此果断,就不知女王的真实用意。

但无奈女王敕令已经出口。又很奇怪,往日一向公正严谨的阿乌格拉和精明细致的神师刚布,此时却对女王的仓促之举沉默不语。这么一来,其他朝官即使心有异议,见女王身旁的两位重要人物都在默认,也就不敢上奏。最终,这原本应该掀风鼓浪的移职大事,竟是波澜不惊地过了!

再是民事大相一职,原本是由女国北城柏嘎家族的亲舅舅多吉大相主管。但不知何故,女王却免了多吉大相,提拔神师刚布的宗亲男官东知作为民事大相。同时被提拔的还有工部大相。这一职很早以前是由女国的建碉高手男官格日掌管。但在甲姆拉时期,考虑到用官统一,又曾指令格日的女眷——女官拥中高霸辅助代管。现在趁着调整官位之际,女王则慎重宣布:工部大相一职,将由拥中高霸正式接管。

35. 不恭一神,水火不容

被提升嘉奖的夜晚,女官西染高霸既兴奋也坦然。其实,因为西城战事而被王官提至"天官"的级别,这是西染高霸早已预知的事。在她内心,一直就隐藏着一个盛大的理想。等于说这次级别的提升,让她距离理想又迈近了一步。当晚,西染高霸一时兴起,便在官寨中举办锅庄茶会。邀请同样被提了官职的拥中高霸,以及数位情趣相投的女官,又召集众多男眷、男伴、民间青年,聚集西染官寨,饮酒作乐,彻夜狂欢。

组织这样的逍遥茶会对于西染高霸不足为奇。作为康金家族的长女,西染高霸的富有与娇纵,女官当中无人比得。这自然得益于西城的那些金矿。一般情况下,从金矿开出的花朵,不是充满摧残的力量,就是放射尖锐的光芒。谁说不是呢!但瞧这夜的西染高霸,虽是褪去了白天那一身繁琐的相官衣袍,换上一袭轻纱薄绸的小姐衣装，但她那生性撒泼的高霸气息，总是让她无法清丽，变成贤女的模样。倒是春宵时刻，她那撩人的心绪，亦如梨花美酒，不饮自香。

而相伴在西染官寨中的那些男眷、男伴和民间青年，他们则像质地不同的珠宝，闪着不同寻常的光芒。比如男眷，一般是用来辅助西染高霸处理政务的，地位不高，但身份特殊。男伴，不言而喻，他们是依附在西染官寨里的藤萝——生性喜好阳光，且又耐得住阴暗，更具备极其柔韧的攀附之力。

民间青年则又另当别论。他们当中，一些是歌喉极美的艺人，平日是扮作西染官寨的家客；一些则是西染高霸利用强硬手段，从民间"请"进官寨的清白青年。

自然，西染高霸最在乎的就是清白青年。她深有体会，能用金沙打发的男子总是少有个性，少有情趣，甚至少有挑战。只有那些民间的清白青年，他们似乎对金沙充满仇恨。在被西染高霸强硬带走的同时，他们家中的女眷会把西染高霸留下的金沙，当作砺石投掷，追赶西染高霸的马队。但男人们最终还是被西染高霸强行带走，有些会在多天之后忍辱而归，有些从此杳无音讯。

当晚的茶会中，像这样被强硬带进西染官寨的清白青年，一共有三位。他们神情忧郁，目光凄迷。其中一位模样俊秀、嗓音明亮的青年，已在前一夜被西染高霸强行拉作了男伴。两天之前，西染高霸途经王城下方的第五层曼扎时，遇见一对情侣正在小河边对情歌。西染高霸见那青年不但歌声动听，相貌也是十分的英俊，顿时心生浮躁。借以听歌为由，硬是把青年带回了官寨。

家住第五层曼扎的青年，总归就是麦农的身份。看上这样的青年，西染高霸从来不会打听他们的身份地位，只管强硬把人带走。这是她的一贯作风，王城上下无人不知。

但是这一次，西染高霸却带回了一根荆棘——那对歌青年，他竟是神师刚布的宗亲，名叫穷步。穷步的女伴见心上人被西染高霸强硬带走，深知一进西染官寨就不会再有好的归途。可当场她又无力阻拦，只得哭哭啼啼地赶上王城，前去刚布官寨求助神师。

神师一听西染高霸又在侵扰他的宗亲，无比恼怒。想想这位刚布家族的政敌，明里暗里已经不知多少次侵扰刚布的族人。就在半月之前，她还亲自下达第五层曼扎的哥爸寨，以极少的金沙强制收购大量青稞豌豆，导致哥爸寨的贫民粮食短缺，饥寒交迫。那就是成心要断哥爸寨人的活路！虽然这位高霸对于神师和哥爸寨之间的暗在关系并不知情，侵扰哥爸寨也并不是因为神师，而是另有原因，但她和神师之间产生的过节，由来已久！

确实，要说神师和西染高霸之间的过节，那可不是一般过节。西染官寨供奉的祖神是扎拉（战神）和西天女神。刚布官寨供奉的则是朱拉（财神）和自家族氏的男神。因此二人之间的过节，又可归纳为男根崇拜和女神崇拜的过节。原本就是政治对手，不恭一神，水火不容。这下西染高霸再次欺上门来，神师哪里还能容忍！在神师心中，他可以为理想营救政敌，也可以为理想消灭政敌。正因此，之前在西城他才那么竭力地营救康金父子。因为那是女王的命令，他当然需要顺利地完成。

但这次情况完全不同。西染高霸是在直接侵扰刚布家族的宗亲；或者说，半月之前她对哥爸寨的那次侵扰，已经严重地影响到哥爸寨人的前途生计。这样的政敌如果不趁早想出办法打击，怕是未来哥爸寨人将会因她而断了生路！

36. 繁茂之花

梨花开败后，不过一月，女国又迎来第二次繁茂的花期，便是杜鹃花期。虽然，比起梨花，杜鹃的盛放更加肆意，没有节制，就像管不住的河水。但总归它们还是拗不过节气的安排——与梨花相同，杜鹃的花期也分地段，也会随着不同的节气，开放在不同的地方。

只是今年，杜鹃花期来得有些不同寻常。尤其是在女王的河谷中。那峡谷底端的女寨，中间的花葬场，第五层曼扎的农寨和猎寨，王宫下方的花葬关，花葬关之上的梨花大道，以及大道两旁的男女官寨外围，那些杜鹃，它们竟不是一簇一簇，而是成片成片，又竟然不分地段和节气，只在一夜之间，像大火烧山一样怒放在王城上下！

这是女国杜鹃从未有过的现象。一时间，漫天的杜鹃花粉搅得第二层曼扎里的朝官，和第五层曼扎里的麦农，都跟着有些透不过气，包括神师刚布。在他的视觉里，所有旺盛的生命都附带着一定的魔性。而人间一切不同寻常的现象，都归咎于天神的安排。自然，神师就需要好好来思考——怎样将这不同寻常的花期，变成合乎天理的神谕。

正当神师陷入苦思冥想的时候，从他的官寨下方飞出一串撒泼的笑声。神师寻着笑声走出官寨。就见自家侄女子，年幼的巴姆小姐已经钻进院墙外的杜鹃花丛。两位家侍生怕小姐会有闪失，紧切地随在身后。巴姆小姐已经扑入花丛深处。这姑娘淫浸在血红色的花朵下，大口大口地吸吮花粉，已被呛得大气喘不过来。一家侍见状，赶上前关切地招呼："小姐请慢着点，别叫花粉呛了心口！"

巴姆小姐一听,突然抑住笑,朝那家侍叫嚷:"说过多少遍了,不是巴姆,是甲姆——你们要叫我甲姆。"

上方的神师一听侄女子这话,疾步赶进花丛,拉过侄女子,悄声告诫她道:"我的宝珠儿,'甲姆'二字可不能随便说。"

巴姆小姐冲着神师不理解:"大阿乌,您和我的阿妈不是一直都在说,我是未来的甲姆吗?"

神师脸色大变,转身斥责两个家侍:"你们还不出去,呆在这里做什么!"

两家侍低头退了,神师才又紧张道:"宝珠儿,'未来的甲姆',这话以后可不能随便出口!"

巴姆小姐盯住自己的亲舅舅,很委屈,更不理解——为什么大人们都可以说,自己却不能出口?

正纳闷中,一阵风刮进花丛,摇晃着一簇簇杜鹃。乍一看,像是每一簇杜鹃都活了起来。巴姆小姐忽而又兴奋了,迎着杜鹃欢快地叫喊:"花妖!花妖!我不当甲姆了,我要当花妖!"

神师被侄女子的叫喊惊得合不拢嘴。

"花妖?花妖……"他反复地琢磨侄女子这个话。之后,禁不住朝侄女子的小脸蛋狠狠地亲了一下。

37. 死了一半的人

杜鹃花自王城上下一路蔓延,怒放了将近半个月。这时,适逢女国"望耕节"到来。每年望耕节期间,为确保第五层曼扎的农寨里青稞和豌豆不再遭受天灾,女王总会邀请神师以及众位朝官,齐聚王宫前方的十三角碉祭祀场,举办规模宏大的农耕祭祀。今年当然也不例外。

望耕节这天,正是暖日当空,空气温热。依照神师占卜得出的时辰,农耕祭祀定在正午时分进行。

正午,也是一天中花粉最为恣意的时辰。这时,女王已经端坐在十三角碉旁临时搭建的宝座里。神师按照时辰走上祭台,立在弥漫着花粉气息的香炉前。望一眼炉中的杉针烟火,他开始遵循仪轨作法——依次摆出食供、花供、普巴、盲加、色线、人皮鼓和嘎巴拉碗。同时响亮地唱诵咒语,并朝着香炉上方抛撒咒符。继后,放下头顶上的骷髅辫,将它送入嘴边哈气加持,再猛然甩起,对着香炉方向用力抽打。如此反复一阵过后,但见他迈开脚步,旋动宽大的衣袍,绕着香炉转动起来。那脚步,一忽缓慢,悠悠扬扬;一忽紧促,急如星火。那手势,一忽温和,飘然而上;一忽凌厉,急剧而降。如此交替,旋的人闪花了眼目。又有浓烈的杜鹃花粉四处弥漫,实在呛鼻,搅得人难以忍耐。一些人已经掩起了鼻孔,只想痛快地打个喷嚏;一些人则分散了目光。这时,但见神师又一次朝着香炉上方抛撒咒符。在花乱的旋动中,一件密物已经从他宽大的衣袖内飞速落入香炉。

不久,香炉就混成了一片雾海。所有人均被这席卷而上的浓烟狠狠地呛了一下,包括女王,她也干燥地咳了两声。神师因为置身烟雾当中,浓烟已经呛得他喉咙苍哑,发不出声音,咒语因此被中断。但见他面色一暗,恍惚一下,突发口吐白沫,抽搐不止,紧接着身子一歪,坠倒地上!

女王连忙吩咐内侍搀扶起神师,却听神师语气惊慌地禀报:"甲、甲姆,刚布再不能继续作法!"

女王一阵惊讶,大声道:"刚布!难道你要中断仪式?这一年的农事全都依赖天神保佑。如果中断,不是断了麦农们一年的口粮!"

神师一面颤颤巍巍地站立,一面为难地回答:"甲姆,不是刚布有意中断仪式。您看那杉针烟火,它也变了!这是风魔和花妖突发干扰的结果!"

女王随即抬头,一看,可不是!前方那香炉里,刚才还飘扬着清净的白烟,现在却冒出一道浓黑的雾柱!杉针烟火是凡人与天神沟通的主要方式。从烟火上升的姿态中,人们可以看出天神的预意。如果是冉冉上升的清烟,自然吉祥;但变成浓黑的雾幕,那就是障碍,多多不吉了!

女王扬起宽大的衣袖,缓缓捂住脸面,一边思索一边询问神师:"刚才你说的花妖,是怎么回事?"

神师面色犹豫,吞吐中提示:"甲姆,您也已经看到,今年的杜鹃,开得不同寻常……"

女王发话:"刚布,你就直说吧。"

神师仍有犹豫,并不想继续,但瞧女王目光盯住他不放,又有些无奈,只好解释:"甲姆,要说这花妖,却是由花间的瘴气修炼而成。它们最大的特性就是借助花粉传播魔咒,作祸人间。就像今年的杜鹃,这么反常地开放,正是那花妖从中作祟!它已经依附在活人身上,正借助活人的体温壮大、弥漫,催生各种灾难！"

女王只道："各种灾难？又指哪些？"

神师闭目，掐指计算，回答："花妖附身，必给大地带来灭顶之灾。到时，地冒天火，丛林将变枯木；天降冰雹，青稞将变碎屑！不仅是第五层曼扎的麦农，他们将被饿死；王城上下也会跟着遭殃，肉食短缺，粮草紧张！"

女王瞧着神师，若有所思地问："真有这样厉害？"

神师语气沉重，提醒道："厉害不厉害，看今年这不同寻常的杜鹃吧，哪年会是这样！"

想起今年不同寻常的杜鹃，女王还是倒吸了一口凉气，不想竟吸入一股呛人的花粉！忍不住干咳一声。再寻望前方香炉，那里越发黑烟滚滚。当下心有顾忌，再问："真是这样，我们又怎么应对？"

神师朝女王勾下腰身，慎重又严肃地回答："花妖发威的时候，同是杜鹃盛放的时间，那花妖只有借助花粉才能传播魔咒。"

女王目光紧切地盯住神师："你的意思，是要找出花妖附身的人？"

神师点头，肯定地回答："拉索！不但要找出那人，还要把他送入三角碉中才能以魔制魔。等避过花期，杜鹃凋零，没有花粉时那花妖才会消失！"

女王听说三角碉，有些犹豫，心想：那可是魔鬼居住的地方，哪能随便把人送进那里！就担心地询问："我们怎样才能正确地辨识被花妖附身的人？"

神师面色惆怅，为难起来："这个刚布也无法用肉眼断定。"稍顷，又补充一句："除非是通过讨神器，请问天神。"

女王一听讨神器，那倒又是有目共睹的事了，自然十分公正。连忙发话："那就尽快开始吧。"

神师应声："拉索！"

讨神器，近似于当时主国的"抽签"。即通过随意性地抛掷神器，以此识别对象。那神器一头圆滚一头尖利，尖利的那头指向哪里，哪里就是出事之地，或者出事之人。因此，朝官们一听讨神器，个个面色惊慌，暗下均在猜度：不知那花妖最终会附在哪个倒霉蛋的身上！

神师开始往烟炉里添加杉针，又向着天地抛撒咒符。在更加浓烈的烟雾中，神师一边甩动粗壮的骷髅辫，一边舞动灵巧的神器。但见那神器和发辫相互交织，一会高高地划过头顶，一会缓缓地指向地面，一会幽幽地滑入烟雾，一会又急速地飞上天空。飞上天空，穿过烟雾，划出一道弧线，之后它就安然地坠落在地。

朝官们迅速赶上前去，紧张地盯住地面——但见那神器尖利的一端，不偏不斜，正好指向西染官寨！真是奇巧了，此时宫中大半女官都在参加农耕祭祀。西染高霸呢，由于前两天和男伴彻夜纵酒，伤了脾胃，身体不适，硬是拖沓在官寨里过不来。

这下朝官们的眼睛都睁得跟绽开的石榴一样了——难道花妖已经附身西染高霸？不然她怎么迟不纵酒，早不纵酒，偏偏在这样关键的时刻纵酒呢！

而女王这一瞧更是万分诧异，疑虑地盯住神师，追问："刚布，难道花妖已经附身西染高霸？"

神师语气肯定地道："拉索！神器所指的方向您已经看在眼里。"顿一下，又着重地强调："甲姆，不单是您，众位相官都已经看到，连史官姜措也在埋头记录了——这是神谕的安排！"

要说那花妖附身其他女官身上，倒也没有大事，偏偏是附身在康金家族的长女身上，这叫女王心有顾忌。因为谁都清楚那三角碉对于一个人精神上的摧残——在女国，针对三角碉有两道极为阴森的惩罚。一是对于重刑犯的处置。一般是不会直接处死，而是让他在得到神师的诅咒后，被押进布满魔鬼的三角碉中，让他的灵魂像魔鬼一样永远不得转世，从而精神崩溃而死。这是一种被诅咒的死亡，也是最为严厉的死亡惩罚，让人死也永不翻身！二是针对那些中了魔煞，或者被妖魔鬼怪附身的人，必须把他们送进三角碉中生活一些时日，用以魔制魔的方式，让肉身凡体摆脱魔鬼的束缚。当这样的人从三角碉中出来，他那精神上所承受的极度摧残，基本就是死过一半的人了。

正因此女王才有顾忌，想那康金家族为西城金矿也是立下了汗马功劳，西染高霸的地位刚刚又被提升到天官的级别，自然不能轻易地动她。但也不能轻易免了这个事端。因为神谕是不可违背的。违背了，不说天神不会宽恕，王权也会深受影响。

女王目望四方，检视每一位朝官。但瞧他们正在翘首以待——既然神谕已经指定西染高霸就是花妖附身的人，那就尽快执行吧。这已是众望所归！除此，谁甘心为西染高霸作替身，把自己变成死过一半的人呢！这叫女王难以轻视。最终她令内侍把西染高霸带到十三角碉下，由神师当面向她宣告事情的前因后果。

西染高霸被内侍强行带到十三角碉时，她还以为女王迁怒的只是她的拖沓，不参与农耕祭祀。当得知是要送她进三角碉，顿时感觉晴天霹雳！她知道这一切都是神师陷害。平日在宫中，这政敌处处同她交恶，她正寻思着要如何报复。不想神师出手更快,只是几句咒语,一把神器,就让她惨遭厄运。

这下,她要怎样才能咽下这口恶气!

但事实已经发生。因为是神谕的安排,她被送三角碉就变成了铁一样的事实,不可更改。如果更改,那天神在民众当中就会丧失威信。丧失威信的神谕又怎么庇护深幽的神权和高贵的王权呢!西染高霸十分明白这点。她只能认命,接受。

再说,即使不接受,当下她所面对的,除了神师,还有她平日结下的众多仇家!眼下她就是有一千张嘴可以辩驳,一万两金沙可以收买人心,也是来不及了。她来不及改变事实,也没有这个机会。至少对于那些仇家来说,通过三角碉惩罚一下咄咄逼人的西染高霸,并不为过。

38. 雪山上透射的凌厉之气

狂妄又无辜的西染高霸就这样被送进三角碉中,禁闭了十天。直到杜鹃凋谢时才被接出来。作为死过一半的人,西染高霸那颗尽职祖母王朝的雄心,也因此死过了一半。现在对于她,人已经算不得什么。单是论人与人之间的博弈,包括人间甲姆,对于西染高霸都不再是最大威胁。只是牵涉到神,或说人神交合的力量,那才是巨大的,摧毁的,复杂而令人无能为力!

而自从花妖事件过后,回想神师当日那一句"这是神谕的安排",女王似乎对神师也生出了些许顾忌。隐约中,女王总有感觉:王城当中,夜晚最为明亮的并不是星星和月亮,或者宫中那些通宵达旦的松明灯火,而是神师的眼睛。它既锋亮又深暗,还那么遥远。任凭女王怎样用心,也无法与它贴近。就是说,它并不是照亮女王的心灯。女王心中的那盏灯呢,却亮在别的地方。

一天深夜,神师站在刚布官寨高耸的月台上,遥望王宫。在月光的照映下,他看到女王独自一人,立在王宫九楼经堂的大月台上,向着丹增活佛修行的雪山方向,燃杉烟,放风马,五体投地大朝拜。那些被月光浸染的风马在夜风中纷乱地翻滚。即使远隔深厚的宫墙,神师仍然能清晰地感受——它们尖锐、凌厉,寒光闪闪,犹如刀片一样。

这深深地刺痛了神师的心。他原本自信的目光,随着那些翻飞的风马已在摇晃。视线,一会扑上王宫顶楼的经堂,一会坠入王宫对面的雪山——那里正是丹增活佛修行的道场!虽然距离遥远,又是夜晚,视线模糊,根本看不到它,但神师还是真切地感应到，有一股莫名强大的凌厉气势，正从那雪山的方向朝王城袭来。至少在这一夜，神师非常深刻地感应到了！

因为一般情况下，女王是不会在夜半时分还会上月台朝拜。除非她的心中窝着不同寻常的心思。而不管这心思是针对哪里，这样的举动都会令神师紧张。因为他知道，在心绪迷茫的时候，女王的心灵依托之人并不是自己，而是丹增活佛。

虽然，在生活、气象、农耕和狩猎等现实方面，女王无比地依赖神师，但在精神与灵魂上，她对大智者丹增活佛更抱有无限寄托。正因此，谁的目光神师都可以轻视，但他需要思考，怎样让女王的目光向着他的方向。这太重要了！

39. 松格斩熊

农耕祭祀结束后，又过去半个月，就到了猎物们的哺乳季节。这时女国王城又迎来一场盛大的祭祀活动——猎祭。当时女国的资粮主要源于三方面：采撷、农耕和狩猎。这其中，十分之三来自采撷，就是覆盖在女王河谷当中的那些香梨、山桃、野杏等。十分之三来自农耕，主要分布在女王河谷的农寨。种植青稞、豌豆，以及少量的野粟米。但由于峡谷逼仄，土地有限，民间最为主要的生活来源还是依赖狩猎。正因此，相比农耕祭祀，狩猎祭祀更为重要。农耕主祭天神，狩猎则主祭"猎神"。

说到猎神，却又没有具体的表象，也不专指哪路神灵，而是猎人们在观念中认为存在的一种狩猎神灵。现实生活中，人们是以朝拜活物的方式祭祀猎神。这当中，受朝拜的活物共有三种。分别是：天空的代表，鸢鹰一只；丛林的代表，老熊一只；家畜的代表，盘羊一只。祭祀的当天，女王必须亲临现场，同猎物们亲密接触——以抚摸的方式向它们表达亲切和感恩，感恩猎神的仁慈，是它的生生繁衍赐予了人类生存的能量，故而猎祭又被称作"亲猎节"。

按"祖母秘籍"中的记载，在女国，亲猎节已经延续了上千年。其中供女王亲密接触的三类猎神代表，均是由历代的神师安排。属于这一朝的祭祀猎物，它们早在甲姆拉时期就已经被驯服。平时就圈养在属于神师家领地的山林里，由神师指定一位通达畜性的猎官专业训练。因此猎物们早已通达人性，不会无故伤人。并且，每年亲猎当中，猎官都会亲手给猎物们喂足山鸡活兔，同时在活食的皮毛下抹入大量麻黄粉，用来麻痹猎物神经，确保万无一失。

亲猎节当天,女王早早就出了宫殿。到达十三角碉时,见大半朝官都已经到场。寻望祭台,但见神师领着一群家侍正在为祭祀做着繁琐的准备。祭台之外,供人们朝拜的三种猎神——䳽鹰、老熊、盘羊,已被刚布官寨的猎官罗缀带进场来。神师先是吩咐罗缀仔细检查猎物的安全性,比如捆绑得是否结实,喂养得是否充足,麻痹神经的麻黄粉是否加量,等等。一切得到确认之后,为防万一,神师又破例在腰间别了一把三角形的利器,这才开始作法祭祀。

一时间,祭台内清烟冉冉,祭台外咒符飞扬。神师已将头顶上的骷髅鞶放下,缓缓地挥动。一边抛撒咒符,同时响亮地唱起咒语。一阵过后,神师面向女王,恭敬地请示:"甲姆,亲猎时辰已到,您可以开始了。"

女王目视猎神,正准备迈步,这时,就听天官在身旁悄声安慰:"只是瞬间的坚持就会过去。甲姆,您就当走个过场吧。"

这话听起来十分耳熟。女王就想起,当初在甲姆拉的葬礼上,天官也是这么安慰她的。当即就觉得好生有趣:这天官,她定是对自己过去惧怕血祭那件事念念不忘。她怎么知道,那已是时过境迁!其实所谓惧怕,只是自己吓唬自己而已——是那时自己的内心还不够强大。另外,任何惧怕都源于陌生,没有尝试。即使是杀生血祭,经历了,跨过了心灵上那道脆弱的坎,也就坦然了。并且,反倒是经历了那场血淋淋的活祭,自己的胆识才得以锤炼,越发的坚韧。

这么想时,女王就高抬脚步,朝着离她最近的䳽鹰走去。

正当她伸手抚摸䳽鹰的翅膀,这时,十三角碉下突然响起一阵粗犷的号角声。这是祭祀当中应有的"呼神"步骤,需要伴着女王亲猎的同时吹响,意为呼唤猎神,庇护四方猎人。原本这只是亲猎当中的惯例,却不曾想,因为号角声突发刺激,那䳽鹰猛然狂躁起来,竟然张开双翅,朝着女王扑打过来!

女王被这突如其来的攻击弄得倒退一步,打了个趔趄,却避让得不够及时,慌张中竟然撞到了老熊!那老熊先是被大鹰张开的双翅惊动,又见有人朝它扎来,当即脑袋一甩,四足一撑,竟然把捆在身上的绳索给绷断了!眼看那老熊大掌就要罩住女王的脸面,说时迟那时快,一旁距离女王最近的神师一个利箭冲上老熊,抽出腰间利器,冲着老熊屁股用力扎过去。老熊被利器刺得闷吼一声,丢下女王,反身扑向神师。

猎官罗缀见状大惊。这老熊一直是由他负责驯养,他深知老熊的厉害:一旦被过度刺激,惹得熊脾气上来,就是大树它也能撞翻。这下被神师扎痛,老熊肯定是要攻击神师。又一想:遭遇打击时,老熊只会报复让它更为疼痛的外来力量,那就只有自己去引开老熊的目标。

　　猎官罗缀慌忙抽出大刀，对着老熊的后腿狠狠砍下一刀。果然，老熊痛得大掌一甩，一龇牙，放下神师直奔罗缀了。这时神师的左臂已被老熊生生地挖去一块血肉。而罗缀则反身朝着十三角碉下方的灌木丛奔跑。发怒的老熊紧追其后。罗缀一心只想甩开老熊，仗着自身个头小，迅速钻进密集的灌木丛。他像一只灵敏的火狐，见缝插针，越钻越深。他以为老熊步伐缓慢，又被密集的灌木阻挡，一时难以深入。他正好可以趁势穿过灌木丛，绕道脱身。不想那老熊却像一块从山顶滚下的巨大黑石，所到之处，用利爪打断灌木，用躯体碾碎荆棘，竟把灌木生生地碾压成一条路来！它那么愤怒、凶悍，迅速得就像天雷一样。

　　而罗缀已经陷入莽莽荆棘深处。茂密的丛林，各种坚韧的藤条相互交织，形成一面坚韧的网墙。罗缀一头撞在上面，已经耗尽体力。他再也无力冲破前方那些更为稠密的灌木。疲惫地回头一看，这一看眼前就黑了——罗缀似乎还没感觉到疼痛，老熊已经用大掌罩住他的整个头部。只听"嗞"地一声，熊爪子死死地掐住罗缀的头发，连同头皮，像撕扯树皮一样，老熊竟把罗缀的整个脑袋，从头顶一直撕到脸部，又连同脸皮生生地扒到脖子上，变成一块血肉围领！

　　罗缀的整个头部顿时暴露出鲜血和白骨！昏晃了一下，罗缀栽倒在荆棘中。两只血糊糊的黑眼珠吊在鼻骨上，他用手下意识地了摸一下——是的，突发的疼痛开始刺激他的神经，让他还幸存着一些生命的意识。而老熊只是扒光了他的头皮，他的心脏还是跳动的！这是一个无法体会的、痛苦的死亡过程：失明，黑暗，撕皮刮肉地痛，生不如死。罗缀发出一声绝望地吼叫，叫老熊也怔了一下。

　　这时，女王的大金聚松格已经顺着老熊碾出的道路冲进丛林。老熊听到身后有动静，猛然掉头，向上一看，但见松格金聚手持大刀，朝着老熊一边挥舞一边咆哮——松格正是想以咆哮的方式刺激老熊，引诱它转移方向。果然老熊低吼一声，立马放下罗缀，转身朝松格奔来。松格却不往密不透风的荆棘中避让，他闪身钻进山坡上的一片火桦林。在那里，高大的火桦树一棵紧挨一棵。乍看就像一排排从地面上长出的树墙。松格迅速爬上一棵大树。老熊见松格爬树，两只前爪抱住树干，跟着"蹭蹭"直上。想不到老熊也会爬树！后面刚刚追过来的王宫侍卫见此，都在为松格捏着一把汗。却见松格趁老熊攀爬之际，已经跳上另一棵大树。老熊爬上树干，见松格架在另一棵树上。两掌一搭，跟着攀上去。这时松格却又直溜溜地滑下树来。老熊愣一下，继而也像石头般滑到地上。当它再抬头，却见松格又爬上了第三棵大树！老熊跟着继续往上爬。就这样，一个身轻如燕，一个蛮撞直上，大约折腾过七八个回合。当老熊再攀爬一棵大树时,树干上的松格猛然大吼一声,同时脱下外衣,朝着老熊丢下来。老熊听得一声吼叫,又见衣物从视觉上方落下,就以为是人掉了下来,头一昂,正要咬住衣物,松格则猛然抽出利箭,趁着老熊仰面之际,不偏不正,一箭穿透衣物,直刺老熊鼻梁。

俗话说打蛇要打七寸。鼻梁正是全身通脉之处,直接连着老熊的心脏血管。这一箭可就击中了老熊的要害!而那箭头上早已抹足了"见血封喉"的毒药。老熊中箭时,正好是仰着面,那鼻孔已被刺穿,流出了血水,它自然是要淌进嘴里。老熊只能用大舌舔血。这样正好,一面被毒箭刺伤要害,一面毒液已经随着唾液进了心脏,老熊遭受双重打击。一只后掌又在之前被罗缀给砍伤,哪里还有气力支撑笨重的躯体!忽发一歪,倒在树下。

松格趴在树上观察许久,见老熊一动不动,就迅速跳下树干。正要抽刀斩下老熊的四掌,不料那老熊竟又晃晃悠悠地爬起身来。闷吼一声,两只前掌已经罩住松格上身!致使松格举刀的手使不上劲。老熊抱住松格,拖住他往下坠,意图用笨重的身躯压死松格。松格则趁着下坠之际,迅速从老熊的双掌中挣脱出来,反举大刀,朝着老熊的头部及时地砍下一刀,顿时鲜血喷溅。老熊头一甩,却像转陀螺一样,反尔又朝着松格扑来。眼看松格整个人就要落入老熊黑暗的大掌,说时迟那时快,就在熊掌即将扣下的瞬间,透过两掌之间的缝隙,松格拼命地插进一刀。这一刀不偏不斜,刚好刺中老熊咽喉。

老熊闷雷一样地哼过一声,就着松格的身子瘫坐下去。乍一看,松格已经完全被老熊给碾压。那场景,叫赶过来的王宫侍卫惊慌失措。他们都以为这下松格完了,已经被老熊压死。个个惊骇,不知进退。

正此时,却见那老熊头壳一歪,轰然栽倒地上。一大股殷红色的血浆从老熊的脖子深处往外汨出。紧接着,松格竟像变法戏似的,顺着温热的血浆,从老熊的躯体下爬出来。一身的血水,松格举刀对着老熊"咔咔"就是四刀。斩下老熊的四只大掌后,他紧忙转身钻进丛林,寻找猎官罗缀去了。

松格进入丛林后,就看见罗缀吊在一棵小树上,裸露着血肉模糊的头骨。头皮和脸皮就像一层叠加一层的血肉围领。两只眼珠则像两只黑梅子,突兀地挂在鼻骨间。脖子上勒着一条腰带,他不知是怎么摸到树丫上的,吊在那里自缢了。

松格放下罗缀的尸体,用手拂过他的脸皮、头皮,盖好头骨,恢复了原本模样,抱着他走出丛林。这时大批王宫侍卫已经赶上来。他们接过松格手里的死人,簇拥着他,同时架起那只斩断了四足的老熊,欢呼着回到十三角碉下。

40. 因祸得福

　　自然,当王宫侍卫架着老熊回到十三角碉时,也有些人暗下正在惊讶,他们对老熊心生迷惑:这猎物早些年就已经被驯服,经历过多场祭祀活动,早已习惯祭祀的号角,又喂足了肉食,还以绳索加以束缚,且通体神经也被麻痹,应该丧失了攻击能力。却是怎么了,竟被小小的号角声惊到,那么癫狂不要性命!难道它是中了魔煞?抑或就是——有人在暗中给它下过什么疯癫的药物,致使那麻黄粉失效,丧失了麻痹功能?

　　当那些疑惑的人,他们窥视的目光正在不知深浅地相互交织时,西染高霸瞟一眼神师,瞧他那已被老熊挖去一块血肉的手臂,脸上浮现出高深莫测的表情。

　　女王已被及时地转移到安全地带。这时,她第一个担心的倒不是松格金聚的安危,而是自己的救命恩人——神师刚布的伤势。确实,若不是神师刚布及时出手,估计现在被扒光头皮的就不是猎官罗缀了。想到这个,女王倒是有些后怕,同时对神师充满感激。

　　神师呢,千算万算他也难以预算,虽然手臂被老熊挖去一块血肉,但因祸得福,他救了女王!直到现在他还难以回忆,当时他怎么就那样义无反顾地冲了上去,保护女王。而作为天神的使者,刚布向来给人们的感觉都是神秘莫测又高不可攀,但今天,是他挺身而出救了尊贵的人间甲姆,所以他也成了王城上下人人崇拜的大英雄!

　　到第五日,便是上朝之际。女王急切地召见神师。当下,只见神师那受伤的手臂,因为感染而被药师尼玛抹上了一层厚厚的藏药,又被厚实地包扎起来,显得非常的浮肿胖大。那里面可是被生生地挖去一块血肉!可想而知,神师承受了巨大的痛苦。

　　女王这一见,内心更有些过意不去。注视神师,深切地问候:"刚布,让你受苦了。"

　　神师勾着腰身,谦卑回应:"这是刚布应该做的。"

　　女王真诚地道:"是你救了本王,这次本王可要重赏你呀!"

　　神师带着谦让推辞:"甲姆,刚布是在为西天女神做事,谈不得赏赐。"

　　女王点头,赞许不已:"你有这般奋不顾身的精神,本王应当奖赏。更要重点宣扬,鼓励朝官们向你学习!"

神师的腰身勾得更深了,顺着女王的话意提示一句:"要说奋不顾身,却不单是刚布一人,还有那猎官罗缀,是他引开了老熊。"

女王倒也想起来,就问:"哦呀,本王疏忽了。他还有家人吗?"

神师回答:"他还有一个兄弟,住在南城。"

女王干脆道:"好,请大喇嘛为他唱经,送他回归祖地吧;再赏他的兄弟藏银一百两、猪膘肉三袋、酥油三桶、茶砖三条。"

神师代猎官罗缀谢过。

女王又吩咐身旁内侍:"给刚布家送去猎手三名,金沙一箱,牦牛一百只。"

神师先是道谢,之后又作推辞:"甲姆的赏赐实在太重,刚布不能领受啊。"

女王坚持道:"你就收下吧。不说你对本王有功,就是整个王朝大地,也是少不得你来多多费心,祈祷天神庇护。"

神师犹豫了一下,最终说:"甲姆真要坚持,刚布也不能领受金沙和猎手这样的重赏,要是能够索得一书,也就满足了。"

女王问:"什么书?"

神师吞吐起来:"这……"

女王真诚道:"刚布,你就直说吧。就是金沙做成的书,本王也有意赏你!"

神师这一听,才放心地说了:"刚布记得,先前甲姆拉朝贡主国时,主国是有回赠。其中有一本书,不知甲姆可有看过?"

女王听说是主国的赠书,就想起,在她的八楼宝库中,确实是有一本甲姆拉时期的主国赠书。便有些犹豫,因为那毕竟是甲姆拉的赠物。可刚才她已经当众出口赏赐;另外,那本书已在八楼宝库闲置多年,并没有给王宫带来实质性的作用,比不得金银财宝、人面天珠的价值那么鲜明。何况面前这是神师,也算是她的救命恩人,赏也就赏了吧。于是欲让天官上王宫八楼取书。但又一想,八楼乃是王宫的宝藏之地,除自己和四位金聚,下官们也不得随便上楼。转眼,女王瞧一眼立在下方的松格金聚,就吩咐他道:"金聚,你上八楼去,替本王把书取来。"随即招呼他走近身,说明了书的模样及位置。

松格金聚得令上楼。自然,他也是第一次进入王宫八楼。一进去,但见里面:紫铜为地,金沙包墙,中央八根铜柱高高耸立,四方库墙金碧辉煌。这当中,三个侧面的库墙都是雕龙画凤的整体壁橱。里面摆放着各类稀世珍宝。九眼的天珠、千年的蜜蜡、海底的珊瑚、金沙银锭、松石檀香，琳琅满目，数不胜数。正面的库墙则是一架书柜，插着满满当当的书籍，大半又都是经书宝典和一卷卷珍贵的皮子唐卡。松格金聚挨着书架用心地寻找，多久才看到一本标注着主国字样的书。这是一本长方形的草纸书，阴白色的纸面，深蓝色的书线，装订绵密，质地柔软。刚才女王描述的正是这个。

松格金聚不由拿起来，捧在手里时，就在思量：这是怎样一本书呢？为什么贪心的神师连金沙和猎手都不稀罕，单单指名要它？就小心地翻开来，映入眼帘的却是陌生的文字，像密密麻麻的黑色方块，半个也看不懂。它就像一本天书！

松格金聚带着迷惑下楼，把书交给女王，同时悄声地提示她："甲姆，这可是主国赠送甲姆拉的礼品，我们能转赠他人吗？"

女王淡泊道："又不是金沙珠宝，送也就送了。"

松格金聚见以委婉方式并不能说服女王，就进一步说明："甲姆，这虽然是本纸书，但出自泱泱主国，肯定也不是凡物。您真要赐给刚布吗？"

松格说的这些话，虽然语音极低，但还是被听觉灵敏的神师听到了。在神师内心，他一直就对女王的这位金聚忧心忡忡。自从西城战事，松格向女王献计，提出以"战力、放蛊、神法"合作协战后，神师就已经觉察到松格的智慧。这样的人如果长期留在女王身旁，对于神权的干扰可就大了！

神师这一想，就越发希望得到赠书。当即使出激将法，连忙朝女王跪下身，真切地磕过三个响头；又面向头顶上方的甲姆拉，无比敬仰地磕过三次。之后，言辞激荡地道："甲姆！刚布刚刚才有醒悟——那本书原是甲姆拉收到的赠物，甲姆拉虽然仙去，但她的光芒就像太阳，永远照耀四方！她用过的物件就像金沙，永远光华明亮！哦呀，下官可没有这样福分，得到甲姆拉的圣物。"

原本女王见松格当众插手她的事，心下已有不快，又听神师这么恭维一个死去的人——好像甲姆拉的光环无处不在！轮到自身当朝时，人们对甲姆拉还是如此念念难忘，如此景仰，深受她的影响。包括天官、神师，还有眼下这位金聚！

难道甲姆拉真是永不落山的太阳？女王这么一想，忽而心生逆反，武断道："刚布，这书赏给你了！"

41. 南　　城

神师获得"天书"后，立马遣家侍赶去南城。一面奉女王之命给猎官罗缀的兄弟报丧,送去王宫对于逝者家庭的安抚;一面暗在为天书寻找翻译。因南城地处主国边境,来往的主国人络绎不绝,官商、政客、使者、私贩、云游的人,身份多样,五颜六色,要想从中寻找一位精通藏汉文字的人并不困难。

事实上,早在甲姆拉时期,神师就热切地盼望得到这本赠书。当年他从主国归来的使者那里打听到,这是一本相关地理及风水的书籍,惊喜不已。作为时刻需要传播神谕的人,他太需要这本书了,但之前他根本没有机会得到。现在,是他自己的智慧,或说是别人的阴谋成全了他。

神师的人快马加鞭,日夜赶路,只用两天一夜就赶到了南城,却不料南城街头行人冷落,偶尔遇见几个陌生人,彼此就像仇敌一样,十分戒备。神师的人满心奇怪,按地址找到罗缀的兄弟家。却见大门紧闭,久叩无人响应,又听到院内大狗狂吠不止,证明家中还是有人。神师的人只好坚持不懈地叩门。多久过后,终于听到里面传出一位阿嫂的乞求声:"大领主啊,我们家上有老下有小,只有一位久病缠身的病夫。请大领主饶了我们吧!"

神师的人一听才明白,这家人是把他们当成抓劳役的官差了,就在门外耐心解释:"阿嫂,这里并没有领主,我们是王城刚布的家侍,为你们家的罗缀兄弟报丧而来,请开门吧。"

里面人一听是神师遣来的人,又听说为罗缀报丧,才匆忙开门,把来人请进屋里。

当得知阿弟罗缀惨遭横祸,罗缀的阿哥灯普伏在茶桌上大哭起来。神师的人跟着安慰了一番,顺势关切地询问:"灯普兄弟,刚才见你家大门紧闭,这么紧张,是遇到什么糟糕事了?"

灯普一声叹息,便把事由细细说了。

原来事关南城的两大家族:一是和王城下方依杜官寨同宗共脉的,贩卖药材生意,外加制毒放蛊的西贡家族;一是贩卖金沙,外加做瓷器、丝绸、茶盐生意的洛绒家族。两家族为争夺商业利益正在发生冲突。西贡家族的女首领,仗着宗亲姐妹西贡波是女王身旁的制毒官,倚官仗势,欲要独霸南城的药材市场。洛绒家族呢,虽然她们在朝中并无可靠亲系,但家族势力无比强大,比之西城康金家族也有一拼。如今自家小姐洛绒措又和康金家族的大少主金布处得火热,自然是家大业大,亲系庞大,并不把西贡家族放在眼里,正想强占全城的药材市场,以达到最终覆灭西贡家族,独霸南城。

两家族因此闹得水深火热,都在为大血拼做准备——抢购粮草,招兵买马。西贡家族在战力方面因为比洛绒家族单薄一些，就不敢硬来，只能以金钱收拢人心；洛绒家族则有不同，占着家族势力强大，根本不把一般的下人放在眼里。需要人马战力时，就会直接上街，随意抓人；不需要时，又会随意打发，不留后路。这才有了刚才灯普家那一幕。

神师的人一听洛绒家族，那可是女国出名的霸王家族，谁也惹不起，当即心生敬畏；同时又向灯普提出一个疑问："洛绒家族竟敢明目张胆地上街抓人，那南城战队呢，他们难道坐视不问？"

灯普无奈，话里有话地解释："那洛绒家族和南城战队之间，暗下有着怎样深厚的联系，我们这些平民百姓倒不知情。但女首领大洛绒身为镇城大主，对于南城战队总有她的办法。"

神师的人这一听，就不敢过多打听洛绒家族的事了。当即转移话题，把寻找翻译的事说出来。

灯普听后，苦笑道："寻找精通藏汉文字的人，你们可是来迟了一步。如今两大家族正要血拼，这也惊动了主国人。他们多半已经撤回老家去了，只有少数侥幸和大胆的私贩留下来，但却躲在极其隐蔽的地方，不好寻找。"

神师的人就有些着急。这次来南城的主要目的就是寻找翻译，但他们对南城并不熟悉。到灯普家来，就是指望他能从中帮忙。于是好言劝说灯普：因为都是同族宗亲，那就是自己人。如果灯普能够帮忙寻到翻译，不但会有金沙酬谢，还可以领他们全家前去王城，投奔神师。以免在南城被抓作战卒，白白为洛绒家族送死。灯普一听可以前去王城，这才动了心，因为投奔神师原本就是他的理想。

不几日，灯普果然从南城峡谷里带回一位很有见识的"马锅头"[①]。这人本名叫潘百世，来自主国边城，精通藏汉文字。原本他只是替来往女国的马帮带路的，顺便再做些翻译的活计。后来慢慢地积攒了一些马帮经验，就领着几个赶马人独自单干。为在南城行事方便，又把潘百世的名姓改了，变成潘扎西。现在正是一位专门贩卖麝香的马锅头。

这潘扎西之所以大胆地留在南城，是想静观事变。只等两大家族双双血拼后，

[①] 马锅头：过去在西南地区的茶马古道上，每一个运送货物的马帮中，都有一个负责领队的人，被称作马锅头。

他将选择和战胜的一方继续做生意。神师的人得知潘扎西这个意图后,不由暗生喜悦。知道这是一位因利益而不顾一切的亡命药贩,也就不再顾忌,与潘扎西见面后,直接就把来意说了,并把翻译的酬劳着重地提上。

潘扎西这人呢,来往女国已不是一年两年。因为精通两地语言,自然对女国的大事小事都有见识。尤其听说王城的刚布家族,那可是远近闻名的神权家族,一般人就是想走个关系,平白无故也攀不上。这下他们主动寻上门来,哪有不同意的,当下已是利索地答应。

42. 香獐背后的理想

当神师的人带领潘扎西返回刚布官寨时,神师才意外地发现,还有罗缀阿哥一家人也跟了过来。神师瞧这一家人,除男家主灯普看起来略显苍老外,他带来的年轻女人和六个壮实的男娃,都显得无比的精神。神师心下尽是喜悦;但有潘扎西在面前,又不好溢于言表。于是吩咐家侍领灯普一家人先进侧堂休息,告知等接待好客人后,会对灯普一家另作安排。之后神师速把潘扎西请进正堂,恭敬地送入大座。

潘扎西呢,毕竟是个商贩,也就不想拐弯抹角。坐定后就开门见山,请神师拿出天书——他需要先过个目,看自己是否真的能够翻译。如此他才有底气和神师商讨接下来他的想法。

神师见潘扎西如此直爽,倒也心悦,连忙吩咐家侍拿出天书。

潘扎西接过来一看,目光闪了一下,充满敬畏地感叹:"阿苛,这可是一本深邃的风水宝典哪!"

神师暗在窃喜,初步探试,这位主国商贩果然识得价值! 就又认真地指出其间的一些小题目,佯装虚心请教,实则是想探试潘扎西的翻译能力。潘扎西心知肚明,跟着积极配合,对应神师指出的题目认真细致地解说,十分用心。

神师见潘扎西说得处处在理,头头是道,才稍有放心,客气地邀请道:"贵客,请留在刚布官寨翻译它吧,报酬我们好说。"

潘扎西盯住神师不动声色。

神师就叫来管家,吩咐他:"给我们的贵客安排官寨里最好的客房。"

管家应声"拉索",下去了。

神师又叫来三人:翻译抄录的助手一人,男侍一人,厨娘一人。三人一一见过客人,被带了下去。

潘扎西却在悠着,不作过多表达。

神师只好示意家侍领上两位女子,一位娇柔,一位妩媚。都不过二十的年纪。不说天香国色,也是一对尤物。再瞧潘扎西,仍然显露着一副踌躇不定的模样。

神师就直言道:"酬谢贵客的金沙我们也已经备好,你看还需要什么?"

潘扎西却说:"阿苛,您就别急于安排,我们还要细细地谈一下。"

神师就不懂了,这个主国商贩,金沙和美女都已经送上,他还有什么地方不满足?

潘扎西瞧神师一脸雾水,才笑起来。瞄瞄屋里的家侍,像是有话想说,又觉得不便。

神师当即打发家侍退了。

这时潘扎西才道:"尊敬的阿苛,如果您真想翻译这本书,金沙美女都不是主要——我们不如私下做笔生意,这样您也不会破费太大,我们还有多多的赚头。"

神师好奇地问:"什么生意?"

潘扎西响亮道:"麝香!"顿一下,也顾不得神师面色惊讶,肯定地解释:"就是它!我们主国最缺乏的药材就是麝香。眼下我正涉及这个生意。但在南城,麝香就像我们主国的茶叶一样,都是由王城指定的官商一手把控,像我这样的药贩根本无法做大!"

神师这一听,心绪翻腾起来。麝香是一种名贵药材,他自然知道。但摄取麝香就需要大量捕猎香獐。想起香獐,神师犹豫了。确实,正如潘扎西所言,麝香属于官药,平日只有王宫指定的官商才能交易。要是自己答应潘扎西私下交易,那就是违反宫规。另外,即使冒昧违反,也不是轻易就可以捕获到香獐。因为属于神师家的山林大都处在距离王城不远的地方,多半又是稀疏的黄杨树林。而香獐隐居在密集的寒杉林中。它们独居而警觉,平日利用发达的尾腺,将分泌物涂抹在自己生活过的地盘上,以此标记属于自己的领地。除此,它们从不会轻易越过领地,到达陌生的地盘,比如进入神师家的山林。

潘扎西见神师犹豫,就佯装自身已有疲累,需要休息,目的是给神师腾出时间,让他好好思量。正好也有两个美侍等候在客房,早已撩得潘扎西心头痒痒了。

当晚,安顿好潘扎西后,神师连忙喊来两个同胞兄弟——西巴和东巴,商议麝香的事。西巴一听做麝香生意,立马想到南城的两大家族。他们才是王宫指定的藏药官商。就像主国的茶叶一样,麝香都是被当朝官商给垄断,一般外人插不了手。西巴因此有些顾忌,并不敢涉入,但想到回绝潘扎西可能就译不成天书,只好带着模棱两可的语气建议神师:"这个主国商贩定是有备而来。如果我们拒绝合作,他定也不会尽心翻译天书。我们不如先答应他,等他译完天书,到时合不合作,又不是他能掌控的。"

神师并不满意西巴的话,转口问东巴:"你有什么想法?"

东巴双目早是金光烁烁,语气跳跃地道:"阿哥,我觉得这是好事。和那主国商贩联手做麝香生意,不比您翻译这本天书的价值小!"

神师惊望东巴,等他继续。

东巴明明白白地道出分析:"做麝香生意,特别是从我们自己的手里直接贩运到主国,那可是暴利的买卖。在南城,西贡和洛绒两大家族正为这个争得头破血流。如今既然有商贩送上门来,要求直接合作,那就是天上掉下了金沙!"

神师犹豫道:"可我们的山林里并没有香獐。"

东巴凑近神师,话里有话地提示他:"我们的山林只是养马喂牛的地方,比不得第五层曼扎的那些猎寨,那里才是香獐的家……"

神师听得明白,心下已有底数,但仍然顾虑地发话:"既然西贡家族和洛绒家族是王宫指定的官商。我们中途插进去,不是截断了两大家族的生意吗——为这个而和那洛绒家族搅在一起,总不是什么好事。"

东巴见神师一面是有心动,一面又顾虑重重,就搬出了杀手锏:"但我们只有和潘扎西合作,才能赚取更多金沙。您不是一直在说,刚布家族是哥爸寨的山梁——是山梁就要做大事,做大事最主要的支撑就是金沙。没有金沙,粮草从哪里来?战力从哪里来?刚布家族每年救济哥爸寨的扶贫物资那么巨大,又从哪里来?!"

神师紧张道:"东巴,小声点,吵到楼上的小姐了!"

43. 那隐蔽的地方

再说猎官罗缀的阿哥,灯普一家,他们投奔刚布家族也不是无缘无故。原本灯普就出生在王城下方,第五层曼扎的哥爸寨。后因哥爸寨人多地少,实在贫瘠。为生计灯普才独身流落到南城,娶了个南城女子,就在那里安家落户。本来是盼着能过上有吃有喝的安稳日子。不想南城的两大家族经常争锋不断,搅得人心时时不安。灯普心下早有意向,或者是投奔王城的阿弟,或者是举家迁回哥爸寨去。

神师呢，前面他对灯普说另有安顿，也正是想送这家人回到他们的祖寨。那里其实也是刚布家族的祖寨。平日神师虽然高居王城，但对于祖寨牵挂多多，只是因为某些秘不可宣的顾忌，神师也不敢频繁地往返祖寨。这下看到灯普带来六个壮实的男娃，想到他们长大后就是哥爸寨的六棵大树，六座栋梁！且自身又在时刻地牵念着祖寨，于是决定亲自把灯普和六个男娃送回哥爸寨，给予娃娃们最好的安顿。

因此当夜里，神师开始有条不紊地办三件事：一是吩咐家侍，要细致地安顿潘扎西，尤其是送去的两位姑娘，要多多叮嘱她俩把贵客侍候周到；二是令信人连夜赶路，给哥爸寨的头人温加送信，自己将亲自送灯普一家回哥爸寨。由于逗留时间有限，吩咐温加提前召集寨人，到时要分发物资，作个简短相见；三是吩咐两位兄弟——西巴和东巴，连夜准备粮食和藏药带去祖寨。

第二天，神师早早就遭了家侍，前去客房请潘扎西共用早餐。潘扎西却没有到场。只让家侍传来这样的话：由于长途颠簸劳顿，需要在客房中休息一两个时日。神师细问家侍潘扎西当下的情绪状态，以及作息情况。家侍诡秘而笑，汇报说，有两个姑娘相伴，他很快就会把这里当成家了。神师这才放心而笑，带上慰问物资出发。

因为前面已有信人传过消息，当神师到达哥爸寨时，头人温加早已经恭候在寨门前。见神师，竟像见到人王一样，深深地勾着腰身，手托哈达，高高举过头顶，向神师敬献哈达。

神师先是接过哈达，再又返手戴到温加的脖子上。这时他看到一男一女两位青年，虔诚地匍匐在他脚下，就道："年轻人，你们都起身吧。"

两位青年才爬起身。神师一见，却是曾被西染高霸抓去的对歌青年——穷步和他的女伴。眼瞧这对情侣终于可以团聚，神师欣慰地招呼二人："哦呀，以后你们多多留在哥爸寨就好，无事别上王城，那可不是你们对歌的地方。"

穷步连忙应声："拉索！大阿乌，要不是您煞了那女官的威风，穷步怕是早已死在她的官寨里了！"接着以恳切的语气，面对神师发誓："大阿乌，我们的命都是您的。您如果有什么吩咐，我们会以生命去完成！"

神师点头，又见峡谷底端的女寨里，寨主蛙母竟然也赶来迎接他，就关切地问候："走那么远的山路过来，你辛苦了。"

蛙母无悔地表述："大阿乌，这里也是我的祖寨。您都不觉得辛苦，我们更不辛苦。早想见您一面，但请您进女寨肯定也不方便，只好赶回这里拜见您。"

神师会意："哦呀，请随我去温加官寨。多久不见，我们是要好好地叙个话。"

蛙母感激应声："拉索！"同时给神师推出一位青年。

神师瞧一瞧，点头："这娃倒有些面熟。"

蛙母提示他："您不记得了，他的名字还是您取的，叫次吉，是我的内侄。"

神师惊异，面对次吉感叹："哦呀！我可没忘。不但这娃的名字，那一次这娃大病，还是我请的神谕才得康复。"

次吉紧忙朝神师作揖："大阿乌，您就是我的救命恩人，却不知怎么报答。"

神师发话："你多多为哥爸寨做事，就是报答了。"

蛙母趁势接过话："大阿乌，这娃可是个机灵人，我今天特地带来拜见。大阿乌如果需要，就把他收作家侍吧。"

神师多瞧几眼次吉，见他虽然身材精瘦，相貌逼仄，双目却很机灵，正在滴溜溜地转动，就笑着对蛙母道："哦呀，你放心吧，刚布官寨是冒着酥油的地方，他去了定要长成牦牛一样壮实。"

次吉欢天喜地地叩谢。

神师微笑。再往前走，就被整个哥爸寨人包围了。人人又都像拥戴人王一样，高声呼喊："大阿乌！大阿乌！"

神师吩咐家侍给人群分发食物和藏药。一位老妇在家人的扶持下，用干瘪的双手颤抖地抓住神师，抓住后，又因无力攀附而从神师手里滑倒在地。神师连忙一把搀扶起来，关切地询问："阿莫（阿妈），您没事吧？"

老阿妈双目湿润，断断续续地回答："大阿乌，您有多久，没回祖寨啊！我快不行了。这是，拼一口气活下来——就等着见您，最后一面！"说完，两眼一翻，真的当场断气了！

神师就地给老阿妈唱诵了咒语，又吩咐头人温加安排家侍，前去安顿亡人。

直到老阿妈被抬走，神师才心情沉重地问温加："像这样的老人，祖寨里还有不少吧？"

温加回答："多多有了。"

神师转身，指着后方马背上的那些酥油和糌粑，招呼温加："这是专门为寨子当中最穷最苦的人家准备的。温加，你要分配均匀。"

温加感激地答应："拉索！您回来的时候，就是他们的节日。"

神师面色凝重，对温加道："好了，带我去'娃娃碉'看看。"

温加一听娃娃碉,皱起了眉头:"大阿乌,这几日正有娃娃得了荨麻疹,您就多多为他们祈祷吧,不用亲自去看望。"

神师一听荨麻疹,那可是传染病,才道:"也好,每次看到他们都要难过很久,就免了这个伤心吧。"这时才把灯普一家介绍过来:"温加,这是我们祖寨的宗亲,灯普一家。他们早年流落在南城,现在回来了。"

温加略显意外,"哦"了一声。

神师就推出灯普家六个壮实的儿子,面色严谨,对温加道:"这些男娃都是祖寨未来的大树,你一定要把他们安顿好。"

温加才反应过来,回答:"拉索!"

神师又补充发话:"他们祖辈的老房子早已垮塌,就让他们暂时住进祖寨的公房吧。之后你要仔细地为他们安顿一切:碉房、林地、猎器、衣物、粮食,一样都不能少。"

温加大声回答:"拉索!"

神师又以感慨的语气招呼温加:"属于哥爸寨的人,无论走到哪里都要回家!温加,你要记住,只有人丁兴旺,哥爸寨才会强大。"

温加虔诚应声:"拉索!"

44. 弓箭才是它们的主人

就在神师下达哥爸寨期间,在刚布家族深厚的官寨里,马锅头潘扎西已经着手翻译天书。表面看起来这是源于东巴的努力,但整个刚布家族包括神师本人,总也难以抗拒贩卖麝香的丰厚利益。因为毕竟只是神权家族,从财力上看,刚布家族无法和王城的那些官商相比;从家族理想上看,他们却需要比官商更为充足的财力,才能支撑理想,实现愿望。这是非常现实的问题。

提及贩卖麝香,就有必要先来说说香獐,或说女王的河谷。

在女王的河谷里,那些地势延缓、丛林茂密的山林间,生活着花豹、盘羊、野猪、雪狼、老熊、香獐,以及神秘莫测的"小熊子"[①]。香獐,就是提取麝香的猎物。它们生活在静谧的寒杉林和阴凉的岩洞周边,性格孤僻而淡泊,过着与世无争的生活。如

[①] 小熊子:这是嘉绒藏族一带,地方传说中的一种山间精灵。它行踪诡秘,经常会让寨子里的人和牲口莫名其妙地失踪,人们从来捕捉不到它的踪迹。

果不是它们的腺体内隐藏着珍贵的香囊,散发出迷人的麝香,它们的生活原本是安宁的。但自从人们认识了麝香,香獐的安宁生活从此就结束了。

包括现在,当潘扎西和东巴的捕猎马队,踏入第五层曼扎的猎寨时,他们视觉所触及的地方,那些生活在密林深处的香獐,它们的厄运即将来临!

这群人是在神师的默许下进入猎寨的。他们扛着猎器,赶着猎犬,爬上猎寨当中最高的山巅。极目眺望,但见近处,丛林莽莽;前方,层峦叠嶂;远方,云雾缭绕。这是多么丰盈的林地!无边无际,正如捕猎人膨胀的欲望一样。

潘扎西这一瞧,禁不住声声感叹:"哦呀!哦呀!那些跳跃的金沙肯定就在前方!"

因为是学说当地语言,潘扎西说得就不够流利。

东巴听得糊涂,问潘扎西:"兄弟在说什么?"

潘扎西两眼放光,具体道:"要是前方那些山林里有香獐,它们的身上就会藏着像金沙一样珍贵的香囊。"

东巴不由哈哈大笑,吩咐家侍带上一位从猎寨抓来的猎人,令他指认丛林间香獐的分布情况。

这猎人从小就生活在猎寨,自然没有他不熟悉的地方。可一想到猎寨,包括他的家人,将要被强大的神权控制。猎人内心十分悲伤,并不想为东巴指认,就绕起了口舌。

"那云雾缭绕的远方,是甲姆河谷中最深最密的原始森林。那里是豹子和雪狼的家。"猎人说。

"我们不想听这个。"东巴粗鲁地打断猎人的话。

猎人继续:"盘羊、雪猪和老熊生活在中间那些高大的山脉里。"

"废话,我们要的是香獐!"东巴朝猎人嚷起来。

潘扎西在一旁小声提示东巴:"先别着急,东巴兄弟。除了香獐,虎皮和熊掌也很难得嘛。"

猎人一听潘扎西这话,知道这二人并不是善待猎物的人,心情更加悲伤,也更为愤怒,就想吓唬他们,于是道:"和香獐生活在一起的还有小熊子,它是所有猎物的保护神,经常会随在猎人身后。遇见凶残和不轨的猎人,就会跳出来把他吃了,毛发也不会留下一根!"

东巴一听小熊子,果然有些忌讳。作为本地人他对小熊子早有所闻,那可不是一般猎物。民间传说中的小熊子,具有神秘莫测的力量,经常会让遇到它的人神秘失踪!

潘扎西呢,因为在女国生活了很长时间,当然也听过这个传言。但他认为,小熊子只是迷信传说中的一个神怪而已,现实中并不存在。就催促猎人道:"你这个山鹿子,胡神弄鬼的话还是少说,直说香獐吧。"

猎人见拿小熊子并不能震慑潘扎西,就想搬出最后的杀手锏——列出一些厉害的家族,也许这帮人会有所顾忌。于是大声道:"香獐吗,它们生活在前方那些寒杉林中,可它们是有主人的。"

潘扎西半点不屑,嘲笑猎人:"野兽哪里来的主人——弓箭才是它们的主人吧!"

猎人反驳他:"那些山林是有领主的!香獐生活在那些有领主的山林里。"

东巴这一听倒有些戒备,跟着追问猎人:"它们都是谁家的领地?"

猎人一手指向猎寨中央的林地,带着威胁介绍:"那猎寨的中央位置,所有林地都是甲姆的围场。甲姆喜好打猎,她流动的夏宫帐房就安顿在围场里面。每年一到狩猎季节,甲姆的围猎人马就像战队一样——她的围场,你们敢不敢进入?!"

东巴粗声道:"又来废话!这些我们都知道,没有人敢进甲姆的围场。你还是老实说出其他地方!"

猎人就带着警告语气阐述:"南边那些高大密集的山脉,是南城洛绒家族的宗亲,嘎里大猎户的猎林。豹子和雪狼的家就在那里。那豹子雪狼就像洛绒家族一样,强大又凶悍。谁敢招惹那片领地,豹子雪狼和洛绒家族,都不会放过他!"猎人想了下,加重语气,继续阐述:"北边那片猎林是由洛塔家族控制。野猪和老熊的家就在那里。洛塔大首领嘛,比那老熊还要强壮。他手下统管的两万弓箭手,个个就跟利箭一样,谁敢招惹他们,定是被射死的下场!"猎人越说越解气,一时竟不知是虚妄还是大意,手指洛塔的猎林,这么道:"所以,虽说那里就是香獐峡谷,也有多多的香獐,但谁要是打它的主意,洛塔家族的利箭肯定不会放过他!"

东巴听完猎人的话,紧忙记下猎人手指的方向——前方猎林中那个香獐峡谷,一边凑近潘扎西,以暗示语气对他耳语:"兄弟刚才已经听到吧,南方那些山林是由嘎里大猎户控制,他们倚靠南城洛绒家族,我们轻易惹不得。中间那是王宫猎战队大首领,洛塔家的领地。甲姆喜欢捕猎,洛塔首领可是甲姆最憎爱的战官,我们也不能明白地招惹他。但我们需要香獐嘛。那要怎样做到——既能捕获香獐,又不招惹洛塔?"

潘扎西听东巴这最后一句"既能捕获香獐,又不招惹洛塔",眼珠一转,立马心知肚明。

45. 催　　山

第二天东巴和潘扎西就带领捕猎人马,悄悄地来到洛塔家族的猎林——香獐峡谷。

身处繁茂山林,潘扎西敏灵的听觉突然就捕捉到丛林当中有动静,像是有猎物被惊动,慌慌逃奔而发出"嚓嚓"声响。潘扎西当即吊起嗓门,发出一阵低沉的吆喝:"嚎!嚎!"

这一吆喝果真惊动丛林,但见一只硕大的母獐,惊慌地奔进峡谷深处,看得潘扎西心口"咚咚"直撞。

一旁东巴更为兴奋,调侃潘扎西道:"兄弟,你要是再往深处走,那香獐定会像女人一个模样,花花地闪耀在你面前。"

潘扎西纠正他:"不是女人嘛,是金沙在花花闪耀。"

听得东巴哈哈大笑。

潘扎西则话里有话地招呼他:"兄弟,既然我们是悄悄地过来,那就不能花费太多时间,耽搁久了,总归要被洛塔的巡山人马发现。"

东巴知道潘扎西这么说是有用意。原本二人已经商量,悄悄地潜入香獐峡谷,以传统方式捕获香獐——其实就是偷猎。是偷猎,又采用传统的捕猎方式,自然速度缓慢,效率不高。东巴就迫不及待地询问潘扎西:"兄弟难道有了快速捕猎的办法?"

潘扎西目光紧切地盯着东巴,提示:"我倒听说过一种方式,不但可以快速捕猎,更能一次性收获大量猎物。"

东巴问:"什么方式?"

潘扎西说出两个字:"催山!"

东巴一听催山,连忙摇头:"催山这个造孽太大了!不是遇到特殊情况,我们的人从来不会使用催山术捕猎!"

潘扎西佯装好奇地问:"特殊情况,是指什么?"

东巴语气紧促,解释:"兄弟肯定不知道催山的厉害!一般猎人都不会采用这种极端方式。除非是遭受饥荒,猎人们口粮断绝才会行此下策;再就是那些被魔鬼附身的猎人,他们是会偷偷地使用摧山术捕猎。"

东巴这一说,就把潘扎西接下来想要表达的思想给堵住了。

确实,催山是一种极其残忍的捕猎方式。猎人在捕猎之前,首先会选定一片山林繁茂的峡谷,再在峡谷底端布置陷阱,随后请当地"挡天的人"作法念咒,使得峡谷的一面山坡阳光灿烂,一面山坡天昏地暗,这时猎人会进入昏暗的山坡大声敲击锣鼓。猎物们被突发的一阵黑暗惊吓,又有锣鼓声声催击,惊骇之下只能朝着明亮的地方逃奔。不久它们就会掉进猎人们事先布置的陷阱里。无论大小雌雄,或者带孕的母物,只要遭遇催山,终会在劫难逃!

潘扎西想到这个,不由陷入沉思——他要怎样说服东巴,抹掉他心头的顾忌呢?

东巴这边,见潘扎西眉头紧锁,默不发话,像是丧失了主张。他才又缓下口气,自言自语地道一句:"再说,催山是需要作法念咒的,我们也找不到'挡天的人'。"

潘扎西懵懵地这么一听,霍然就乐开了,知道这东巴心下已有动摇。其实看在金沙的分上,他是应该支持催山才对,于是大胆地说:"东巴兄弟,恕我直言,找不到'挡天的人'我觉得不是理由——就是找不到我们仍然可以催山。"

东巴惊望潘扎西,等他继续。

潘扎西坦言:"我们可以用大火烧山。催山,是通过念咒把猎物赶进峡谷;烧山,是通过烧火把猎物逼进峡谷。过程不一样,但结果是一样的嘛。"

东巴十分迷惑,担心道:"烧山?到时引发森林大火,那就不受人来控制,连我们自己也有危险。"

潘扎西笑起来,手指峡谷,胸有成竹地分析:"当然不会!兄弟你看,这香獐峡谷的地形刚才我已经细细地观察过。那峡谷两边都是光秃的山岩,只有中间地带才是丛林,又是密布的丛林。只要从突兀的山岩往峡谷里点火,那就像锅庄上烧火一样,火势只会窝在峡谷内部。我们身处峡谷外围的山岩上,怎么都会安全!"

46. 凡人无法解决的大事

最终,东巴被麝香的迷人气息锁住了脚步。一行人当即行动。捕猎人马被分成两路。一路随潘扎西留在原地,坐观事况;一路则由东巴带领钻进峡谷底端,投放暗器及布置圈套。其中主要方式有四种:一是挖陷阱。挑那种地势看起来平缓,有路可寻的地方,在中间地段挖一口深暗大坑,上覆一层枯枝乱叶。猎物一脚踏入,立马掉进深坑,折骨断筋;二是埋暗箭。以尖利铜锥插在苔藓地衣下面,猎物只要奔入其中,不被戳死也会大伤;三是放铁挟。以木头作基架,上面置有一排大铁牙,摊开平放在大树的根系上。猎物大掌一踩,铁牙立马合拢,死死掐住猎物;四是搭弩机，又称"见血封喉"。弩上放有毒箭，悬空而置。猎物不慎碰触，毒箭立即射中咽喉。

捕猎人马匆促行动，只用过五天时间，就完成了所有布置。到第六天，正是阳光灿烂的日子。午时，潘扎西领着一队人马亲自动手，就着林地点燃第一把火。这时节虽然不如秋天那么干燥，但山林间仍然遍布着枯枝落叶。一点火，再有山风助势，不久大火就顺着风势扑进峡谷。

潘扎西一行人立在高耸的山岩上，瞭望正在燃烧的香獐峡谷。那里，有些林地属于常青林，火苗烧烧就断了，变成滚滚浓烟；有些林地则盛长着易燃的火杜鹃，一着火就烧得铺天盖地，火光冲天。

但不管是滚滚浓烟还是火光冲天，对于峡谷中那些动物，它们的灾难已经来临！那些天上飞的，飞得高飞得远的，包括林鹰、鹞子等，惊叫着飞上了天空；飞得低飞不远的，包括金鸡、雪雉等，只能沿着火线苦难地飞行。一些已被火舌卷进大火中，扑腾成一只只火团，发出粗烈的惨叫。伴着惨叫声，惊慌的老熊开始奔向峡谷深处逃命，却不知死神之手早已伸张在那里！香獐呢，它们生性脆弱，像是从来就没长胆，刚刚受到惊吓，竟有一些香獐当场晕倒，昏迷中被活活地烧死！

大火整整烧过三天。等到熄灭，潘扎西的人马踩着灰烬赶进峡谷底端。这时他们却惊呆了——被烧得一片焦黑的林地上，到处都是狰狞的残骸和受伤的猎物。平日那强悍的老熊，一些落入了陷阱，正困在里面"嗷嗷"大叫；一些被铁挟子套住，但由于体形厚实，根本也夹不死，它们竟拖着铁夹子一路血淋淋地逃走！而中上毒弩的野猪则变成了僵硬的"石头"，趴在地上一动不动。香獐更不同了。因为生性胆小，它们早已把灾难变成自残——小半已被铁挟子套中，在自毁式的撞击中崩裂而死，大半又掉进陷阱里，撞碎了头颅，折断了筋骨，倒在血泊中。它们体内的香囊已被血浆混合成腥臊的臭味，再也无法释放迷人的香气。确实，那些倒在血泊中的香獐，因为惊吓、狂躁、受伤，正在大量死亡。这将意味着——从它们的脐部再也挖不出香囊！

潘扎西望到这一切，瞬间傻了眼。

这时，循着刚刚熄灭的大火，洛塔家族的一支巡逻猎队惊慌地赶进香獐峡谷。他们原以为这是一场自然火灾。一进峡谷，却发现原来是可恶的偷猎人放火围猎！他们眼睁睁地看到：满地倒着中套的猎物，包括母獐和不产香囊的幼崽。这不是断送了猎人们的活路吗！巡逻猎队当场就想同潘扎西的人火拼，但眼瞧潘扎西身后是一大批捕猎人马,自身带来的猎手却不过十来人。人马数量悬殊,他们并不敢轻易行动。为首的猎官站在灰烬中,痛心疾首,怒斥潘扎西:"你们这帮盗贼!真是偷猎也就算了,为什么要采取这种残忍的手段!"

潘扎西已经见到烧山的后果,能够猎到香獐,却不能取得香囊,心下早已后悔。但又不明白香獐为什么会大量死亡,只好强词夺理地解释:"我们原本只想收取香囊。要是知道这样的后果,也不会白白地花费精力。"

猎官一听潘扎西这话,就知道这是一帮不熟猎性,也不懂捕猎技巧,只会贪婪敛财的粗暴药贩,当下悲伤至极,仰天长唤:"天神哪,看看吧!看看这些深居高碉大寨的人,他们造下了多大罪孽。不懂猎性却胡乱捕猎,这跟凶杀有什么区别!"继后,怒视潘扎西,发出愤言:"香獐生性胆小,最害怕受到惊吓。你们放火烧山,香獐全被你们给吓死。你们再也割不到香囊。而我们,损失了多少獐子啊!伤天害理的人,我要到王城告发你们!"

一旁东巴见猎官肝火旺盛,扬言要去王城告发,心就跟着紧了。怕有闪失,连忙喝令猎官闭口,一边吩咐手下人当场挟持了他。

猎官见是神师的阿弟东巴,更加愤慨:"原来是你在这里作恶!你们刚布家族可是天神的使者,怎么会有你这样的人!"

东巴被猎官堵得一时无话。

猎官愈发愤怒:"刚布家族竟然也出恶人;天地不容哪!我一定要告发你们!"

东巴听得心绪大乱。这个猎官他是知道的,是位刚直不阿的人。他要是真告到王宫,被洛塔首领知道,尤其是被爱惜猎物的女王知道,那可不是闹着玩的。不说自己,怕是神师也会遭受牵连吧。

想到这个利害,东巴干眼瞪着潘扎西,不知所措。

潘扎西当然看出来了,眼珠子迅速地转一下,凑近东巴,对着他一阵耳语。东巴听后,神色慌乱,并不敢下手。潘扎西就把告发的后果慎重地提上。最终东巴不敢轻视,黑下脸来,把洛塔的巡逻猎队全给杀了!之后迅速清理现场,掩埋尸体;又把所有猎套取出,丢进陷阱,深深地埋起来。

但即使这样,还是无法安心。因为巡逻猎队迟早是要返回猎寨去。过些时日,当洛塔山寨的猎人们见不到巡逻猎队,肯定要进山寻找。那又要怎样才能制止他们的举动,打消他们心中的疑虑呢?

东巴只好吩咐手下人速速收拾残局,尽快返回王城——如此纷乱大事,估计凡人的力量已经无法解决,那就只有托付天神了。

47. 管不住仇人的目光

不久,第五层曼扎的猎寨就掀起一股流言大风:洛塔家族的猎林中,那个香獐峡谷因为地势呈三角形,是魔鬼居住的地方。两端山峰又无比突兀,高耸凌厉,它的锋芒已经触犯天威。天神愤怒,遣派小熊子火烧香獐峡谷,驱赶鬼怪;同时带走洛塔家族的巡逻猎队,以示惩罚。

猎人们惊愕于这种流言。而他们的巡逻猎队却真的失踪了,寻遍整个山林也不见踪影。无奈之下,猎人们只能做两件事:一是派信人前去王城,向猎战队大首领洛塔报信,请他出面解决问题;二又同时遣人到刚布官寨,请求神师刚布前来猎寨占卜,寻找巡逻猎队的去向。

洛塔家族的信人很快到达王城,给他们的大族主报信。洛塔首领一听巡逻猎队失踪,既迷惑也震惊,当即策马赶回猎寨。这时,他发现神师已经领先一步到达,正在寨中为巡逻猎队的失踪占卜去向。洛塔首领不动声色地站在道场之外,远远地瞧着神师。但见神师已经放下头顶上的骷髅辫,正在一面唱诵咒语,一面手执大辫,朝着香獐峡谷方向玄秘地挥舞。最终,他浑身抽搐,声音颤抖,传达天神的口谕——巡逻猎队确实是被小熊子带走。他们再也不会回返!猎人们今后需要对小熊子多多供养,如此才能顺当地送走亡人,让他们安心地回归祖地。如果猎人心生不敬,惹得小熊子动怒,返身报复,那将会循环不尽,无法了断。

洛塔首领听神师传达这样的占卜结果时,没有迎合也没有反对,只是陷入沉思。许久,当猎人们发现大族主时,他却像一头背负着满腹心思的老熊,沉默地回到自家官寨去了。

这么一来,第五层曼扎的猎寨里,发生那么大的火灾,丢了那么多人的性命,竟然可以被一个无根无底的流言给罩住,掀不起波澜。这真是太玄妙了!连精明的潘扎西都觉得玄妙——这些天他和东巴的所作所为,竟然可以这么轻巧地就被蒙蔽过去。这时潘扎西才真正地意识到,神师为什么会不惜代价请自己翻译天书。虽然那只是一本相关地脉和风水方面的常规书籍,但一到神师手里,它就是一本可以颠覆命运、呼风唤雨的神书!想到自己,这一次是因为与神师合作,才会这么玄妙的幸运。就不知道当他变成一个人的时候,又参与和知道了刚布家族那么多内幕。等译完天书,天神还会不会放过他!

前思后想,潘扎西就不敢继续留在刚布官寨了。一天,趁着到官寨外赶集的空档,潘扎西悄悄地溜了。他走的时候,一包金沙也没捞到!

而俗话说,没有不透风的墙。虽然神师的神谕管得住猎人们的思想,但却管不住仇人的目光,比如西染高霸。其实自从潘扎西进入刚布官寨的时候,她的信人就已经在暗中悄悄地盯梢——那么一个大活人,又是外族的陌生人,能够进得神秘莫测的刚布官寨,还被神师奉为贵客。这当中肯定是有原因。至于什么原因,西染高霸的信人自然一时难以探实。但一路悄悄地跟踪盯梢,对方想些什么是看不到,对方做些什么却可以用眼睛看到。

不久,潘扎西和东巴在香獐峡谷犯下的血事,就被人以飞箭射击的方式送入了绛珠大相的武官房。绛珠大相无比惊讶,慌忙进宫呈递女王。

女王一见信件内容,涉及的竟是刚布家族。怎么说呢,如果涉及的是其他家族,也就是交与刑部,明明白白地查办即可。刚布家族就有不同,女王得慎重考虑。当然,她首先想到的是派人追捕潘扎西。因为一个远在南城的异地药贩,竟然能得到刚布家族的信任,这其中定有隐情。只要抓到潘扎西真相就会大白。可一个人就像丛林间的一片落叶,一旦逃遁,再想抓获就不是一时半刻的工夫。而人命关天,也拖不得。那么只能是眼见为实,耳听为虚——先派可靠的朝官深入猎寨查访,之后再就事论事。这可靠的朝官,她第一个想到的人就是大金聚松格。但具体怎么查访还是有些复杂,便传阿乌格拉和女官苏梨进宫商讨。另有天官赭面娘因为同住宫中,自是参与进来。连同绛珠大相在内,五人针对飞信内容细细分析,商量对策。

正商讨中,却见内侍进来禀报,洛塔首领宫外求见。众位一听并不吃惊,想洛塔定是为那猎寨的命案而来。女王连忙传他进殿。

洛塔进殿后,见大家都坐在官席上,就有些犹豫,只拜见,不说话。

女王直言道:"洛塔官,你从来就是直性子,今天也不要吞吐。"

洛塔瞄一眼绛珠大相。女王就招呼他:"你和大相都是本王的得力战将,没有什么忌讳的地方。本王还在想,你要说的,肯定是我们当下正在讨论的。"

洛塔才放了心,解释道:"猎寨突发意外,洛塔实在难受!心中是有更大的困惑。"

女王坦言:"你困惑才是对的,本王也正要派人下去调查。"

洛塔一听调查,才道出这次进宫的主题:"甲姆,洛塔正是顾虑调查这件事。"

女王盯住洛塔，她心中早已明白洛塔要说什么，只等他亲口说出来。

洛塔便是小心而委婉地说："如果是当着天神的面查事，那些事都会跟着天神走的。甲姆，不知王宫可否派出公正又得力的相官到民间去。要暗访，不能有太大动静。"

女王瞧着洛塔，感叹这位生猛勇士，平日那可是连凶悍的猎物也不畏惧，这下为自己的族人，竟是这般的伤怀又用心。就带着安慰的语气发话："哦呀洛塔官，你就是不提本王也想过了。本王的大金聚松格，他是王城的新人，对于民间也是新面孔，更容易查到实情。本王明日就遭他前去猎寨。"

第 7 篇

48. 梨花峡谷

夏天，女王的河谷进入了一年中前所未有的丰硕时期。自王城上方，第二层曼扎的梨花大道，到王城下方，第五层曼扎的山林中，黄杨树层层叠叠，枝繁叶茂，显露着男人一个模样的雄壮、胸怀深厚；而春天里那些汹涌的梨花则变成了硕硕香梨，又似是女人的胸脯一个模样，满含着鲜甜的乳汁。

这时节，也是女王出行梨花峡谷最为频繁的时期。女王的出宫马队往往像一条华丽的游龙，护驾的均是身份高贵的女官，包括拥有无数男伴的西染高霸、有着固定男眷的拥中高霸、共帐房的青次高霸、单身的内务女官苏梨等。她们进入梨花峡谷，在温暖的梨花泉中沐浴，吃着鲜酥的香梨，饮着春天里酿造的梨花香酒。

男官则不允参加。当然，这是自女王执政以来最新拟定的规矩。甲姆拉时期，峡谷中的梨花泉却是男女混浴的。由于泉池形状独特，说是混浴，其实就是一泉共用。那泉池呈现一只倒挂的香梨状。香梨的腹部处在梨园的上方，梨把儿则伸进园子的下方。甲姆拉在世时，会在泉池上方沐浴。中间自然地隔出一道低矮的梨木栅栏。下方即是男官和男伴们的泉池。逢上天气晴暖，沐浴的人多了，总会看到栅栏两边扑腾着躁动不安的水花，那是男女朝官们在隔着栅栏嬉戏打耍。那时的梨花泉，暧昧又无比亲切，充满生机。

但落在今日则变成了这样：上方偌大的泉池，仅供女王及数位亲信女官私人沐浴。中间的梨木栅栏已被加高加厚，变成一堵木墙。木墙下方才是男女混浴的泉池。当然，要说这是新任大主平白无故的作为，倒也不是。在泉池的正上方，有一口天然洞穴。早在甲姆拉时期，乃至更早的祖母王朝，那里就被称作是王朝的"神宫"。据说神宫之下一到夏天就会释放无形巨大的地气之力。大主们若能接上那股力量，将会充实自身精气，成为世间更为强大的人王。因此在每年夏天来临之际，每朝人王都会趁着沐浴之际，入住神宫静修数日，以接地气。到现任女王静修期间，鉴于男女朝官们沐浴时多有嬉戏，造成干扰，女王才吩咐侍官把那上下泉池严格地断开了。

这一日,女王宫中处理政事长久,十分疲惫。就由着几位侍官簇拥,策马前去梨花泉沐浴休憩。刚刚踏上梨花大道,却见神师手托哈达,低头,勾着腰身,站在大道上虔诚地恭候。

女王一见神师,就想起刚布家族与猎寨的那些烦心事来。她已经遣松格金聚前去调查,但民间碍于神谕的威力,顾虑多多,久查未果,致使松格金聚一时难以回宫。女王心下正为此纠结,转眼望神师,见他拜在马下,面色恭敬,手托哈达。乍一看,同一般朝官也没有分明的区别。可当女王抬起头来,仰望头顶上方那巨大深邃的天空、天神时,又不得不心生敬畏。这时,不是对神师本人,而是对天神的恭敬,让她下了马。

神师紧忙迎上前,高举哈达,恭敬地献上。

女王接过哈达,问:"刚布,你有什么事?"

神师无比虔诚地请示:"甲姆,得知您前去梨花峡谷。您是人王,到哪里都会让刚布牵挂!就让刚布为您的出行讨个吉利吧。"

女王一听讨吉利,就想探测一下神师的法力,点头道:"哦呀。"

神师当即在梨花大道上摆出随身法器,普巴、盲加、色线,就地为女王卜卦。

一阵过后,神师说:"甲姆,这次下达梨花峡谷,请您别进神宫。"

女王不高兴道:"本王刚刚处理完五日政事,实在疲惫。今日正要进梨花泉沐浴,再进神宫静修三日。你却说不能,是为什么?"

神师一脸慎重,表述:"甲姆,刚才卜卦已有显示,近期之内甲姆不宜进神宫静修。"

女王反道:"那要是进呢?"

神师小心地招呼:"真要进去,可能那里会让甲姆产生不好的感觉。"

女王问:"什么感觉?"

神师想了下,回答:"也许甲姆的身体会出现一些奇异不适吧。"

女王追问:"奇异不适?具体指什么?"

神师则又答不出具体,只能解释:"甲姆,这是卜卦的启示,刚布也不知细节。"

女王不屑而笑了,说出两个字:"好吧。"随即跨上大马,扬鞭而去。

不过二日,还是清晨,女王果真带着不适回到了王城!入宫后,第一个召见的却不是宫廷药医尼玛，而是神师刚布。一见面，女王就盯着神师发话："刚布，本王进神宫方才两天，却感觉身体多有不适。症状实在奇怪，总也说不明白。看来卜卦的结果还是有根源——本王这次染的并不是药师可以治好的病。"

神师勾着腰身，坦诚地回应："拉索，刚布已经预算到了。"

女王则道："你替本王问问天神吧，要怎样才能好起来！"

神师见女王面色黯淡，气息不佳，浑身精气像是被什么外力给抽空了，显得疲惫不堪。就当场摆出随身法器，按部就班地作法。女王等在一旁，专心地注视神师。但见神师面色严谨，目光虔诚，认真细致地作法念咒。

许久过后，神师以传达神谕的口气对女王道："甲姆，神谕启示，您需要上寝宫静养。三餐以素食为主。另外遣人前去神宫做一场花供。等花供结束，甲姆也就好了。"

女王将信半疑地应声："哦呀。"注视神师，见他正在小心地收拾法器，就发话："本王会遵照神谕去做，也要好好赏你！"当下一面吩咐天官前去神宫做花供，一面遣神师退了。

其实在女王内心，她是在想，自古神师，也是需要拥有过硬的天文地理知识才可以当道。所以她更想看到神师将会运用怎样奇巧的方法，治好她的病患。总之，她不会真的完全听任神师的安排，她只是在借用神师的真才实干为自己做事。另外她也需要尊重神权，需要借用神权获得民众的信任。这样的话，如果连她自身都不信任神师，不尊重他，外人谁还信呢！这时对于她，天神的概念就变得有些混沌了——它既是王权，又是神权，既是信仰，也是政治。

而神师出宫后，脚步已经变得十分的轻捷，心情愉悦，同时对女王的身体恢复也充满了信心。

确实，要说神谕，不如说是天书帮了大忙。那天书中关于地脉对于人体的影响，之前已被药贩潘扎西翻译得细致入微。说在高深的峡谷地带，往往会隐藏着一种对于人体有害的巨大力量。比如人居住的地方，如果地面之下有暗流、坑洞，或者金银铜矿，就有可能放射对于人体有害、又说不清的奇怪力量。一般身体虚弱的人只要接近，总会导致身体不适，比如头痛、晕眩、骨骼酸痛等。而但凡阳光也挤不进去的深暗洞穴，下方必有复杂的地质结构。梨花泉上方的神宫实则就是这样的洞穴。女王呢，连日处理政事，正是身心疲惫。进入梨花泉，被温暖的泉水一泡，更加消耗体力；之后再入住阴寒的神宫静修。乍一冷乍一热，身体原本已有反应；外加洞穴深处也会释放各种寒气，聚集一起，自然会使身体产生不适。

49. 永不颠覆的金宫

到第二天傍晚,经过一天一夜的安心休息,女王身体上的不适果然消失了!而前去神宫进行花供的天官也已经回宫,女王就让她再度传神师进宫。她需要神师帮她处理一项棘手之事,正好也趁此检验神师对于神宫的预言,是不是出自偶然。

而神师,前一次被女王召见时他还心有忐忑。但这一次他却心有底数,知道女王定是对他有了赏识,随即速速进宫。见女王,果然看她气色已有恢复,就信心满满地问候:"甲姆,您的身体可有好转?"

女王笑着回答:"托天神关照,本王果然好多了。刚布,本王定要赏赐你了。"

神师语气真诚,谦让说:"就是一件小事,也是刚布应该做的,甲姆不用念在心上。"

女王点头,微笑着注视神师。一会后,冷不防地道出一句:"哦呀,本王还有一个迷惑需要请问天神。"

神师惊讶回应:"是什么迷惑,请甲姆细说。"

女王脸上的微笑像是被大风瞬间刮走了,手指脚下地面直言:"这下方有一座地宫,你是知道的,之前到那依杜官寨你还亲自走过。但它却和本王有些犯忌,就像一座废宫,本王一直无法利用它。"

神师一听地宫,好奇又诧异,紧切问:"甲姆,您说的犯忌,具体什么表现?"

女王目光纠结:"本王一直有种奇怪的感觉:身处地宫上方的任何地方,本王都会无事;一旦进入地宫,就会莫名其妙地被阴气袭身,头晕、耳鸣、浑身奇异不适。这种感觉会在进入地宫时突然地发生,到走出地宫又会突然地消失。这叫本王从来不敢在地宫中长久停留。你替本王问问天神,有什么办法让本王可以安心地出入地宫?"

就像之前对依杜官寨充满好奇一样,女王的地宫对于神师,那也是无比地深暗、神秘,充满玄妙。虽然过去他是进过地宫,但那次只是经过其中的一条密道而已;又有两个地宫密侍监视着走路,他并不敢乱走,也进不了真正的地宫大殿。

这下有了机会,神师便积极提议:"甲姆,刚布需要先进地宫查看一下。只有先了解情况,刚布才能向天神说明情况。"

女王点头,吩咐天官准备松明灯盏,她开始亲自带领神师下达地宫。

穿过密道,踏入地宫大殿,神师顿时感觉一股莫名寒瘆的阴气,扑面而来。随后就见密侍手中的松明灯先是昏晃了几下,接着就像灯盏之下有个无形的人,把那灯芯缓缓地往深处拽动,让松明灯的光芒跟着一点一点地埋入灯盏深处,灭了!

视觉刹那间跌入黑暗。神师努力着睁大眼目,仍然觉得面前的空间像是一口黑洞,把他的整个人都裹在里面。一旁女王早有准备,吩咐地宫密侍重新点灯,并且多多地添加灯盏,共同地点亮。神师这才又恢复了视觉。女王领着神师开始进入地宫大殿第一层。刚刚走出几步,女王语气就显得有些生硬,对神师道:"本王从来只到第一层,不下第二层!"她站在一层与二层的中间地段,吩咐密侍:"你们陪刚布下去,本王要在上方等候。"

随即由天官举灯引路,匆匆走出地宫。

神师则随着密侍继续往下走,来到地宫的第二层。借着松明灯忽明忽暗的光线,神师东边瞧瞧,西边摸摸,慢慢地步入深处。侧身走过毛糙的地道,但见地道的两边岩壁凹凸不均,全是棱角尖锐的粗石,其间散发出强烈的沉坠之力。闭上眼,掐着手指,神师在竭力地回忆天书里的记录——相关地脉与家居的注释。怪不得女王一进地宫就会神经紧迫,浑身挨近这些尖锐毛糙的岩壁,就他一个男人也是感觉极不舒服。另外,那坑坑洼洼的地道下方,似乎也在隐隐地放射一股说不出的凌厉气息。人的中枢神经被这股无形的力量牵引,行走明显地缓慢起来。

神师才想起,潘扎西曾翻译过天书里一个关于矿物的注释,其间就说过,"上有磁石者,下有铜金"。这地道下方的牵引之力,是不是就源于磁石的力量?而有磁石的地方,其下必有金铜矿物。神师竭力地思索,蹲下身,更深刻地接触地面,细心感受。

多久过后,神师如释重负地走出地宫。这时女王早已等候在地宫的出口处。

神师走上前,面色深沉,慎重而细致地禀报女王:"甲姆,刚布置身地宫的最深处,请问过天神才获知,甲姆的地宫下多有铜金。铜金质地坚硬,强硬气息通过各种尖锐的石壁放射出来。这也是阴气!是它扰乱了甲姆的心气。神谕启示,只要把那些凹凸不平的石壁加以沙石抹平,变成光滑的墙面;再画上敬神的彩绘,就可以镇住阴气;另外,彩绘间也要常年供奉神灯。之后甲姆再有进入,有神灯和敬神彩绘的庇护,就会相安无事。"

女王听神师如此细致、有理有据地阐述,她多久以来的心结终是缓缓地解开。当下朝神师频频点头,笑着发话:"地宫之下多有铜金,那本王的宫殿就是坐落在铜金之上了!"

神师肯定地回答："拉索，神谕早有启示，甲姆的宫殿是永不颠覆的金宫。"

女王这一听，心情大好。其实就整座宫殿而言，上方的王宫就好比女王身外穿戴的衣冠，下方的地宫又好比女王体内搏动的心脏。这"心脏"对于祖母王朝意味非凡。相比七楼寝宫中供奉的那只大鹏酒坛，危难来临时刻，地宫则是大主们避难的地方。正因此女王才对它费尽心神，目的也是想让它物尽其用。如果彼此不再犯忌，女王将会在地宫中设置一些对于政权有利，却又不受朝官们管制的私密处罚机构。这计划早已窝在女王的心头。

于是女王当场发令，就由天官配合神师，召集劳工，秘密改造地宫。

这之后，也就不过一个月时间，针对地宫的第一轮改造就在神师的指导下秘密完工了。这时地宫上下再也不见阴霾黑暗，以及凌厉之物。往日毛糙的石道变成了平坦地面，四方凹凸不平的岩壁也被打磨得平整，其间绘满彩色艳丽的敬神壁画。神师又令劳工在壁画间凿出摆放松明灯盏的石台，由地宫密侍日夜轮流看管，让松明灯永不熄灭。继后，女王再进地宫，果然不再感觉紧迫，心有压力，倒像是进入平常的宫房一样。

如此，等神师撤出地宫后，女王将会实现"物尽其用"——针对地宫进行第二轮改造。预计是要把通往依杜官寨的密道封闭起来，与地宫大殿完全地隔开。之后再在地宫的第一层，建造秘密刑房一间，囚室一间，适用于身份高贵的朝官。在第二层，建造秘密刑房二间，囚室三间，适用于男伴及一般身份的男女朝官。等一切建完后，地宫将会成为女王个人的绝密空间。就是说，地宫之下，不管一层二层，从此将是女王的秘密处罚场地。对于那些——按常规可以恭敬地，或者卑微地活着，但因为种种秘不可宣的原因，又必须得死去的男官、男侍、女官、女侍，以及一些失宠的男伴，地宫将是他们生命中的最后一站。

50. 丹增活佛的嘱托

再说松格金聚受到女王的秘密遣派，又带着洛塔首领的重大托付，进入第五层曼扎的猎寨调查命案。一月之后，松格金聚返回宫中，带回了各种事实证据——那刚布官寨的东巴，伙同药贩潘扎西在猎寨犯下的罪孽，竟与之前绛珠大相收到的飞信内容完全一致！这让女王陷入两难。

通过在神宫中染病的灵验预言，以及地宫改造后产生的良好效果，女王对神师的信任已在慢慢加深。这是第一顾忌。另外，更为重要的是，对于祖母王朝的安危，除了强大的战力保护外，更需要借助神权才能加以巩固。就是说，为安稳王朝大局，女王轻易是不便查办刚布家族的。

只是那传言中被小熊子带走的巡逻猎队，他们的尸骨虽然已经深埋地下，却在松格的努力下被挖了出来——事实铁证如山！女王心情复杂：对刚布家族处罚过重吧，怕是打击了神师；处罚过轻又无法向猎寨，尤其是洛塔首领交待。

但事情往往就是这样——能避开的，比如神师对于女王的影响，女王怎么也避不开；不能避开的，比如刚布家族对于猎寨犯下的罪孽，为祖母王朝的利益，女王却需要尽量避讳一些了。

而神师很快就从家族信人的口中，获知松格到民间暗访的结果。他心下已经明白，传说中的小熊子"带人"从来不留踪迹。松格却在案发当地发现巡逻猎队的尸骨！自然东巴在猎寨犯下的罪孽已经完全被暴露，并且又是自己亲手占卜预示，巡逻猎队是被小熊子带走。

迫不得已，神师只能主动进宫请罪。好在天地之间有神明，也有鬼怪。人们都知道，作为天神的使者，神师传播神谕时并不是每一次都很顺当。如果遭遇风魔干扰，就会导致传播失误。这是无常之事，怨不得神师本人。那么，看在天神的分上，女王总不会过分为难刚布家族吧。

神师抱着侥幸心理火速进宫，当下一改常态，见女王时，竟一头跪在地上，俨然一个卑微的下官姿态。女王心中当然明白缘由，故意问："刚布，你是王朝最为尊敬的阿苛，天神可免你对任何人下跪。今日怎么行出这么大的礼节？"

神师无比沉痛、无比忏悔、无比真诚地道："刚布传达吉祥的神谕，为麦农们造福的时候，才是尊敬的阿苛。如果家族劣兄借刚布的名义胡作非为，虽然刚布并不知情，但也绝不容忍。这时刚布还不如一个平凡的下人！甲姆，请惩罚刚布吧！"

女王沉重的目光盯住神师，却不发话。

神师见女王无反应，就连连叩拜。

女王仍无表达。

神师只能反复地叩拜，不敢停止，直到额头上磕出鲜红的血迹。最终，但见他双手朝着女王伸展，脸面贴着地面，变成真正的贱民模样。

这时女王才深叹一口气，发话："哦呀，你起身吧，有话就说出来。"

神师感激地应声:"哦拉索!"迟疑了一会,缓缓地爬起身。

爬起身,他就想搏一把:定要寻出一个可靠的理由,稳住自己在猎寨信口传播的那个神谕。于是带着回忆的口气,深切地表述:"甲姆!天空的云霞有那乌云挡道,就会丧失了光芒。神谕的传播有那风魔挡道,就会丧失了真切。刚布再有多大法力,也无法抗拒风魔作恶,破坏神谕的传播。回想当年在甲姆拉的葬礼中,正是那风魔干扰,差点断送男王性命。那时,幸亏丹增活佛双目炯亮,及时地扼住了灾难!"

神师说到这里,停了下,悄悄窥一眼女王,见她面色似有触动,就以悲哀的语气悔悟道:"刚布还记得,若不是丹增活佛临行前嘱托,也不会有今天,刚布这么一心向着甲姆。却是法力有限,没有替甲姆安心地办事。刚布无能哪!"

女王一听丹增活佛,心情才又回暖了一些,再听神师道一句"丹增活佛临行前嘱托",耳旁就响起当初在甲姆拉的葬礼上,丹增活佛说过的话:"是刚布的努力,是他以真诚的心灵把甲姆拉的灵魂送回祖地。我进山修行后,请让他代我主持一切吧。"当时听得女王措手不及。丹增活佛却带着玄妙语气招呼:"这是刚布的命数,也是甲姆的命数!"

回想这句话,女王感慨万端。深深地叹下一口气,吩咐赭面娘道:"天官,去把松格金聚叫来。"

神师一听松格金聚,心就跟着打晃了。确实,不是松格那么认真,坚持不懈地暗访,那差不多就要变成白骨的死人如何还能翻身。而作为天神的使者,神师如此屈尊地趴在女王脚下,目的就是想借助丹增活佛在女王心中的威望,替自己开脱。另外,他更想把事端推到那逃跑的潘扎西身上。也许这样还可以保住兄弟东巴的一条性命,可要是松格到场,事况就由不得他来控制了。

看来女王的这位金聚生来就和刚布家族犯忌,先前是那天书一事,差点让神师失手,现在是自家兄弟的性命又被他紧紧地扼住!神师这么想时,不知是伤心还是仇恨,突发老泪横流了。

继后,也就是一炷香的工夫,松格就气喘吁吁地赶进宫来。

女王当着神师的面招呼松格:"金聚,把你到猎寨调查的结果,说给刚布听听。"又面向神师:"刚布,你细细地听过,有疑问的地方就提出来。"

神师不置可否。

松格则跟着应声:"拉索。"望一眼神师,见他额头上印出一块鲜红的血迹,就知道刚才他是给女王做了长久叩拜。平日神师都是以天神当道,难得对人下跪,这下却把额头磕出血来。如此屈尊,他是想替东巴求情呢,还是想遮掩自身的罪孽?松格这一想,心火就跟着烧起来。当即把东巴在猎寨的胡非作为,声色俱厉地痛斥一遍。

松格越说越凌厉,句句惊心。神师越听越慌张,生怕接下来松格会指出潘扎西翻译天书的事。当然,非常幸运地是,松格只知道潘扎西是一位药贩,私下与东巴合伙贩卖麝香,仅这个事而已。因为所有人都不知道潘扎西的另外身份,松格又怎么可能查到!

神师总算虚惊一场。只要天书一事不被暴露就好,别的他也没有亲身参与。就说到过猎寨,传过不正确的神谕,那也是风魔干扰的结果。那么,至少他的神权不会受到影响。

松格呢,一想到残忍的烧山和恶毒的杀戮,就再也控制不住情绪。当着神师的面大声请示女王:"甲姆,那万恶不赦的东巴,他在香獐峡谷犯下的恶行,已经引发猎人们极大的愤慨。悲伤和愤怒就像乌云一样笼罩猎寨,无法消散。请把东巴交给猎人吧,不交出东巴,不能平息公愤;公愤不能平息,今后的猎寨就不会再有安宁!"

神师一听松格这话,大惊失色。他心中明白,因为尸骨的暴露,猎人们心头早已积下巨大的仇恨。只是碍于神谕的威慑才没敢轻易行动。这下松格提出把东巴交给猎人——真要交出去,愤怒的猎人肯定会杀了东巴!无奈,神师只能以挣扎的心态欲作最后努力,比如,是不是可以和猎寨人谈判,用劳工、金沙、粮食和牦牛交换东巴?但等他探视地望一眼松格,却见松格神情决绝,又声色俱厉地补充一句:"王城的猎税主要来源猎寨,交纳猎税主要来自猎人。甲姆,万两金沙都换不回猎人的生命!"

神师这一听,就再也无法出口。这个时候,怕是神谕也不能为他指引方向了。

51. 鸟卜的预言

最终,为消除猎人的公愤,在松格金聚的坚持下,又有洛塔首领强烈请求,女王只好下令把东巴送进猎寨,交给猎人。这个作恶的人,终究被愤怒的猎手活活地丢进熊窝去,让他也被"小熊子"带走了。

东巴这一毙命,又是不同寻常的凶死,对神师打击巨大。原本他还想借助神谕保住兄弟性命;或者就是死,也要给兄弟留一条安详的归途。但松格金聚却让事况发展到不留余地!

而东巴被"小熊子"带走之后,女王的河谷并未因此获得安宁。东巴和潘扎西毁灭性的捕猎对于猎寨伤害巨大,最终也影响到南城的两大家族:西贡家族和洛绒家族。首先是烧山,严重地破坏了香獐资源;其次是盛产香獐的大猎寨,随着巡逻猎队和猎官的死亡,他们也把最为娴熟的捕獐技巧带进了地狱,致使这一年的麝香产量急剧下降。南城两大家族原本已为麝香资源争得头破血流。这下货源紧缺,更是摩拳擦掌,蠢蠢欲动。一场血拼大战爆发在即!

当然,在灯普一家人投奔府下时,神师即已洞察出南城的异常。如今随着麝香资源锐减,神师已经提前嗅到了南城的血腥气息。

不两日神师就进宫了,神态惊乱,惶惶禀报女王:"甲姆!昨夜刚布得到天神预示,不过多久,领地当中将会发生血光大祸!"

女王听是血光大祸,就不敢含糊。因为密探队的蓝鹊使者早已向她禀报过南城局势的异常。之前她也作过思考,是不是应当再遭蓝鹊使者深入南城调查。但最终她决定:静观事变——这就好比救火。南城两大家族好比两团火焰,只有烧起来,王宫才能看清哪团火焰烧得最烈,再去扑灭它。

现在既然神师也跟着提起血光大祸,女王心中大致已有底数,就顺口问道:"那会发生在哪里?是什么大祸?又是什么时间?"

神师为难说:"具体时间刚布不太清楚。这需要在十三角碉下做一场大法事,以鸟卜①预测。"

女王一听十三角碉,又是鸟卜,心下已经肯定:南城的两团火焰是真的要烧起来了!要不然神师不会提出动用十三角碉和进行鸟卜。因为在王城,有两件事非同小可:一是启用十三角碉祭祀场,每年主要是在农耕祭祀和亲猎祭祀时启用,另外就是遭遇天灾、瘟疫等时,需要在十三角碉下作法念咒,祈祷平安;二是鸟卜,主要又是针对战火和人祸的卜算。

想想这个,女王已有些紧迫,对神师道:"那就尽快择日吧。"

神师回答:"甲姆,刚布已经测算,两日后的正午最宜鸟卜。"

女王点头:"好,两日后正是上朝的时间,百官都会到场。"

---

① 鸟卜:据《旧唐书》记载,女王令巫者赍楮诣山中,散糟麦于空,大咒呼鸟。俄而有鸟大如鸡,飞入巫者之怀,因剖腹而视之,每有一谷,来岁必登;若有霜雪,必多灾异。其俗信之,名为鸟卜。

第三天上午，待百官上朝完毕，女王随即吩咐他们前去十三角碉下参与鸟卜。包括王城当中的大小首领、贵族头官，大多是在前一天就听到了风声，都带着好奇赶到十三角碉外围观。女王已被神师请到主祭场。前方的祭台上供满了花供、食供，另有各类法器——普巴、盲加、人皮鼓等。神师的嘎巴拉碗中已经盛满了刚刚淋下的岩羊血。一雌一雄两只画眉正绕着嘎巴拉碗跳上跳下。美丽的生灵，此刻它们定是把那碗中的鲜血当成了梨花香酒！一边抖动鲜亮的羽毛，一边"如意如，如意如"地欢叫不停。这时，但见神师迅速伸出双手，紧紧地扼住它们。一手一只，高高地擎起，面向女王，语气响亮地请示："甲姆，时辰已到，神剖鸟腹——如见粟物，天下太平；如见沙石，天下动乱。啊呜！请甲姆亲眼见证！"

女王朝神师挥手，严肃道："开始吧。"又以凝重语气吩咐下方的史官："姜措，你要认真观看，准确记录！"

史官姜措慎重地回答："哦拉索！"

话音落下，就见神师已经用利器迅速地刺破雄鸟腹部，恭敬地送到女王面前。

女王一看，鸟腹中尽是血色沙石。目光晃荡了下，女王盯住神师，把希望寄托在那只雌鸟的腹部。

神师跟着再破雌鸟，又尽是血色沙石！

女王连忙问神师："天神可有预示，是哪方天地发生动乱？"

神师语气沉重地回答："甲姆，神谕显示，它在南方。"

女王心下完全有了底数，只道："那是南城？"

神师从鸟腹中扒出几粒血石，呈示到女王面前，细致地解释："甲姆您看，这些都是赤色的朱砂石。西城峡谷盛产金沙，东城峡谷盛产铁石，北城峡谷盛产紫铜，只有南城峡谷才会盛产朱砂——乱动就在南城！"

这正好应了女王之前的推测。想起南城，那可不是一般城池！它毗邻主国，是女国最为重要的商埠之城。西城的金沙、北城的紫铜、东城的铁石，会从那里流向主国。主国的茶叶、丝绸、瓷器，会从那里流向更远的西域。因此南城人源复杂，管理混乱。那城中的西贡家族与洛绒家族，因为争夺商业利益一直争锋不断。而这期间，女国正处在"邦国"时期，未曾达到真正的强权统治。因此，势力强大的洛绒家族根本不把西贡家族放在眼里，对于祖母王朝更是心存不恭。但同时她们又诡秘深暗，总让王宫抓不着把柄，所以之前女王才想出一个"静观事变"的办法。

现在，既然南城的两团烈火就要燃烧，那要派谁前去镇压，扑灭火焰？非天王已经留守西城,一时难以回宫。青次高霸刚刚接手"十三女战队",一切还未操持稳当。西贡波只会投毒放蛊,无法参与实际战事。洛塔首领虽然作战勇猛,却更擅长丛林战术,对于攻城之战并不在行。唯有绛珠大相,之前就参加过西城战事,远征伐战,经验多多。

女王这一想,便把目光投向绛珠大相,准备派他挂阵。

却听神师响亮地禀报她:"甲姆,神谕显示,南城血光巨大,不为一般人可以镇压。"

女王盯住神师,发问:"不为一般人?又是哪位战将?"心下同时在想:难道是大金聚松格?

却见神师摇头回话:"刚布自身并不知晓,这还得请问天神。"

女王朝神师摆手:"那就快开始吧。"

神师连忙投入新的一轮作法,焚杉针、撒咒符、唱咒语,虔诚地呼神、叩拜。

最终,神师对女王道:"甲姆,神谕已有显示,能镇住南城动乱的战将,身高七尺,是金骨头的人。"

金骨头,就是具有贵族血统、还要身高七尺的人,那果然是松格了!因为其他人——青次高霸、西贡波、洛塔首领,包括绛珠大相可都无法企及。

派松格前去挂阵,这确实是可行的。对于女王来说,除了她心爱的男王,其他男人都只是战官的身份。是战官,就需要为祖母王朝的领地南征北战——把他们的能量,发挥在需要他们的地方。

有了这样的思想,女王就把殷切的目光投向松格金聚。

但见松格金聚早已是按捺不住——如果南城发生动乱,能够代表女王出征,这正是松格的期望!他因此疾步上前,请示女王道:"甲姆,请让松格挂阵,前去南城!"

第 8 篇

52. 大 血 拼

很快,松格金聚就领军向南城出发。

这时南城两大家族果然已经开战。松格到达这一天,两个家族正在南城河谷大血拼。挑起事端的首先是洛绒家族。仗着强大的战力优势,洛绒家族竟在光天化日之下,强硬闯进西贡家族的一个制毒作坊。抢走大量的成品麝香,以及西贡家族的秘制蛊毒——曼妙蛊。作坊头人立马赶回西贡官寨报信。西贡女首领并不吃惊,她早有预料。当即集结全族战力,声讨洛绒家族。

西贡家族的领地是在河谷的下游,她们的战队就从下游向上游挺进。洛绒家族的领地是在河谷的上游,她们的战队就从上游向下游进攻。洛绒家族之所以主动挑衅,目的就是想吞并西贡家族,以便独霸南城。因此兵马充沛,战力汹涌。西贡家族呢,虽然在势力上不及洛绒家族,但保卫家园是最大的信念,也是最基本的尊严,自然奋不顾身。两家族因此在河谷里杀得刀光剑影,血水飞溅。

洛绒家族的战队因为处在河谷上游,自开战起就占上了地利。千军万马俯冲直下,在气势上已经压倒西贡家族。西贡家族的骑士们虽然勇猛,但身处河谷下游,战地低落,难以施展迅雷之势。因此刀箭还未出手,已被俯冲而下的洛绒战队砍的人头落地。一时间,西贡家族里,多半战马已在刀箭下嘶鸣,多半骑士已在血泊中栽倒。一些奋勇的骑士,口喷血浆,手中仍然紧执战器,利用低落之势举刀砍断上方战马的铁蹄。顿时上方人仰马翻,栽倒后又砸在下方骑士的身上,两边因此交混一处,血肉糊模。

西贡女首领见此,挥舞战刀奔进血水四溅的河谷中,疯狂砍杀。她的战马四周立即围拢了马蜂一样的仇敌。那场景,竟像一群猎人围歼一只失群的母鹿一样!刀光、剑影、血浆、愤怒的目光……西贡女首领已被血水浸染了双目。她在吼叫,砍杀,恍惚间,眼看就要沉入被鲜血染红的河水中……

这时,上河谷的洛绒女首领用灼烈的目光瞧着下河谷——只要再有一箭,她眼前最大的仇敌就会倒下，被血染的河水淹没！洛绒女首领瞧得，昂头朝着天空哈哈大笑。

但正是她的大笑惹怒了天神，谁说不是呢！正此时，忽然一阵飓风从天而降，不，是松格率领的王宫战队。他们越过上河谷，直接冲到洛绒战队的前端，像一排天兵天将横刀切断两边战队，拦在中间的河床上。

上河谷的洛绒女首领目光晃了一下，下河谷的西贡女首领身子晃了一下，她们同时坠入一股强大而深暗的战力漩涡。西贡女首领一时还未反应，洛绒女首领却望得心头一裂：中间这横刀插入的战队，冲在前端的都是身穿铜网铠甲的战将。洛绒女首领深知，穿戴铜网铠甲的战队，那是王宫男战队；而他们的后方，竟然还列着一支由自己管辖的南城战队。

确实，女首领大洛绒原本就是南城镇城之主，手里掌控着巨大的实权。那南城战队中无论大小战官，明的说是归属王宫战队，暗下却早已经被大洛绒控制。因此在平日，只要不是针对南城战营，家族之间无论发生多大血事，基本都被定为家族矛盾，属于民事，南城战队一般不会插手。

但是现在，有松格的王宫战队带动，南城战队只能配合协战。如此一来，洛绒家族的战力原本已在大血拼中损伤不少，这下又要面对强大的王宫战队。如果反抗，第一就是逆叛；第二又战力悬殊，根本无法取胜。因此，只是片刻的思量，洛绒女首领立即对自己人下令："都住手！"

下河谷的西贡女首领，本来是想同洛绒女首领鱼死网破——她已经绝望了！但突发从天而降的战队像一道吉祥的神谕，让她又获得了新生。顿时双方战队被困在河谷上下。中间夹着庞大的王宫战队，竟像一道河坝把两边战队生生地分割开。这时洛绒家族已把西贡家族的战力砍杀了将近八成。女首领大洛绒眼看独霸有望，不想王宫战队却突然插进来。大洛绒愤怒不已，也无法明白：南城血拼，王宫又怎么知晓？再一看，只见率领王宫战队的男首领，并不是自己熟悉的绛珠大相。这人又是谁？

大洛绒见是陌生首领，心下早有轻视，并不想下马恭迎，坐在马背上僵持。

松格的手下战官冲着大洛绒叫喊："大洛绒，你可是受封的朝官，还不下马听候发落！"

大洛绒不屑道："我只恭迎王朝的'金骨头'。你们这陌生主子是个什么身份我也不知，凭什么下马！"

战官怒言:"大胆!这是甲姆的金聚——松格金聚,还不下马!"

大洛绒一听是女王金聚,不由想起自己的长子卡珠。他曾经也参加过女王的招亲花寨,却是落选。眼瞧面前这位金聚,细看几眼,除身材比一般人高大外,别的也看不出有什么独到之处,就暗自想:我大洛绒倒要瞧瞧,你这位金聚凭的什么打动了当朝甲姆!

但出口却又是另外的话:"原来是甲姆金聚嘛,既然来南城,怎么也不事先遣人送信招呼?"

松格金聚虽然是第一次面见大洛绒,但对她的嚣张气焰早有所闻。现在见她勉强作了恭迎,却不下马,尽显霸主气势,心下已有触动,就毫不客气地反问:"难道我遣人送信你们就不血拼?"

大洛绒狡辩道:"这只是南城家族内部的一点小摩擦,竟也招惹金聚这样不放心!"

松格金聚声色俱厉:"大鹏之地,所有家族,不论大小都是甲姆的子民。我这不是不放心你,而是在替甲姆保护她的子民。"

大洛绒这一听,忽发哈哈大笑,狂妄道:"没想到嘛,甲姆果然获得一位既会作战又会说话的金聚。哦呀,这样的人走到哪里都让人无法拒绝!"当即踩着战死的人堆,下了马。

下河谷的西贡家族在这次血拼中损伤惨重。女首领站在血泊中,战刀仍然抓在手里,表情仍是作一决战的凌厉。松格金聚朝她命令:"你们都退回去。"

西贡女首领满脸决裂的气势,朝松格叫嚷:"我们的血仇太深了!"

松格金聚强令:"现在不是寻仇的时候,都退下!"

西贡女首领不服,不退。

大洛绒嘲笑她道:"你们西贡家族就是河谷里的石头。没有淹没的时候,你们总是硬的;被水一淹,影子也不见了!"

西贡女首领不回话,抹一把血水,猛然扑上前,意欲和大洛绒拼了。但是松格的人迅速挟持住她,强行送她离开河谷。

西贡女首领一边走一边挣扎,愤恨地丢下两句话:"什么甲姆金聚,你们就是一帮瞎熊!钻进狼窝送上虎口还不知道。我迟早会看到洛绒的官寨,地动山摇!"

松格被西贡女首领这个声音刺得身子一晃。

53. 华丽的刀鞘,锋利的刀锋

在南城,西贡家族只是南城商人。除了家族宗亲西贡波被王宫封了个制毒官外,其他均是商人身份。而大洛绒则是受封的王朝命官,是南城镇城之主。因此不管谁对谁错,到双双收战时,松格金聚少不得还需要同大洛绒合作,由洛绒家族为庞大的王宫战队提供补给。松格本人也被大洛绒邀请住进洛绒官寨。这是历来洛绒家族接待王朝相官的最高礼节。松格内心虽有不愿,但规矩和颜面还是需要顾及。

只是让他无法理解的是,虽然整个南城上空仍然弥漫着浓烈的血腥气息,第二天,洛绒官寨里竟然跳起了锅庄,又大摆宴席。按大洛绒的意思,这是给松格金聚压惊。

当下,只见洛绒大院中,彩绘雕花的茶桌一字摆开。茶桌上摆满一坛坛梨花香酒。洛绒家族的美侍们个个衣装鲜亮,精神抖擞,围绕茶桌忙上忙下,斟酒,递送美食。歌手和舞侍则已经步入茶桌前方的青石舞场,载歌载舞。松格的王宫战队中,所有战官均被邀请参加,包括洛绒家族那些刚刚参与大血拼的弓箭手。他们迅速擦干砍刀上的人血,插进华丽刀鞘,又作为衣冠上的佩饰,威武地悬挂腰间。他们当中,有些正在开怀畅饮;有些则走进舞场,混入歌手舞侍当中,边跳边唱,尽情狂欢。好像昨日参与的并不是一场杀戮,而是为当下的舞会宴席屠宰牲口。

这就奇怪了!难道洛绒家族人人失忆,忘记了血雨腥风的昨天?

松格满心疑惑,坐在被一群美侍围拢的茶桌前,一面观看锅庄舞会,一面心事重重。通过这次南城动乱,亲历河谷中那场覆灭性的大血拼,又观察到洛绒家族对于血拼的异常,松格深有感触。发现镇压南城乱动只是表层,并不能彻底改变目前的局面。南城的核心力量就像一团内燃之火,随时都会烧起来。

这让松格心情沉重。虽然目光需要礼节性地投放在舞场上,但他整个心思已在反复地梳理——南城上下,从两大家族原本产生的纠葛,到最终发生血拼;从大洛绒无视血腥的心态,到西贡女首领在河谷中发出的刺耳警告:"你们就是一帮瞎熊,钻进狼窝送上虎口还不知道!"

这个话,越是斟酌越感觉内涵复杂。另外,更为奇怪的是,两家族发生如此恶劣的血拼事件,作为镇守南城的治安战营——南城战队之前怎么会视若无睹?直到松格率领王宫战队赶到现场,他们才慌张地配合协战?

想到这个,松格更加深刻地意识:南城诸事混乱,暗藏多多,不为他一人可以透悟!当下就有些坐不住。等锅庄舞会一结束,随即命令手下战官带领部分王宫战力继续留守南城,监视南城战营以及洛绒家族。自身则率领余下战力速速返回王城。

54. 一母所生,性格各异

松格金聚不但没有战死,还如此迅速地平息了南城动乱,这让神师的第一预测落空,他只能耐心地等待第二预测。而女王已经在王宫五楼大茶房,为胜利归来的大金聚举办茶宴。夜晚,女王邀来众位王朝相官欢聚一堂,为大金聚庆功。茶宴也是酒宴,自然少不得歌舞美酒。众位相官更是轮番上阵,向女王的大金聚敬酒。

松格却不能尽兴,裹着纷乱的情绪,松格心不在焉地回应着朝官们的敬意。几鐏美酒下去,却像是醉了,倚身伏在茶桌上,摆出一副慵懒姿态。女王显得有些尴尬,凑近松格,以耳语亲切地提醒,松格却变得越发无力。女王见此,心下便在思量:大金聚平日一向深沉稳重,现在却这般的松懈,定是有些原因。就盼咐内侍扶持松格回寝宫休息,同时面对朝官们解释:"本王的大金聚嘛,这是被南城动乱拖得疲惫。他需要好好休息。哦呀,今晚就到这里吧,众位相官也请早些回官寨去。"

朝官们这一听,顿时觉得扫兴。平日他们也是难得被女王这样盛情招待,都是尽兴而来。这下见大金聚并不识趣,又都有些失落,当下无声地散了。

女王自觉歉疚,破例地目送朝官们退下,之后才折身上寝宫,却见松格正双目炯亮地瞧着她呢!她当然明白这位金聚是在装醉,正欲问其原因,却听松格急切地解释:"甲姆,我没醉,我是有重要情况想尽早汇报。"

女王点头。

松格就开门见山:"甲姆,南城需要速派一位得力战将前去坐镇。我总感觉那洛绒家族,迟早还会吞并西贡家族。"

女王沉默少许,安慰松格:"南城两大家族素有世仇,经常打打杀杀也在情理当中。既然这次已经平复,金聚就不要过多纠结。"

松格神态严肃地提醒道:"甲姆!这可不是纠结。现在的南城局势越发不会简单,那洛绒家族起心想要覆灭西贡家族,既然已经烧起了火势,轻易就不会熄灭。一旦西贡家族被打垮,南城就会变成洛绒家族独霸天下。那时南城对于王宫将会构成巨大威胁。我们只有保全西贡家族势力,才能牵制洛绒家族!"

女王朝松格投去赞赏的目光。其实在她心中,她如何不知这个利害,只是她不想在今夜把政事带进寝宫。今夜松格是她的英雄,与英雄同眠的美好她要享受。而每逢一说政事,执着的松格只会越说越多,怕是一夜也难以消停。败了兴致不说,最终的决策还是需要交与朝会廷议。她当然不想这样,就笑着招呼松格:"这个事嘛,等明日召见格拉我们再作商议。"

松格急迫说:"可我是有一些想法,先要说出来。"

女王打断道:"明日再说也不迟。哦呀我的金聚,远征疲惫,我们还是早些休息吧。"

松格还想继续,却被女王拉住双手。松格的心稍有不顺,面色怔忡,手却是安然地落在女王手中,不再抽动。也就是片刻之间的摇晃,他那颗紧迫的心就被女王的一双酥手给安定了。

次日,女王召来两位亲近朝官——阿乌格拉和内务官苏梨,向他们道出松格的意思。不想二人对南城局势早有觉察。如今又有松格提议,无不赞同,都认为南城事大,确实需要派出一位可靠之人坐镇。

女王点头,心中已在掂量——派谁前去南城坐镇呢? 当然是松格本人。正好前面他已经领军镇压过南城动乱,对于南城诸事感受深刻;又是他率先提议派人镇守,自然他最合适!

这么想时,女王就把问题抛给了阿乌格拉,问他:"格拉,您认为派谁合适?"

阿乌格拉自然明白女王的意思。不过男王非天已经镇守西城;松格作为王朝大金聚,辅佐朝政任重道远。要是派他前去南城,女王身旁就会少去一位得力助手;再想到三金聚火布,性格却多有张扬,也不是辅佐王室之料;那小金聚水布整日抱着个病态之身,更不合适进宫辅佐政事。

左右琢磨,阿乌格拉陷入两难。

女王见格拉犹豫,转口询问内务官:"苏梨,你有什么想法?"

苏梨谦逊地回答:"甲姆,内官是想,您自己的想法更为重要。"

女王会意点头,欣慰苏梨的感知。确实,在情感方面,她一心忠爱非天王,对于松格的依恋并不深刻;在政事方面,南城诸事复杂,也不是一般人可以控制。只有安排忠诚又精于战事的松格去,她才放心。于是道出实话:"南城复杂,不是一般的心力可以把控。真要派人去,第一他需要身份高贵,完全具备担当大任的资格;第二他应当具备启明星的智慧,大雪狮的威风。"

苏梨便跟着响应:"甲姆说的智慧,是需要它来惠及四方百姓,而威风——只有威风凛凛的战将,才能震慑天地鬼神。宫中这样的人,非松格官莫属了。"

阿乌格拉紧忙提醒苏梨:"只是大金聚这一去,甲姆身边得力的人就少了!"

苏梨想了下,回阿乌格拉:"这个您也不用担心。南城不如西城遥远,也就是两三天的路程。松格官虽然镇守南城,对于宫中事务,有需要他的地方也可以召之即回!"

女王听苏梨这么一说,已把目光投向松格,寻求他个人的意愿。

松格当然会应承。亲历南城大血拼,切身感受它内在的隐患。尤其是南城战营,上到首领,下到战官,多半已在暗中被大洛绒控制。这叫松格忧心如焚,多一刻也不敢耽搁,才发生昨晚茶宴上装醉的那一幕。另外,正如女官苏梨的阐述,原本他就是王朝大金聚的身份,镇守复杂的南城,他应该比一般战将更有威信,也更有说服力。

只是一想到就要离开王城,又有些不舍女王及兄弟们。一是担心深宫大殿,女王孤掌难鸣;二又担心两个阿弟——火布和水布。三阿弟火布生性浮躁,有松格在王城时,兄弟间经常走动还能作些说服,安稳得住。四阿弟水布却是向来喜好清静,到王城后,陌生的领地让他更加寂寞,整日不是沉迷在官寨中作画,就是游荡在王城下方的峡谷间不知归途。自从大阿哥非天驻守西城,平日这两兄弟都是由松格在照应,生活倒也安逸。就不知松格离开王城后,二人会是什么变化。

松格越想越放不下。在接下女王的授意后,当晚邀了三阿弟火布,二人同去西山官寨,与四阿弟水布相聚。三兄弟相见,虽然还是昔日的人,却已经不是昔日的感受。小阿弟水布一见到松格,连连作揖恭迎,一边真诚地恳求松格,在女王面前替他说个情面,让他回西城去。从此不求名利,只会安心地守在阿修官寨,侍奉阿妈终身。

松格语气坚定,劝导水布:"四弟,你定要斩断回城的想法。我们阿妈虽然重要,但既已成为甲姆金聚,无论今后生活怎样,甲姆的颜面就是头等大事!"

一旁火布跟着响应:"可不是嘛,四弟,你回去又能做什么?在王城我们更有用武之地!"

松格见火布出语张扬,告诫他道:"三弟,王城深厚,世事复杂。大阿哥已走,如今我也要离去。往后你们二人定也有些孤单。凡事更需谨慎,不能任性。"

火布显得满脸不屑,大声说:"我们都是'金骨头'的身份。王城上下除了甲姆,怕是还没有谁敢对我们不礼貌吧!"

松格皱起眉头,严厉地招呼:"三弟,你千万不能有这样的思想。就是天神那么受人恭敬,当它发威糟蹋青稞的时候,麦农们还会骂一句:'这是什么鬼天气!'"

松格的比喻一针见血,当下就把火布堵得无话。二人由此沉默。

还是水布及时地圆了场面,一边为两兄弟斟酒,一边发出感慨:"这王城的梨花香酒虽然美好,却不及我们家的小达娃,她酿造的青稞白酒才是真正的清爽甘甜。"

松格和火布又同时笑起来。

火布跟着调侃道:"哦呀,四弟总也忘不了那个女侍。"

在自家人面前开情爱的玩笑,这可是莫大的忌讳。松格的眉头因此收紧了,纠正火布:"三弟,你别忘了,小达娃原本就不是女侍的身份。上一次西城协战中,她也是功劳多多。从此我们待她应该像自家人一样。"

水布连连点头:"哦呀,哦呀就是!"

火布则朝两兄弟举起酒杯,把话题转了:"别的都不说了。二哥,四弟,我们喝酒!"

三人共同碰了一杯。火布是一口干了。松格沉稳地饮下。水布只喝过一半就止住,把目光投向窗外西城的方向,神情里尽显顾盼、不舍和无限眷念。这三兄弟,真是一母所生,性格各异。

55. 山风送来的声音

松格自此获得"南王"封号,入驻南城。

这可急坏了洛绒家族的女首领大洛绒。女王以渎职为由,已经削去南城战队原有大首领的战官之职,委派大金聚松格亲自坐镇。这就意味着,大洛绒再也无法暗中操控南城战营!

失去南城战队的有力保护,大洛绒那镇城之主的席位将形同虚设!大洛绒因此紧张,连夜召集家族的师爷和男女寨官,商议怎样应付不速之客。

正此时,赶上洛绒家的长女洛绒措小姐,携同西城康金家的大少主金布,回南城举办定亲会,二人自然跟着参与进来。金布自幼就和松格生活在西城,对松格就比其他人更为了解。得知大洛绒欲以"美人计"对付松格时,金布极其反对。给大洛绒解释:"那松格可是个苍松翠柏的性子,睿智又稳重。他的思想深厚得就像峡谷一样,不是一般计谋可以征服。"

大洛绒的心就更紧张了,担忧地问:"那以少主之见,我们要怎样对付?"

金布面露几分神秘,回应大洛绒:"阿妈拉,这个事不能急躁,我们得慢慢来。请阿妈拉先替金布和小姐的喜事多多费心吧。也许等定亲会结束,一个奇妙的办法就出来了。"

大洛绒迷惑地瞧着这位自负的新姑爷,猜不透他的心思。而自家长女已在西城生活许久,和金布早已结成事实夫妻,如今回南城也只是落实名分而已。虽然康金家族曾被裹作人洗劫了家园,但他们手中掌控的那些金矿,依然在源源不断地充实着康金家族旺盛的底气。正因此,大洛绒就不得不需要尊重一下新姑爷的意见。当下只好朝金布点头,答应道:"哦呀,少主放心吧。比起那些外在的烦心事,我们洛绒家的喜事才是最重要的。"

金布听得舒坦,就话里有话地提示:"阿妈拉,我们家族办喜事,应当恭请王朝甲姆前来参加。"

大洛绒一听要请女王,很不理解,傲视道:"洛绒家族办喜事,为什么要请王城的人?"

金布点拨大洛绒:"阿妈拉,就是请了我们也不是白请。刚才我已说过,松格就是那种既睿智又很正直的人,没有什么可以诱惑到他。但既然不能直接改变松格,我们就需要变更方向,比如从甲姆身上……"

金布说得意犹未尽,大洛绒的目光渐渐变得殷切起来,充满期待地注视金布,示意他道出高见。

金布开始绘声绘色地阐述:"请甲姆到南城,一是可以彰显我们洛绒家族的威望,从精神上打击西贡家族;二又可以利用定亲会,在松格身旁安置多多的美侍,引发甲姆嫉妒。原本那甲姆已经失去男王非天的爱护,再见南城处处美侍撩人,肯定不会放心。不放心,就有可能召回松格,另派他人驻守南城。我们嘛,只要能避开甲姆最亲的人,其他人总有办法应付。"

大洛绒原以为金布想出了什么绝好点子,一听是这么个平庸的主张,殷切的目光就被阴云盖住了。半信半疑地应承:"哦呀,也只能试试。"

四天后,女王果然收到洛绒家族的信件。展开一看,却是一封喜信,又是曾经参加过招亲花赛的金布正要定亲,心下自然有些膈应,不想参加。最主要还是——即使撇开金布,洛绒家族的宴请,女王也不会轻易参加。那大洛绒一直在南城耀武扬威,王宫要是给足她的颜面,只怕她更要拿它当作资本,越发不羁!但又一想,毕竟康金家族和洛绒家族是王朝的两大重要家族,规矩和一般的颜面还是需要顾及。女王便遣天官亲自下达西染官寨,传金布的长姐西染高霸进宫。

一见面,女王就开门见山地说明:"西染官,南城逢上喜事,你定也收到了喜信。康金和洛绒两家结亲,好比西城和南城两地结缘,从此你们再无隔阂,这也是祖母王朝的荣幸。"

西染高霸并不想揣摩女王说这个话,到底是发自内心还是言不由衷。但有一点,女王能派天官亲自到她的官寨,定是对这门姻亲,或说对两大家族有了重视。心下自是愉悦,就顺着女王的意思恭敬应声:"拉索,甲姆对于我们两家的恩泽,就好比雨露滋润草木。"

女王点头,笑着发话:"哦呀,你们两家结亲也是王朝的大喜事,本王高兴,按理是要亲自前去南城,恭贺新人。"

西染高霸听说"按理"二字,刚刚愉悦的心情跟着又收紧了。

果然,但听女王话锋一转,这么发话:"只是本王近日政务繁忙,身心多有疲惫,难以远行。西染官,你是金布少主的长姐,又身为王朝相官,就由你代替本王前去南城恭贺吧。"

西染高霸这一听,心中总算明白:说什么身心疲惫,其实就是推脱。当下心生郁闷,不知如何回话。

却听立在一旁的天官带着暗示提醒女王:"甲姆,康金家族慷慨大方,就那捐建夏宫一事,足见他们待甲姆也是多多有心了。如今家族大少主承办喜事,要是西染官前去南城贺喜,王宫也要有正规的恭贺形式。"

女王目光闪了一下,少顷思量后,会意而笑,对西染高霸道:"西染官,作为金布少主的长姐,你代表的是康金家族;作为王朝的相官,你又代表着本王。如此重要的身份!这次去南城定不能过于简便。本王虽然去不了,但该有的礼节一个也不能少。哦呀,就按照本王出宫的规矩——本王的王宫马队将会伴你前行!"

动用王宫马队,那就比送上干巴巴的贺礼更有颜面了。西染高霸这才舒坦了一些,跟着道谢。

女王则无心再叙,她心头正在翻腾着别样的浪花。确实,经天官刚才那么一提,她就想起了捐建夏宫的事来。早先在女王的花赛中,西染高霸已有承诺,未来康金家族将会出资,在梨花峡谷捐建一座夏宫。这下西染前去南城,金布又是康金家族的大少主,她自然需要暗示一下。

于是女王话里有话地对西染高霸说:"西染官这次到南城,除了喜事,也有一个眼福。"

西染高霸迷惑地等待,不知女王用意。

女王笑着道:"王城是梨花和杜鹃的领地,西城是蜀葵和格桑的领地。南城却单单是林牡丹的领地。本王记得,现在正是林牡丹盛放的时节,西染官到南城定要好好欣赏。"

西染高霸回一声:"拉索。"但她知道女王绝不是只说这个,肯定还有别的说法。

果然,就听女王响亮发话:"西染官,你去南城,顺道替本王带一些林牡丹回来。本王要把它移植到——梨花峡谷。"着重地说出这四个字,女王又跟着强调:"哦呀,就栽到梨香泉的上方!"

西染高霸先是听天官道出一个捐建夏宫,又听女王突出地说明梨花峡谷和梨花泉。当即就明白了二人的用意。她那原本郁闷的心哪,跟着就被硬实地堵住了,憋得慌!望一眼女王,又望一眼天官,见二人正用期待的目光盯住自己。无奈,她只好努力着舒缓心气,竭力让呼吸变得更为顺畅。一阵过后,她就用恭维的语气回应女王:"拉索,林牡丹,下官听说主国先前有一位女皇,就十分惜爱牡丹花。听说她住过的城池,竟是牡丹花的天下。也是奇了,我们的南城竟然也有牡丹。下官这次去南城,定要多多地移植回来,让它盛放在梨花峡谷——拉索!梨花峡谷,下官对它还有许诺……为甲姆捐建夏宫,这事下官一直惦记在心,不敢忘了!"

女王这一听,欣慰而笑,点头道:"哦呀!那就速去南城吧,把本王的祝福早早送给新人。"

第二天西染高霸就出发了。伴着女王的华丽马队出行,经过王城的梨花大道,下达第四层曼扎的花葬关,进入第五层曼扎里那些深幽的峡谷,穿越其中的衣寨、猎寨、男寨(哥爸寨)和女寨,再爬上女王的河谷中那最高的垭口。又前行一小段路程,就到了王城的第二大祭祀场地,祖母神山的"祭天台"。

相比王城当中的十三角碉祭祀场,这里的祭天台场面更为开阔,作用也更为纯粹,主要是用于祭天和人神交流。应该说,它是凡人和天神直接对话、交心、忏悔的地方,无须神师从中传达。

西染高霸行到这里,心中不由多出几份敬畏。当下按惯例作了朝拜,又面向祭天台抛出敬天的风马。正当那五彩风马花花坠落时,西染高霸却看到,前方那突兀的祭天台上毕恭毕敬地立着一个人。见她一身厚实的正装朝服,一副熟悉的行为姿态——那不是王朝的大天官赭面娘么!

女王宫殿的前方就是登天寺,那是王城中所有朝官们焚香祭祀的地方。它距离王宫近在咫尺,天官为什么不去那里,却要跑到这么远的地方敬神祈祷?

想到这个,西染高霸好奇地停下脚步。少许思量后,她吩咐王宫马队静候在垭口处,自己则悄悄地朝祭天台走去。她想听听天官的声音,到底在祈祷什么。

这时,祭天台上方正是乌云当天,风声像发狂的藏獒,送来天官一声长啸:"嗥——"

跟着又是一声:"嗥——"

继后,但见天官双手向着天空伸展。那决绝的姿态,像是连空气也能抓住。她在反复地,剖心剖腹地长啸:"嗥!嗥嗥!嗥嗥嗥——"

最终,长啸又变成了呼唤,裹着强烈的气流,越发高亢有力:"甲姆拉——尊贵的甲姆拉——永恒的甲姆拉!您临行前嘱托的愿望,阿佳正在慢慢地实践!阿佳向您保证,只要那夏宫建成,阿佳迟早会想办法——供上您的神位,变成您的神宫!嗥!嗥!嗥!嗥——"

西染高霸听得无比震惊:供上甲姆拉的神位,变成甲姆拉的神宫——那是要把甲姆的夏宫变成甲姆拉的祭宫啊!天!这位两代王朝的大相官,她竟以山风的形式,给天上的甲姆拉传递如此深暗的决心!

西染高霸的心,随着天官的呼唤突发凌乱了。既兴奋又复杂,更觉得不可思议。虽然她一直就感觉,女王身旁的这位天官为人处事十分深暗,但她怎么也想不到,这女官的心竟然深暗到地狱里去了!

这要是被当朝甲姆知晓,哪里还能轻饶!定要把她打入三角碉中!西染高霸暗想,想得心惊肉跳。震惊之余,她前去南城的脚步更加迅速了。是的,她决定以最快的速度替女王建造夏宫!

56. 它的妩媚,恰似朝霞一样

西染高霸到达南城时,洛绒家族已是张灯结彩,非常热闹。当初在西城战事中,洛绒措不顾生命危险营救康金父子,这份生死情义康金家族一直铭记在心。自然对洛绒家族倍加尊重,十分重视这门亲事,由此带来众多金沙珠宝,作为聘礼。大洛绒更是豪放,已在洛绒官寨为长女操办盛大的定亲舞会。一时间,南城各路商官、寨主，以及大小头人，除那西贡家族和一些不得势的弱小家族，其余均被邀请参加。松格金聚作为南城战队的大首领，更是早早地就被大洛绒请进了官寨。

唯独王城的恭贺马队，却是让人左等右等，直到定亲酒宴已经开席，才迟迟地抵达现场。乍一看，他们阵势浩大，前有开路，后有压阵，很给洛绒家族颜面，但仔细瞧来，来者又仅仅是那女王的马队，不见女王真身！

未能等到需要的人出场，金布的计划就泡汤了。大洛绒满心不悦，但碍于儿女亲事，又需要掩饰，当下只能礼节性地迎接西染高霸，安排了大座，奉上香酒美食。

西染高霸见到金布，姐弟俩也是数月不见，自然是有多多的心里话，说也说不完，一时竟把大洛绒给冷落在一边。但见这二人说着说着，语气却是越压越低，越发地谨慎、周密，诡秘得连阳光也扎不进去。

西染高霸："阿弟，我这次到南城，一是为你道喜，二也要和你商量一件大事！"

金布好奇："阿姐，什么大事？"

因为四周宾客纷繁，西染高霸不便细说，她只能礼节性地望一眼对面茶桌上的松格，招呼金布："阿弟先别问事，我们去松格那边，共同敬他一杯。"

金布不解："说事就说事，阿姐为什么要向他敬酒？"

西染高霸解释："敬酒的时候，顺便我是有话要说。"

金布不明白，不服气动身。

西染高霸只好带着催促语气，笼统地解释："阿弟快点，只有趁敬酒的机会我才能顺便说事。宴席一散，那松格一回南城战营，我们就寻不到机会专程给他传话了。"

阿姐越是不说，阿弟越是好奇。但听金布倔强道："阿姐，到底什么事嘛，你要先说明白。"

西染高霸无奈，只得把捐建夏宫的事粗疏地说一遍。

听得金布顿时冒火，当场反对："当初如果是我做了甲姆金聚，捐建十个夏宫我也情愿。如今我和她又有什么关系？凭什么捐建夏宫！"

西染高霸见金布愚钝，低声驳斥道："阿弟真是目光短浅！做不成金聚，我们还可以通过别的办法成就理想！好了，这里人多眼杂，不好细说。你按我的吩咐做就是，将来你会明白。"

当即硬是拉上金布，举杯朝松格走去。

松格见西染和金布赶过来敬酒,有些诧异。刚刚还见这二人谈得那么投入,连大洛绒也被冷落在一边,这下怎么想起要给他敬酒?带着满心疑惑,松格举杯迎接。却见这姐弟俩先是各自敬上一杯,完了又轮番再敬。之后竟然还坐下来,不走了!再又是你一杯我一杯,喝得难以收口。

不多时西染高霸就喝出了醉意。倚在茶桌上,晃着酒杯自顾自说:"哦呀,甲姆还说我到南城是享眼福来了。我看吧,却是享了口福。这金色谷子酿出的美酒,比起王城的梨花香酒,果然爽快多多。"

金布接话,补充道:"阿姐,甲姆说的眼福还是有的——南城美人多多,名不虚传嘛。"

西染高霸却是醉意绵绵地摇头又点头,一边混乱地嘟囔:"美人,哦呀,就像南城的林牡丹……林杜丹,甲姆说的林牡丹,我是要多多地带回梨花峡谷……哦呀……梨花峡谷,等我们康金家族在那里,建一座夏宫。那峡谷中,除了梨花,除了杜鹃,还有林牡丹。它的妩媚,就跟朝霞一样……"

西染高霸这席话,说得松格满头雾水又无比惊讶,连忙询问她:"西染官,你说什么,你要在梨花峡谷建造夏宫?"

西染高霸目光一晃,惊望松格,连连自责:"哦呀瞧吧,瞧我在胡说什么!那林牡丹,还有甲姆的夏宫,都还只是影子嘛,我却像是抓住了一样。"

松格跟着追问:"西染官,你是说,你要帮甲姆在梨花峡谷建造夏宫?"

西染高霸故伎重演,点头又摇头:"哦呀是,是我答应过甲姆,但不是我,是我的家族才能完成这个工程嘛。"

这样的回答真是又分明又凌乱,但松格完全听清了。

金布呢,回想刚才阿姐说的那句"做不成金聚,我们还可以通过别的办法成就理想",现在又见到松格这么紧张,就大致悟出了阿姐捐建夏宫的用意来。连忙就着话题响应:"阿姐,既然你已经承诺过甲姆,我们就不能食言。需要多少金银请阿姐给个数目吧,回西城后我就筹备。"

西染高霸瞟一眼松格,见他神色惊讶,心下一喜,明白自己已经达到了目的。她正需要在恰当的时间,恰当的地方,恰当地让女王的大金聚知晓建宫之事。在她看来,松格的惊讶正是一场好戏的开始,于是招呼金布:"阿弟,为甲姆建造夏宫是我们康金家族的头等大事!金银数目不能过于紧凑。你还是早早准备,多多准备。至于具体数目,等我回王城后,再请拥中高霸好好统计。"

金布应声:"拉索。"

西染问:"那你需要筹备多久?"

金布想了下,算了下,回答:"我这边回城需要十天,另外筹备金银也需要时间,加上运送王城的时间,肯定也得一个半月吧。"

西染高霸满意道:"哦呀,那就一个半月!"

57. 云抱月亮,雾绕青山

一位女子就像一朵花,再怎么娇艳,它也是形影孤单;多位女子就像一片花园,即便无人赏识,花香依然浓郁,花事依然热烈。可要是过度浓郁,过分热烈,肯定连采蕊的蜜蜂也会被呛得惊乱吧。谁说不是呢。就像女王的大金聚松格,当他从西染高霸口里得知,女王要在梨花峡谷中建造夏宫,这只高贵的"蜜蜂"也被女人们强盛的气焰给狠狠地呛了一下。

原本松格和女王已有约定,隔月回宫一次,同女王团聚。这下听说女王要建夏宫,哪里还能等得太久!待洛绒家的定亲会一结束,松格就匆忙策马回宫了。

女王见松格未有报信却陡然回宫,又是一副匆促模样,便知他不是因为思念而回宫探望她的。当下即有不悦,敷衍召上寝宫,欲作缠绵。果然见松格怀揣心思,床上之事不同往日。女王郁闷,松格不投入,她自然也丧失了趣味。这天夜晚,竟是床事未完却又争执起来。女王不高兴地问:"金聚,你回宫,并不是看望我吧?"

松格老实地回答:"甲姆,我确实是有一事。"

女王不由窝火,生硬道:"说吧。"

松格就直言:"我这么仓促回宫,主要是为建造夏宫的事。"

女王便知道是那西染在南城说出来的,故作惊讶问:"建造夏宫,你又怎么知道?"

松格实在地解释:"我是听那西染和金布酒后闲谈,他们正要筹备金银。"

女王却又笑了:"那是好事! 又不是国库拨款,只是康金家族捐资,你担心什么?"

松格见女王说得如此轻易,就以语重心长的口气阐述:"甲姆,西城失守,非天王驻守西城;南城血拼,我驻守南城。通过这两场战事,您难道不能感受:时下康金家族财大气粗,洛绒家族野心勃勃;而我们的祖母朝,强权统治却没有实质性地进入四方城池。这个当口,康金家族如果捐献金银,甲姆应该用来开采紫铜,打造战器。"

松格的意思,总结起来就一句:冷兵器时代,防御建设尤为重要——王宫应当以防御建设为大事,其他建设都是小事。这要是在往常,对于一些战略方面的建议女王自然尊重松格,比如西城之战,南城动乱。但这一次女王并不想听取松格意见,因为他所问过的事项,已经超越了他所拥有的权限。何况又不是动用国库银两,只是他人捐建而已。用不着思前顾后,想得那么复杂!

现在看来,这位金聚除了精于战事谋略外,更像个管家婆。对于王朝事务总有插手的欲望。女王还想起上一次,松格竟然当着众官的面阻止她赏赐"天书"。不论他的想法是多么正确,那也是干预祖母王朝的行为!前后这么一思量,女王就不想再作温存,但一转念,又想起"祖母秘籍"中的第三条:以情爱征服,让全体男子为之倾倒。她又是需要利用松格替她忠心守卫南城的,当然不能直接伤了松格的心。

于是女王岔开话题,宽慰松格道:"我的金聚,难道你不顾及我的感受?我还心疼你呢。南城是你的陌生地,少不得让你多多操心,确实辛苦,哦呀——"女王一边说,一边提起酒坛,斟满两鐏梨花香酒,自顾端起一鐏,又一鐏递于松格,并以轻盈的语气招呼:"来,我的金聚,喝酒吧。上寝宫就是休息,今夜我们不谈政事。"

见松格酒是接过了,却又不喝。女王就独自饮下一鐏;再斟满,又饮了一鐏。继后,举目透过宫窗,凝视夜空,情意切切地暗示松格:"我的金聚,你看那天际尽头,月亮快要下山了……"

松格知道女王这是敷衍。心头郁闷,又很无奈。忽而抬头,却见梨花酒下,女王面色微醉,一副娇憨的模样;双目灼热,春波荡漾;一身的妩媚劲头,好似那春汛里的梨花!顿时他那满心的纠结又被女王满腔的柔情给覆盖了。当下别的也就不便再想,倒像是云抱月亮,雾绕青山,很快两个人就变成了一个人的模样。

58. 灿烂的朝霞和清冷的月光

到第二天清晨,云霞漫上天空的时候,因为一宿的房事,松格已经变成了一摊香泥。他倒在女王宽厚的凤榻上,裹着深深的醉意酣睡不醒,像是早已忘记了心中的纠结。这正是女王期待的模样!

女王轻视地望一眼松格,这男人,他终是可以这么安静地睡在自己的衣裙下面,像一只醉倒的公豹。是嘛,再猛烈的公豹,等抽干他体内的精气,他也会变成一只温和的猫——女王骄傲地想。从松格的体下轻轻抽出衣裙,一边注视松格,一边慢条斯理地穿戴。直到把那已经吸收得饱满的身子包裹得更加威仪,她才站到凤榻前,以上朝的口气吩咐松格:"金聚,该起床了!"同时拉动摇铃,传内侍们上楼服侍。

等松格起床更装,穿戴完毕后,女王就话里有话地招呼:"我的金聚,南城不可一日无人。"

松格当然明白女王的心思,这是暗示他尽早离宫,回南城去。对于他,昨夜春风已经化成雨水,流出身体之外,那就不属于他了。现在,搁在他心中的纠结又像藤苗一样抽出来。忍不住,松格开始重提旧话:"甲姆,在那梨花峡谷建造夏宫,山道周折,困难多多,请您深思啊!"

见女王不响应,松格又直言:"防御建设比起那夏宫建设,孰轻孰重,请甲姆用心掂量啊!"

女王敷衍地回道:"建宫也不是一时就可以定妥。首先是西城那边,最终能不能筹足金银也不知道。我们现在讨论这事还为时过早。"

松格解释:"我在南城亲耳听到西染姐弟俩商量,说是一个月之后就能把建宫物资送达王城。"

女王反道:"一个月之后的事,你能想到,可能看到?"

这似乎是把松格问住了。

女王连忙岔开话题,招呼松格:"我的金聚,南城诸事复杂,凡事你要多多小心。"

松格闷闷地答应:"哦呀。"

女王就跟着催促:"那就尽快回南城吧。"

松格无奈,知道自己再要多说只会物极必反,当下心情纠结又不能表达,只好作些收拾,离开王宫。

女王站在七楼寝宫的月台上,眺望宫楼之外的梨花大道。又一次,她目送自己的男人离开。上一次与非天王的分别还历历在目。那时正值梨花盛放,非天王穿戴一身金网铠甲。跨上银白大马,扬起五彩长鞭,奔驰在梨花大道上。他是那么地洒脱、威武又明亮。而梨花,如同纷乱的雨点,只把女王打落得泪眼花花。是的,那时女王哭了。她第一次,为她的男王流下金沙一样珍贵的泪珠。

但这一次目送大金聚松格,女王并未落泪。只见她双目浮泛,神情失落,眺望远方……目光,就那么游荡,直到再无依靠,才又滑落到别的地方。什么地方?梨花大道旁的东山官寨和西山官寨。女王这才想起,她还有另外两个男人:火金聚和水金聚。连忙传来天官,指着两座官寨问:"天官,我的两位金聚生活得可好?是怎么安顿的?"

天官恭敬地回答:"甲姆,他们还是可以。您的火金聚早有安排,正在武官房做着差事,水金聚原本也有安排,只是身子有些虚弱,又不适王城生活,时时不住西山官寨。倒是花葬关下方一处闲置的驿站,成了他享乐的地方。"

女王一听水金聚身子虚弱,对他没了心情。又听说住在花葬关,更觉得奇怪。当即问:"为什么放着好好的官寨不住,他要住在那个不吉利的地方?"

天官解释:"听说水金聚生来喜好清静,又对山水依恋多多。花葬关周边丛林密布,当中又有花葬场,平日少有人迹,也许更适合他吧。"

女王摇头感叹:"阿修家的少主们就像日月,有灿烂的朝霞,也有清冷的月光。哦呀,就让他和丛林作伴好了。"又欲询问火金聚。

却听天官话里有话地回应:"拉索。阿修家就像天空,有太阳有月亮,还有星星。"

女王故意问:"星星又是谁?"

天官语气分明地提示:"那是紫微星的松格,荧惑星的火布!"

女王一听荧惑星,心中明白,这可不是什么好的星辰。天官既然说出来,意思也就明显,是在暗示她最好别去召火金聚。原本她是有些顾虑,但一转念,又有些好奇。便模糊了话题,笑对天官道:"火布,哦呀,我的火金聚!安顿在武官房,那是委屈他了。"

天官听女王这话,自然看出了女王的心思。她道出一个荧惑星,本来是想暗示女王别去招惹火金聚。不想女王却比不得当年的甲姆拉,无法与她心性相通;或者说,压根儿女王就不关注她的想法。

无奈,天官只好顺水推舟地响应:"拉索!甲姆整日忙于政事,对您的火金聚是有些疏忽了。"

女王点头,带着歉疚发话:"哦呀,那就传他进宫吧。"

59. 神魂出窍

东山官寨的火金聚,随大阿哥非天入驻王城后,还是第一次被女王召见。他在傍晚时分接到传令,随即匆忙梳洗装扮,由九个家侍陪同进宫。想当初大金聚松格第一次与女王相聚,那时因为西城告急,女王并无心情。松格也只是为敬献战策而自荐进宫。之后女王被松格感动,那夜的相聚就是水到渠成。

今夜却又不同。因为是女王正式召见金聚,自然是有规矩。按"祖母秘籍"中的规定,进入女王寝宫之前,火金聚需要先进三楼大殿,正规朝拜女王。

当下，只见女王端坐在大鹏宝座上方。火金聚恭敬地立在大殿中央。但见他那一身——华丽的贡缎衣袍，衬着英武强壮的身姿；精致的珠宝头饰，映着明媚闪耀的脸膛；满身的阳刚气势，比得朝霞初升的豪放；满目的烁烁光芒，好比杜鹃盛放，那么地灿烂！女王这一瞧，原本端正的身子禁不住晃了一下。火金聚上前朝拜，七尺身躯火辣辣地顶在面前，又好比那烈火燃烧一般。当场弄得女王竟有些神魂出窍，直愣愣地盯住火金聚，多久也不言表。

直到火金聚等得有些尴尬，女王才笑着发话："金聚免礼吧。你的阿哥们远在边城，今后你就是本王最亲的人！"

火金聚感激地谢过。女王见他随身带来九位家侍，又笑着道："哦呀金聚，领这么多人进宫，你像是参加盛宴来了。"

火金聚无比真诚地解释："甲姆，金聚不敢简便。在过去，阿修家朝拜西天女神时，定要敬上家族里最珍贵的供物。金聚进宫，相见最亲的人，也要依照家族的规矩用上最隆重的礼节——东山官寨最大的财富就是九位壮实的家侍。这是金聚的体面，也是甲姆的颜面，金聚就领过来了。"

火金聚这席话说得恭敬而又大气，且不失诚恳，这叫女王心情愉悦。只"朝拜西天女神"六个字，足以证明这位金聚对于祖母王朝的敬畏，和对于他自身地位的明智认识。确实，除了男王非天和大金聚松格，女王的小金聚们平日在宫中也就是中等朝官的级别。而自从非天王过后，女王对于第一眼看到的男人，再不会考虑他们的外在气质和内在修养，只会在乎自己能不能把控对方。是的，作为祖母王朝的一代大主，惜爱多少男人并不重要，把控多少男人才最重要。就像当初第一眼见到非天，女王总感觉难以驾驭。后来事实果然印证：他就那么独断，无视祖母王朝；想要留在西城，竟然写一封信就把王宫打发！想起那事，女王心头又生出了些许不悦。

努力着把心绪从回忆中拽出来，女王朝火金聚的九个家侍摆手道："哦呀，你们都下去吧。"又吩咐内侍："带他们到库房，赏每人一坛梨花香酒。"

这一夜，是女王同火金聚的初夜。女王自是新奇，无比投入。火金聚更是无比努力，深得女王迷恋。已经过去三更，女王的七楼寝宫仍然云霞漫天——自那非天王的初生云雨，到那松格金聚的水到渠成，也比不得这一夜的跌宕起伏，妙不可言——那切入分明的感受：快时，像是梨花盛放，又多出几分杜鹃的灿烂；慢时，犹如泄漏的霞光，又是一点一点地渗透，叫人等待不得；猛时，更像是千军万马，奔腾而下……

在又一场床事之后,女王大汗淋漓,望宫窗外,却见东方的天际上已经泛出霞光。甜蜜与疲惫中,女王意犹未尽,酥醉的身子依然忸怩在火金聚的怀中。火金聚看在眼里,想在心中,欲再行欢,却听到楼下催床的铜铃"叮"地一下,发出探试的声响;接着是两声;待一会,又连续地发出数声。

不得已,女王只好推开火金聚,招呼他:"金聚你听,催床的铜铃已经唱起来了。"

火金聚佯装迷糊,睡意绵绵地说:"金聚看那天上的星星,还在眨着眼睛呢。"

女王惬意一笑,翻过身,冷静一会,捋了捋思路,就爬起床,恢复了甲姆的常态——严肃,庄重,高高在上:"但是现在我们必须起床。今日正逢朝会,本王要去上朝了!"

60. 女官的肚皮里,兜着王朝大事

女王穿戴完毕,洗漱,用了早餐。当她从七楼寝宫下达三楼大殿时,全体朝官早已经等候在那里。

今日上朝有三事。一是对于主国的朝贡。每年祖母王朝敬献给主国的朝贡物资,品种繁多且又数目巨大。过去一直是由王宫国库承担。为减轻国库压力,阿乌格拉和内务女官苏梨二人共同进言:南城作为商埠之地,经济发达,是金沙、紫铜、藏药等珍贵货物的集散地,恰恰这三种又是朝贡的主要物资。因此未来的朝贡大事,是否就由南城财政负责。女王十分赞同,当即询问众位朝官,众官都觉可行,就当场通过了。

二是原"十三女战队"大首领绛月大相。之前因为患上荨麻疹,担心感染王宫,被女王趁势休了官职。如今虽然因为染病而落成一脸麻子,但身体已经完全康复。绛月便在官寨里天天等待,盼望复职,却一直等不到女王召见。细细想来,即使是个麻子,容颜尽失,若能在金戈铁马中尽显英雄本色,有那战事作伴倒也不显孤单。但如果失了容颜又失战场,那要怎样才能捱过日后那漫长的平庸时光呢?绛月因此身在官寨,心却像凌乱的风一样,不得方向。她只能整日坐在官寨里念经,借以镇定不安的心灵。如此深思大虑,日复一日。一天,她的阿哥绛珠大相前来探望。兄妹二人细细一番倾谈。最终绛月才被阿哥点破,明白了女王的心计——这是担心王宫战力集中在同一家族手中会有隐患,故而拖沓,不肯召见。绛月无奈,为保护阿哥绛珠不受女王猜忌,也为了打消女王对自己的顾虑,就趁着当天的朝会擅自进宫,请求女王允她出家,追随丹增活佛进山修行。女王心下喜悦——这正好应了她的期待! 于

是当场允了。

其实"十三女战队"中,绛月的英勇善战在女官当中无人可比。女王哪里舍得真的休她官职,允她出家!这下之所以同意,实则另有想法——但凡忠贞不渝的心灵,都不是凭借强硬手段可以争得,而是需要通过静心地修行才能炼就。允绛月出家,其实是想让她进山作短暂修行,以此净化她的心灵。等到她的心被修得清澈,纯静如水,那时再复她官职,她定会以景仰天神的心灵忠于祖母王朝,不会再有二心。

三就是接任"十三女战队"首领之职的青次高霸。当初在女王的招亲花寨中,青次高霸与洛绒家族的大少主卡珠一见钟情。之后二人以"共帐房"的形式悄悄往来。现在竟然有了身孕,肚皮已经像青蛙一样鼓出来。"祖母秘籍"中自有规定:凡王城中的女战官,终身不能成婚生子。如若结交男伴,不小心有了身孕,只能借助依杜官寨中的虻虫药酒堕掉腹中胎儿。青次高霸作为王朝的女战官,这样的宫规她更需要遵守。可要是糟蹋无辜的小生命,又怎么向洛绒家族交待?毕竟这是她们家族的血肉。而针对王宫还有更大的担忧:洛绒家族内在野心勃勃,外在势力强大,这要是在王城再为她们留下后代,未来的隐患将无法预算!因此,这女战官的肚皮里就兜出了王朝大事,已经棘手到——必须经过廷议才能妥善处理。

要说这青次高霸,却也不是一位骄兵悍将。虽然她一直身居要职,但平日为人处事却十分得体,那是既勇猛也精练,既真挚也通明。对于祖母王朝忠心耿耿,对于女王更像对西天女神一样地敬重,因此获得了女王的多多信任,才把最为重要的首领之职托付于她。

不想这位叫女王无比安心的女战官,不在别处,却在肚皮里兜出了麻烦!这叫女王心生顾虑。她无法成全,无法做到——不令自身歉疚,又不令女战官痛苦,这太难了!是的,如何处理青次高霸的肚皮,她心中早有计划。只是这计划有些残酷,最终的决断,还是需要合理的过程。

于是当朝中,女王便把期待的目光投向自己的二位亲信朝官阿乌格拉和天官赭面娘,却见苏梨第一个进言。相关青次高霸的肚皮,她认为就像花开花落,应该顺其自然。

女王觉得这位女官说话好似没说,就把目光转向阿乌格拉。

阿乌格拉则在注视着神师。

这时就见一位男官出列,请示女王道:"甲姆,下官东知有话要说。"

女王一瞧,竟是之前给她留下过深刻印象的男官东知。虽然,在西城战事过后,碍于神师暗中一再请求,女王已给他提升到民事大相的职位,但女王内心对他并没有好感。女王还分明地记得,第一次是在甲姆拉的葬礼上,这男官大胆地跳出来,与丹增活佛争辩不休;第二次是在非天王出征的朝会上,他又大胆地提出,以神谕卜算男王出征的凶吉。两次都叫女王无比闹心。不知这一次他又会提出什么!女王原本并不想听。但碍于众官都在当场,才点头发话:"哦呀,东知官有什么高见?"

东知大相跟着进言:"甲姆,肚皮就像一只闷罐,凡人是看不清的,只有天神才能看清。下官认为,这件事可以请示神谕,听天神的安排。"

女王一听请示神谕,当场会意。这和她内心的想法正好一致——任何事,只要是挨上神谕总归就有了弹性。想起刚才阿乌格拉注视神师,其实也是这个意思。这位精明的大相,这次他终是没有给女王添乱!女王以一个微笑奖赏了他,随即点头,收纳他的进言。

这可急坏了一个人——西染高霸。因为阿弟金布已经娶过洛绒家族的大小姐,自己和洛绒家族自然就成了姻亲。青次高霸又怀上洛绒家族的骨肉,她和青次高霸也就成了亲戚。而神师与自己又是政敌。就是说,在神师眼里,她和青次高霸既然是亲戚,那就是神师共同的政敌。如此,神谕是不会为青次高霸说话了。

西染高霸想到此,紧忙出列,上奏女王:"甲姆,生命可贵,以请神的方式决定生死,有些仓促,也有些不妥!"

西染高霸这话一出,惊动四座。神师跟着出列,一边向女王作揖,一边质问西染高霸:"女官,你难道连天神也要怀疑?"

西染高霸话里有话地道:"天神当然是公正的,我只是担心半路中会被'风魔'挡道。"

这是多么冒失的妄言!不但神师本人,连阿乌格拉也听不下去了,当场斥责西染高霸:"女官,你太无礼了!"

女王更是窝火——西染高霸竟然发出如此尖锐的言论,一面是针对神师,一面更像是针对祖母王朝。因为神权与王权从来都是荣辱与共,惜惜相依。她如何不知这点!

想到这个,女王就不想再作拖延,速速发话:"哦呀,既然西染官明白天神是公正的,那就请刚布准备神器吧。本王要亲自到十三角碥,请示神谕!"

61. 让她顶天立地,百世流芳

王宫前方的十三角碥下,一场专门为生命请示神谕的特殊仪式就这样开始。青次高霸作为当事人,已被王宫侍卫送上祭台。挺着圆鼓鼓的大肚皮,青次高霸目光呆滞。她空茫地站在杉烟里,一动不动,连那浓烈的烟气也不能呛到她,让她哭泣,或者发出反抗的吼叫。

是的,上了祭台,青次高霸已经预知了一切:无论怎样反抗,她肚皮里的小生命都将无法保住!因为这是神谕的安排。那就是命中注定。也许当初选择和卡珠相恋,就是一次对于王宫的背离,和悲剧命运的开始。谁说不是呢!作为祖母王朝的女战官,青次高霸早就应该洞察到王宫与洛绒家族之间的微妙——那情事,如果掺入政事,迟早就是战事,哪里容得下儿女情长!

催寿的号角已经响起。青次高霸朝十三角碉缓缓地弯下腰身。她趴下的时候,肚皮里的小生命朝她狠狠地踢了一脚,叫她腹部突发剧烈地疼痛。她紧咬牙关,痛苦地感受腹中胎儿最后的挣扎,挖心割肉,大汗淋漓……

这时,女王上了祭台,挨近青次高霸。"女官",女王这么喊她:"你知道自己的使命吗?"

青次高霸无法回应。极度地克制,已经叫她的嘴唇咬出了鲜血。

女王弯腰,朝青次高霸伸手,微微抖动的指尖抹去她唇边的血迹,却怎么也抹不干!她便直起身来,用低沉的声音开导青次高霸:"女官,抬头,你望远方——"

青次高霸痛得浑身颤抖,无法抬头。

女王的开导就变成了命令:"女官,抬起头来!"

青次高霸才艰难地抬头,双手支撑在地上,空洞地望一眼女王。转眼,双目投向远方。

远方,那沉入云雾当中的祖母神山,她是所有女人的阿妈。都说她慈悲,大量,普度世间一切疾恶苦难,她又怎样普度青次高霸的肚皮,让里面的小生命安心地成长?

一滴泪,在青次高霸远望的时候,朝着神山掉下来。

女王顺着青次高霸远望的方向,手指神山,无限感慨地道:"哦呀女官,你看远方,你看那里——那是我们的阿妈!你果然可以看到,阿妈交给你的使命——"稍顿一下,女王突发铿锵有力地叫喊:"让她雄伟!让她壮大!让她顶天立地!让她百世流芳!"

像磐石,女王的声音顿时压垮了青次高霸那双手,它最后支撑的气力。她一头瘫软在地。

女王则发出更加高亢的声音:"忠于誓言,永不背叛!哦呀女官,面对我们的神山,我们的阿妈,你也来说一遍!"

青次高霸泪流满面,脸面啃在地上,朝着神山的方向,声音低暗得像是灰尘落地:"让她雄伟——让她壮大——让她顶天立地——让她百世流芳——忠于誓言,永不背叛……"

女王又转换了口气,轻而凌厉地招呼:"生是神山的人,死是神山的魂。女官,这就是你的命,你可明白?"

青次高霸断续中回应:"拉索,青次明白……明白,生,我是神山的人;死,我是神山的魂……"

女王听青次高霸亲口这么复述,才算安心。随后起身走下了祭台。

这时请神的号角已经吹响。神师焚起杉烟正在作法。王朝的制毒官西贡波,手托紫铜酒罐——那里面盛放的正是用作堕胎的虻虫药酒。西贡波在凝神地等待,同时也仿佛清晰地看到——只要神师作法完毕,她手中那深暗的药酒就会被灌进青次高霸的口中,经由青次高霸的咽喉、腹部、下身,最终变成阴暗的血块,滑出身体之外。

祭祀场周边,围观的人群先是紧迫地张望祭台上方的香炉。当看到那里浓烟滚滚时,人群突发骚动起来,分裂成多种状态:一些人对于神谕充满期待,正在面朝神师真诚地叩拜。他们希望天神能够给出公正的答案;一些人漠然地站在原地不动,只当是参加一场匆促的礼葬;一些人朝着神山五体投地,大声呼救,乞求祖母神山能够庇护女官肚皮里那可怜的小生命!

女王和阿乌格拉则是神情肃穆,虔诚地等待神谕的结果。

但就在神师即将传达神谕的时候,人们却发现,青次高霸猛然爬起身,疾步跳下祭台,直奔十三角碉。她要撞碉,自寻短见!说时迟那时快,一旁绛珠大相飞身冲向前方,拦住青次高霸。但还是稍迟一步,但见青次高霸那隆起的肚皮已经撞上碉体!绛珠大相本能地用手护住青次高霸的腹部,以为这样是不是还可以保住肚皮里的小生命。却是不多久,就见大批血块从青次高霸的衣袍内侧滑下来,掉在地上,像一块块殷黑的凝乳……

青次高霸望一眼脚下,眼一黑,晕了过去。女王见此,急令宫廷药师尼玛上前抢救。只是点香的工夫,青次高霸就被抬走了。而十三角碉坚硬的碉体上,已经染遍新生命的殷殷血迹。

62. 像他那样的青年,也不是天下无双

夜晚,女王拖着无比沉重的心情回到七楼寝宫。回想白天那场景,心情总是难

以安定。只好使唤天官上楼陪她饮酒。但等到天官真的坐上酒桌,她却又自斟自饮了。天官明白女王本意里并不想见她,就探试地问:"甲姆,要不要传您的火金聚?"

女王不作答,自顾饮酒,几鐏下去,又觉得无味。天官会意,当即吩咐内侍传来火金聚,自身悄悄地退了。火金聚呢,也是个通明的性子。见女王情绪不佳,就竭力地寻些办法。不住地敬酒,同时也不忘露点本色——借着浅浅的醉意,时不时地显露一身强健体格,一边柔情蜜意,一边气息撩人。那模样,既温情脉脉又半遮半掩。一时倒把女王的愁容给抹淡了。再饮一鐏下去,女王注视火金聚,便难过地问他:"金聚,你说本王的心是不是有些狠了?"

火金聚摇头,打了个比喻:"天上的大鹏总以云霞为伴,地上的鹞子注定只能仰望。甲姆,您可不值得为一个女官伤神。"

女王强调:"她却不是一般女官。我们的王朝战力,一半都握在她的手中。"

火金聚惊讶:"甲姆是对她有了顾虑?"

女王纠结道:"是啊。虽然她已向神山发誓,一生忠孝祖母王朝,但那疼痛的肚皮怎会让她安心!"

火金聚连忙附和:"可不是,再怎么忠孝,身上被割去一块肉总也难忘。"

女王一声叹息:"唉!就怕她从此不能尽心尽职。"

火金聚不续话,注视着女王,目光闪烁。

女王知道他有话,就道:"金聚想说什么?"

火金聚幽幽地饮一口酒,吞吐的语气抱怨:"我看嘛……甲姆对那些女官更是多多地爱惜了。"

女王反问:"难道本王不爱惜金聚?"

火金聚解释:"甲姆自然爱惜金聚,但也无心看看金聚的胸怀。"

女王点头,从火金聚的言语中,已经揣摩出他的心思,当即直言道:"哦呀金聚,你有什么胸怀,说来听听。"

火金聚委婉说:"金聚有一颗时刻在为甲姆分担烦忧的心!"

女王专注地望一眼火金聚,发话:"金聚,你有什么抱负就直说吧。"

火金聚才直言道出想法:"甲姆要是对青次官有了顾忌,可以让金聚到她身旁做个头官,分管粮草或是战器,也就分散了她手中的权限,同时又可以监督她。"

女王一听火金聚不提则已,一提果然就要深入王朝战队,还要担当粮草大职!一时并不想回应。

火金聚见女王犹豫,连忙举杯:"金聚再敬甲姆一鐏。"

女王却有些困了,只道:"哦呀,就饮最后一鐏了。你的话本王也记下了。"

第二天早餐时,火金聚已经退去。女王下到王宫五楼,见天官已经恭候在茶桌旁。那茶桌上,热腾腾的酥油茶已经烧好,四周也摆满了女王喜爱的青稞面、油麻花、香梨干和人参果。女王坐下身,愣怔怔瞧着茶桌没有胃口。

天官只好上前提醒:"甲姆,您该用餐了。"

女王忽而抬头,招呼天官:"你也坐吧!"

天官奉命坐下。屁股落在毡子上,却又感觉如坐针毡。也难怪,像这样庄重地和女王同桌共餐,也只有在甲姆拉时期,她才获得过这样的恩泽。天官一时慌乱,不知女王用意。

女王端起茶碗,喝一口酥油茶,吃了两颗人参果。见天官不动口,就问:"你怎么不吃?"

天官慌忙应声:"拉索!"只好强迫自己也勺了两颗人参果。正准备送进口中,却听女王问道:"天官,你觉得火金聚怎样?"

天官一听火金聚,对女王的用意自是猜出三分。想女王这几日频繁召见他,那定是有着一些不同寻常的地方吸引了女王。现在女王既然出口询问,她要如何夸赞这位金聚,才会令女王心悦呢?夸人长相是最直接的恭维方式,于是天官冠冕堂皇地道:"甲姆,你的金聚既健朗、洒脱,又不失聪慧、细腻。平日相伴甲姆,犹如朝霞相伴——"

语出一半就被女王打断了:"本王不是说外表,是说能力。"

天官心一沉。果然,女王提到了她并不想回答的问题!

女王则跟着自顾自说:"非天是西城的王,松格是南城的王。身为本王金聚,都需要替本王担当大任。现在既然召了火金聚进宫,就应该给他机会。天官你说呢?"

天官闷闷地回应:"拉索!"顿一下,又探试地问:"不知甲姆要怎样安排?"

女王又像是答非所问:"哦呀,本王总担心那个女战官,伤了肚皮,她还会不会安心!"

天官一惊:"甲姆!您的意思……"

女王招呼道:"天官,你先别急。本王并不是让金聚取代青次的位置。只是她手中掌控的权限太大了,应该分散一些出来,安排给放心的人去做,以免后患!"

天官迷惑问:"甲姆的意向,应该收回她哪些权限?"

女王边想边说:"粮草嘛,算得军中之重。"

天官一听军中粮草,语气就变得生硬了,大声提醒女王:"甲姆!您是要把粮草大职交给火金聚吗?这可有些不妥!不管是宫中资粮,还是军中粮草,一直就由我们女子掌管。这是宫规,'祖母秘籍'中的规定!"

女王先是被天官的生硬语气弄得有些惊愕。但确实,天官的话正是说到了她的心坎上。那"祖母秘籍"中第一条就有明确标明:以掌握衣食资粮,使全群男性无形中受到羁勒。要是把军中粮草交于火金聚,实则有些不妥!可现在是:她所钟情的人,和钟情于她的人,他们都在远方,无法给她实在的慰藉。唯一能让她感受亲切的只有火金聚。他才是真实的,看得见摸得着,且又如此地努力,有心替她分担负担,自然需要给他一些机会。只是这个机会并不是立马就会给出,它还需要经过时间的考验。这正是女王心生纠结的原因。有很多事,女王心中其实早有主张,只是实现起来,还需要外人给出一把推力,她才会更加干练地实行。

天官呢,已经从女王的表情中觉察出她的心思。确实,如果女王真要把粮草大职交与火金聚,多半图的也不是他的能力,而是他的活力。如此,她要是再生硬地劝导,只怕物极必反。于是便带着附和的语气,提醒女王:"拉索,甲姆,就是您要加封金聚官职,事先也需要对他有些观察,看他是不是能够胜任呢。"

女王意味深长道:"哦呀,本王正等你这句话。封官的事是需要时间的考验,就像加封非天王、任命南王松格、提拔绛珠大相,那都是经历了各种战事考验,又通过复杂的廷议,最终才会定妥。何况这是本王的金聚,日后是要辅佐在本王身边,更需要多多的观察考验。他如果真是王朝的栋梁,也不是一时半刻的工夫可以成就。"

天官听女王这么说,才放心了,正准备提出一个暗示。却见女王语气已变得干脆有力,面朝天空发话:"哦呀,今晚开始,暂且不召火金聚进宫。"

天官面露喜色,连忙响应:"拉索!"道出她的暗示:"甲姆不必遗憾,像火金聚那样的青年,也不是天下无双……"

63. 四朗说

再说南城。定亲会结束的第二天,金布就带上洛绒措匆匆返回西城。用了半个月时间,筹备完建造夏宫的所有物资,包括金沙、藏银、劳工、马匹,还有用作铜饰的紫铜,用作绘画的矿石颜料等。又经过半个月的长途搬运,最终齐备地运到了王城下方的梨花峡谷。

女王亲自下达峡谷清点物资，又请了神师卜卦，择出建宫的吉祥方位。因为物资均是康金家族捐赠，女王又指令西染高霸主管一切夏宫建设，具体工程则由工部女官拥中高霸和她的男眷格日负责完成。当下女王授令二位高霸一项特权：只要是涉及建宫的任何事，都不必上奏王宫，两位高霸可自主行事。譬如需要工匠、劳力等，均可直接在工部和王宫战队中调拨。为更好地执行王令，女王又授予西染高霸"总管铜令"一块，拥中高霸"辅佐铜令"一块。

获令后，两位高霸各怀心思。西染高霸心情急切，只想早早投入夏宫建设。拥中高霸则显得有些谨慎。因为她虽然早已正式接管工部大相的职位，却也仅限于管理。对于实体中的工程建设，还是需要依赖建碉高手格日才能完成。格日呢，因为和南王松格一样，十分反对建造夏宫，便被女王忽视——虽是需要他参与建设，却又不授予他任何权职。

当然，女王忽视格日，西染高霸却不敢忽视他。动工之前，为表达重视，西染高霸竭力邀请格日和拥中前去西染官寨作客。拥中高霸一听西染官寨，脑海中习惯地浮现出华丽的客堂、丰足的美食、甘甜的香酒，以及众多英俊的男伴，当下爽朗地应承。格日则拒绝前行。一边暗示拥中高霸，应该克制，少进西染官寨。因为在王城，虽然女官们对富有的西染官寨多半心存羡慕，但男官们则对它的骄奢淫逸充满厌恶。

当天，拥中高霸受邀去了西染官寨。格日则心情郁闷地窝在自家官寨。他吩咐家侍烧好酥油茶，煮了坨坨肉，又摆上油麻花、人参果，也把客堂布置成宴请的模样。独自斟了梨花香酒，狂饮数杯，仍然感觉不安定，心绪纷乱，总觉得少点什么。就遣人前去王城下方的战器营，请来好伙伴四朗，欲与他倾诉苦衷。

这四朗原是战器营中负责打造兵器的头官，也是营中少有的七尺俊秀的男官。聪慧且不骄矜，明亮又不逼人。出生铜官世家，有着一手精湛的铜铁打造手艺，却又对战碉建筑充满兴致。格日倒是反了，尤其喜好战器，对四朗的铜铁技艺无比敬佩。二人彼此欣赏，这才走得十分亲近。

两伙伴又一次相聚，自是你来我往，喝得不知尽头。那个酒，先是香酒，喝得酣畅；但喝到最后又和腹中苦水相融，变成了苦酒。这时格日已是满肚子憋屈，欲与四朗一吐为快，同时他心中也对四朗生出一个心思，但又不知说出来四朗会不会答应。

于是格日间接地询问伙伴："四朗官，你对战器打造十分熟悉，我正有一个问题请教。"

四朗笑着应允:"兄弟要问什么,请直说吧。"

格日点头,问他:"就那紫铜,能够打造哪些战器?"

四朗一听紫铜,两眼大放光芒,无比感慨地道:"紫铜嘛,它对战器打造可是作用多多!能打造各种利器的胚胎。那刀、剑、弓、戟、镞和矛头,都需要紫铜。弓箭当中,有一个著名的'铜胎铁背弓',就是以紫铜为坯打造的利器。"

格日显得满心好奇,跟着发问:"以它打造战器,都有什么特性?"

四朗滔滔不绝:"紫铜可是巩固弓箭结构的主要材料。以它镶嵌在弓体内部,可以提高弓力,使得射击更为迅速。另有箭头,以紫铜做成三棱狭刃,无比锋利,所射之处,百发百中。又有戟。紫铜打造的戟硬固牢靠,直刺有力,是战器中的极品。更有铜钺,在战场上,尤其是对付骑兵,它就和刀剑一样得力。以紫铜打造的战钺,锋刃十分锐利。如果是长柄铜钺,那是上砍骑兵,下砍马蹄,所杀之处,人仰马翻。"

四朗说着说着,禁不住手舞足蹈,像是已经手执战器,亲临杀场一样。

格日就笑着道:"四朗官,我看你应该驰骋战场才是,做个铜官真是大材小用了。"

四朗竟是开心得不住地点头。他意犹未尽,还想继续阐述。这时格日就向他道出了建造夏宫的事。

四朗一听从西城驮来了大量紫铜,是要用作夏宫铜饰,惊讶得合不拢嘴。作为打造战器的头官,四朗对紫铜的认识,就像人们对神谕的认识。或者说,对于战器而言,紫铜的价值胜过了金沙。

所以四朗一时心急,脱口而出:"哎呀!多么珍贵的紫铜!她们为什么不拿来打造战器,好用在壮大领地的战事中呢?"

格日招呼四朗不必过分惊讶。

四朗却对格日解释:"我的阿爸参加过王宫八楼'藏宝宫'的建设。听说那里是以紫铜为地,当中所有壁柜、楼台、楼梯扶手,都是紫铜雕花的包边。可那毕竟是我们的神圣大宫!这在峡谷里建个避暑的地方,甲姆也无须动用紫铜吧——我们能说服甲姆,让她改变主意吗?"

格日摇头:"南王松格都无法说服的事,我们就别提了。"

四朗听格日这话,就不知如何是好。

格日苦恼道:"不配合吧,我就是抗令。现在我唯一能想的就是,能不能从中节省材料,比如你说的紫铜,确实太珍贵了!"

四朗惊望格日,格日就挑明了主题:"四朗官,我今晚请你来不单是喝酒,还想请你一起参加夏宫建设！"

四朗先是闪烁了下目光，接着却又佯装糊涂地说一句："我能做什么——我只是一个铜官。"

格日直言道："刚才你还说紫铜可以打造战器——要是建宫的紫铜放在你的手里运作，私下是不是可以节省一些？不管省出多少，送进战器营，就可以打造更多战器。"

"这……"四朗犹豫起来："我们私下做这件事是不是有些不妥？"

格日反道："难道你以为请示甲姆，她会同意？"

四朗踌躇在那里。

格日悉心道："虽然是私下做事，但又不是挪作私用。我们只是在凭良心行事——甲姆看不到，天神却看得到。"

四朗一听天神，心情才稍有放松。想了下，又有顾虑："可我并没有得到甲姆的指令，参加夏宫建设。"

格日招呼他："这倒不怕。甲姆已经下发权限，建宫方面，拥中官可以自主行事。等她回来，我会同她商量。"

64. 两头公牛

夏宫建设由神师占卜择出吉日，在仲秋时节开工。虽然这时并不是开工的最佳时期；但西染高霸心情急迫，执意开工。参加建设的劳工，除三十人由康金家族提供外，大半是由拥中高霸直接从王宫男战队中调出的战卒，小半则来自民间召集。另有男官格日带队的建碉工匠，和铜官四朗带队的铜艺工匠。

开工这天，西染高霸亲自坐镇现场。核实物资，清点劳工人数。但听拥中高霸向她汇报："西染官，这次参加夏宫建设，人数将近三百。除你我外，另有主事的头官五人，后厨十人，铜匠十人，石匠十人，建碉工匠二十人，劳工总数二百三十人。其中三十人来自你的家族。"

西染高霸满意地点头，指出队伍中最年迈的老者，直言问："那么大年纪，他能做什么？"

拥中高霸回答："他是建碉高手所旺，是格日的师傅，建造夏宫的技术都在他手中。"

西染高霸挑出一位清瘦的青年，又问："他呢？看起来也不像是做事的人。"

拥中高霸认真地解释："西染官可别小看他，模样虽是弱了些，脑壳里的智慧却多多有了。他是格日请来的夏宫画师。"

西染高霸再指出一位秀丽女子:"她又能做什么?"

拥中高霸介绍:"她叫丹沙,是给劳工们烧饭的厨娘。"

"她呢?"西染高霸瞧着丹沙身旁一位女子。

拥中高霸回答:"她是烧茶的姑娘。"

西染高霸这才指向四朗,着重问:"他是谁?负责什么工作?"

拥中高霸笑着介绍:"他是战器营的铜官,叫四朗,负责夏宫的铜饰工作。"

西染高霸目光跳跃了下:"铜官四朗?早听人说过,却没有见过!"

拥中高霸就道:"他嘛,铜艺精深,又是格日的好伙伴。西染官放心,以他的手艺,可以让夏宫中的紫铜像梨花一样开放。"

"梨花一样开放……"西染高霸复述这句话,目光落在四朗身上不动了。好一阵后,才面对拥中高霸发话:"哦呀,他既然是格日的好伙伴,那也是你我的好伙伴了,让他和格日官今晚到我的官寨去一趟——既然是伙伴,未来又要合作,相关夏宫的建设方面,就需要事先和他们沟通。"

怕格日拒绝,西染高霸又面对一旁的格日大声强调:"格日官,甲姆的夏宫建设是我们的头等大事!今晚邀你们进我官寨,是要好好酝酿这件大事!"

格日见西染高霸一口一个大事,心知自己就是拒绝,她也会强迫四朗的。只好应声:"拉索!"

但是到晚上的时候,从西染官寨里传来的,又不是格日和四朗共赴西染官寨了,只单独请了四朗。格日心下纳闷:明明白天西染高霸请的是他们二人,这下却变成四朗一人,是不是下人传漏了?就主动陪四朗前行。挨近西染官寨的时候,西染高霸站在月台上一看,四朗的身旁还有个格日。心下就有不快,不想见了。趁格日还未进门,西染高霸吩咐家侍出门拦客,告诉他们:高霸忽然身体不佳,只能改日再见。

格日和四朗无比郁闷。这女人的变化嘛,就跟天上的云朵一样!两人闷闷不乐地回返。

到达拥中官寨时,就见拥中高霸站在高耸的月台上,朝着两个男人开怀大笑。同时面向天空调侃:"哈哈,别人家的田地要两头公牛耕作。西染官寨的田地嘛,有金沙做成的犁杖,只服一头公牛耕它!"

65. 他像精美的铜饰

相比王朝大事,西染高霸似乎对女王的夏宫建造更有兴趣。自开工以来,她每隔三日就会下达梨花峡谷,监督工程进展。尤其是对夏宫内部的铜饰打造,每次总要亲身探访。

这一日,她又走进打造铜饰的帐房。远远地就瞧见铜官四朗伏在制作台上,正在琢磨一块铜饰。作为战器营的头官,四朗对于铜器打造十分娴熟,工作起来也很顺手。只是心中窝着一个隐秘的想法,又叫他费尽了心神——怎样才能把夏宫铜饰打造得无可挑剔,同时又可以从中悄悄地节省铜料呢?四朗端详一块紫铜皮子,陷入思考。

这时,西染高霸像个影子一样,悄无声息地站在他的身后。四朗注视紫铜皮子,眉目紧锁,发出感叹:"皮子啊皮子,我要怎样才能让你——薄如花瓣,又不失花朵的美丽嘛?"

却听身后传出一个声音:"哦呀,只要一场夜露滋润,它就会像花朵一样美丽!"

四朗吓一跳,连忙抬头,才见是西染高霸,正以灼灼目光瞅着自己。四朗一时紧张,手里的紫铜皮子不由滑落地上。他连忙弯腰去拾,却被西染高霸趁势拿了起来。递给四朗时,就听西染高霸语气闪烁,邀请他:"四朗官,今夜去我的官寨吧。我那里正有众多精美的铜饰可以供你借鉴。"

四朗紧忙抽手,正色回答:"谢谢高霸关心,还是我自己细细地思索吧。"

西染高霸却高傲地笑了,招呼他:"四朗官这就见外啦!你这么用心,我是感动才想帮你。现在不管你想去还是不想去,你都得去。"

四朗惊问:"为什么?"

西染高霸大声道:"为甲姆建造夏宫可是王朝大事。你在工程中遇到了难题,难道不去解决?"

四朗听得哭笑不得,正欲争论,却听西染高霸以命令的口气发话:"明日太阳落山之前,你必须到我的官寨!"言毕,不等四朗回应,转身走了。

落得四朗洞张着嘴,一时说不出话。

这时男官格日正处在不远的地方,瞧那西染高霸一副盛大的气势离开铜饰帐房,便知有事,跟着赶进帐房内。见四朗正惶惑地坐在那里,连忙问:"四朗官,你怎么了?"

四朗慌慌把事说了。格日无比恼火,立马想起拥中高霸之前说过的话——别人家的田地要两头公牛耕作。西染官寨的田地有金沙做成的犁杖,只服一头公牛耕它!

格日的心跟着收紧了,告诫四朗道:"兄弟,你千万不能去西染官寨!"

四朗面色为难:"她以公事对我下令。我要是不去,就抗令了。"

格日皱起了眉头:"这倒也是,我去过她的官寨,那里确实是有一些精美的铜饰。你打造夏官,遇到技术难题,她的官寨正可以借鉴,你却拒绝参考,只怕到时她是要落你一个渎职的罪名!"

四朗一声叹息:"唉,都怪我糊涂中唠叨,被她听到,落下了把柄。真要落个渎职罪名也没什么,被她看出我们的计划,那就麻烦大了。"

格日陷入沉思,多久过后,对四朗道:"兄弟,我陪你去吧。"

四朗担心问:"既然她别有用心,你去,不是连你一起拖累?"

格日果断说:"先不想这些,去了再说,我们见机行事。"

第二天傍晚,太阳落山之前,等在官寨中的西染高霸果然听到家侍汇报,铜官四朗到了官寨。西染高霸连忙吩咐家侍:"请他进来。"一边倚身坐在茶桌前,手把香酒,朝客堂外张望。

却见进来的又不是四朗一人,还有个格日!西染高霸那面色,顿时就变成了紫铜皮子的模样。

格日见此,连忙上前作揖,情意切切地解释:"西染官,上次得您的邀请,我却失约,心中歉意多多,一直不安。今日得知您请四朗官进官寨观赏铜饰。铜饰,也是我的喜爱!所以冒昧地跟过来。一是想正式拜访高霸,当面表达我的歉疚;二也想讨个见识,欣赏您的精美铜饰。"

西染高霸原本已经满脸愠色,但听格日这一说,又让她挑不出缺点。只好不冷不热地道:"我正要休息,你们打搅我了。"

四朗连忙上前提示:"高霸,也是昨日受了您的邀请,今日才又打搅。您放心吧,我们看完铜饰就会离开。"

西染高霸就被四朗的提示给堵住口了,无法再提其他。只好吩咐家侍带二人参观官寨里的铜饰,一边冷冷地瞧一眼格日,拂袖上楼去了。

格日返回官寨的时候,天已经黑了。一进客堂,就见拥中高霸黑着脸色正在训斥家侍。格日知道她这是做给自己看的,不想理会,径直往内室走,却被拥中高霸大声叫住。

格日佯装糊涂,问:"什么事?"

拥中高霸反问:"你说什么事?你自己做出了,你还不知道吗?"

格日不回应。

拥中高霸就朝格日嚷起来:"那西染就是一头母熊,连我也要让她三分。你竟为了保护一个下官,不止一次地招惹她,这不是给我添乱吗!"

格日一听拥中说"下官"二字时,满是鄙视的口气,来火了:"高霸!四朗可是我的兄弟!他是下官,我也是下官!"

拥中高霸见格日不但在西染高霸那里,就是在自己面前,也是这么地维护四朗,心中就掀起了一股阴云。回想开工以来,这二人的反常举动——经常在私下绕着紫铜指指点点,交头接耳,谈得十分投机。一见她到来,立马又装作无事,扯东道西,好一副神神秘秘的模样。她心中对此早有顾忌。这下趁着争执的机会,她就想试探一下格日。

于是语气阴幽地发话:"格日,别以为我不知道。我可听说,你和那四朗之间有问题!"

格日一惊,想那建官场地上耳目多多,难道是自己和四朗平日的交谈被别人听去,汇报了拥中高霸?当下就有些心虚,紧忙解释:"你可别胡思乱想,我们能有什么问题!"

拥中高霸很快就从格日紧张的神态中捕捉到破绽,跟着狡黠追问:"你俩老瞅着那些紫铜指指点点,等我一到又装聋作哑,定是有事隐瞒,你要老实说出来。"

格日听拥中高霸这么一提,才又放心了。知道她只是猜测,是在讹诈自己,就低头不答话,害怕言多必失。

拥中高霸见格日低头不语,更加确定二人有事瞒她,加强语气逼问:"你说不说?不说,等西染高霸发觉,问题就更大了。"

格日仍然不言。拥中高霸朝他嚷起来:"格日,你是铁了心不想说是吧?哦呀,不说,今晚你就别睡官寨了,跟你那个下官睡去吧。"

格日听拥中高霸又是一口一个下官,心头十分厌烦,不应声,调头走出了官寨。

66. 只想和你共度良宵

拥中高霸见格日离开官寨,先以为他只是像以往那样出门回避,等消气后就会回来,便在官寨里等候。但是左等右等,最终却听家侍汇报,格日竟然趁着夜色前去梨花峡谷了!而铜官四朗自西染官寨出来后,也是直接去了梨花峡谷。难道这格日真的是去会四朗了?拥中高霸越想越惊疑,又恼又急,只好带领家侍亲自追下去。

到达梨花峡谷的工地时，就见厨帐前方的茶房里亮着火光。从外面看那茶房侧内动静很大。拥中高霸就多出一个心眼，抽身朝茶房走去。

这时格日正在和烧茶的姑娘喝酒呢！他已经喝多了，心绪忽发浮躁起来，竟一把拉住烧茶的姑娘，无限沉迷地道："姑娘，天上的星星再亮，它也在天上，不比这炉火的温暖。现在我多多需要的，还是你这样的烧茶姑娘。"

烧茶姑娘惊慌失措，没想到平日那么稳重的格日，这下竟然出手浮躁。越发惊慌，找不到方向。挣脱中，竟一头撞进格日怀里。这个时刻，茶房大门突然被打开，拥中高霸坚实的身影映现在炉火的光芒中，显得无比地强大。烧茶姑娘这一见，吓得一头跪到拥中高霸的脚下。

拥中高霸无限鄙视地瞧着烧茶姑娘，大声叱喝："我的男眷从来忠于我的官寨。无论他在外面怎样花天酒地，都只是短暂的时光。一旦离开他就会忘记，难道你不明白？！"

烧茶姑娘哆嗦不止，不敢接话。

拥中高霸再不多说。语气冷漠，令身旁家侍："把这个异想天开的姑娘拉下去！"

家侍一拥而上。只一会儿，那姑娘就消失在茶房以外的黑暗中了。

拥中高霸对格日今夜的行为震惊不已。她无法想象，平日那么沉稳，那么听话，像小草一样安静地生活在她身旁的这位男眷，竟真的会背叛她！这真是：平日她伤害他一千次，他隐忍、沉默，像碗里的水一样。现在他狠狠地大伤她一次，又不是水了，而是风浪。掀风，鼓浪，伤到了筋骨，戳到了心脏！

拥中高霸已不想说话，丢下格日朝四朗的帐房走去。

当拥中高霸气呼呼地闯进四朗帐房时，四朗英俊的面目正映现在炉火微红色的光芒里，看起来非常动人。拥中高霸刹那间地愣了一下，目光就落在另一位女子身上。是的，四朗的对面竟然坐着厨娘丹沙！一个铜官，一个厨娘，这二人竟然搅在一起——就像高贵的格日和那低贱的烧茶姑娘！拥中高霸嘲讽地想到这点，她就再也不想追问缘由，也不想看到厨娘丹沙。径直地穿过她，上前拉住四朗，语气无限挑逗，只道："哦呀青年，这样粗陋的地方怎么容得下你嘛。你的魅力可不在这里！"

四朗惊得说不出话。

拥中高霸却朝身后家侍挥手："把他带走。"

四朗当即反抗："拥中官！你为什么要带走我？我犯了什么错？"

拥中高霸却不理会，抽身走了。

四朗就这样被带进了拥中官寨,进了客堂。这让四朗震惊。要说西染高霸这样做还可以理解,拥中高霸的男眷格日,那可是他最好的伙伴!四朗想不通,站在客堂中坚决不肯坐。拥中高霸却在吩咐家侍备酒。四朗愤愤道:"拥中官,你带我来这里究竟什么意思?"

拥中高霸一面斟酒一面神情闪烁:"你想什么意思?"

四朗心一沉:"难不成你也和那西染一样?"

拥中高霸一声佞笑:"哈!青年,你别担心,西染高霸做梦都想与你缠绵,我可不为这个。"

四朗道:"那还不放了我!"

拥中高霸收住笑:"放了你?明天我上报西染,你在工作中引诱厨娘,她也不会放过你。"

四朗急了:"拥中,你到底要我怎样!"

拥中高霸阴阳了语气:"今夜,我并没有看上你,更不贪恋你的姿色,只想和你共度良宵。你想知道原因吗?"

四朗惊得合不拢嘴。

拥中高霸却几近癫狂了:"你想知道原因,就让格日告诉你,就让烧茶的女人告诉你!"

四朗越发听不懂。

拥中高霸才收敛起脸色,咬牙切齿道:"我要睡格日最好的兄弟!让他的心……"突然声音就颤抖了:"我要让他的心,也像我今夜一样疼痛!"

四朗这一听,只觉得大事不好,转身冲出客堂,但门口早有两个家侍拦在那里。四朗从腰间拔出铜箭,愤怒道:"谁敢拦我,铜箭不饶!"

两家侍却早已抽出腰刀,准备格斗。

这时,门外突然传来一声怒吼:"都给我放下,没有家规了!"

两家侍转身,只见男家主格日满头大汗地赶回来,二人只好收起腰刀。

四朗借着格日进门的机会冲出去,来不及同格日招呼,直奔梨花峡谷去了。

67. 两位高霸

第二天,梨花峡谷的建官场地上突然流言四起。只是一夜之间发生的事,却变得错综复杂,相当凌乱。一是格日和烧茶的姑娘偷情。那姑娘事后悔悟,不知是自寻短见还是逃离，一直不见踪影；二是铜官四朗，被拥中高霸带进官寨里调戏。因为不堪受辱，清晨时分他从建宫场地上逃走了；三是烧饭的厨娘丹沙，又不知什么原因也相继失踪。这些事自然闹大了。不出数小时，已经传进了西染高霸的耳里。

西染高霸紧忙下达建宫场地。听劳工们一通添油加醋地汇报后，方才知晓：原来拥中高霸早就盯上了四朗，怪不得自己每次出手都会遭受阻碍。

西染高霸越想越窝火。寻到拥中高霸，欲与她理论。拥中高霸呢，那是满腹的苦水却又吐不出来——所有这些事，不是她西染对四朗心生淫念，又怎么会有格日替兄弟解困？但西染对四朗那只是暗示，并无直白表露。拥中若是揭穿这件事，抓不到西染的事实根据，自然会惹得西染更加恼怒；再者，拥中内心对于格日那可是无比地挚爱。她并不想因此掀起更大的风声，间隙夫妻情感。反过来想想，的确是因为她自身过于冲动，私自抓了四朗才惹出后来这些麻烦，所以她自身也有责任。而那个烧茶的姑娘已经被她的家侍强制丢进了峡谷底端的大河里。她手里自然就落下了命案。这要是被西染知晓，就成了终身把柄。从此她就别想摆脱西染的纠缠！

前前后后这么一通思量，拥中高霸心乱如麻，不知该怎样应对西染高霸的质疑。她只能憋气沉默，盼着西染高霸快快消气，再以"不了了之"的方式摆脱困境。

西染高霸呢，见拥中高霸沉默不语，心下已经认定：这女官就是做贼心虚！背后夺人喜好，还要摆出一副受伤模样，死不认账，当即火冒三丈，叱喝拥中高霸："女官，你进梨花峡谷难道就是为了追逐情爱？就算是吧，哪里没有公牛！你竟然打起铜官的主意，逼他逃离，耽误工期。这件事你说怎么处理？"

拥中高霸见西染不但反咬一口，还要借事压人，气愤不过，反问她："你想怎么处理？"

西染高霸怒声道："我要撤销你负责建宫的职权！"

拥中高霸反驳："你有什么权力撤销？"

西染高霸从腰间抽出铜令："我奉甲姆之令主管夏宫建设，怎么没有权力！"

拥中高霸不服："我虽然只是辅佐官，也是获有甲姆铜令。除非是甲姆自己的声音，不然谁也无权撤我建宫的职权！"

拥中高霸的话刚一出口，就听到梨园上方的马道间，落下一个凌厉的声音："拥中，你是想听本王的声音吗！"

两位高霸跟着一愣，抬头寻望，却见女王已经打马来到面前。二人慌忙上前迎接。

女王由内侍扶持下马，盯住二人，不悦道："怎么，公事不做，两位高霸在争执什么?!"

西染高霸抢先回话:"甲姆,这是拥中惹出的麻烦!"

拥中高霸立马辩驳:"甲姆,事实并不是西染想的那样!"

西染高霸反问道:"我的想法难道你能看到?"

拥中高霸回击:"我虽然不知昨夜发生的那些事,你是什么想法,但我知道是什么原因,引发了昨夜那些事。"

多么绕啊。连旁观的女王也有些听不懂了。原本女王下达梨花峡谷,是来察看工程的进展,却见二人怠工争执,心下早已不悦,当场责备起她们:"你们二位都是王朝高霸,是做大事的人。夏宫建设更需要齐心协力。你们却在相互怄气、争执,耽误时间。那不管谁对谁错,在本王这里你们都错了!"

二人才被女王的话给拖住。

女王就吩咐西染高霸:"刚刚本王听说,那个铜官竟然中途逃走。不管什么原因,定是不能轻饶。西染,你去派人把他追回来!"

西染高霸应声:"拉索。"

女王又吩咐拥中高霸:"时已入秋,时间紧迫。拥中,你尽快再寻铜匠,替补那个铜官。"

拥中高霸响亮答应:"拉索,拥中一定尽心办好这事!"

女王才宽了心,点头赞许:"哦呀,二位高霸都是本王的得力相官,本王信任你们。"

68. 纷飞如雪,落地如霜

由于地势险峻,建造困难,又因气候恶劣,季节短暂,一年只有五月到十月可以开工。另有种种人为因素——铜官四朗途中逃走,格日自此消极怠工,两位高霸又因此相互怄气等,影响了工程进度,导致甲姆的夏宫经历了多个季节,直到第三年的春天才算完工。

这时,正值又一年梨花盛放。王城中,女官们对于甲姆的夏宫好奇多多,兴奋多多。包括天官赫面娘,内务女官苏梨,已经恢复体力的女战官青次高霸,以及由她统领的"十三女战队"中众位能干的女首领,大群女官簇拥着女王,浩浩荡荡进了梨花峡谷。

负责建宫的西染高霸和拥中高霸,此时早已恭候在梨园当中迎接。为讨女王心悦,两位高霸吩咐劳工们连夜采摘梨花,铺展在女王进入梨园的马道上。乍一看,那马道竟像一条洁白的哈达。女官们进入梨园，见这仙境一般的美景，禁不住纷纷下马。像一只只欢快的画眉奔走其中。追逐，打闹，嬉笑声不绝于耳。

女王呢，却是勒住缰绳又不下马，目光晃荡在梨园上方。这时的梨花啊，洁白、轻盈，又明丽、饱满。而随着女官们嬉闹的步伐，它竟是纷飞如雪，落地如霜——这多像当初女王的招亲花赛中，那些梨花！

女王的心像是被浪花扑打了一下，回头看，就见女官当中唯有苏梨没有下马，正安静地等在她的身后。

"难道你的眼睛……也生出了错觉？"恍惚中，女王这么问苏梨。

苏梨这才滚身下马，恭候在女王的座驾之下，悉心回答："甲姆，每一朵梨花都会让人产生错觉。因为它们性相同，心相同。"

女王这一听，不觉生出伤感，跟着叹息："性相同，心相同，落入泥土又是命相同了！"随即由着内侍扶持，下了马。

这时西染高霸和拥中高霸已经赶上来，以大礼叩拜，双双道："甲姆，请到前方，看看您的雪花宫吧。"

女王不解道："雪花宫？"

西染高霸得意地解释："甲姆，您的夏宫建成时，正逢梨花盛放。整个宫房四周竟如落雪一个模样。我和拥中就随口喊它'雪花宫'了。"

女王举目，但见梨园中央，昔日的泉池之上已经落成一座洁白的碉宫！清一色的白云石碉体，足有王朝附宫的高度，却又不像附宫那么威严，倒是清丽明亮更多一些。落在殷殷梨花之下，既有玉树临风的洒脱，又有冰清玉洁的高贵。不禁感叹道："哦呀，确实比得雪花。"想了想，又道："依本王看，叫它'梨花宫'更好。"

两位高霸先是一愣，紧着齐声附和："拉索！梨花宫，甲姆这名字更精确了！"

女王点头，举步向前走去。

一进梨花宫，但见里面又是另外的模样。昔日那简陋的上泉池，四周已被岩石砌成大浴盆的式样。泉池的底部铺满了金色沙粒，被闪烁的水波映照，像是满池沉淀的金沙。而以紫铜打造的雕花台阶，更像是一只汲水的大鹏落在泉池边，似乎正在一步一步地蹀入泉池深处。那泉池深处，一柱温暖的泉眼自无处探索的地下汩汩而出。一端清澈明亮，一端水雾冉冉，真是十足的飘逸，无端的纠缠。再撒上满池的梨花，朵朵洁白，竟像是开在水面上。

女王这一瞧，身心不觉一阵轻盈。褪去衣袍，踏上紫铜台阶，进了泉池。一入水,就看到周身,竟像一条鱼儿那样的光滑,水亮。有那金色沙粒的映照,全身肌肤更是波光闪闪。女王从未见识,原来泉水可以把人变成鱼的模样——那么地自在,饱满!一抬头,却见一位青年,像一条壮硕的鱼儿游弋在她身旁……

69. 不知西城可有梨花盛放

女王沐浴完毕后,天色已近黄昏。她走出上泉池,就见那下泉池里冷冷清清,不见一位女官。当下询问内侍:"本王的女官呢,怎么不进来享用?"

内侍小心地回答:"甲姆,这里已是您的夏宫。得不到您的允许,她们不便进来。"

女王才想起,由于建宫的需要,整个泉池是被罩在了夏宫内部,女官们自然不敢擅自出入。就笑着发话:"哦呀,本王已经沐浴完毕,让她们到下泉池去吧。"

内侍应声传话。只一会儿,女官们竟像一只只彩蝶扑进梨花宫了。

女王见她们几乎都进了下泉池,唯独天官赭面娘,直愣愣地望着上泉池发呆。女王就远远地招呼她:"天官,你怎么不下去沐浴?"

天官低头应一声:"拉索。"慢吞吞地朝下泉池走去。

女王见天官进了下泉池,就吩咐身旁内侍,让她们也下去。自身则走出梨花宫,步入梨园。深入其中,就感觉这黄昏时分的梨园,比起白天又有不同。除殷殷梨花外,另有一层浓郁的雾气正在缓缓升腾,混着梨花,萦绕着它,就像雪地上结出的霜花。这情景,又不知是梨花、雾气,还是幸福的回忆,当下只搅得女王心绪纷乱——依然是在梨园,依然是在梨花盛放的春天,却再也不见那场花赛,那座花台,那些花事,她的金聚们,她的男王——想起男王非天,女王满心伤感。

她伤感的时候,有个人立在梨园深处,正在不安地注视着她,不知应该上前安慰,还是应该悄悄离开。犹豫的脚步进一步,退一步。突然,这人脚骨一崴,跌倒在地,发出了声响。

女王一惊,紧声问:"是谁在那里?"

苏梨只好站了出来:"是我,甲姆。"

女王见是苏梨,才安了心,幽幽道:"你又在这里。"

苏梨头点,朝女王温婉一笑。

女王从地上拾起一朵梨花,举目望西方,凝望许久。最终自顾嘟囔一句:"不知那西城可有梨花盛放?"言毕,并不等苏梨应话,扔下梨花独自走了。

苏梨默默地站在原地,等女王走出了好远,她才弯下腰,拾起那朵被女王丢弃的梨花。

回王城后,苏梨速去拜访王宫密探队的蓝鹊使者,委派她前去西城,给非天王送信。只是一封简信。其间夹了一朵梨花,就是女王丢弃的那朵。细心的苏梨早已把女王的心思看得透彻——无论松格金聚多么忠诚,火金聚多么努力,非天却是女王心中唯一的王!苏梨因此才在暗中委派蓝鹊使者,前去西城替女王传达思念。

那信件字数不多,其意深刻,大致如此:

> 男王非天,您有多久不曾回宫!如今正值梨花盛放。昨夜听甲姆感叹一句:"不知西城可有梨花。"苏梨内心纠结,甲姆本是西城之女,她如何不知西城地势极高,未有梨花。想她这么提及,心意自然不在梨花之上,只在于对您的担心和无限思念!世言道,"朝不可一日无君,君之心若无一日安宁,朝无一日安宁"。请男王细细斟酌,顾全大局,时常回宫抚慰甲姆。另有一事,苏梨倍感重要:自从甲姆当选人王,从未回过家乡。西城本是金矿要地。作为人间甲姆,更应该多多了解。苏梨还听说,男王自从入驻西城,接任镇城大职,就与那康金家族有了生分。长久生分必有隐患!请男王思量后果,若能趁此邀请甲姆巡视西城,将有三个好处:一可以促使甲姆对领地矿产多多了解;二借此可以抚慰康金家族,调和生分;三男王同甲姆又可以团聚。如此也就完美!

70.人墙马道

到梨花落尽的五月,因内务女官苏梨暗中努力,女王苏堸终于巡视西城。

对于西城那些城子,这次女王回城意义特别。一是她已经尊为人间甲姆;二又是西城之女。城子们自然像迎接自家姑娘一样,情真意切。尤其是一些贵族头官和苏堸家族的宗亲,提前多天就在城外搭好了官帐,等着朝拜女王。而城池下方的麦农们更是举家出动,在王城通往西城的马道两侧,搭锅埋灶,恭候女王大驾。

只是,作为"牦牛骨头"的一般麦农,他们在朝拜的同时,却没有福气直视女王这样的"金骨头"。按"祖母秘籍"中的规矩,他们只能匍匐在女王打马经过的马道旁,闭目、吐舌,双手作乞讨状伸展、等待,通过女王打马经过时,马鞭的气息和马蹄的足迹,感受人间甲姆不同平凡的高贵气质。

当然,西城的康金家族又是例外。因为手中掌控着巨大的金矿资源,族主康金就不是平凡之人。身为西城大矿主,他的迎接方式与一般人又有区别。规矩是:他将穿戴一身正规官袍,领上十八位强壮家侍,立于城楼之下,勾腰、垂面,双手平展,托住哈达,哈达上方将放置一件珍贵的献礼,以此恭迎女王。

女王抵达西城城楼时,就见康金大矿主的十八位家侍早已训练有序地恭候在前方。他们九人一组,分成两排,彼此勾下腰身,手挽着手,肩挨着肩,连成一段宽敞的人墙马道,铺展在女王的马车下方。女王则由着二位内侍搀扶,踩着家侍们软和的后背走下马车。这时大矿主已经恭候在人墙马道的前端,双手托着哈达,高高地举过头顶,敬献女王。女王先是吩咐内侍收下哈达上方的献礼,再拿起哈达,又返手戴到大矿主的脖子上。同时语气庄重地问候:"久别不见,康金官身体可好?"

大矿主笑着回答:"甲姆,托天神福气,康金的腰身还算硬朗,就是到金矿去驮金沙,也没问题吧。"

女王点头:"哦呀。这次回西城,本王正想请你安排,要去看看金矿。"说时,只是她的声音飞进了大矿主的耳朵里,目光却又不在大矿主身上——她在寻找非天王! 且心下也在郁闷:为什么第一个迎接她的,不是她的男王?

大矿主自然看在眼里,就带着暗示回应:"拉索。巡视金矿的事,您的男王早已招呼过康金,康金也安排好了。"

女王微笑,一边朝内侍挥手,就有一支小马队赶上来。

女王招呼大矿主:"康金官,你对金矿的把守尽心尽职,这些是王宫赏你的礼物。"

就听马队头人上前报数:"这里是三匹马的茶叶,三匹马的盐巴,三匹马的丝绸和瓷器,请大矿主过目。"

大矿主礼貌地谢过,同时提示女王:"甲姆,请打开康金家的献礼,看看您可喜爱。"

女王道一声:"哦呀。"吩咐内侍打开献礼,就见是一串由纯金打造,间嵌天珠、珊瑚、松石配对的精美腰铃。

大矿主小心地拿过腰铃,呈示到女王面前,语气感慨:"甲姆,您是世间最尊贵的人王! 高贵的身躯应当佩戴华贵的金饰。这串金腰铃是由九位金匠,通过半年时间精心打造,又请了镇城寺的白珠大喇嘛念经百日,十分的吉祥。甲姆如果佩戴身上,将会遇事防身,百毒不侵,万事顺利,吉祥如意!"

女王一听白珠大喇嘛,就想起丹增活佛来。白珠喇嘛可是丹增活佛的大弟子,由他念经百日,自然十分吉祥。不由接过金腰铃。见它质地高贵,打造精致,当下十分欣赏。就告诉大矿主,回王城后就要好好地佩戴身上。

转眼,抬头仰望城楼上方;就看到非天王端端地立在城墙的垛口处,正以一种别样的方式迎接她呢!但见那城楼之上,突然飘下无数条洁白的哈达,纷纷扬扬,一时竟如梨花盛放。顿时扑落得女王目光荡漾,以为真是梨花。

当女王从惊喜中晃过神来,却见非天王已经赶下城楼,站在她的面前。不等女王说话,他已开口:"甲姆您看,西城嘛,也有梨花盛放。"

女王双目似有湿润,注视男王,竟有些说不出话。这当然不是万众期待的人王形象。非天王见此,连忙扶持女王上城楼。

爬上城楼,站在高耸的烽火台下,女王就看到,那西城内外早已挤满了恭迎她的城子。他们手托哈达,形成一片洁白的海洋。那场景,竟像是万树梨花绽放!被如此盛大的景象感染,女王立马就恢复了常态,以人王的气度大声感慨:"哦呀!这座城池,是本王的生养之地!"

非天王点头赞许。

女王则又突发地问他:"男王,平日你是住阿修官寨,还是西城战营?"

非天王笼统回道:"法会和念经的日子,我自然要陪在阿妈身边,但西边那些盗贼总让人放心不下。"

女王惊问:"你是说裹作人?"

非天王语气凝重:"是啊。他们有第一次,就不怕第二次。"

女王陷入了非天王的情绪里。

非天王才又解释:"所以大半时间里,我是住在西城战营。带兵,操练战事。小半时间还需要到边境地带巡逻,尤其是邻近裹作草原的金矿地带,更不敢大意。"

71. 灿烂的山岩

五日后,由康金大矿主带队,非天王压阵,女王的马队继续上路。穿过西城,前往女国西边的战事要地——梨儿卡战关,巡视西城金矿。因为金沙属于稀贵之物,矿脉深埋在大山幽谷,且挖完一处废弃一处,自然不会修筑直接通达矿区的大道。女王的马队因此行走艰难。开始还是行马大道,女王乘坐马车前行。不久马道就变成了山路,马车无法通行,只能换作骑马。骑行一天后,山路更加逼仄,荆棘丛生,且越走越发昏暗,连识途的老马也变得小心翼翼,只能走走停停。因此原本两天的路程,女王的马队却用去四天时间,才磕磕碰碰地抵达金矿地带。

临近矿区的时候,一切又是另外景象了。阴幽的峡谷变得温暖起来,丛林间光线也比先前更加亮堂,却又不是一般的天光之亮;倒像是被火焰照耀一样,烁烁放光。

女王惊叹,叫住大矿主,问其原因。

大矿主语气跳跃地回答:"甲姆,这是焚烧矿脉的火光。前方就到金矿了。"

女王一阵兴奋,脚步变得轻松起来。再爬过一道山脊,举目向前望,就看到前方的山岩上正在喷薄着熊熊大火。果然,身旁这阴幽的丛林是被那火焰照亮的!当下只见:那熊熊大火的周围,穿梭忙碌着各种分配的劳工——大批劳工正在丛林间砍伐青秆柴和火杜鹃;又有大批劳工正在打捆、搬运;烧火的劳工则守在矿脉下不断地添加柴火;火苗喷薄的上方,另外聚集着大批背水工。他们身背木桶,从峡谷底端的河谷往上运水。一时间,那从河谷一直排到矿脉之上的运水队伍,那从山林一直排到矿脉之下的运柴队伍,他们来来回回,相互交织,如同蚂蚁搬家。

大矿主手指一个矿面,指引女王向那里看。听说那里已经焚烧了三天三夜,那块凸出的巨大矿脉早已被烧得青烟滚滚。指挥的人正在吩咐运水劳工,把背上来的河水都集中到矿脉上方。又以号角为口令,吩咐劳工们同时朝冒烟的矿脉泼大水。那矿脉先是经过三天三夜高温焚烧,猛然经过冰冷的河水一爆,突发一声巨响,当场爆裂,崩碎成一只只石块。立即就有大批劳工趁着崩裂的热度,以大铁锤击碎石块,变成细小的碎石。一旁碎石又被送进大石臼中,用石棒捣成沙粒。再倒进小石臼中,以石磨碾成沙粉。碾出的沙粉又迅速被送往河谷,放入大木瓢中以河水淘洗。举目望去,峡谷上下的劳工,他们就像忙碌的黑蚂蚁,来来回回,上上下下。那场面:山岩上吊挂着众多黑蚂蚁,正从一只只矿洞里往外掏矿石;山岩下聚拢着众多黑蚂蚁,又在奋力用铁锤砸碎矿石;河谷里集中了更多的黑蚂蚁,个个勾着腰身,正在河水里淘洗金沙。整个挖金场面,轰轰隆隆又井然有序。

女王看得兴奋,又见另一个矿面上刚刚烧起了大火,焚烧的火焰卷着白雾直冲云霄,像是把那天空也要烧破,那么的灼烈。连忙询问大矿主:"康金官,那是什么柴木?竟烧出如此旺盛的火焰!"

大矿主回道:"甲姆,那烧得最旺的叫作火杜鹃。"

女王心一动,突然想起王朝的制毒官西贡波。她制作蛊毒时,常用的柴料就是火杜鹃！女王还记得西贡波曾说，火杜鹃是一种可以生生活烧的花木。一棵火杜鹃，生命中会有两次灿烂。它们在夏天开出妖娆的花朵；到秋天百草枯萎时，它们旺盛的枝叶里会冒出像松香一样易燃的液汁，一着火就会燃烧，像是再一次盛放。女王想想，不由感慨道："火杜鹃，应该盛放两次。"

大矿主不明白。

女王就道："相比王城的那些杜鹃，这里的火杜鹃更加强悍——它竟然可以烧亮金沙！"

大矿主才反应过来，知道女王这是想亲眼看看金沙，就附和一声："拉索！"当即令矿工进入河谷，把最新一次淘出的金沙送上来。

当黄灿灿的金沙由淘金人颤抖的双手，呈现在女王面前时，女王的目光也跟着轻微地颤抖了一下。举目凝视远方，一阵过后，女王询问大矿主："康金官，除了这里，西城还有哪些峡谷可以这么灿烂？"

大矿主似是被问住。

女王坦言道："本王是指西城的金矿分布情况。"

大矿主一时犹豫。这位掌控着女国所有金矿路线的大主，此刻他并不想对外人透露金矿的具体分布，但面前这可是人间甲姆，她才是金矿的真正大主！

无奈，大矿主只好笼统地介绍："甲姆，要说西城的金矿分布，那就像大树的根系一样。从那裏作草原下方，一直到梨儿卡地区，有很多条大山峡谷。其中两成峡谷都蕴藏金矿。它们纵横交错，隐蔽在茫茫大山深处，就像盘根错节的树根。"

女王惊异："盘根错节的树根？这么复杂，要怎么辨识？"

大矿主慎重又得意地解释："辨识可不容易。如果没有金矿地图，要想寻到那些金矿，就像瞎子走路一样。"言毕，也不忘向女王表个功："甲姆，之前那裏作人偷袭西城，他们要的并不是我们的城池，正是我们手中的金矿路线！"

女王点头，称赞道："哦呀康金官，你对西城金矿的保护，功劳巨大啊！"

大矿主听女王如此夸赞，一时兴起，才举手指向前方，细细介绍："甲姆您看——那梨儿卡战关就像一只巨大的麻花，麻花的上下区域都有金矿。以那中间的瓶颈地段为关口，关外地区是有多处矿脉，却又是产量不大的小金矿。我们西城的主要金矿都集中在关内地区。正是甲姆现在身处的地方，这里才是大矿区。"

女王听得满足，连连点头。转眼瞧身旁的非天王，就无限感慨地道："男王，你身处西城，作为镇城大主，你可要多多向康金官学习。他对那些金矿，就像对家族里的牛羊一样,明明白白!"

非天王真诚地应声:"哦呀!"却见女王目光已经射向金矿的方向。她在无比专注地凝视前方,远方,更远的地方。在巨大火光的映射下,女王的面色也如同金沙一个模样,发出耀眼的光芒。

中部

女王执政中期。是年，女王30岁……

第 9 篇

72. 女官是水,城池是那山崖

现在,女王苏墂执政已经十年。

按"祖母秘籍"中规定,祖母王朝的执政者同时应有两位,即大女王主政,小女王协政。执政者采用的是女王终身制,继承者则采用王族嫡亲、宗亲、姻亲垄断制。①但王权的继承人不能是族群当中的男性,仅限王室宗亲中的女性嗣位,无有篡夺。在过去,曾经也有过王者无道,被一些大家族联合推翻的事例,但战胜方并不会独揽大权。他们依然会在王族的嫡亲中寻找新的人王。如果嫡亲中寻不到合适人选,就会通过公开考核,从王族宗亲或姻亲②中寻得一位贵族女子。小王一经选出,还需要经过九年政治学习才能真正协政。

如今正是女王苏墂执政时代。女王本人却未有生育,且她的叔父和舅舅,两边家族恰恰只有男性子嗣。如此,通过嫡亲继承王位就无法实现,只能从王族的宗亲和姻亲当中寻找。宗亲较为单纯,将由众位相官当朝推荐人选。姻亲的分支则有些复杂,由于分部太广,王宫只能派出得力相官深入民间,从散居在东、西、南、北四方城池中,苏墂家族的姻亲贵族中挑选数位才女,带回王城,共同参加考核。优胜者成为小王。其他才女则留在宫中,将作为未来的女官培养。

寻访才女的任务繁重、复杂,且至关王朝利益,当然不是一般人可以胜任。首先他必须是女王信任的人。其次又需要得到朝官们赞同。所谓众口难调,就在如此。女王已把它列为王朝第一大事,需要放在朝会中,通过廷议才能妥善解决。一时间,

---

① 据《新唐书》卷一百四十六之《西域传》里"东女国条则"记载:东女国,俗轻男子,女贵者多有侍男。内设有女王、副女王,由王族群内"贤女"担当。女王若死,国中会多敛金钱,动至数万,更于王族中求令女二人而立之。大者为王,其次为小王。若大王死,即小王嗣立,或姑死而妇继位,无有篡夺。可见东女国的王位继承,采取"女王终身制与王族宗亲、姻亲垄断制"相结合的方式。男子则无权参与。
② 这里的宗亲,是指由叔父延续的那一支。姻亲是指由姑妈延续的那一支。

西染高霸、拥中高霸、青次高霸等女官，阿乌格拉、绛珠大相、洛塔首领，包括神师刚布等男官，均在竭力争取机会。因为这事不管抓在谁的手里，都意味着未来将会在宫中获得厚重的地位。就像天官赭面娘，现任女王即是她奉甲姆拉之命，亲自到西城接应进宫。因此天官才敢在女王面前时不时地搬出一个"甲姆拉"，意在时刻提醒女王：她对女王是有接应之恩！

当天朝会中，第一个站出来自荐的是西染高霸。她认为寻访才女责任重大，需要寻访人独具慧眼。她作为朝政的人事大相，又享受天官的级别，目光自然比一般人更为精确。

神师则提出不同看法，认为凡人再有智慧也是敌不过天命。选拔小王更应该注重她的命运——是不是上天赋予的金命，那就需要请示天神。也就是说，只有天神的使者才能担当如此大任。

同时在推选才女方面，神师又以"王朝大阿乌"的身份，破例向女王自荐刚布家族的侄女子——巴姆小姐，作为未来人王的竞选名额。其实说是破例，实则又是个含糊事。因为在十年前的西城战事中，女王已经授予神师"王朝大阿乌"封号。自此在宫中，神师是享受国舅阿乌格拉的待遇，也算是自家人了。

女王倒没料到，当初自己多出一个心眼——明的是在嘉奖神师，暗中却想趁机套住神师，以便日后潜移默化地掌控神权。不想在这里却被神师先借用上了！在她内心，她是极不情愿收纳刚布家族的侄女，但无奈神师倚仗"王朝大阿乌"的级别，硬是破例自荐。看在天神的份上，还是顺势满足一下他为好。反正女王心中早有主张——无论有多大才华，刚布家族的女子永远只会是女官的命运！正因此，女王才勉强收纳了巴姆小姐。另有女王的一位宗亲相官，当朝推出苏墭家族的一位宗亲女子——帮金小姐，作为未来小王的竞选名额。再有绛珠大相和拥中高霸，各自推出一位未来女官的竞选名额。

但对于由谁来负责寻访才女，众位相官仍然各执一词，一时定夺不下。

女王倒是不太关心由谁寻访才女。她关心的是：要如何选出一位——对自己不会产生巨大影响的小王。这太重要了！她心中已有一位人选，便是东城白玛家族的长女——朗玛小姐。白玛家族的女寨主出身苏墭家族的正支，与女王共着一位曾祖父。按辈分，朗玛小姐便是女王的外侄女。白玛家族因为地处偏僻的东城，势力清冷，易于把控，正符合女王的想法。最重要的是，白玛寨主又是一位心智明亮的女寨主，且一直有心培养长女继承家族大业，自然从小就对长女言传身教。心智明亮的阿妈，培养出的孩子自是性格清朗，不染阴招暗术。这样的女子不说选拔小王，就是作为一般女官培养,未来也会是祖母王朝的得力干将!

但女王本人是不好直接推荐朗玛小姐,这还有赖于她的亲舅舅,于是便把信任的目光投向阿乌格拉。

阿乌格拉自然明白女王的用意。他心中早有一个巧妙的主张——先是荐举女官苏梨前去寻访才女。再在暗中利用苏梨推荐朗玛小姐。他对苏梨也是观察已久:这位被苏墀家族收养的宗亲孤儿,自幼同女王一起长大,二人好比亲姐妹一样。如今虽然在宫中身居大职,却也不是倚官仗势的人。她心灵纯洁,心地善良,心性清澈可见,心智又是无比地通明。宫内宫外,为人处事更是没有任何过节和污点。如果委派她去寻访才女,其他朝官定也挑不出毛病。而他,就可以借助苏梨的纯朴和善良,在不知不觉中圆满心愿。

想到此,阿乌格拉便向女王大声荐举:"甲姆,苏梨官为人清朗,公正又无牵挂。寻访才女,应该她最合适。"

其他朝官一听苏梨,倒也提不出异议,却是西染高霸和神师刚布,二人几乎同时发出质疑——这也是两位政敌人生中唯一的合作!

但听西染高霸言辞激烈,上奏女王:"甲姆!寻访才女的任务繁重又复杂,其中人情世故多多。苏梨官心性温和,怕是难以适应那样场面!"

神师连忙跟着附和:"哦呀就是!苏梨官品格端正自是不假,但她天性温和,确实难以把控四方城池中那些人情世故,请甲姆慎重!"

阿乌格拉胸有成竹,反驳他俩:"什么叫温和?水温和吧,你看那万丈山崖也被它乖乖地劈开!"

二人就被阿乌格拉的话给拖住,均在寻思如何回应。

这时,就见天官赭面娘出列,大声力挺阿乌格拉:"拉索!格拉说那水破山崖的道理,也是甲姆拉传授的道理——当年甲姆拉加封四方城池大主时,都是以女官为首要。她认为女官是水,城池是那山崖。"说完,抬头仰望大殿上方,无限感慨地呼唤:"哦拉索!尊贵的甲姆拉!内官已经看到,您乘驾大鹏神鸟,正在万里高空中看着我们哪。"

天官这席话顿时让在座的朝官浑身寒颤,就像天空中杀下一道阴风,亡灵呼啸而至,亲临大鹏宝座一样!众官谁也不说话了。连两位反对的朝官,也只好把不服的目光深深地埋进眼睑深处。

女王暗自窃笑。这回她非常愉悦地听进了天官的套话。其实很多时候,"甲姆拉"三个字就像一道神谕,玄秘又灵验,给王朝带来深重的影响。

73. 花 葬 场

女官苏梨终于接下寻访才女的重任。她将前行女国东、西、南、北四座城池，从女王的各大姻亲贵族中选出数位优秀才女。王宫专门为苏梨配备了寻访马队。其中男女侍者各三人，厨娘三人，护送的战卒三十人。又有骡马五十匹，负责运输对于各城贵族的赏赐物资。

到冰雪消融的春天，苏梨就带领寻访马队浩浩荡荡地出发了。

这期间，正值女国又一年梨花盛放。而梨花盛放时节，也是王宫下方第五层曼扎的麦农当中，一些年轻女子"花葬"①的特殊时期。在女国，每年会发生两场花葬。一场在夏天，杜鹃盛放时节。一场即是现在，春天，殷殷梨花之下。一般情况下，如果没有特殊情况，王城中那些衣装华丽的女官们，尤其年轻女官，她们是不会轻易前去花葬场的——那是花魂出没的地方，女官们自然害怕被花魂附身，从此在寂寞中了结生命。除非是被女王赐过死罪的女官，才会被强制地送进花葬场。

苏梨呢，肩负王朝重任，前去四方城池寻找才女。第一站就定在东城。而前去东城，花葬场又是必经之地，苏梨自然无法回避。且她本人对于花葬中的女孩总是同情多多。因此，当她经过花葬场时，忍不住还是勒马停顿下来。因为她看见有两位年轻的女子已经倒在梨花下，由于绝食而奄奄一息。虽然她明白这是花葬的必要过程，但亲眼看见女子们的轻生场面，心情自是有些沉重。犹豫片刻，她终是走进花葬场，抱起一位尚有气息的绝食女孩，小心地搂着她。

那女孩竟像一团软绵绵的衣袍，安静地卧在苏梨怀中。苏梨禁不住掉下泪来，哀伤道："姑娘你可知道，这么轻易地放弃生命，也是造孽啊。想我们的阿妈承受十月怀胎，生育苦难，难道就为今天，让你这样背离她吗？"

女孩喃喃出声："阿姐，请别为我……难过吧。这是，花神的安排……"

说时，女孩双目已在缓缓地闭合，幽咽了一阵，就断气了。

梨花已经不成朵，只在大阵大阵地扑落，发出沙沙声响，像雪花裹挟着雪粒子，

---

① 花葬：相传当年的女国因为男少女多，总有一些面容娇美的女子，在适婚的年龄里还找不到男人。这些美丽的女人因为不想孤独终老，为保住美丽容颜，趁还年轻时，集体自杀。当春天来临，山上的梨花和杜鹃开放，她们会带上少量食物，相约到一处鲜花盛开的地方。随着花期的盛放，她们在花丛中尽量地享受人间最后的浪漫。随着花期的渐渐凋落，她们开始慢慢减少食物，以绝食的方式，随着花期的结束而死亡。资料提供者：《藏地阳光》杂志社主编耿秋多吉。

打在苏梨的脸上。虽然还卧在苏梨怀中,女孩的体温却随着生命的消失,渐渐地冰凉了。

苏梨痛哭不止,喘不过气来。

她痛哭的时候,有位青年站在花葬场之外的丛林间,正被眼前这位善良又勇敢的女子感动。

就在梨花盛放的前几日,这青年寻着一路梨花,不知不觉中误入了花葬场。他看到几位年轻女孩竟在梨花下终日静候。开始他以为女孩们只是在作一场陌生的修行。他很好奇,也为女孩们担心。害怕夜晚,风吹雨下,这些柔弱的女子露宿野外,怎么经得起风霜!因为牵挂,他只好躲在暗处默默地守护着她们,他希望她们平安。可是等待多日也不见女孩们离去,却见她们的饮食越来越少。有两位女孩因为饥饿,已经陷入昏迷状态。她们就那么静悄地等候,像集体自杀一样。观察到今天,他再也忍不住。就从花葬关的驿站背来一些食物,想送给女孩们作些补给。没想到刚刚挨近花葬场,却见苏梨抱着逝去的女孩哭泣不止。他犹豫了,不知进退。

正当他踌躇时,苏梨同时也发现了他。一看,似曾眼熟,又有些记不起。再细细寻望,努力寻思。青年那消瘦的身子,清朗的面目,一半被梨花遮掩,一半则混着梨花展露在面前——他多像……哦呀!他就是女王的小金聚——水金聚嘛!之前她曾在女王的花赛中见识过一面。可他早已被王宫冷落,女王从不召见。据说又长期抱病,终日幽住在西山官寨。今天怎么会在这里?

苏梨想想,放下女孩朝水金聚走去。

水金聚顿时慌张,把苏梨当成了逝者的家属。怕她误会,慌慌与她解释:"哦呀波姆(姑娘),我,我只是想给她送些食物,才在这里……"

苏梨一听,心下已有底数:这水金聚生在西城,那里并没有梨花,也没有花葬的风俗。显然他是不知道花葬这个事了。不禁有些难过。跟着就想招呼:"水布官……"她想这么喊他,又觉得不妥,只好免了称呼,直接切入主题:"哦呀,这都是她们自己的意愿,以后再要看到,您不必给她们送食物了。"

水金聚惊愕,清秀的面目瞬间变得苍白:"以后还会有吗?"他追问。

苏梨点头,与他解释:"哦呀,还会有。因为这里是花葬的地方。"

水金聚双目洞张,显得不可思议。

苏梨只好进一步解释:"这里,是姑娘们带着美丽,回归祖地的地方,是一个女葬场。"

水金聚摇头,表示不理解。

苏梨转身,手指女王宫殿的方向,招呼水金聚:"您看,王宫一侧的那道悬崖,那是青年们带着梦想飞翔的地方,是一个男葬场。"

水金聚越发乱了,两头张望:"女葬场?男葬场?"他更加不解地复述。

苏梨点头道:"哦呀。这边是专供女子们花葬,叫花葬场。那边是专供青年们崖葬,叫崖葬场。"完了,又悉心招呼:"这些地方,您以后还是少来吧。"

水金聚却答非所问:"花葬?崖葬?有什么区别?"

苏梨犹豫了下,解释:"花葬,就像您现在看到的这样,是要在花丛间慢慢地绝食而死;崖葬呢,却是把人推下悬崖,坠崖而亡。"

水金聚惊动,脱口而出:"怎么竟是这样!"

苏梨目光就有些湿润了,注视水金聚,感慨他的单纯。只好又解释:"花葬,只是民间的女子感受生活清冷,念那花容月貌,才一心想要追随花期,随花而逝,也算是自愿的事了;崖葬却是王城中最为高贵的死亡,但又不是自愿的事。我们的祖先原本是一只大鹏鸟。所以甲姆处罚有身份的男官时就赐以崖葬。意为像大鹏一样,以飞翔的姿态,高贵地回归祖地。"

水金聚听得张口结舌。不知困厄了多久,才自顾叹息道:"唉!人间竟有这样壮烈的死亡。我却不知是为他们祝福,还是难过了。"说时,已经起身,竟又把苏梨丢在一边了。踏着纷乱的梨花,他缓步走进花葬场,坐在已被梨花覆盖的女孩身旁,凝神注目。又不知发呆了多久,才见他抬起头,举目眺望王宫那边的崖葬场。慢慢地,却是神情涣散……

苏梨好生奇怪:一直以来,除她本人,王城中的大小女官,甚至男官,谁也不敢轻易进入花葬场这样晦气的地方。可女王的小金聚偏偏就在这里——他的心境怎么会如此地清凉?

在花葬场,在风里,在大片梨花的坠落中,苏梨困望女王的小金聚,思潮起伏。她几乎忘记了,花葬场下边还有一支庞大的马队正在等着她。

是不是因为梨花的感应——多久过后,水金聚忽而回过神来,目光又落在苏梨身上。见这位姑娘依然逗留在花葬场,衣袍上已经落满梨花。而地面上的女孩,几乎已被纷纷坠落的花瓣覆盖!突发慌张,水金聚急促地赶上前来,冒失地问一句:"波姆!你为什么还在这里?难道也想和她们……一个模样?!"

多么不吉利的问话!苏梨无比惊讶。面对这位既单纯又冒失的女王金聚,她不知怎么回答他,只得慌慌地离开花葬场。水金聚见她离去,先是怔忡少许,紧跟着追上去。出了花葬场,却见是一支浩浩马队,姑娘已经上马。

水金聚只好止步，目送姑娘和她的马队，望着她们消失在茂密的丛林当中。心下就在揣摩：能带领这么大的一支马队，她会是哪个家族的小姐呢？

想了想，水金聚连忙抽身返回花葬场。穿过姑娘们安静的躯体，奔到对面的一个山坡上。急切中寻望，就见前方那些山林，层层叠叠，无限宽广，成片绿色的波澜当中，又盛放着成片洁白的梨花。东一片，西一片，就像落在绿野丛中的云朵一样！它们搅乱了水金聚的目光。同时也让水金聚震惊自己的行为——为什么他竟像追逐猎物一样，追寻那位姑娘的方向？

而那姑娘，她多像一朵云儿，轻盈又那么陡然！她，是不是来自天上？可她又要飘往哪里？能不能也像梨花一样，落在地上？唉，那些梨花，那些轻世骇俗的云朵啊……眨个眼，忽然水金聚就看见，丛林间那些云朵，那些梨花，它们竟然"呼啦"一阵，绕着丛林飞上了天空。

不，不是云朵，也不是梨花，是一群被惊起的雪雉呢！它们惊叫着散落成一道洁白的弧线，直扑扑地飞向更远的丛林。几乎同时，风声传来惊动的叫声——哦呀！正是姑娘的马队惊动了丛林间的雪雉，叫它们成群地惊飞，又发出响亮的惊叫，才给了水金聚鲜明的视觉——让他最终看到了姑娘！只见那姑娘：一身的洁白衣裙，驾于高头大马，在旷大的绿野丛中，时起时伏，若隐若现，像游荡在丛林间的白云一样。

74．四方城池的才女

半个月后，苏梨的人马终于抵达东城。因东城地处深山大谷，交通不便，与外界来往甚少。以至于寻访马队到达东城内，除镇城之主达杰首领作为驻边朝官，予以官办接待外，其他小贵族均不知苏梨一行人是来寻访才女。自然选拔单纯，进展顺利。寻访人马很快就确定了两位人选。第一位是达杰家族的长女绛央小姐，作为未来的女官名额被苏梨选中；第二位便是白玛家族的长女，朗玛小姐。在苏梨出发之前，阿乌格拉曾有意无意间提及，东城白玛家族有一长女，自幼聪慧且无比清朗。阿妈又出身苏埡家族的正支，属于名副其实的王族姻亲。因此不说选拔小王，就是作为一般女官培养，未来也会是祖母王朝的得力干将。当时苏梨只是随便听听。不想到了东城，抱着试探的心态进入白玛家族。一见姑娘本人，确实有种说不出的大家气质，与众不同。当即选了她。

寻访马队领上两位才女，沿途跋山涉水，行走了半个月，到达西城。

西城情景却和东城大不一样。前来恭迎苏梨的人马，虽说比不上当年女王巡视西城的规模，却也是轰轰烈烈。又不为一般城民，而是西城各大贵族。他们早已从自家信人那里获知王宫选拔才女。西城出大家，尤其出人王、首领、战将。像先前的甲姆拉、甲姆拉之上的祖母女王，以及现任女王苏堰、男王非天、战将松格、阿修家族、康金家族等。西城也因此贵族众多，推荐才女的工作自然更为繁杂。

首先是镇城之主非天王。他自己的阿修家族，因为在多年前的救城战事中惨遭蛊毒之祸，一夜之间家族人丁死伤过半，自然无人可荐。无奈，只好推出手下一位得力战官——旺堆大头官的长女美多小姐，作为未来的女官纳入人选。

第二位即是苏堰家族的宗亲帮金小姐。原本已经由王朝相官推荐，现在只是接应而已。这女子虽然才智不高，却和东城白玛家族一样，和女王共着一位尊祖父。且朗玛小姐只是女王的外侄女，帮金小姐却是女王的内侄女，当然是作为未来之王的名额纳入人选。

再还有一位来势汹涌的女子，是康金家族的内侄女拉珍小姐。由康金大矿主亲自推荐，也是纳入了人王之选。但这位小姐的身份又是一个含糊事。虽说她的阿妈出身苏堰家族的正支，属于王族姻亲，但这位阿妈自幼就被外族人抱养，后又嫁于康金家，且一直不与苏堰家族往来。这下为选拔才女，康金大矿主才又重新拾起了姻亲关系。因此，相比神师的破例推荐，康金家族的推荐却是仗着一些渊源。

这么一来，西城就选出了三位才女。与东城的两位同路，被寻访马队带去北城。

北城却不是一座轻易就能抵达的城池。在它连接关内关外的高山地带，横亘着大片延绵不断的雪山群。地势极高，终年雨雪不断，是关内峡谷通往关外高原的天然屏障，人称"生死关"。如果没有大事或者要事，王宫的驻边朝官只会驻留在关内峡谷的"大方寺"，借助寺院设置办公点，处理日常事务。

到苏梨带领寻访马队抵达大方寺时，考虑到安全因素，驻边朝官便带着告诫的语气提醒苏梨——所谓生死关，就是时刻都会面临生命危险的关口，连专业的商官马队也很难通行。苏梨的寻访马队平日都生活在低落的河谷地带，怕是更难过关！因此建议苏梨最好就留在大方寺等待。由驻边朝官委派信人前往北城，给北城的镇城之主，柏嘎首领送信。北城因为城池不大，贵族不多，其他也不用考虑。柏嘎家族就有一位小姐，她的阿妈原是苏堰家族的女子，远嫁北城，属于真正的姻亲。和西城的帮金小姐一样，寻访马队若去北城，也只是接应而已。过程简单，当然可以让信人替代完成。

苏梨呢，想到接应才女直接关系到王朝命运，事比天大！所以即使过程简单，只是接应，她也要亲自出马，不敢大意。于是仅在大方寺休整了三日，就继续带领马队出发，向大雪山下的生死关挺进。

只是，意志再坚强，肉身也敌不过自然。那生死关的险恶和顽劣，从不为凡人可以改变。而苏梨的寻访马队已经出宫近两个月。沿路奔波，风餐露食，早是人马疲惫。深入生死关后，又因地势陡峻、气候恶劣，同时遭遇风雪阻挠。心急，外加体力不支，导致苏梨最终没能挺住——生死关还未穿越一半，她却从马背上一头栽下来，差点葬身雪海！

寻访马队迅速护送苏梨返回大方寺。休养多日，仍不能恢复。驻边朝官只好请来当地"挡天的人"占卜前路，得出的结果又尽是凶事。这时苏梨亲身经受那生死关的厉害，心下也已经明白：就算占卜不是凶事，拖着一个病患之身，怎么也难穿越生死关了。无奈，只能接受驻边朝官的建议，由他们派信人前去北城，自己则留在大方寺，一边养病，一边等待。

这时，大方寺内却不安静。早有两支诡秘马队，在苏梨到达之前就已经悄悄地潜入了大方寺。其中一支是刚布家族的密探人马——对于刚布家族来说，如果新选的才女当中，或因家族势力，或因个人才智，让神师未来无法把控的，那得想办法让她到不了王城才好。而那位柏嘎家族的长女，据说不但才智超人，身份也极为神秘。正是刚布家族最为担心的人选。

这事又关系到北城。原来，北城距离王城遥远，又是边境之城，地势极高，属于纯牧区。比起以农猎为主的王城，生活及风俗均有不同。又被绵延的大雪山阻隔，北城其实就是一个小小独立的王国。山高皇帝远，那柏嘎首领乐得自大，并不在乎王朝政事。但因为领地的需要，柏嘎家族的二少主才娶了苏墀家族的一位小姐，由此成了姻亲。也就是说，柏嘎首领对选拔小王毫无兴趣，并不想送自家女子前去王城，从此遥隔千里。但他知道，女王身旁并无近亲子嗣，王宫迟早是要到北城选拔才女。所以早些年他就从民间寻出一位身份平凡、但却才智过人的女子，认作了义女，带回官寨培养教育。以便日后扮成贵族身份，替代进宫。这件事，多年之前就已经被刚布家族那无处不在的密探捕获了证据。正因此他们才提前潜入大方寺，以神谕的威慑和金沙的贿赂，软硬兼施，打通了驻边朝官，开始实施"黑吃黑"的计划。

十天后，当柏嘎首领派上四个家侍，领上假冒才女前去大方寺报到时，刚刚抵达雪山下的生死关，就被刚布家族的密探拦截。当下杀了三个家侍及北城才女，仅留一个送信的"活口"。又以金沙利诱，威迫"活口"数日后返回北城，给柏嘎报个假信，就说才女已经顺利送达大方寺。回程中另三人不幸遭遇雪崩，葬身雪海，只有他一人及时逃生。

那"活口"原本觉得假信编得蹊跷，恐怕柏嘎不信任，并不想配合。但一见黄灿灿的金沙，又想到伙伴们都已丧命。自己若是不答应，必然跟着毙命。再者，即使能活着返回北城，不能完成任务，肯定也会遭到柏嘎的重罚，说不定脑袋也会搬家！那就不如冒险自救，得了金沙，顺了人情。

刚布家族的密探见这"活口"既贪心又怕死，心下才有踏实。以为事已得逞，当下给足了金沙，遣他返回北城。随后在六位密探中选出四位，乔装成柏嘎的家侍，护送已被替换的假才女前去大方寺交人。剩下两位密探则速速回返王城，向刚布家族提前报信，意在告之神师和巴姆小姐，让他们为不久之后的才女考核提前准备，多多费心。

只是，那二位返城的密探怎么也想不到，就在他们离开马队还不出半天的时候，他们的伙伴却在毫无觉察中，被另一支诡秘人马奇巧地暗算！连刚刚替换的假才女也被杀害！这另一支诡秘人马，又以相同的方式替换家侍和才女，组成新的护送人马。现在，连那四个乔装打扮的断头鬼，他们也无法最后一眼看清——这些效仿神师的人，又是谁的人马？但他们却领上早已备好的才女，到大方寺报道去了。

苏梨这边呢，只到北城才女抵达大方寺，她亲眼看到姑娘本人——行的是那北城的礼节，说的是那北城的方言，穿的是那北城风格的衣袍，手里又握有柏嘎家族的小姐令牌，她那颗一直悬着的心才算落了地。这时身体也已经康复。就速速领上马队，前往南城。

南城却未选出真正的才女。原本西贡家族很想推出一位未来的女官人选，但因为涉蛊的家族再强盛，也是不光彩的行业，当然无法自荐。另有商官木措家族，推出一位本族女子，也是想作为未来的女官人选。但经过苏梨数日观察，却不是可造之才，只好放弃。洛绒家族呢，自从女战官青次高霸撞碉断子之后，她们已经彻底明白，王宫再也容不下洛绒家族的任何亲系，就主动放弃了自荐。

如此一来，通过将近三个月的寻访，苏梨最终带回六位才女。

75. 脸上堆着愁云，心里埋着惆怅

苏梨回城的当天就被女王召见。这时，王宫五楼大茶房已是满堂宾客。女王邀

来众位王朝相官,一是请他们参加宫廷茶会,二也想借此让他们领略才女们的神采。

自然,朝官们更是人人心切,翘首以待,包括神师,他的人已经捎回了好消息。另有西染高霸,更是满面春风的模样。阿乌格拉呢,借苏梨之手他也是如愿以偿。

唯有苏梨本人,看起来神色不佳,脸上堆着愁云,心里埋着惆怅。因为经历近三个月的长途跋涉,千辛万苦地寻访,最终却因为身体拖累进不了北城,不能亲自接应北城才女。这是寻访途中最大的缺憾!苏梨内心愧疚,只能趁着茶会把这份缺憾如实地禀报女王。一边诚心请罪。

女王则无心关注苏梨的话。对她来说,只要那北城才女符合才女标准就好。至于由谁来接应,这似乎并不重要。为安慰苏梨,女王亲手斟满一鐏梨花香酒,吩咐内侍赏与苏梨。

想起寻访途中的那些艰辛,苏梨无限感慨。接过酒鐏,当即请示女王:"甲姆,赶马人一路风餐露宿,吃苦多多。如果没有他们的努力,内官无缘寻得那些才女。这第一鐏酒,请甲姆允许内官,敬给赶马的人。"

女王一怔,在席朝官均跟着一怔。苏梨则手举酒鐏等待女王发话。

女王笑着道:"苏梨官不饮酒,是舍不得交出才女吧。"

苏梨这才把酒喝了。

女王就吩咐内侍:"传本王令,各赏赶马人香酒一坛,茶砖一条,藏银三十两。"

苏梨连忙替赶马人谢过。

却听女王急迫地说:"哦呀,现在你总可以把本王的才女带上来吧。"

苏梨应声:"拉索!"随即招呼家侍,领进六位才女。

首先是东城达杰家的小姐,迈着优雅又谨慎的脚步,进了茶房。再是小贵族白玛家的,西城旺堆家的,宗亲苏墀家的,大矿主康金家的,北城柏嘎家的,六位才女依次走进茶房。

当最后一位才女出场时,西染高霸笑了。神师却突然两眼发直,脑海一空,差点晕倒地上!幸好这时大半朝官的视觉都被才女们吸引,来不及注意神师的异常。

神师只好竭力克制情绪,听苏梨向女王细致地介绍才女们的情况。他却感觉耳膜像是被铜锥刺了,尖锐地痛起来!为防身旁朝官看出破绽,原本不胜酒力的神师只好迅速端起酒杯,遮掩,大口饮酒。那原本甘甜的梨花香酒,这下流进口里却是又苦又涩。

回官寨后神师就病倒了。他知道有人继他之后再一次偷梁换柱,但又不想琢磨那幕后推手究竟出自哪里。因为不管是谁，肯定早已经在暗中跟踪了他的密探人马。也就是说，自己的一切行动都暴露在对方的眼皮下了。即使查出真相，揭示对方，反过来就会被对方拉下水去。如此，他和那暗中人就变成了一根绳索上的蚂蚱，互不能揭发！

神师突发病倒，这让女王始料不及。因为选拔小王需要通过才智考核，外加神谕，二者结合才能完成。考核占八成，主要是针对才女们的才智、德育和骑马射箭的本领；神谕占二成，用于测算才女的人生命运，是不是符合掌控祖母王朝的金命。神师这一生病，不能出场，对于选拔小王的考核就无法正常完成。

女王只得亲自出宫，探望神师。一是为选拔小王——她心中早有合适人选，只想尽快定妥，以免夜长梦多；二也十分好奇，作为天神的使者，神师法力无限，并不是一般小事就可以打倒，但怎么会在一夜之间竟然病倒？这其中定有说法！

傍晚时分，女王带着些许迷惑走进刚布官寨。不想神师却真的病得不轻。但见他深卧大塌，面色苍白，一动不动。女王上前问候，回答则混沌不清。女王跟着质问神师的贴身家侍，这才惊讶地得知——神师原本不胜酒力，平日极少饮酒，却在昨日的茶会上饮酒过量。回官寨后感觉周身不适，请问了天神才知道，原来醉酒并不是偶然，而是中了魔煞。是魔煞作祟导致他饮酒过量，大伤了身体，引发了疾病。

女王倍感奇怪：深厚而严密的王宫，九楼就是镇妖除魔的经堂，怎么会有魔煞？当即生疑。等待一阵，见神师并没有清醒的意向，就吩咐他的家侍定要细心照料，自己则抽身去了阿乌格拉的官寨，把神师的怪异匆匆说出来。

阿乌格拉一听，陷入沉思。

昨日茶会中，虽然别的朝官都把目光落在才女们身上。细心的阿乌格拉却发现神师做出一个反常的举动：当前五位才女进入茶房时，还见神师面色烁烁放光；到最后一位才女进场，却见神师脸色突发阴暗。原本不胜酒力的他那一刻竟然举杯自饮。之后不等茶会结束，又借着醉酒提前返回官寨。这下再莫明其妙地病倒，卧床不起。不是十足厉害的打击，神师何至如此——难道是真的中了魔煞？那又是谁带入的魔煞？是那位最后出场的北城才女吗？

阿乌格拉越想越感觉蹊跷，当即对女王道："刚布生病，怕是和那北城才女有关！"就把昨日看到的一幕匆忙说了。

女王心中其实也已经产生怀疑——可能正因为才女之事，导致神师突发异常，因为刚布家族正好有一位才女人选，但具体事因一时也无法揣测。这下听阿乌格拉如此一说，女王就明确了方向，当下只道："哦呀，我要传那北城才女进宫问话。"顿了下,又添加一道怀疑:"才女们进宫,原本是要安排住在附宫。苏梨却说朝夕相伴,一时舍不下,暂且带回她的官寨。那到底是舍不下,还是她另有想法?"

阿乌格拉语气严肃地招呼女王:"甲姆不应顾虑苏梨官。路很近,您顺道也把她传进宫中,盘问一下就知道了。"

这时已入夜幕。因为连日奔波,十分疲累,苏梨和才女们早早就睡下了,却接到女王传召,需要当夜带领才女进宫。这么着急,又单单只传她和北城才女,就不知女王是为何事。但她也不敢乱想,只能奉命起身。进了才女们的卧房,掀开门帘一看,却惊呆了:那北城才女竟然直翘翘地倒在床榻上,死了!

苏梨慌忙使唤家侍,点了松明火把,奔出官寨,直达王宫。这时,整个王宫的楼梯都被苏梨惊慌的脚步弄得晃荡起来。女王先是心惊肉跳地听完苏梨的禀报,之后却脸色一黑,大声喝道:"女官,为什么会在你的官寨里出现这种情况?!"

女王的话叫苏梨无比震惊,同时也好大委屈。这导致她满脑空白,不知所措。

这还了得!才女还未正式进宫却已经暴毙。那是疾病所致,还是遭人暗害?如果是疾病,总得有个征兆。要是暗害,谁又是幕后凶手?女王突然想起:为什么迟早不出事,她一进刚布官寨,就出事了!难道是有人看她进刚布官寨,探望神师——天下之事总也瞒不过神谕,因此做贼心虚,杀人灭口?

想到此,女王原本疑惑的目光里又裹进了一层阴云。注视苏梨,话里有话地道:"哦呀女官,有那么多家侍守护,你认为自己的官寨,谁还能长上翅膀飞进去?"

苏梨慌慌追问:"甲姆!难道您怀疑内官?"

女王阴幽道:"本王就问你一句,你倒惊乱了。"

76. 各 输 一 分

最终,因阿乌格拉暗下多多求情,又顾念同宗姐妹的情分,女王未对苏梨作出正面追究,但还是下令把她带领的寻访人马全部押进了刑房。先是软语诱供,得不出结果;后又严刑逼供,仍然没有任何线索。女王就想,那北城才女并非苏梨亲自接应,定是这从中就已经出现问题——端倪就出在大方寺,或者北城!于是使唤天官赭面娘,让她亲自出宫,传阿乌格拉进宫密议。阿乌格拉建议女王速召蓝鹊使者,意在委派使者前往北城。一是向柏嘎家族报丧,二也要调查事因。

这建议立马遭到女王的反对。因为不论哪里出错,柏嘎家族的小姐却是被送进王宫后暴毙身亡。显然，这事还需要合理的时间和合适的过程，才可以报丧。如果立马报丧，又无法给出死亡原因，势必会引发柏嘎家族对王宫胡思乱想。这是其一。其二，才女刚到王城就惨遭陷害，此事不但会引发朝官们恐慌，同时也会影响到才女考核。原本女王的心中早有人选。影响考核自然就会影响女王的意愿！时下王宫应该先给北城回信，就说才女已被王宫接纳，将作为未来的女官培养，以暂时地稳住柏嘎家族。之后再就事论事。至于那死去的北城才女，可以悄悄地掩埋尸体。对外就宣称姑娘远赴王城，水土不服又思念家乡，得了身病又染了心病，一时无法见人。这是女王对当事的思考。

阿乌格拉细细掂量，觉得女王的分析思路缜密、条理分明，当场已是赞同，又询问天官，天官却早在内心感慨：女王对这事其实已经备好了处理方案。传阿乌格拉进宫，只是为了走个合理的过场而已。

这么一来，参加人王竞选的才女就由五位变成了四位，分别是东城白玛家族的长女朗玛小姐，西城苏墀家族的长女帮金小姐，西城康金家族的内侄女拉珍小姐，王城刚布家族的内侄女巴姆小姐。另有两位陪同考核的女官人选，一位是东城达杰家族的长女绛央小姐，一位是西城旺堆大头官的长女美多小姐。六位才女先是由天官赭面娘护送，带入梨花峡谷当中的"太学官寨"，再由阿乌格拉和神师亲临现场，共同监督各门学科的考核官，对才女们进行才智考核。

这当中第一轮考核，淘汰了两位小王的人选，分别是苏墀家族的帮金小姐和康金家族的拉珍小姐。剩下东城的朗玛小姐和王城的巴姆小姐，再进行第二轮考核。原本又要淘汰一位。但不想这两位小姐在才智和神谕上各输一分——巴姆小姐输朗玛小姐一分人间的才智，朗玛小姐输巴姆小姐一分天神的庇护。那又要如何选择？

当然，到才智和神谕都无法决断的时候，就轮到朝官们出场了。他们将通过朝会廷议，以印象考核和匿名投票的方式，力推各自心中认为更有能量的才女，以此决定小王人选。

这就有了弹性！比起东城默默无闻的白玛家族，王城中的刚布家族由于得到天神的庇护，就像午时的太阳，不管你身处哪里，只要你抬头望天，你总能看到它的光芒，并且深受它的影响。所以，当天的朝会中，大半朝官都有荐举巴姆小姐的意向。

女王不动声色，观望阿乌格拉。阿乌格拉心中当然早有人选，但不到关键时刻他还不便发话。女王见此，心下会意。用凝重的目光注视西染高霸，询她的意见。

西染高霸果然语气凌厉又干练,坦言道:"甲姆,下官认为,巴姆小姐并不适合当选人王!"

女王问:"西染官,你以什么理由反对?说来听听。"

西染高霸言辞锋利,直言阐述:"人王担当的是那万众之上的人权,刚布家族传播的是那万众之上的神权。两个都是顶天立地的大职。它们只有相互依存又独当一面。哪有独揽大权又一手遮天!甲姆试想一下,如果由刚布家族的小姐当选人王,那未来的祖母王朝——是人权主事呢,还是神权主事?"

众位朝官似乎都被西染高霸的话给拖住。

阿乌格拉则跟着大声赞叹:"哦呀,西染官说得在理!这也是我迟迟不敢言论的原因。"

女王会意,转口询问身旁的史官:"姜措,西染官的提议,你可有细致地记录?"

史官认真地回答:"拉索!"

女王又把信任的目光投向天官。

天官心照不宣,接应道:"甲姆,内官以为,东城的朗玛小姐,具备未来大主的所有潜质。"

女王点头,又习惯性地把目光投向女官苏梨,但一想到她的失职,又有些恼火。于是绕过她,目光落在工部首领拥中高霸的脸上,询她的建议。

拥中高霸想也没想,大声回答:"拉索!拉索!"不知是接应天官的话,还是赞同西染高霸的话,反正结果都一样。

女王内心欣慰,再问绛珠大相:"大相你呢?"

绛珠大相出列,正色道:"我倒不会担心西染官的那些预见,但作为一代人王,除金命和才智外,我是看出来——朗玛小姐在气质上更像先王甲姆拉。"

这时天官及时地插进一段话:"甲姆!内官记得当年甲姆拉选拔新主时,遵循的是'祖母秘籍'中的规定:一要金命注定;二要文武双全;三要天资聪颖;四要能干大方;五呢,更要具有人王的气概和面相。甲姆拉的眼睛是明亮的,她选择了您。刚才经大相一提醒,内官用心观察,朗玛小姐和甲姆拉年轻时的模样嘛,还真有三分神似!"

一旁阿乌格拉听天官这话,不由上前一步,细细地端详朗玛小姐,一边点头称赞:"哦呀就是,确实像了!"

这三人的荐举女王心领神会——他们都不希望选出一位既成熟又势力强大的王权继承人,那将直接威胁到女王本身!而东城的朗玛小姐拥有两个"优势":一是没有家族势力,二是才女当中数她年龄最小,只有七岁——年龄越小越好栽培。女王对她早有中意。现在既然三位朝官都已经明确认同,也就到了女王明确表态的时机。

于是女王大声响应:"哦呀!不但是甲姆拉,朗玛姑娘的神态气质,众位相官细细看——和本王是不是也有面缘?"

朝官们见女王已把话说到这个份上,又有三位朝中元老竭力提携,各自心中都有了底数。一些人是诚心拥护女王,一些人是顺水推舟,把那选择的天平倾向了朗玛小姐。

神师心有不甘,但又很无助,混沌着脸色,让人看不透他的想法。

女王就问他:"刚布,相官们推荐朗玛小姐,你有什么建议?"

神师内心燃烧着愤怒之火。但见众口铄金,大势已去,他就是想反对也很无力。在他来说,既然自家侄女子无望,现在最为明智的做法就是:积极支持朗玛小姐,以便获得未来的王族、白玛家族的好感。幸好白玛家族时下在王城一无权势,二无人脉,那就只能另辟蹊径了。神师正陷入这样的纷乱思绪中,并未听进女王问话。

女王就提高音量道:"刚布,你怎么不回话?"

神师才回过神来,连忙应声:"拉索,刚布正想进言。"顿一下,语气严肃地解释:"刚布昨晚在梦境中得一启示,想来是和今日的推选有关。"

朝官们顿时被神师的话拖进迷雾里。阿乌格拉、天官,包括朗玛小姐的舅舅仁青,均神态紧迫地盯住神师。就见神师清了清嗓门,大声地禀报:"甲姆,刚布梦境中是有显示,那东边的天际上紫云铺展,一只大鹏正绕着白玛官寨的上方飞翔——现在想来,那就是神谕的显示:东城白玛家族的朗玛小姐,正是未来的小甲姆!"

这话分量太重了!因为它并不是凡人的语言,而是天神的昭示。且神师割舍私心,公正地传达神谕,他的仗义之举也让在场朝官们感动。尤其是朗玛的舅舅仁青,他已经朝神师投去无比景仰的目光。

77. 舞会上那双忧伤的眼睛

小王终于选定。按"祖母秘籍"中的规矩:为迎接小王入驻附宫,王宫将会举办盛大的庆祝舞会,举朝下上同时欢庆九天。继后小王会在附宫中休整半个月。等到洗尽长途跋涉的风尘后,会被送进梨花峡谷当中的"太学官寨"。那是一处深幽的王族学府,内部只招收王族后裔及一些贵族子女。它又是历任小王的培养之地。女王苏墀当年就是在那里苦学九年,继后又于附宫中等待三年,直到第十二年,甲姆拉突发仙逝，她才真正地坐上大鹏宝座。新任小王也不例外，只有等到九年学习期满，才可以回宫。之后将以附宫为驻点，协助女王处理政务。

　　现在，恭迎小王的庆祝舞会，正在王宫前方的梨花大萨上进行。如此隆重的庆典，原本也少不得男王非天和大金聚松格。而女王早已派出信官，前去两边城池送信。但无奈这时西城边境的"落马关"却有些不安宁。那裹作人为争夺边境牧场，时而侵扰边民。非天王只好带领西城战队前去驱敌，一时难回王城。南城呢，虽然没有战事，松格金聚却也不见回宫。仅仅遣人送回了一封简信，寥寥数句的祝贺，感觉不同往日。

　　这男王和大金聚均不回宫，女王身旁的两个大座就空落了。逢上重要庆典，尤其是迎接新王的重大庆典，女王身旁是需要聚拢多多阳气，才能壮大气场，威震四方。对于王权的持久把控，这太重要了！女王因此遣内侍，召火金聚和水金聚进宫。

　　说这火金聚，自从当年为官职一事被女王冷落后，虽也常被召见，但这么多年过去，女王对他仍然心存顾忌——身子多有依赖，心却不在他身上。水金聚呢，从一开始就和女王无缘，不亲，又长期幽居花葬关，自个儿乐得清静无为。对于喧闹的宫廷舞会半点不感兴趣，并不情愿参加。但又想到阿哥松格曾有交待：既然成为甲姆金聚，无论今后生活怎样，甲姆的颜面就是头等大事！迫于这话的压力，他也只能听命。当天从花葬关的驿站赶回西山官寨，换了一身正规的金聚衣袍，上了梨花大萨。

　　当天的舞会上，位置排列清晰。女王端坐在舞场上方，临时架设的大鹏宝座上。宝座的两侧分别是火金聚和水金聚。他们的下方，左边坐的是小王朗玛，与朗玛同席的侧座，是她的舅舅仁青。右边坐的是女王的舅舅阿乌格拉。与阿乌格拉同席的侧座，是神师刚布。四人之下，依次坐了绛珠大相、女官苏梨、西染高霸、青次高霸、拥中高霸等。再下方，就是一般朝官的席位。不论男官女官，都是平起平坐。

　　朝官们入座后，目光投向了两个方向。男官们基本都在目睹新的王权继承人小王朗玛的神采。女官们则又不同，她们好奇的目光大半都落在女王的小金聚身上。这位青年，他清秀的面目让女官们惊讶不已。民间都在传言，女王的小金聚是个丑八怪。身材是猩猩的模样，肤色是锅底的模样，面相是老熊的模样，眼睛是山鼠的模样，因此才被女王冷落多年。现在看来，这就是讹传嘛！现实中，他却是一位骨骼清奇的青年。冰雪一样的清凉面色，他是病得美丽虚幻。清风一样的虚无目光，他又像是不食人间烟火的模样。通透的眼膜，凝结的眉梢，清幽的气质总让人看得怜惜。比起那火金聚一身的热烈、雄壮，确实也怨不得女王要去冷落他了。

当下女官们那些目光,那些惊讶的,赞叹的,怀疑的,纠结与难过的目光,竟像潮水涌向了水金聚。这叫水金聚惊乱,不敢直视舞场。是的,即便是在西城,他也未曾见识过如此盛大的舞会场面。而此次,他又是作为女王金聚的身份参加,被恭敬地安排在大鹏宝座的一侧。他必须承受千万道目光无休无止地检视。那些纷繁的目光让他无所适从,坐立不安。

而在朝官席位的一侧,另有两道复杂的目光,正在揪心地张望水金聚。那目光恨不得变成一团云雾,把青年困窘的面色严严实实地遮上——他的目光惊慌失措,她的目光无限难过;他的目光像受伤的公鹿,她的目光却在刹那间,是的,只在刹那间,她发现——青年原本困窘的面色,又是雪亮,又是惊讶,又是恍惚,又是惊惶——这时女王的小金聚才发现,自己在花葬场相遇的姑娘,她正端坐在朝官大席上。她,居然是女王身边的女官!

唉,那需要停滞的视觉!那需要切断的目光!女王的小金聚,近三个月来他暗恋的,竟是这隔崖梨花!

乐曲已经响起来。舞场上,百位青年在宽敞的地面上排成一字型。他们依次将右手搭在前方舞者的肩上,由一位雄健的男战官带领,迈出整齐的步伐,沿着梨花大萨前进。这样的舞姿当中,隐含着重要的战事意义。跳舞的人每踏出一步,都象征着那些远征的战将们,率领战队,奔赴边疆的场面。庞大的舞队先是昂首前进。不久又变成——时而高低起伏,时而左右摆动。这意味着勇士们远征途中需要翻山越岭,经历坎坷的路程。一阵过后,舞队又分裂成两排。其中两人一对,怒目相视,踏着有力的脚步,你进我退,你退我进。这又是搏斗之式,意味着勇士们已经投身战地,猛烈交战。

接下来就是百位姑娘们牵手上场。她们由一位矫健的女战官带领,走进舞场中央。姑娘们迈着欢快的步伐,前后左右地旋动。这样的舞姿,意味着远征的英雄们已经胜利归来。这时的梨花大萨上,遍地洋溢着相聚时分的热烈和欢庆。男女舞队交混一起,跳起了大锅庄。

一阵火热狂欢过后,大舞队又分成了男女两队。女队跳在外围,转成大圈圈,边跳边收圈;男队跳在内围,越跳越集中。最后两支舞队聚拢一处。男在内,女在外。先前那领舞的男战官已被众多姑娘围拢在舞池中央。但见他:雄壮的英姿,高高地突出于姑娘之上。一身的铜网铠甲,更显得威武明亮。一忽作出战天斗地的架势,好比那雪山雄狮的威风;一忽作出恢弘大度的巡视,又好比文韬武略的英雄。

如此壮观的场景，让大鹏宝座中的女王看得神情激荡，越发恍惚了心思——她想起男王非天来了。那位被姑娘围拢的领舞英雄，和整个舞场所呈现的博大场面，它多像是在歌颂一个人——镇守边城的非天王！可因为边境战事，非天王一时却难以回宫。那大金聚松格呢，虽然近在南城，却又不知被何事耽搁，只送来寥寥数句的信件，见不着人。女王想到这二人，心中不免生出伤感。再瞧瞧左边的火金聚，终也无法消除对他的顾忌；又望望右边的水金聚，总归还是一副病怏怏的模样，根本提不起兴趣。两边这么一看，女王心中的那个伤感，瞬间就变成了伤痛，越发控制不住。只好端起金鐏，自顾饮酒。

　　一旁火金聚见此，连忙朝女王举起铜鐏。默默无声，陪她饮酒。当下是：女王一鐏，他却二鐏；女王二鐏，他又四鐏；女王三鐏，他已六鐏！虽然只是小小的铜鐏，但照此下去，纵有再大酒量，终究也是挺不住嘛。想不到这位金聚还是个直愣愣的性子。要说向女王赎罪，或说哄得女王开心，以这种自残的方式，那是既真诚，又让人有些心疼了。女王不由心情一动。但瞧这时的火金聚，目光沉迷，一脸的怀旧。手执铜鐏，露出微妙的劲头。越喝越发较劲，大有女王不发话，就是喝死也不罢休！

　　女王终是被打动：当初也是这位金聚，让她尝到了无比极致、妙不可言的快乐。虽然只是在身体上，但比之那些让她摸不着的男人，那却是真真切切的美妙。就像现在，梨花香酒可以淡化的，不仅是她心中的伤感，还有对于火金聚的顾忌——是的，当年火金聚索求官职，她曾思考，那是需要经过时间考验，他如果是王朝的栋梁，也不是一时半刻的工夫可以成就。现在多少年过去了，她已经不再需要考验他。因为除了栋梁，她还需要人，可以慰藉心灵的贴心人！

　　确实，当朝执政这么多年，无论政事、民事、商事、战事，都让她操碎了心房。从来活着，都不是活在今天，而是活在未来——前天，在计划昨天的朝会；昨天，在计划今天的远征；今天，在计划明天的路程。那个心哪，好比风云一样不得停歇！现在，趁着梨花香酒催出的劲头，是要好好歇息一下了。再说，毕竟面前这位金聚，他是男王的亲兄弟。长久的冷落，是在亏待自己，伤害金聚，也是对男王的不敬！

　　想到这些，待火金聚再一鐏酒入口，女王就发出感叹："哦呀我的金聚，本王知道你这喝下去的，不是香酒，是苦水嘛！但你也知道，本王为什么要冷落你！"

　　火金聚无限悔恨，真诚地表白："甲姆，金聚知道错了！"

　　女王问："知错，又应该怎么做？"

　　火金聚无比努力："金聚再无任何妄想，只要能陪在甲姆身旁，金聚就满足了。"

　　女王反道："你当真这么想吗？"

火金聚眼圈湿润起来，恳请道："金聚的血肉都和甲姆融在一起，怎么还能分开。甲姆，请原谅金聚吧！"

女王注视火金聚，目光闪烁。

火金聚声音已有颤抖。翘起拇指，吐出舌头，舔一下，发一个狠话："甲姆，请相信金聚吧。就是做牛做马，金聚也要做那种牛、种马！"舔一下，又发一个狠话："金聚现在的心，就像雪山一样清朗，不会再让甲姆失望！"

女王的心跟着翻腾起来。举目望西方，目光跌宕。多久过后，但见她朝着天空点头，望着天空说话："哦呀，我的金聚，本王对你的心结，可以解开了。"言毕，一鐏酒倒进口中。

火金聚慌忙接过金鐏。刚刚斟满，女王又一鐏饮下。火金聚就不敢再斟。女王却招呼他："斟满嘛我的金聚。现在起，不准你再承让，本王喝几鐏，你也喝几鐏！"

火金聚不敢动手。

女王笑起来，醉意绵绵道："你怕什么，你怕本王吗？"

火金聚只好又替女王斟满一鐏，同时也给自己斟满。这下就变成了你来我往，喝得更加迅速。

几轮过后，女王终是醉了。情绪有些失控，语气也变得暧昧不清，断断续续地询问火金聚："种牛？种马？我的金聚，今夜你要做……本王的种马吗？"

完了，浑身一软，卧在宝座里。

原本庄重的宫廷舞会，因为女王的带头醉酒顿时就变得混乱起来。不管有伴侣的，还是单身的男女朝官，都跟着放纵开来。一旁水金聚见女王已经醉倒，在座朝官们也都有了醉意，才趁着空当把目光投放到舞场上。这时的舞会更为热烈了。所有女官均被男官们拉进了舞池，苏梨也被一位男官拖下去。那男官带动苏梨旋转在舞池中央，左右摇摆，速度越旋越快。恍惚一看，一身洁白衣袍的苏梨，竟被旋成一朵翻飞的梨花。水金聚痛苦地望她一眼。他再也看不下去！起身，离席。只一转身，就被狂欢的人群淹没了。

78．夜间拜访的人

不久，舞会的夜晚来临了。

舞会的夜晚因为混乱，宫中大小朝官均在忙碌。有些人忙着约会，有些人忙着沉醉，有些人则在忙着如何亲密新政。比如神师，当他裹着阴云，带着醉意，提前回到官寨,正是愁肠百结的时候,他的官寨大门却被人神秘地叩开。神师一看,竟是小王朗玛的舅舅仁青。但见这位未来的格拉手捧洁白哈达,恭敬地立在大门外。见到神师,一边敬献哈达,一边吩咐家侍奉上金沙、丝绸和精美的装饰。他们来,一是感激神师在关键时刻,以崇高的神谕最终肯定了小王;二是他们已经秘密获知了北城才女的伤亡,因此对小王的安全问题充满担忧,故来恳求神师卜卦,预示小王的未来。言外之意,更想从神师这里讨得一些为官处世的经验,比如往后需要亲近或防范哪些朝官大相等。

神师一听来者用意,心下已有底数,就摆出一副冷静面目,以官腔回应小王的舅舅:"仁青官,要说向天神乞讨小甲姆身体健康,刚布是可以做到。但要预示小甲姆的未来,那又是俗人的担忧,神谕可不管这些。"

仁青朝神师深深地作揖,无比真诚地请求:"尊敬的阿苟,我们对您的信任就像雪山一样。您又是天神的使者。天神如果不给方向,小甲姆的未来就寻不到路了。"

神师不动声色:"对于小甲姆的未来,道路只有一条,就是认真地做好学问。"

仁青一听,竟摆出一副听不出深浅的模样,无比感动地响应:"拉索,尊敬的阿苟,您这就是天神的口谕了!"

神师暗下好笑。瞧这个仁青,不就是想竭力打动自己嘛,竟把一个人人明白的平凡道理当成天神的口谕,可见是恭敬过了头。但这恰恰又表明:此时白玛家族在王城势力脆弱,空悬无依,迫切需要靠山。而仁青既然寻到刚布官寨来,定是真心想倚靠神权这座大山了。

想到这个,神师才又惬意起来。以一位长者的语气对仁青道:"哦呀,仁青官这样真诚,天神也会感动。只是朝政之事就像大树的根系,盘根错节。不仅复杂,它也是惯例。不管哪个朝代,哪位人王,还是哪位朝官,都无法摆脱它的纠缠。如今小甲姆置身其中,如果得不到天神的庇护,确实前途不明。我作为天神的使者,当然是要全心全意地保护小甲姆,责任重大,义不容辞。"

仁青听神师这话——这才是真言,或说大实话!当下两眼已有些湿润,无比感激地道:"阿苟,您就是我们朗玛的阿乌,这也是朗玛的心愿!"

神师一听仁青竟要同自己攀亲,心情晃荡了好大一阵,才镇定下来。跟着接应:"哦呀,如果这是天神的安排,我也只能听从!"

仁青声声道谢又深深作揖,好一番作礼。继后,竟以一个下官的姿态,谦卑地退出了刚布官寨。

当他走出大门,面色立马由谦卑变得凝重了——混乱年代里,宫廷争斗甚是激烈。如果不在朝中寻得一方坚实靠山，小王的继位肯定不会顺当。势力薄弱的仁青当然识得这个厉害。他因此只能一心一意地投靠神师，期望天神能给白玛家族带来光明。

第 10 篇

79．香雾弥漫的地方

迎接小王的盛大庆典经历了九天,终于在纷繁中落幕。它也圆满了火金聚。被女王冷落多年,如今火金聚总算熬出头面。庆典的第五天就被女王封了官职。虽然只是近侍官,不在首领大相之列,但属于内朝官,距离女王最近,提携的机会就比一般的外朝官多出一些。火金聚暂且也就安心,再不敢急功近利。他准备以心换心,脚踏实地,慢慢提升。

倒是女王的心越发不能安定。庆典过后,女王细细思量——因为边境战事,非天王不回宫倒在情理当中。可南城并无战事,南王松格怎么也不回宫?思来想去,越发想不通。就重新翻出南城信件。细细查看,见那上面寥寥数句的问候,客套中伴着生硬,不大像是松格平日的语气。当即心生疑虑,连忙遣内侍去请阿乌格拉进宫,另有女官苏梨也被一同接进宫中。虽然寻访才女一事,苏梨办事不够圆满,但选拔小王时,这种欠缺并没有影响到女王的期待。想她又是女王的亲信朝官,再有阿乌格拉暗中多多劝导,女王已有原谅,才又接她进宫。

当下三人坐在王宫四楼议事厅。另有天官赭面娘原本就住在五楼,平日宫中大小政事都有参与,这次也不例外。女王神态凝重,把南城信件递与三位。先是阿乌格拉,接信细看,总觉得小有破绽,却又说不出具体;再是天官,见那信件内容,言语恭敬又掺杂些许生疏,也有种说不出的感觉;苏梨呢,信是接过了,却只是瞥了一眼,并没有细看,好像已经知道内容一样。

女王就问她:"你有什么想法?"

苏梨反问:"甲姆,松格官已经多久没有回宫?"

这一提倒把女王问住了。女王想了下,回答:"你带才女们回城,休息不过三天;才女们各项考核,花去十五天;庆典又是九天。前后将近一个月,没有他的消息!"

苏梨陷入回忆,一边道:"内官带才女们到南城时,还听松格官表示,等到小甲姆选定,他要回宫庆祝。内官这几日都在寻思:怎么松格官就没回宫?是不是另有原因？那原因是不是已经写在信里？现在见这信件才知道,他什么也没解释。那是怎么了——"苏梨满心顾虑,若有所思。

一旁天官忽然想起一件事来,跟着提醒女王:"南城战队的信官德吉,他是内官的宗亲。但内官发现,不但是南王,按以往的惯例,德吉信官这个时候是应该回王城例行公务,向绛珠大相汇报南城的战事状态。怎么也不见音讯!"

女王听天官这一提,心跟着一紧,脱口而出:"南城有事了!"

天官小心地问:"甲姆,会有什么事呢?"

女王凝重道:"洛绒家族那个女首领,早在甲姆拉时期就有反叛动机。那时甲姆拉一心要想惩治,却找不出合适的理由。因为她们做得太隐蔽,总让王宫抓不到把柄。南城真要出事,肯定关联洛绒家族。"

天官点头沉默。这是包括阿乌格拉在内,众位心中共同担心的问题!只是谁都不愿轻易碰到这根刺而已。阿乌格拉面色已有担忧,提醒女王:"现在最为重要的是要弄清松格为什么不回宫,他是不是遭到什么阻碍?"

天官点头接应:"拉索,格拉说得正是,看来这已不像小事。我们应该尽快派人到南城调查,先了解南王的情况!"

苏梨听说调查,连忙说出自己的想法:"这事实在蹊跷!就算南城战队和洛绒家族发生摩擦,只要松格官还有自由,总不会仅仅送回一封简信。再说,那洛绒家族只是地方势力,怎样也战不过南城战队吧。所以就是调查,也不是一般人可以对付……"

女王盯住苏梨,知道她还有话。

苏梨果然请示道:"甲姆,要不要召那依杜官寨的西贡波进宫?"

女王一听西贡波,对苏梨的用意已经明白大半,立即发话:"请苏梨官细说。"

苏梨却又摇头了,很实在地解释:"内官还无法说出具体原因,只是预感而已。也许西贡波能给我们提供一些更好的建议。因为她的中心家族是在南城,又和洛绒家族有着深仇大恨。一般仇敌提供的消息,除去夸张的成分外,会更翔实一些。"

女王一边思考一边推测:"天官刚才提到的,正是本王觉得奇怪的地方——松格手中掌控着南城战队,他们又归属王城战队,需要按时回宫,向绛珠大相禀报南城的战事状态。如今却不能履行公事,就算是和洛绒家族发生摩擦,也不会导致南城战队音信全无。南城战队中都是男卒,南城缺少的就是男卒。洛绒家族正需要大量男卒才能扩展势力——野心和暴动都是需要强大的战力作为支撑。本王在想,南城战队定是被那洛绒家族利用阴暗手段控制住了!"

苏梨紧切接应："拉索，甲姆的推测也正是内官担心的。内官还记得一事。多年前的南城大血拼中，洛绒家族攻占了西贡家族的一个制毒作坊，从中抢走不少蛊毒。这些年中，大洛绒一直在利用那些蛊毒控制民间的壮实青年，用于充实家族势力。难说这一次她们不会对南城战队下手。请甲姆尽早传西贡波进宫，问个具体明白。"

不久西贡波就通过地宫密道，被内侍领进王宫四楼。女王随即道出对于松格的猜测。

西贡波一听，心中立马就有底数——女王这是在怀疑洛绒家族呢。这洛绒家族可也是西贡家族的仇敌！于是非常竭力，细致地禀报女王："甲姆，以下官对蛊毒的了解，南城战队阵式庞大，要是中蛊，别的小蛊也镇不住。他们定是中了大蛊！大蛊当中又数'曼妙蛊'最为厉害。正如苏梨官所说，几年前洛绒家族强占了我们南城家族的一处作坊，抢走大量蛊毒，尤其是曼妙蛊！她们还挟持了作坊的制毒官，配合她们做试验。"

女王不甘心地问："曼妙蛊真有那么强大？能够控制整个战队？"

西贡波慎重解释："拉索，曼妙蛊非常强大，投毒的方式又很简单。只需要焚起蛊香——香雾弥漫的地方，即使是人间地狱，也会变成中蛊人无比向往的天堂。中蛊人会在美妙的幻觉中，圆满心中所念的一切想法；同时因痴迷而导致精力透支，最终虚脱而死。这蛊香是专门针对那些心有所念的人——只要你心中有情感，有愿望，你又对它执迷不悟，闻到蛊香，必会中蛊！"

女王只道："谁人没有情感，谁人没有愿望。依你之见，只要是焚上那个蛊香，闻到的人岂不是百发百中！"

西贡波带着纠正的语气说明："也不是百发百中。这蛊香并不适合性格冷漠和心无挂念的人。"说完，小心地探问一句："甲姆，您的南王……是不是心有所念？"

女王晃了下目光，正色道："现在可不是谈闲话的时候。"

西贡波连忙解释："甲姆，下官这不是闲话，是需要先了解情况呢。"

女王就问："如果南王真地中蛊，你可有办法解救？"

西贡波拍拍腰间的紫铜药壶，十分自信："甲姆请放心，下官这里装的都是解蛊的药酒。就像当年协战西城，营救南王，下官只等甲姆一声命令。"

女王点头道："哦呀。本王再细细思量你们的话，可以断定，南王那边已经出事！但究竟什么事，中蛊还是别的，本王也不能凭空猜测。还需要速派蓝鹊使者前去南城暗访，先要查清具体情况，之后才能就事论事，做出合适决定。"

80. 把你忠诚的心灵，交给它吧！

十天后，暗访的蓝鹊使者终于从南城回宫，果然应验了之前女王的推测。

原来洛绒家族确实是个骄横狂妄的家族，一直暗藏独立野心。因部落内部男丁有限，女首领大洛绒早就对南城战队动起了野心。在过去，松格未到南城之前，南城战队暗中实则已被大洛绒控制。后来松格镇守南城，大洛绒从此挨不近南城战队，她就只能在暗中使些心计。但由于松格挡道，总也不能得手。最终大洛绒处心积虑，开始在暗中悄悄地集结战力，意图谋反。正在蠢蠢欲动之际，却得知王宫选拔小王。

大洛绒不由窃喜——选拔新主可是王朝大事。自然朝中文武百官，包括女王本人，都会把精力投放其中。那就是天赐良机！洛绒家族正好趁此施行筹备已久的反叛计划。因此在苏梨带领才女们离开南城后，大洛绒就开始在官寨里部署战事。同时遣派密侍潜入南城战营，暗下给南城战队投放迷药，正是之前从西贡家族夺得的"曼妙蛊"。等松格和南城战队全体中蛊后，就把他们统一送进南城一处隐蔽的峡谷里，软禁起来。又派进一批强悍能干的女弓箭手，由她们看守，并欲通过情爱慢慢地消磨战卒们的意志，以便最终达到控制南城战队。

女王一听大怒，当即召集所有战官："王宫男战队"大首领绛珠大相、"十三女战队"代首领青次高霸、"王宫猎战队"大首领洛塔、"王宫蛊战队"首领西贡波，又有阿乌格拉、神师、天官、苏梨等，齐聚三楼大殿，商议发兵南城。

阿乌格拉第一个表现出担忧。他认为盲目发兵并不妥当。因为南王松格虽然是寻到了下落，却没有解救出来，仍然困在大洛绒手里。强硬攻打南城只怕松格性命难保。而洛绒家族与康金家族结亲多年，洛绒措已为康金家族生了三位小姐，时下又有身孕。据蓝鹊使者探得的消息，那西城"挡天的人"已经卜算，这一次洛绒措怀的是少主的胎盘！且此刻她正在南城探亲中。康金大矿主以及长子金布，二人因为在多年前的救城战事中，洛绒措对他们死心踢地，实则是有救命之恩，自然对洛绒家族充满感激，无比地尊重。这样的话，如果现在攻打洛绒家族，势必也打击了康金家族的情感。因此对于洛绒家族，王宫应当先去以礼劝降，迫不得已时方才发兵。

格拉的建议迎得了一些朝官的赞同，但女王却另有看法。她认为大洛绒竟敢在王朝金聚身上动手，足以证明她的嚣张气焰，已经不是藐视王权那么简单。定是发下狠心，反叛祖母王朝！如今软禁松格只是由头，挑衅王宫才是真实目的。这种狼子野心,一日不灭,一日南城不得安宁!

大半朝官支持女王的看法,包括绛珠大相。

这时,就见女官苏梨出列,进言:"甲姆,您的分析精锐有力,但下官认为,还是需要考虑方式。不但格拉担心,我们都很担心南王的生命。攻打南城肯定迫在眉睫,但必须是在保证南王安全的情况下才能进行。"

女王微微点头,望一眼天官赭面娘,正欲询她意见,又见立在一旁发愣的青次高霸,就转口问她:"青次官,你呢?作为女战官你有什么建议?"

青次高霸浑身一晃,唇齿蠕动,却又无法回应。

女王等得不耐烦,面朝绛珠大相,果断发话:"那洛绒家族历代经商,却以扎拉(战神)作为家族主神——就是没有野心,征战也已经成为她们的信仰。这样的家族就像悬在王城上空的天雷!哦呀大相,就以你为主战官,部署战事吧!"

绛珠大相胸有成竹,回复女王:"甲姆,我正在考虑,如果发兵南城,也不是一两支战队可以胜任。王宫需要派出适合不同战地的战队,集结讨伐南城。一是男战队,需要调出一支精于硬战的勇士,就由我本人率领;二是蛊战队,需要调出一支擅于解蛊的精兵,由西贡波率领;三是十三女战队,也应当抽出强兵参战,可由青次高霸率领。三支战力集结后,首先是十三女战队,直接奔赴南城,引开大洛绒的视觉。同时蛊战队进入南城峡谷,为南城战队解蛊。但蛊战队本身只会投毒解蛊,并没有作战能力。这就需要男战队配合进入峡谷,协助蛊战队解救中蛊的战力。之后男战队将和被解救的南城战队共同奔赴南城,联手十三女战队,一举围剿洛绒家族。"

苏梨一听绛珠大相这样的部署,心就跟着晃荡了。沉重的目光注视着青次高霸。但见青次高霸面色苍白,目光呆滞,整个人站在那里,像是飘浮的烟尘一样。

苏梨紧忙又出列,请求女王道:"甲姆,内官赞同绛珠大相的战事部署,但对于挂帅的战官,是否可以调整?"

话音刚落,就听女王大声责问:"调整什么?!"确实,刚刚女王发问青次高霸时,见她浑身一晃,霍然之间,女王脑海中就闪出一条巧妙的思路。这下见苏梨出列阻拦,当然不悦。

苏梨则语气纠结地继续:"内官认为,十三女战队那一支,不应由青次高霸挂帅……"

众官一听苏梨这话,均有恍悟。是啊,他们都忽视了一点:青次高霸,她可是洛绒家族的长子——卡珠的女人!

所有人因此沉默了,举朝安静,鸦雀无声。

这时就见青次高霸面向女王一头跪下。匍匐在地,声音颤抖:"甲姆,下官心有牵挂,双手已是抽筋断骨,怎么举得起战刀?"

女王不动声色地问她:"除是卡珠的女人,你还是什么?"

青次高霸的声音,变成了陶罐落地一样,那么地碎裂,无法完整:"下官还是,还是……"突发啜泣,泣不成声。

女王声色俱厉,接话道:"哦呀!你还是祖母王朝的女战官!十三女战队的大首领!"

这时苏梨小声地插进一句:"甲姆,可她将要面对的……是与她共了帐房的人。"

女王愤怒了:"共了帐房的人?她大洛绒也是同王宫共着领土的人。如今呢!对于政权,只有无尽的欲念,没有纯粹的情缘。本王还忘了宣布:这一次,本王要亲自出征!"

苏梨闷闷地应声:"拉索。"

青次高霸却已经由匍匐变成了一堆衣袍,瘫在地上。

女王见此,下了大鹏宝座。走到她面前,俯下身,低沉而严肃地喊一声:"女官。"

青次高霸在颤抖。

女王提起嗓音再道:"女官!"

青次高霸大脑震荡,微微侧过面目。就见女王的手指像一支箭,箭住了她的目光,把它挟持到深厚的宫窗外,那神山的方向。但听女王的声音像是利箭穿耳:"女官!抬起头吧,向着神山的方向,你来看——哦呀,你曾经对我们的祖母神山,有过怎样的承诺?"

青次高霸浑身抽搐,多久也不能抑制。

女王的声音就变成了阴幽的地洞:"说吧,女官,向着我们的神山,向着我们的阿妈,说出你的誓言。把你忠诚的心灵,交给她吧。"

这声音完全吸食了青次高霸的精气。她开始断断续续:"让她……雄伟;让她……壮大;让她,顶天……立地;让她,百世……流芳……"

女王才直起身,道一句:"哦呀!"顿了下,突发面向朝官们大喊:"让她雄伟!让她壮大!让她顶天立地!让她百世流芳!"

王朝上下顿时掀起滚滚热浪,众官异口同声地接应:"让她雄伟!让她壮大!让她顶天立地!让她百世流芳!"

女王已经热泪盈眶,面朝青次高霸,命令她:"起来女官!不要让神山看不到你!"

81. 讨伐南城

讨伐南城的王宫战队兵分两路。一路由绛珠大相和西贡波共同率领，奔赴南城峡谷，营救南王松格；一路则由女王和青次高霸共同率领，直接抵达南城。男战队由蓝鹊使者带路，日夜奔赴，不过三日就赶到了软禁松格的南城峡谷。那大洛绒本以为南城峡谷偏僻，王宫一时难以寻踪，仅派了一些女弓箭手驻守在峡谷关口。女弓箭手平日闲得无事，又被充作了美侍，专门迷惑松格的南城战队。淫逸久了，自然战事松懈。绛珠大相领军直入，突发一阵强弓强箭攻击，也就三两回合的工夫，就平定了她们。绛珠大相立马寻到松格，又把分散在峡谷四周的南城战卒召集起来，由西贡波手下那些"火杜鹃"为他们解蛊排毒，之后速速带回南城。

这时女王和青次高霸已经入驻南城战营。她们按计划行事，只是先进军南城，迷惑大洛绒的视觉，并没有提前开战。一直等到绛珠大相领着松格归入战营。

解毒后的松格一时难以恢复常态，一半神绪还处在恍惚中。突然见到女王，竟是无比惊讶，急切地问候："甲姆，您怎么来到这里？"

女王心情复杂，注视松格，心疼道："金聚，让你受苦了。"

松格双手捂住胸口，神情稍有紧张，语气更有些急迫，向女王表白："甲姆……金、金聚的心，一直都在这里。"

女王就想起之前西贡波曾说——这蛊惑是专门针对那些心有所念的人，当下既感动又难过，应声道："哦呀我的金聚，你的忠心，从你中蛊的那刻我就看到了。"

这时绛珠大相则在一旁提醒女王："甲姆，现在可不是倾诉的时候。我们应该去讨伐大洛绒了。"

话音刚落，却见女王已经转身。一转身，声音又变成了另外模样，无比凌厉地喝道："大相，集结全体战队！"

当女王、绛珠大相、青次高霸率领王宫战队赶到洛绒官寨时，大洛绒早已做好了迎战准备。她的反叛野心在这一刻，通过官寨四周那机关重重的大墙完全暴露出来。但见洛绒官寨的大墙上方，能够利用的空间处处均有设置。碉墙上堆满了战器，廊道内变成了战壕，瞭望口已经被设置成密布的箭眼。而洛绒家族的那些黑头弓箭手，他们早已备好战事，如同黑压压的乌云罩住大墙。这让女王和绛珠大相都有些措手不及。女王立马意识到,这将是一场不同寻常的战事!

要说洛绒官寨,那可是南城的小王国。由于官寨地处主国边境,建筑上就与其他碉楼官寨有所不同,是多多仿制了主国的建筑风格。主体结构已经演变成碉楼混搭四合院的模式。整个官寨面积多达五十余亩。背倚雪山,四方围拢着大寨墙。以那寨墙的高度及厚度,实则就是城墙。寨墙的四角各立寨碉一座。碉内充实着各种战器,其实也就是战碉。寨墙内部,主体官寨耸立在大院的中央位置。独立而坚固,就像一座小山。外人如果攻打,处在深厚的大墙之外,是连那官寨的影子也看不到。冷兵器时期,攻打城池的主要方式就那四种——火攻、箭攻、围困、摧毁障碍物。但那些用岩石和黏土砌成的巨大寨墙,紧密得连针尖也扎不进去,又有四方战碉作掩护,只要官寨大门一关,要想攻打洛绒官寨,就如破石一样艰难。

王宫战队因此困在洛绒官寨外围,无法突击。相关战事方面,女王向来信任松格。她原本是想把攻寨的希望寄托在松格身上。岂料松格中蛊太深,一时半刻难以恢复精神。强者所需要的都是光鲜明亮、赤裸裸的气势。危难时刻,谁有实力谁就是光芒。正如绛珠大相,此刻他才是女王的光芒!

女王已经放弃了对于松格的希望。满心期待地询问绛珠大相:"大相!作为主战官,再没有人比你更具备临场作战经验。面对这种场面,你将怎么应对?"

绛珠大相语气凝重地说明:"甲姆,就面前形势看来,攻破洛绒官寨,仅以火攻和箭攻十分困难。要想彻底覆灭它,第一需要时间,第二需要牺牲战力。"

女王接话:"这么说,我们的战力将会受到很大损伤?"

绛珠大相沉重地点头。

女王凝望洛绒官寨,陷入思考。一阵过后,只听她在感叹:"哦呀!既然她们起心反叛,那官寨内部自然储备充足,长久对峙,怕是三五个月也耗不下来。我们这么多战力屯兵南城,拖不起!那也只能先以'人盾'战策拉开战事了——只有利用人盾才能消耗他们的战器。我们不出人,他们战器也不会出手。"

绛珠大相点头,加强语气响应:"拉索,洛绒官寨战力再强大,如今它也困在方寸之地,四周已被围堵。我们以'人盾'从正门强攻寨墙,过程中他们定以战器还击,就会损失战器。因为没有后援,那战器是损失一件少去一件。"

女王顾惜道:"但是人盾的伤害太大了。"言毕,仰头望天。转眼,又凝望洛绒官寨后方的雪山,多久地凝望,不发话。

等发话时,她就这么对绛珠大相道:"还有一个办法,可以配合我们的作战方案。"

绛珠大相惊望女王。

女王一手指向雪山:"洛绕官寨倚山而建,水源肯定取自雪山,也肯定是以土陶管引进了官寨。我们可以绕过官寨,从雪山方向寻找进入洛绒官寨的水源。切断她们的土陶管路。只要天不下雨,干旱一些时日,那么偌大的官寨,战力众多,一缺水迟早就会渴死。"

绛珠大相听女王这一说,豁然信心倍增,坚定地接应:"不管天会怎样,我要先把那人为的水源切断!"

82. 她的阿妈,她的神山

绛珠大相迅速派人上雪山,寻找洛绒官寨的水源,一边开始布控战事。因为南城战队刚刚摆脱蛊毒,一时不能灵活作战,就将他们以人盾的方式派到官寨正门,负责搭建攀越寨墙的战梯。王宫男战队则配合南城战队集结在官寨正门,准备随时攻寨。又由女王和青次高霸率领的十三女战队,集结在官寨后门。那后门平日原是下人们的出入之地,到战乱时则变成应急撤离之道,自然和正门一样重要。

等一切布控完毕,围剿洛绒官寨的战事就拉开了帷幕。

头一天,第一批身穿蓑衣战服的战卒开始向正门挺进,正是南城战队的弓箭手。他们却不放箭,只往寨墙下方搬运木料,搭建攻墙战梯。搬运的战卒很快就被寨墙上放出的毒箭全部射死。

第三天,第二批身穿皮袍战服的勇士又向寨墙挺进。他们一半是南城战队,一半则换成王宫男战队,又给大墙上的毒箭射死了大半。

第六天,第三批身穿铁网铠甲的勇士们继续向寨墙前进。这次已是清一色的王宫战力。仍被大墙上方的毒箭射死不少。但搭建战梯的木料已经充足地运到了寨墙下。

第九天,绛珠大相令第四批身穿铜网铠甲的勇士,最后一次向寨墙挺进。他们一半是王宫男战队,一半又是从十三女战队中抽出的精英女战力。这时寨墙上方,洛绒家族的战器已经消耗得所剩无几。另外水源也被切断,官寨内的弓箭手们饮水已在慢慢压缩。大洛绒一时性急,为补充战器,她命令弓箭手撬开地面上的方石,作为投掷战器。一些铜网铠甲的勇士因此被砸成重伤。但他们英勇无畏,依然攀附墙体继续往上搭建战梯。大洛绒看得疯狂,再令弓箭手撤卸官寨大屋上的木料,以松明引火,共同点燃,依附墙体抛下去。造成勇士们和刚刚搭建的战梯同时着火。一时间墙上墙下烧成一片，火光冲天。但身穿铜网铠甲的战卒是王宫最勇猛的壮士。他们并不怕火焚，冒着烈火勇往直前，迅速把战梯搭上了寨墙。

这时，第一支铜网铠甲的勇士冲出大火，攀上墙头。一脚踏进垛口，立马遭到洛绒的弓箭手猛烈砍杀。因为攀墙而上，视觉被局限，第一支冲锋战力瞬间就被砍得血肉糊涂。他们竭尽全力，死抓垛口不放，以血肉之躯为后方勇士铺展人肉战道。当再一支冲锋战队，踩着自己人的血肉爬上寨墙时，墙体的战梯上已经布满黑压压的战力，他们像热浪一样涌上墙头。

不久，洛绒官寨的正门就被攻破。守阵的大洛绒只好退到寨墙上方的战碉里，欲以居高临下之势抵抗。绛珠大相见此，带领一支精悍战队直捣洛绒大院，意欲捕获大洛绒，却遭到里面的弓箭手奋力抵抗。但见那身穿铜网铠甲的王宫战队，与那肩披黑色斗篷的洛绒弓箭手，一边是赤潮，一边是黑浪，相互混入厮杀。交锋中，似乎洛绒家族的那道黑浪，就要被王宫的赤潮埋葬。洛绒官寨后门原本是由大洛绒的长子卡珠守阵。眼瞧正门那失利局面，卡珠连忙调令守在后门的弓箭手上正门抵抗。

后门因此战力空虚，不多时就在四面楚歌中被十三女战队群体攻破。领军的青次高霸一身青衣铠甲，跨于高头大马，手执凤头战刀，呼叫着冲入敌阵。正举刀砍杀，却发现战刀之外那与她交锋的人——竟是卡珠！青次高霸顿时双目旋转，猛然勒住战马，猛然脑海空茫。那战马一声嘶叫，却收不住已经奔出的铁蹄，差点人仰马翻！而对面那人，那情郎卡珠，他也震裂了目光：这是青次，他的女伴！他所惜爱的人！顿时两边战马因突发地违背习惯性的作战思维，变得狂躁，嘶叫，砸蹄，由不得人来控制。

青次高霸战刀持在手里，手凝固在空气里，脑海已被抽空。神情恍惚，空望卡珠，只感觉身体像一阵风，就要散失；又像一只水泡，就要风化。望一眼面前，她的男眷；转身，回望一眼身后压阵的女王；再抬头仰望那遥远的天边，她的阿妈，她的神山——当目光最终回落到原地时，才望见自己的双手，只在瞬间分裂了——像被一股神力无形地推动，那么地，由不住自己地，举起战刀，冲破血路，直刺卡珠……

泪光闪闪，血光淋淋，那刀尖顿时在卡珠的心口上开出一朵巨大的血花！

青次高霸失手，栽下马背。

女王迅速滚身下马，从马蹄下救起她。抱着的时候，望她那目光，却如钻心的蛊虫一样——黑暗，仇恨，充满杀气。女王心一裂，放下她，昂首，高举战刀，杀入匪阵。她高大的战马涡旋在黑压压的匪敌当中，好比一座移动的战碉。单刀下去，一个人头落地；双刀下去，两只头颅飞起，那铁蹄奔过的地方，早已遍地横尸。这时就见大洛绒站在寨墙上方，浑身是血，疯狂决裂。绛珠大相的人马一部分冲进官寨，包围住里面抵抗的洛绒弓箭手。一部分冲上了寨墙，欲要活捉大洛绒。大洛绒瞧那浪潮一样翻腾而上的王宫战队，突发哈哈大笑了。面朝女王，无比壮烈地叫喊："能在烈火中升天的，都会重生啊！苏犀！不知你升天时，会不会也有这么宏大的场面，为你送行！哈哈！"说完，带着决绝大笑，纵身跳入火海。

女王举刀的手在颤抖。望大洛绒最后那英灵一样飘晃的身影，咬牙切齿道："让她的咒骂被魔鬼吞噬，把她的尸体丢进三角碉中！"

一旁绛珠大相跟着请示："甲姆，接下来这大院将怎么安顿？"

女王决意，不假思索："洛绒官寨里，男子不管大小，一律就地处决！女子不能生育的，一律就地处决！年轻的女眷，不论是寨官还是侍女，都给本王押起来，带回王城！"

绛珠大相听得奇怪，不明白女王为什么要留下那些年轻女子，迷惑中应声："拉索！"想了下，又探试地问："甲姆，战事后，您的金聚将怎么安排？"

女王目光深暗。原本她对松格也没有过深的依恋，只是欣赏他的战事才能而已。但现在见他中蛊后那个恍惚的模样，也不知多久才能恢复常态。又想起：即使不是他的错，只因中蛊而身不由己，他也已经在迷糊中被大洛绒的女弓箭手给污损过了。这是事实，充满晦气，一时就不想再见到他。

于是无限复杂，无限真诚，又无限感慨地道："他是本王最忠诚的金聚，本王对他无比信任，就让他继续镇守南城吧。"

83. 让那些女眷，为我们生育战奴

南城洛绒家族终于被剿灭。但王宫为拔除这颗毒瘤损伤巨大，失去了上千战将！那些战将，那些身穿铁网铠甲，尤其是铜网铠甲的勇士，他们的死亡让女王无比心疼。冷兵器时代，所有战器都不是最硬实的，男人才是最过硬的战器。这叫女王无法释怀。虽然搁置已久的南城隐患得到了根治，但女王并不开心。

这一日，女王闷闷不乐，正由着火金聚陪伴，坐在五楼茶房借酒消愁。忽听内侍禀报，绛珠大相求见。火金聚见女王已有醉意，并没有及时反应，就擅自吩咐内侍道："甲姆正要休息，让他下次再来。"

女王问："谁要见本王？"

火金聚回答："是绛珠大相。"

女王立马发话:"是他,就快快传进来。"

落得火金聚一脸尴尬,连忙吩咐内侍:"还不快去恭请大相。"

却听女王招呼他:"金聚,你先上楼吧,我和大相有事要谈。"

火金聚愣一下,应声"拉索",上七楼云霞宫去了。

女王再抬头,见绛珠大相已经站在面前,就一脸苦笑地说:"大相,你也知道本王的心,痛了?"

绛珠大相正色道:"甲姆,我是来禀报战事。"

女王故意嘟囔:"战事,战事,都过去了,还有什么战事?"其实,当她听内侍说是绛珠大相,心中已经明白,他这是为战俘而来。他的心思女王也已看得清楚明白,是想讨得那些女战俘,赏给他的手下战官。

绛珠大相听女王方才的口气,是有些让他探不出深浅,就坦言提醒道:"甲姆,洛绒官寨里一共拿下了十五岁到三十岁的女子三十人。我已经带回王城。不知甲姆决定怎样安置?"

女王若有所思地问:"她们都什么职位?"

绛珠大相回答:"大半都是侍女,也有几位寨官。"

女王一听寨官,猛然想起当时战事中,那大洛绒的长女正在南城探亲。就语气严肃地问:"听说大洛绒的长女也在南城,她呢?"

绛珠大相回应:"甲姆是说洛绒措吧。她在战事中配合大洛绒砍杀我们很多勇士。自知已无退路,和她的阿妈一样,引火烧身,已经变成焦炭。"

女王才松了口气:"哦呀,覆灭就不能留下任何祸根。"

绛珠大相重复问:"带回的三十位女子,甲姆怎么安置?"

女王不动声色道:"把她们送进女寨。"

绛珠大相一惊,一时竟有些回不过神。正如女王所料,他一直以为,女王让他带回那些年轻女子,是要分配给他手下的男战官。

却听女王发狠道:"洛绒家族让我们损失了多少勇士,她们就必须为我们生育多少勇士——把她们统统送进女寨。让那些女眷,为我们生育战奴!"

最终,那些南城女子又被带出了王城,送进峡谷底端的女寨。这当中竟有一位特殊人物——已经乔装成女侍的洛绒措小姐。

原来,当时战事中,由于状况紧迫,洛绒措顾不得有孕在身,配合阿妈在前院拼命砍杀。但王宫战队就像一团烈火,越烧越旺,把她一步步逼进了后院。正当她拼命抵抗,却听到寨墙上方大洛绒发出一声决裂叫喊——"能在烈火中升天的人,都会重生"。她的心不由一裂,就知道洛绒家族彻底陷入了败局。本来她是想作最后一搏,战死为止。但阿妈最后一声决裂大笑地动山摇,让她的心也像地震一样地裂开。突然间,她决定活下来,为家族报仇!于是抓住一位女侍问:"你愿意为洛绒家族献身吗?如果愿意,未来你的家就是我的家,你的阿妈就是我的阿妈!"那侍女心想,同意不同意都是死令,想想自己的家人,只能答应。洛绒措紧忙解下身上的小姐披风,系在这位侍女身上,又把头上的金钗梅朵插在侍女的发鬓上。朝她身上点一把火,迅速推了出去。

刚刚冲进后院的绛珠大相,一看刚才还在同他疯狂砍杀的洛绒措,竟像一只火团在呼呼的火苗中翻滚;又瞧寨墙上方的大洛绒,已经跳入火海,她也变成了一只火团!就知道这母女俩均以埋身战火。这时后院中所有女侍都停止了反抗。她们很快被王宫战队控制,继后被带进南城战营。再是一个一个地清点,记录身份年龄。

乔装成女侍的洛绒措见到清点人数,不敢掉以轻心,暗下以金簪刺破脸面。到点名时,清点的战卒见她满脸鲜血淋淋,一副嗜血女妖的模样,当即草草地作了记录。一边押她下去,一边也不忘招呼一句:"女侍,把你那见不得人的脸面遮起来吧,别吓到王城人!"

84. 女　　寨

说那王城下方的女寨,却是一个极为特殊的山寨。除地理位置无限险要外,也是一个讳莫如深的地方。它坐落在河谷底端的河坝子上。河坝对岸均是悬崖峭壁,无路可攀。中间横亘着一条汹涌大河,便是女王的河流。河流这边,上游和下游又都是万丈悬崖。唯有中游地段突兀地冒出一片谷地,形如一只跳跃的河蛙。河蛙的两条前肢像是被天神的巨手一层一层地折叠,以迂回的姿态,蜿蜒着向上延伸,一直抵达花葬场,形成一条独特的山道,俗称"蛙道"。

蛙道两侧,崖岩凌厉又狭窄,紧紧地夹住通道。若是封住通道上方的关口,上下就会变成完全隔绝的世界。在甲姆拉时期,它是一处隐蔽的屯兵营地。平日不打仗时男人们就生活在河谷里,一边练兵,一边在平坦的河坝子上开垦土地,种青稞、豌豆,以及嫁接桃梨果树。甲姆拉会给他们分派固定的女人。女人们生儿育女,慢慢地营地就变成了山寨。其间男人个个都是战卒。种地的同时,他们也在时刻准备出征。

原本在和平年代里，男人们生活安稳，与世无争。但有一年边境突发战事，男人全体远征，最终无一生还。自此寨中就只剩下女人和孩子。渐渐地孩子们长大成人。充满丧父之痛的青年男子，就成了王宫应对外域战事的得力战将。女子们又自愿守在寨中，多多生育，多多培养战将。这一切原本都是出于自愿。但随着女国战事连连不断，远征战队牺牲越来越多，女国开始严重缺乏男人。

无奈，为充沛王朝战力，山寨最终演变成女寨——成为专门提供战奴的生育机构。且女王处罚女官、女侍、女战俘时，除赐以花葬外，就会送进女寨。一入寨，不论官职大小，身份高低，都会变成相同的身份：蛙女。从此她们只有一个职责：年轻的女子需要不断地生育战奴。不能生育或是年老的，就配合年轻女子教育战奴。

由于蛙女职责特殊，贡献巨大，王宫对她们也有善待。基本每人都会拥有一座独立的碉房。情感生活也较为自由。除那些因为处罚而被送进寨子的女官、女侍，她们必须由王宫分配"夜郎"外，一般本寨的女子多以"共帐房"为主，都有一个隐蔽又固定的情爱对象，生活倒也安稳。

但是现在，随着南城女战俘的到来，女寨变了模样。同时新增三十位蛙女，碉房显然是不够用的。先前每位女子独居一碉；现在人多，只能改成二人合住一碉。

自然，乔装成女侍的洛绒措，就和家侍多玛争取到一座碉房。她俩明的都是蛙女，暗中仍是主仆关系。此时洛绒措已经怀孕数月。对她来说，家族被覆灭，通过它来翻身的机会已经断失。但康金家族仍然势力强大，她在康金家生活多年，早已清晰康金家族的野心。现在她最大的希望就是：把活着的消息传递给大少主金布。不论怎样，看在曾经救过他们父子的份上，看在肚皮里兜着他们家族血亲骨肉的份上，金布定也不会视若无睹。

可又怎样才能送出消息——自从南城战俘进入女寨，担心她们集体逃跑，女王已经派人封住了蛙道的关口，进出都得凭借"夜郎"令牌。而以洛绒措的身份，一旦被发现，立即功亏一篑！

因此，虽已逃出南城，躲进女寨，讨得了活口，洛绒措也是无法安心。身陷俘房境地，就好比烈马陷入泥沼，一时她还想不出如何摆脱困境。

85．这是甲姆拉的想法

再说青次高霸。自从南城血战中从马背上坠落，回官寨后她就像变成了另外一人。当她用刀尖血染男眷的生命，男眷的生命也血染了她的灵魂——无论正义、荣誉、神山、神谕，当灵魂沾染血腥，心灵就再也无法摆脱血腥的阴影！即使获得女王的抚慰，赐得金山银山，也已经变成痛苦的承受，越发沉重。

女王已经多次传召青次高霸，表达抚慰及嘉奖的意向，但青次高霸拒绝进宫。女王也不好强求。因为当时血战中的那一幕，不说当事人，就是女王自己，每次回想青次高霸落马坠地的那刻，她那深暗仇恨的目光，女王浑身就会发冷。确实担心：这位高霸是不是再也走不出血战中的阴影？长久下去，她会不会阴郁成疾，产生报复？

青次高霸久召不见，女王只好传阿乌格拉和苏梨进宫，另有天官赭面娘。四人私下里就是否收回青次高霸十三女战队代首领之职一事先作交流。

阿乌格拉一听收回青次官职，不由感慨："早知今日，甲姆又何必遣她前去南城！"

女王带着遗憾的语气，深沉发话："格拉，您是知道的，那洛绒家的卡珠和青次已有一层情事纠葛。当时我遣她挂帅南城，正想利用这层纠葛牵制卡珠，从情感上分散他的作战精力。哪知卡珠竟死在青次的战刀下呢！怕是这事将要变成一生阴影，在青次的心头生根了。仇恨不能生根，一生根迟早就会抽苗。这样的人怎么还能留用！"

阿乌格拉担忧说："甲姆这样顾虑也有道理。只是青次官遇事分明，待人磊落。这一次甲姆久召不见也在情理当中——谁亲手断送男眷的性命，心情还会坦荡？甲姆，我们需要给青次官时间。"

女王转眼望苏梨。

苏梨面色悲伤，就着阿乌格拉的话补充道："甲姆，青次官不但遇事分明，待人磊落，且勇敢又不狂傲，对祖母王朝更是忠心耿耿。十三女战队有她这样的女首领，就像母豹护林一样。收回她的职位，哪里还能寻到这样的人？"

女王不动声色地问苏梨："十三女战队的压阵首领，原本是谁？"

苏梨被惊动，慌慌道："甲姆！您是想复职绛月？可她早已进山修行，出家人又怎么还俗！"

女王神色严肃起来，反问："凡人修行是为什么？"

苏梨真诚地回答："是为修得善心。"

女王追问："修得善心最终又为什么？"

苏梨就不应声。

女王大声发话："最终是为拯救众生！你、我、格拉、大相、天官、高霸，我们都是天神的众生。她修行，难道不顾众生！再说——"女王顿了下，又是欣赏，又是数落，坦言："绛月的刚烈和勇猛，女官当中无人可比。谁能替代她？青次吗？她终是无法撑起祖母王朝的场面——先是违背'祖母秘籍'，肚皮里兜出那么难办的祸事。这下又为一个男人成天恍惚，丧失战官之仪。这样的女子怎么可以担当大任！"

苏梨不望女王，把目光投向宫窗外，心里在想：那您当年就不该休职绛月。

女王自然看出了苏梨的心思，脱口道出当年强令绛月休职的原因："至于当初本王让青次代职，那是事出有因——允绛月出家，就是要让她跟随丹增活佛进山修行，同时净化她的心灵。待她的心修得纯净如水，当然是要出山，忠孝祖母王朝。"

苏梨听不进女王的话，因为她早就明白这些。

倒是阿乌格拉，一边点头，一边又在努力劝说："甲姆当初的想法不会有错。但如今那绛月落得一脸麻子。即使让她还俗，她那满脸缺相怕也不好见人吧。"

这是阿乌格拉最无力的一次说服。

果然，女王胸有成竹地回他："女战官在乎的并不是相貌，而是战箭。她落得一脸麻子更好。刀剑下就不用再担心伤害容颜，从此更能一心投身战事。"

苏梨见格拉也不能说服女王，心里十分着急，慌慌提示："甲姆，刚才格拉也已说过，要给青次官时间。等时间长了，慢慢她自会衡量战事和情感之间的轻重。"

女王反道："那卡珠是个叛贼，青次又与他共了帐房。我们给青次时间，就是要让她去酝酿怎么替卡珠报仇吧！"

苏梨言语无畏："卡珠是卡珠，青次又有什么错呢。她并没有因为洛绒家族而背叛王宫。不是她亲手用她的战刀……"突然说不下去。抑制了好一阵，苏梨越发感慨："我们总不能把王朝大事强加到无辜的情感上。他们彼此惜爱，一方已经离去，难道还要生生地将另一方置于死地？"

苏梨这样的话，像是一团未燃的松明堵住女王心口，同时也锁住她的思路，叫她既难受又心虚。对于青次高霸，她心中其实早有决策。只是这决策过于残酷，召阿乌格拉和苏梨进宫，就是为了走个合理的形式，让她个人的残酷决策变成大家的决策，由大家共同承担，她愧疚的心理也就轻松一些。

是这样的心结，把思想强大的女王卷入了苏梨的质问中。

但就在这时，却听天官陡然替女王接话："世间事都有因果。那青次既然爱，就生成了恨。谁知道她的心中有没有埋伏仇恨的种子——凡是值得怀疑的，就必须彻底覆灭，以防后患！"

天官说得突然，干练又果断，仿佛女王的口气。三人顿时又被天官的气势给怔住。

天官自知语气有些过头，连忙缓口解释："内官记得，这是甲姆拉曾经说过的话——是甲姆拉的想法。"

女王一听甲姆拉，当即会意——对于青次的处置，天官和她的想法是一致的。就借题发挥问："天官，如果是甲姆拉，她会怎样对待青次？"

天官目光迅速地扫一眼宫外东边的方向，继后却又垂下头去，不敢随便回话。

顺着天官的目光，女王内心已有会意——宫外东边的方向，那正是峡谷底端，女寨的方向。

女王就带着发令的语气，对苏梨道："你的话也有道理。虽然她相上了叛贼，但她自身并没有错，只是她的命错了。哦呀，作为祖母王朝的女战官，她在哪里都可以忠孝王宫，就把她送进女寨去吧！"

苏梨听说女寨，惊得合不拢嘴。真要把青次高霸送进女寨，那就跟"花葬"差不多了，更是生不如死。苏梨连忙朝女王一头跪下，替青次高霸求情："甲姆，可不能这么仓促！削她官职已经不是小事，再要送她进女寨，不说这事还需要通过朝会廷议才能决断，就是青次官的心也已经交给神山了，神山是会庇护她的！"

女王一听苏梨竟然拿神山说事——当初自己正是以神山的威慑才牵制住青次。这个苏梨，她岂不是故意在堵自己的话嘛！

女王忽发面色阴暗，不高兴地对苏梨道："女官，你是不是累了？"

苏梨不应话，以沉默坚持。

女王生硬了语气："起来吧，女官。要是累了就回官寨，好好休息。"

86. 他已是满身缤纷

确实，苏梨累了。不是身子，是心累了。

带着愤慨回到官寨，苏梨心情糟糕。细想青次高霸这一生，先是为那王朝利益撞碉断子，永久地丧失孩子。后又迫于神山神祇，亲手杀死相守多年的男眷。这还不够，最终仍然落得幽禁女寨的命运。回想女王那一句：不是她的人，是她的命错了。如此，还会有多少女官，有多少命运之错将会在那纷繁的大宫中上演？星移斗转，无法预测后事！

楼院深深，苏梨立于自家官寨的月台上，遥望远方那祖母神山。夜幕中，但见东边的天际雾气霭霭,哪里看到神山的尊容。看不见神山的时候,人的心永远都是空茫的。就像苏梨,她怎么也想不通,为什么青次高霸的心都交给神山了,神山却不能庇护她!

第二天清晨苏梨就出发了。不领家侍,只备一匹大马,带上糌粑、食子、杉针、风马,独自出行。她要亲自前去神山的祭天台,叩拜神山。她要面对神山,祈祷青次高霸能够平安,也要把心中搁置已久的情结向着神山展放。

只是最终,当她行走了大半日,到达祭天台时,天公却不作美,阴云密布,半晌不开天日。

终究还是望不见神山。苏梨只好跪拜在祭天台上,长望,虔诚地等候。同时在心中默默地回想,这些时日王宫内外发生的大事,包括选拔小王,南城战事,青次高霸,以及花葬场给她带来的心结。它们就像混沌的泥沼淤积在她的心底。是的,今天,她要面对神山一桩一桩地挖掘它,清理它!这叫她浑身不由一阵颤抖,伏身跪地,叩拜不止。

她叩拜的时候,早有一人立在她的身后,观望她多时。直至她叩拜到筋疲力尽,累得爬不起身,他才上前一步,扶持她。苏梨抬头一看,却是水金聚!

再次相见,二人充满愁伤。当下四目交织,相视了片刻,水金聚慌慌放开苏梨。转身,默默地朝花葬场的方向走去。苏梨呢,心是抓狂地凌乱,身子却像丢魂一样随他而去。

这时节梨花早已落尽,杜鹃也已经凋零。花葬场四周一片深暗,不见任何花影。唯有几只红嘴蓝鹊被这二人惊动,慌乱地飞进峡谷深处。水金聚就顺着红嘴蓝鹊的行踪,一路往下走。

到路走到尽头,再也无法通行时,水金聚停下了脚步。苏梨踌躇少许,相继停下。这时就见他们的前方,数米之外的山崖上,一挂瀑布飞流而下。飘逸,如丝如线。坠入下方的深谷,听不到半点声息,只看到雾露一般的水珠,一路倾泻一路飞溅。

接下来,又不知是水珠还是泪珠,已经模糊了苏梨的视觉。二人站在水雾中,默默凝望。静立的两个人,似是两块静悄的岩石被水雾浸染。

这时已近正午,水雾上方的天际突发明亮起来。二人抬头张望,就见云层中跳出一轮明晃晃的太阳,顷刻间光芒四射,把周边的丛林照耀得无比鲜亮。此时那瀑布,在树影和光影的映照下,越发变幻万千。倾泻、翻涌、溅起,落下,如雾如珠。忽而,二人的目光像是长出了翅膀——他们惊奇地看到,前方的水幕间竟然荡起了一抹彩雾！先是赤红,继而靛蓝,后又橙黄,再是大紫。不断地蒸腾、弥漫、聚拢、铺展。也就倏忽间,彩雾竟然变成了彩虹,越发铺展,越发壮大;且上下飘移,四处弥漫,多久也不消失。慢慢地,二人就被它浸染。

彩虹,这大自然的灵物,原本可望而不可即,却在这里与他们亲密接触。这难道真是天光降临,天凑的缘分?——苏梨想入非非。转眼望水金聚,他已是满身缤纷!

这满身缤纷的人,忽然唐突地冒出一句:"女官,你看,彩虹都可以不落,世间还有什么不能?"

苏梨却又无声了,垂头不望水金聚。

水金聚缓步钻出水雾,顺着瀑布边缘攀上一块高耸的岩石。站在高处,眺望远方那广阔的山峦。这时,水金聚的心已像鸟儿飞向远方。但见他目光透迤在瀑布与天地之间,发出感慨:"天地之合,真是奇妙无比!不说彩虹依恋瀑布,可以为它而不落;就是丛林间的画眉、雪雉、蓝鹊,也是和那天地心性相通——因为山窝子避风,暖和多多,他们①的家就安在那里。因为丛林间植物丰盛,果实多多,他们的食物就选在那里。趁着春天温暖,他们尽情嬉戏。趁着秋天殷实,他们置家产子。这一切,是天地的恩赐,又是多么的神奇!"

苏梨跟上来,含糊中应话:"那些小动物的生活,您说得这么细致,您是爱惜它的。"

水金聚微笑:"当然,他们都是我的好伙伴。"

他描述动物时,就像描述人一样。苏梨心想,充满感动。一边目光投注到遥远的西边,对水金聚说:"您提起蓝鹊,让我想到小时候在西城,因为十分喜爱蓝鹊,就从山上抓回一只。尽管细心地看养,它却还是死掉。很奇怪,它们严寒酷暑都不怕,却经受不起被看养。"

水金聚反问她:"丛林那么宽广,食物那么丰足,为什么我们要把它关在笼中,看养它?"

弄得苏梨一阵尴尬,一时答不上话。

水金聚笑起来,避开了她的尴尬:"哦呀,蓝鹊,她是人间的幸福鸟。"

苏梨接话:"我倒听说它是人间的报信鸟。"

水金聚点头:"确实,她是猎人们的信鸟,是猎人的好朋友。"

苏梨听得糊涂。

---

① 因水金聚喜爱飞鸟,对它们有着深厚的感情,在他心中,已经把鸟儿当成是人、是朋友。所以,从他口里出来的,都是"他们""她""她们"。

水金聚抬头,指着天空解释:"你要是看到天空中,蓝鹊一只一只——就像'十三女战队'操兵时的模样,列成一排,井然有序地向着哪个峡谷飞行,那峡谷里肯定是有猎物上套了。"

苏梨惊异:"哦,竟有这么神奇!可它们又是怎样得知猎物上套的?"

水金聚道:"世间事物往往总是相悖的。蓝鹊虽然轻盈美丽,却也不够温和。她们生来钟爱血腥,对捕食有着极度灵敏的嗅觉。不管什么猎物,只要中套死亡,先总是由她们嗅出了血腥,飞去夺食。之后才有猎人追随她们的方向,找到自己的猎物。"

苏梨好奇中感叹:"这太有趣了!"

水金聚就问她:"你想亲眼见识她们的生活吗?"

苏梨充满兴趣地点头。

水金聚寻望峡谷当中的一片阔叶林,招呼苏梨:"正好她们的家就在那里,我们去拜访吧。"

随即领上苏梨,二人钻进瀑布一侧的丛林里。穿过几段坡地,进入丛林深处。这时水金聚停在一棵阔叶树下,昂头招呼苏梨:"她们的家就在上面。"

苏梨巴望半天,也只是看到一个鸟窝而已。

水金聚笑着提醒她:"你仔细看看,那窝里拖出一条长长的尾巴,就是蓝鹊了。这位阿妈正在看守她的家园。"

苏梨再一看,果然见那鸟窝里拖出一条美丽的蓝翎尾巴。

水金聚跟着小声招呼:"我们看看就走吧,别打搅她太久。我倒忘了,现在正是繁殖期。它们的护家意识多多强烈。如果我们久驻不走,定会引发她的不满。那就打搅她了!"

苏梨感动道:"您对它的了解,跟朋友一个模样。"

水金聚则在嬉笑:"我看她嘛,倒是女官一个模样。"

苏梨羞了面色,不说话。

水金聚探试地问一句:"蓝鹊,你真有那么喜爱?"

苏梨点头。

水金聚招呼她:"不急,还有机会。等繁殖期结束,我再带你拜访她们。"

苏梨纠结道:"可我住在王城,一回去就会与您断失音信,您又怎么带我来这里?"

水金聚脱口而出:"我可以回到西山官寨!"

苏梨更为纠结:"那有什么用,我也不知您哪一日回官寨。"

水金聚想了下,说:"这样吧,我要是回官寨,夜晚的时候就会在月台上点亮一盏松明灯。你看到灯火就去我的官寨。我们见面再约时间。"

苏梨愣一下,却答非所问道:"天色不早,我要回去了。"

87. 落马坠地的瞬间,她默默回望

最终女王还是召回了绛月,复任她王宫"十三女战队"首领之职。青次则被送往女寨,由女王的火金聚陪护出行。火金聚自从被女王封上近侍官以来,大半时间都住在宫中,是女王身边"最为需要的人"。

平日,女王行事是有三等规矩。一般宫中发生女王特别注重的内部事务,或者秘而不宣的大事时,女王首先会分派天官赭面娘亲自出面处理;如果是发生既私密又涉及朝政的大事,是会先派地宫密侍悄悄地暗访,获取证据后再交由朝会处理;那种公开发生的大事,就遭派身旁的近侍官直接去执行。因此这一次陪护青次高霸进女寨,护送大任就落在火金聚的身上。

其实说是护送,实则就是押送青次高霸。不,青次已经不是高霸。这位命运多舛的女官,落马坠地的瞬间,她在默默地回望身后那高耸的宫殿和身旁不离不弃的伙伴,她的战马。它们却是一个巍峨庞大,一个形影孤单。刺痛的对比错乱了青次的目光——曾经那刀锋下的搏击,战马上的烟云,属于她的一切气势——她的威武,她的尊严,她的情爱,她的屈辱。多少纷繁跌宕,都是一肩揽下。那么坚持,默默地承受,只因她对神山有过誓言:生是神山的人,死是神山的魂。可最终呢,她竟连鬼也来不及做,一切就结束了。是的,她将会变成一个下等的蛙女。

一滴泪,一滴苦恶的泪,风干了,粉碎了,变成一缕雾气模糊了青次的视觉。最后一眼回望王宫,青次已经心灰意冷——今生今世,她再也进不了那座宫殿!

火金聚跟在青次的身后,驾于高头大马。一边挥舞马鞭,一边使唤青次尽快上马。但是青次步履拖沓,她还想多望几眼这生她养她的王城。因为过了梨花大道,从此她与王城就是一个天上,一个地下。

青次拖沓着不上马,火金聚终是有些不耐烦。带着奚落催促她:"哦呀女官,快快走嘛。就是让你走得像桑角(蚯蚓)一样慢,你的眼睛也带不走王城的一根纱。"

青次不望他,不回话,低头走路。

火金聚不由窝火,又喊她:"停下!"

青次并没有止步,倒是随身的几个宫侍吓得停下来。

火金聚打马上前,朝青次晃动马鞭:"停下!你以为自己还是骄傲的女官吗?过了梨花大道,你就是第五层曼扎(指平民)的人。"

青次不愠不怒,好像火金聚说的并不是她。

他们行走了大半日才到达女寨。火金聚从未进过女寨。之前曾听过传言,这里是女子们的地狱,男子们的天堂。但究竟现实中是个什么模样,他并不知道。作为女王的男眷,火金聚也不便随意进寨,探究虚实。这下趁着护送青次的机会,总算圆满了他心中的好奇。

一行人刚刚抵达女寨大门,就见寨主蛙母领着一群女子已经恭候在大门前,个个手托哈达,见火金聚,一边朝拜一边恭敬地献上。火金聚倍感满足,一时冲动,就吩咐宫侍早早搬出女王的赏赐:先是主国的丝绸一匹,瓷器一套,紫铜酒具一套,梨花香酒三坛,是专门赏给蛙母本人的;又有三匹马的骨饰、辔辔和三匹马的糌粑、酥油。女王吩咐过,分别赏给寨中的那些蛙女。

蛙母感激地谢过。一边吩咐女子们接收赏物。女子们却把好奇的目光投向了火金聚。长期困守河谷,蛙女们寂寞无边。对于她们,任何进入女寨的男子都像金沙一样,何况是女王金聚。虽然在王宫他黯淡无光,但在这女人的世界里,他却显得金光闪闪。自然是,女子们在收下赏物的同时,也把火金聚当成了赏物,团团地围住他。

女寨主蛙母看起来既随和又大度,任由着女子们簇拥火金聚,走向母碉。她自身则跟在火金聚身后,热情地招呼:"大金聚,下官得知您要进寨,早已吩咐几位灵巧的女子上山,摘了一些鲜果,也备好了女子们亲手酿造的香酒。请大金聚休息享用。"

火金聚会意,但想到还未完成任务,就转身瞧一眼青次,问蛙母:"寨主,她可是王城流出的一股潮水。到这里来,你将怎么安顿?"

蛙母不屑道:"大金聚放心,什么水流到我这里,都会变成口水——掀不起浪花。"当即吩咐身旁家侍:"把她带走!"

家侍小心地问:"您要安顿她住在哪一寨?"

蛙母不假思索:"送她到中寨,现在就送去。"

火金聚不解了,询问道:"寨主,你这里难道也分高低?"

蛙母笑着解释:"大金聚应该知道,地势要分不同的曼扎,王宫要分不同的相官,我们这里当然也分层次。本寨的姑娘都是住在下官的母碉周围,是上寨;一般被甲姆处罚的女子,要住在母碉下方的中寨;像南城那些女战俘,她们只能住在河沿边最低的地方,是下寨。"

火金聚听得惊讶,却又来不及表达,就被一群女子簇拥着走进母碉的大茶房。一进去,目光就迷失了。一切都像是错位——原本在宫中,是他和男官们围着女王周转。这里却有那么多年轻的美侍,正在围着他周转:一边有美侍双双拉他入座;一边有美侍替他退去外袍;一边有美侍提上梨花香酒;一边早有美侍为他斟了满杯,妩媚着敬献。火金聚被侍候得顿时跌入了云山雾海……

88. 只要它有足够粗暴的力量

青次被带走后,就被送进中寨的一座碉房里。怕她一时想不开会有反抗,她身上的硬件挂饰,铜佩、腰刀、火镰都已经被收缴。蛙母又临时派出两位女侍住进碉房,说是帮青次烧茶做饭,其实就是监视。青次心中明白,就不想理会,欲打发二人下去休息。却听其中一位不屑道:"小姐就别嫌弃我们。怕是我们休息,你也不得休息。"

青次奇怪,恼火道:"为什么我不能休息!"

两位女侍诡秘一笑,不说话了,只围在锅庄旁点火烧茶。青次的心跟着一阵忐忑。掀开门帘,走进内屋。却见内屋的床榻上,铺盖、毡毯、香枕,一应俱全,像是新婚的模样,更是心神不宁。返身关上门,又从门缝里细细地瞧外面。但见一女侍正在清洗茶具,一女侍已经点火,烧起了酥油茶。青次茫然地坐到床榻上,不知接下来该怎么办。

也不知过了多久,青次晃了下神,再透过门缝看外面。两个女侍却像是叠身在起来,变成一个人了。锅庄上酥油茶飘出了香气。可是青次的嗅觉是混乱的——她嗅到了男人的味道。不由细看,却真是一个男人!正坐在锅庄前不紧不慢地喝茶,好像这里就是他的家。青次心一沉:难道这就是民间传说的"夜郎"?

夜是多么深暗啊,深暗得像一口地洞。青次守在房门后,目光也像一口地洞,死死地盯住锅庄旁的男人,他的一举一动——只要他胆敢走近房门一步,她就会以指骨当刀,把他劈倒!

而锅庄旁的男人,他已经消耗了足够长的时间,以此来酝酿锅庄之外的情事:这个夜晚,他要怎样对付房中那位曾经高不可攀的女官?

好了,现在这种征服已经不是胆量问题,只需要力量。或说他那已经像青蛙一样跳跃在衣袍内侧的阳物,只要它有足够粗暴的力量,就可以把那高贵的女官,变成自己胯下的女人!

有一刻男人鼓足勇气,突发站立,转身朝青次走来。青次一看,却是刚布家族的信人,次吉!

原来,多年前神师下达哥爸寨时,由女寨主蛙母推荐,神师收留了她的内侄次吉。带回官寨后,神师见这次吉思想活跃,为人处事十分机灵,就提拔他做了家族的信人。次吉因此时常往来女寨,替神师和蛙母之间传递信件。跑得多了,接触的女子多了,就成了女寨的"夜郎"。几日前,次吉偶尔听说昔日高高在上的女战官要被贬谪女寨。他赶紧请求蛙母,无论青次是否愿意,他也要尝尝女战官的滋味,做一次女战官的"夜郎"。

次吉掀开门帘,跨过门槛,就见青次双目瞪圆,双掌合十成一把战刀,朝他劈来。次吉连忙躲闪,反身又以捕捉之势扑上。这时青次整个浑身都像插满刀片,迸发通身气力,横冲直撞。但次吉并不主动还手,采用欲擒故纵之计,你进我退,你退我进,拖住了青次。青次已有多天不进饭食,哪里经得住长久折腾。多个回合下来,最终体力耗尽。这时才见次吉伸展双手,以那河蛙跳跃之势,实实在在地覆盖住青次……

到一场持续的风雨蹂躏过后,天也渐渐亮了。望那次吉在摇晃中离开,青次忽而轻松了。起身,穿戴,简单地梳妆,推门出去。

当她立在女寨下方的河沿上,凝视足尖下方那条奔腾的大河时,却听到身后传来一个声音,在请求:"下来!下来!我唯一的亲人!"

青次转身,见是一位蒙面姑娘,就呆呆地望着她。姑娘连忙掀开脸上的布巾,露出一张爬满伤痕的脸。青次细一看,就看到了洛绒措!浑身不由一晃,差点跌入河中。难道这就死了?我是在回归的路上遇见洛绒措?——青次心想,努力睁大双目,还是不敢相信:面前这姑娘,她究竟是人还是鬼魂?

洛绒措慌慌朝青次跪下身,无比决裂地道:"我唯一的亲人,求求你,下来,洛绒措需要你,洛绒家族需要你!"

青次这才清晰地看到,眼前这位姑娘,确实是活生生的洛绒措啊!但不知她怎么还能活下来?又怎么进了女寨?这样的问题顿时覆盖住了青次的轻生念头。她朝洛绒措走来。

两人当下抱成一团,哭成了泪人。

"我为洛绒家族活下来。"洛绒措泣不成声。

青次紧紧地抱住她。

"你也要为卡珠活下来！"

青次的心裂开了，一把揪住洛绒措，悔恨道："阿妹！是我的尖刀刺穿他的心脏，我哪里还能还清这份血债！"

洛绒措发狠道："你能用尖刀刺穿卡珠的心脏，就能用这把刀刺穿甲姆的心脏！"

青次无望地回应："我没有这样机会了。"

洛绒措语气坚定："你有！"

青次空望洛绒措。

洛绒措双目喷出仇恨的火花，面朝狂啸的河水，她也发出了狂啸："嗥！活下来，我们一起想办法！"

89．这是神谕的安排

火金聚呢，当天被蛙母以梨花香酒招待，竟喝得酩酊大醉，被人送出女寨也不知晓。当他醒酒时，却发现已经躺倒在自己的东山官寨。他的家侍小心地立在远处，身旁站立的则是两位宫侍。一问才知道，是女王遣宫侍送自己回了官寨。女王已经发令——作为身份高贵的甲姆金聚，火金聚却无视甲姆尊严，厮混民间，有失王朝体面。暂时送回官寨，禁足一个月。

火金聚浑身顿时软成了一摊泥。等于说，多年地隐伏，用心等待，刚刚获得女王认可，却又再一次被女王冷落。接下来就不知又要怎样努力才能挽回局面。无奈，只好耐着性子守在东山官寨，再也不敢随便出门。一心盼着女王消气，召他进宫。不想左等右等，三个月过去，仍然等不到女王召见。火金聚开始焦躁，越发担心。只好备上金银前去拜访神师，欲请他卜卦，预示未来命运。

这一日，借着夜色的掩护，火金聚悄悄地来到刚布官寨。这时神师正站在高耸的月台上，眺望对面峡谷里的太学官寨。东城白玛家族的长女朗玛小姐正在那里学习。想起势力单薄的白玛家族，神师心存欣慰。通过神谕的慢慢渗入，白玛家族与刚布家族的情感，已经发展到"藤萝缠树"的模样。

想想，历代祖母王朝，终是王权与神权相互交织，因此而产生的庞大又复杂的政治体系。王权依附神权而得人心，神权依附王权而得势力。它们相互依存，不可分割——但如果真要分割，以神权的力量颠覆女神崇拜，成就男根崇拜——以神权统治王权,那时的男根王朝,将会是多么恢弘壮大的盛世!

神师的心,被这样的憧憬挠得沸沸扬扬。

正当他浮想翩翩,他就看到了此刻他最希望看到的人——火金聚。连忙抽身赶下月台,亲自打开官寨大门。同时吩咐全体家侍列在大门两侧。人人手托哈达,高高地举起,恭迎火金聚。

这让火金聚受宠若惊。在宫中倍受女王冷落,却在神师这里找到位置,火金聚竟像是夜晚迷路的孩子看到了灯一样,立即投身刚布官寨。自然是被请上了大座,神师吩咐家侍送上香酒美食。火金聚无心品尝,一边心急,有话要说;一边又显得非常地谨慎。神师会意,当即遣家侍们退了。亲自为火金聚斟酒,毕恭毕敬地献上。举手投足间,竟像是敬献人王一样。

火金聚见神师这般热情,又迷惑又敏感。一边喝酒,一边不放心地说明:"阿苛,我可是一个落魄的人,受不起您这样隆重地招待。"

神师纠正他:"大金聚,您不是落魄人。即使不来刚布官寨,您的强大气场也已经叫刚布官寨跟着在摇晃!"

火金聚盯住神师,不明白他的话。

神师面露歉意,解释:"请大金聚宽恕。刚才您还未进刚布官寨,强盛的气场就已经把我震慑。我只好早早替您请了神谕。"

火金聚不由惊喜,匆忙问:"我来,也正想请教阿苛——对我的未来命运,天神会有什么启示?"

神师认真地回答:"天神启示,您是人王金命!只是暂时在王宫失利,但会在他处得利。"

火金聚惊异:"他处得利?请阿苛直言。"

神师闭目,掐算了一阵,发话:"大金聚确实是那天神指派的金命,但给大金聚带来福气的人并不在王城。"

火金聚急迫道:"请阿苛细说。"

神师却没有及时回话,而是"嗡嗡哼哼"地念起一段咒语。之后,经过更为细致的掐算,最终才对火金聚道:"天神预示,不久的将来,会有带上王命的神子降临大金聚的生命中,帮大金聚成就理想。"

火金聚越发惊异。眼下他连亲近女王的机会都没有,哪来的神子!就反问神师:"带王命的神子,他又从哪里来?难道会从天上掉下来?"

神师语气严肃,慎重道:"不在王宫,也不在天上。是大金聚在宫外,会有神子。"

火金聚吓得不轻,紧忙招呼:"阿苟,这话您可不能随口乱说。"

神师认真地回他:"大金聚,我怎敢随口乱说。这是天神的预示,神谕的安排。"

火金聚一听神谕的安排,不得不信,却又无法持续地相信。那个跌宕起伏、复杂不安的心情,不是一杯两杯香酒可以镇定。当下只好挪过酒坛,关切地招呼神师:"阿苟,知道您不胜酒力,我还是自斟自饮吧。"

90. 信人次吉的理想

在西城,金布已经收到阿姐西染从王城送来的急信,得知洛绒全族覆灭,洛绒措也已在战火中丧身。金布无比悲愤,一心想去王城替洛绒措报仇。但康金大矿主劝导他:对于家族来说,血脉最为重要——男人死了,一切都结束了;女人死了,还会有另外的女人。相关这方面,金布的理解又有不同,他认为实力更为重要。如果一个家族不能有实力地延续,那就跟一般的麦农没有区别。只有精悍的女子,比如像洛绒措这样的女子掌门,家族才会兴旺发达,实力强大。大矿主就着金布的话势告诫他:人死不能复活,报仇就会连累自己,搅乱家族大事。金布一听家族大事,那又不是小事了!才不得不收住报仇的脚步。但又要怎样才能消除对于王宫的深仇大恨呢!

这一日,金布正无精打采地游荡在西城外。就见王城方向的行马大道上有人策马奔过。看他一身信人模样的装扮,金布心想:是不是阿姐西染又有传信?连忙令家侍追上前探问。一阵对话后,那信人却朝金布一头跪下身来。金布十分诧异。来人就把自己的身份,替谁送信,以及洛绒措如何活下来,如何进了女寨,又如何委托他送信,来龙去脉细细地道出。

整个过程又得追溯到三个月之前。那天早晨,青次正欲跳河,却发现洛绒措也在女寨。这让她更加刺痛地联想到男眷卡珠,更不想苟且偷生。但洛绒措乞求她活下来,她们一起想办法。青次去意已决,听不进洛绒措劝阻。洛绒措就跪地不起,苦苦哀求:"阿姐,我的亲人阿姐!就是你忍心丢下我,你也不能丢下我这肚皮里的无辜生命哪,请你救救他吧!"

青次一听肚皮里的无辜生命,无比震惊。

洛绒措拍拍自己的肚皮,发狠道:"这里有金布的血肉,我要让金布知道,他还活着!"

"金布?"青次疑惑,不敢想象:"你是南城战俘,他又远在西城,怎么知道你在这里!"

洛绒措语气坚定:"阿姐,只要你答应活下来,我们就有办法让他知道。"

青次无望道:"我能有什么办法。"

洛绒措竭力说服:"阿姐昔日做官时,为人真诚,处事大方,人脉关系也是多多有了,可以帮到我们。"

青次不明白,盯住洛绒措。

洛绒措更为细致地说服:"如果能通过有情分的女官,得到一张王宫下发的'夜郎'令牌,阿姐就可以拿它保身。女寨有规定,只要拥有夜郎令牌就可以自由独居,不受其他夜郎随意侵扰。而金布,只有得到令牌才能进女寨营救我们!"

青次听得笼统,既不理解也很顾虑。

洛绒措朝青次挺起肚皮,声音凄婉:"这里可是活生生的小性命,他是无辜的。难道阿姐眼看他受人摧残,弃他不顾啊!"

青次原本已经生出了死心,但听洛绒措说"活生生的小性命",立即想到自己曾经为女王撞碣断子,那时她是多么憎恨女王!难道自己和女王竟是一样的心肠——心狠手辣、无视生命吗!

青次的心软了。但又面临一个难题:即使得到夜郎令牌,她们身困女寨,又怎么送到西城?当即就把这个疑问提出来。

洛绒措语气发狠,咬牙切齿道:"只要是凡人,总归就有贪心。西城是出金沙的地方,康金家是大矿主,谁不想巴结他们。我们以金沙作诱饵,不怕找不到人!"

青次不语,陷入深深思索。最终因为洛绒措肚皮里的小生命,她准备铤而走险。数日后,当夜郎次吉抱着侥幸再次寻找青次时,她只能忍辱委身。事后请求次吉帮她传信给苏梨。多也不说,只说想念,盼望苏梨能够进寨探望她。这次吉可是个天生敏感的性子,立马就联想到:第一夜他强行青次,那时青次极不情愿。只是事隔几日,她竟然又默认了他。就单单传个口信,不至于令刚烈的女战官这么急于委身。于是一面帮忙传信,一面也不忘多个心眼,留心观察。

当然,最终苏梨进女寨探望青次,深感青次的痛苦处境后,为保护昔日女战官的尊严,苏梨帮青次弄到了一张夜郎令牌。这张令牌很快就落到洛绒措的手里。

当洛绒措和青次正在合计着物色送信的对象,拉拢她们的夜郎时,通过多日跟踪盯梢,次吉最终发现了她们的秘密,紧忙报与神师。主仆二人经过一番秘密计划后,次吉就直接找到洛绒措,把自己知道的一切直白地说了。洛绒措大惊,以为再难保命。不想次吉却主动提出,自己可以帮她送信西城。洛绒措哪里信任次吉!次吉就说出一个原因:帮她并不是出于同情,而是另有想法——自身一直就很羡慕西城的富裕生活,送信到西城,只要金布能给出丰足的金沙,他定会鼎力办事。因为谁不想做富足的老爷,而甘心做一个下等的信人呢!

洛绒措心下诧异:自己正想寻找夜郎,欲以金沙许诺,委托送信,这次吉所想的竟然和自己的想法不谋而合。那他是上天安排的贵人呢,还是另有图谋?洛绒措陷入疑惑,更不敢随便信任。

次吉急了,连忙从胸口掏出一只银盒,当着洛绒措的面打开。洛绒措伸头一看,里面供奉的竟是财神朱拉。洛绒措见次吉随身供奉财神,警戒之心才稍有放松——这次吉身不离财神,看样子确实是个贪财的人。何况现在自己身份已经暴露,相信次吉,说不定还能绝处逢生,不信的话立马就会人头落地。她也只能信了。因此才有现在,次吉送信西城。

金布接信后悲喜交加。想当初在西城,洛绒措不顾生命危险深入西城大狱,营救自己和阿爸性命。这下小姐深陷虎口,肚皮里又怀上自己的血肉,他怎能袖手旁观!但真要救人,又从哪里下手?金布把困惑的目光投向次吉,同时吩咐家侍,赏他藏银百两。

次吉银两是接过了,却又话里有话地提醒金布:"大少主,即使获得了夜郎令牌,进那女寨也不容易。还需要小的跟着做些打点,您才能进得顺当。"

金布就知道这次吉的胃口大了,直言问:"你希望得到什么?"

次吉一头趴到金布脚下,无比真诚又无比急切地道:"大少主,小的从未见识过金矿,要是能够亲眼看看金沙的光芒,小的死也无遗。"

金布一听金沙,觉得不是大事,就招呼他:"金矿可不在西城。你真要看,替我办好眼前的大事,未来你想做金矿的大头官也没问题。"说完,只好从腰间取下一枚金饰,又赏了他。

91. 哥爸寨的夜郎

第二天金布就匆忙地离开了西城,和次吉抄捷径一路奔赴。用了八天时间,抵达王城下方的花葬场;又由次吉引路进了女寨,寻到了洛绒措的碉房。这时洛绒措正坐在客堂中央,挺着微微隆起的肚皮。一见是金布,泪水突发地奔出眼眶。金布急步上前,掀开小姐脸上的面巾,见到那满脸伤痕,心疼不已。害怕产生动静会被外人觉察,两人在崩溃的抑制中紧紧地抱在一起。

洛绒措泣不成声,浑身剧烈颤抖。

金布小声安慰她:"小姐,让你受苦了!"

洛绒措一边啜泣一边自嘲:"少主,想当初在西城,是我不想活命也要进大狱寻你,谁知现在又是你不想活命也要进女寨寻我!"

金布会意,点头道:"哦呀,不说这个,我们的娃娃听到会伤心的。"

洛绒措一听娃娃,顺势顶起了肚皮:"少主血统高贵;可如今你的这个血肉,他就要变成低贱的战奴——女寨生下的娃娃出生的命运就是战奴。"

金布怒言:"这是康金家族的金骨头,谁敢拿他当战奴!"言毕,环视四周。见侍女多玛站在客堂的一侧,心情才缓和了些,招呼多玛:"还好有你在这里陪伴小姐。"

侍女多玛上前行礼,真诚地回话:"我的生命原本就是小姐的。"

金布就问她:"这里生活可好?吃的可充足?酥油、牛奶、糌粑可有多多地供应?"

多玛抱怨:"糌粑还是有的,酥油和牛奶却很稀奇。小姐出身金贵,哪里受得了这种生活!"

金布难过中叹息:"唉,让我的娃娃受苦了。"再望洛绒措,就无比坚定地向她许诺:"小姐别急,我一定想办法救你出去!"

金布有了夜郎令牌,出入女寨就自由了。到天明时,他就扮成一般的夜郎,匆匆离开女寨。出了蛙道关口,经过花葬场,上达王城马道,临近梨花大道时,金布就不敢再走正路;闪身钻进一条深暗的丛林小道,绕到西染官寨的后墙,进了一道密门。

西染高霸一见是金布,无比惊讶。紧忙拉进内屋,劈头责问他:"阿弟!不是已经送信跟你说过,人都死了,再要折腾,对于家族的未来只会多多不利!"

金布却一把抓住西染的手,朝她跪下身,伤心不已:"阿姐!我来,就是人还在,我惜爱的人她还活着!"

西染高霸震惊:"你说什么?洛绒措活着?怎么可能!"

金布沉重地点头:"真的,她还活着!"

西染高霸突然笑了:"阿弟,你是不是鬼迷心窍?洛绒措早已在战火中丧身,绛珠大相亲眼所见!"

金布:"阿姐!那丧身的,是穿了小姐衣袍的侍女啊!"

西染高霸哪里肯信,只道:"这又是谁讹出的传言?"

金布两眼已经湿润:"阿姐,我的亲人阿姐,真的不是传言。先前我也犹豫,并不相信。所以进王城也不敢先见阿姐,直接进了女寨。是先看到了真人,才敢来找阿姐!"

西染高霸面色严肃了:"自从南城战俘送进女寨,那里就被王宫控制。没有夜郎令牌任何人难以出入,你又怎么进去了?"

金布就把事由原封不动地道出。

西染高霸听后,顾虑重重,问:"那信人可靠吗?"

金布充满信心:"他只是一个卑贱的夜郎,是个随身供奉朱拉的贪财人。看样子只要有金沙,也可以不要命。"

西染高霸谨慎发话:"仅凭感觉可不行。对那些不知底细的人,我们绝不能轻信大意。阿弟,你要多多小心!"

金布解释:"阿姐放心,我会想办法让他再不能说话!"

西染高霸点头,又紧声问:"你进女寨时,有没有被人怀疑?"

金布肯定道:"没有。我夜幕时分进去,清晨时分出来。他们当我是哥爸寨的夜郎。"

西染高霸才松了口气,彼此陷入深思。

夜已深沉。包括天上的月亮,地上的雪山,崖岩上的宫殿,似乎都跌入了梦乡。只有西染高霸的官寨里,松明灯仍在纠结地亮着。

92. 她的身体多么神奇

一日,清闲在东山官寨的火金聚,正游荡在王宫下方的花葬关周边。他先是进入花葬关驿站,探访阿弟水金聚。却见驿站里空荡无人。寻个路边人打听,才知道水金聚已经搬回了王城的西山官寨。火金聚纳闷,过去他多次到访驿站,劝阿弟回西山官寨,阿弟充耳不闻。现在究竟是什么奇妙的诱惑让他又搬回去了?难道是被女王召见?想阿弟那一身清幽气息,怎么也难进宫吧。

火金聚正在胡思乱想,就见西染官寨的男管家土灯一手牵着大马,一手提着酒壶,悠然自得地饮着梨花香酒,从女寨的方向走过来。火金聚自知这土灯白天身为西染官寨的管家,夜晚却是女寨的一个夜郎。随即上前搭讪,故意问:"管家,你从哪里来?"

土灯止步,向火金聚恭敬地行礼,之后却又笑而不答。

火金聚一阵尴尬,无话找话地说:"这花葬关虽然不见梨花,却飘出了梨花香酒的味道。"

土灯应声:"大金聚,要说香酒,哪里也比不得女寨——那南城女子才是一坛美妙的香酒。"

火金聚一听女寨,心情有些混乱。却见土灯一面饮酒,一面自顾感叹:"世间只有花朵才会生香。哪有女子的身体也会生香,土灯倒有些不信。"

火金聚好奇问:"管家在说什么?"

土灯半吞半吐地解释:"大金聚,我是听那刚布家的次吉说……女寨有位叫多玛的南城战俘,不仅相貌出众,身体还会生香。真有那么奇妙?只怪我土灯有了固定女伴,不敢做她的夜郎……"

土灯意犹未尽,提着酒壶饮酒,一边告辞,朝西染官寨去了。落得火金聚站在马道上,心烦意乱。

夜晚,火金聚凭借女王金聚的特殊身份,声称到女寨拜访蛙母,顺利地通过了蛙道关口。进去后却又不进母碉,匆忙赶往下寨。寻访不多时,进了洛绒措的碉房。

这时洛绒措正挺着大肚皮,悠闲地坐在客堂中央。侍女多玛立在一旁。虽然由于破相,从此洛绒措只能以巾遮面,看不到姿色。但一个人骨子里散发出的高贵气质,不是一时半刻的生活可以成就。就像温火熬药膳,它需要通过时间的火候,慢慢地煎熬,很久很久才能熬出精华。相反,那些身份卑微的女子从小就过着苦闷的生活,慢慢地磨砺慢慢地捱,就捱成了低贱的骨头——但凡小姐和奴婢之间,之所以气质不同,大半都是经历这样的过程。

那么,无论怎样伪装,明亮的洛绒措小姐和卑微的侍女多玛,当她们同时出现在火金聚面前时,这主仆之间的层次立马就被区分开——火金聚一见到洛绒措,两眼就有些放不开了。

但为了掩饰内心的浮躁,火金聚故弄玄虚地问:"你们二位,谁是多玛小姐?"

侍女多玛上前,恭敬地回应:"少主,我是多玛。"

火金聚一时惊愕,这可超出了他的判断。就细细地打量多玛。见她虽然模样儿俊俏,但比起洛绒措的明亮,还是多多地逊色了。当下就有些不客气,反问她:"你认为自己,真有传言中那么精彩?"

多玛大方地提示:"少主,精彩不精彩,可不在脸上。"

火金聚闪烁问:"那在哪里?"

多玛无比煽情地道:"少主想在哪里,就在哪里。"

火金聚却不领情,犀利发问:"先问下姑娘,是哪里的下人?"

多玛不怒不躁,响亮地说明:"少主,我可不是下人。我是洛绒家族的寨官,头人家的小姐!"

但是火金聚似乎对多玛提不起兴趣。举步走到洛绒措面前,目光盯在她的肚皮上。凝神地注视。一阵过后,他竟要伸手撩开那肚皮上的衣袍。

洛绒措一边吓得避让,一边羞辱得难以完成话语:"少、少主,您……"

火金聚朝洛绒措笑起来,招呼她:"哦呀小姐,你多多不用害怕。我只是想看看你这饱满的身体——女子们怀上娃娃的身体,究竟会有多么神奇?"说完,内心已在感慨:都说小小的肚皮二尺长,时时刻刻出大王——当真女人的肚皮可以孕育野心?当真女人的肚皮,是自己翻身的途径?火金聚想得,双目生亮。自从神师预言他在宫外会有神子,那时起他就对怀孕的女人充满好奇。想想天神的预言:将会有神子帮他成就理想。再瞧瞧面前这位小姐——她的模样如此柔弱又如此饱满,隆起的肚皮像一座奇妙的小山。而随着日月的递增,这小山还会变成大山——变成勇士、战将、人王!

火金聚想得轰轰烈烈,双手禁不住朝洛绒措的脸面伸去,猛然间掀开她的面巾。这一掀,刹那间回到现实——洛绒措那狰狞的面目叫火金聚顿时惊骇,吓得慌慌撒手,避让,跌撞一下;却见多玛趁势扑进他的怀中,哆泼道:"少主,只要您愿意,不久您就会看到多玛这生香的身体,会有多么神奇……"

93. 她是洛绒措

三个月后,多玛的肚皮果然像青蛙肚皮一样慢慢地鼓起来。而自从成为多玛的夜郎,虽然火金聚不能夜夜造访女寨,心思却完全扑在了多玛的肚皮上。他终于看到多玛饱满的肚皮是那么神奇;甚至能让他感受到理想的脉搏,已在这肚皮中慢慢地壮大。

当然,随着多玛怀孕的月份越来越久,火金聚的压力也越来越大——如果不趁出生之前营救多玛出寨,就她那战俘身份,娃娃一出生就会被蛙母带走,变成小战奴。而凭借火金聚的身份,营救多玛并不困难。难的是,出寨之后又怎么安顿?总不能带进东山官寨。因为他是女王金聚;在王城周边,连天上的星星都认识他。

多玛却不担心火金聚这样的顾虑。她胸有成竹,提醒火金聚:"安顿不是问题。少主,只要你能救我出寨,我就沿那山间小道回南城去,到深山里隐居起来,一心培养少主的金种子。"

火金聚一听金种子,就想起神师曾说他在宫外会有神子。神子,种子,火金聚被这二人的话牵住。他们一个在南城,一个在王城,根本也不相识。但他们出口竟如此一致,那就是天意了!这更增添了火金聚营救多玛的决心。当即点头回应:"哦呀,回南城隐居,这是最好的办法。"

多玛见时机已到,就朝火金聚跪下身来,朝他磕头。

火金聚连忙搀扶,一边招呼:"多玛快快起身,别让我的金种子受到惊吓。"

多玛则不肯起身,恳求火金聚:"少主,真要出去,我一人挺个大肚皮,日常生活可就难了。少主身为王朝金聚也不能陪我。能不能让我带走洛布①作为侍女也好给我作个伴儿。"说完,观察火金聚反应。

火金聚一听带走面相狰狞的洛布,有些不情愿。因为原本营救多玛就是个冒险事,又添个洛布,更加不安全。多玛见火金聚眉头紧锁,就知道他心有顾虑。当即发狠地想:看你平日十分重视我的肚皮。现在你若不同意,我就要以肚皮里的生命相逼。再不同意,我就要用自身的性命相拼!这么下定决心后,多玛又觉得好大的委屈,不由垂下头去,双手捂起脸,竟是"嘤嘤"地啜泣起来。

火金聚见多玛哭泣,就着急了,生怕她使性子伤到肚皮里的小生命,只好答应:"哦呀,你们姐妹一个模样,只要她愿意,也可以带上。"

但是火金聚再也带不走多玛,就像他再也进不了王宫一样——不知哪里出了纰漏,火金聚进女寨寻找女伴,这事最终传到了女王耳里!女王不得不信,因为先前火金聚已在女寨犯过事儿。如今寨中送进那么多年轻女子,不说她的金聚可能旧病复发,就是王城当中那些精力旺盛的男官们,他们也在想入非非。

当女王带领一帮地宫密侍,押上火金聚,像天神一样突发光临洛绒碉房时,洛绒措的心顿时裂开了。脑海里迅速闪出两个字:完了!也不知是一时懵住,还是跌入绝望,见女王时,洛绒措竟然不再跪拜,只是仇恨地站在那里。

这就奇怪了!众人无法想象:这个勾引女王金聚的下人,竟然可以如此理直气壮!难道她是吃了豹子胆?而火金聚更加诧异:往日在他面前,这个叫作洛布的女

---

① 洛布为洛绒措在女寨的化名。

子一直是以多玛的姐妹身份出现。现在怎么了,多玛竟像个低贱的下人,哆哆嗦嗦地畏缩在洛布的身后。洛布呢,则变成一只凶恶的豹子,僵持在那里。不下跪,不求情,面色黑暗,目光阴煞。

女王被这女子的阴寒气势弄得一头雾水:她是怎样的女子?怎么见到人间甲姆也不跪拜!

女王正惊疑中,却听这女子突发狂言:"什么人间甲姆,你就是我们洛绒家族的魔鬼!今天你断了我的性命,明天我的魂魄也会变成火魔,把你的宫殿烧成灰烬!"

包括女王,包括所有人,都被这决绝的妄言震荡了。他们均认为这女子已经被魔鬼附身;或者是被吓坏了,一时神经错乱,才发出如此凶狠的诅咒!

但是接下来,女子的吼叫更让人震裂:"不错,我是洛绒措!我就是骄傲的洛绒家族大小姐洛绒措!你们这些王宫恶魔,昔日我能从你们的屠刀下逃生,今日我就能在你们的魔掌下重生!瞧吧,我是打不死的洛绒措!"

这时女王才明白,洛绒家族还未彻底覆灭啊!她是大洛绒的长女,她是洛绒措!

不想女寨中竟然隐藏着这样一颗大毒瘤!定是她脸上那块遮痕的面巾,蒙蔽了所有人!

立马就有一群人蜂拥而上,把洛绒措和侍女多玛结结实实地捆起来。这时火金聚已经哭丧了脸,面对多玛悔恨交加:"我好心痛哪!你这样的女子,竟用你的肚皮欺骗我!"

火金聚这话让所有人满头雾水。女王指着多玛质问火金聚:"你是说,她是你的女人?"

火金聚痛苦地闭上双目。

"那她的肚皮又是谁的?"女王指向洛绒措。

这时洛绒措才恍悟——她以为女王已经查清了一切,过来就是剿灭她。没想到女王进女寨,只是要抓走火金聚的女人。就是说,女王根本还不知道自己的真实身份!天!竟是自己的一时冲动,把自己暴露了!

洛绒措突然眼前一黑,晕了过去。

女王就想起:这个洛绒措,她不是嫁给康金家族的金布了吗?那么她肚皮里怀的应该是金布的血肉。当即叱问火金聚:"难道你一直不知她是金布的女人,她是洛绒措!"

火金聚万般悔恨,郁闷道:"她面目狰狞,又一直以巾蒙面,我哪里认得出!"

女王反问:"那你又是怎么进了她的碉房!"

火金聚想了下,老实招认:"当初只是听那西染官寨的管家说起多玛,感觉有些神秘,就寻过来了。"

女王一听西染官寨,顿时心绪翻滚——看来发生这一切,并不是火金聚的一场情事这么简单了。连忙命令地宫密侍:"把她俩押上。"又望一眼火金聚:"连同这个男人,一同带回宫去。"想了下,再发一令:"回宫不可走梨花大道。绕行依杜官寨,把他们押进本王的地宫。今天的事,谁也不可张扬!"

密侍齐声响应:"拉索!"

94. 秘 密 魔 咒

女王回宫后,立即吩咐天官赭面娘亲自出宫,把阿乌格拉和苏梨接进宫中。当下就把女寨发生的事细细地道出。苏梨一听,神情凝重,默不作声。

阿乌格拉则发出感叹:"原来女寨里潜伏着这么深暗的隐患,要不是火金聚,事就更大了。"

女王不高兴道:"格拉的意思,倒是幸亏他了。"

阿乌格拉却试探地问:"不知甲姆这次要怎样处置金聚?"

女王见阿乌格拉避谈核心问题,只关心那个罪人,冲着他反问:"您还是我的格拉吗!"

阿乌格拉就道出自己的看法:"发生这样大事,我认为绛珠大相更有责任。那么活生生的一个人,带进王城,又被送进女寨,他怎么就没发现?"

女王朝阿乌格拉摆手,直言道:"暂且倒没必要追究是谁的责任。主要是那叛贼外逃的过程中,肯定有很多环节出了问题。这问题不找出来才是大事。"

阿乌格拉匆忙问:"甲姆认为哪些环节有问题?"

女王凝神沉思,一阵过后,道:"譬如,当初洛绒措怎么就混进了女寨?而火金聚去寻多玛,为什么是由那西染官寨的管家暗示?多玛又是洛绒措的侍女,是不是说,西染高霸早已知道洛绒措进了女寨?她又是怎么知道的?难道有人传信?那又是谁才有可能知道这么重大的秘密?"

一旁的苏梨听女王这么一通连贯的问话,连忙接应一句:"甲姆,您又怎么知道火金聚委身女寨呢?是谁给您报信的?这报信的人您一定要传来细问。他很重要,可能知道整个内幕。"

女王遗憾摇头:"苏梨官的问题,正是本王最困惑的地方——给本王传信的并不是人,而是一封插在侍官房门头的神秘飞信,被侍官及时地呈报上来!"

苏梨一听神秘飞信,就奇怪了:"这么说,在这所有问题的背后,是不是还潜伏着一个看不见的推手?如果有,那又是谁?"

女王肯定地应声:"哦呀,本王正在思考这个推手,一定不是简单的人!"

这时,就见立在一旁的天官终于进言,却是在小声地提醒女王:"甲姆,我们要不要请刚布占卜,问问天神?"

苏梨一听请神师,心就打晃了。在她内心,对神师却有着一种别样的感觉。具体什么感觉,则又说不清道不明。她正为此迷惑。就听女王已经发话:"哦呀,诸事混乱,纷繁复杂,怕是凡人也确实难以理清!"当即就吩咐天官亲自出宫,负责接应神师刚布。

这时夜已深,神师即将入睡,却见天官造访。一般由天官亲自出面的事,肯定是发生在宫廷内部,女王特别注重又秘而不宣的大事。神师立马猜出是火金聚那边的事闹得大了,大到堵不住才来寻他。连忙备好神器,匆忙奔赴王宫。一上四楼议事厅,就看到阿乌格拉和女官苏梨都坐在那里。

女王见神师,直言道:"刚布,近日王城上下人事混乱,怕是凡人再难清理。本王请你来,是想问问天神有什么预见?"

神师先是答一声"拉索"。之后则又细问:"不知甲姆要问什么人事?是过去的人事,还是现在的人事?"

女王反道:"你认为谁更重大?"

神师慎重地回答:"过去的人事和现在的人事都很重大,因为它们息息相关。"

女王点头,等神师继续。

神师阐述:"过去的人事,比如选拔小甲姆这件大事,刚布认为那北城才女的死亡,是遭人陷害。"又望一眼苏梨,招呼她:"但又不与苏梨官相关。神谕早有预示,那是另有所谋。"

女王听神师提及北城才女,又感觉扯得太远。眼下那押在地宫中的三个叛离人,就像三根荆棘扎在自己的心上,那才是最棘手的事。于是道:"刚布,关于北城才女本王迟早会去查实,你还是先替本王问问当下的人事吧。"

神师听说当下的人事,有些迟疑——他那满腹堆得像小山一样的、针对北城才女和康金家族的各种推理及暗示,就无法及时地说出口了。

但见女王已经起身，面向殿堂外的大月台吩咐神师："哦呀刚布，铺展你的神器吧。今夜，月台上焚香的地方就是你的道场！"

神师只好随同女王走出议事厅，就着月台前方的香台铺开神器，按惯例作法，焚杉针，撒咒符，念咒语，一阵嗡嗡哼哼。多久过后，却见他突发浑身一抽，倒在地上。

女王紧忙问："刚布，你怎么了？"

神师口吐白沫，语气断续："甲……甲姆，您身上有股煞气，干扰到刚布作法了。"

女王诧异："本王可是金命，任何煞气不敢近身！"

神师浑身抽搐，被一群内侍竭力摁住。好大一阵节制，才慢慢地缓释过来。当他由内侍搀扶着从地上爬起，再望一眼女王时，面色更加恐慌，语气更加坚定："甲姆！刚布确实感应到，您身上有一股煞气，您被魔煞附身了！"

一旁天官听神师满口不是魔气就是煞气，十分惊讶，不客气道："刚布，你可不要胡言。要说我们这些下官附身魔煞倒有可能。甲姆除了高贵的金命外，还有辟邪宝物防身，那是百毒不侵！"

女王点头响应："哦呀就是。"

神师满目惊疑，问女王："辟邪宝物？不知甲姆可否赏刚布看一眼？"

女王犹豫了下，从腰间拔出一串金腰铃："这宝物是了。"

神师疾步上前，举目，认真地观看。忽而大惊失色，倒退一步，浑身跟着哆嗦不止。

女王被惊动。

神师再次请示："甲姆，您能把腰铃取下，赏刚布细细看吗？"

女王愤愤道："刚布，你难道对本王身上的宝物也要怀疑？"

神师认真地解释："刚布不敢。只是，刚布早听民间传言过这只腰铃。"

女王不解："什么传言？"

神师又不语了。

女王令他："什么传言，你还不快说！"

神师面色为难："甲姆，只怕刚布说出来，您会受不了。"

女王固执道："受得了受不了，你还是要说！"

神师踌躇了一阵，就吞吐地道出："民间都在传言……甲姆是牦牛！"

女王的脸霎时黑了。这样的妄言可是闻所未闻，也令女王无法相信。当下声色俱厉："刚布，你在说什么！"

神师好大委屈，朝女王深深地勾着腰身，悉心地解释："甲姆，刚布原本不敢多言。但亲眼见这腰铃,还是忍不住要说。那康金家当初送您这串腰铃,王城上下无人不知,也早有说法——在民间,为那放牛娃寻找方便,山上的牛才会佩戴铃铛。远远地放牛娃听到铃铛声,就知道是牛来了。他们听说甲姆身上也佩了这样一串响铃,就意会了……"

女王震怒:"听你这一说,那康金家是把本王当牛看了?"

神师接话:"当不当牛看这还不是大事。请甲姆把腰铃再赏刚布看下吧——大事可能还在后面。"

女王朝神师投去尖锐的目光。

这时阿乌格拉建议女王道:"甲姆,我细细思量刚布的话,也就是举手之劳;不如甲姆取下腰铃,让我们大家共同见证一下吧。"

天官跟着附和:"拉索,内官也很想看看。"

女王望一眼苏梨,她也是目光殷切。这才取下腰铃,递与神师。

神师接过一看,脸上的肌肉立马就跟抽风一样,横竖挤在一起了。一边大声叫嚷:"不好!这上面已经刻入了魔鬼的咒语。佩戴它,甲姆已经背上魔咒。怪不得民间谣言四起。现在看来,在西染和康金心中,甲姆真是一头——背负魔咒的牦牛啊!"

女王的眼瞪得跟石榴一样大了,紧忙取回腰铃,细细一看。又交给阿乌格拉、天官和苏梨看。果然见到腰铃錾花的那一面,间隙里密密麻麻地刻着许多微小的字符。神师恐人不识,从怀中抽出咒书,从中对照字符。那錾花间刻出的字符,竟和咒书上一模一样!而阿乌格拉还是识得一些密咒的。这下众人的心都跟着摇晃了。

女王声音已在颤抖:"怪……怪不得尽在本王身上频发怪事!召那小王,选拔不顺。灭那洛绒,金聚变心。原来一切都是这,这魔咒腰铃在诅咒!"

却听神师跟着请示:"甲姆,刚布还有一事,虽是听说,但也应该禀报。"

女王愤怒道:"说!"

神师大声:"刚布听说康金家族藏有一颗'人面天珠'。那可是显示人王身份的特殊标志。他们却不敬献王宫,私下收作镇族之宝。其中用意,深暗无边!"

神师话音落下,就见女王身子已在打晃。天官连忙赶上前扶持,一边担心地招呼:"甲姆,您可别气坏身子。"

女王却举起腰铃,朝天官喝道:"你去,你亲自去!把这魔物焚成金水,化尽了,倒进三角碉中!"

天官惶惶应声:"拉索。"

女王又厉声发话:"再去把那西染官寨包围了——本王倒要看看,谁是背负魔咒的牦牛!"

95. 神谕会照亮你的眼睛

当夜,就在神师被天官请进王宫的同时,金布也在慌乱中钻进了西染官寨。白天女王进入洛绒碉房之际,金布刚好身在碉房的后院。三个月来,为避开火金聚,他一直隐居在西染官寨。只有打听到火金聚不进女寨,他才会凭借夜郎令牌摸进洛绒碉房。这么长时间的煎熬等待,眼看就要成事。不想女王却突然驾到!他只能躲在后院中等到深夜,才借着夜郎令牌溜出了女寨。

西染高霸呢,原本已在官寨的月台上看到神师夜进王宫。正为此疑惑,却见阿弟金布慌慌地赶进官寨。不由大惊,立马想到:西染官寨正处在梨花大道的中央位置,既然洛绒措被抓,回城时梨花大道是必经之地。自己怎么半点风声也没听到?说明女王已经心存戒备,是通过依杜官寨的密道,把人直接押进了地宫。

那地宫中的监房,据说是一个叫石头也能说话的地方。火金聚生性浮躁,多玛又是个贱骨头,这二人很难经受地宫酷刑。怕是不久自己参与营救洛绒措的真相就会暴露。而神师深夜进宫,定是因为白天抓人的事受到女王重邀,这是其一。另外,昔日自己以"螳螂捕蝉"的手段,打乱了神师偷梁换柱的计划,这件事相信神师早有预感。如今他恰在火金聚落马之际进宫,怕是要趁热打铁,借他的神谕向女王作些暗示。当真捅出娄子,一是康金家族图谋在西城独立;二又参与营救王朝政敌洛绒措,两大罪名足以把西染高霸打入大牢,永不翻身!而康金家族的雄伟大梦,怕是就要变成噩梦!

西染高霸想得正焦头烂额,却听家侍惶惶禀报:"高霸请上月台,看看王宫那边。"

西染高霸心一紧,慌忙抽身赶上月台,眺望王宫。远远地就见那宫楼上下正游动着大批火把。很快那些火把就聚拢到王宫内侧的四方萨内[①]。熊熊火光越聚越亮,映红了整座宫殿。那场面,像是奔赴一场夜战。

西染高霸的心跳得厉害,抽身奔下月台。吩咐金布指令全体家侍集合,拿起战器。自己又奔上月台,返身观望,就见那宫殿楼门已经大开,闪烁的火把正通过护城

---

① 萨内:藏语意为场地、地方。这里的"四方萨内"意为王宫内侧的空场。

河涌向梨花大道。西染高霸完全确定：这是冲她而来。慌忙抽身下楼，从内屋拖出一箱金沙分发给众位家侍，令他们竭力堵住寨门。自己则领上金布和几个亲信家侍钻进官寨后墙的密门，逃了。

不久，强大的王宫战队就包围起西染官寨，他们在院墙外高喊开门。但是里面的家侍平日都是西染高霸的人，对主人忠心耿耿，又有黄灿灿的金沙坠在腰间，一时竟也忘了：同王宫对抗的人，就是要死的人。要死的人守着金沙还有什么用处？可他们已被大包的金沙刺花了双目，看不清死到临头的厄运。人人手持战器，拼命抵抗，死守官寨不放。这就给西染高霸出逃赢得了更多时间。

当王宫战队强行破开西染官寨的大门时，西染高霸早已消失在黑漆漆的河谷里了。未能抓到西染高霸，女王已觉大事不好。西染高霸这一叛逃，定要投奔西城老家。她一回西城，又是带着反叛出逃，肯定不是避难那么简单了。若是煽动康金家族在西城谋反，发动政变，非天王将处境危险！女王紧急召见绛珠大相，令他率领王宫战队连夜追击西染高霸；同时奔赴西城，控制康金家族，保护非天王。

第二天清晨，女王下达王宫四楼。吩咐天官集合了一帮密侍，正准备进入地宫，处置火金聚一行人。却听内侍禀报，阿乌格拉和女官苏梨求见。

女王一听阿乌格拉和苏梨，想他们昨天深夜就已经进宫，这刚刚出宫不到三四个时辰，又要进宫，肯定是为火金聚的事说情来了。就不想见，回复内侍："请他们先回官寨，就说本王太累了。"

却见阿乌格拉已经擅自闯进了四楼殿堂，苏梨则跟在他的身后。

女王不高兴道："两位爱相这么急迫，是为什么事？"

阿乌格拉上前，朝女王行过大礼，果然进言："甲姆昨夜部署战事，一时纷乱，叫我不好提及一事。"

女王不动声色地瞧着她的亲舅舅。

阿乌格拉就直言："那两个罪女怎样处置都不为过，但处置火金聚，甲姆还需要慎重！"

女王反道："依您之见，最好不处置，任他逍遥吗？"

阿乌格拉解释："任他逍遥也不是，但毕竟他是王朝金聚，即使处置也得通过朝会廷议。甲姆如果私作处罚，可也有些不妥。"

女王忽而伤感起来："我糊涂的格拉！他虽是王朝金聚，但现在却做了叛贼的男人。他那金骨头的气脉早已被贱骨头玷污！就像天上纯洁的雪花,落到地上,化成污水,那还是雪花吗！"

阿乌格拉似乎又被女王这样的比喻给堵住。

女王就朝二人挥手："请你们先回官寨吧。"

阿乌格拉站在原地不动身,苏梨也没有走的意思。女王恼问她："你又想说什么?"

苏梨语气显得有些凝重,悉心道："内官并不想为您的金聚说情。但那侍女多玛的肚皮里兜着一条性命。内官还记得,当年丹僧活佛曾说过：娃娃是自然的种子,他降临这世间总有他的命数,有他应该完成的旅程。"

女王一听丹增活佛,情绪才稍有缓和。确实,"丹增活佛"四字如雷贯耳,拖住了女王的脚步。

恍惚一阵,思量一阵,女王却忽而笑起来——决意和胸有成竹地微笑,缓口对二人道："本王不会轻易杀生,除非那是天命。哦呀,两位爱相既然不放心,那就同本王一起进地宫吧。"转身吩咐立在一旁的天官："格拉不是要廷议吗？天神的预示是不是比廷议更为准确——天官,你去,把刚布也请进地宫。"

苏梨一听还要请神师,已经迈出的脚步又收住了。

女王见苏梨犹豫,便阴幽地招呼她："走吧女官,神谕会照亮你的眼睛。"

96. 请让我向神山,供一盏天灯吧

神师已被请进地宫。这时女王开始盘问洛绒措和侍女多玛。但二人拒不配合,均以阴寒的目光仇恨地盯着女王。有一刻洛绒措还意图挣脱枷锁,欲同女王拼命。女王无比愤怒,已经等不及通过神谕的方式走过场了,当即定了洛绒措死罪。之后才招呼神师："刚布,你来问问天神,怎么惩治这个叛贼才不会祸殃王宫！"

神师摆出神器、普巴、盲加、色线、嘎巴拉碗。作法、念咒,一阵嗡嗡哼哼。继后,以天神的语气宣告："苍天神谕,这小姐之身的女子,她的心已经黑了！是火魔附身导致的结果。那魔气已经噬心,一般的死亡根本镇不住她。为防死后她的灵魂侵扰王宫,需要送进三角碉中。另外还需要请出西贡波,在碉中投放毒物,毒透她的心肠——用以毒攻毒的方法相互攻克,消耗她的魔气。这样的死亡,无论从肉体还是精神上,永远不得翻身！也就无法祸殃王宫了。"

女王大声道："哦呀来人,拖出去,立即执行!"又指向侍女多玛:"她呢,天神有什么说法?"

神师窥一眼阿乌格拉和天官,犹豫片刻,挨近女王,低声建议:"甲姆,毕竟这个下人怀有王朝金聚的血肉。因为金骨头的光芒照亮,她的心还没有完全黑掉,可以戴罪立功——甲姆不如暂且留她在地宫,等她肚皮里的金种子落地后,再作处置也不迟。"

神师这段话,说重也不重,说轻也不轻,貌似受刑当中的多玛听不见,但近处的阿乌格拉和天官完全听清了。二人连忙朝女王点头,异口同声地道:"拉索!这是天神的预言,甲姆应该尊重!"

女王思考了一会,走向多玛,令趴在地上的她:"站起来,让本王看看你的肚皮。"

多玛刚才隐约中已经听到神师说"再作处置",现在又见女王要看自己的肚皮,心下已经预知女王的用意。想到自己辛苦地生下孩子,之后仍然要被处死,心中无限悲愤,就趴在地上不起身了。一边央求女王:"甲姆,请让多玛陪同小姐一起进三角碉吧!"

除了女王,其他人均面色惊愕——任何人都不希望被送进三角碉中,从此死不翻身。这位女侍她是不是疯了!

女王瞧一眼刑房内侧的火金聚,讥讽多玛:"你这贱骨头,先前不是无比热爱他吗?现在肚皮里兜了他的血肉,怎么又变心了?还是你从来就没有真心过?"

多玛心中翻腾着仇恨,暗想:我情愿带上你们的王族血脉,一起永不翻身!但出口又是另外的话:"我的生命是属于小姐的。除非小姐不进三角碉,不然我就是死了翻身,也已经没有意义!"

这个下人的小伎俩,还未出口女王就已经预料到了。她内心正好不情愿留下火金聚的孩子,便趁势朝内侍挥手:"满足她吧。"

一旁苏梨见女王真要赐死多玛,抽身上前,紧迫地请求女王:"甲姆,这女侍虽然罪不可赦,但天神也有预示,她的心还没有完全黑暗,请甲姆慎重。"

声音刚落,就听多玛嘲笑苏梨道:"别幻想做我的恩人,我倒觉得你是灾星!"

苏梨一时懵住。

多玛就裂口大笑了:"不是你那张令牌,我们就不会产生希望,那就要永远在女寨中苟且偷安!"

苏梨迷惑不解:"什么令牌?"

多玛："你送青次的夜郎令牌！"

苏梨震惊："你怎么知道这事？"

多玛的大笑就变成魔鬼一样悚人了："哈哈，可怜的女官，被自己的姐妹出卖你还不知。没有你那张夜郎令牌，金布少主怎么可以进得女寨！"

苏梨一听，想那青次原是洛绒措的阿哥卡珠的恋人！心不由一抖，暗下叫苦：糟糕，真是被那青次利用了！连忙朝女王跪下身。女王则是大眼瞪着苏梨，云里雾里。苏梨就把事因老实地招了。

除神师外，在场所有人都震惊不已，目光变成了冰柱，落在苏梨的身上，化不开。

这时就听女王大声喝令："来人，去把那青次押进地宫！"

最终青次被带入地宫。当然，不像洛绒措和侍女多玛，她们对女王充满仇恨，是带着冲天的怒火葬身三角碉中。也许三角碉本身并不能镇压灵魂，让人永不翻身；而是人性中的怒火，让人死也死不安宁。谁知道呢！反正青次再见女王时，则显得神情淡漠。无痛，无悔，无怨，无恨。站在女王面前，虽然已经预知死期，却再也不像当年，她需要匍匐在女王的脚下，把生命交给神山，那般的屈从。是的，对于心灵枯竭的人，肉体只是空洞的皮囊而已。无论冷暖，已不再感受，不再珍惜。

所以青次最终只对女王淡薄地说一句："请让我向神山，供一盏'天灯'①吧。"

女王注视青次。就她这一句话，也像一盏天灯烫了女王，许久不能平静。还是青次本人，静默的目光，像一滴水那么的安静，才让女王的心稍得稳定。这女官，已经无须对她提审，也无须再迫她发誓。因为在被打入女寨的时候，她就已经死了——曾经面对神山誓言，永远效忠王宫；如今背叛神山，打破誓言，她当然不再是活着的人！

女王想到此，语气阴幽又凌厉，命令内侍："带她出宫，回女寨，赐她一盏天灯。"

转眼，女王再望火金聚。就发现这位金聚早已丧失了往日的精神。面目呆滞，漠然地瞧着女王，像是魂魄出窍，不在身上。可不是！对于火金聚，先前他还心存侥幸，对女王抱有一线希望。以为又有阿乌格拉说情，是不是还可以保住多玛肚皮里的孩子。当看到女王狠心地将多玛和他的血肉打入三角碉中，他对女王也已经心灰

---

① 点天灯：是当地民间传说中的一种敬神仪式。通过点燃自己的一根手指，以无比虔诚的心灵，膜拜及供养天神。资料提供地：四川省阿坝州金川县马场。

意冷。自知再活下去只能苟且偷生,那求生和求胜的欲望也就淡泊了。一心只等女王早早处置,不管什么结果,他已经无所谓。

　　自然,女王对火金聚的心思也是看出了三分。更不想把这样的男人留在王城。当下只以悲愤的语气,对阿乌格拉道:"您不是要求廷议吗? 哦呀,就算是依了您的偏袒,他的罪孽也像山一样,不可饶恕!"

97. 哥爸寨的每一粒沙子,都是金沙

　　再说信人次吉。洛绒措被处置后,神师担心女王最终会追查到次吉身上,那自身就会卷入其中。当天只好吩咐家侍,护送次吉投奔第五层曼扎的哥爸寨。同时带去一封简信,告诉头人温加,一定要用心安顿次吉。神师言下之意是要送次吉先进哥爸寨躲避,等风声过后再接回刚布官寨。但时下正值敏感期,神师本人,以及刚布家族的主子们也不便亲自下达祖寨。而遣家侍送信,担心路途中会出差池,白纸黑字的就不能过于明显地说明。只好把"用心安顿"四个字着重地作了标注,以为温加见信后自会理解。

　　哪知温加接信,看到"用心安顿",又想到次吉在刚布官寨的身份,原本就是重要信官,是神师无比信任的人;现在却被送进祖寨,肯定是触犯了什么大事! 温加这么一想,对次吉的到来就有些惶恐不安。当夜逼问次吉原因,次吉当然不敢吐露女寨一事。温加越发怀疑,一怒之下,把次吉关进了哥爸寨的祖屋里。警告他:不说原因,永远别想走出祖屋!

　　次吉心情无比糟糕。原本他也不想回到哥爸寨,如果不是神师的人一路看护,他定会在半途中逃走,投奔西城。现在被强行送回,一进寨又被温加禁闭。心中那个愤怒,就像祖屋里的黑暗一样,踹也踹不开。正像一头被困的野马焦躁难当时,忽听屋外传进一个声音在喊他:"次吉兄弟!"

　　次吉紧忙扑向门口,一看却是穷步青年。记得他当年是被西染高霸强行拉做了男伴,后来被神师救出。如今他正在哥爸寨看管祖屋。次吉紧忙恳求穷步:"兄弟,我的好兄弟。当年我们可是同一天拜见大阿乌的! 大阿乌是天神,法力无边。兄弟,包括你也是大阿乌救下的!"

　　穷步庄重地点头:"哦呀就是。"

　　次吉趁热打铁:"兄弟,我还记得你对大阿乌有过承诺,你的命都是大阿乌的。只要涉及大阿乌的利益,你就会以命完成。"

穷步再次庄重地点头:"哦呀,我是有这个决心。"

次吉就像抓上了救命草:"那就好!穷步兄弟,请帮我速上王城给大阿乌传信,我要出去!我要自由!"

穷步听得糊涂,也犹豫了。

次吉竭力解释:"兄弟,你难道不知,我如果真有那么危险,大阿乌早就把我杀了,哪里还会送到这里。这温加就是胆怯——把我关在这里并不是大阿乌的本意;是温加胆小怕事,自作主张!即使我死了,未来被大阿乌知道,也会处罚温加。兄弟,我可是大阿乌的信官,肩负着大阿乌的使命。只要活着,能够出寨,等王城风声一过,我迟早就会复职,效忠大阿乌。对于大阿乌,我和你,我们的使命是一个模样的。"

穷步一听大阿乌的使命,才认真起来,动了心。左右一番思量,又深知头人温加,原本就是个自负武断的性子。如果真是他自作主张,私押次吉,岂不违背了大阿乌的使命!想想,就答应了次吉。连夜赶路,天色微亮时抵达王城。悄悄潜进刚布官寨,把次吉禁闭的消息报给了神师。

神师一听温加竟然禁闭次吉,这确实违背了他的初衷。如果不是精明的次吉,刚布家族怎么可能绊倒强大的西染高霸呢?这次吉就是难得的人才!正因为怜惜才把他送进哥爸寨的。

神师匆忙吩咐家侍备上纸笔,写下一份密令交与穷步。遣他速回哥爸寨,令温加放人。因为有些话又不能明写,就令温加在夜幕之前必须赶到王城见他。

穷步对神师的恭敬就跟天神一样,接过密令,也像是接过了神谕。一见时间紧迫,生怕不能按时完成任务,竟像一匹野马飞奔着跑回哥爸寨了。

到当天的傍晚,哥爸寨的头人温加果然深一脚浅一脚,慌慌地赶到了刚布官寨。

神师一见温加,劈头谴责:"温加!处事通明,判断准确,这是作为一个山寨头人必须具备的素质,你做到了吗?!"

温加自知是次吉的事惹怒了神师,就不敢接话。

神师更加恼火:"如果真要处置次吉,我自己不能办吗?怎么还会送到你那里!"

温加只好认错:"温加一时糊涂,请大阿乌见谅,那个次吉已经放了。"

神师听是放了,才稍息了怒气,跟着发话:"放了,也需要妥善安顿。"

温加一听神师这话,就知道神师寻他来,并不是要惩罚他的,紧忙将功折罪道:"大阿乌放心,我正在为次吉安排碉房,粮食、各种生活用具都会分配。"

神师点头:"哦呀,这是对的!祖寨的每一粒沙子,都是金沙。何况像次吉这样的人才,比金沙更难寻觅!我们祖寨原本男子不多,战力不足。不说人才,一般人也需要爱惜。不是十恶之徒均不能随意处罚。要想实现理想,首先我们祖寨内部一定要团结。要深得人心,才能凝聚强大力量。人才又是聚拢强大力量的源头。发动一场大战事,除战马战器外,大小战将、内外密探、信人,他们环环相扣,缺一不可。只有人马齐备,人心团结,才能成就理想,完成使命,你明白吗?!"

温加连忙应声:"拉索!"

神师最终缓和了口气,招呼:"就像我对你。知道你私下处罚次吉已经犯错,还是惜人惜才原谅你。喊你来也不是要处罚你,而是引导你怎么做好祖寨的当家人。你明白吗?"

温加慎重地应声:"拉索!"

神师才放心了,点头道:"哦呀。"顿一下,则又问:"我们祖寨人的生活都还好吗?"

温加老实地回答:"大阿乌,要说人手充足的人家倒也可以,大半缺乏劳力的人家还是困难多多。"

神师皱起眉头,面色凝重,多久不出声了。

温加只好自顾汇报:"大阿乌,您可是祖寨唯一的太阳。祖寨人对您的期盼也跟太阳一样。还记得上一次,有位临终的老阿妈只盼着见您最后一面,她才敢咽气——那可是饥饿造成的。他们家在祖寨真是十足的贫困。老阿妈死后,这家又饿死了三个娃娃。我们祖寨像他们那样的困难人口,多多有啊!"

神师一声叹息:"唉!我也为难。身在王城心在祖寨,但身不由己。我不能亲自到祖寨挨家挨户作安抚,也只能听到一个帮一个了。"言毕,喊来西巴,问他:"阿弟,我们刚布官寨的库房里还有多少粮食?"

西巴立即明白神师的用意,实在地提醒他:"您是忘了,不久前您刚刚吩咐我,把库房里的大半口粮都送去祖寨了,现在真的剩余不多。我们刚布家还有好几百人马。"

神师坚持道:"再不多,刚布家的人也不能见死不救!阿弟,等会你领温加头人到库房去,给那位老阿妈的家人再送去一年口粮。"

西巴只好应了,正要走,又听神师招呼:"你等下。"再询问温加:"听说娃娃硐里的孩子又患上荨麻疹,现在可有缓和?"

温加语气悲伤地回答:"哪有缓和!那可是传染病,现在是越染越凶了!"

神师面色纠结,难过道:"只怪药师尼玛都无法研制可靠的药物根治它。那绛月大相染个荨麻疹,最终也是落成一脸麻子。何况我们的娃娃,深陷困厄境地,要想康复更加难了。"转眼瞧西巴,又吩咐他:"你去官寨的药房,取些清凉消肿的药物给温加带去吧,至少可以减轻娃娃们的痛苦。"

温加感激地答谢:"大阿乌,您真是娃娃们的太阳!"

神师朝温加摆手:"你先随西巴去取粮食,回祖寨后再要好好照顾我的信人。"

温加真诚地答应:"拉索!"勾着腰身退了出去。

第 11 篇

98. 康金家族叛逃

茫茫山峦当中,西染高霸带领金布和几个亲信,他们抄近路逃奔。用了七天时间,终于挨近西城。逃亡中的惊涛骇浪早已抛在脑后,一路上西染高霸都在思考一件大事:康金家族的未来。因为虽然逃出了王城,但女王怎肯放过他们!肯定已经派兵追击。等追兵赶到西城,康金家族立马就会遭受牵连。这叫她和金布再无退路,只能日夜奔走,疲惫中赶到西城外。

这时非天王正处在城楼上方例行公事,就见城墙下的西染高霸带来几匹萎靡大马,几个慌张家侍,几件简易行李。非天王十分奇怪:从来西染高霸回家,虽然比不得王宫大主的气势,也算是西城一霸。花花马队前呼后拥,彩旗飘扬浩浩汤汤,却不知这一次,高调的西染怎么会如此仓促?

想想,非天王亲自下了城楼。一是迎接,二也想观察情况。

西染高霸见非天王亲自下城楼,连忙勒马,低声招呼家侍:"你们见非天时一定要镇定,面带恭敬,不能让他看出破绽。他如果盘问回城缘由,就说思念家乡,回来探亲拜访。"又特别招呼金布:"你出城时,报给他的理由是到西边高原朝圣吧;现在就说朝圣回来,在山间碰巧遇到我的人马。"

金布和家侍紧迫响应:"拉索!"

就见非天王已经迎上来。西染高霸调整了下心情,立即上前招呼。相互作礼后,西染高霸镇定地解释:"男王,下官离城已久,思念家乡,今日要回城看望亲人。"

非天王仔细观察,但见西染高霸尽管面色镇定,却也难以掩饰眼神深处流露的那种仓皇。心下已经生出顾虑,又不知顾虑何起。欲要直接盘问,又觉得不妥。再瞧那金布也在其中,就对他道:"金布少主前去遥远的西边高原朝圣,已经三月不见,这下怎么得知高霸回城?"

金布上前行过大礼,语气开朗地解释:"男王,要说母子连心,我们却是姐弟连心。我这刚巧回程中,就在跑马关遇上了阿姐,真是有幸。"

非天王点头道:"哦呀,念家的心情天下人都是一个模样。你们请吧。"

西染高霸和金布连忙勾腰谢过,匆匆进城。

非天王眼瞧西染高霸那仓促的背影,放她进城后仍然感觉不安心。独自走上城楼,脑海中疑虑重重。回想这些日康金家族的近况,似乎一直就不平静。先是金布少主,没有任何征兆,却突然声称要到西边高原朝圣。这一去就是三个月不见踪影;那西染高霸呢,回家探亲本是常事,她却显得那么匆促,根本不是以往的作风。思前想后,非天王当即叫来两个密探,遣他们速去康金大院打探情况。

这时康金大院里,随着西染高霸的归来,整个家族慌作一团。面对突发事变,老成的康金大矿主似乎也无法应对。西染高霸主意已定,提出举家撤离西城,暂时投奔外域,或说投奔裹作部落。大矿主并不看好长女的建议。因为裹作曾经拿他当过人质,他们就是仇人。投奔仇敌岂不自投罗网!

西染高霸胸有成竹,提醒她的阿爸:"如果我们手里没有金矿地图,当然是仇人。但有金矿地图就不一样。金沙可以化解仇恨,让我们暂时避过难关!"

大矿主盯住长女,等她继续。

西染高霸就细细地道出分析:"依照目前的事态,首先是我们手里已经沾染那北城才女的血腥,另外又参与营救王朝政敌洛绒措。这两点足已暴露我们家族对于王宫的意图。如果不撤离,肯定会被抄家。你看甲姆怎样对待洛绒家族,她也会那样对待我们康金家族——她会利用这样的机会,像覆灭洛绒家族一样覆灭我们!如果撤离,我们也不是永无归期。那主国还有一句俗话:留得青山在,不怕没柴烧。我们投奔裹作,就能保住全族人性命。只要人还在,慢慢地我们总可以利用金沙打通裹作人,借助他们的战力打回西城。"缓一口气,西染高霸又决绝道:"另外,家族遭受这么大的噩运,都是因为失去'人面天珠'的护佑。自从那裹作盗走我们的镇族之宝,我们家族的命运就和他连在一起了——他盗走康金家族的希望,康金家族就得想办法从他手里讨回来!"

大矿主一听人面天珠,陷入沉思。过去近百年时间,康金家族一直兴旺发达,正是得了人面天珠的护佑。后来它被裹作掠走,家族自此再不安宁。先是他的镇城之位被非天王取代;后是长女西染被政敌刚布陷害,从此在王城地位没落,做官不利;再又娶了个南城的媳妇,从此祸事不断,噩运连天。如今也只有追回人面天珠,是不是还能挽回大局?可追回它就避不开裹作,需要接触裹作本人才能进行交涉。

但一想到投奔裹作就会变成逃亡人,大矿主还是满心顾虑,有意问长女:"要是我们给出金矿地图,最终却被那裹作算计,怎么办?"

这问题西染高霸早已经考虑,因此回答快捷:"阿爸拉,我们是不会把金矿地图全部交给裹作的。一次只会交出一个,开采完再交出一个。那裹作一不会识别矿脉,二不懂采金技术。就是我们给他金矿地图,没有我们的人配合寻找矿脉,他也无法挖出金沙。这就是牵制。只要我们牢牢控制住金矿数量和开采技术,就可以保全家族,给最终打回西城赢得时间!"

长女一席话说得大矿主再不想发问,金布却已经吩咐家侍收拾细软了。

大矿主朝金布大声喝起来:"你这头惹事的野熊在做什么!"

金布决裂道:"我的血肉没了,我的女眷没了,我的阿姐被她们追杀。如果不走的话,我的人头也会落在她们的砍刀下。现在对于我已经谈不上理想。我要活下来!我要报仇!"

西染高霸立马接应,语气发狠:"哦呀!即使死亡,我们的血液也不会在她们的刀下流淌,而是喷溅!"

大矿主因长女这句话震荡了。沉浮半天,仍不甘心,再问:"真要撤离,我们又怎么出城?"

金布提醒大矿主:"阿爸拉,您是忘了,我们有家族地道。"

大矿主强调道:"那里只有人能通过,马却过不了,我们出城后怎么前行?"

金布语气坚定:"我的阿爸拉,您难道真的糊涂?我们康金家的城外庄园里有多少马!只要出城就可以取它!"

大矿主这一听,就知道再也寻不到留守的理由了。他终究由不得自己的一对儿女;或者说,他终是拧不过命运的安排,在他快要垂老的时候,他得背井离乡。

当天,大约夜半时分,由绛珠大相率领的王宫战队也追到了西城。这时恰好非天王派出的密探刚刚返回城楼,向非天王禀报了康金大院的异常。非天王一听,立马感觉大事不好。来不及集结西城战队,直接率领王宫战队奔赴康金官寨。到达官寨门口,就见寨门紧闭,连两侧值班的夜侍也不见人影。非天王急令战卒以大木强制撞开寨门。一进去,哪里还有人影,整个大院空空如也。

非天王立马想到:通过家族的出城密道,康金举家叛逃!因为在多年前的救城战事中,神师一行人正是通过他们的家族密道进了城。记得当时只有金布领上洛绒措、神师和西贡波四人同行,知道那密道的出入口。现在是黑夜,非天王只能从康金官寨内部摸索密道的入口,却无法在城外寻找出口。再说,时间过去太久,他们早已经穿过了密道。

非天王心一沉：这下麻烦大了！不是康金家族叛逃的麻烦。而是，他们带走了所有金矿地图！

非天王慌忙折身，嘱咐绛珠大相带领王宫战队暂且驻守西城。他因为对西城周边地理更为熟悉，就迅速返回西城大营，挑了一支精悍战队，朝康金一家出逃的方向追去。

99. 迷人的矿脉

非天王沿路马不停蹄，追过一天一夜，到达西城外的"梨儿卡"战关。这道关口内外共有四条支道。关外是两条：右一条通往北边的遥远部落，森波大部落；左一条通往南边的近邻，裹作部落。关内也有两条：一条通往西城，一条通往北城。关口的中心地段只有一段狭窄的栈道连接通行。栈道一侧是悬崖峭壁，一侧是万丈深渊。除了鸟儿和神仙，凡人根本无法通行。

非天王停在关口前陷入沉思：关内的两条支道都是通往自己领地的城池——西城和北城。康金一行人不可能折身回返，只有关外的支道可以选择。但如果是通过右侧支道，投奔森波大部落，路途遥远自不必说，地势也极其险恶。沿路不是飞沙走石的荒原，就是天寒地冻的无人区。康金家族世代生活在气候温暖的峡谷里，他们并没有行走高寒地带的经验，怕是康金本人更没有体力穿越过去。

那么他们只能选择裹作部落。虽然裹作人曾经挟持过康金一家，但他们偷袭西城的主要目标并不是侵占领地，而是为了金沙。非天王又想起，那一次在救城战事中，裹作人曾丢下一句话，"你斩得断我的头颅，却斩不断你们的矿脉，我们迟早还会再来"。作为警示之言，非天王早先就跟康金本人提及过这句话。自然他最有可能选择投奔裹作，因为他手里正好掌控着叫裹作人眼睛发亮的金矿地图。

当即非天王果断决定，领军朝裹作草原方向追赶。

又追过五天五夜，最终追出了边境的"落马关"。上达草原后，视觉立马开阔起来。这时非天王果然看到一支马队奔跑在草原前方。瞧那花花闪闪的队伍，一般草原马队可不是那个模样。非天王断定那就是康金家族的叛逃人马，不由快马加鞭，疾速追赶。不久，果然看到那奔跑在马队前端的，正是西染高霸！不，但见她穿戴一身鲜亮彩装，不再像是高霸，倒像是投奔裹作的新娘。非天王冲着马队疾驰。一时间，原本空旷的草原竟是人马奔腾，尘嚣滚滚。前方那逃奔的官马，被后方追逐的战马惊动,连连嘶叫,砸蹄惊奔。一前一后两支马队眼看就要交入混战。就在这一刻,非天王突然勒住战马,急令停下!

原来他们只顾追赶,却不知已经闯入了裹作人的地界!

非天王身后的战事头官听到口令,无比震惊。虽是及时地勒住缰绳,却在朝着非天王叫喊:"王!我们就要追上,为什么又要放弃?!"

非天王指向前方:"你没看到前方那些雪花花的帐房?那都是裹作人。我们再追,就追进裹作战营了。到我们和叛贼都赤裸在裹作人面前,只要那叛贼亮出他手里的金矿地图,裹作人立马把他们当作贵客请进战营。而我们这些曾经赶杀过他们的人,就是自投罗网。"

头官已经停不下奔腾的战事状态,朝非天王挥舞战刀:"怕什么,我们的战刀可以砍它人仰马翻!"

非天王扭头看看自己的战队。因为是匆促中追击康金,也就一两百人马。无奈中摇头:"我们才多少人!能打得过那些黑蚂蚁一样的战队?"

头官听非天王这一说,挥舞战刀的手只能缓缓地落下。

他们眼睁睁地望那西染,扬鞭策马,奔向前方。那叛逃的人竟然还逃得那么有姿态:一匹枣红大马,一身鲜丽衣装,她在前方领队奔跑,鲜红的斗篷被奔驰时掀起的风浪鼓动,竟像是杜鹃盛放一样。她的身后跟着一群华衣靓服的女人。当然,那些女人也仅仅剩下神气的衣装。她们已被连日惊心动魄的逃奔折磨得疲惫不堪,眼神里再也散发不出几天之前的那种骄傲目光。

女人的身后则随着一群男人。金布、康金大矿主,包括所有康金家族的男工、男侍、寻找矿脉的劳工。那些男侍和劳工,他们之所以拼着性命跟随大矿主一起叛逃,除了忠诚外,他们的命运都是被西城"挡天的人"下过魔咒的。也就是说,他们的精神和灵魂已经被康金家族控制——生是康金家族的奴仆,死是康金家族的鬼魂。

时逢七月,裹作人正在草原上举行一年一度的"耍坝子"(一种草原聚会)。裹作和他的草原战队、周边寺院的活佛喇嘛、各条山沟的大小头官,以及四方草场的牧民,汇聚一处,尽情狂欢。他们没想到从女国方向突发尘嚣滚滚,奔来一队人马!敏感的裹作顿时大惊,以为女国人趁节日之际前来偷袭草原。当下紧急集合战队,迅速戒备。

随着马队越跑越近,西染已经感觉到裹作人的惊奔。只好从腰间抽出一条红腰带,朝着裹作人拼命地挥舞。裹作人见奔来的是一队女子,又惊又懵。等马队挨近来,细一看,她们也不像是偷袭的战敌,只是一支花花闹闹的马队。队伍里又尽是一些漂漂亮亮的女人!裹作人顿时哄笑了。打起响亮口哨,朝马队围拢上来。

这时裹作才看清,女人的后面还跟着男人。其中竟有女国西城的康金大矿主!当下无比震惊,立马喝住自己的人停止取闹。

裹作走到马队前。只见女人们已经颤颤巍巍地下马,但康金和长子金布还矜持地坐在马背上。

裹作嘲弄康金道:"怎么,你们的女人都下马了,你还不敢?"

康金只好跳下马背。

裹作上前打量他,满心狐疑地问:"你这只大金熊,难道是送那些迷人的金矿来了?"

康金沉重点头:"不错,我手里确实带来了金矿。"

裹作诧异:"上次我以你家少主的性命,都不能撬开你这满口金牙。现在竟有这么好心,会把金矿地图主动送上门来?"

康金实在地道:"没有原因却把地图白白送你,牦牛也不会相信。不瞒你说,我确实是有原因。"

裹作将信将疑:"那就说来听听,我看是人在说话,还是地鼠说话。"

康金悲凉道:"裹作,你要是不信就看看我这身后,老老少少整个家族都在这里!"

裹作眼珠子骨碌一转,认真起来:"那么,你们是被那王朝甲姆给赶出来了?"

一旁西染实在忍不住裹作乘人之危,无礼奚落,愤怒道:"没有原因的话,你以为我们会到你这个飞鸟也住不下的地方来?算了,你要是不稀罕,我们带上金矿去找森波部落。"

裹作这才笑了,责令手下:"还戒备什么,他们是我们尊贵的客人,快快请进帐房!"

100. 我的鞭子就是力量

康金家族就这样投奔了裹作部落。

首领裹作捡了个意外的惊喜,心情大悦。对康金也就多出几分重视。进入帐房后,康金已被安排在大座上,和裹作的阿乌东嘎平座,也就是舅舅的位置了。金布是与师爷波扎同座。西染则被安排在侧座里,和裹作的"大小阿吉"共用一张茶桌。又有康金夫人另入侧座。余下男女家侍均被打发到下方的帐房里。各自坐定后,裹作吩咐家侍为客人奉上青稞酒。随即就有两位身材清朗的草原女侍,手执铜壶,款款而上。

这时,康金虽然身子坐得端正,目光却在打晃,随着那提壶的女侍打晃:多么熟悉,女侍手中那把紫铜酒壶,曾经它可是康金大矿主的专用酒具!那壶面上的鎏金纹饰,和刻有康金家族特有标记的印章,直接刺痛了康金的心。叫他的口腔里冒出一股血腥,那是心血!它快要喷出来,但又被康金生生地咽了下去。其实一把酒壶倒也算不得什么,真正引发康金心痛的是那人面天珠!不知金沙的力量到底有多强大,能不能让康金家族的人面天珠失而复得——只有得到它,家族的复兴才有希望!

裹作眼尖,立马觉察到康金的异常。确实,这只酒壶正是他偷袭西城时从康金家掠夺而来。想起这个,裹作先是有些尴尬,但想到康金已是一个逃亡人,又变得理直气壮了,不失嘲弄,话里有话地道:"哦呀!这峡谷里的铜壶,盛满草原上的香酒,配合得刚刚好嘛。"

说得康金脸色躁动。

裹作则又妄语:"一只铜壶算什么,将来我要用金沙打造酒壶!"

位于侧座里的西染实在有些听不下去,曾经那一代王朝女官的霸气就习惯性地流露出来,暗讽裹作道:"金沙打造的酒壶是不是太重了,怕是杰波举不起吧。"

裹作愤愤回击:"我的鞭子就是力量——我举不起的时候,只要抽动鞭子,自有下人帮我举起来!"

西染毫不示弱:"你的鞭子可以抽断地鼠的骨头,但抽不断金骨头!"

顿时帐房里就像烧起了火炭,气氛灼热。立在一旁的管家跌布见事不妙,连忙暗示裹作的大阿吉,意在让她岔个话题,以便缓和气氛。但大阿吉并不理会管家——别人的话都是牦牛的叫声,她只服从裹作的意思。不想裹作已被西染激怒,又见管家从中多事,不由窝火,冲着管家和大小阿吉道:"你们都下去,我要和这位高霸好好谈一谈!"

跌布只好勾着腰身退出去。大阿吉也在无辜中应声"拉索",退下了。

继后,裹作突然朝西染拍起了茶桌,大声喝道:"你以为这里还是你那祖母王朝吗?这是男人的大地!"

西染被裹作的话给震住。她这才意识：自己竟也忘记，这里已经不是王宫，她也早不是王朝高霸了，现在她仅是一个逃亡人。落魄的情绪终是堵住西染的咽喉，叫她发不出回击。

这时，就听康金替长女接过话，回敬道："裹作，我这边虽然遭遇一些特殊情况，但你不可乘人之危，盛气凌人。你只有把我们当成合作伙伴，我们才能坐下来好好谈判。"

裹作瞟一眼西染："我只是不想和女人谈判。"

康金坚持："在你的草原是男人说话。在我的城池，我的长女就代表我。"

裹作反道："那你当下身在哪里？"

康金终于被激怒了，斥责裹作："瞧你这个气势，不但我的长女，我更无法承受。假如你不当我们是伙伴，那就随便吧！我们已经死过一次，不怕再有第二次！"

裹作见康金真的生怒，才缓了口气："哦呀，你我怎么争执都可以，只要是男人和男人。"

西染愤言："让不让女人说话，不是你说了算，是金沙说了算！"

话音落下，就听阿弟金布适宜地发话："大家都不要再有争执。所有金矿都在康金家族手中，康金家族又有四根顶梁柱：我，阿爸，阿妈，阿姐。我们每人决定的事都代表康金家族。裹作杰波，你和谁谈判都一样。"

裹作才借势下了台阶："那大少主对我们的合作前景，是怎么安排的？"

金布直白道："裹作杰波，我实话实说吧。金矿虽然都在我们手中，但我们不会完全交给你的。我有两个原因：一，我们这次上草原并不是投奔你们，而是寻求合作——我们是合作伙伴。如果把金矿全部交给你，那就不是合作，不是伴了。这道理无须深说，杰波自会明白。二，我们来这里西城是知晓的。如果一开始就大规模开采金矿，势必引起王宫方面注意，那就会引发战事。一旦发生战事，谁也采不成金沙。所以开始的时候，我们只能在边境地带小规模开采金矿。等获得更多金沙，实力强大之后，我们再作更大计划。"

裹作被金布这席话给绕住，竟有些糊涂了，连忙问："小规模开采，是指什么？"

金布解释："就是我们向你一次交出一个金矿，开采完再交出第二个。"

裹作立马反对："我们人多马多，我从草原上召集多少人马，就需要挖出多少口金矿！"

金布强硬道："采金的技术都在我们手中。你们半点不懂，派出再多人也是无用!"

裹作这一听,心中翻腾着乌云,脸色黑得像锅底一样。

金布并不看他,继续道:"我们还有一个重要条件:既然是合作开采,我们就需要分成——金沙的一半分成。"

裹作的手紧抓在酒具上,早已忍不住,心下早在开骂:你们这帮地鼠!本来就是逃亡人,逃亡人就是奴役,奴役怎么还能分到金沙?这不是笑话!

但是冷静地想一想,又不便骂出口来。因为从金布那决绝的气势上看——如果把一个要死的人逼急了,杀了也只能落下一堆血肉,变不成一两金沙。而逃亡人提出金沙的分成,可能只是一种维持生计,或说维护尊严的方式罢了。到最终,利用他们把金矿开采完,再杀了他们,那些分出去的金沙又都回来了!

这么想时,裹作才高举酒具,走向金布。先是朝他敬酒,意为成交。在交杯碰撞之时,裹作大袖一甩,向金布伸出两根手指,意为分他二成金沙。金布抽手伸出一掌,意为五五分成。裹作又加一指,意为三成。完毕后,不等金布再出手,强硬地发话:"就这样,没商量了。"说完,甩手离席。

康金一家见此,默默对视,心下通明——他们提出金沙的分成,究其原因也不是因为生计,或说尊严。而是心中埋伏的那个背水一战的回归计划。

101. 莽莽丛林,山高路远

康金家族因为长期居住峡谷,对于高寒的草原生活并不适应。投奔裹作后,就被裹作安排住在草原下方的冬季牧场上。那里有河流、林卡、寺院、转经场,以及固定的土夯碉房。康金一家住进河流旁几处闲置的土碉里。康金和夫人、管家,以及多位家侍、劳工,共用一排土碉。住得紧促,一落昔日威望。西染及两位随身家侍独居一座小土碉。金布却没有安排住处。裹作自从控制住了康金一家,就没想过让金布留在草原上。不给金布安顿,目的在于暗示他:如果想让家人生活得安稳,他就必须长年奔走峡谷,为裹作寻找金矿。

当然,对于金布这并不是一件难事。最初,为能准确而永久地掌控金矿,康金大矿主曾亲自带领长子走遍了西城大小矿区。以图绘和记忆两种方式,记录和储存了所有金矿分布路线。也就是说,除图绘外,金布脑海中装的尽是黄灿灿的金沙!这叫裹作更为依赖,动他不得。

而对于金布本人,由于带着家族的使命,他的征程刚刚开始。未来,他将会利用寻找矿脉的机会,慢慢拉拢、腐蚀、收买裹作的矿工,为日后的回归打造基础。草原上,阿姐西染作为曾经的王朝高霸,熟悉一切政事、人际脉络,也将会利用她的个性优势隐蔽在草原内部,拉拢裹作的草原战力。等到时机成熟,就会组织战力,双双合并,攻回西城。这是康金家族投奔裹作的唯一目标!

二十天后,一支由金布和裹作的大管家跌布二人共同率领的采金马队就从草原出发了。他们前往女国边境的金峡子山谷。自然,裹作的采金人马并不受金布控制。管家跌布作为采金的主官,掌控一切,包括支配所有劳工。属于金布支配的人只有一个,还是只能在暗中支配,便是刚布家族的信人——次吉!

这事又要回到一月之前。那日哥爸寨的头人温加在刚布官寨领了粮食和药物,很快就回到第五层曼扎。但刚刚进入祖寨,却听到寨官汇报:获得自由的次吉不见了! 温加大惊,连忙带人寻找,却是寻遍整个山寨不见踪影。而自家官寨的一匹飞马也不见踪影,就知道次吉是盗马逃跑了。

原来,女寨出身的次吉仅是战奴的身份。过去之所以投靠神师,就是想摆脱卑贱的出身,到王城好好发展,在王城混出名堂。不想最终却被神师又送进贫困的哥爸寨,还被温加给禁闭了。虽然神师已经跟他招呼,只是暂时让他回避,但在女寨犯下的那件事实在太大了! 就怕神师心有顾忌,再不敢接他回王城。要是从此被困哥爸寨,那跟战奴还有什么区别。又想起富足的西城,山岩间那些黄灿灿的金沙,那可是自己神往的地方。要是能够投奔西城金矿,哪怕做个淘金的矿工,至少还能天天见到金沙吧。当然,凭借自身八面玲珑的个性,未来说不定能在金矿混出模样,弄个头官的职位也不是难事。这么想时,刚刚被温加的人释放,次吉立马跑了,偷了温加的一匹飞马,朝那西城方向奔去。

十天后,次吉穿过西城,来到梨儿卡大矿区。正寻思着先找个金矿安顿下来,暂且以采金为活路,之后再慢慢发展。刚好这时,意外地撞上了康金一家! 为防非天王追击,康金一家人出逃时并没有选择行马大道,而是沿着金矿路线绕道逃奔,这下才正好撞上。金布见到次吉,那是百感交集! 因为正是他送信,自己才能再见洛绒措,自此给家族带来这么大的灾难。但转念想想,营救洛绒措其实也只是一个苗头而已。即使没有她,康金家族最终还是要同祖母王朝决裂! 何况这次吉也仅是一个贪财的信人,没有他照样会有别人送信。他自身呢,又因为送信才跟着一起落难,成了逃亡人。另外通过在王城的三个月接触,自己也有所了解:这次吉为人精明,办事利索。如果留在身旁,未来可能会派得上用场。前后这么一想,金布就顺道把次吉带走了。

只是，到达草原后，为了孤立金布，让他一心为草原寻找金矿；裹作已经作出决定，凡是康金家族的人，不管是家侍还是劳工，一个不能留在金布身边。那次吉自然是跟不上金布的。但次吉自有招数，他在暗中投奔了裹作。向裹作自荐，称自己是康金家族的秘密寻矿人，懂得识别矿脉。为证明自身能力，他特地向裹作曝出了一些秘密的寻矿过程，以此取得裹作信任，才被安排进了采金队伍。

事实上，次吉曝出的寻矿过程，却是金布暗下里故意吐露的经验——说那寻找金矿，实则是一项神秘精细又艰苦复杂的工作。首先需要跋山涉水，攀岩走壁，寻找金矿的方位；寻到方位后，又需要精确地识别是不是金脉。即使是金脉，也不是每一道金脉都能挖出金沙；还需要经验丰富的识矿人，准确地辨认能够挖出金沙的矿脉。就是说，如果没有十足丰富的经验，你就是坐在金矿上也找不到金沙！

正是倚靠这点，金布才对康金家族的未来充满希望。他之所以首选金峡子，也是作了周全的考虑。第一那地方确实出金沙。他需要让裹作人首次进山就能挖到金沙。有了现实利益，自己掌控的金矿地图才具有与金沙等量的价值，从而赢得裹作更多信任。第二因为金峡子距离西城遥远，是边境之地，又无驻军，完全可以利用偷袭的方式开采。那非天王远在西城，一时半刻并不能觉察。莽莽丛林，山高路远，等到非天王寻山时发现，估计金峡子早已经开采完毕，他们又可以潜入其他更为隐蔽的矿区。

102．金沙！金沙！

很快金布就带领采金人马窜进金峡子。

在金峡子的大山沟壑中，蕴藏着两种最为稀贵的矿石：金沙和紫铜。它们多以岩矿的方式存在。岩金深藏在山崖内部，但矿脉[①]裸露在崖壁之上。脉线多有不同，时而为带状的斜面纹路，时而又连贯成片。颜色更为纷乱，时而呈现粉绿，时而呈现青紫，又有暗褐、英白、橘黄间杂其中。令人眼花缭乱，不好辨认。而矿脉经常会延绵数里之长。且有些矿脉含金，有些矿脉并不含金。这就需要寻矿人独具慧眼。这慧眼又是在长期的积累中练成，是一种"只可意会不可言传"的技术。

---

① 矿脉：关于寻找金矿脉路的知识，来自作者在康定地区金沙矿场的采访记录。资料提供者：金矿主扎西。

当下,金布来到一处爬满青紫色矿脉的崖岩旁。经过一番识别,他断定这是一片埋着金沙的矿脉。随即吩咐劳工们作业。但管家跌布却没有眼力看到矿脉,面对赤裸的崖体,跌布疑虑又好奇:金沙怎么会生在如此坚硬的地方?作为裹作安插在金布身旁的探子,跌布需要设法学到金布识别矿脉的经验。

于是跌布指着崖岩故意问金布:"大少主,这么坚硬的山崖,你怎么知道里面会有金沙?"

金布明白跌布用意,这是在套他的话。那矿脉可是关系到家族命运,他是半点也不能泄露!于是应付跌布道:"我说有就有。"

跌布暗了面色,严肃发话:"你说有总得让我们信服吧,你得说出让我们信服的理由才能开工。不然花费巨大劳力却挖不出金沙,谁来承担责任?"

金布语气坦然:"我来承当。"

跌布并不信任:"你拿什么承当?"

金布一听跌布这口气,分明是在贬低自己——逃亡的人如何拿得出担当?不由恼火,强硬道:"我说开工就开工。不然我回草原去汇报裹作杰波是你不让开工,这责任你又怎么承当?"

跌布被堵得一时无话,未能从金布口中套出半个字,他只能眼巴巴地任着金布指令开工。

金布首先令一批劳工到山间砍伐火杜鹃。这种可以生生活烧的花木,金布遭劳工们大量砍伐,正是想利用它的易燃特性。砍下的火杜鹃被运到指定的矿脉下方,围拢成堆。金布又令另一批劳工进山寻找火草,再以火草引燃火杜鹃,焚烧矿面上突出的脉纹,破开脉路。

管家跌布觉得不可思议。据他的想象,金沙就像种子一样,是深埋在土地之下。只要找到矿脉,用力挖掘,黄灿灿的金沙就会像种子一样滚出来。现在金布指令的这套采金流程超出了他的想象。但面对金布那一脸的坚定和死守秘密的气势,他又无可奈何。

一时间,大批劳工上山砍伐火杜鹃,又有大批劳工搬运。焚烧的劳工守在矿脉下日夜烧火。金布自己则躺在远方的帐房里喝酒睡觉。管家跌布瞧金布一副闲散怠工的模样,哪里安心。钻进帐房催促金布,要求他解释焚烧岩石的理由。金布并不理会,到被跌布问得心烦时,就冒出一句"你等着收到金沙就是",再又无话。跌布见金布滴水不漏,心头窝火却又不敢发作。他拿金布无奈,只能陪着等待。

足足过去两天,大火仍在焚烧,金布仍是躺在帐房里喝酒睡觉。管家跌布急躁不已,又跑进帐房催促:"大少主,这样烧下去,怕是半个山头的火杜鹃就要砍光了"。

金布不以为然,回应跌布:"半个山头算什么,只有火杜鹃才能叫金沙开花!"

于是围绕在矿脉四周的大火又焚烧了一天一夜。直到第三天中午,矿面上的岩石已被烧得青烟滚滚。这时金布走出帐房,令所有劳工到峡谷底端的大河里背水,围拢在熊熊燃烧的矿面附近。当矿面上的火候达到极致时,金布立即下令,全体劳工同时向烧红的矿面上泼水。那些巨大的石块先是经过三天高温焚烧,猛然间又被冰冷的河水一爆,突发一阵巨响,炸裂开来。很快就崩碎成一个个石块。劳工们面对碎石气喘吁吁,同时也充满好奇。因为他们看到裂开的石块中夹杂着青色、紫色、黄色的脉纹。金布又令大批劳工趁热以铜锤击碎石块。一旁碎石又被送进大石臼中,用石棒捣成沙粒。再倒进小石磨里,碾成沙粉。碾出的沙粉迅速被送到峡谷底端的大河边,放入木瓢中以河水淘洗。

突然间,第一个淘出金沙的劳工眼睛闪亮了:"金沙!金沙!"那劳工双手哆嗦,脸面插在金沙里,浑身热血沸腾。

立马就有人朝他叫嚷:"快快送上矿场去,让大管家瞧瞧!"

那劳工一路飞奔,很快爬上矿场,面向跌布双手哆嗦地呈上金沙。

跌布朝劳工哈哈大笑:"你这只地鼠,淘出的是金沙,又不是命。"接过金沙,用手掂掂,用牙咬咬,立马跌布也变成了要命的模样:双目雪亮、晃荡、惊喜、紧张。

不知多久,跌布才抑制住澎湃的情绪。随即召集守矿的战力和管理矿工的头官,令他们一定要严守金矿,认真监督矿工,细心开采,用心收集,要做到滴水不漏——那些金沙如何生在岩石里,就要如何装进口袋里!

这么一来,随着淘出金沙,跌布再不敢轻视金布。作为采金主官,从烧石、炸石、碾石、淘石,到收集金沙,采金的基本操作流程跌布都已经掌握。但最为重要的,那寻找和识别矿脉的技术,却还是个秘密,全凭金布一人掌控。跌布曾以多种方式窥视金布:暗下遣人跟踪,窃听他的每一句话,顺着他的目光摸索,寻矿……但金布辨识矿脉时真真假假,叫人沉浮于捕风捉影,无法明确。他真是滴水不漏!

103. 让黑暗变得金光闪闪

秋天,女国西城的金峡子,那些作为焚烧柴料的火杜鹃虽然已被砍得精光,再也不会盛放；但山野间却开出另一种更为灿烂的花——自从金布带领裹作人潜入金峡子，那里原本葱绿的山野已是遍地金花开放。那些爬满青色、紫色、黄色矿脉的山岩，被采金人焚烧、炸裂、粉碎，挖出了一口口深暗的矿洞。采金人日夜作业，不分天阴雨下。松明灯火更是日夜通明，一直照亮到地层深处，让黑暗变得金光闪闪。

到深秋，距离冬天不远的日子，裹作人已经在金峡子开采金矿三个月，囤积了数目巨大的金沙。赶在冬季大雪封山之前，管家跌布就驮上沉甸甸的金沙返回草原。

跌布本是矿场的主官，又是裹作安插在金布身边的探子。他这一走，金布的活动范围就宽畅多了。虽然裹作的强悍战队和那些威猛藏獒，就像岩石城墙坚固地把守着矿场，谁也无法轻易逃离。但经过三个月的相处，金布已在暗下里结交了一批矿工人马。

这时，夹在采金队伍中的次吉，一是由于金布暗在努力，二又凭借自身的精明，已经被管家跌布提了官职。直接由矿工升到了管理矿工的位置。当然跌布也不是糊涂人，他内心其实并不信任次吉。但想到这次吉曾经暴露过矿脉的真实经验，那就不是一般的下等劳工。为突破金布这道死关，跌布只能从次吉的身上寻找出口。自然提携官职是笼络次吉的最好办法。

如此，明的次吉是在为裹作效力，暗下实则又是金布的人。金布因为身份明显，自然不敢明目张胆地活动。但次吉身在暗处，行事就要自由一些。趁着管家跌布返回草原，二人展露身手的机会到了。他们分工有序：矿场内部是由金布，趁着工作之便拉拢矿工；矿场之外就由次吉，以丰足的金沙提成作为诱饵，腐蚀裹作的守矿战队。二人准备大干一场。一个为了家族使命，一个只想获得多多的金沙，从而摆脱卑贱的战奴身份，成为富足的老爷。

草原这边呢，管家跌布很快驮回了金沙。这时裹作已经搬进草原的冬季牧场，住在林卡间厚实又暖和的官寨里。康金一家住在不远的地方。严冬将至，一贯居住峡谷的康金家族还是难以适应逐渐寒冷的草原气候。另外，随着日常开销越花越多——那酥油、糌粑、牛奶，都是需要不断地从牧人那里购买，造成康金随身所带的钱物正在慢慢地消耗。就是说，康金家族再也不比从前。

想从前在西城，他们是镇城之主，有大片的山林，精悍的猎队，丰实的庄园，源源不断地为康金家族创造粮食和财富。现在呢，自从投奔裹作，一切都很现实。没有足够的金沙，就无法充实地维持康金家族的整体生活。因此，当这位昔日的大矿主远远地瞧见管家跌布赶着马队回草原时，立马就想到了金沙的分成。是的，假如裹作不主动把金沙送上门来；再过几天，康金就要亲自前去裹作官寨，索要康金家族应得的那份金沙。

　　裹作则像是忘记了这个约定。当管家跌布把黄灿灿的金沙呈现在他面前时，他第一个想到的并不是大矿主，而是另外一人，那远在女国南方的女王。

　　手捧金沙，凝视南方，裹作无限感慨地问跌布："我的大管家，昔日我们费尽心力却损失惨重，索不到金矿。现在金沙竟然送上门来，这得感谢谁嘛？"

　　跌布不假思索："杰波，我们得感谢康金家族。"

　　裹作纠正他："不对，我们应该感谢他们的甲姆。"

　　跌布连忙附和："拉索，是得感谢那远在天边的大鹏鸟。"想了想，又探试地问："接下来杰波要怎么安排？"

　　裹作昂首望天，若有所思地问："你想嘛，那天边的大鹏鸟，她终究会不会飞过来？"

　　跌布坚定回答："它要是飞过来，我们就用金沙做成利箭，射穿它的咽喉！"

　　裹作面色忽而严肃了："大鹏鸟的咽喉里只有沙石，从金布的咽喉里才能射出金沙！"

　　跌布紧切应声："拉索。"进一步表明主题："杰波对这次金沙的分成怎么安排？"

　　裹作盯住大管家，慎重问："你已经从金布的咽喉里，挖出了多少金矿的秘密？"

　　跌布老实回道："采金的一切技术，烧山、炸石、碾粉、淘金，我基本已经掌握。就是识别矿脉的技术，金布那头熊对此保护得密不透风。"

　　裹作眉头一皱，思想很久，难过很久，最终咬紧牙关道："那还不快把金沙的三股分成，如数地送到康金手里！"

第 12 篇

104．云霞散尽，阴风阵阵

总有半年时间，在西城高大的城楼上方，非天王常常目光忧虑地凝视裹作人居住的西方。虽然从表面看来，康金家族的叛逃就像狐狸钻进丛林，逃得无影无踪，但他们不可能从此销声匿迹。现在西城的这种平静，就像大地震之前的那种笼罩着巨大压迫气息的平静，不同寻常！包括从西边高原流下的河水，似乎也比往常更为浑浊。还有很多深林中的大鸟，像是它们的家园被人侵占一样，纷纷盘旋天空之上。有些正拖着黑压压的阵队，穿越西城，向女国南方飞去。其中不乏林鹰、游鹤、蓝鹊、雪雉，它们都是峡谷间的留鸟，各自的家园就安顿在西城的崇山峻岭当中，已经在那里繁衍了千千万万代。

现在，是什么巨大力量干扰了它们，让它们背井离乡？

瞧那些大鸟怪异地迁徙，非天王心情复杂。等到冬去春来，山梁上冰雪融化时，非天王立即从西城战队中精选了一支三百人马的战力，组成寻山战队，顺着大鸟们迁徙的源头，前往边境地区寻山护林。

这寻山必有讲究。除带上完备的战器，强悍的战力，还必须借助训练有素的猎犬。猎犬对于寻山极其重要：一是防身。寻山过程中，人如果遭遇凶残野兽的攻击，猎犬可以代替人参与搏斗，驱赶野兽；二是通过猎犬的狂吠又能引出敌情。茫茫山脉无限延绵，人是如此渺小，根本无法预测深山大谷中哪里会有隐情。这时只能依靠猎犬。如果遇到偷盗金沙或者侵占领地的境外人，只要猎犬一吠，定会引发对方猎犬跟着呼应。由此可以准确地辨识方位，直捣要害。

非天王的寻山战队中有四十条大猎犬。它们随同主人翻山越岭，每日赶路，沿路狂吠。二十天后，到达边境地带的金峡子。奇怪的是，往日一路神气活现的大狗们，在临近金峡子时却突然不吠了！一只只蹲候在丛林间，竖起耳朵，神经敏锐，紧张地等待。以非天王的经验，这些大狗肯定是嗅到了比自身更为强悍的对手，被它们传递过来的凶悍气息给吓住了！

非天王立马预知有事,却又不知对方是怎样强大的力量。瞧自己的猎犬个个耷拉着脑袋,一副低三下四的神态。非天王气不过,举起马鞭朝它们狠狠抽打。大狗们被抽得龇牙咧嘴,忍不住狂吠起来。这一吠不要紧,从金峡子那边的山谷里突然爆发出一阵藏獒的咆哮声,此起彼伏,如同滚雷一般。

非天王大叫一声:"果然出事了!"

原来,裹作人在偷盗金矿的同时,也做好了一切应战准备。他们派出草原上最强悍的战卒三千人,一边协助采金一边带上战器,随时可以迎战。而对于草原人,凶残的雪山藏獒是最有力的协战伙伴。这次他们共带出三十条大藏獒,把金峡子矿场守得严严实实。就像人有贵贱之分,狗也一样。非天王虽然贵为战神转世,有着无比高贵的血统;但他的领地深处峡谷,那些猎犬却不具备高寒地带的威武气质。它们只是大狗而已。裹作部落祖居高原就不一样,据说他们的祖先曾经驯服过冰山雪狮。这藏獒的祖先就是冰山雪狮的后代。雪狮多么凶悍!难怪峡谷间的大狗们会这么畏惧。

非天王踌躇在马背上,仰望金峡子上方丛林。只见成群大鸟被藏獒巨大的咆哮声惊吓,纷纷朝南方疾飞。他的战事头官昂头望天,跟着感叹:"王,您看吧,那些藏獒叫自由的鸟儿也害怕起来。"

非天王愤慨道:"它们可不怕藏獒,害怕藏獒的只是我们这些无用的大狗,那些大鸟害怕的是那可恶的盗贼!"

头官决然应声:"王,那还等待什么,我们攻上去砍了他们!"

非天王凝望金峡子,陷入沉思。冲动的头官已经等不及,擅自策马奔上山梁。

不久就听到头官在山梁上大叫:"王,您上来看看。身穿黑衣氆氇——那是裹作人,他们像黑头蚂蚁一样遍布峡谷!"

非天王心一裂,急忙奔上去。

一看,昔日他寻山时曾经看到的那美丽葱郁的金峡子,如今已被盗金人挖得遍体鳞伤,到处裸露着深暗的矿洞!而采金人就像蚂蚁搬家,来来回回,上上下下,又分工有序。山岩上吊满众多"黑蚂蚁",正从矿洞里往外搬运矿石;山岩下布满众多"黑蚂蚁",又在奋力用铜锤砸碎矿石;河谷里更是成群的"黑蚂蚁",勾着腰身,在河水中埋头淘洗金沙。有两人等候在河谷上方的帐篷外,验收金沙。

非天王细一看,一个身穿黑衣氆氇的,是裹作的人;另一个,那不是金布吗!这叛逃的人!

非天王双目冒火,再也不能忍受,朝头官一声喝令:"攻上去!"

当即率领战队从山梁俯冲而下。他们已经顾不得蹲守在矿场四周的那些凶暴藏獒，挥舞战刀，直杀矿场。顿时，先前山岩上吊着的那些黑蚂蚁，山岩下搬运的那些黑蚂蚁，河边上淘金的那些黑蚂蚁，刚刚还是采金人的状态，一转眼就改变了身份，个个操起战器，向非天王的战队直扑而上。

两边人马瞬间混入大战！

矿场四周，猎犬与藏獒厮咬在一起；矿场中央，两队人马杀成一片。非天王高举战刀直杀金布。因为太突然，金布身上并未佩带战器。他因此不能迎战，闪身躲到后方。非天王挥舞战刀追击，却被一群战敌围堵，眼睁睁地瞧那金布像只花豹一样溜走。非天王奋力砍杀，只是三两回合的工夫，第一批围堵的战敌全部人头落地。非天王抽刀再追，又被另一批战敌绊住。他只得一边奋力砍杀，一边打转战马。寻视四方，才见得从峡谷下方又涌上来大批黑影影的人浪，怎么也杀不完！心不由一晃，突然朝自己的战队喝令："勇士们，撤吧！"这时他的头官正杀得来劲，忽听非天王一个"撤"字，一时怔住，立马就有两个战敌趁势杀上来。非天王横刀挡敌，透过血淋淋的刀锋大声喝令头官："快撤！"头官并不甘心，一边跟随非天王后退，一边双手仍在砍杀。他们就这样拖着人马，踩着血腥，撤出了矿场。

等脱离危险后，非天王清点人数，才发现在这场厮杀中，他的寻山战队已经损失过半；还有那些猎犬，早已被对方强悍的藏獒咬得所剩无几！非天王痛心疾首，仰望天空沉默。

流离失所的苍鹰盘旋在头顶上方。它们在惊慌中见证了这场血战，发出一声声凄叫，向南方疾飞而去。

天空是多么阴霾啊！云霞散尽，阴风阵阵。非天王转眼再望金峡子——那遍体鳞伤的峡谷，它可是西城的领地！那倒在血泊中的战卒，可都是自己的兄弟！而那崖岩上、山腰间、河谷里，那些黑浪一样的盗贼，他们仍在贪婪地侵蚀自己的土地，刨它、挖它、焚烧它……

接下来，非天王又该如何驱逐那股"黑浪"？仅凭自己的西城战队吗？肯定不够。前去王宫请求援兵吗？即使动用强大的王宫战力驱赶，金矿地图却已经落入敌手，他们又怎会就此罢休？

105．独断的建议

非天王带领残军返回西城后，一日也不敢歇息，紧急奔赴王城。他坐镇西城多年，每次回宫从未像这一次，竟来不及褪去一身血衣战袍，直入王城，禀报女王。女王被惊动，急召四大首领——绛珠大相、绛月大相、洛塔首领、西贡波进宫。这时正逢南王松格也在宫中。又有阿乌格拉、天官、苏梨，齐聚三楼大殿，共商驱敌大事。

绛珠大相第一个主张，立即对金峡子进行围剿。如此，他将率领王宫男战队配合西城战队全力以赴。非天王对绛珠大相的建议是赞同一半，顾虑一半。赞同的部分均来自二人骨子里透射的相同的英雄气概。但细细寻思，非天王又觉得立即围剿缺乏冷静，最终能否持久地驱敌，无法把握。

这方面，松格的想法和非天王是一致的。当即提醒绛珠大相："大相，我很赞同你的看法。但我自幼生活在西城，对于西城地理自有一些认识。那金峡子距离西城遥远，盗贼又是有备而来，围剿并不是一件容易事。"

绛珠大相意志坚定，强调说："南王，既然不易，我们更需要攻克。"

松格点头，却又转口请示非天王："王，您对西城地理比我更为了解，请您说与大家听听。"

非天王会意，当下就以"梨儿卡"战关为中心，从关内的西城，到关外的落马关，一路细致地介绍。

听完后，松格再问绛珠大相："大相，男王的阐述你可听明白了？"

绛珠大相就不发话。

松格便道："就男王刚才概括的战线看，那西城临近裹作的边境地带，路途遥远，地形复杂。实施围剿前更需要做好充足的战事筹备，这需要时间。"

这时，就见非天王在主动询问三位首领——绛月大相、洛塔首领、西贡波。

绛月大相语气肯定地回答："王，我赞成围剿金峡子。"

西贡波跟着点头。

洛塔首领先是面对非天王恭敬地行礼，继而面朝女王勾下腰身，语气坚定地表决："甲姆，猎战队擅长丛林作战，金峡子正是莽莽丛林。要是出征，请甲姆安排猎战队参战！"

女王示意洛塔首领稍安勿躁，她心中早有计划。本来她就是西城之女，对西城地理自然也有了解。刚才又听非天王那一番概括，让她对自己的计划更加肯定。但她知道，时下各位战官已被边境战事激得满腔热血，身心均处在亢奋中，如果凭空发令，怕是难以让战官们信服，就示意众官等待，她要循序渐进地询问非天王。

女王："男王，金峡子目前是什么状态？"

非天王痛切道："那葱绿的山野已经面目全非，到处裸露着空荡的矿洞！要不了多久，那个地带的金矿就会被一盗而空。"

女王："当年你坐镇西城，那叛贼康金对于金矿的分布情况，泛泛中是有交待，你可能说一说？"

非天王一听女王询问金矿分布，这似乎又是王朝机密。在座的大半都是外人，就不知怎么回答。

女王却不动声色道："相关西城金矿，本王倒略知一些。"

非天王惊望女王。

女王带着回忆和解释的语气，认真地阐述："在座都是王朝的重要战官，未来更需要参与金矿保护，理应对金矿有所认识。本王记起来，西城金矿的分布大致是这样：自裹作草原下方的丛林开始，一直到西城郊外，大半都是高山峡谷。这其中至少十分之二的峡谷含有金矿。以西城外的梨儿卡战关为界，关外和关内都有金矿。关外就包含已经被裹作人盗采的金峡子。另外还有多处小金矿，却是地处偏远，产量不大。西城的主要金矿都集中在梨儿卡的关内地带，就是梨儿卡到西城之间的那些区域。"

众官这一听，非常诧异女王能够如此详细地叙述金矿分布，非天王则更加诧异。

女王就提醒非天王道："当年我巡视西城，也是你陪同，由那叛贼康金亲口介绍了这些。"

非天王才想起，那已是多年之前的事。不想女王还能如数家珍地道出，心下不由生出几分感动。

但听女王已在大声发话："这就够了。从金矿分布上看，那梨儿卡战关对于金矿的保护极其重要。关外山高路远，较难管理。关内却有一道天然的屏障把守，又地处西城不远，是完全可以控制的区域——梨儿卡战关就像一道天门，门一关，西城最大的金矿区就会安全；门一开，金矿随时陷入危险！"

众官均朝女王勾着腰身，洗耳恭听。

女王加强语气，继续："挖金沙已叫裹作人双目雪亮，他们是不会安于金峡子那个小金矿的。等金峡子挖成一张空壳，因为叛贼康金提供的金矿地图，他们迟早会越过梨儿卡，盗挖关内大金矿。这样的话，巩固梨儿卡战关将成为保卫金矿的首要——在围剿盗贼之前，我们更应该牢固战关！"

这时，就见阿乌格拉勾着腰身出列，小心地探问女王："牢固战关，就需要投资建设各种战碉营地，那可不是一日两日。甲姆，您是说……放弃围剿？"

女王既不点头也不摇头，而是耐心地对她的阿乌解释："格拉，我说的并不是放弃围剿。刚才南王也有建议：西城边境路途遥远，地形复杂，实施围剿前需要做好充足的战事筹备。我对这话的理解是：所谓战事筹备，就是要在战关上建碉设卡，这是大事。到战关建设完备，之后再实施围剿，至少关内的大金矿会更安全！"

歇一口气，女王就进入了一段细致而开阔的阐述：如今康金家族投奔裹作，等于说那些金矿地图也都落在裹作手里。那金峡子地处偏远，我们围剿，只会出现两种情况：一是盗贼不迎战。我们一旦进攻，他们因为路近，立马逃回草原，等我们撤离后又会进山。这样下去，他们的战力只是费些时间上下跑动而已，我们的战力却要被他们来来回回地拖扯、牵制，消耗不起；二是盗贼迎战。双双血战，损失，到最终他们战败，还是会就近逃回草原。但金矿资源把握在他们手中，今天逃了，明天还会再来。而我们即使胜战，大的战力也不能长期驻守边境。等我们一回撤，他们仍然进山。就这样躲躲闪闪。到把边境地带的小金矿全部挖尽，他们的财富就会越聚越大，势力也会越发壮大。又有金矿地图在手，贪心的裹作更不会满足边境地区的小金矿。据说，他们已经驮上金沙前去西边的森波大部落，在那里大量购买人马战器。这足以证明他们的野心——等挖完边境地区的小金矿，势必侵袭梨儿卡，强占关内大金矿！到那时，如果梨儿卡建起了战营，又有驻军严守，就能堵截盗贼，保护关内大金矿的安全。至于那已被侵蚀的金峡子，只要巩固好梨儿卡战关，我们就有了坚实的战事大后方。到时再去收复，更为踏实！"

好一个系统又长远的目标！女王说完这些，就在观察在座的众位战官。但见绛珠大相听完女王的阐述后，面色犹豫；阿乌格拉陷入了女王复杂的分析中；松格则显得意犹未尽；非天王呢，目光凝重又深刻，像是探不到底的深渊；其他三位战官——绛月大相、洛塔首领、西贡波，包括天官和女官苏梨，却把期待的目光一致投向女王自身了。

女王心下已有定数，端坐在大鹏宝座，目视下方众官。先是盼咐立在一旁的史官姜措，令她认真记录大事。之后声色沉稳，发出敕令：命，非天王为建造梨儿卡战关的主官，速回西城筹备项目。定要赶在裹作人到来之前完成战关建设。命，绛珠大相从王宫男战队中调出五千精兵，编入西城战力，作为战力储备。命，天官赭面娘自国库抽取藏银二万两，作为建工的筹备资金。命，女官苏梨下达第五层曼扎，征召三千劳工，随非天王同去西城，参加战关建设。命，建碉高手格日奔赴西城梨儿卡战关，负责一切战关设计。

106. 梨儿卡下血水成河

再说金峡子地带，不到两年时间，已被挖得遍地开花。到处裸露出空荡的矿洞，却再也挖不出金沙。那裹作盗贼果然是动起了更大心思。因为需要金布替自己寻找更多金矿，裹作并不敢失信，已把金沙的三股分成如数地交给康金。其他金沙，一半用在草原上招兵买马；一半则交与阿乌东嘎，吩咐他到草原北边的森波大部落，购买人马战器。这一次裹作扩充战力，主要目的就是想公开入侵，占据梨儿卡内的大金矿。

算一下裹作人对于女国的侵犯记录：第一次是趁女王苏墭婚庆之机，偷袭西城，轻巧得逞；第二次是倚仗地理优势，偷袭西城边境的金峡子，成功采金；第三次，就是盗金将近两年的现在。裹作人公开叫阵，攻打女国西城。

当金峡子已被盗空，其他几处小金矿也变成了乱石荒滩之后，裹作人就开始了这第三次入侵。他们有备而来，无论从战力、战器、粮草方面，都筹备得十分充足，因此一路雄心勃勃。

不过令首领裹作始料不及的是，当他率领入侵战队，沿着昔日偷袭西城的马道抵达梨儿卡时，却发现昔日那简便的栈道关口，已经变成一座堡垒式的大战关！那栈道地段全长约八百余丈，宽却只有一丈。一边是悬崖峭壁，一边是万丈深渊。过往栈道，路基悬空，犹如飘带；又濒临深渊河道，恶浪滔天。如此险要之地，已经超出"一夫当关，万夫莫开"的气势。原本就是一条天路，这下又在中间地段新建了一座独特的战碉关卡，真可谓是神仙当关的绝道！

说这战碉关卡，其实也叫"砍头碉"。它的奇妙之处在于，从关外的角度看，它仅是一座石碉，中间开出一道石门和几口箭孔。这会叫关外的战敌误以为，它就是一座平常的战碉——只要攻开石门，或者攀上石碉，就可以突击前进。

事实却不是肉眼看到的那么简单！那石门内侧，以及石碉顶端的垛口内侧，早已架设了成排锋利的大砍刀。砍刀由多位壮士日夜把守。可别小看这道机关，如果把它放在平常地带，当然作用不大；但放在位置独特的绝道之上，就会出现奇迹——它将以出其不意的手段打击战敌！这就好比是火杜鹃放在地上，它就是一堆柴火；但用来焚烧矿脉，它就能烧出亮灿灿的金沙！

等到裹作人到来，他们果然就落入了砍头碉的视觉圈套。裹作和他的师爷、管家、头官们，他们从关外的方向观察石碉，见那碉体上的门洞太小，不易攻克，就转换了方式——套用攻打城墙的战术——趁着夜晚，视觉昏暗之际，遣派战卒强硬抵达石碉，铺设战梯，欲以攀越之势突破石碉，进入关内。他们却不知，一般的城墙因为面积宽广，便于千军万马同时作战，才可以利用爆发之力迅速地突破。这里的石碉却面积逼仄，庞大的战队根本施展不开——入侵之时，因为通道狭窄，通行有限，裹作的战队完全不能施展爆发之力，他们只能列队前进。

当他们架设战梯，攀上石碉，欲以攀越之势突击；这时，因为冲锋阵势单薄，他们就无法避开垛口内侧的锋利机关——等攀越的战卒头部刚刚露出垛口，上方架设的大砍刀立马就会扎下来。伸头人还来不及叫喊，人头已经像石头滚下深谷！随后断头尸会被迅速地拖过垛口，抛入关内大河。整个过程紧凑而迅速，不留半点声响。逢上黑夜，视线陷入盲区，关内抛尸，关外根本看不清。那后来者见上方的战卒已经顺利攀上垛口，还以为是顺利过关，跟着伸头往上爬，却是爬上一个，斩断一个头颅！

当天夜里，裹作的第一批冲锋战队就这样中了埋伏，变成了砍头碉的冤魂！一时间，但见梨儿卡下已是尸体遍布，血水成河。直到天色微亮，看见碉体上回流的血水，裹作才大惊失色：原来他的冲锋战队就这样无声地变成了断头鬼！

裹作站在关外痛心疾首，却已经来不及了。他陷入彷徨。

这时，就看见管家跌布一副神情闪烁的模样，朝他张望。对于战事方面裹作向来不指望管家，他认为管家就是管理家事的，只有师爷波扎才是真正的军师。俗话说，养兵千日，用兵一时。这时是最需要师爷出面的时候，他就把期待的目光投向师爷。

却见师爷正盯住砍头碉一筹莫展。

裹作这才询问起管家："跌布，瞧你这双冒火的眼睛，你有什么主意？"

跌布先是朝裹作恭敬地勾下腰身，之后才诚恳地提议："要是杰波暂时可以撤回草原，先作休整；之后再绕道攻打西城，是为上策。"

裹作惊诧，反问："绕道？梨儿卡是我们进攻西城的唯一通道！"他转身朝四周观望一遍："你不看看，这地带左边是悬崖，右边是大渊。你是说顺着悬崖大渊绕道吗？它们延伸了太长的路线，中间又有连遍的大雪山阻隔。等我们绕出去，那已经不是金矿的领地！"

跌布语气神秘，暗示裹作："杰波，我们就从金矿的周边绕道。"

裹作双目瞪圆，直愣愣地盯住管家。

跌布点拨他："可以从她们的北城。"

裹作越发惊诧："那可是她们自己的城池，又距离我们山高路远，攻它谈何容易！"

跌布玄秘道："我们不去攻它，只与那北城首领柏嘎谈判就好。"

裹作满心迷惑："谈判？柏嘎可是那祖母王朝的人。你让他背叛自己的领地，又以什么为突破口？！"

跌布语气更为玄秘了："据说那柏嘎对于他们的王朝，并不用心……"

裹作惊奇不已："你怎么知道他不用心？"

跌布凑近身来，同裹作一阵耳语。

当下听得裹作目瞪口呆。他无法想象，作为一个平凡的管家，跌布是运用了怎样的聪明才智，竟然可以借助送达金沙的机会，从康金矿主的口中套出那些——让祖母王朝也无法掌控的秘密！

107. 借助金沙的光芒，我们相互壮大

裹作人虽然在梨儿卡战关惨遭打击，但黄灿灿的金沙早已把他们的心照亮。现在，只要不是云做的梯子，雾铺的栈道，只要它是真实的路线——哪怕一千条河流阻隔，一万道山梁遮挡，也挡不住裹作人的脚步。最终裹作采纳了管家跌布的建议，带领入侵战队撤回了草原。

一回到草原战营，裹作立即对原有战力进行休整、扩充，大量新征战卒，弥补梨儿卡之战的损失。同时亲自登门拜访康金和西染，向二人道出自己的宏伟大计。真诚地恳求西染，陪同管家跌布前去女国北城，同北城的镇城之主柏嘎谈判。按裹作的计划：只要能够说服柏嘎，谈判成功，他的草原战队就可以和柏嘎统领的北城战队联盟，经由北城绕道，攻入西城，占据梨儿卡大矿区。

就来说说柏嘎家族。前面已经说过，北城距离王城遥远，又是边境之城，地势极高，属于纯牧区。比起以农猎为主的王城，生活及风俗均有不同。又被大雪山下的生死关阻隔，北城其实就是一个小小独立的王国。那镇城之主柏嘎乐得自大，并不在乎王朝政事。因此之前王宫选拔小王时，柏嘎才不会遵循惯例，送出自家长女，只在民间认了一位义女替代进宫。当他派四个家侍把义女送出北城，五天后，返城的却只有一个家侍。这家侍向柏嘎禀报，说义女已经顺利地送到王朝女官手中；但回

程时经过生死关,其他三个家侍不幸葬身雪崩,只有他一人生还。

柏嘎心想,生死关向来险恶,被风雪围困而死是历来常事。既然义女已经送达,应付了王宫完成了任务,死几个家侍又算什么。就懒得追问细节。不久,他又收到王宫的信件,说是柏嘎家的才女未能选上小王;但已被王宫收留,将作为未来的女官培养。柏嘎暗在庆幸:自己的暗藏果然未被王宫觉察!一时选拔小王的事也就这么混过去了。

但是现在,随着昔日的王朝高霸、西染的到来,柏嘎才明白一切:原来他们的义女进宫后就被杀害了!那王宫却说已被收作女官。虽然死去的只是义女,但这事王宫并不知情。就是说,对于王宫来讲,他们杀害的就是柏嘎家的长女!杀害了,又再瞒报,说是收留宫中,这分明是在欺骗柏嘎家族!

柏嘎愤怒了。且西染又告诉他,王朝的民事大相原本是柏嘎家族的舅舅——多吉大相;但在多年前的西城战事过后,却没有经过延议,莫名其妙地换成了刚布家族的宗亲——东知大相。这么前后一对照,柏嘎终是看清了王宫的真实用意——正是担心北城距离王城太远,难以控制,害怕柏嘎家族也会像南城的洛绒家族那样,慢慢壮大势力,最终反叛王朝;因此而削去多吉的大相官职,又做出杀害义女、隐瞒实情的恶事。这两点恰好表明,王宫正在悄悄地削减柏嘎家族势力。长久下去,最终王宫会不会也像对待洛绒家族那样对待柏嘎家族?谁知道呢!而西染还告诉柏嘎,自己的康金家族正因为势力过于强大,才被女王追杀。幸亏裹作部落大度,收留了他们。

柏嘎原本就不服王朝管制,这下听西染一通添油加醋的挑唆,越听越发心虚。前前后后,仔仔细细地思量一遍。最终心神不宁,询问随行的跌布:"大管家,你让我们配合攻打西城,共同开采西城金矿。这事虽然不错,但只要我们行动,那远方的祖母王朝定会派军打压。如果长期陷入战事,我们又怎么采金?"

跌布胸有成竹,道出自己的分析:"杰波,这方面我们早有考虑。如果没有康金家族提供的金矿地图,和你们北城的条条通道,我们当然不敢盲目开战。但有了金矿地图和北城通道,就会完全不一样。我们只需要绕过梨儿卡战关,占据关内的大金矿就好。有了金矿路线和你们北城的出入通道,我们就可以分散作业,到不同的峡谷里开采金矿。你们那祖母王朝的战力虽然强大,也是集中起来的力量。如果把他们分散开来,变成一支一支的小战力,我们就不用害怕——就我们那些强悍的藏獒也可以轻松应对。而他们只要开战,将会面临向多个矿场开战,顾此失彼,他们无法真正地控制我们。这金沙嘛,也不是永远开采不完。等他们东奔西走,摸索着开战,我们早把金沙采完了。那时,借助金沙的光芒,我们相互壮大,你也可以真正地独立了!"

柏嘎听得心动,出语则是既狡黠又自豪:"大管家摆出这些理论,我却早已经思量过。但我们北城原本就是太阳的城池——不用借助金沙的光芒,它也会灿烂辉煌!"

一旁西染紧忙接话,激将柏嘎道:"杰波这话说得太早了。再灿烂的阳光也经不住乌云遮挡——就王朝对您家族实施的那些阴谋,您还不能看出,他们就是柏嘎家族的乌云!"

柏嘎最听不得西染这样的话。一想到自己选送的义女被王朝杀害,阿舅又被王朝贬谪,心中那个怒气,就像涡旋而起的尘卷风。当即愤言:"他们要是乌云,我柏嘎家族就是雷电,劈开那层乌云!"转念,瞧瞧满心期待的跌布,又语气锋利地问他:"你们又要借助北城通道,又要借助北城战力,真要合作的话,我们之间算是什么关系?"

跌布真诚地回答:"我们嘛,就是兄弟,是伙伴!"

柏嘎怒气未消,撒泼道:"我和你不是伙伴,我们都是金沙的伙伴!"

108. 我要亲自出征

对于祖母王朝来说,单是论裹作部落,最多也只是边境地区的一只跳蚤而已。时不时地跳出来咬一下,伤不了大局。但这一次却有不同,裹作人竟然勾结柏嘎,突破了北城通道。北城通道一旦打破,就像四方大湖溃决一方,那奔腾的决口又怎么堵截!

两个月后,当非天王从北城信人那里获知柏嘎叛变,他已经预知,这将不是一场简单的小战事。只能匆忙回宫禀报女王。女王一听,心往下一沉!多年来她就对北城的柏嘎充满担心,心下总在揣摩,有一天那柏嘎会不会勾结北方的森波部落,依仗他们的势力背叛王城。正因此,之前她才趁西城大战的机会废了柏嘎家族的亲舅舅多吉大相的官职,后来又向柏嘎家族隐瞒北城才女之死。这都是因为担心,不想这种担心却以另外一种形式爆发出来。确实,柏嘎叛变对于祖母王朝事比天大!女王当即传召文武朝官,包括南王松格也被紧急地召回。众位相官汇聚三楼大殿,商议围剿盗贼。

这一次不同上一次,当众位战官正在为围剿之事相互交流时,女王首先就明确了主题,发话道:"不论以什么方式,这次本王决心已定:一定要剿灭裹作!召众位爱相进宫,是想请你们多多拿出主张,怎样才能彻底覆灭盗贼!"

非天王大声进言:"甲姆,这必是一场硬战,硬战拼的就是实力。我认为,王宫应当倾注所有力量,男战队、女战队、猎战队、蛊战队,都要参战。突击围剿,彻底剿灭!"

话音落下,但见绛珠大相、绛月大相、洛塔首领、西贡波,四位首领同时出列。他们主张坚定,大声响应:"拉索!我们对征战早已做好心理准备!"

女王点头,同时却道:"但仅有心理准备还是不够。北城已被那裹作人控制,围剿难度成倍增大。要想彻底剿灭,不是一般力量可以做到。我们必须先扩充战力,筹集粮草,置备战器。"

这时就听松格跟着响应女王:"甲姆,您说得是,王宫不能轻易发兵。首先就征战筹备方面,这将是一项系统庞大的工程,并非一时半刻可以完成。"

女王却又不领情了,只道:"南王,难道你想怠战?"

松格悉心地解释:"甲姆,我并不是怠战,是在思考。男王的提议确实重要。不过实力只是基础,实际作战中,更需要合理的战事部署。"

女王才缓下口气,点头赞同:"哦呀,你有这个思路就对了。这次不同以往,要想把那裹作人彻底剿灭,过程还是有些艰难。因为他们借助我们的北大门自由出入,这就好比大湖溃决一方。再要堵截,第一需要充实的战力,第二更需要周密的战事部署。"

女王的话激到了阿乌格拉的心坎上。他紧忙出列,请示女王:"甲姆,我们都想听听您的作战方案。"

女王慎重地点头,细细道来:"西城峡谷一失守,就变成了一盘散沙。所有淘金人都可以自由进出。因为不受控制,我们自己矿场上那些熟悉采金技术的矿工,只要心有贪念,定会溜出来单干;又有裹作人一直就在盗金。北城的柏嘎,他既然已经和裹作苟合,当然也是奔着金沙而来。那裹作手中再有金布,他知道大片金矿。那金矿地点又是分散的,挖金人也并不是集中在同一矿区。他们会像一窝一窝分散的蚂蚁,处在不同的矿场。又有北城出口作为逃遁的大后方,我们要想彻底捣毁他们,实在困难。但如果分次打击,就会顾此失彼,不能全面。只有趁其不备,进行一次性大突击、大围剿,同时捣毁所有矿场。要想做到这样,首先我们就必须完备一件事:掌握精确的围剿路线。这就需要先遣蓝鹊使者进入西城峡谷,侦察地形,锁定所有盗矿地点。第二才是战力,不但要硬实,更要庞大。我们必须拥有规模庞大的战队,以突发爆破的力量,同时全面地围剿各处矿场,一举歼灭盗贼!这么大规模的战力,以我们现有的四支王宫战队,还是不够。"

众位战官听完女王的阐述,多有感慨。齐刷刷地朝她勾下腰身,带着信服朝拜她。

非天王已经出列,响应女王:"甲姆分析得缜密周到,确实如此。我需要速回西城新征战力!"

松格接话:"南城战队极少经历战事,我也要速回南城加强战事操练。"

这时,以绛珠大相为首的四位大首领同时出列,请示女王:"甲姆!我们王宫战队从今日起,将会一面操兵,一面深入民间征召人马。"

女王感动中点头,令绛珠大相:"大相,王宫四大战队就由你统一领军,筹备战事。"

绛珠大相响亮答应:"拉索!"

女王又问:"大相,做这样一场战事筹备,需要多久?"

绛珠大相算了下,回答:"甲姆,受自然条件限制,这样大规模的战事筹备,粮草、战器、人马、侦察、后勤,尤其是操练新兵,没有半年时间难以完成。再受节气影响,冬季雨雪不断,任何事都无法进展。避开冬季,到真正可以出征围剿,就需要一年。"

女王坚定道:"哦呀!那就从今日起开始筹备。这一战,本王要亲自出征!"

109. 大 矿 区

在西城梨儿卡大矿区,裹作人已经投入到轰轰烈烈的采金大潮。他们借助北城通道进入峡谷,一边占据梨儿卡,破除砍头碉;一边又从北城大决口开辟条条新路。过往通道因此四通八达,西城大半峡谷也变成了自由地带。裹作的人,柏嘎的人,女国自己那些从矿场上逃走的矿工,一时间竟如马蜂拥进矿场。采金场面犹如操练战事,紧张而忙碌。

作为懂得矿脉的人,金布已被裹作提升为金矿头官。当然只是空衔,裹作并不会让金布实际操控采金人马。矿场的主要事务仍然是由管家跌布把控。这让金布心头窝气,却也无奈。他的家族被裹作控制在草原上,他只能服从,继续为裹作寻找矿脉。

在过去,因为是偷盗,裹作人进入女国领地总是鬼鬼祟祟。现在通过公开入侵,又有北城大决口作为退路,他们终于可以大摇大摆,自由出入。这一下事态发展得有些汹涌,超出了金布的预料。先前由于出入不便,除裹作人在强大的战力保护下可以偷偷地开采金矿,一般人因为没有生命保障,并不敢轻易涉入。

但现在随着西城峡谷自由开放,金布手里掌控的金矿地图,就不能完整地控制金矿了。那些跟随康金大矿主多年,掌握着一定寻矿经验的男侍和劳工,他们定居草原后,由于生活习惯发生了巨大变化,已经顾不得背负"挡天的人"给他们施加的精神枷锁——现实中的生存问题早已压垮了他们的忠诚。何况,随着金矿峡谷大开放,又有裹作人从中不断劝诱,他们原本迟钝的目光也变得敏锐起来:先前碍于偷盗金沙并不安全,他们不敢随便行动。这下变成公开采夺,那不管为谁效力,生存都会有所保障。何况,留在陌生的草原,始终都是背井离乡,最终还得客死他乡;返回峡谷,回到金矿,就算是死了也是一种回归。如此,他们终是被乡愁和金沙打开了心结,不再相信被下过魔咒的命运,开始纷纷逃出草原,赶回峡谷里寻矿来了。

这当中一些人投靠了裹作的采金队伍;一些人投靠了柏嘎的采金队伍;再有一些野心勃勃的家伙,竟然另起炉灶,单干起来。不久西城大矿区就因为这些复杂的采金人涌入,变成了一盘散沙。

康金家族终究还是失算。之前他们先是想利用精神枷锁控制自己的劳工,再利用手里的金矿牵制裹作。以此寻找机会组织战力,打回西城,但现在局势已经由不得他们控制了!

慢慢地,梨儿卡大矿区就呈现出一派繁荣的集市景象。在火杜鹃中喷放的金沙,又如同火杜鹃一样盛放山野,再从山野盛放到裹作草原。一时间,那些穿越在北城崇山峻岭间的狭长马道,就变成了西城通往裹作草原的金光大道。运输的马队日夜不停地奔赴,把峡谷里的成品金沙和半成品的矿石,源源不断地运上草原。

到后来,裹作人有了丰足的金沙,已经不再满足通过北城绕道。他们开始破除梨儿卡的砍头碉,拓宽悬崖间的原有栈道,凿成行马大道。而悬崖之下那险恶的深渊,也被裹作人利用废弃矿石,以逐一填埋的方式辟出新的运输通道。致使梨儿卡战关最终丧失了"一夫当关,万夫莫开"的战事防御功能。

因为金沙充足,裹作部落的帐房如同白鸽子一样,越建越宽敞、高大、华丽漂亮。而草原上的女人也变得越来越多了,一些是从西城峡谷里带回的漂亮女子;一些又是更远的西边草原上,那些健壮油亮的牧羊姑娘。她们以各种身份被带进裹作草原,变成了富有的裹作人的女眷、女伴、女仆、烧茶的厨娘。

110. 女人是我的牛奶

一日,裹作闲来无事,策马前去山沟里的康金土碉。这时站在高坡上遥望土碉的裹作,心里想得最多的已不是康金手里的金矿地图了。时过境迁,现在他根本不在乎金矿地图——从康金家逃出的那些像山鼠一样精明的寻矿人,他们正在峡谷里为裹作卖命,寻找矿脉。那些人可是裹作的活宝贝!

而康金土碉里还住着另外一些宝贝——大矿主的那些妩媚可爱的女人们,包括西染高霸。不,她已经不是高霸;只是一匹被套的母马而已。裹作终究还是惦记起她来,不由策马奔进山沟。

已经有多久,因为战事和金沙,裹作忙得再无心顾及康金一家人?康金掐指算了算,总有半年时间。眼下瞧那裹作扬扬洒洒地策马奔来,康金心下竟然没底了。无法揣测裹作怎么又惦记起已经丧失了价值的康金土碉。这土碉里的男人们都逃光了,只剩一屋子女人:康金的阿吉志玛夫人、姑母兼女管家泽真夫人、众多女侍以及长女西染。自从变成逃亡人,西染就只是一个寄人篱下的女子。虽然她内心仍旧燃烧着复仇的火焰,但现在她的霸气及野心,已被荒蛮的草原给磨耗得几乎湮灭——倘若裹作再不到来的话。

但是现在,随着裹作的到来,似乎一切又会慢慢地燃烧起来。谁知道呢。其实应该在第一次,就是在西染裹着一身鲜红斗篷,像个新娘一样投奔草原之时,她的火焰就应该在裹作的帐房里燃烧。只是那时裹作爱金沙比爱女人更多一些,他贪念康金手里那些金矿地图,生怕惹得老家伙生气;那他只会得到女人,失掉金沙,才没敢对西染下手。现在时过境迁,一切都不同了。自从拥有大群人马帮他挖金矿,他的身份也发生了变化,变成草原上最为富有的大首领。

其实在康金内心,对于裹作这样的盗贼那是既痛恨又鄙视。但无奈寄人篱下。寄人篱下的时候,昔日的锋芒就不再叫锋芒,而叫风凉。想起家族前途未卜,康金心头总有一种凉飕飕的感觉。而裹作已经摆出一副高高在上的大首领姿态,抵达康金土碉时也不肯轻易下马。这要是在往日,因为康金家族奴仆众多,那些下人们一见裹作首领到来,自然会早早地趴下腰身,恭候在大马胯下,让裹作踩着仆人们温暖的"脚垫"下马。但如今却已不同。因为金沙,下人们都逃光了,只有康金孤零零地站在土碉前迎接。总不能让昔日的大矿主做"脚垫"吧。裹作计上心来,就想为难一下康金。于是调转马头,围绕康金打转转,愣是不下马。旋得康金两眼冒金花,只能顺着大马扭动腰身,尴尬不已。

这时,他昔日高傲的长女西染从土碉里走出来。

裹作一见西染,浑身顿时来劲。也不知是他的马被西染那一身血红的衣裙给惊动,弄得他掉下马背;还是他自身朝着那身血红飞蛾扑火,反正他"哧溜"一下从马背上滚了下来。

西染站在大门旁哈哈大笑,嘲弄道:"杰波,你的马见到高贵的康金大矿主,被惊到了。"

裹作只想讨好美人,连忙附和:"哦呀!它除了被高贵的康金矿主惊到,也被姑娘的美貌惊住啦!"

康金站在一旁尴尬不已,应付裹作:"杰波请屋里坐吧。"

裹作却趁势把缰绳塞进康金手里,自己大步流星地朝客堂走去。康金接过缰绳时,手不由一阵颤抖。原本这是下人该做的活计,现在竟落在堂堂大矿主的身上,这份屈辱如何受得!

西染痛苦地望一眼阿爸,对裹作恨得咬牙切齿;但裹作像是没事儿一样,已经走进客堂。西染只好随在裹作身后,努力着镇定情绪。见裹作转身望她,脸上挤出一些笑意,迎上去。这时康金已经拴好了裹作的坐骑,却没有跟进客堂。但见他满目悲伤地离开土碉,躲到草原上独自伤心去了。

客堂里,裹作从西染手中接过热腾腾的酥油茶。尝试一口,立马显示出一副陶醉的模样,调逗西染:"哦呀,能烧得这么香的酥油茶,你这个峡谷女子,看来就要变成草原女人了。"

西染佯装娇媚,附和:"拉索,做个酥油味道的女人,肯定别有风趣吧。"

说得裹作心头痒痒,跟着暗示她:"峡谷里的杜鹃再灿烂,也需要采蕊的蜜蜂嘛。你这美丽的火杜鹃,怎么可以开在没有蜜蜂的地方!"

西染顺着裹作的话意,切入主题:"那要看杰波帐房里的女人,怎么看待了。"

裹作轻妄道:"女人是我的牛奶,只要口渴,随时都会喝起来。"

西染带着挖苦的口气回应:"只有草原上的母牛才会挤出牛奶。"

裹作却顾不得琢磨西染的话,是句风凉话,听到"母牛"二字,一身劲头越发膨胀起来。一把揽过西染,迫不及待道:"我看你这样的母牛嘛,也能挤出奶,让我尝尝……"说时,手已经游进西染的胸脯,朝里面摸去,口里只在哼哼:"哦,哦,让我喝一口。"

西染震怒,不曾预料裹作竟会如此粗鄙地戏弄她,如此轻视女人,何况她还是昔日高霸!当即心血翻涌,只想一巴掌朝裹作抽下去。手已经举过头顶,但悬在半空中时,却被裹作强硬的目光切成了两段。

是的,这时西染盯住裹作那双漆黑发亮的眼睛,恍惚间它却变成了人面天珠!康金家族的镇族之宝,那被裹作掠夺的人面天珠啊——现在也只有屈从裹作,是不是还有机会夺回它呢?想到这个,西染再也无法强硬。一滴泪,一滴血一样的泪从西染的眼角里挣扎出来。她只能忍辱委身,任由裹作把头埋进自己的胸口……

111. 我是所有男人的女人

西染终是以自身的特有方式和裹作成事,这给她带来了一些自由。先前因为对康金家族充满顾忌,裹作一直是软禁着康金一家人。西染平日只能生活在固定的山沟里,轻易不得上草原。这下二人苟合,为幽会方便,裹作已允许西染以女伴的身份出入草原。

只是,他本人留守草原的时间却越来越少了。随着西城峡谷大开放,裹作的心思也越发膨胀起来——他想挖出更多的金沙,拥有更多的女人,或者说像西染这样风情无限的峡谷女人。不久,他就在矿场附近搭起了新的居家帐房,开始常驻峡谷。为壮大采金队伍,最终也能成为昔日康金那样的大矿主,裹作又把草原上的大半战力调进了峡谷,一边看守金矿,一边作为劳工开采金沙。

这么一来,裹作的草原部落就显得有些空落,人马稀疏了。对于胸怀大计的西染,这真是一个失利的局面。虽然作为裹作的女伴她获得了出入自由,但却越发寂寞了。多半时间里,她只能带着纷乱的情绪逛荡在草原上,和那些牛马说话。

当然,还有一个人可以听她说话,便是裹作的战事头官达理。裹作的草原战队大半都被调进了西城峡谷,只有小半战力留守草原。由头官达理统管,用来维护草原治安及看护边境牧场。

西染呢,原本早有计划:首先是要想办法从肉体上控制裹作,设法讨回人面天珠;再借助裹作女伴的身份出入草原战营,拉拢战官,慢慢地控制草原战队。等时机成熟,就与峡谷里的金布合并,一举打回西城。现在,既然裹作已经带走大批草原战力,她也只能从达理的身上尝试着下手了。

说这达理,原本也是个威武头官,对裹作更是忠心耿耿。但人生当中,最可怕的就是比较。先前达理做什么都是赤胆忠心,但随着裹作一心倾向金矿峡谷,情况就发生了变化。让达理感觉窝气的是,裹作调走了他所管辖的大批人马,却没有让他这个战事头官跟随。而师爷波扎、阿乌东嘎,连同管家跌布都可以享受大矿区的美好生活——金沙和美人,他却只能替裹作看守草原,整日和草原上那些皮肤粗糙的放牛女子摸摸捏捏,了无情趣。

　　西染是在达理心情最为郁闷的夜晚,"一不小心"地误入了他的营房。当时达理正在营房中喝闷酒,见首领的女伴像天上的月亮一样,明晃晃地落在他面前,一时就有些不知所措。不想西染却拎起百摺罗裙,大方地坐到酒桌前,恭维达理道:"哦呀,像你这样尊贵的头官,怎么可以落得寂寞,让我来陪你喝酒吧。"

　　达理瞧面前这位风情无限的女国高霸,一时心头痒痒,但又不敢轻易去招惹。只好明知故问:"你嘛,是谁的女人?"

　　西染煽情地回答:"我是所有男人的女人!"

　　达理的心"怦怦"直跳,但又不能"跳"出胸口来,他还需要抑制一下。只好借酒压惊,猛喝一杯,又斟一杯。却见西染直接把杯子夺过去,一口饮尽了。

　　达理连忙招呼她:"神秘的女官,你要是真心陪我饮酒,等我再取一只酒杯。"

　　西染语气浪荡道:"不用取。今夜我定要与你共饮一杯酒,也尝尝达理头官的劲头。"

　　达理已喝得有些醉意,借着酒劲胆子也壮了,迎着西染挑逗:"我的劲头嘛,可不在这酒杯上。"

　　西染故意问:"那是在哪里?"

　　达理神色飘扬:"哦呀,男人的劲头在哪里,只有女子知道嘛!"

　　西染双目直勾勾地盯住达理:"那就要看男人的劲头是不是足够大了,能不能够得着我们女子的想象?"

　　这时达理早已忍不住,哪里还有耐心调戏!趁着酒劲一把摁倒西染,掀开她的罗裙……

112. 镀金的骨头和叛逃的人

　　草原上的两只野鸳鸯,就这样猛猛实实地做了一秋的情事。到草色枯黄,冬天也来临了。这时峡谷里的裹作却又神差鬼使般地想念草原。彻夜辗转,做梦多多。只好临时作些收拾,驮上金沙,趁着冬天第一场大雪来临之前,匆忙返回家乡。

　　当他钻进自家的土碉官寨,就见他的"大小阿吉",正安静地坐在锅庄旁喝茶。她们永远是裹作口里的牛奶,不会流到别的地方。只是康金家的西染,他那别具风情的女伴呢,是否也像两位阿吉一样,可以安静地等他?裹作这一想,就有些迫不及待。给两位阿吉稍作安慰后,抽身要去康金土碉,寻找西染。

却见他的小阿吉露出一脸诡秘，问他："杰波不是已经遣人送信，这一冬都要留在峡谷，不回草原了吗？"

裹作对小阿吉表白："我的好阿吉。金沙虽然亮堂，看多了也跟沙石一个模样，变不成你们的情义嘛。天寒地冻时，还是两位阿吉更叫我暖心！"

小阿吉抱怨："杰波倒是暖心。先说不回，这下也不遣人送信，又突然回来，却叫我们惊讶了。"

裹作开玩笑道："我的阿吉为什么惊讶？难道是有羞臊的事情害怕被我撞见？"

小阿吉话里有话地回答："我们可是杰波的真心人，生来就是杰波身上的一块肉。做那些见不得人的事，除非不是杰波的真心人。"

裹作一听"见不得人的事"，立马想到西染。暗自发出感慨：难道真的应验了我的猜测？就更加急切地要去寻找西染。但刚刚转身出门，却听小阿吉跟后招呼："杰波要是去康金土碉寻她，别忘了经过那达理的帐房。"

裹作这一听，再也无心续话，连忙策马朝达理的营帐奔去。

很快裹作就赶到了达理帐房。刚刚挨近身，却听里面发出女人呻吟的声音，又是那么熟悉。裹作慌忙冲进帐房，就见里面，西染，这个曾经像花蛇一样忸怩在自己怀抱中的女人，现在正以相同的姿态忸怩在达理怀中。

裹作看得目光震裂，而西染也突然惊骇起来。先前她从信人那里探知，峡谷里的金矿越采越大，这年冬天裹作不回草原。她正想利用裹作离开的机会，以怀柔之计把头官达理先给控制，以便最终控制裹作的余留战力。而这之前，她已经接到峡谷里传信，知道金布早在暗中收买了大批矿工，正计划大干一场。没想到裹作竟又这么突发地返回草原，真是功亏一篑！

裹作冲上前，一把摁住西染，愤怒道："我就说嘛，你这样的女子，怎么甘心做我的女伴！"

西染狠狠地瞪着裹作，不回话。

裹作已经令人押起达理，当下剁了他的阳物，又割断双腿筋骨，让他脸面喢地。这个放牛娃出身的战事头官，从此就变成了牦牛的模样——双腿筋骨断裂，他再也不能直立行走！而整个血腥场面却是当着西染的面进行。西染呢，双目晕眩一阵，竟然镇定住了，站在那里。

裹作朝她佞笑："我的女伴勾引我的下官，难道你真是寂寞难耐？"

西染僵持。

裹作脸色黑得像暴雨前的乌云："我看这其中，并不是耐不住寂寞这么简单吧！"

西染心一晃，揣测自己的暗算已经被裹作觉察。

但听裹作已在吼叫："你这个野心勃勃的女人，不做雪豹的金鞍子，偏要做牦牛的草。你以为把达理这头牛喂足了就可以控制我的草原？我早说过，你只是我的牛奶！不知道吧，我说不回草原，现在突然回来是为什么？就是要当面看看，你的另外面目会是什么模样——哦呀，是该到处置你们康金家族的时候了！"

西染一听裹作这话，心就跟着裂开了。原来裹作早就起心要灭康金家族！之前只是没找到可靠的理由而已。唉，这最后的背水一战，康金家族已经掉进水里。再无希望，她和她的家族！

那就没有必要再作掩饰，从而丧失了骄傲的高霸气势。于是西染一声冷笑，对裹作鄙夷道："即使你有雪豹一样的势力，你也只是一头牦牛。怎么配得上我这样高贵的女官！"

裹作的脸像麻花一样扭曲起来："我这头牦牛可以把你踩成牛粪。"说完，转身望一眼身后的战卒，狠狠发话："上吧，她是你们的了！"

这可了得！当时随在裹作身后的共有十三位战卒，难道裹作真要把自己的女伴赏给他们？有人以为听错了话，站在原地不动身；有人以为裹作只是一时冲动说出气话，更不敢应承。

裹作朝他们叫嚷："都没听到吗！带回你们营帐，这女人从此就是你们的母牛！"

西染两眼血红，朝裹作啐出一口唾液，吼道："现在，我的血液里都翻腾着对你的唾弃！"

113．叛逃人的最后理想

西染被软禁在裹作的下人帐房，这事第二天就传进了康金耳里。这位昔日光芒万丈的大矿主，他的最后一线希望，终因长女西染的沦落而破灭。又想起被牢牢控制在峡谷里的金布；还有家族里那些昔日看似忠诚的下人，他们的叛离；几桩大祸事接连来袭，已经冲破了大矿主所能承受的情感底线。他最终精神崩溃，啐出一口鲜血，倒地身亡！

康金暴死后，裹作立即收回了山沟里的康金土碉。康金的女人们，年长的被送进了草原寺庙，年轻的被分配给裹作的手下战官。那些做粗活的下等女子，则被打发到遥远的牧场放牛去了。如此一来，终究裹作还是把康金家族给灭了，但同时又对峡谷里的金布封锁消息。这么做主要是为拖住金布，让他继续为草原寻找矿脉，等利用得差不多时再作处置。

只是，裹作虽然算计多多，但毁灭康金一家人，流放了那么多女侍，这事实在太大了，不久就传遍整个草原。自然，金布也很快从次吉那里得知家族惨遭灭迹的噩耗！

说这次吉，因为被管家跌布"信任"，职位一直是在不断地提升，又遇到草原上的康金一家人被灭，他原本追随金布的思想就有了动摇。暗中已经生出靠近裹作的念头。金布及时地觉察了次吉的前后变化，就以康金家族为例，真心与他剖析：裹作人先是看中康金家族的金矿地图，平日总以贵客相待。但等到利用完毕，康金家就变成今天这样下场。对于次吉更不会例外。跌布正是利用次吉的精明能干，帮他管理金矿。等到金沙挖尽，同样不会给他好的下场。现在呢，只有自己人彼此信任，齐心协力，才能挣脱裹作人的魔掌。

精明的次吉一点即破，深深地意识到自身的危险处境，再不敢漠视金布。只当他是未来的大矿主，从此一心一意地服从他。这样，次吉在矿场就有了双重身份：明的是在管理金矿，竭力为跌布效力；暗中又是金布"地下组织"中的头官，带领已被金布收买的人马四处活动，打探各路消息。

算起金布帮裹作人寻找矿脉，已有两年时间。按当初约定的金沙分成，金布手里已经收获了金沙总量的十分之三。这些金沙一部分放在康金那里，供阿姐西染在草原上拉拢战力；一部分放在金布自己手中，早已经派上了用场。金布首先让次吉出面，利用工作之便，以金沙打通了手下一个清点劳工的土官。从他手里放走六个已被自己收买的人。两个遣去王城，打探王宫方面的最新动向；两个遣去西城的一个偏远的矿场——据说两年前王宫处罚南城叛军时，女王欲赐火金聚崖葬，但碍于阿乌格拉求情，最终女王发配他到西城的边远矿场，做了劳工。金布正需要联络这个被王宫贬谪的罪人；最后两个遣去裹作草原，给阿姐西染送去密信。告之自己暗下组织的人马战力，以及询问阿姐的最新状况。

不久，上草原的二人带回消息，说阿姐西染已经把那头官达理拿定，正在慢慢接触达理手中的战队。那打听火金聚下落的二人也相继带回消息，把火金聚的金矿地点、路线，一一报给金布。前去王城的二人是在一月之后回返，报出了更为重大的消息：王宫正在筹备围剿裹作的大战事，女王将会亲自出征。

女王亲自出征,也就是说,到那时女国的中央王朝将会战力空虚!金布心下窃喜,他正准备利用这样难得的机会,大干一场。哪里想到,他的阿姐竟然葬送了一切!金布听到噩耗后,大脑顿时空了。

滴血的仇恨让他痛心疾首,同时也对裹作彻底失望。于是,在听到噩耗的第二天,他设法逃出了矿场,消失在西城的山野中。

114. 你是我的金匠

女国西城,昔日葱绿的大山峡谷,随着盗金人不断涌进,已是满目疮痍。那些盗金人来源复杂,有理直气壮、如同土官地霸一样的裹作人;有像山鼠一样,到处乱钻乱窜的柏嘎人;也有康金家逃出的那些懂得矿脉的家侍,他们自发组织,另起炉灶;再有一个特殊而尴尬的群体——女国自身的合法采金队伍——国矿。因为敌不过潮水一样的外来挖金潮,国矿的采金人只能夹在混乱中作业。

说到国矿,就要说说女国的劳役。女国领地多为崇山峻岭,生活来源大半依赖狩猎,小半依赖农耕和采撷。制药和矿产是女国最为重要的经济来源,矿产主要又以金沙和紫铜著称。二者都分布在西城区域。因此女国的大半劳役就集中在西城大矿区。作为苦工,这些劳役是没有人身自由的。他们来源于四处:一是被俘虏的战俘;二是民间贫困的麦农;三是女寨里那些因为身体问题,没有资格成为战奴的人;四是被王宫贬谪、充边的朝官。

女王的火金聚就是充边朝官之一!前面说过,当时王宫处罚南城叛军时,女王欲赐火金聚崖葬,但碍于阿乌格拉求情,最终是把他发配到西城的边远矿场,做了劳工。这事除女王、天官、阿乌格拉和四个押送的地宫密侍,就只有接纳火金聚的小矿主炽列知情。连非天王也被蒙在鼓里。女王这样做主要是担心非天王知晓后,出于兄弟情分会有袒护。她让地宫密侍给炽列下发一道密诏:严守秘密,同时严控火金聚!

这炽列可是个凶残无度的矿主,一贯以暴力管理著称。矿场之间曾流传这样一句话:有炽列的地方,苍蝇也不敢随便乱飞!因此他深得王宫信任,是专门接收和管教朝廷重犯的金矿主。女王把火金聚放在这样的人手中,自然十分放心。

只是,俗话说,罐子的口可以扎住,人口却扎不住。火金聚贬谪矿场,最终还是被身旁的一些矿工发觉,传了出去。且火金聚自从被打入矿场,日日闹情绪。这也难住了生性粗暴的炽列,一面奉女王之命他需要严控火金聚;一面也不敢过分地压制,担心未来这位金聚再被接出去,将会产生报复。于是每次被火金聚惹恼后,炽列也不敢直接冲他发火;只以"杀鸡给猴看"的招式,惩罚他身旁的劳工。

这一日,火金聚又同炽列发生冲突。炽列实在憋不住,就搬出老招式,对着火金聚身旁的一个劳工,举鞭一顿猛抽。青乌乌的皮鞭绞起矿工身上血肉,直接溅到了火金聚的脸上。

火金聚抹过一把血水,那种切肤的腥臊叫他再也不能忍受,突发朝炽列吼叫了:"你这只地鼠,快快收起肮脏的皮鞭,担心伤到金沙!"言下之意,是伤到他这样血统高贵的人。

炽列一听火金聚骂他地鼠,顿时血气奔涌,毫不留情地回击:"别以为金沙就是强硬的。火一烧它就软了,化了,变成液浆。再你想它成为什么模样,它就是什么模样。叫它变成一只山鼠,只需要金匠的铁锤敲一敲就成了。有什么了不起!"

火金聚气的双腮像蛤蟆一样鼓起来:"你,你,竟敢诋毁甲姆金聚!"

炽列较劲道:"你是甲姆金聚不错,但现在你在这里,这里是矿场,不是王城。"

火金聚恨得咬牙切齿,威胁炽列:"除非我金聚一生被困矿场,只要有出头之日,我定要砍下你这牛头!"

炽列一听火金聚这话,就不敢继续较劲了。他心下确实是有担心:长此打击火金聚,万一哪天他又复出,自己的人头怕是真要变成牛头!

夜晚,矿工们已经卧进帐篷里休息,火金聚却无法入眠。脑海里一直响着白天炽列的话——"别以为金沙就是强硬的。叫它变成一只山鼠,只需要金匠的铁锤敲一敲就成了"。火金聚陷入困厄。回想过去,即便没有成为女王金聚,他也是西城的贵族。吃的精细,穿的华丽,行的高头大马,一路威武风光。可如今呢,一旦身份有变,就成了皮鞭下的牛马。确实,金沙再贵重,也会随着处境的变动而改变模样。它可以变成天上的金鹰,也可以变成地下的山鼠。只看是遇到怎样的金匠,又要如何敲打了——这样苦闷和屈辱的日子,什么时候才是个头呢! 火金聚想得心烦意躁。

他心烦意躁的时候,有个人早已悄悄地潜进了他的帐篷,埋伏在羊皮地垫的下方。

却是金布! 按照信人探出的路线,金布早在中午时分就赶到了火金聚的矿场,趴在矿堆旁耐心地等到天黑,借着夜幕摸进火金聚的帐篷,藏了下来。深夜,金布见火金聚唉声叹气,翻来覆去睡不着。知道他有心思,才敢轻轻地掀开地垫,从里面冒出来。

火金聚吓一跳,正要叫出声,却听对方压迫嗓音招呼他:"是我,火布官!"

火金聚定神一瞧,不由惊道:"金布,怎么是你!"

金布上前用手作出"嘘"的姿势,双双悄悄地卧进铺盖里。他们同在西城长大,打小就是伙伴,原本是兄弟一个模样。只是命运不济,最终一个贬谪,一个落得逃亡。先前,因为身份和处境不同,又有他人从中挑唆,导致种种间隙,致使二人难得有机会相互交流沟通。这下落得同病相怜,自然不再顾忌,彼此间开始细细地倾诉。都知道了对方的近况,真是好大一番伤心感慨。

最终火金聚问金布:"兄弟,你这样逃出来,今后怎么打算?"

金布也就不遮掩,直言道:"火布官,我投奔你就是有打算。你我现在都落成这个模样,如果再不自救,将会永远失去出头的日子!"

火金聚迷惑问:"怎么自救?"

金布玄秘又坚定地道:"只要火布官肯做,你就可以东山再起!"

火金聚盯住金布,等他下文。

金布则这么说:"你这里的矿主炽列,他可是矿区无人不知的大暴主。在他手下做工的人都像牦牛一样生活,你更有感受吧!"

火金聚愤愤点头:"当然,不过他还不敢对我怎样。"

金布不屑道:"那只是现在,才有两年。等不了三年,他看甲姆还不来接你,就不一样了。"

火金聚忧心忡忡:"我确实担心这个。"

金布胸有成竹:"我有一个主意!"

火金聚紧声问:"什么主意?"

金布语气坚毅:"对于凶暴的炽列,他手下的苦工们早已憎恨。你正可以利用他们对炽列的仇视,劝他们一起谋反——杀了炽列,你就可以自己带队挖金沙。"

火金聚吓一跳:"这怎么使得!除这里的矿场,我并不知道金沙在哪里。"

金布感慨道:"哦呀,你好好看清吧,我是谁!"

火金聚才想起,金布是康金大矿主的长子,他手里自然掌握了很多金矿地图。当即思绪起伏,好大一阵跌宕。最终,火金聚盯住金布,若有所思地问:"难道你真是我的金匠?"

金布双目闪烁:"不是金匠,是金矿,整个西城金矿分部我都知道。要是我们合作——你先杀了矿主炽列,再以甲姆金聚的身份号召那些矿工,我们就可以领上采金队伍,到别人不知道的矿场去采金沙。"

火金聚双目一亮,但不久又黯淡了:"王宫迟早会发现的。"

金布竭力劝说:"我们会选择最隐蔽的峡谷矿场,王宫很难发现。即使有一天发现,只要有足够的金沙,金沙就可以给你撑腰!"

火金聚并不信任金布的话,疑惑问:"金矿全在你手里,我是半点不知。你为什么不去单干,要来找我?"

金布很实在地解释:"火布官,你这是逼我说真心话了。我是有这个实力,却没有这个身份。对于劳工来说,我又是一个陌生人,无法取得他们信任。你却不同,你和他们熟悉,又是甲姆金聚。只有你才有这样的号召力!"

火金聚紧迫地盯住金布,似乎已有信任。

金布加强语气解释:"你知道,我纵有再多金矿资源,召集不到矿工,我也无法挖得金沙。"

火金聚这一听,倒也觉得在理。

金布趁热打铁:"火布官,听说那裹作和北城联盟,采得了多多的金沙,越发地壮大。如果你不下手,他们迟早也要对王宫下手。听说他们已经行动,驮上金沙,到西边的森波大部落购买人马战器。"

火金聚吃惊又迷惑:"那森波人一直就在和西边的遥远部落征战,两边已经抗争了很多年,旷日持久,他们哪里会有人马战器卖给裹作?"

金布急迫解释:"火布官,这个你就有些不懂。森波部落那不是被别人侵犯,是他们侵犯别人。他们借助强悍的战力侵犯西边的遥远部落,是一路征战,一路收纳战俘。那些战俘对于森波人暂时还是累赘,杀了,一钱不值;训练成战奴,又需要时间。森波人连年胜战,心气膨胀。第一他们不需要战奴,第二也没有时间和耐心训练战奴。裹作就不一样,他有金沙,又很需要战力。花出少少的金沙,买回多多的战俘。带回草原后经过特殊训练,就可以成为自己的战力!现在,只要有足够的金沙,你也可以通过这样方式发展战力!等我们的战队慢慢壮大,你就可以打回宫去。到时你以王朝金聚的身份,又以'男根崇拜'为口号,就有了更大的号召力,会得到非凡的响应!"

火金聚听不懂,反问:"哪来非凡的响应?"

金布语气坚定,悉心解释:"王朝上下,其实隐蔽着很多'男根崇拜'的仰慕者,刚布就是最重要的一位。在王城,他的神权几乎一手遮天。如果能得到他的支持,你的进攻将势如破竹,很快就能占领王城!你又是甲姆金聚,到时就可以作为男王进宫,坐上大鹏宝座。到你把那祖母王朝变成男根王朝,你就成了我们男人的英雄!"

火金聚听金布这么一番煽动的分析,思了又思,想了又想,心情越发不能平静。那脸色,竟是变成了火烧云的模样!

115. 千般筹备,还有一疏

王城这边,围剿裹作的战事经过一年时间的筹备,已经万事俱备。神师刚布通过庄严的请神仪式,也已经定下出征的日期。因为是女王亲自出征,在神谕的昭示下,神师同时向女王进言:小王朗玛身处太学官寨,学习已近四年。各项宫廷礼教均已掌握,各例王朝政事更有精深。神谕显示,女王出征后大鹏宝座不能空置无人,应当请小王朗玛进宫,代替女王暂时听政。

女王心有顾忌,暗在思想:朗玛还未行过"成人礼"①,即使学业精深,也算不得是成熟的人,自然难以把握听政大事。但考虑到大鹏宝座不能一日无主,这又是事实;更有神谕的昭示在先;何况也只是临时听政,对于王权并无妨碍。女王前后一想,就无法提出异议,又召众位朝官进宫商讨。经过一番激烈的廷议,最终朝官们也是一致赞同小王听政。女王便吩咐天官亲自下达太学官寨,把小王朗玛接进宫中;又令阿乌格拉辅佐,共同听政,处理日常事务。她自身则以"十三女战队"压阵首领的身份,亲自出征西城。

出征战队共分四大战力。第一是由女王亲自压阵、绛月大相挂帅的十三女战队,第二是绛珠大相的男战队,第三为松格的南城战队,第四则是非天王的西城战队。四大战队因为筹备时间长久,那兵器、粮草、战力,均是无比的充沛。既带着强大的作战气势,又井然有序。出征前,大战队兵分两路。第一路是十三女战队,她们将从王城直接奔赴西城。抵达后会与西城战队汇合,沿着蓝鹊使者提供的主攻战线进入大矿区,从正面围剿裹作。第二路是男战队,由绛珠大相率领,前往南城与南城战队汇合。经由南城绕道东城,进入北城地区。就是沿着裹作人当初的入侵路线,从后路封锁北城通道,堵住裹作的撤退路线。

---

① 成人礼:成人礼在藏语中称为"几萨",是"穿成年新装"的意思。在嘉绒藏族的民间礼俗中,成人礼有着久远的历史。女孩只有到17岁,行过"成年"仪式之后,才算长大成人,可以恋爱结婚。对姑娘来说,它是人生的一件大事。

十三女战队只用了十天时间就抵达西城。由绛珠大相和南王松格汇合的战队，是在第十五天抵达北城地区。他们立即封堵各条马道。这时裹作和柏嘎的联盟战队已被夹在中间。十三女战队和西城战队汇合后，立刻沿着主攻战线，直奔被裹作人侵占的主矿场。

临战前，按女王亲自拟定的战事部署，先由女战队冲锋上阵，打击盗贼的中坚战力；再由西城战队作为最后的决战力量，配合女战队作收官之战。这时女王和绛月大相都是一身铠甲上阵。女王身着金网铠甲，跨马抢刀；绛月大相身着铜网铠甲，手持钩戟。她俩的身后，又有十三女战队中的六支强悍小战队，分别是凤鹏战队、渡鸦战队、木雀战队、角雉战队、雪鹰战队、林狼战队。各战队中的女首领又都是一身铜铁铠甲上阵，手执长箭，腰插方刀，个个母豹一样杀气腾腾，吼叫着冲进主矿场。

那裹作也是在很久之前就获得消息，自然早有防备。矿场四周早已布置了完备的拼杀阵势，正在信心满满地迎战。又见对面扑来的竟是一袭女战队，心下更有一些轻视，只想早早结束这些送死的花朵。于是裹作亲自领军上阵，举刀冲进女战队，好大一阵厮杀。裹作打马周转在女王的战马左右，一心只想上手，先打落这位压阵的人王。不想女王手持长戟，行动敏捷，出手锋利。只以钩、剡、划、刺、割等战术进攻，让裹作根本近不得身。突然间，却是裹作自身挨过女王一戟！疼痛的裹作紧忙抽身躲闪，却见女王的身后，那些女战官一个个就像猛虎下山，正在砍杀他的战卒。一刀一个人头，喷溅的鲜血混着她们灿烂的战袍，竟像开花一样！裹作心一震，这才真正地尝到女战队的厉害。再不敢轻视，只好一边挡箭一边退到后阵，思量对策。

这时十三女战队中的六支小战队正在轮番上阵。第一支是由凤鹏、渡鸦、木雀、角雉、雪鹰这五支小战队联手的"声障队"，共同出列。这其中又以"凤鹏小战队"为主攻战力。她们的作战特点是一边砍杀，一边以"声障"的方式紊乱敌阵；用奇特的尖叫声刺痛战敌耳膜，以此干扰战敌的脑部神经，造成判断力混乱。之后，其他四支小战队趁势对战敌发动进攻。

等"声障队"杀得疲累时，又有第二支女战队上前助阵，便是"林狼战队"。她们擅长围歼战术，平日都是以生生硬杀而著名，更是十三女战队中的奇葩战队。当中的女将个个身手不凡，内可治床上猛男，外可擒马上猛将。如今冲锋陷阵，立马摆出当家战术：群体上阵，围困战敌；围上一群，砍杀一群。

双双交混，杀得天昏地暗，血战了两天一夜。裹作战队损失惨重；这时女战队经过连日作战，也已疲惫。裹作见势又觉得机会来临，率领人马再一次冲入女战队，正要掀起新一轮杀战。却发现矿场下方突然"冒"出一批庞大的男战力，他们正是非天王的西城战队,竟像出巢的马蜂轰隆隆地杀进矿场!这时女王仍然精力旺盛,一手持戟,一手抡刀,利用双腿挟制战马,左右斡旋、砍杀,一刀一个人头,喷溅的鲜血混着她那灿烂的战袍,竟像开花一样。一旁绛月大相也杀得浑身"披红挂彩",但她们并不想退场,仍在顽强拼杀;倒是西城战队一上阵,立即就把她们挤出了阵地。

西城战队横刀直上,猛烈砍杀。他们又同裹作战队血战了两天。最终裹作战队抵不住,只能从大矿场往小矿场逃窜。途中,又有几批小矿场的流散战力汇入了裹作战队;再有柏嘎的北城战队参入,裹作军慢慢又恢复了当初的阵势。他们因此不死心,决定停在被自己占据的最后一个矿场上,与女国战队决一死战。

沿路追杀的西城战队不久就赶到最后一个矿场,再次同裹作人交战。又恶战了三天。最终西城战队和裹作战队各自损伤一半。裹作并不想轻易放弃矿场,欲作垂死挣扎。除非是实在杀不过时,才会循着北城的大通道逃窜。正当这时,绛珠大相和南王松格率领的大战队也已经绕道北城,从大通道的方向反攻过来。这叫裹作战队顿时陷入两面夹攻。裹作这才慌了神,不由一边砍杀,一边退到矿场的乱石当中。这时他的随身护卫战队已经从乱石背面的豁口处飞奔而出,他们以战马和肉身为裹作打掩护,同王宫战队再次掀起杀战。

在腾起的矿石粉尘中,王宫愤怒的战队已经把裹作人砍得遍地横尸。因为四军汇合,战力强大,不过三个时辰,大战队就把矿场上的盗贼一扫而光。当最后一个裹作战卒的人头落地时,矿场上响起了天雷一般巨大而热烈的欢呼声。

但女王寻望横七竖八的尸体却是一脸严肃,大声喝道:"都停下,把裹作的人头给本王找出来!不见这盗贼人头,我们无法狂欢!"

所有欢呼的战卒顿时哑口,矿场上瞬间鸦雀无声。这时就见一个战卒从矿场的废渣下方艰难地爬出来,浑身是血,急促禀报:"甲姆,那叛贼柏嘎已经领上裹作,从矿渣下方的密道逃了!"

女王先是一惊,随后震怒,冲天长啸:"千般筹备,还有一疏啊!传蓝鹊使者!"

116. 愤怒的火焰燃烧草原

不久,蓝鹊使者就被带上来。

女王声色俱厉,呵斥道:"本王遣你进山侦察战线,总有半年吧。这么长时间,你难道都在天上飞吗!怎么还有密道没有侦察!"

蓝鹊使者则显得不惊不慌，认真地解释："甲姆，并不是下官没有侦察。北城的条条行马大道早已被我们封锁。他们这是慌不择路，奔向那民间的崖降通道，肯定不能过关。"

女王一听崖降通道，立马想起西城的天门关。当初裹作人偷袭西城，正是通过天门关上的崖降通道逃脱。这蓝鹊使者，她难道不知前面的教训？西城领地深处大山深壑，交通不便。为方便民间来往，隔山隔水的地方处处都设有崖降。女王正是想到——精明的使者肯定比自己更懂得崖降对于战事的重要性，之前才没有特别地强调，需要全面地侦察崖降通道。想到此，女王满脸盛怒，目光像火苗烧向蓝鹊使者。

却见蓝鹊使者面色平静，一副胸有成竹的模样，告慰女王："甲姆请别过早担心。他们只有两条死路：一是死在矿场上，一是死在路途上。"

女王盯住使者，等她继续。

蓝鹊使者细致道："甲姆，西城领地多有崖降，我们是回避不了。但与西城天门关不同，民间的崖降非常简陋。只过得了人，过不了马。裹作人通过这样的崖降逃命，进入没有马道的丛林，又没有战马协助，速度不会太快。我们通过行马大道迅速穿过北城，沿北城边境追击，最终从他们逃窜的出口截住他们！"

女王紧切发问："从这道崖降到边境草场，有多少条通道出口？"

蓝鹊使者回答："下官早已查实，这个方位距离边境地带只有两道出口。都处在同一个峡谷，相距不大。我们的战队完全可以封堵。"

女王当即战刀一挥，果断命令："那就由你领路，我们经北城绕道追击。他裹作就是逃到天上，本王也要把那天空焚烧！"话音落下，已经策马奔出矿场。女王的身后则奔腾着一支浩大战队，分别是绛月大相率领的十三女战队、非天王率领的西城战队，绛珠大相率领的男战队、松格率领的南城战队。虽然各自战队在连日的血战中损失很重，但集结到一处时，又变得无比的壮大。

一时间，峡谷里的行军战队犹如蛟龙出海，发出轰隆隆的声响。那宏大的气势竟连滔天的河浪也无法掩盖，可见那是多么愤怒而强悍的力量——女国，终是以她愤怒的战力，咆哮了！

大战队日夜追击，经过五天五夜，果然在北城边境截住了柏嘎的队伍。这柏嘎之前虽然是和裹作一起逃出了矿场，但二人目标不同，心境不同，逃奔的心力也会不同。那裹作是往自己的草原上逃跑，自然跑得安心又利索，毫无牵挂。柏嘎当初可是抱着叛变之心,意欲独霸北城。这下要他背井离乡,叛逃也就拖上了沉重的脚步,自然逃得不够利索。这才被王宫战队很快追上了。

女王第一个高举战刀,又有绛月大相奋力配合,她们冲进北城战队,猛烈厮杀。不过半个时辰,那柏嘎和他的剩余战力就被一扫而光。

女王下令不作休整,沿着血路继续追击裹作。又追过两天,就追到了边境地带。眼看就要踏入裹作草原,王宫战队因此勒马停下。仔细观察,果然看到远方草场上,裹作已经逃进自己的领地,骑上他们草原战队的马匹正在惊奔疾驰。慢慢地,他们裹着尘埃消失在草原的雾气里。

而在那草原前方,远方,遥远的地方,成片洁白的帐房就像白鸽子一样,那么地醒目,刺眼。

非天王跳下马背,请示女王:"甲姆,我们应该继续追击!"

女王高跨战马,瞭望自己的领地,那些泛着幽蓝色光辉的连绵不断的山脉,泛泛中看起来,它们是多么地雄伟,壮丽。可就在它们的心口上,那里早已经布满深暗的矿洞,千疮百孔——前方草原上的那些盗贼,他们已把女国领地摧残得遍体鳞伤!

是的,从那些矿洞中喷出的,是金沙和血;而从女王双目中喷出的,是熊熊火焰!女王痛心疾首,抬头再望裹作草原,不由咬牙切齿:"继续追!直捣盗贼腹地,把那盗贼的草原烧成灰烬!"

第 13 篇

117. 乘驾月光，从天而降

　　对于梨花，它的美不仅仅在于盛放，还在于有没有蜜蜂可以真诚地传播花粉，让花变成果实，变成夏天的希望——峡谷间，那些缀满香梨的果树总是让人心头踏实。而女人好比花蕊，即使是最尊贵的人间甲姆，也需要"蜜蜂"的爱护，才会让牵挂她的人安心。或者说，动荡岁月让人无心眷恋儿女情长。但自从女王亲征西城，血洗裹作草原之后，一时间裹作人如同草原上的尘卷风，裹挟着尘埃与沙粒，涡旋一阵就消失得没了踪影。也就是说，女国领地暂时又恢复了原有的平静。这光景，就像被飓风洗劫过的土地，那些深埋在土壤之下的，生活的种子，又开始在女王的河谷中生根发芽，慢慢地成长，茁壮。女国大地，终因战后的安宁和温暖的阳光而变得生机勃勃。

　　这个时候，心系祖母王朝的人们，更为牵挂的就不再是领地和金矿，而是女王，或说她的宫廷生活。至少对于远在西城的非天王是这样。在经历多次疲惫不堪的战事折腾后，非天王深刻地感受到男人与领土的紧密关系，就好比骨头与肉，而女人是血。她守得紧，身体就会饱满，容光焕发；她一失血，身体就要遍体鳞伤。非天王还想起，当年女官苏梨曾经送过他一句箴言：领地不可一日无主。主之心若无一日安宁，领地则无一日安宁。现在，非天王深知女王处境：他自身需要镇守西城，对女王心不照月；火金聚起心背离，已经自毁前程；而女王并不依恋大金聚松格，他又远在南城。眼下只有小阿弟水布独居王城，但女王待他甚是冷漠，从不召见。这让非天王忧心忡忡。如果年轻的女王帐内无人，情感必有空虚。长久下去，必然生出隐患。那将会直接影响王权政事！

　　非天王想得心紧，只好遣信官给女王送信，建议女王加封水金聚官职，召他进宫。

　　长信送出两个月，却不见女王回复。非天王并不死心，又遣信官二次送信。再是等待一月有余，仍然不见回音。无奈，非天王只好亲自策马回宫。

这一日，盈月当空，夜光烁烁。已近午夜，女王仍然惆怅在七楼寝宫的月台上。凝望夜空，瞧那悬空的月亮，宁静中却又散发着清冷的愁绪，不由难过。转眼再望西方，但见那里山峦朦胧，流雾如纱，心情愈发凌乱。刚才由天官送进一位青年，健壮的体魄，俊美的脸庞，算得人间极品。提起了女王兴致，就吩咐侍奉饮酒。不想那青年却不胜酒力，几杯下去，已是醉得不成模样，无法服侍女王。女王一时羞恼，当即打发了下去。这才走上月台，那么凝望。

她凝望的时候，忽见宫外梨花大道上飞奔着一支马队。以为幻觉，女王睁大双目再来细看，那马队竟然直奔王宫而来。月光下，但见那领队的勇士裹着一身银白色衣袍，混在月光里，竟像是乘驾月光从天而降！女王惊得合不拢嘴：那是非天王！

"男王，我的男王！"女王心绪大开，连忙吩咐内侍备灯，她已经扶持楼梯疾步而下。急促而热烈的脚步，让整个宫楼也跟着震荡了。一直以来，夜晚的宫楼总是那么的安静。宫侍们上下走动总会轻手轻脚，害怕惊动七楼寝宫里的甲姆，和九楼经堂里的甲姆拉。现在却是女王自身掀起了一场震荡——她让巨大的王宫也在摇晃！

女王内心已经翻腾起感慨的云浪，她华丽的长裙飞舞在宫楼之间，变成了彩蝶的模样。当下只见宫中，所有楼层的松明灯，随着女王的步伐齐刷刷地亮起来，所有角落里的黑暗也在瞬间放出了光芒。

而宫楼外的夜空中，月亮却显得格外宁静，泛出清丽的光，就像女王最终冷静了心情——当她奔出城楼，正准备迎接男王时，她那内心喷薄的火花忽而变成阴云，罩住了脸颊。她竭力控制住情绪，止住脚步，默默不说话，站在那里惆怅——才又看到，非天王并没有直接回宫觐见她，而是折身去了西山官寨！

118. 心中有我时，也要有我的兄弟

非天王进入西山官寨时，水金聚正伏在案头上作画。见兄弟进来，来不及惊讶和招呼，紧忙收画。

非天王疾步上前，注视自己的这个兄弟，内心涌上一股酸楚。一把握住兄弟的手，放不下。

多久后，非天王才感叹道："水布，阿哥久居西城，对你照顾不周啊！"

水金聚又惊喜又紧张，连忙回应："阿哥，我很好，这样的生活很好！除了不能回家乡，慢慢地这里也会成为我的家了。哦呀，我们阿妈呢？她身体好吗？"

非天王回他："阿妈是天神一个模样，我们都不用担心她。倒是她很惦记你，临

行前特地做了你喜爱的酥油锅盔,给你带来了。"

水金聚点头,双目已有些湿润。

非天王却是话里有话地探问:"水布,这么多年你孤单一人,是怎么度过来的?"

水金聚先是一愣,多久才吞吐地冒出一句:"阿哥不是也一样……"

非天王面对自己的亲兄弟,虽然有些害臊,还是忍不住直言:"我的心不在女子们身上,那身体里的事……"顿了下,忽而又不想继续;可转念一想,虽是尴尬的话题,亲兄弟之间确实也有些忌讳提及,但又必须得面对,必须启发水布,开导他,帮他指一条路!于是坦言:"那些身体里的问题,只需要解决完就没事了。"言毕,非天王自己也觉得有些无奈,就跟着感叹:"人生当中,战事和情事原本就无法两全。我能做到的就是:有外人的时候,从不想她是谁,又是什么身份——把她们混淆成同一个人,完事后就过去了。只有独自一人的时候,才可以静静地想念这里,想念王宫……"

这话是混乱的,但水金聚却听懂了。他陷入深深地困惑——也许让他比不上阿哥的,正是他的心灵。恰恰是心灵,叫他无法混淆两个不同的女子,她们的身份!想了又想,想了又想,水金聚就探试地问非天王:"我听松格说过,当年我们家的小达娃,如今正在你的营房里,是你的女管家吗?"

非天王一声叹息:"哦呀!那姑娘,她的心很深很累。平日见到我,恭敬得就像见到天神一样。"顿一下,又旁敲侧击:"我待女子们的方式,在你身上也不能效仿。你的职责是:没有外人的时候,你什么也不能多想。有外人时,你更要想到甲姆!"

水金聚低头不语。

非天王只好道:"阿弟,你定要好好思量我的话。今天就不多说,我要回宫觐见甲姆了。"即与水金聚告辞,匆忙赶回王宫。

这时女王早已等得心情黯淡——当她见到非天王先进西山官寨,立马就明白了他回宫的真实意图:并不是思念才回宫看望她,却是替她和水金聚主事来了!原本那个激荡的心情,瞬间就平静下来。返身回到三楼大殿,吩咐天官做好准备,以正规的朝礼恭迎非天王。

只是点香的时间,王宫内外已是灯火齐放。前方城楼下已经安排了接马的男侍。王宫从一楼到三楼又安排了迎接男王的女侍,恭候在两旁。非天王上达三楼大殿时,女王已经端坐在大鹏宝座上。这时男王望女王,二人也是数月未曾见面,却丧失了夫妻间常规的亲切。女王已摆出一副"人间甲姆"的高大姿态。那边非天王以朝礼叩拜女王,这边女王礼节性地作了回应。当下是:一个高高在上,一个长者模样,彼此僵持不下。惹得两旁恭候的王宫内侍尴尬不已。

一旁天官见此,只好提醒女王:"甲姆,夜已深,男王长途辛苦,请您早些休息。"

女王才道:"哦呀,你们都下去。"

天官领着众侍当即退去。

这时就听女王语气冷静,故意问非天王:"我的男王,好久不见回宫,今日是想念我了?"

非天王直截了当道:"甲姆,我给你送回两封长信,怎么不见回一封?"

女王半嘲弄的口气回应:"要是我回了,男王就不会有心再回宫来。"

非天王解释:"你是甲姆,怎么不知西城那是边关要地,一日不可无人。"

女王语气阴幽:"除了你,西城那么多百姓都不是人了?"

非天王面色严谨:"甲姆,我回来,可不是听你这样火炭味道的话。"

女王反道:"那你回来什么事?"

非天王声音凝重:"我有两件大事,要与甲姆商量。"

女王听说有两件事,便等在那里。非天王就介绍:"第一是为战备防御。别以为那裹作被我们赶走天下就会太平。我们血洗他的草原,依照草原人喜好复仇的本性,他们很可能会死灰复燃。太平时期里,我们更需要加强战事防范。"

女王若有所思地注视非天王:"怎么个防范?"

非天王认真解释:"在战事方面,我们领地最大的优势就是'地利'。依我的想法,凡领地之内,与城池相通的关隘,都需要修造防御城墙和战碉。就像西城的三道战关——裹作草原进入西城的第一道战关,落马关;第二道战关,梨儿卡;第三道战关,跑马关。还有森波部落进入北城峡谷的'生死关',东城和南城通往外界的东城关、南城关,以及各大部落进入王城的必经之路——花葬关。这些地段都是城池的要害,原本已经设置关卡。但多半是很简陋,年久失修,承担不起大的战事压力,需要重新修筑,巩固。"缓一下,非天王强调:"尤其是梨儿卡战关,它的一切战事防御、战地、战营、战碉,都已经被裹作人破坏!"

女王一听梨儿卡,不由感慨:"那梨儿卡战关,原本就像一条天路,是西域最为重要的关口。"

非天王神色愤激:"可是现在,他们拓宽栈道,填埋河流,把天路变成行马大道。那里早已丧失战事防御功能!"

女王心有痛惜,当即发话:"经历前面那场战事,我深有感受——战事防御确实重要！过去那梨儿卡战关是由男官格日主建，这次还是需要他去完成。哦呀，就等明日上朝，经过廷议再作决定吧。"

非天王点头，应声："拉索。"停顿片刻，就提起第二件事。

女王脸色却又变了，责备道："你是我的男王。男王自身不能给我带来安慰也就算了，为什么还要强求我？"

非天王以长者的口气开导女王："因为你是人间甲姆，所以一切事总依不得个人兴趣——你需要顾全大局，成全大家。"

女王听非天王这样的口气，心下早已不舒坦，感觉至高无上的祖母王权已在间接中被男王侵犯。她正想抵触，却听非天王语重心长地说一句："甲姆，水布也是你的男人！"

女王反问："难道你不是了？"

非天王无奈道："可我常驻西城。"

女王一听西城，就想起那山高路远的地方，那可是她的家乡，是她的出生之地，自然多多熟悉。西城的姑娘个个长得花儿一个模样，金灿灿的性格，为人大方，十分开放。七尺的汉子驻西城，哪有不为之倾倒！想想，那个猜忌的心思就作祟了。阴幽的目光，猜度的姿态，女王起身离开大鹏宝座，朝非天王走下来，挨近他，闪烁的目光穿梭在他硬朗的面目上，仿佛已从那里捕捉到了什么。女王话里有话地道："我的王，你看，这空荡的王宫寂寞如风，而你在西城难道也是这般光景？我可听说，阿修家有位能干的女侍，就像你的马鞍一样，这些年一直跟随你南征北战啊！"

非天王见女王说话诡异，很是反感，出口就无法遮挡了："怪不得都是女人——你是甲姆，她是下人，你竟也出口这样的话！"

"女人？原来在男王眼里，甲姆仅是个女人！"女王想，浑身不由抽出一阵凉气。

突发无话可回，镇定少许，女王无声，独自上楼。

非天王犹豫片刻，跟了上去。

王宫七楼寝宫内，被月光浸染的华丽大床上，男王和女王共着一只长枕，却是背对而卧，就像两道叠得工整的被褥，安静又寂寞。长夜难眠。有几次男王试图亲密女王，翻过身，却发现女王的身子像一道生脆的冰凌。就不好多动。

几番惆怅，几番努力，最终男王注视女王的背影，自顾叹息："唉！这身子，昔日是丝绸模样的柔软，如今却变成了石头！"

时间，让半炷香都变成了灰烬，才听到女王梦呓一样的声音，回一句："只有想念的时候,身子才是柔软的。不念了,身子就会像石头一样僵硬。"话意决绝,满含愁恨。

男王这一听,就知道女王的心这一次是真的被自己伤到了。不由缓下口气,无限感慨:"甲姆,我记得当年花赛中,那时你虽然身穿厚重华丽的朝服,却也无法掩饰冰肌玉骨的气质,就像梨花一样。现在你虽是躺在身边,穿得轻盈单薄,却像是不可亲近的冰山。难道是分离改变了一切?"

女王难过道:"不是分离改变一切,是你的心生出了偏见。"

男王紧忙表白:"我的心有没有偏见,甲姆的信物知道。"随即尝试以手臂揽过女王的腰。

女王一听信物,才就着男王的手势翻过身来。一看,只见自己的云凤金佩连同嘎乌一起,正紧实地贴在男王的心口上!当即身子柔和了一些。

男王道:"那个春天,我出征西城,正是梨花盛放。临行前甲姆送我这件信物,交我手里时,已见甲姆双目湿润。甲姆说:我的王,请带上这只信物,它会伴你一路平安。后来果然平安,还顺利地救下西城——正是这信物,它像甲姆的心,给西城带来了安宁。"

女王听得,开始有些恍惚。

男王继续:"还记得当年收下信物时,我也曾对甲姆立下誓约:虽然不能长伴在甲姆身边,但一生都要用血肉身躯把甲姆的心意珍藏。定要人在物在!"

女王听过这话,僵持的情绪已经消失了大半。

男王就尝试着拉过女王的手,覆盖到胸前的云凤金佩上,语重心长地表白:"王宫,有经堂作为镇宫之处;城池,有首领作为镇城之人;我的心上,有甲姆的信物作为镇身之宝——有它在,我做什么都很踏实。"

女王听非天王这么一番真心的话语,再难以僵持,当下只道:"我的王,你终究还是懂得我对你的一片苦心!"

男王悉心解释:"我怎么不懂!只是我们的命运连着蓝天,很多事由不得我们自己。就像水布,他毕竟是我的亲兄弟,又是你的男人。我知道你对我的情义,但心中有我时,也要有我的兄弟!"

119. 当松明灯不再亮起的时候

夜晚的峡谷是多么深暗啊!

王宫下方，女王河谷中的那条汹涌大河，日夜奔腾，恶浪滔天。就像女王心率强盛的心脏，即便很远的地方，人们也能感受它掀风鼓浪的力量。尤其苏梨。这位深得女王信任的女官，自从非天王回宫后，她已经深刻地预感：自己同女王的小金聚，他们将会身陷困境！

　　原来，自从南城战事过后，苏梨在花葬场再次相遇水金聚，二人就有了约定：各自回王城后，会在自家官寨的月台上以点亮松明灯为信号，结伴出行。开始只是为了打发彼此心中的愁绪，悄然中来往。不想慢慢地渐处渐深，最终却由不得人地相爱了！这苏梨原本明白女王对于水金聚的情感，只是维护王朝声誉而存在，生活中从不召见。加之情到深处，无法自拔，才借以民间传统的情爱习俗，共帐房，欲与水金聚暗下默默相守。不想半路中却突发周折——非天王亲自回宫，决意地介入水金聚的情事！如果因为声誉女王不得不召水金聚进宫，苏梨就只能情随事迁，她无法逃避。

　　是夜，苏梨走上月台。但见对面西山官寨的月台上，水金聚已经为她点亮一盏松明灯。而她也手执一盏，却再也不敢轻易点亮。她站在月台上惆怅，长望西山官寨。

　　她长望的时候，有个人也从空荡的寝宫走上了月台，便是女王。非天王因水金聚之事回宫，不出几天就返回西城去了。这男王，回宫时，带着一身灼热的火炭气息；离宫后，却给女王丢下一个清冷的想象——女王凝视宫外梨花大道旁的西山官寨，她开始想象她的小金聚。成亲多年，她却一直冷落于他。想想男王那句话"心中有我时，也要有我的兄弟"，内心便在度量：现在，她是召水金聚呢，还是不召？召，已经冷落这么长久，陡然相见，怕是这位金聚一时也难以适应；不召，又失信了钟爱的男王。

　　再一想，毕竟和梨花宫中的男伴有所不同，三位金聚——松格、火布、水布，都是女王的寝宫男人。这就好比主国当中，贵妃和媵侍的区别。不管女王怎样冷落，他们也是女王的男眷；他们等待一生，也只能为女王苍老。也就是说，不论女王惜爱多少，金聚们的情感须是一心向着女王的，这是宿命的安排。违了，便是叛逆。抱着这样的情绪，女王又觉得理所当然了。当晚传来天官，遣她亲自出宫，召水金聚进宫。

　　夜色混沌。雾气笼罩着梨花大道两旁那些高耸的官寨，叫它们变成了飘浮的天宫。不是一般熟路的人，很难透过那么深的夜雾，识别那些多的官寨——神师家的刚布官寨，厚实严密，像一座玄秘的迷宫；绛珠家的大相官寨，高大威武，犹如插入大地的巨大方箭;阿乌家的格拉官寨,深厚如山,同王族的金聚官寨相互对峙,就像天宫从天而降;昔日康金家长女那金碧辉煌的西染官寨,因为被查封,则变成了一座狰狞的废墟。其他官寨、拥中高霸的官寨、女官苏梨的官寨等,均散落在夜色里,星罗棋布,一直延伸到山林深处。

不知是夜色黯淡了心思,还是心思暗淡了路程,天官站在梨花大道上,有一刻她竟然忘记了前去西山官寨的路。等她摸索着赶到西山官寨时,却发现官寨前后一片清冷。大门两侧并未亮起夜灯;通往院门的马道上更是荒草乱扎,失落已久,像是少有人居住!天官心下难过,她知道女王的水金聚就住在里面。但因为倍受女王冷落,叫金聚官寨门前的草儿也深受牵连,无人爱护。

天官难过了一阵,就吩咐内侍上前叩门。

黑暗中,官寨里传来家侍的问声:"天已黑,谁还敲门?"

内侍紧忙回答:"我们是甲姆的内侍,前来恭请金聚进宫。"

里面却半天回不出声音了。

内侍随即大声宣令:"天官亲自前来接应,甲姆今夜召见,请金聚开门。"

这话过后,却听见里面什么东西"叭"地一下,坠落至地,摔得碎片的声音。然后一切恢复寂静。

天官耐心地恭候在门外。

等了好久,才有个家侍慌慌地打开大门,面对天官一个劲地问候和解释:"天官康乐!天官如意!刚才下人不小心把药罐子打碎在院道上,担心天官进入会有扎脚,忙着收拾,出来迟了!"

天官惊问:"什么药罐子?"

家侍回答:"是我们少主煎药的罐子。"

天官紧声问:"水布官怎么了?得的什么病?"

家侍悲伤道:"少主长期生活在山野,染了麻风病,缠身已久,最近越发厉害了。"

天官一听麻风病,惊骇不已。面前立马浮现出得过荨麻疹的绛月大相。她最终因病落得一脸麻子,从此只能以巾遮面,羞不能见人。而麻风病,那不是传染病么!瞬间绛月大相那一脸麻子又变了模样,变成满面红斑、浮肿,皮肤溃烂的狰狞形象。

天官当即毛发收紧,慌忙用帕子捂住嘴,退出多远,与那家侍保持了足够的距离,才责备道:"得这种病怎么也不上报宫里!好让甲姆遭药师进来看病。好了,这事我得好好禀报甲姆。"

家侍连忙道谢:"拉索,让天官费心了。麻烦天官替我们少主带话,请甲姆原谅。

等少主身体有了恢复,自要进宫请罪!"

天官却朝家侍喝道:"得这个病哪里还能进宫!请他好好在官寨里休息,等药师过来细看再说吧。"言毕,惶惶折身回宫去了。

事实上,当晚西山寨里确实摔碎了一只罐子。却不是药罐,而是水金聚用来调制彩料的陶罐。当时水金聚正伏在画案上调配颜料,准备作画。忽听门外传来女王召见,惊得一失手,陶罐坠落在地。担心会被天官看见画案,慌张中水金聚一边掩盖,一边招呼家侍以染病为由阻止天官进入官寨。

幸运的是,天官是个极其谨慎的人。因为害怕沾染晦气,对于生病的人她向来避而远之。何况这是麻风病,更让她惧怕不已。

等天官一离开,水金聚就慌忙赶上月台。他的浑身已被惊汗打湿,满目惊乱,满心慌张。手执一盏松明灯,他坐下来,朝着苏梨的官寨方向点亮。夜色混沌,叫他看不清苏梨的月台。因为那边并不像往常,会在他点亮松明灯的同时,也会相应地点亮一盏。

水金聚无比焦急,又添加了两盏松明灯,共同照亮。但苏梨的月台上仍然没有动静。他们之间自从以灯对照,就有了灯的语言。相约是:点亮一盏是思念,点亮两盏是见面,点亮三盏,是发生了重大的急事。现在水金聚已经同时点亮三盏,可苏梨那边始终不见亮光。

水金聚更加急躁。这边他已经被王宫传召,即使称病拒绝,也是不能坚持长久。那边又不见苏梨回应,不知她的心思,也无法把自己的心思传递给她。

唉,他那无法倾诉的女伴,此刻他是多么渴望见到她!

其实这时苏梨早已经伤心在月台上。黑暗中手持灯盏,望那西山官寨的松明灯,她很想把自己的灯也点亮。但抬头仰望前方那高耸的王宫,里面那些亮堂的灯火——它们几乎吞噬了王宫以外所有孱弱的光!

苏梨失声痛哭,她只能坐在黑暗中长望西山官寨。这一刻,那边月台上,那灯,那人,心急如焚。这边月台却显得阴沉混沌,没有任何光明。

120. 神师和药师都治不了病

王宫这边,原本因为非天王提议,女王正在努力着眷顾水金聚。却得知这位金聚已经染病,又是麻风病。担心传染,女王也不便亲自探望。不探望,就更加牵挂。女王心想,难道真是被自己长久冷落,导致小金聚心情郁闷,才落下那样的病根?越发怜惜,过意不去。只好夜传宫廷药师尼玛,令他速去给水金聚治病。

尼玛药师得令后,带上大徒弟桑吉连夜赶到西山官寨。这时水金聚也只能装病了,躺在床上默不作声。尼玛药师先是谨慎地给水金聚切脉。但见药师目光专注,面色认真,按住水金聚的手腕细细感受,却无法捕捉他的脉象——总感觉那脉搏的跳动混乱无常,时而在急剧波动,时而又毫无反应。那脉道当中,血液的循环也是时而通利,时而梗塞。这真是太少见了!尼玛药师久久地把持着手脉,不敢松开,心情无比复杂。

站在一旁的大徒弟桑吉,用忧郁的目光注视他的师傅。多久后,就听桑吉小心地,又像是不经意地询问师傅:"阿苛,山上有不同的树木,人体也有不同的病情。森林里草木繁茂,天神也无法识别那些奇怪的树种。人体也像森林,怪病多多。即使是高明的神师,怕也无法明确人体里的所有病因吧?"

尼玛药师点头:"哦呀。"

桑吉继续:"那就是说,有些病是连天神也不能治的——刚布也不能治。"

尼玛药师凝重地点头:"哦呀。有些病,神师和药师都治不了。"

这时桑吉就朝师傅一头跪下了,真诚地磕头,请求:"阿苛,桑吉想攻克天神也不能诊断的病情——水布官这个病,看来是需要在探索中慢慢地观察治疗,这需要时间。可王城中有那么多朝官大相,哪一刻离得开您呢。就让桑吉替您留在这里吧,替您给水布官治病。"

尼玛药师面对跪在地上的大徒弟,不知是会意,感动,还是顾忌,竟有些不知所措了。凭借自身的精湛医术,哪有他诊断不出的病情!但作为治病救人的药师,天地良心——第一他不能弄虚作假,第二他又不能知情害人。怎么办?!

桑吉自然是看出了师傅的顾虑,这才跪地不起。见师傅犹豫,他又面对窗外那神山的方向,坚定地保证:"阿苛,您放心去吧,神山正在看着桑吉呢。"

尼玛药师一听神山,满脸恭敬又满心凌乱。一边意会地点头,一边却又说不出话了。

宫中,女王自从派药师尼玛前去西山官寨,回来又不能肯定水金聚的具体病因;这时,她已经不再指望水金聚还能康复。其实遣药师前去治病,更多还是因为她心有不安,想给这位被自己冷落多年的小金聚弥补一些关爱,从而减轻内心愧疚。因此,她已经做好思想准备:到药师实在无能为力时,再请神师做些神法治疗。最终不管康复与否，她也算是尽了心力！只是前前后后地回想，她的三个男人：那无法控制的非天王，那无法宽恕的火金聚，那无法亲近的水金聚——他们让她再也探不出深浅。

她开始深深地念起南王松格的好处。感觉只有松格，只有他才是毫无保留地将心交给她了！情感上对她无比地真挚，政事上更是十分地忠诚。

于是传来天官，询问松格近况。

天官如实地回应女王："甲姆，您的南王自从西城战事后，一直安心驻守南城。时下洛绒家族早已覆灭，倒是做药材生意的西贡家族日益壮大起来。这叫南王除了镇守城池外，对于南城商贸也有思考。他正在适当地控制西贡家族势力，以防节外生枝。"

女王点头道："哦呀！是要控制西贡家族。比起药材生意，蛊毒才是她们的看家本领。一旦壮大，将会无法收拾。"

天官带着夸赞口气接话："听说南王已经介入药材和蛊毒管理，同时也不敢松懈战事。即使安宁时期，南城战队仍在日日操兵练战。"

女王一听，不由发出感叹："哦呀，他是本王最贴心的金聚，本王需要这样的男人！"

天官会意，顺着女王的意思提醒她："甲姆，内官正在想，您应该时常召南王回宫才好。"

女王不应声，举目望南方。

121. 我们要一起回西城

不几日，由天官遣人送信，松格回到宫中。

松格呢，正如天官所述，发生在西城的连年战事，让他深刻地认识到边境城池的复杂性、变更性，不是一般的心怀和一般的精力可以把控！如何稳定城池，需要心智，还需要实力。他为此费尽心神，包括如何操练战队，如何抑制家族势力等。和非天王一样，对于领地安全的顾虑，松格同样有着深刻的感受。

当下南王见女王，一个是沉稳中又跳跃着更多新思想；一个则是心有主张，只等寻个委婉的方式发话。

女王探试性地问松格："南王，你为南城操碎心房，我可是多多看在眼里。虽然身在王宫，我的心却在牵挂着你。你还记得当年我们的约定吗？"

松格怔了下，一时竟也记不起是哪个约定。只好笼统地回一句："甲姆，您的话我时刻都记在心上。"

女王犀利道："记住一句话容易，守住一个信念就难了。时过境迁，只怕你我都不再是过去的你我！"

松格一惊，暗叹女王的敏锐。要说情感方面，他对女王一向忠心耿耿。只是在政事方面，确实也应了女王的感受——经过南城战事和西城战事的锤炼，又亲眼看见被裹作蹂躏得遍体鳞伤的西城峡谷，这时的松格，已经不是当年那个踌躇满志的小金聚了。他非常理解当初非天王留守西城的心情。自己也应该学习非天王，理应舍弃情事，心系政事！因为这样的心怀，一时间松格对女王的发话就无法回应。

女王便带着提醒的语气问："南王，你有多久没有回宫？"

松格才想起，女王说的约定是指"隔月回宫团聚"这个事。最近因为南城诸事缠身，他竟也忘了已经多久没有回宫。

就听女王发话："不管过去已经多久，日后你不要让我在宫中等待太久。"

松格张嘴，却不能意会。女王就把话挑明了："南王，以前我们是有约定，你要隔月回宫。但现在我希望你每月都能回宫。"

松格一听，内心就在权衡：南城虽然不比西城遥远，但这一来一回差不多也得五天。一个月又有几个五天？如果每月回宫，不但浪费时间，也消耗精力。而他现在已经深入到南城的层层面面，包括战事、商贸、矿产等。都不是小事，一日不能无人。

松格思量一番，就不便直接回应女王。只好解释："甲姆，我倒想日日留在宫中。但南城地处要塞，政事复杂，叫我难以准确地把握时间。"

女王当然知道松格的抱负，可听他这样回话，还是有些恼火，暗自想：天下人的时间都是我甲姆的。一声令下，废了你南王资格也可以。但也不会直接出口，毕竟她需要这个男人；或者说，被她控制的男人，内外都应让自己如意。当下对松格已无兴致，只是一夜小聚，就草草地打发了松格。

第二天，松格并没有直接回南城。听说阿弟水布染病，他匆忙赶进西山官寨。一入内堂，就见小药师桑吉正在贴心地守护着水金聚。

就来说说桑吉。原本他只是第五层曼扎的一个采药人。因为精于识别药材，才被宫廷药师尼玛收为徒弟，在王城学习医术。通过不懈的努力，如今已是一位医术精良的小药师。多年前桑吉在山间采药时结识了水金聚。因为情趣相投，二人一直是有来往。这桑吉也是水金聚在王城唯一的好伴儿，自然对水金聚就比别人多多了解。那日，细心的桑吉已经从水金聚慌张的面色上觉察出蹊跷，这才主动提出看护水金聚。算是及时地成全了师傅和水金聚，解决了两边的为难。

桑吉和水金聚的交情，松格是知道的。这时见他陪护在阿弟身旁，自然十分感动，连忙上前招呼："桑吉药师，有你陪在少主身边，我放心了。"

桑吉朝松格行礼回应："拉索，南王。"

松格点头："哦呀，你先下去吧。"

桑吉恭敬地退了。松格才对水金聚直言道："阿弟，不管你得的什么病，我总感觉你是心里有病了。"

水金聚无法回话。

松格继续："我知道，时间过去太久，你已经习惯一个人的生活，无法接受生分的情感。但这可是天命注定哪，我的兄弟！"

水金聚嘴唇嚅动了下，说不出话。

松格竭力表达："我知道你这是借病，也理解你借病是为给自己腾出时间，调整心态。可我担心，调整过后，你的心距离王宫会不会更远？"

水金聚忐忑地盯着松格，像是有许多许多的话要说。

松格却又发话了："如果说出来会更复杂，还是不说吧！我也不想听到更多——除非是对甲姆有利的话！"松格故意把"甲姆"二字说得很重。

水金聚一听松格这口气，目光完全黯淡了。转身，把话引开："阿哥，阿妈为我们做了酥油锅盔，是西城的口味。还有一些，你带去南城吧。"

松格一听阿妈，神情恍惚片刻，自顾感叹起来："哦呀，总有一天，我们要一起回西城，回到阿妈身边。"

122. 变成了咒语

秋天已经过去。王宫下方，女王的河谷开始进入一年中最为寒冷的冬季。大雪覆盖了所有山峦，河流也被冻成冰川的模样。这时，因为夜夜站在月台上等候，水金聚终还是染上风寒，他已经拖沓着身子在病痛中捱过两个月。到冬天最后的日子，他几乎是走不出官寨了。病情越发严重，时常发烧、昏迷、咳嗽，伴有咳血。除非是吞下可以短暂麻痹神经的火麻粉，他才可以由着家侍搀扶，伏在案头上作画。

他的画案是他梦幻的天堂。那里有山岩、峡谷、河流、溪涧、花鸟、虫鱼，各种丛林画卷。后来，在花葬场相遇苏梨后，他的画案上又多出一个画卷——和苏梨相恋的点点滴滴。包括第一次在花葬场，他们相遇；第一次在舞会上，他们碰撞的目光；

第一次在瀑布下,他们看到不落的彩虹;第一次在月台上,他们点亮松明灯盏……长久以来,水金聚深深地沉迷这画卷里的生活。他再也无法摆脱!即便疾病缠身,他仍然以那火麻粉麻痹,夜夜伏案作画。

  一日,水金聚正伏在画案上,忽见苏梨站在身旁。水金聚努力地睁大双目,瞧一眼画卷、彩绘当中的苏梨,再瞧一眼身旁、活生生的苏梨。视觉有些混乱,以为只是幻觉。

  他的家侍只好上前解释:"少主,您这样的身体还在整日伏案,小的实在无能阻止,只能冒险把苏梨官请来……"

  水金聚眼神晃荡了下,朝家侍挥手,家侍知趣地退了。而苏梨已经惊得合不拢嘴。她看到水金聚的画案上——全是她啊!梨花中的苏梨,舞会上的苏梨,峡谷间的苏梨,彩虹下的苏梨,长望中的苏梨,点亮松明灯盏的苏梨,像蓝鹊一样拖曳着长长的、缀着白色流苏衣裙的苏梨!

  蓝鹊!蓝鹊……苏梨的眼花了。

  当下二人就那么立在案头前。一个望画卷,望得伤心欲绝;一个望苏梨,望得情意缠绵。

  苏梨越发忍不住,双目已经湿润。

  为缓和伤心的气氛,水金聚开始有意寻找话题。指着案板上的绘画颜料招呼苏梨:"你看,这是朱砂,十分美丽,却少有人关注它。我正以它为颜料,绘一个通身朱砂的女官。"

  苏梨泪挂在脸上。

  水金聚问:"你知道碾磨朱砂,需要多少时间吗?"

  苏梨含泪不答话。

  水金聚只好自顾解释:"我每夜为你点亮松明灯,在月台上等待的时候,手里就在碾磨它。夜里碾,白天画。整整一个冬天,才绘成这通身朱砂的女官。"

  苏梨别过头去,不敢再望画案。

  水金聚就道:"女官,朱砂具有光明之体,色质通心,有很多女子配不上它。"

  苏梨却突然叫起来了:"可是水布官,请不要再这样画下去!你能这样作画,你的病已经好了——我不是听家侍说你病重,怎么可以冒险过来看你!"

  水金聚一时怔住。好久,好久。最终凝视窗外,他说:"女官,你看,天空又下雪了。"

  但是苏梨已经转身,一边走一边从牙缝里挤出一句话:"这样下去,你迟早会死在画案上!"

水金聚幽幽道:"死,死,这个字除非不出口;出了口,就变成了咒语。哦呀女官,你走吧……我的日子还有多少呢,我自己清楚。迟早不是死在画案上,也会死在月台上——当松明灯熄灭的时候,我就死了。"

苏梨的脚步就被水金聚的话给拖住,浑身哭得颤抖:"说这样绝心绝意的话,你这是要把我的命拴在这里啊!"

水金聚才央求:"那就等我病好,你再断了这条路吧!"

123. 我那无法倾诉的女伴

春天,当第一缕春风吹进女王的河谷时,在山势陡峭的地带,比如王宫前后,那些冰封的山岩根本不会为之所动。它们仍然以一种王者的霸气坚硬在大河上方。但是在坡度低缓的峡谷深处,梨花已经结起成坠的花蕾;一些向阳的山坡上,青涩的花苞开始泛白,只等一场春风它就盛放。

这时间,丛林里的各种飞鸟也随着春风的到来,相继活跃起来。蓝翎画眉扑哧着钴蓝色的翅膀,在树梢上跳来跳去;披着白色羽毛的雪雉散落在丛林中,飞起来像一片洁白的云朵;红嘴蓝鹊拖着俏丽的长尾巴,在空中列成一队,优雅地飞行;戴胜则顶着英俊的头冠,于丛林间大摇大摆地走动,见人也不躲闪。至少是见到水金聚,它们从来不会躲闪,只当他朋友一个模样——这得益于女王的多年冷落。在被王宫闲置的日子里,水金聚已把峡谷丛林当成他的王宫。在这王宫中,一切生命都是他的朋友。包括天上的飞鸟,溪涧的鱼儿。虽然最初只是为了打发身在异乡的寂寞,但随着越来越深的亲密接触,他已经把丛林融入生活深处,当成生命一样。因此,或许是对丛林的依恋缘分未尽,或许就是爱的感召,在梨花盛放的春天里,水金聚的病奇迹般地好了,竟然可以骑马出行!

这一日,水金聚约了苏梨。二人终又拾起从前的时光,徜徉在他们的丛林宫殿。他们先来到蓝翎画眉的领地。但刚刚步入山林,就听到树梢上突发"哇"地一声,响起一口粗糙的惊叫。苏梨身子一晃,吓得倒退几步。原本她也不识鸟语,但她还是听得出,这是林鸦的叫声,破裂而不吉利。苏梨的心沉了一下,却见水金聚举步朝丛林深处走去。

二人又进了红嘴蓝鹊的领地。这时,已不见丛林间有蓝鹊飞过的踪影。昔日那拖出长长尾巴的巢穴,只是静悄悄地挂在树梢上。望那空荡的鹊巢,苏梨的心堵得发慌。

水金聚则仰头望天,像是跌入回忆,喃喃自语:"我时常会在傍晚来到这里,也时常迎着夕阳仰望天空。看到天空中,蓝鹊拖曳着长长的衣裙,一只接过一只,列成一排,优雅地飞过头顶。那时我就在美美地寻找:她们当中,哪一位才是我画案上的女官?"

苏梨却说:"好了,做梦的人,我们的梦就要醒了。"

水金聚强调:"不是梦呢!"跌入更深的回忆:"就在花葬场下方,我时常看到那些蓝鹊,他们一对一对,在溪涧旁追逐戏闹。分明见那健朗的青年,他扑腾双翅来到女伴面前;不住地舞蹈,不住地歌唱。他的歌声是多么动听,他的心意是多么真诚——他是多么努力!可他的女伴却在一步一步躲闪,逃离他。她振翅远飞,他扑翅追赶。她落入溪涧,他守在岸边。最终他们双双扑入地面,相互轻啄,彼此梳理……那时我就在想,那不懈追逐的,就是我吧;那振翅飞走的——"水金聚哽了一下:"就是我的女官!可她要是飞走,还会飞回来吗?"

苏梨双目已被泪花浸染,回不出话。

不知多久,才见苏梨迎着阳光自顾感叹:"那天空的太阳,它是用了多么慈悲的心肠,才能做到普照大地呢!"

水金聚缓缓道:"它视万物如同亲子,包括阴暗的沟壑,都是它的孩子。"

苏梨无限伤感,问一句:"你说,我们的甲姆会有阳光那样慈悲吗?"

水金聚沉默,心情复杂。

苏梨心情更为复杂:春天到了,水金聚的病也好起来。她还有什么理由糊弄自己,要陪在女王金聚的身旁!可是,经过一冬的亲密接触,苏梨的心境发生了巨大变化。冬天里,她以为自己只是担心水金聚的病,才暂时收住分离的脚步。到春天,到真正分离时她才明白:并不是他的病,是他的心灵把她锁住了。

她已经看透了现实中的大宫风云:女官与男官的明争暗斗,王权与神权的赤白交锋,外战与内战的相互搏击,低贱与卑微的浑噩不清……动荡无常的宫廷生活叫她疲惫了。如果可以,她情愿随了水金聚——那些同水金聚徜徉丛林的日子,那种与山水相依相伴,自由而宁静的隐居生活,让她沉迷。

是的,事到如今,不是相守就是分离,总得有个决策了!

于是苏梨盯住水金聚,发狠道:"水布官,我再也不想守着月台,这样两头张望地过日子!"

水金聚困望苏梨。

苏梨大声发话:"你刚才不是问,飞走了还会不会回来——水布官,我们飞走吧。"

水金聚惊愕。

苏梨双目突然放出光芒:"水布官!我们就像红嘴蓝鹊那样飞走——我们私奔吧!"

水金聚大惊失色。

苏梨手指前方雪山,无限憧憬地道:"到那山峰上的冰雪融化了,我们就越过雪山,到那边的深山大谷中寻个无人知道的地方,永远不再回来!"

水金聚顺着苏梨手指的方向,望雪山。只见灿烂的晚霞已把那雪峰照耀得如同火炭一样。

"如果雪山也像火炭,可以慢慢地熄灭,慢慢地融化……"水金聚的心晃荡起来,闭上双目,他害怕再往下想。久久地,竭力地克制情绪。最终水金聚睁开双眼。这时,却见那落日的余晖已经散尽。前方的雪山依然巍峨耸立,越发清寒!

水金聚低落了目光,问苏梨:"你见那雪山融化过吗?"

这一问,就像霜花落在冰冻上,把苏梨的希望更结实地冻住了。她已是字字落泪,声声颤抖:"可是我……再也承受不起,这样煎熬的日子。我的心……再也无法面对,那王朝甲姆!"

水金聚一听王朝甲姆,原本纠结的心顿时跌入深渊。优柔寡断的水金聚,他像是刚才想起,面前这位女伴,她是甲姆身旁的亲密女官啊!相上甲姆的女官,拖上这份沉重的情感逃离,伤害甲姆自不必说;也把自己的兄弟拖进了不仁不义的境地——毕竟他是一代男王的亲兄弟。阿修家族,以男王非天为首的四兄弟中,松格远在南城,火金聚已经叛离,只有他……难道他还能背叛?

唉!他背叛天,背叛地,也无法背叛家族兄弟!这下二人就变成:一个渴望,一个迷茫。苏梨望水金聚,等他的决策;水金聚望苏梨,却是两眼空洞。

多久过后,才听水金聚自顾嘟哝起来:"我想起了我的家族兄弟,他们为什么放下安逸的宫廷生活,南北征战?我又想起那人间甲姆,她是怎么放下了她的男人们,让他们远走他乡?是的,我作为她的金聚存在,不是她的错,也不是我的错——是天的错!天让我这样活着,就像丛林里的鸟儿,无人知道它的冷暖。自生自灭是我的宿命,可如今我怎么就背离了宿命?!"

苏梨听水金聚这个话,目光就黯淡了,心想:即使可以带他一起逃离,背着一座王宫上路,又能走得多远呢。不由咬起牙关,狠狠道:"好吧,长痛不如短痛。当初原本也有约定,等你病好我就离开!"

水金聚的心裂了一下,盯住苏梨,凝视她:这女官,这月光一样清澈的姑娘,她冰雪模样的心灵,梨花模样的面容,清泉模样的双目,朝晖模样的深情……叫他怎么舍得!越看越发揪心,不由喃喃自语:"不见,不见,是不是就能断绝思念?"

苏梨已在啜泣:"断绝思念……除非是死了……"再也说不下去,苏梨双手捂面跑开。

水金聚却不追赶,由了她去。等她跑过多远,他才幽咽地说一句:"只要还有一口气,我月台上的松明灯就不会熄灭!"

124. 我的生命都是您的

回官寨后苏梨就病了。到第五日上朝,却是不能进宫。对女王来说,女官当中少谁都可以,却少不得苏梨。这下见她既无请示也不上朝,当然心有不悦;但更多的还是纳闷。退朝后,女王立即遣内侍出宫探问,才知道苏梨忽发染病。又不知什么病,为什么如此疾恶,竟连上朝也不能。

女王心有顾念,只好亲自出宫探望。进了苏梨官寨,当面一瞧,女王无比惊讶。仅仅时隔五日,这女官竟然变了模样!早已不见往日那一身生动,却是面目憔悴,形容邋遢。一双目光总是躲躲闪闪,凌乱地张望女王,既飘忽又惊慌。倒把女王弄糊涂了,注视苏梨,心感也无比心疼,一连串地问她:"苏梨官,你怎么了?是哪里不舒服?有没有服药?要不要传药师尼玛?"

苏梨低声回答:"多谢甲姆,内官暂时无事,不必请药师了。"

女王不放心,细细端详,又问:"除了身体不适,本王看你情绪也有恍惚,到底是哪里不佳?"想了下,女王忽发惊怕起来,紧声问:"难道是中了魔煞?让本王传刚布过来查查。"

苏梨原本得的就是心病。一听中煞,又要请神师,目光就分裂了。想当年那狂傲又可悲的西染高霸,因为神谕显示她中上魔煞,竟被神师折腾进三角碉中!苏梨想想,浑身不由一阵抽凉,连忙说:"内官不曾中煞,请甲姆不要寻那刚布。"惧怕的声音无比响亮,又不像是染上重病的人了!

女王一时诧异,用心地观察苏梨,见她目光飘忽,心神不定,才觉察出蹊跷。知道这女官是有事了,是有心事!又是什么心事?她却不知。于是坦言道:"苏梨官,你的一举一动总也逃不过本王眼睛。本王知道你得的既不是药师治的病,也不是神师治的病。你是得心病了!"

苏梨越发慌乱,张大嘴,不知怎么接话。

却听女王缓口招呼:"虽然逃不过本王的眼睛,但除非是损伤祖母王朝的大事,你私下任何事都是你个人的,本王不会过问。"

女王的话叫苏梨更加凌乱。一面她想就此掩饰,在沉默中得过且过;一面又在想:如果女王再继续这么追问,她就会朝女王一头跪下,磕三个赎罪的长头,供出一切。

有一刻她差点就朝女王跪下了!

但最终女王却微笑着向她告别:"哦呀,只有亲眼看到你本王才会放心。好好休息吧,本王走了。"

女王已经起身。

苏梨听一句"只有亲眼看到你才会放心",她再也忍不住,忽而叫住女王——是的,就在现在,她要向女王呈示一切!

女王回头,问她:"苏梨官,你还有什么事?"

苏梨就朝着女王一头跪下来了,泣不成声:"甲姆!我,我是有事……"

女王等在那里,神色显得无比安定——难道她就不能预感大事来临?!苏梨见女王神态如此安然,立马崩溃了——即将坦白的心思再也不忍心出口。是啊,她又怎么可以随便地断送,女王这样的安宁!

浑身已经像蛇一样贴在地面上,苏梨声音颤抖,说出的则是不同的话:"内官已经多日不能进宫朝会。内官曾经跟您承诺,除非再也爬不起身,不然不会丢下政事……"

女王微笑着纠正她:"不,"女王说,语气充满欣慰:"你不是对本王承诺,你是对自己的良心承诺嘛。起来,女官。不论你遇到什么事,本王说过,要是公事就说出来;要是私事,本王不想过问。"

苏梨欲罢不能:"可是……"

女王反道:"是私事吗?"

苏梨艰难地:"是——"

却被女王打断了:"你个人的任何事,都不是大事。"

苏梨决裂道:"可是……"

女王肃穆了语气:"祖母秘籍中已有规定:女官只要心系祖母王朝,她们的私事就像她们身上的衣袍,怎么穿戴是她们自己的事,哦呀!"

苏梨已经泪如雨下:"可是……"过度地哽咽,让她再也无法利索地表达心声。

女王只好弯下腰来,扶起苏梨,紧紧地握住她的双手——这是多么深刻、多少沉重的信任:"苏梨官,你要是有什么复杂的情绪,只要说给天神听就可以了。这世上只有天神才是最慈悲、最大度——你偶尔有什么恍惚,天神会原谅的。本王呢,却难有心情聆听,我啊——"女王忽而改变了称谓,无限感慨地道:"架在我身上的事太多了,也太大了。我们至高无上的祖母王朝,她能够走到今天,是多么地不易!想那南城几次三番地叛乱,西城几次三番地侵袭,腥风血雨的战事中,有多少英雄倒下,有多少壮士断魂!这些事才是最壮烈的,最巨大的。我的心室里占据的尽是这些,是整个王朝大事!哦呀,你已经陪伴我多年,就像我的翅膀,我的姐妹一样。你是知道的!"

苏梨听女王竟说出"姐妹"二字,那悔恨的心灵又像被扎进了一刀。哽了下咽喉,她的声音低得像是尘埃落地:"拉索,甲姆,我的生命都是您的!"

125. 一幅女官的画像

女王走出苏梨官寨,步入梨花大道,正准备回宫时,却见神师手托哈达,恭敬地立在马道旁。女王知道神师定是有事想要表达,就直截问他:"刚布,你有事吗?"

神师真诚地说:"刚布并无他事。见甲姆出宫,专程恭候这里,为甲姆送个吉祥。"

女王接过哈达,返手又戴到神师的脖子上,发话:"可本王却有事要找你了。"

神师语气谦卑地回应:"拉索。"

女王转眼望西山官寨,对神师道:"我的金聚久病缠身,已经请过药师诊治,却不见好转。只怕他得的不是药师可以治愈的病。你去替他作个神事吧。"

神师一听要进西山官寨,连忙答应:"拉索!"紧着又加强语气解释:"刚布正瞧得担忧。您看那西山官寨,白天也是阴气沉沉。您的金聚身体不适,定是中了魔煞,被阴气缠身了。"

女王听神师出口不是魔煞就是阴气,很不高兴,打发他道:"就这样吧,尽早去办。"

神师应声:"拉索!"却见女王转身回宫去了。

神师站在梨花大道上,望那西山官寨,心中热浪翻腾。很久以前他就发现一个蹊跷的现象:每当入夜,必会看到西山官寨的月台上亮起一盏松明灯。那个被女王冷落已久的小金聚,早先他可是隐居在峡谷里的。不知哪一日返回了官寨,之后就在月台上夜夜长明灯盏。他为什么会有如此奇怪的举动？

　　第二天一早神师就出发了，带上神器和女王的指令突然造访西山官寨。当他以驱逐阴煞为由强行闯进内屋时，水金聚正伏在案头上作画。见到神师，一边匆忙掩盖画卷，一边慌张地责备："刚布，你到访西山官寨，难道也不提前招呼？"

　　神师佯装恭敬道："拉索，刚布知道对您是有冒犯，但又迫不得已。"

　　水金聚满心恼火。

　　神师进一步解释："水布官染病，刚布奉甲姆指命前来驱煞。原本是要提前请示才会进入，但就在刚刚临近您的官寨大门时，刚布突发感觉，正有一股阴气侵袭您的官寨。刚布担心会伤到您，就不敢多想，只能速速追进来驱散。"

　　神师一面解释，一面窥视水金聚的画案——对于眼睛锋亮的人，怕的只是没有机会。一旦有机会进入目光所能窥视的地方，也就是闪电的工夫，一片蛛丝，一抹灰尘，都能给目光带来不同的感觉。果然，神师锋利的双目已经探索到：水金聚正在绘一幅女官的画像！

　　这会是谁呢？难道是女王？或者别的女官？神师暗下揣摩，跟着探问水金聚："水布官，您这里在绘什么精美画卷？"

　　水金聚神色晃荡，生硬道："你进官寨是奉命做事，做你该做的事吧！"

　　神师并不死心，紧紧地盯住画案，见水金聚已把身子挡在前面。他是王朝小金聚，除了女王谁也没有权利令他挪开身子。神师就没了办法，只好疑惑地答应："拉……索。"同时以驱煞为借口，深入西山官寨内部四处走动。

　　水金聚匆忙收好画作，紧跟在神师身后，心情忐忑。神师手执神器，时而嗡嗡哼哼，时而四下窥视。上了月台，却没有看到夜夜都会点亮的松明灯！心下更觉得奇怪：分明每夜月台上都会亮灯，为什么这里却看不到灯台？神师一边思索一边目光正在竭力搜寻。

　　水金聚实在看得难忍，愤愤责备道："刚布，甲姆让你在内屋驱煞，你上月台做什么！"

　　神师只好又"嗡嗡哼哼"地念起咒语，同时朝月台四方抛撒咒符。完了，盯住水金聚，诡秘道："水布官，不但是您的内室，这月台上也罩着一层浓郁的阴气啊！"

126. 习性相通，盛放相同

　　春天再温暖，也有春寒料峭。很多时候，在女王的河谷里，春天的花蕾已经含苞欲放；但只在一夜之间，一场突发风霜，那些孕育着灿烂生命的花蕾就会萎缩枝头。

诸事无常,这是自然之道。如此,也就怪不得天空中会有多少双诡秘的眼睛,不等大地上繁花灿烂,就要把怒放的视觉射入西山官寨了。

忽一日,女王突然驾临西山官寨。女王是破门而入的,水金聚还未反应,女王已经站到他的画案前。

水金聚惊慌失措,本能地掩盖画卷,却已经来不及。

女王怒视水金聚,厉声质问:"我的金聚,不是说染病在身吗!还是麻风病,本王也不能近身。原来这是沉迷画案啊!"

水金聚空洞了目光,不知如何应对。

女王上前一步,夺过水金聚手里的画,一边要看,一边又在问:"我的金聚,你在画什么?难道是在画本王?"硬是打开。一打开,心也跟着裂开了。浑身晃荡,站不稳!

处在一旁的天官紧忙扶持住女王,提醒她:"甲姆请息怒。金聚只是男眷,您可是人王。别因一个男眷伤了身子。"

女王双手颤抖,指向案桌下方那些堆积的画卷,声音震裂:"都给本王打开!"

两个内侍迅速拖出画卷,一幅幅铺展在地上。

女王再一看,只见上面,那上面——尽是梨花啊。苏梨妆戴不同的梨花,活在了水金聚的画卷上!

视觉,像刀,像箭,像翻滚的乌云,像落地的冰霜。最终它什么也不像,只是涣散,绝望。女王举目望水金聚,望这青年,他无恨,无悔,无表达——他的心对于女王,是不是已成枯木?可女王分明感觉这是一根坚固的枯木,它锋利的尖梢正在生生地刺扎女王的心脏。让她内脏流血,又只能往更深的心房里淤积——她一时还无法直视这样突发的变更,也无法承受这样生生的背叛!只能强制自己镇定,暂且逃避。不望水金聚,绕过他,脚步如飞,走出西山官寨。

天官紧随在女王身后,小心地请示:"甲姆,接下来怎么办?"

女王不回话,朝着王宫疾步。穿过护城河上的横门,进入宫楼时,才听她咬出六个字:"把他押进地宫!"

女王已经回到宫中。困坐七楼,细望她的寝宫,细想她的男人。千想万想,越想越发绝望:即使是云霞灿烂的甲姆之宫,人间极致的高贵之情,又能怎样!无限宽阔的王权,却无法收服男人小小的心房,和里面装着的世界!人间最自由的莫过于心。心里要想的事,神谕也无法束缚。可是女王突然发现,过去她无意于水金聚,只当他是衣冠上的一件佩饰——可以放在那里,可以冷落一生,也永远都是她的。事实却背离了想象。她的小金聚就这么悄然地——被别人拾去了。拾去了，失去了，这时女王才意识到：无论非天王怎样深入她心，又阳刚、灿烂；南王松格怎样忠诚于她，又大智、稳重；水金聚却是不一样的金聚——他像梨花一样。是啊，他和苏梨，他们与她，都是梨花的性子，梨花的模样！

只是，既然习性相通，盛放相同，为什么还要相互背叛，彼此伤残？难道正因为心灵上的区别，是心灵，撕裂了她与苏梨的姐妹情分；是心灵，断开了她与小金聚的夫妻缘分？那么，接下来女王要征服的，就不是水金聚的肉身了，而是他的心灵！

女王这么想时，就举灯进了地宫。

这时水金聚已被囚禁在地宫的第一层监房。女王昏暗中到来，她看水金聚安静地坐在松明灯下，不如先前那般掩饰、慌张。微光摇曳，混乱了女王的目光。女王开始端详自己的这位小金聚。但见他面色冰凉，清风明月的模样；目光冷峻，又如冰花落在心上。虽然这一刻清灯孤影，他却显得更加楚楚动人。

突然间女王就发现：原来她是多么爱惜水金聚！

不由走上前，轻轻地呼唤他："我的金聚……"

水金聚沉默。

女王心痛道："我的金聚啊——"

水金聚缓缓抬头。

女王开始推心置腹："我知道，这些年我冷落你太久。是！这是我的疏忽。可你身为王朝金聚，目光要像天空那样高远。不在一时，不在一地。天命对你早有安排，你怎么背离天命！"

水金聚不语。

女王继续："你知道王城下方那条母河，它的壮大，是多少条溪涧的汇聚。我原以为你安静，只愿做那溪水壮大母河。你却好，一路周折不算，还要掀风，还要鼓浪！"

水金聚面目低落。

女王："好吧，我不想再这么指责。只想真诚地问你，是什么让你为她心动，因她迷失？"

水金聚才轻声说："我只是惜爱梨花。"

女王有些伤痛，发问："既然你惜爱梨花，你要多少梨花？"

水金聚又不语。

女王竭力表达："我从此安排你常住梨花宫。只要你愿意，我让你终年看到梨花！"

水金聚幽幽道："那不是我心中的梨花。"

一句话就像一把刀,猛然扎进女王的心窝,叫她心口一阵裂痛。再难叙话,女王别过头去。

抑制好大一阵,最终女王道:"好吧,我给你时间。"

当即转身,女王开始下达地宫的第二层监房。苏梨已被押到了这里,囚禁在最昏暗的监室里。尽管为增强光线,女王吩咐地宫密侍添加了一盏松明灯;但真正的黑暗是会吞噬光芒——无论点亮多少盏灯,都无法让地宫深处的黑暗变得明亮。就像此刻的苏梨,她已经预知自己的未来,也会像这地宫一样黑暗。

女王站在监室外,望着苏梨,见她卧在昏暗中一动不动。只当面前的女王是风,那么视若无睹。

这叫女王的目光蒙上一层阴寒,语气也变得痛心疾首:"本王能看到天,能看到地,女官!本王却不能看到你——你心中那把冰刀,它究竟掩藏了多久?"

女王:"哦呀,就算你掩藏!掩藏!一贯本王对你那么多信任,那么好,怎也可以将它感化吧。"

女王:"那一次在女寨,因为你乱发夜郎令牌,差一点让那洛绒叛贼野心得逞!多么重大的事,多么重大的错误,本王也会原谅你。你说本王还要怎么待你!"

女王:"难道本王的信任,最终就换来你这么背叛。到底,你是伴随本王的姐妹,还是缠住本王的阴魂!"

这时才听到苏梨发出黯淡的声音,回女王:"甲姆,内官并不是您的姐妹。自从花葬场相逢水布官,那时起,内官的心就被埋进了大地深处,像阴魂一样。即使甲姆是太阳,也无法照亮大地深处的黑暗。这样的人活着只会折煞甲姆的光芒。"

女王愤怒道:"这是忏悔吗!本王看更像诅咒!"

苏梨就无声了,卧身伏在地上,像一只沉默而坚硬的石头,一动不动。

女王的心先是被水金聚给掏空,之后又堵进苏梨这样一块顽石。如此跌宕和分裂的遭遇,最终摧毁了女王原本想要表达的思想。她迅速离开地宫。

返回七楼寝宫,煎熬了两天,女王总也想不通:偌大的祖母王朝都能游刃有余地掌控,她却无法让一个病弱的青年臣服——是什么力量支撑他的小金聚,如此坚韧,抽刀不断?而他背叛的,除了心灵,还有祖母王朝的尊严。确实,不在意的男眷,平日只当他是衣冠上的一件佩饰。当他背叛时,或者说,当他在用情感的方式,损毁祖母王朝的颜面时,他就不是佩饰,而是钉子。既然是钉子,就要将它折断!

抱着这样决绝的情绪,第三天,女王又进了地宫,来到水金聚的监房。却见水金聚已把松明灯熄了,卧在黑暗里。女王就亲手又点亮一盏。处在灯光下望水金聚,女王痛心问:"我的金聚,这里也有一盏松明灯,难道就不比你月台上的那盏明亮?"

水金聚没动静。

女王挨着水金聚俯下身,言语已有些抑制不住:"我的金聚,当真你是不明白我的心思?"

换来的只是沉默。

女王坚持不懈:"金聚当真惜爱梨花?我都说过,从此安排你常住梨花宫,让你终年看到梨花。"

水金聚更深地沉默。

女王仍不死心:"直到现在,我都认为自己的疏忽大了,冷落你这么长久。可就像树上的青梨,不到成熟时节是不能采摘——我冷落你,只是缘分未到。从现在起,就让我全心全意地弥补你,可好?我的金聚!"

水金聚才道:"甲姆,请千万别这么自责。我从来不认为您是在落冷我,也没有因为您的冷落而伤心。我,只是一个被世俗之手推到您身边的人,能说什么缘分不缘分?"

女王不甘心地问:"你当真这样想?"

水金聚再不回话。

女王凝神注视水金聚,等在那里。多久,多久,却见水金聚面色越发地沉定——他也像石头一样,坚硬,一动不动。

女王的心跟着裂开了。她终是感受:当他心中不再惜爱时,就像活人拥抱死人。一方再真诚,一方也是冰凉的!不甘,绝望,心碎的目光落在昏暗中,无声无息。

最终女王站起身,走出监房。到心间最后一丝光芒被慢慢地耗尽,她就大步走出了地宫。

127. 最后的请求

水金聚被禁地宫,这事很快就传到南城。松格匆忙赶回宫中。女王一见松格,心中已经明白他这是为兄弟说情而来。当下就暗了脸色,冷冷地发话:"我的南王,要是想念,请上七楼寝宫吧。要是为其他事,就不用浪费时间了。"

松格坚持道:"甲姆,如果是火布,您怎样处罚我也不会多问。但对于水布,平心而论,今日他虽然背离,究其根源,并不是他自身落下的因果。"

女王气恼,责备松格:"平日看南王总与我心有灵犀,今日却十分愚钝。火布就是有错也只是身体叛离,他的心一直就在宫中。所以我才免他死罪,贬黜矿场;水布这是心灵叛离,怎么还能宽恕!"

松格反道:"心灵叛离也要有心灵相通的基础。您和水布呢?从开始您就当他是个外人,从不召进宫中,又怎么谈得上心灵?"

女王火冒三丈:"松格,你回来就为教训我吗?我是甲姆!甲姆想做的事谁能阻挡!"言毕,再不想续话,拂袖上楼去了。

松格困望女王,原本是想跟上楼去,但又觉得没有心情。只好出宫,前去拜访两个人:一是阿乌格拉,一是绛珠大相。

他先是进了绛珠官寨。把堵在心中的感受真诚地表达给绛珠大相。不想大相听后却面色为难,并不敢轻易建言。确实,对于女王的个人情感,绛珠大相向来不便插话。他深感女王对他,总有一种说不清道不明的意念。在战事上,女王一直拿他当高贵的男战神相待。但在平常生活中,女王经常会无端地使唤他、为难他。彼此之间原本处境微妙,尴尬不已。如今落得水金聚这事,又是男女情事,绛珠大相更不好正面过问,担心又被卷入其中。

松格自是理解大相的顾虑,只好又进格拉官寨。阿乌格拉呢,也是婉言相劝,让松格多多收心。至少格拉本人,是不好过多地主张。因为之前他已经主张过火金聚一事,当时就遭到女王的强烈不满。记得那次他对女王是有表态:今后相关女王的情感之事,他将不会插手。既然已经出口这样的话,他当然不好出尔反尔。

松格见女王身旁的二位亲信相官也无能为力,难过又很无奈,就不想再进宫了。亲兄弟被禁地宫,他却无力挽救。而事实又是亲兄弟犯错在先,即使挽救也是活罪难逃!想想,这王城已叫他伤心不已。一时无法面对,索性策马回南城去了。

傍晚时分,女王独自坐在七楼寝宫,苦思冥想,但怎么也想不通:为什么背离她的,都是她的男人!想不通,就着魔一样地再次进入地宫。这次女王已经褪去所有人王的架势,只以亲人的身份站在水金聚面前,真诚地问他:"我的金聚!"她这么呼唤:"现在的我,除了是你的甲姆,还是你的亲人。你告诉我,要怎么做,你才能回心转意?"

如同以往,水金聚沉默,并不回应。

女王继续:"就是石头,也会滴水穿石。我的金聚,你总可以说句话吧!"

松明灯摇曳的光亮,闪烁在水金聚的脸上,但他仍然不回话。

女王已是推心置腹:"你心中,是爱也好,是恨也好,都不再重要。我现在所想的:你终是寝宫的人。不管有没有心,命运已经安排我们是一家人。这个事实你要不要承认?"

水金聚才缓缓地抬起头,望一眼面前这面容憔悴的甲姆,她竟是花颜惨失!人间尊贵的甲姆,她应该从未有过这等苦难的模样吧。水金聚的心颤抖了。他已经不希望自己能够活下来;现在他唯一盼望的就是,带上苏梨的爱,死在女王的手下。这样才是最好的解脱!

就听女王已经情不自禁:"我的金聚,到底你要说句话啊!我们可是一家人!"

水金聚终是发出低沉的声音:"我时刻都在想,我为什么不是您的亲兄弟!"

女王慌忙回应:"我的金聚,只要你回心转意,我情愿当你亲兄弟。"

水金聚却在请求:"甲姆,我不指望能被您原谅。如果真是一家人,请满足我这要死的人一个请求吧。"

女王惊愕,等待下文。

水金聚无限悲伤:"请让我看她最后一眼,我再别无他求!"

这个请求如同尖锥,最终扎破了女王的承受底线——无法再为这样的青年努力。因为他的心确实不在自己身上。即使死到临头,他心中装的,终究还是苏梨!

女王再无希望。她直起身,没有回应,离开了。

128. 雪花不是花吗?

这年的冬天来得特别早,峡谷里的阔叶林刚刚染上火红的秋色,大雪就降临了。女王的河谷里,奔腾的河流已被封冻。河流上方,女寨里不再传出娃娃的啼哭声。再上方,往日生机勃勃的第五层曼扎一片寂静。最上方,那高耸的女王宫殿,则变成一座冰封的寒宫。连神师也闭上了锋亮的眼睛。除了那漫天纷扬的雪花,其他一切都是静止的。世界在巨大无量的天际之下,绝对地沉默了。

这个时候,女王被包裹在厚实的衣裙里。狐皮的帽子,狐皮的袍子,狐皮的靴子。即便这样她还是浑身哆嗦,冷得不行。这期间,宫中最为重要的事再不是上朝,而是烧火炭。从一楼到七楼,每层宫楼的锅庄上都在日夜不停地烧火炭。不上朝时,女王就坐在火炭旁,透过深厚的宫窗凝望宫外。那些日子,宫外的月台上总是凝结着厚厚的冰花。而日复一日地思想,叫女王的心间也凝结了一层冰霜——说不出那些愁伤:假如她的女官不再执着于情感,或者屈尊于她,最终要不要宽恕?假如她的小金聚回心转意，或者当初就倾心于她，又会是什么模样？得到的，算不算巧的？得不到的，算不算好的？是啊，女王已经被这些问题困扰了小半年，一直拖着，不进地宫，也不处置。人生当中，除了朝政战事外，她还是第一次，为那抓不住的情感如此长久地伤神！确实，除了不甘心，她也越发地舍不得。她要等待，就这样一直捱到冬天。

到冬天，冰天雪地的时候，世间万物再不是春天的模样。这时女王的心也彻底冰凉了，她要进入地宫做最后决策。因为水金聚的决意，女王对他是既绝望又难以决断。只能先避开他，直接进入地宫的第二层。这时苏梨已冻得僵成一团，蜷缩在监房的一角。

女王注视这位昔日的亲信女官，无比疼痛地道："女官，本王再来看你。"她说："可这地宫间的阴寒，不只是伤到了你，也伤透了本王的心。"

苏梨不应声。

女王的疼痛就变成了发恨："女官！难道你死也不肯认识自己的错误吗？"

苏梨才低声回一句："我只认错了一件事。"

女王等待。

苏梨："我以为甲姆也惜爱梨花。"

女王惊讶。

苏梨却自顾嘟哝起来："梨花，习性透彻，无所欲求，占尽了天下清白。没有一种花，是它的模样。"

"够了！"女王愤愤打断："梨花！梨花！多少时候，你总以一个梨花的心境博取本王爱惜。就这样糊弄本王多少年！"

苏梨则在继续嘟哝："梨花，只是随风而来，随风而去，明亮又短暂……"

女王听一句"明亮又短暂"，已经领悟苏梨的用意，只道："这么说，你已经给自己决定了后路？"

苏梨语气淡泊："可以等春天，等梨花开放吗？"

女王阴幽发话："这可是你自己的选择。"言毕，抽身离开。对于需要死去的人，和她作个真诚的告别，作为尊贵的人间甲姆，这已是例外，是对女官最大的仁慈。女王安心了。

第二天，正是五日朝会之际。天空却突降一场大雪。北风呼啸，天地苍茫。

虽然逢上恶劣天气，但一大早阿乌格拉就匆忙赶进宫中，参与朝会。这日朝会也不同寻常。众位相官发现,女王上朝时竟没有穿戴正规的大鹏朝服,只是一身青衣素袍。朝官们心下已有猜测:甲姆上朝,每逢素袍妆扮,必有发丧之事宣告。

果然,女王不同以往,凡事先得经过廷议。这次却直接使唤天官,令她宣读一道敕令——"女官苏梨,历来深得王宫信任。甲姆总以为她透明,端正。却不想她暗藏私心,做尽荒淫恶事。玷污了祖母秘籍中第五条规定:凡女官,无论尊长,应以敬孝神山之心敬孝甲姆。女官苏梨实则违背。不但无敬孝,还有辱甲姆声誉。罪孽深重,罪不可赦!今日敕令,赐女官苏梨'花葬',立即执行!"

朝官们听此,无比惊讶。要说女王赐苏梨花葬,他们十有八九也已经猜测。只是立即执行——这还是冬天,百花不出,怎么执行花葬?

阿乌格拉慌忙出列,提醒女王道:"甲姆,现在并不是花开时节。"

女王气恼,一手指向大殿外:"格拉,您看那天空中飘扬的是什么?"

阿乌格拉实在地回答:"那是雪花。"

女王怒声:"雪花不是花吗?!"

129. 我要变成一只蓝鹊,飞回家乡!

女官苏梨终究还是被带出了地宫,由两名侍卫押送,前往王宫下方的花葬场。未有旁人送行,只有一匹跟随苏梨多年的白马相伴。女王已有交待,苏梨雪葬后,由侍卫刺死她的白马作为陪葬。这是女王对这位亲信女官的特别恩赐。侍卫自然不敢大意,沿路紧紧地勒住马缰。不想那马却通了人性,已经预知末路来临,落蹄僵持,不肯前行。侍卫只好举鞭对着马屁股一阵猛抽。那马痛得砸蹄嘶叫,惊奔中挣脱了缰绳,朝着前方疾驰而去。侍卫大惊,慌忙追赶。那马却绕开追击,返身又奔回苏梨身边。

苏梨趁势一手抓住马缰。抓起来,又放下。少顷后,苏梨开始请求侍卫:"侍官,马不是人,我也只是戴罪之身,配不上拥有伙伴,请把它放了吧。"

侍卫为难地解释:"苏梨官,不是我们不放马,是甲姆的心意你需要收下。"

苏梨转身,抬头仰望身后那高耸的宫殿,闷闷地想:难道我死,也要带着服从上路吗?

一滴泪,在苏梨的眼角间凝结成冰,伴着她离开梨花大道,下了丛林。

进入丛林后,却听见一位女子伏在前方的马道上哭泣。苏梨无心关注,自顾往深处走。那女子就上前拦住了她。苏梨一看,却是工部女官拥中高霸。见她哭得伤心伤意,苏梨反倒安慰起她来:"拥中官,请不要难过。生死自有命数。自从花葬关与水布官相逢,那一天,我的命数就定下了。"

拥中高霸愤愤地回她:"苏梨官,并不是命数啊!"

苏梨淡泊一笑,不作答。

拥中高霸就嚷上了:"你是怎样的女官?怎么可以大度到忽视自己的仇人!"

苏梨神态安静:"我无意中总是会成为别人的仇人,习惯了。"

拥中高霸却主动道出一句:"苏梨官,是那刚布。你的事全是他告密!"

苏梨微微怔了一下,却低声道:"一切都过去了。"继续前行。

拥中高霸惊望苏梨,见拦不住她,就喝令两位押送的侍卫:"你们站住!"

两侍卫不知何事,迷惑中止步。

拥中高霸质问他俩:"你看苏梨官那个模样,可是逃避的人?"

侍卫直愣愣地点头,又摇头。

拥中高霸则在发话:"都不必押送了。"

侍卫哪敢接应,僵持在那里。

拥中高霸就从怀中掏出高霸官牌,大声说:"拿我这官牌担保,你们都回去吧,给她最后的尊严!"

侍卫面色为难,央求道:"高霸,我们也不能违背王令。即使不押送,我们也不能这样回宫。就让我们远远地随在苏梨官身后,至少要看她进入花葬场,我们再回返,您看这样可行?"

拥中高霸思量一下,只好同意了。

雪越下越大,丛林雾成一片,白得让人睁不开眼。苏梨深一脚浅一脚,行过半日,到达花葬场。她已经把白马放生山野,孑然一身,静候在雪地上。

她静候的时候,地宫下的水金聚却无法安静了。自从苏梨被带出地宫,死亡的阴暗气息已经笼罩水金聚。想到自己惜爱的人定是被送去花葬场,水金聚突发昂起头,冲着头顶上方的王宫爆发一阵撕死裂肺的呼喊,他在呼喊女王!

女王心情晃荡,不知水金聚如此破裂地呼喊用意何在,当即进了地宫。

这时就见水金聚朝女王一头跪下身,拼命地磕头。声音已经不像是人求人,而是人求神:"甲姆! 我敬重您,就像敬重西天女神。请您再满足我最后的愿望吧!"

女王心绪纷乱,以为水金聚回心转意,或者是要替苏梨求情。在她来看,只要水金聚肯松口,回心转意,一切事都会像梨花一样,可以重新开放。

女王盯住水金聚,等他的话。

但听水金聚无比坚定地道:"甲姆,请赐我崖葬吧。实现我最后的愿望,让我变成一只蓝鹊,飞回家乡!"

女王心一裂,整个浑身像是突然被人生生地撕开。天旋,地转,裂痛,黑暗。这样的感觉在她生命里只有过两次。第一次是在甲姆拉的葬礼上,她看到被误认成凶手的非天,那时,她的心就像被人生生地撕开;这一次她听到自己的小金聚,他竟然要和自己的女官一同殉情,心,又不仅仅是撕开了——昔日的殉葬,今日的殉情,都与死相关。可是,这是多么崩裂的承受!

承受,崩裂成碎屑,再也无法聚拢。恍惚间,女王已不再注视水金聚,只是转身,面对地宫密侍,疲惫道:"满足他吧。"

130. 大雪纷飞

大雪纷飞,铺天盖地。

水金聚已被密侍送到宫外的崖葬场。站在悬崖上方,凝望悬崖对面,水金聚的目光竟有些迷失了。想当初在花葬场与苏梨相逢,见她落得一身梨花,同地面上的断气女子一个模样。当时他冒失地说一句:"波姆,难道你也想和她们一样。"只一句话,竟变成一句咒语——如今他的姑娘真要死在花葬场!

她又在哪里?万山均被大雪覆盖。茫茫雪海,层层叠叠,迷失了水金聚的目光。叫他无法识别花葬场的具体位置。而这时的苏梨,因为在地宫中关押太久,身体非常虚弱。进入花葬场后,寒冷气候正在急剧地吸收她的体温,叫她浑身变得僵硬,动弹不得。又被不断飘落的雪花遮盖,她已经变成了雪人模样,如何还能轻易看到。

水金聚只能站在悬崖上竭力寻望。寻望,也是锁不定方向。只见身旁,一片雪白;前方,一片雪白;对面那些山峦,更像是巨大无边的白色海洋。唯有身旁的王宫高大如山。它突兀在天空之下,无论你身处哪里,只要你能看到天空,你就能看到它!除非你真的心无牵挂——在目光就要被冰雪凝冻的时候,苏梨终是抬起头来。她想用最后的目光,和她的王宫告别。不,还有他的王宫,水布官的丛林宫殿!

她的目光是那么地混沌,艰难地移动在那画眉的领地,雪雉的领地,蓝鹊的领地……还有,远方那高耸的神山,身旁这花葬的地方,对面那崖葬的岩壁——唉!那岩壁上方站立的青年,他是水金聚啊!

女王果然不会放过他!可他为什么还不干脆地飞翔呢?他站在风雪里寻望,又在等待什么?

苏梨目光落下来,落在自己身上。但见自己的浑身已经被冰雪遮盖。这才想起:风雪迷茫,水金聚是看不到她了。

高贵的人如果不能高贵地飞翔,一直那么低落地寻望,他定会在寻望中迷失方向!迷失方向的灵魂又怎么"回归祖地"呢?苏梨担心地想。可现在她爬不起身,无法站立,无法让水金聚看到她。

卧身雪地太久,苏梨的双腿已经被冰雪冻得僵化。如果再不挪动,不久她的整个身体也会跟着僵化,被大雪覆盖。那样,水金聚就永远看不到她了!想到这个,苏梨开始艰难地伏下前身,作出匍匐姿态,双手向前伸展,插进雪地里,奋力往前爬。咬紧牙关,使出浑身解数。苏梨拼命地挣扎,多久才把一双僵腿从雪坑里拖出来。但刚刚撑起身,却因体力透支又一头栽进雪地。趴在冰雪中,苏梨再不敢随便动弹。她想拼出身体里所有气力,为她惜爱的人,最终她要奋力站起来!

也许风雪也看得有些不忍吧。风,终是停止了侵略性的呼啸。雪,终是变成零星的雪花。这时苏梨开始伏在雪地上大口吸气,深深地蓄积气力。等风声渐次息落,雪花慢慢地淡薄,最终,像是吸收到回光返照之力,抖落一身冰雪,摇摇晃晃,苏梨果真直起身来!

立于茫茫雪海当中,苏梨一身青紫衣袍,鲜明又单薄。雪花漫过她的发髻,像是佩戴的梨花。

这时崖葬场上方,水金聚的眼睛最后一次明亮了。他终于看到,他的姑娘一身雪花,不,一身洁白衣装,驾于高头大马,在旷大的绿野丛中,时起时伏,像游荡在丛林间的云朵一样……转眼,仰望天空。他发现,天空已经变成坛城的模样。那里,每一处亭台都嵌上了五百颗天珠,每一座楼阁都镶上了五百颗松石;那里,每一片云霞都有五百种颜色,每一颗星星都有五百种光芒;那里,每一位姑娘都像梨花一样姣好,每一位青年都像月光一样明丽。他们幸福,极乐,不生,不灭……而在更远的西天,紫云正在铺展,太阳和月亮同时升腾在云际之上。一只大鹏自遥远的天际朝水金聚飞来,在他的头顶上方盘旋三转。那大鹏身披金色霞光,与那日月交相辉映,圆满而盛大,把水金聚的脸膛照亮了。

水金聚欣慰,微笑。缓缓张开双臂,纵身,朝着大鹏的方向飞去……

第 14 篇

131. 梨 花 宫

热源,裂隙,岩浆,改变着原本寂寞的土地。它释放巨大能量,膨胀,撞击,终因喷薄而产生美妙的温泉。这源于地心深处的温暖滋润了大地,同时也在改变着王城下方,女王河谷中的梨花峡谷。确实,如果没有大地的震裂、温泉的滋润、植被的生长,各种生命迹象的自由运转,梨花峡谷是万万不会有现在这般繁盛,欣欣向荣的!就像女王本身。现在她所有的改变,就好比温泉对于土地的改变。换而言之,是土地之下的金沙,和土地之上的男人,改变了这位守护领地的女人。

当然,这还得从峡谷中的梨花宫说起。自从水金聚崖葬后,女王一直深卧在七楼寝宫,没有下楼。即便五日朝会也是敷衍了事,提不起精神。是的,女王病了。除了心病,她的身体也很糟糕。这可急坏了天官和阿乌格拉。二人经过细细商量,想出一个无奈之举。

这一日,天官带领一帮男女宫侍来到梨花宫。此时正值初春,山势高耸的王城还处在春寒料峭中;但坡度低缓的峡谷里,梨花已经含苞待放。天官再次进入梨花宫时,不禁感慨万端。想这梨花宫,它就像神师手中变幻的法器——每个人的心中对它都有着不同的定意。在天官心中,这里应该是甲姆拉的祭宫;在女王那里,它是一座休闲解闷的夏宫;而对于那位已经生死不明的捐建人——西染高霸,这里或许就是她曾经施展阴谋的道场,但不知在神师心中它又是一座什么宫?

天官一面感想,一面指使男侍们收拾梨花宫;女侍们深入到第五层曼扎的农猎二寨,在民间挑选俊秀少年。天官的安排是:自此梨花宫上下,无论膳食、玩乐、沐浴、服侍者,一律选用俊秀少年。其间体质和相貌更为突出的,将作为甲姆男伴的身份长驻梨花宫。

等到峡谷间的梨花完全盛放时,那些从民间挑选的俊秀少年,也已经被天官调教得足够的成熟。天官这才放心地返回王城,恭请女王入住梨花宫。

女王一听梨花宫,并不想去。自从水金聚和苏梨的事过后,女王对梨花已经充满厌恶!

却听天官以神秘的口气,小心地与她解释:"甲姆,您看看才会知道。今年的梨花,相比往年会有不同。"

女王反道:"怎么不同?难道它会变成金沙!"

天官顺应着女王的话恭维:"可不是呢。今年的梨花比得金沙,可以任由甲姆去想象——甲姆想它什么模样,它就是什么模样。"

女王听不进天官这样的恭维,狠狠发话:"本王恨不得烧了梨花峡谷,砍了那些梨花!"

天官不惊不燥,却冒出一句:"甲姆,恨梨花,恨它的最好方式并不是砍伐。"

女王瞧着天官,等她继续。

天官突然凌厉了语气:"恨它就要等它盛放,再像阳光对待雪花那样,融化它,把它埋进黑暗!"

女王吓一跳,惊讶地盯住天官。

天官才有意识——日思暮想,她一心想把甲姆的夏宫变成甲姆拉的祭宫,这叫她急火攻心,一时恍惚,差点就在女王面前露出马脚!当下只好慌慌解释:"拉索甲姆,内官刚才说的,都是甲姆拉的经验。"

女王才缓和了神色,将信将疑:"甲姆拉,甲姆拉,你就当她是命一样!哦呀好吧,本王倒要看看,你要怎样把梨花埋进黑暗!"

当即随了天官,下达梨花峡谷。

不想一进梨花宫,心情果然有了变化。不说那满池温暖的泉水是多么的倾心,那满池健硕的"鱼儿"是多么的撩人;就她自身,也是在不知不觉间转换了身份——当她滑进泉池,混入那些活泼俊美的少年当中,她才发现:其实自己只是一条鱼儿,需要另一条鱼而已……

132. 天官的暗示

不知是梨花迷惑了少年,还是女王被梨花迷惑,还是少年和梨花叫女王故作迷惑。反正自此之后,女王开始迷恋梨花宫。她的生活从此变得奇异,喧哗,浮泛,无休无止。

确实有些无休无止了。在一次沐浴享乐中,女王忽然发现,她那曾经凝脂一般姣好的面色,如今不仅黯淡无光,眼角间竟然还爬上了细密的皱纹!

这叫女王对自身容貌生出了担忧。回宫后,她立即传来天官,惊问她:"天官!先前甲姆拉年过五十仍然面容姣好。本王正当青春,怎么会有这讨厌的皱纹?"

天官玄秘一笑,点拨女王:"先前甲姆拉是有花丹保养,当然青春常在。"

女王不解:"什么花丹?本王怎么不知?"

天官朝女王勾下腰身,真诚地解释:"甲姆不知是有原因。先前甲姆拉时期,梨花峡谷中有个专门制作花丹的炼丹家族。她们以花的习性,为甲姆拉调制各种美颜花丹,确保甲姆拉青春常驻。但后来她们的族长却在暗中被外域人蛊惑,在花丹中添加剧毒,意图谋害甲姆拉。被识破后甲姆拉十分恼怒,就把族长杀了,余下亲系一律遣散乡野。又令王朝上下从此谁人不可提及炼丹家族。那神奇的花丹就这样流失了。"

女王听得惊异,当即问:"以花的习性调制花丹,怎么解释?"

天官悉心道:"花丹原是由各种鲜花调制。说的是,并不是每一种花都适合每一个人。人的性格和命运必须和花命、花性相符合,调出的花丹才具有相应效果。这就需要懂得花性的人,选合适的花,美合适的人。在当时,只有炼丹家族的族长才识得多多的花性。"

女王听天官这一说,思量少顷,推断:"虽然那族长已死,但他余下的亲系中,应该能找到传承的人。"

天官回答:"确实还有一位,他们家族的侄女子丹沙姑娘,她手里可能会有传承。"

女王欣悦发话:"那还不快带进宫来。"

天官面色为难:"甲姆,要想寻得那位姑娘,怕是还需要一些心力。"

女王问:"怎么了?"

天官提示:"还不是昔日两位高霸惹出的麻烦。甲姆是忘了,当初建梨花宫时,请的可是铜官四朗参与建设。"

女王只道:"这和那位姑娘有什么关系?"

天官解释:"那铜官四朗和丹沙姑娘早在建宫时就已经相好。为躲避两位高霸纠缠,二人是中途逃走了。"

女王才想起,当年西染高霸和拥中高霸确实是为一位男官发生过矛盾。不由心生好奇,问天官:"那位男官,难道真是一个冰雪模样的容貌?"

天官却这样回答女王:"甲姆要是寻得丹沙姑娘,就把那铜官一起带进宫才好。"

女王若有所思："怎么还要带上他呢？"

天官则又答非所问："当年甲姆拉的心中一直搁着一桩美事，却没有圆满心愿，就走了。"

女王惊奇："是什么事？"

天官犹豫了下，却这么申明："就是搁到现在，对于甲姆您仍然是一件美事。"

女王催促道："你快说吧。"

天官才慎重地回答："先前甲姆拉早有计划，要从那梨花峡谷的上方牧场，到梨花宫的泉池之间，铺设一条香流。"

女王诧异："香流又是什么？"

天官神色慎重又恭敬，双手按住胸口，朝女王深深地行礼，开始阐述："甲姆，先前甲姆拉认为，这峡谷中的泉池虽然美好，却只能洁身，不能养身。如果在泉池中混入新鲜牛奶，那才是真的美好。可峡谷距离牧场路途遥远，等劳工们翻越大山把牛奶背下来，怕是早已经变成酸奶。怎样才能把牛奶运到泉池，还能保持新鲜呢？甲姆拉想出一个办法：用流水的方式输送——从牧场到泉池之间，铺设一条以紫铜打造的引水管；把牧场上的新鲜牛奶倒进铜管，让它像流水一样淌进峡谷里来。"

女王听天官这一通说的，既诧异又惊喜，更多的还是疑问："铺设铜管？那得消耗多少铜料！我们领地不是有土陶管吗？"

天官加强语气解释："土陶管可不行，那香流是从最高的地方流下。那最高的地方又是终年寒冷。土陶管一是不耐用，二也不耐寒。今年铺设，明年一场大雪就会冻裂。只有铜管才会持久耐寒！"

女王点头，赞同天官的说法。

天官就趁热打铁，道出主题："那铜官四朗可是打造铜器的高手，甲姆要是想建香流，就需要他了。"

女王听得动心，已在发话："哦呀，你替本王先把他们寻进宫来。"

天官想了下，却又觉得为难，提醒女王道："甲姆，内官去怕也困难。要想顺利找到他们，还得工部女官去完成。"

女王严肃道："你是说拥中高霸吗？她正在替本王的战碉工程忙碌，哪有空闲！"

天官竭力解释："甲姆，就是由内官去，最终还是需要拥中高霸。她负责一切工部建设，香流也是工程。如果甲姆有心铺设，就需要动用她手下的劳工才能完成。"

女王这一听，又觉得在理。不管建与不建，还是把那拥中高霸召来，先问个底细再说。当即吩咐天官,传拥中高霸进宫。

拥中高霸呢,自从上一次非天王建言,要在各大关口加强战事防御建设之后,经过朝会廷议,女王已经指派她和格日二人,负责领地之内所有战关建设。她被分派主管王城下方、花葬关的战碉工程;格日则被派往西城和北城,主管梨儿卡战关和北城生死关的战碉工程。

这下把拥中高霸召进宫中,女王当然不会直接提及香流一事。她需要先以政事为主,查问战碉近况。

于是,等拥中高霸进宫,作过常规朝拜后,女王就直言问她:"拥中官,花葬关的战碉建设,如今进展得怎样?"

拥中高霸信心满满,带着自豪禀报:"甲姆,花葬关共有三道出口。道道出口内外通达,是王城地带最为险要的关口。按照原有计划,每道关口须建战碉两座,三道关口共建六座。我们已经建完了三座,当下正在赶工赶时,要完成第四座。等六座战碉全体竣工后,花葬关的三道关口就会变成三道天门。到那时,天兵也难攻进王城!"

女王欣慰点头,称赞道:"很好。"又问:"那辅助建设呢?"

拥中高霸语气则又变得慎重起来,回答:"围绕战碉的辅助建设非常复杂。每一座战碉内部,都需要设置合适的饮食起居地,合理的战器储备地;另外还需要挖出地道,使得六座战碉相互通达。这样才能保证一座战碉里食物用尽,另一座战碉又会源源不断地接济。"

女王听得满意,夸赞拥中高霸:"哦呀不错!"进一步问:"这些战碉,建成后能够维持多久的征战?"

拥中高霸语气坚定地回答:"多久都可以,只要有水源。"

女王盯住拥中高霸,等她下文。

拥中高霸继续:"水源是辅助建设中的首要。我们准备用填埋土陶管的方式,从雪山上引进雪泉水。"

女王这一听,忽而笑了。这正是她最终想要引出的话题!

拥中高霸却不知女王心思,见女王笑,以为又要夸她。

女王却兴奋道:"本王正想把那牧场上的牛奶引进峡谷。这下正好,你那里需要引水,就把本王的香流顺道做了!"于是把铺设香流的事细细道出。

听得拥中高霸惊讶不已,犹豫好大一阵,她才壮起胆量提醒女王:"甲姆,花葬关的战碉与您的梨花宫并不在一条线路上。另外,水和牛奶也不能共用一条管道。您那边要铺香流,我这边要铺水道。等于同时铺设两条,工程太大了!"

女王听拥中高霸这话,分明就是反对嘛。脸色顿时暗下来,不高兴道:"高霸,你在说什么?"

拥中高霸就不敢再吱声。

女王则已经发话:"哦呀,你先去第五层曼扎吧,一定要寻到那位铜官。"

拥中高霸不敢不应,郁闷地答一声:"拉索。"

133. 甲姆的每句话,都是金沙

第二天,拥中高霸只能丢下战碉建设,带领一队人马进入峡谷。从第五层曼扎的衣寨、猎寨、女寨,到第六层曼扎的那些偏僻的小山寨,以排查的方式细细走访。前后费时十七天,才在一处隐蔽的峡谷里寻到铜官四朗,另有他的女伴丹沙姑娘。

原来,那次从建宫场地上逃走后,担心西染高霸追查,四朗领着丹沙日夜奔走。他们最终躲进一个远离王城的小山寨里,过起了隐居生活。四朗因为自身的容貌惹出麻烦后,为不再引人注目,只得整天以树汁涂抹脸面,把原本俊秀的脸面严实地遮起来。以至于拥中高霸寻到他,一时竟有些认不出。

当然,四朗一见拥中高霸,首先想到的就是自己当初弃职逃离,王宫这是追查来了! 但同时又很纳闷:当年都没有着重地查办。这么多年过去了,王宫怎么还要不依不饶?

拥中高霸呢,因为多年前和四朗有过间隙,总有些不好面对的感觉。但现在也是王命在身,就不想过多解释。只朝四朗亮出甲姆的诏书,拉了就走。又瞧四朗满脸焦黑的树汁涂面,看得很不舒坦。就招呼他道:"铜官,去将你这涂面洗了吧。"

四朗不服,厉声拒绝:"高霸,涂面是我们的阿爸阿爷、我们祖宗定下的规矩! 你身为王朝高霸,难道不知这个规矩!"

拥中高霸强调道:"规矩是针对麦农的。你现在要见的人是甲姆,你这个模样会惊到尊贵的甲姆!"

四朗不从。拥中高霸就令人强行把四朗带到溪涧旁,把他的脸摁进水里,洗了,再连同丹沙姑娘一起带回王城。

进宫,觐见女王时,按"祖母秘籍"中的规定,第五层曼扎的下人,包括像丹沙这样早年就被甲姆拉遣散的下人,是不能正面直视女王的。这些人觐见女王时,需要垂头、吐舌，身体匍匐在地，双手伸展，作乞讨状，以大礼朝拜女王。但这次对于四朗和丹沙，女王却宣布免了这些规矩。她令二人抬头，因为她需要看到二人——丹沙的面容，四朗的相貌，到底是不是传言中的那么美妙。

果然，当女王的视觉和两位情侣相碰撞时，女王的心立马就跟着荡漾开了！一股别样清新的气息沁入女王的心坎。确实不曾预料，人间竟有如此特别的青年：他俊秀，又不入凡俗，却是容貌清净，夜月的模样；他明亮，又不会灼目，却是明体通透，水玉的模样；他性感，又不可作猛兽交媾的情人，却是精炼深挚，铜器的模样。也许有一种美，就像清泉慢慢被日光渗透，让人越发清澈，跌入过去的时光。谁说不是呢！现在女王只感觉浑身轻盈，时光回转！

情不自禁，女王朝四朗展开双手："来——"女王说，正要把四朗当成男伴使唤，却听天官在一旁干咳一声。女王恍惚了下，就听天官提示她道："甲姆，他们还跪着呢。"

女王才回过神，只好改口："来，起来！四朗，丹沙，都免礼吧。"

丹沙低头，轻声回谢，缓缓地站起身。

女王注视丹沙，问她："你就是炼丹家族的侄女子？"

丹沙应声："拉索。"

女王细细端详。见这姑娘虽是一身素装，却也无法掩饰明眸皓齿的面相。那一脸光洁饱满的肤色，像是染了一层月光，那么的清丽、水亮。不由问道："丹沙，你知道本王为什么传你进宫？"

丹沙低声回答："民女知道，是为花丹。"

女王笑起来："本王看嘛，只要你还记得情爱，总归也会记得美丽。看你面色姣好，本王放心了。哦呀，今日起，你就是本王的炼丹官。"

丹沙一听女王封她炼丹官，心不由一晃。虽然她早已得知女王的意图，但她并不想替女王炼丹。即使被强行带进宫中，她仍然怀抱一丝侥幸——到女王询问花丹时，只要她装作不识，紧咬牙关，女王是不是就会放了她和四朗。没想到女王竟然问也不问，就强硬封了她的官职！她心里已经预感：这是回不去了！一时被困在那里，答不出话。

女王见丹沙不应声，转眼望四朗，朝他发问："四朗，你可知道本王又为什么传你进宫？"

当然四朗不会想到铺设香流这个事，于是实在地回答："甲姆，下人不知。"

女王忽而大笑了，笑得有些放逐，像离弓之箭追逐惊慌失措的香獐，直入而充满霸气:"四朗,你可不是下人。你是本王的铜官!"

四朗一阵惊乱,慌忙朝女王勾下腰身。

这时,就听立在一旁的天官代替女王发话:"四朗官,甲姆请你进宫,也有一个要事相托。"

言毕,就把铺设香流的事一五一十地说了。

听得四朗半天说不出话——从牧场铺设铜管,让牛奶像流水一样淌进梨花宫。这样的设想他闻所未闻!从理念上都难以接受,不说亲身参与了。

女王见四朗面色惶惑,不应承,就大声道:"四朗!难道你不想支持先王甲姆拉的决定?"

四朗少顷镇定后,暗自想:什么先王甲姆拉,分明是您自己的决定!同时又在思量——之前女王在梨花峡谷里建宫,曾遭到南王松格的反对。那时,凡是王宫发生不合理的大事,南王就会回宫劝阻。但现在因为南城诸事缠身,又有水金聚之死导致南王伤心,他已经很少回宫了。而自己的好兄弟格日,作为建碉主官早已离开王城。现在四朗是多么孤单!他心中窝着很多建议,但自从带上丹沙逃离,他竟连一个下官也不是了,哪里还有资格进言。

四朗因此不知所措。

女王很不高兴,呵斥道:"四朗!你身为营中战官,竟为一厢私情弃官逃避,原本已经犯下大错。今日本王并不追究,复你铜官职位。复职,你就是本王的战官,难道不服王令?"

四朗被女王的话套住了。确实,他原本就是战器营的头官。自然懂得,女王的话一出口那就是金口玉言。不管答应与否,他都无法改变。何况身旁还有丹沙,不答应立马就会连累到她!

极度无奈时,四朗只好按照战官的礼节向女王行过军礼,答应。

女王才缓了口,对四朗道:"哦呀,你暂时留在王城。"又望丹沙,令她:"你要先回梨花峡谷,日后将以炼丹为主事。甲姆拉时期应有的一切花丹,你定要替本王细心地调制出来。"

四朗连忙请求女王:"甲姆,请让下官随丹沙一起回峡谷吧。"

女王不悦道:"刚才不是说了,本王要建香流。你是铜官,当然应该留下——战器营才是你的归处!"

四朗急得不行,慌慌解释:"甲姆,真要铺设香流,您可以随时召下官进宫!"

女王终是恼了,转面询问天官:"天官你说,甲姆的话是什么?"

天官坚定而响亮地回答:"甲姆的每一句话都是金沙,拉索!"

四朗张大双目,正想理论,却见女王起身离座。一边吩咐天官:"就这么办吧,你来安顿四朗。"

四朗和丹沙同声喊道:"甲姆——"

女王却转身离去了。

也就两三天的时间,铺设香流的事就传遍了王城上下。

阿乌格拉匆忙赶进宫中,见到女王,直言劝她:"甲姆,时下各大关口正在进行战碉建设,耗资巨大。王宫国库已被抽空大半。再要铺建香流,不但银两短缺,人力方面也跟不上。请甲姆用心掂量!"

女王听不进阿乌格拉的谏言,强词夺理道:"格拉,这香流工程并不像战碉那么庞大,我也只想借助建碉的机会顺道完成而已。这正好也免了要为它特地征召劳工。"

阿乌格拉反问一句:"甲姆就不想,调用建碉的劳工,不是耽误了战碉工程?"

女王不高兴道:"格拉这个担心可有些不吉利。我们又不是赶着应急战事,怎么一个耽误!"

阿乌格拉见女王糊涂,竟拿这样的拙理反堵他。就知道以他自身的能力,已经压不住心气浮躁的女王。只得派人前去西城和南城,给非天王和南王松格送信。

这时非天王却不在西城。他和男官格日已经带领建碉人马入驻北城的生死关,正投身生死关的战碉建设中,一时无法回宫。就只有南王松格,接信后匆促地赶回王宫。

当天,女王见到松格,得知他回宫是为香流一事,就有些不高兴,直言说:"我的南王,如今你无事是不会特地回宫了。"

松格向女王真诚地表白:"甲姆,我虽然身在南城,心却永远落在宫中!"

女王犀利道:"你们一个一个,就像那天上云霞,看得见摸不着。即使心落在宫中又能怎样,平日却是我一人独守大宫。"

松格见女王语气凌厉,劝导的话就不便直接出口。只好间接提示:"甲姆,云霞只有在天上才会美好。到甲姆能够触摸到它,那已经不是云霞,而是潮湿的雾露。"

女王反道:"这么说,你回宫来,是想伤我的心了?"

松格竭力表述:"不是我想伤甲姆的心,是有些事甲姆如果固执己见,会叫很多人担心!"

女王阴幽道:"那要怎样才不叫很多人担心——就是让本王更加难过,你们才不会担心吗!看吧我的南王,你看这清宫孤影,是多大寂寞!月亮悬空,是多大孤单!难道这就是人间甲姆应有的日子?哦呀,除那些没有灵魂的男伴,你的甲姆,她还有什么呢……"忽而说不下去,女王转面不望松格。

松格直愣愣地瞧着女王,这个模样的女王他从未见识过!

是啊,高贵的人间甲姆,她的真颜就像太阳,不是轻易就能直视到它!

松格心情无比沉重,他再不知如何继续话题。

女王则独自上楼去了,一边自顾发问:"心,心,走上这道楼梯的人,究竟有几个带了心!"

松格凝视女王的背影,他知道自己再也不能说服女王。

134. 香 流

夏季来临之时,香流终是在女王的坚持下开工了。由铜官四朗负责这项耗时耗资的特殊工程。就像当初建造梨花宫,四朗极不情愿。不过那时他还可以带上丹沙一起逃走,时下却不能。因为丹沙已经被女王软禁在峡谷深处调制花丹。他就是逃,也是逃脱了身子逃不出心灵。

且女王已对丹沙发话。女王说:"丹沙,你必须认真调制花丹。只有调制成功才能与四朗相见。不成,此生你也休想见到四朗!"不幸的姑娘从此只能与花为伍,与月相伴。把对四朗的思念转化成动力,苦苦调制花丹。四朗呢,也得到一个指令。女王说:"四朗,你必须用心铺建香流。圆满完成才能获取自由。如果中途逃离,此生你也休想见到丹沙!"无奈,四朗只得在匆促中投入香流铺设。

只是在山崖上铺展铜管,比不得在平地上建宫那么简单。女王的河谷中,从最低的峡谷到最高的牧场,沿途尽是莽莽大山,道道悬崖。连接其间的坡道则是荆棘丛生的暗地。地形复杂,十分险恶。如果以人力攀越山崖铺设铜管,不但不好寻找探路工和技术精炼的铜匠,雪崩、塌方、泥石流,更是频繁又无法预测的灾难!女王已经吩咐拥中高霸,从建碉场地上抽出劳工两百人;吩咐洛塔首领,从猎战队中抽出善于识别丛林路线的战卒五十人。这些人被直接送到四朗的手下,将用于勘测地形、运输铜料、铺设铜管。再从战器营内调出一般的铜匠三十人,精炼铜匠二十人,日夜打造铜管。最后还有女王自己派出的监官十五人。前前后后超出了三百的人马,参与香流铺设。

勘测路线是铺设香流的第一道工序。过程中充满艰难险阻。逢上悬崖峭壁，探路工需要像壁虎一样攀附在山崖上。稍有不慎，人就会像石头一样坠入深渊，况且又不知如此冒险地劳作，最终能不能顺利完成铺设。要是遭遇意外，突发泥石流或者大塌方，一切都会前功尽弃。

而对于参加战碉建设的那些劳工，他们还有另外的担忧：除了害怕在铺设中毙命，即使铺设完成，返回花葬关后，又有拥中高霸手下那些凶厉的皮鞭在等着他们。对于身份低下的劳工，苦日子是没有尽头的！想到这些，从花葬关调出的那些劳工，他们的思想开始摇晃——与其一辈子做皮鞭下的苦工，不如趁着在野外做活的机会，借着丛林掩护逃出女国，投奔牧场，比如投奔裹作草原——就是做一个放牛娃，也比在峡谷里做苦工、被监工们像抽打牦牛一样强吧。

于是就有一些不甘心的劳工，临时结队，借着夜幕悄悄地逃走了。

女王遭派的监官连夜召集劳工，把他们赶进一处山窝里。当众剁了两个知情劳工的双腿，让他们像牦牛一样脸面啃地，舔着自己的鲜血。其他劳工由此被震慑。

监官手里的皮鞭像花蛇一样飞舞在劳工面前，朝他们咆哮："你们这些不长脑袋的地鼠，怎么就不明白，逃上草原，特别是裹作草原，就跟在这里遭遇塌方一个模样！那么强大的康金家族，他们手里还把控着黄灿灿的金沙，最终都让裹作人给灭了。那些地鼠投奔他们又有什么好的下场？"

劳工们被监官这一通威吓后，有人害怕，替逃走的伙伴们担心；有人则耷拉着脑袋乖乖地做活去了。

四朗远离人群，独自坐在山坡上，心情纠结。凝望前方那些高大的山峰，它们一座座伸入大空云际，高得让人敬畏，陡得叫人心虚，像是不在人间！有云雾的大山仿佛在天上。对于铺设香流的人，上天铺路，将意味着多少未知的灾难？谁能预计呢！

四朗因此困惑。作为铺设香流的头官，他却无力保护他的劳工们。现在，他似乎连自身也无力保护了——那些逃走的人都是勘测工。他们对于丛林的辨识，就像对于自己的脚板一样熟悉，所以走得干脆，义无反顾。这却给四朗的工作造成很大麻烦：没有勘测工，四朗原本计划捷径铺设香流就无法顺利地进展。

捷径铺设不但省工省时，还会节省铜料。而对四朗来说，只有捷径铺设，香流才能尽早完工，女王才会放他自由，他才能再见丹沙！如今他和丹沙，就像那开在两崖之间的花朵。没有一只青鸟会来帮他们传授花粉，只有一条曲折的香流，需要一段一段地铺设，一段一段地延伸，才能把他和丹沙团聚的道路连接。

135. 比不得那位姑娘

入秋时节,铜官四朗终是把香流铺进了梨花宫。

当最后一段铜管在泉池边被铆实后,四朗疲惫的身躯再也支撑不住。打个趔趄,他就滑入了泉池。下半身被温暖的泉水浸泡,无力地晃荡;上半身则趴在香流的出口处,他在努力地往泉池上方攀爬。实在疲累!袅袅雾气已经迷蒙他的双目。他探起头,朦胧中,他看到一双轻盈的脚步,已经步入他的脸面前。云里雾里,他看见了丹沙!

"丹沙!"四朗叫唤一声。见姑娘弯下腰身,朝他缓缓伸手,搀扶他,他复声叫唤:"丹沙……"不由沉入她的怀抱。恍惚片刻,四朗再次叫唤:"丹沙!"睁开了双目。睁开,心也跟着裂开。他这才发现:竟是女王啊!借助搀扶之际,女王已经将他揽入怀中!

四朗吃力地挣扎开,喃喃请求:"甲姆,请让我见丹沙吧!"

女王松开手,不高兴道:"怎么,四朗,这满池的香泉也比不得那位姑娘?"

四朗努力着爬起身:"甲姆,香流已经完工。您说过,完工就可以见丹沙。"

女王阴幽了面色:"四朗,这香流为你一手铺设。难道你不要享受它的美好?"

四朗怀抱希望,一心恳求:"甲姆,四朗只是下人,怎么可以分享甲姆的福分?请让四朗走吧。"

女王脸面暗下来:"既然你自认为是个下人,下人的命都是甲姆的。能不能享受福分,甲姆说了算。"

这个话,就像大地一样,强硬又厚重,埋住了四朗的希望。四朗才意识:女王这是故意为难他了。抬头,就见女王那脸面,虽有愠色,却也掩饰不住微妙的情怀。

四朗的心突发晃起来:原来……原来……唉!四朗再不敢往下想。一阵愤慨,一阵恍惚。最终四朗坚贞不渝,出语就有些轻妄:"甲姆,虽然我管不住自己的命,但可以管住自己的心——我心中永远只有丹沙一人。请甲姆成全!"

四朗说出这样的话,等于是生生地揭开女王的心思,这还了得!

女王当即羞怒,喝道:"这么说,是本王有意阻断你们的情爱?"

四朗神色坚定。

女王的脸就完全被愠色覆盖了:"这可是你自己的想象。哦呀好吧,本王成全你!"转身,朝泉池外大喊一声:"天官进来!"

恭候在外的天官慌忙走近泉池。

女王盯住天官,话里有话,令她:"天官,吩咐下去,让这位男官留驻梨花宫。现在,香流刚刚完工需要试用,他不能离开;未来,香流管线需要维护,他更不能离开!"

天官会意应声:"拉索!"

四朗恨恨地望一眼女王,他不想再作努力。因为不管怎样努力结果都会一样——既然成心把他困在梨花宫,女王索要的,不是他的身子就是他的命!她连自己的金聚都不放过,何况一个下官!

女王丢下四朗,心情纷乱地回到宫中。不出三小时,却听宫侍禀报,丹沙姑娘求见。女王听是丹沙,当即纳闷:难道软禁四朗,这么快就被丹沙知晓?

见丹沙时,就故作镇定地问:"丹沙进宫,难道是给本王送花丹来了?"

丹沙无比真诚地回答:"拉索!甲姆,民女正是敬献花丹。"

原来,经过几个月的精心调制,丹沙已经做出三款美颜花丹,正要敬献女王。

女王这才宽了心。细瞧丹沙,又吃惊了。见这姑娘的面色比先前更加皎洁,清白明亮。不由问:"丹沙,是不是本王的花丹把你滋润得这般清爽?"

丹沙诚恳地解释:"甲姆,因为害怕不受用。民女一边调制,一边也在用自己的脸面试用了。"

女王有些感动。接过花丹,细细端详,又问:"它们都什么名称,什么成分?"

丹沙便一款一款地介绍:"甲姆,这里是洗露、凝脂、朱颜三款。洗露实为梨花露。颜色粉白,与肤色相近。是以梨花清蕊为主料,加以香草、皂荚、木沉香调制。配合清水洁面,早晚各洗一次。洗净后,再抹凝脂。这是以香白芷为主料,加上梨花清蕊中产出的蜂蜜,用清晨的露水调制而成。这原是民女通过回忆想起的祖辈方子。它有一个本名,叫'六白凝脂'。只是按照原有的配方调制,主料收集却有些困难。如果主料齐全,效果就会更好。"

女王问:"少了哪些主料?"

丹沙如实说:"先祖的秘方记载,能使肤色变得白嫩的是'六白凝脂'。成分有白术、白蔹、白芍、白芨、白附子、白茯苓六种。但有三种主料只生长在主国,我们领地上没有。"

女王点头:"哦呀,本王会派药师前去南城,让西贡家族把欠缺的主料配给你。"

又问起第三款:"这就是朱颜了?"

丹沙回答:"拉索,这正是朱颜。它是美颜的最后过程——粉面。甲姆先用洗露洁净面目,之后抹以凝脂。需要再增色时就用朱颜,它会使您的容颜更加生动。"

女王好奇问:"这又是什么成分?"

丹沙介绍:"我们领地盛产朱砂。朱颜是以朱砂作底色,加以梨花干蕊碾成的粉末,用露水调和。覆盖在火草下阴晾,干成粉末后就为朱颜。"

女王看看朱颜,又看看洗露和凝脂,想起天官曾说过——以花性调制花丹,就又问:"这三款花丹是不是都随了花性调制?"

丹沙应声:"拉索,民女记住了天官的嘱咐,甲姆是梨花的性子。我们领地正好盛产梨花。梨花,开春之花,又无比清洁,所以这三款中都用了梨花。"

女王听丹沙一口一个梨花,心就跟着堵住了。不高兴道:"本王问你花性,就不单是梨花!还有雪莲、杜鹃、党参、林牡丹,很多的花——你要把四季的花性都捉摸透了,然后调制出来。本王要追逐花期,什么时节开什么花,本王就要用什么花丹!"

丹沙惊愕。

女王则又发话:"哦呀,你炼丹辛苦,本王赏你藏银一百两,主国的丝绸三丈,上等梨花香酒三坛。"

丹沙连忙恳求:"甲姆!民女什么都不要。甲姆已经说过,等民女制出花丹就可以——"

女王打断她:"你先回峡谷去吧。到做出四季花丹,再见四朗不迟!"

丹沙急了:"甲姆!四季花丹需要四季的鲜花,真要调制也不是一年可以完成哪!"

女王终于恼火:"那就明年、后年,你有多长的生命就多少年!"顿一下,补充道:"丹沙,别忘了身份。你是本王的炼丹官,你的职责就是炼丹!"

丹沙正想再说,却听女王把话截断:"哦呀,就这样吧,本王累了。"说完已经起身,宽大的斗篷卷起一袭阴风,直扑丹沙。丹沙哆嗦了下,再抬头,王宫大殿却是空荡无人了。

136. 追逐花期的姑娘

打发了丹沙,不过三日,女王再次来到梨花宫。这时,但见铜官四朗面色苍白,目无神韵,呆坐在泉池旁。昔日那个冰雪模样的青年,只是相隔三天,整个人都变了模样!

女王这一瞧,当即斥问四朗:"铜官!听说你不吃不喝,思念成疾,难道真是一个生死情恋?"

四朗不应声。

女王愤愤道:"生死情恋,生死情恋,你当生命是什么?"

四朗冷冷地回答:"困在这里,给我再好的生活,也只是一截枯木。"

女王凑近来:"这么说,无论本王怎样相待,你也不能感受荣誉、感受价值?"

四朗决意道:"男人的荣誉和价值只在远征中。在这里,仅是一条鱼儿,一朵梨花!"

女王最听不得"梨花"二字,心不由一阵裂痛。梨花!梨花!梨花中的非天,梨花中的苏梨,梨花中的水金聚……还有面前这位铜官,他那么英俊,又那么坚定。对丹沙的情感不生一丝间隙,让女王半根针也扎不进去。这时女王才深刻地感受:王宫中,真正凌厉的并不是自己,而是这些思想深如大海的男人啊!

就不想再作努力,转身,女王走出梨花宫。

这时,等候在外的天官连忙迎上来,急切地询问:"甲姆,那青年仍然不开化吗?"

女王幽幽道:"他当生命是枯木,就由他吧。"

天官立马明白了女王的用意,可惜道:"多好的青年,甲姆是要赐他崖葬吗?"

女王一听崖葬,心又是一阵裂痛。眼前立马浮现出水金聚的身影。在最后的时光里,她那么努力,恨不得把心掏给水金聚。向他悔悟,表达真情,却仍然不能收复他的心。那青年,清风明月一样,不畏任何强大光芒。就像面前这位铜官,他又何尝不是相同的气节!

唉,这些男人,这些让人愁伤的男眷!女王越想越怒,朝天官大声叫起来:"他不是大鹏,他仅是一只鹞鹰,怎么配得上崖葬——把他送进殁幽谷,弃尸寒林!"

殁幽谷,处在依杜官寨下方的密林深处。其间最深暗的地带生长着阴森的黑树林。当中尸骨遍地,又终年不见阳光,因此并不是埋葬常人的地方。在女国,除葬身三角碛外,再没有比葬身寒林更为恐怖的事了。据说死在那里的人虽然可以转世,但途径艰难,需要尝尽天地间最巨大的痛苦:一千年被毒蛇痛咬,一千年被毒蝎痛蛰,一千年被霜雪冰封,又一千年被大火烧身!

现在,连老成持重的天官一听殁幽谷的寒林,身子都跟着颤抖了。语气哆嗦不止:"甲……甲姆,您真要送他进那个地方?"

女王怒言:"难道还要本王再说一遍吗?"

天官慌忙应声:"拉索!"

四朗就这样被地宫秘侍押进殁幽谷去了。活活地冻死,弃尸寒林。

丹沙却不知道。她被女王遣回峡谷后,就在匆忙中收拾行装。备好三匹骡马,领上仅有的两个女侍,前去祖母神山的主峰,采集雪莲花。这正是四季花卉中最为稀贵的花。但时已入秋,雪莲很快就会枯萎。丹沙必须追逐花期,赶在雪莲凋谢之前采到它。想起女王的话:只有做出四季花丹才能见到四朗。这既是甲姆的敕令,也是支撑丹沙活下去的唯一动力!

因为担心赶不上花期,丹沙带领女侍翻山越岭,日夜兼程。只用过两天时间,她们就赶到了神山主峰下的冰川地带,但寻找雪莲却极其困难。丹沙和女侍沿着雪线下的冰川、冻土、石砾,仔细地寻觅。长达七日,一无所获!因为路线越走越深入到冰川内部。气温越来越低,食物越来越少。又经历连日疲惫的路程,两位女侍已有些支撑不住。到第八天,为蓄积劳力,丹沙只得安排女侍呆在原地休息。她自身越过一片石砾地,攀上一陡冰川,跳进冰川夹缝间的冻土层,沿着冰舌向前寻觅。

反倒是一个人的时候,寻找更为细致。不到午时,就在驻足的冰舌前方,一道冰川的石砾上,丹沙终于看到了雪莲!它竟是那么的生动,那么的近!丹沙的心"嘣嘣"直跳,迅速抬起双脚,毫不犹豫,飞身向前一跃——果然,她就扑进了大片雪莲当中!

不,不是雪莲,竟是大片茂密的丛林呢。丹沙爬起身,她竟然看到了四朗!看他身背猎物,朝她走来。

丹沙抬头望天空,原来天空中月亮已经升起来。她才想起,当初他和四朗一起逃走,隐居深山,是以捕猎为生。那些隐居的日子她和四朗是有约定:每次四朗进山捕猎,他们都要以月亮出山的方位约定时间——当东边的山坡上升起了月亮,四朗就会背上猎物回家。四朗说:丹沙,如果有一天,东山的月亮已经升上天空,我还没有回家,那时,请不要悲伤,保持你洁净的容颜,把我们的小屋收拾得清爽。每天面朝神山的方向朝拜,焚香。当你看到东边的山上升起一千次月亮,那时,我就回家了。

现在,正是明月当空啊!一千次月亮已经升上天空,挂在东边的山际!

丹沙望着月亮笑了。迎上四朗,簇拥他回到小屋。帮他卸下猎物,扑净他身上的灰尘。拉他坐到锅庄旁,为他盛上一碗酥油茶……

下部

女王执政末期。是年，女王40岁……

第 15 篇

137. 大　风

每年，伴随不同季节，女王的河谷里总会刮起不同性质的大风。先是温暖的春风，一年一度，总在梨花开放之前惠顾峡谷。一来，即给峡谷带来无限生机。梨花、杜鹃、党参、林牡丹，包括山林间那些巨大的黄杨树，均因春风而繁荣。只是，多半时间里春风也只是浅浅的温暖，无法遍及整个王城地带。像那神山之巅的雪峰和雪峰下方的高山牧场，却很少得到春风的抚慰。那里，因为山势极高，气候恶劣，是高原信风常驻的家。强劲的信风像脾气暴躁的公熊。夏季，它们自遥远的西天直呼而下，声速凌厉，扑入女王的河谷时，经常会变成飓风，毁物伤人。冬季，它们又从女王的河谷鸣咽着冲上西天。看起来像是葬身云海，却一路卷起地面积雪，形成可怕的白毛风，遮天盖日。入秋时节，在神山下方的一些荒漠地带，时常会腾起大股尘卷风，如同浮游在大地上的幽灵，不动声色地涡旋而上，冲入天际；又不动声色地诡秘消失，无影无踪。逢上最糟糕的时节，第五层曼扎的农寨和猎寨里，干燥的丛林间还会掀起大片火旋风。烧起时，火风呼啸着喷上天空。所到之处，摧毁一切！

对于河谷周边的人们来说，除春风外，其他的风——飓风、白毛风、尘卷风、火旋风，都背负了魔咒，是魔风！这一年，也就是女王苏墍执政的第二十个年头。春夏交接之际，女国遭遇了两场不同性质的魔风。

先是牧区，快要临近夏天的时候，草原却突降大暴雪，伴着白毛风铺天盖地。白毛风一旦兴风作浪，那就不是风浪、云浪，而是灾难！草原因此陷入绝境。继后是农猎二区，莫名其妙地掀起一场场飓风。民间惊慌失措。人们为驱逐魔风用尽各种招数，请神、作法、诵经、念咒，甚至启用血祭，但总也不见消停。大地一片狼藉。麦农们的房屋已被狂风掀翻大半，山寨里的黄杨树也被连根拔起。树上的果实，青梨、杨桃、野杏早已被连枝打落；下河湾的青稞更是被风刀锯成了平地！

而对于王宫，这还不是最大的灾难。最大的灾难是，不知何时起，第五层曼扎的民间又刮起了第三股大风——流言风。人们认为，女国从未遭遇过如此剧烈的风灾。民间说法有二：一是源于天神。因为麦农们饥荒潦倒，无法敬祭天神，导致天神震怒，作难人间；二是源于甲姆。当朝甲姆执政不得天意，不得人心，致使人神共怒，风魔乘虚而入。

现在，不管是哪种说法，这第三股诡异大风都刮得有些凶了。超过了大飓风的威力，也好奇了那些思路敏捷的人。比如神师刚布、拥中高霸、绛珠大相等。

一日，拥中高霸正站在花葬关的战碉上观望远方，却见绛珠大相策马奔过。绛珠大相匆忙出城，主要是去查看香流的管线检修状况。多日前，女王的香流突然枯竭，流不出鲜奶。女王一时性急，竟从男战队中调出一队人马上牧场检修管线。不想遣出的人马半个月也不见回返。这下女王又在催促，绛珠大相只得亲自前往梨花宫查问原因。

经过花葬关时，见那拥中高霸迎着凌厉大风，遥望远方，一动不动。绛珠大相不由勒马停顿，坐在马背上招呼："拥中官，你在望什么？"

拥中高霸诡秘一笑，回答："大相，我在望风。"

绛珠大相当即就有一种被阴风侵袭的感觉。知道这拥中高霸是话里有话，但又不好直接询问，就绕开话题，以关切的口气问她："拥中官，格日官最近还好吗？有没有送信回来？"

拥中高霸一听格日，脸色陡然拉下来，没好气地回道："这个男人就像丢失的金沙，光芒只闪亮在别的地方。金沙又不长脚，他已经不认识回家的路了！"

原来，当年建造梨花宫时，拥中高霸不分清白，私自处罚烧茶的姑娘。格日心中只觉得那姑娘冤枉，又不知拥中高霸把她带到了哪里。第二天才从家侍口中得知，姑娘已经死了！格日震怒，无法容忍拥中高霸的残忍和武断。外加平日一直受到她的强权管制，心中已经产生摆脱她的想法，但一直寻不到机会。后来正好非天王回宫，向女王提议建造战碉。当女王召拥中高霸和格日进宫商讨工程，这时，格日立即趁机向女王请示，要求远征建碉。拥中高霸一听格日提出远征，心中就明白：格日这是有意想摆脱她了，只怕一走再难回头。连忙朝格日狠狠瞪起双目，暗示他打消远征的念头。

拥中高霸那一双锋利大眼，原本就像两只吸纳精气的洞口。在过去，只要这洞口一张开，格日的精气立马就被吸收进去，变得无精打采。但这一日却又不同。格日竟然倔强地直视拥中高霸，坚决表态：我一定要跟随男王远征！拥中高霸被格日突发强硬的气势给弄得招架不住,只好求助女王。希望女王能替她阻止格日,不允格日远行。即使是因为职责需要,她自身作为工部女官也应当陪同格日,一同前往,一同回返!可拥中高霸刚刚表达这个意向,非天王又不同意。因为西城一直是以男人当权,非天王并不希望女人插手西城,自然不会欢迎拥中高霸。最终女王只能顾及男王情感,生硬作了分配:格日被派往西城和北城建碉,拥中高霸则留在王宫下方的花葬关建碉。夫妻二人就这样被生生地分开,直到现在!

拥中高霸一想起这事心中就充满怨恨。转眼仰望远方那高耸的王宫,语气里夹杂了好大嘲弄:"我看嘛,再大的风,也比不得那宫楼里掀起的风更为伤人。"

绛珠大相觉得奇怪,连忙问:"拥中官这话又怎么说?"

拥中高霸则答非所问地邀请:"大相不如进我的帐房喝碗茶吧。"说完,下了战碉。

绛珠大相原本要去办事,但瞧拥中高霸显露着一副诡秘神态,就知道她是有话。只好吩咐随身战卒停在原地等候。当即滚身下马,进了拥中高霸的帐房。二人坐定后,又不是喝茶了,倒有家侍提上一壶梨花香酒。拥中高霸先给绛珠大相倒一杯,自己手执一杯。当下敬了一个来回,之后才听她发出感叹:"大相,你说那铜官四朗是不是也太苦难了?逃来逃去,最终还是死在甲姆手里!"

绛珠大相惊问:"拥中官也知道这事?"

拥中高霸不屑道:"它已经变成大风。又被人煽动,都刮进了第五层曼扎。麦农们人人皆知,还有我不知道嘛。"

绛珠大相故作诧异:"被人煽动?那会是谁,竟有把持大风的能力!"

拥中高霸反道:"难道大相看不出是谁?"

绛珠大相目光闪烁:"拥中官说的,是刚布吗……"

拥中高霸谨慎发话:"这可是大相您自己说的。"顿了下,则又放荡了语气:"哦呀好了,接下来,不管是大风还是神谕,反正甲姆残害朝官、战官和民间百姓,这事已经传遍大地——先是苏梨官和水金聚,又有丹沙姑娘和铜官四朗,还有梨花宫中那些被困的无辜少年。这股大风还在宣扬:今日是他们,明日就会落在自己头上。等着瞧吧,大地肯定要发生震荡了!"

绛珠大相听得揪心,正想再探问细节,却听随身战卒进来报告:"大相,检修管线的人刚刚传来消息,请大相速去梨花宫。"

拥中高霸立刻发话:"大相快请吧。如今只要是甲姆的事,那都是要命的事,可不能耽搁!"

138. 小王朗玛的主见

绛珠大相赶到梨花宫时，就见派上草原检修管线的五十个战卒中，只落得十人回返！他们带回了糟糕的消息：已经临近夏天，草原却突降大暴雪，陷入白灾当中。在那里，风雪交加，白毛风把地面积雪和天空飞雪连遍地掀起，漫天飞舞，遮天蔽日。致使四十位战卒迷失方向，至今生死不明。而牧场上的牛羊早已惊群失散。没有失散的多半也已经饿死冻死，哪里还有鲜奶供应甲姆的香流！现在的草原，畜舍刮塌，粮草短缺，天寒地冻，倒是亟待甲姆前去救援了！

绛珠大相听得揪心，当下已顾不得香流一事，火速策马回宫，向女王禀报灾情。

牧场可是王宫的主要肉食来源，又是鲜奶和酥油的唯一产地。牧场受灾，王宫同样遭受牵连。女王自是明白这些，也就不便再提香流一事。速召朝官们进宫，商议赈灾大事。阿乌格拉、天官、神师、绛珠大相、绛月大相，以及她手下的六位女首领，均被传召。因为涉及民事，女王又召来刚布家族的宗亲，民事大相东知，包括小王朗玛和她的舅舅仁青等。

这期间小王朗玛已经顺利完成九年政治学习。三个月前，她已从峡谷里的太学官寨搬回王朝附宫。之后宫中大小政事均有参与。这下草原遭遇白灾，小王无比焦急，心中早已有了主见。

只是当天朝会中，不等她表达，已有多位朝官积极谏言。先是绛珠大相，直接向女王自荐，要求带领王宫男战队进入草原救灾。阿乌格拉则认为不妥，理由是：作为战事大相，绛珠的主要精力只能投放在战事上，不能消耗在灾情中。又有绛月大相和她手下的六位小首领出列自荐。均被阿乌格拉以相同的理由提出异议。

两位大相并不死心，只把坚定的目光投向女王。

女王朝他们点头，却又不动声色地道："两位大相的诚意本王已经看到。只是赈灾并不是征战，也无需你们亲自上场。哦呀，倒是就你们的建议，可以从男女战队中抽出部分战力，作为劳工参加救援更为实际。"

绛月大相急迫自荐："那也需要领队的人！甲姆，下官曾在深山里生活多年，对野外救援更为熟悉，请让下官带领战队上草原吧！"

女王赞赏的目光瞧着绛月大相，却没有应允她。转眼，再瞧一眼天官，顺道又瞧了一眼小王朗玛。便问天官："你呢，本王的大天官，你有什么建议？"

天官思量少顷,回女王:"甲姆,牧场的事要是说大,王宫的肉食可都依赖它了。要是说小,也就是一场白灾而已。年年都会发生,只是今年早了一些,大了一些。倒也不用过分紧张。"

阿乌格拉连忙出列,响应道:"哦呀就是。赈灾是一项系统性的工作,涉及生产和生活的层层面面。一旦投入,也不是一天两天就能完成。但王宫战队却不能一日无主,请甲姆慎重!"

阿乌格拉的坚持,叫众位朝官沉默起来。

好大一阵沉寂。过后,就见天官上前一步,朝女王勾着腰身,语气深沉地进言:"内官在想,小甲姆进宫也有九年,朝中大事小事都有经历,是可以尝试替甲姆分担重任了。"

这话一出,惊动四座。首先是小王的舅舅仁青。连忙出列,禀奏女王:"甲姆,朗玛还未行过成人礼,算不得是成熟的人,让一个孩子去面对复杂的救援工作,实在不妥!"

仁青这话刚刚落下,就听阿乌格拉犀利道:"仁青官,你这份担心可就多余了。想当年甲姆远征西城,那时小甲姆可有行过成人礼?不是连王朝听政的大事也能担当下来了吗?"

阿乌格拉这一说,倒叫仁青一时语塞。

阿乌格拉再接再厉:"何况,我早听说,小甲姆自幼就非同常人!她的阿妈出身高贵,是一位心智明亮的女寨主。小甲姆从出生开始,她的阿妈就有心培养她继承家族大业,对她自是言传身教。心智明亮的阿妈,培养出的孩子更是冰雪聪明。到了王城,进入太学官寨,又经过了九年系统的民事学习。由她上草原我更为信任,也更为放心。"阿乌格拉说完,不等仁青反应,转眼寻望史官姜措,道一句:"小甲姆的成人礼也应该到了吧?"

却听女王已经在询问姜措了:"史官,你的笔墨可有记录,小甲姆的成人礼是在什么时间?"

史官姜措认真地计算了下,如实地汇报:"甲姆,两个月后就是小甲姆行成人礼的时间。外加日月有长有短,按实际时间计算,小甲姆应该是成熟的人了。"

女王一听史官这话,放心地点头:"哦呀。"

这时仁青仍在坚持:"甲姆,除春风外,其他风都背负了魔咒。那草原上的白毛风更是无比凶恶!最终它会不会伤到尊贵的小甲姆呢?下官以为,就算朗玛是成熟的人,也得先问问天神的意思再作决定!"

女王瞧仁青那一脸坚韧的神色,又要拿天神说事,她心下当然明白仁青的顾虑。确实,谁都知道草原上刮起白毛风,那是风魔之首,一般人很难与它抗争。此行危险,困难多多!这是事实,女王心中同样清楚。但这正好又是考验小王的时刻。小王初次替王宫担当大任——若是赈灾无力,自然不得朝官们重视;得不到众官支持,未来的新政女王就更容易掌控。

想到此,女王便把难题抛给了神师,对他道:"哦呀,那就请刚布为小甲姆的出行,讨个神谕。"言毕,又目光凝重地盯住神师,发话:"刚布,那些牧人的生命可都系在你的手里了。"

神师连忙出列,慌慌应声:"拉索!"但瞧一大一小两位人王,又左右为难。他内心当然不希望小王出行。可听女王刚才那口气,既强硬又混沌,其中还不乏暗示!心中就生出好大纠结。一边拖沓着摆弄神器,一边则在竭力寻思:要怎么才能讨得一个两全齐美的神谕呢?

神师正困惑中,却见小王朗玛从宝座上站起身来——刚才说过,对于赈灾大事,小王朗玛早有主见,只是被众官抢先一步夺走了话题。这下她见众官的焦点又落到自己身上,立马果断地走下宝座。先是朝女王庄重地行礼,之后又面向阿乌格拉、仁青、神师,以及四方席位上的朝官,一一行礼。

完毕后,小王真诚地请示女王:"甲姆,请不必烦劳刚布卜卦。朗玛进入太学官寨,学习九年。除天文、地理、经书、医学、历算、哲学、朝政、战事、礼仪外,感受最多的就是民事,尤其是应对天地灾害。对于草原白灾的防范,灾前怎样预防,避过灾害;灾中怎样救援,减少受灾;灾后怎样安置,恢复生活——这些道理朗玛是字字句句记在心里。却又只是理论,不能联系实际。这次就让朗玛上草原亲身实践吧。草原上经年白灾,朗玛既然学过,就应该实惠于民!"

朝官们均因小王这番独特而充满主见的话,惊讶不已。一时间,赞同的,反对的,敬佩的,可惜的,忧虑的,担心的,种种目光交织一处,变成一张大网罩住王宫。

这个时候女王就不想再犹豫了,当场盼咐姜措:"史官,过去你已经记下朗玛进官的历程,现在就用你的笔墨记下朗玛这真诚的心愿吧。"说时,已朝小王投去赞赏的目光,一边关切道:"先救灾,再安置,这一去怕是多久也难以回宫。哦呀,本王会给你配置最好的人马。"

小王坚定而响亮地答应:"拉索!"落得她的舅舅仁青和神师刚布,二人面色动荡得就像河谷里的波浪一样。小王则不理会,自是退下,准备去了。

139. 让他们像石头一样滚进峡谷里去

再看第五层曼扎的农寨里,风灾对于麦农们的影响。虽然大飓风已经过去,但它也带走了麦农们的粮食。田里的青稞和豌豆全被风刀绞断了,树上的果实也打得半个不剩,栅栏里的家畜已被倒塌的墙舍压死了大半,连麦农们也有不少被狂风卷起的飞石给砸伤。

出于惯例,民事大相东知开始深入农寨,考察灾情。但又是空手而去,没有带去麦农们需要维持生命的口粮。因此很不受欢迎。所到之处,总是要被麦农们围堵。东知大相无奈,为尽快脱身,只得向麦农们承诺:只要放他回王城,他将亲自进入刚布官寨,请求刚布替麦农们做法事,向天神祈祷平安。麦农们这才放了东知——他们只能把希望寄托在天上。

夜晚,东知大相来到刚布官寨,神情疲惫。这时神师正坐在法堂里,为小王朗玛的出行作法念咒。他希望小王此行能够顺利而去,平安而归。比起自家的侄女子,现在神师更多的则是将爱与希望,转移到这位异族女子的身上。因为刚布家族的理想,是需要这位陌生女子的精气充实才能够壮大。

神师作法的时候,东知大相就等候在法堂外。待神师完毕,他立即上前叩拜,恳求道:"大阿乌,东知遇到了最大的困难。请大阿乌指点!"

神师闪烁问:"又是第五层曼扎的事吗?"

东知应声:"拉索!"同时满肚子恼火,愤愤地抱怨:"干干的指头抓不起盐巴,甲姆一面派我下去安抚人心,一面又不给粮食。怕是明天再下去,那些饥饿的蚂蚁会把东知当成粮食给吃了!"

神师盯住东知,半天才道出一句:"这就是天在助人。"

东知不解。

神师则问他:"你下去听麦农们说得最多的是什么话?"

东知实在地道:"粮食!真不知甲姆心中装着什么。民间发生那么大的灾难,她却无动于衷。"

神师脸上荡起微微讽喻的笑意:"她嘛,我看就是一个风魔。"

东知惊愕:"风魔?"

神师不解答,却在问:"再到农寨时,如果有人围困,你知道怎么解决?"

东知摇头,但又汇报:"大阿乌,我已经向麦农们承诺了,回来请您给他们做法事,求天神庇护。"

神师恼道:"天神只管得了他们的脑壳(精神),管不了他们的肠胃(粮食)!"

东知转了下眼珠,若有所思地问:"那谁管得了他们的肠胃?"

神师阴幽道:"你认为呢?"

东知不敢出口。

神师注视东知,变幻了下目光,发话:"哦呀,再要有人围困,你就让他们去找那管得住他们肠胃的人,要口粮去!"

不久,第五层曼扎再次刮起一股流言大风,吹遍农猎二寨。人们都在说,作为人间甲姆,她的一举一动都会牵涉麦农——她的仁慈将是麦农们的幸福,她的冷漠就是麦农们的灾难。天神对此早有安排。可当朝甲姆却背天行道,不仅自身生活放荡,更无视拥戴她的麦农。因此遭受天谴,被风魔缠身,致使民间遭遇风灾。

第五层曼扎的人们再也坐不住了。他们原以为王宫是他们的神殿,女王会在灾难时刻,像天神一样向他们伸展温暖的怀抱;但如今的女王,她的怀抱只会向着男伴们伸展。麦农们早已饥肠辘辘。是饥饿,是生命遭受摧残,最终激怒了麦农。他们别无选择,只能聚集成批,结队赶上王城,向女王讨要口粮!

这么一来,又不是风灾的问题了,是女王的问题!麦农们要求女王给出说法:为什么青稞成片地倒地?为什么果实全部遭殃?为什么生灵惨遭涂炭?为什么人间甲姆的心,不在拥戴她的麦农们身上?!

女王虽已历经各种大场面,却也不免慌了阵脚。急令绛珠大相带领战队封锁王宫通道,把潮水一样的人群堵在护城河外。麦农们原本是想觐见女王,讨要救命的口粮;不想面对的却是那些锋利的战器。他们既愤怒,但面对手持战器的王宫战队,又很无奈。原本也不是造反,只为粮食而来。所以无法进宫时,他们就卧在王宫前方的梨花大萨上等候。一日得不到粮食,一日不会离开。

就这样,大批麦农静候在梨花大萨。一些人自带一点食物,但是不久就会被吃完。一些受灾严重的家庭却是空着肚皮而来。他们汇集梨花大萨,先是发出整齐响亮的请愿;不见王宫回应,又发出整齐响亮的声讨;再不见回应时,一些人就冲动起来,意欲越过护城河,硬闯王宫。却得到王宫那边警告:护城河是保卫祖母王朝的神河。如果有人胆敢下河,定会被神河诅咒:烧身,腐肉,变成焦骨!麦农们并不相信。王宫为证明神河的灵验，当即朝河中丢下一只岩羊。刚刚投下去，那个活扑扑的生命立马浑身散发白烟，只在水中扑腾了一阵，就变成一具焦黑的尸体。麦农们一时被震慑，只能无奈地等候在护城河外。终日仰望王宫，无计可施。

麦农围困王宫，封堵梨花大道，自然朝官们无法通过正规的宫门上朝。女王因此开放地宫密道，把几位重要朝官秘密地接进宫中，商议对策。女王心中明白，遣散麦农其实也很简单，都是因为饥饿，麦农们只为粮食而来。但王宫还是陷入了两难：开放粮库吧，就不能保证正常的军需运转；封锁粮库，又无法遣散麦农。朝官们为此争执不下。阿乌格拉与绛珠大相态度一致，均认为不可动用军需粮草。绛月大相及手下六位小首领则达成一致意见，充满同情地表示：十三女战队可以节衣省食，拿出部分军粮分发百姓。女官们见此，均朝绛月大相投去赞许的目光。天官已在提醒阿乌格拉和绛珠大相，劝他们要向女战队看齐。一时间朝官们争论的，又不单是粮食问题了，变成了男官和女官的暗下较量。女王听得心烦意躁，斥责道："你们都不用再有建议。就让那些'蚂蚁'等待好了。他们等累了自然就会离开！"

如此，第五层曼扎的麦农们，又在梨花大萨上静候了三天。却有失女王预算，他们一个也没有离开。

朝官们这才紧张起来。不论男官女官，也只能放下私心，针对现实情况再作廷议。最终做出一个妥协的决定：王宫开放部分粮库，按人头分发粮食。暂且打发麦农们回山寨去，度过灾荒。至于灾后的安顿工作，就等小王朗玛完成草原救灾之后，结合农牧二区的实际灾情，再作计划。

于是王宫城门大开，横门伸展出去。由绛珠大相调出一队人马，配合民事大相东知，一边维护秩序，一边分发糌粑。

分发工作从清晨一直做到傍晚。人人都得到了分配，但却不见他们动身离开。女王就奇怪了。夜幕降临，城楼上方烧起了熊熊火把。女王站在火光下，瞧着那些卧倒在地的麦农，问天官："他们已经得到了糌粑，怎么还不离开？"

天官提醒女王："甲姆，他们已经走不动了。"

女王愤愤道："难道是要本王搀扶不成！"

天官解释："甲姆这话说得大了。其实只需要您动个口，他们就可以走。"

女王盯住天官，等她继续。

天官跟着解释："这么多天围困，那些人是饿的。需要填一下肚皮才有气力。但是糌粑太干燥了，难以下咽。"

女王只道:"你的意思,是要给他们烧个茶水?"

天官应声:"拉索!"

女王有些不耐烦:"那得支起多少口锅庄!"

天官努力提示:"只要几口大锅,给他们煮个清茶,揉一团糌粑填下肚皮,让他们能够直起身来走路,就可以了。"

女王想了下,只好点头。

天官则又进言:"甲姆慈悲,假如再能给他们的口里抹一点油水,他们走得就更利索了。"

女王思量片刻,问:"王宫库房里还有多少猪膘肉①?"

天官回答:"八年的有半个库房,六年的有二个库房,五年以下的有四个库房。"

女王咬牙道:"把八年的都拿出去,掺和茶水煮了,让那些要命的'蚂蚁'浸在猪油里,像石头一样滚进峡谷里去!"

140. 亲吻她打马路过的地方

草原上,小王朗玛带领赈灾人马同白灾奋力抗战。救援工作进展得紧张、艰巨,又有条不紊。那些曾经在太学官寨学到的救灾理论,小王感受深刻,字字句句都嵌在脑海里。如今面对现实场景,终于派上用场。刚刚挨近雪线,小王就果断地做出决策:救援人马兵分两路。一路留在雪线下方的丛林,平整山地、砍伐树木,建立临时的人畜安置点;一路则进入雪线周边的草原地带。先疏通丛林进入草原的生命通道,再深入灾区营救牧民。牧民是以老人、妇女、孩子为首要。每到一处,必先救出所有牧民,再实施畜牧救助。畜牧救助又以种牛和母牛为首要。

小王奋勇当先,奔赴在丛林与雪线之间。白天救治灾民,安置畜牧;夜晚则召集已被安置的灾民,向他们传授怎样预防白灾。内容细致且又广泛。比如,白灾发生之前,怎样在转场途中储存合适的草料,选择合适的棚住地点;白灾发生之时,怎样利用最近的地理优势避难,怎样控制公马、种牛,防止它们带头惊散畜群等。救灾、疏导、安置和繁杂的灾后重建工作,就这样一直延续地做到夏末

---

① 猪膘肉:中国西南地区的一种腌制品。将宰杀后的生猪去除内脏、剔除骨头,用盐和花椒撒在腹腔内,将猪缝合,风腌成完整的腊猪。放置时间长短不一,短的有两三年,长的甚至放置十年,仍不会变质。

时节。

到夏末时节,草原渐渐温暖起来。那些在白灾中幸存的母牛也已经恢复了体力,正等着新的一轮接种、孕育。小王这才松了口气,领上赈灾人马回返。

这时闻讯小王回宫的人们,包括第五层曼扎的麦农和猎人,早已恭候在小王打马经过的马道旁。他们想亲身感受小王的风采:她的坚毅与善良,勇敢与贤淑,开明与智慧,以及天神一般慈悲的胸怀。虽然作为第五层曼扎的麦农,他们并没有福气直视小王这样血统高贵的人。但是能够趴在小王打马经过的路上,伏地、闭目、吐舌、双手虔诚地伸展,亲身感受小王挥舞马鞭的亲切气息,亲吻她打马路过的地方,也会无比满足——他们对这位勇敢又善良的未来领主,充满无限期望!

小王打马奔上梨花大道时,那道路两旁飞扬的哈达,一时竟如梨花开放。神师带着无比兴奋的心情,已经赶到了大道的前端,为小王献上庆祝的哈达。其次是沿路各大官寨的朝官们,纷纷等候在自家官寨的大门外,双手捧着哈达,恭敬地举过头顶,像是迎接天女下凡一样。

女王则站在宫殿三楼的高高月台之上,用满意和少许嫉妒的目光注视小王。见她与朝官们亲切招呼,不停地接过哈达,又不停地回敬到朝官们手上。那般由衷的敬意和礼让,就像是朝官们自家的女子回城一样。这叫女王看得心情纷乱,不得不多出一份敏感。

穿过护城河,进入宫门后,小王直奔王宫大殿。当她踏上宫楼内部那些繁琐的楼梯时,整个楼梯竟像是漫上了一层云霞——虽然小王出生入死,经历草原白灾的种种磨难,但那白灾之魔却无法真正地伤害到她。温婉的姑娘,依然面色清丽,神态安然。一身青花衣袍虽是染上了跋涉的风尘,却也不紊不乱,步履稳重,气质端庄。她像女神一样!在她裙带拂过的地方,紧紧地跟随着一群衣妆华丽的年轻高霸。便是当年和小王一同进宫的东城的绛央小姐、西城的美多小姐、苏墀家族的帮金小姐等。她们都成了小王的追随者,恭敬地随在小王身后,自一楼向上涌动,回转、飘扬,上了三楼。

这时女王已经端坐在大鹏宝座之上,接受小王庄重的朝拜。一番常规礼节过后,小王欲向女王汇报赈灾情况。却听女王微笑着吩咐:"朗玛,你一路辛苦多多,就到本王的茶房喝茶去吧。先要缓释一下精神,再回你的附宫休息。明天就是五日上朝,你再向本王汇报不迟。"

小王恭敬地回应:"拉索!"

141. 她的英烈之气已经逼入王宫

第二天，正是五日上朝。比起往常，众位朝官大相，包括女王本人，却是早早地就进了主宫大殿。各人心情均不一般。小王第一次代表祖母王朝上草原，经历那么大的白灾，不但没有受到伤害，还如此顺利地完成赈灾任务，圆满归来——她的英烈之气已经逼入王宫！女王倒想看看，众位相官对这位未来的领主会是什么心态。

当下，女王端坐大鹏宝座之上。面色威严，目光凛冽，直视下方大殿。但见阿乌格拉脸面深暗；天官神色复杂；女官拥中高霸显露着一贯的混沌姿态；战官绛珠大相正在翘首观望；绛月大相和几位小首领则在窃窃私语，不知揣摩什么。神师刚布、民事大相东知，以及小王的舅舅仁青又不一样。神师和东知均是面色微静，目光微动，神态似有飘忽；仁青却眼神纷乱，表情紧张。像是有话，有很多很大的话语，已经爬出了他的咽喉，只等一吐为快！

女王再瞧小王，见她一脸地沉静，就切入话题问："朗玛，这次上草原，前后赈灾情况是怎样的？"

小王上前，清清朗朗地汇报："甲姆，这次草原遭遇白灾面积巨大，灾情十分严重，损伤超过历年。造成救灾工作进展缓慢。前后共用去三个月零五天。前两个月一直处在救灾和安置中；后一个月转为稳定灾民生活和开展灾后重建。到目前，各处安置点都进入了具体的畜牧生产，一切稳定。"

女王点头，欣慰中称赞："哦呀，朗玛确实学有所用了。"

小王真诚地谢过。继而，语气则又凝重起来："只是救灾过程中是有很多无奈。在草原深处的重灾区，因为当时道路被大雪封堵，无法实施救援。畜牧基本受难，牧民伤亡也很惨重，致使草原劳力锐减，同时又无新牛接种。那里的灾后重建工作非常艰难。"

女王发问："再艰难都需要解决，朗玛可有什么具体措施？"

小王实在地回答："那些地区，目前最需要的就是新增种牛和母牛。只是白灾横扫草原，哪里都很困难。"

女王叹道："哦呀！"

小王继续："在森林线周边的浅灾区，虽然得到我们的及时救助，人畜损失较轻，但同样深受白灾影响。牧民们自顾不暇，只怕再难分摊负担。"

女王盯住小王，问："哪些方面的负担？"

小王大声回答:"浅灾区虽然保住了一些牦牛,但相比往年,情况并不乐观。母牛的孕育受到天气影响,很不顺畅;奶牛多半也在白灾中伤残,直接影响到出奶量;肉牛更被白灾折损太多,一时难以充足地供应王宫——"小王说到这里,犹豫了下,最终道出主题:"甲姆,新的一年,王宫要想再征牛头税,肯定困难!"

女王听是牛头税,面色有些凝重,转口问天官:"天官,我们的库存还有多少?"

天官大致算了下,回答:"牧区的封干牛肉只有两库。另有三库封干的猎物,来自猎区。大致能够供应王宫和两大战队半年时间。"

女王问:"主食呢?"

天官回答:"主食还是有的。糌粑和梨干有十库,梨花香酒是七库,酥油是三库。"

女王这一听又安心了,对小王道:"哦呀,白灾对于草原确实影响巨大,但还不至于影响到王宫。除牧区,我们还有农寨和猎寨两大粮仓嘛。朗玛就不必纠结税源一事了。"

小王却朝女王跪下身来,认真地请示:"王宫既然不受影响,那就是草原的福音了!甲姆,请给灾区一些时间自救吧。"

女王一见小王这架势,当即明白,小王这是另有用意。

果然就听小王跟着建言:"朗玛恳求甲姆,暂且免去草原二税吧。"

女王故作镇定地问:"哪个二税?"

小王回答:"牛头税,鲜奶税。"

女王质问:"为何要免鲜奶税?"

小王竭力解释:"受白灾影响,现在的奶牛已经很难像过去那样出奶。另外鲜奶还需要做成酥油,供应王宫,完成酥油税。对灾民来说,酥油税已是很大负担。再要完成甲姆的鲜奶税,实在太难了!"

女王听小王道一句"甲姆的鲜奶税",这不是成心要把女王的香流凸显出来吗!她这是在故意提醒相官们,鲜奶税并不属于库税,只是专供女王私人享乐的——免去鲜奶税,实则不就是切断女王的香流嘛!

女王当即窝火,满脸不悦。

大殿中央,众位朝官这一听,却纷纷朝小王扬起了眉目。他们口里不敢直说,目光却在大大地称赞小王英明!神师见到这样的场面,连忙朝小王的舅舅仁青使眼色。

仁青意会,当即出列,以试探的语气禀奏女王:"甲姆,下官有一些提议。"

女王见是小王的舅舅,知道他一出口,更不会有什么悦耳之语,就生硬道:"仁青官有什么话要说?"

仁青竭力地端正腰身,清了清嗓门,亮出话题:"甲姆英明圣哲！遵循祖母秘籍,统领四方城池;依从王朝祖训,管理八方家族。使得我们的大鹏宝地繁荣兴旺,国泰民安！只是,领地当中,地域广阔,城池众多,事务繁杂。历代王朝甲姆当政时,总有小甲姆共同协政,又由众位相官集体议政,分担各项政令,处理朝廷大事。"

仁青左拐右拐,刚要把话转到正题上,却听女王打断他道:"仁青官说这么多,到底想要表达什么,直接说吧。"

仁青先是身子微微地晃了一下,接着努力稳定情绪,深深地吸气。到给五脏六腑充足了气力,壮实了胆量,他就大声道:"甲姆！朗玛进宫已有九年,严守宫规,勤奋好学;为人清明,处事干练。就针对草原白灾,那么大的灾害,她竟做得服帖,清清朗朗。从中也能看出她的能力,是可以替甲姆分担大任——协助政事了！"

此语一出惊人,立马就把免税的事给覆盖了！这是小王万万没想到的。她费了好大周折才把话题引到"免税"这件事上,想不到却被更大的话题给卡住！

小王难过地盯住舅舅仁青。无比震惊,也无法理解:为什么协政这么大的事,自己的舅舅不事先同自己商量,竟然独断专行,就这样当朝提出来！

而大殿中早是一片哗然。首先是阿乌格拉,强烈反对,同仁青打起了舌战:"仁青官,你这样的提议欠缺思考。小甲姆还未行过成人礼,是不成熟的人,怎么当朝协政?"

仁青胸有成竹,反击阿乌格拉:"格拉真是健忘了。朗玛行成人礼的时间早已经过去。这都是因为上草原赈灾,救助那些受苦受难的牧民,才拖延了时间,没有正式举办。"

阿乌格拉不服:"就算过了成人礼,仅一件救援的事就把小甲姆提上大任,这太仓促了。"

仁青反道:"格拉,您认为是哪里仓促?"

阿乌格拉直言:"不管哪一朝的人间甲姆,都不会单凭一件事就看出能力。能力是需要经历多多的磨炼才能体现！"

仁青毫不示弱:"格拉说的正是。正因为需要多多磨炼,才应该给朗玛磨炼的机会！"

阿乌格拉一时语止,他让自己的话给套住了。

这时,就见一位平日很少进言的男官出列,出其不意地上奏女王:"甲姆,下官次然,与各大家族、各位相官并无瓜葛。这里只代表下官本人,向甲姆进言一个事实。

相关协政这件大事,先前甲姆拉无比英明! 下官曾听说,当年甲姆协政时,并不是甲姆自身提出;而是甲姆拉主动扶持甲姆,九年之后就有协政。现在小甲姆学业已满九年,是到了协政时间,又做出很大成绩——上草原赈灾,救助那么多人畜生命。俗话说,人命关天。就这一件事,也能抵上十件事! 请甲姆给她机会。"

这位叫次然的男官话音刚落下,就见阿乌格拉出列,斥问他:"不管是一件事还是十件事,我先来问你:先前甲姆拉无比英明,主动扶持甲姆协政——依你这个说法,就是当朝甲姆不英明?"

男官慌忙为自己辩护:"下官说的不是这个意思——"

却被阿乌格拉愤愤地打断:"你这个下官! 竟然妄言甲姆不英明。如果不给出确切理由,就是妄说,就是污蔑甲姆!"

这话太大了,像山峰轰然塌下,压住了男官,叫他面目茫然。

却听女王阴幽中发话:"哦呀,既然你心中对本王有意见,就要说出来!"

男官混沌的目光望一眼阿乌格拉。他原本只是用他的清明之心,想给女王提出一个清明的建议。不想却被阿乌格拉利用,说是污蔑甲姆。那还有更大的污蔑,也许整个王城人都知道,唯独甲姆被蒙在鼓里。他要说出来!

于是男官朝女王跪下身,匍匐在地,语气变得有些断续:"下,下官不敢有意损毁甲姆。只是民间都在传言,那场风灾,是风魔附身了甲姆……"

女王无法想象,一个身份低微的男官,竟敢造谣女王! 如此大胆,难道他是中了魔煞?

浑身跟着轻微地一晃,女王控制住情绪,对男官喝道:"不是本王被风魔附身,是你的舌头中上风魔了吧——把这个人押下去,带上他中魔的舌头,打入三角碉中!"

众官一听三角碉,个个噤若寒蝉,再不敢建言。

这时,女王投眼看了下天官。

天官心中当然明白,女王这是暗示她进言,借她之口为女王争取时间,提出缓兵之计。便跟着出列,请求女王道:"甲姆,协政的事太大,大到天上! 您千万不能仓促。非天王作为当朝男王,您也应该征求他的建议;还有南王松格——您是否先请两王回宫再作延议?"

女王并没有直接应允,而是刻意地缓下口气,询问众官:"各位爱相,天官的建议,你们认为怎样?"

朝官们早已被那三角碉震慑,个个面色混沌,看不出究竟。

女王就大声发令:"哦呀,那就传两王回宫!"

142. 天神的赏赐

夜幕降临,小王朗玛拖着沉重的心情回到附宫。她还是想不通:为什么舅舅不与自己商量,竟擅自提出协政这么重大的事。连月的赈灾工作已让她疲惫不堪。回宫后她只想安心休息,根本不希望被无端地卷入政事当中。原本她也不适应!在她来说,能上草原救灾,一是出于良心责任,二是想学有所用,仅此而已。她并不想过早地进宫协政,更不想掀起朝政斗争。

小王困坐在附宫的四楼寝室,思来想去。终是忍不住,举灯下到二楼,欲寻舅舅谈话。

但刚刚进入二楼茶房,却见她的舅舅仁青一身正装,领着两个侍官,提着火把正要出门。

小王迎上前询问:"阿乌要去哪里?"

仁青微笑着回答:"小甲姆,我正去刚布官寨。"

小王惊讶:"已经入夜,不知您去阿苛那里做什么?"目光晃一下,又道:"如果为协政一事,就不要去。这可是我们自己的事,无须阿苛参入。"

仁青纠正道:"小甲姆这话可不对了。你的阿苛是天神的使者,我们有什么想法不能跟天神说呢!"

小王似乎被舅舅这样的理论给懵住,但立即又再反问:"白天在朝会上,阿乌提出协政计划,怎么事先也不与我商量?"

仁青实在地解释:"我的小甲姆!阿乌伴你多年,还不知你这个心境。要是和你商量,你肯定是不让提了。阿乌嘛,早就知道你淡泊政事。但那只是你任性的想法,不是你的命!"

小王不明白:"我的命难道还得由着别人来想?"

仁青坚定道:"哦呀!属于你自己的只有思想。你的命是由天来决定,并不属于你个人。"

小王一时语塞。

仁青随即安慰起小王:"小甲姆放心吧,今日夜访不谈别的。作为身份高贵的小甲姆,一日不行成人礼,一日就算不得成熟的人。我这是去请阿苛卜卦,替小甲姆选一个吉祥的日子补办成人礼。顺道也想讨个神谕,预知小甲姆的未来。"

小王才缓了口气,招呼道:"未来的事只有未来才能做。阿乌,我们做好眼前的事吧。"

她的舅舅却满脸严肃,认真地发话:"眼前最需要做的就是——未来的事!"说完,丢下小王出宫了。

仁青趁着夜色来到刚布官寨,却发现官寨大门正好打开着,里面灯火通明。就小心地隐藏起来,躲在一边窥视。才见是天官赭面娘一行人,刚刚步入官寨。

神师已经恭请天官进了客堂。一壶梨花香酒端上来,神师的家侍恭敬地为天官斟上。

天官却不接酒,开门见山道:"阿苛,我今晚来,可不想喝酒。"

神师探试地问:"但不知您有什么要事?"

天官解释:"我是送赏来了。"当即招呼侍官,为神师呈上一盒金沙。

神师心下忐忑,并不敢接受。

天官就转换了口气,缓和道:"阿苛请收下吧。要说这金沙,也不是甲姆的赏赐,是那天神赏赐您的。"

神师满心混沌,半懂不懂。

天官这才接过家侍手里的香酒,一口饮干了。带着宣告的口气,道出正题:"阿苛,您可是天神的使者。您当然知道,天神早有安排:苏墀家族是人间古老的王族,一直视西天女神为家族祖神。所有族氏都知道,苏墀家族是被西天女神赋予了管理大地的权力——甲姆是上天钦定的人王!只有服从她的统治,民众才能获得安稳的生活!"

神师一听天官这话,就知道是女王的意思了。很清楚,女王赏他金沙,其实是在间接对他下令:要以神谕的方式传播女王专政!如此,这份王宫大礼他是收也得收,不收也得收了。

当下无奈,只好回复天官:"拉索!这天神的赏赐,刚布定要用心地珍藏。"

天官会意道:"哦呀!天神会一直眷顾您的。"随即又象征性地饮了一杯香酒,便起身告辞。

仁青避在暗处,只等天官一行人离去了多远,刚布官寨的大门完全关闭之后,才悄悄地上前,又叩开。

神师见是仁青,紧忙问:"仁青官,你来多久了?"

仁青装作不知,回答:"尊敬的阿苛,我是前脚踩上后脚,刚刚过来。"

神师晃了下神色,热情地请仁青进入客堂。两下坐定后,不等仁青开口,神师已在问他:"仁青官,你这是替小甲姆讨福来了?"

神师总是这样——不管什么时间,总可以趁仁青动嘴的那一刻预知他的心思,并通过语言的方式准确地表达出来。这正是仁青对神师一向敬畏和服帖的原因。

仁青惊叹不已,佩服神师未卜先知,真诚地回道:"拉索!我正是为朗玛的成人礼,向天神讨福来了。请阿苛替朗玛选个大吉的日子吧。"

神师笑起来:"就知道仁青官为这个来。我却早已替小甲姆卜算好了。五日后举办成人礼,最为吉祥!"

仁青连忙朝神师作揖,一边又询问:"成人礼过后,朗玛就是成熟的人。阿苛,请帮朗玛问问天神,未来她会是什么命运?"

神师的笑被严谨的面容淹没,认真道:"在替小甲姆卜算的同时,我已向天神讨得了秘谕:未来小甲姆是响遏行云的命运!只是需要'响'起来。"

仁青不明白。

神师解释:"就是让她:心,要有所念;身,要有所动;行,要有所声。"

仁青懵问:"行,要有所声,是指什么?"

神师点拨他:"就是行走时不能孤单寂寞,无声无息。要有声响,要有气场,更要端正挺立,威严大方!"

仁青语气怔忡,说:"这后一个倒容易办到。就是前两个'心要有所念,身要有所动'难以把握。"

神师脸上飘晃着难以琢磨的神色,这么对仁青道:"你把容易办到的先做好吧,其他自然就能把握。"

仁青思量好大一阵,若有所思地应声:"拉索。"

143. 金 腰 铃

五日后,就是小王朗玛举办成人礼的大吉之日。这天一大早,小王就被侍官们唤醒,催促起床。由她们帮忙,围绕小王梳妆洁面、穿戴打扮。确实,对于女孩们来说,成人礼是人生旅程中最为重要的经历。只有行过成人礼,女孩们才算得是真正意义上的大人。从此可以恋爱、持家,参与社交活动。包括小王朗玛,她也只有在行过成人礼之后,才能名正言顺地向王朝提出协政。

当天,只见小王一改平日素妆,周身装扮得极其精致。头戴由松石和珊瑚镶嵌的金沙小花冠；肩披红白相间，锦花绣珠大斗篷；上身是那青紫贡缎的正装朝服；下身则是四十六折的绫罗长裙；足登七色莲花牛皮绣花靴。一身正统的朝服穿戴完毕，舅舅仁青又为她奉上一串金腰铃。舅舅说："小甲姆，神谕启示，你是响遏行云的命运。这腰铃是舅舅送你的成人礼物，今日起你要佩戴身上。它会给你带来好运，让你未来的道路吉祥顺风！"

小王并不在意舅舅这样的祝福。倒是一见腰铃，听它清朗的响声十分喜爱，就欣然收下，当即佩戴在腰间。由着一群女侍官簇拥，满心愉悦地前往主宫大殿。女王将在大殿中接受，小王在成人礼之前对于女王应有的朝拜。之后则由女王陪同小王出宫，上达梨花大萨。在那里，将会举办一场盛大的锅庄舞会，为小王庆祝。当下，因为穿戴一身厚重华丽的朝服，小王倒显得有些不适。但第一次佩戴金腰铃，一路走一路发出清朗的声响，才又叫她放松了心情。不由越发故意地晃动一下，使得铃声更为悦耳，就这样满怀期待地踏上大殿。

不想刚刚走进殿内，却见宝座上的女王面色惶恐，双目惊骇地盯住小王，说不出话。下方的阿乌格拉和天官也像被魔鬼附身一样，手脚哆嗦不止。

原来，自从康金家族叛逃，女王焚化了康金赠送的魔咒腰铃后，宫中就再也不会听到腰铃的声响。这下却突发又响起来，女王一阵心惊，以为那焚化的恶魔返回宫中，寻她报复来了！慌忙朝殿前张望，却见是小王朗玛。她竟然满脸兴致勃勃，腰系金铃，站在大殿中央！

女王目光紧迫地盯住小王，断续道："你，你，朗玛！你这是要诅咒本王吗？"

小王惊愕，一时无法消化面前这急剧的变化，站在原地不知所措。

女王大脑已在"嗡嗡"作响，一个声音在尖利地刺扎耳膜——"甲姆是系着铃铛的牦牛！甲姆是牦牛！牦牛！"女王浑身跟着剧烈地晃荡起来。一手竭力扶持住大鹏宝座，一手指向小王的腰间，声音颤抖又凌厉："来人！快，快把那魔物给本王扯下来！焚化！倒进三角碉中！"

小王下意识地用手护住腰铃，但还来不及挣扎，腰铃已被蜂拥而上的侍官扯断了。

伴着生生地撕扯，小王震裂地叫一声："甲姆——"

却听女王强大的声音在空气里涡旋："我看她这是中了魔煞！带她回附宫，请刚布给她驱煞。一日身子不净，一日不得出附宫！"

就这样，小王刚刚进得主宫，还未明白真相，就被愣头愣脑地带回了附宫。自然，她人生中最为重要的成人礼仪式当场就被中断！

不久神师就被请进了附宫,为小王做法事,驱逐煞气。仁青一见神师,连忙拉进内屋,惶惑道:"阿苛,您不说朗玛是响遏行云的命运吗?怎么竟在成人礼这样大吉的日子,遭遇这样祸事!"

神师镇定问:"仁青官回想一下,小甲姆有没有做出什么冒犯主宫的事?"

仁青摇头:"我哪里知道!那甲姆一见朗玛身上的腰铃,立马脸色大变,就这样出事了!"

神师不明白:"什么腰铃?"

仁青恼悔道:"您不是说朗玛需要'响'起来吗——行走时不能孤单寂寞,要有响声,要有气场。我回来寻思多久,才想到要给朗玛佩戴腰铃,哪知却冲撞了甲姆!"顿一下,更为不解:"真不明白,仅仅一串腰铃,怎么引发甲姆那样动怒?阿苛,您说这是怎么了?"

神师连忙摇头:"我可不知道!"说完,却又责备起仁青:"你真糊涂,我是说小甲姆要'响'起来,但也没说让她佩戴腰铃!"

仁青肠子都悔青了,满脸痛苦。

神师注视仁青,好一阵后,反倒又笑了。

仁青无比气恼:"阿苛,您为什么还笑呢!"

神师认真道:"神谕是没有错的,它预示小甲姆是响遏行云的命运,就不会改变!这样正好嘛,一串腰铃,引发两王间隙,对于你们正是好事!"

仁青懵住。

神师凑近仁青,语气轻捷而庆幸,解释:"仁青官,这大小甲姆之间的争执其实是宫中常事。没有争执就没有激化,没有激化就永远不能创造新生力量。你也知道,现在的小甲姆一心执着民事,对于政事欲望不高。就以上一次为例,你那么庄重地推荐她协政。她倒好,不但不努力配合,还在抵触你吧。这样下去,你要等到什么时候才能成为真正的王朝大格拉嘛!如今,既然生成了间隙,这就是天意,是天神蓄意的安排——在甲姆那里受辱,对于小甲姆正是最好的锻炼,正好刺激她的权欲——只有被甲姆狠狠地伤害,她才会充分地认识:唯有实权才能维护她的尊严!"

仁青这一听,似有恍然,却又担心地问:"但现在我们已被软禁,怎么办?"

神师胸有成竹道:"这倒不用担心。甲姆是以中煞为理软禁小甲姆。等我把小甲姆身上的魔煞驱散,再禀报甲姆,你们就会自由了。"

仁青紧忙朝神师勾下腰身,深深地作揖,无限感激:"阿苛,您就是我们家族的天神!"

144. 两王的疑惑

却说南城里,南王松格得知小王朗玛提出协政,只觉得事大,不敢拖延。但无奈身陷政事,一直等到第十二天,才领上一支精悍人马匆匆回赶。奔走了半日,还未脱离南城峡谷,却在森林里遇到一帮路贼,正在抢劫一个马帮。对于那些隐匿在崇山峻岭当中的山林路贼,松格向来深恶痛绝,早就有心剿灭他们。如今狭路相逢,当然不会放过!松格立即命令手下战卒杀入其中。也就半根香的工夫,就把一帮路贼砍得精光。战卒们杀尽收手时,松格见那被营救的马帮站在血地上惊慌失措,一时生起了怜悯之心。当下叫来马锅头,一看,却是个赭面的马锅头。不由一边观察一边询问:"你们这是什么马帮?驮的什么货物?要去哪个地方?"

马锅头怯生生地回答:"我们是主国的商队,驮的是瓷器和丝绸,前去甲姆的河谷。"

甲姆的河谷,那就是王城了。松格一听主国商人,又是去王城,就多出几分关心来。招呼他们:"这深山远林,路贼很难杀尽。你们随在我的队伍后面吧,也好有个照应。"

马锅头先是愣了一下,接着点头称谢。

于是松格回宫的马队中就多出一支马帮。当下均无交流。一个大概是被路贼给惊吓,惶惶而行;一个匆促赶路,只想早早回宫。直到夜晚扎营,两边人马汇聚在一起,坐下来相互攀谈时,马锅头才震惊地发现:面前这是南王松格!而这马锅头,却是曾经帮神师翻译过天书的主国商人——潘扎西!自然松格并不知道这人就是潘扎西。他无法把一支小小的马帮,和王城的刚布家族联系在一起。

这潘扎西,当年从神师家逃走后,就仓皇地潜回了南城。原本是想待在南城静观事态,却打听到女王已经暗派松格到民间查访。他自知事已闹大,担心最终会被松格查到,只好返回家乡去。沉寂了几年,再来到女国。这时松格已经坐镇南城,他因此就不敢在南城抛头露面,只在暗中偷偷摸摸地做生意。平日对松格也就只闻其名,并无机会见面,彼此当然就很陌生。这次他也是秘密而行,贩运瓷器和丝绸前去王城。因为担心会被神师认出,他才以树汁作了赭面。本来是想悄悄地进入王城,把货物交给商官,拿到金沙后立马走人。如何也不能被熟人觉察,尤其是神师和南王。这下倒好,因为路贼打劫,他还是撞在了南王手里!现在是:如果随了松格前行,到王城后定会被神师知晓,那就是暗杀的后果;要是被松格觉察出身份,又会落成明明白白的杀头之罪。

想想两边的利害,潘扎西有些坐不住了。夜半时分,他悄悄地领上自己的马帮,溜进丛林,欲想逃逸。不想溜得不小心,惊动了松格这边的战马。那边潘扎西的骡马在星月下踏蹄起步,这边松格的战马以为又要启程,一时急躁,砸蹄嘶叫,因此惊动了所有人。

松格连忙起身查看。还未走出帐篷,却见随从慌慌进来禀报:白天救下的那个马帮跑了!松格顿时感觉蹊跷:既然他们要去王城,为什么不肯接受南城战队的照应呢?这里面肯定有问题。当下集合人马紧急起程,趁着夜色追击。一直追到第二天傍晚,才在一处密林里截住了潘扎西。押上来一盘问,松格才惊讶地发现,这就是自己多年前在猎寨缉拿的罪犯!当下就绑了潘扎西,好一番严刑拷问。最终从他口中逼出了"天书"一事!松格无限感慨:怪不得当初女王赏赐金沙神师也不接受,只想讨得天书。记得那天书还是由松格亲手从王宫八楼取下来。当时手执天书,松格就感觉它不是一本平凡之书。只是那时女王并不在乎松格的建议,最终还是把书赏了贼人。真不知这一路以来,神师借以天书,蒙骗了多少人事!

想到事况严重,松格并不敢大意。当下特派四个精悍战卒,紧密看守潘扎西——对于检举神师,这是最为重要的证人。

却不知这潘扎西,被松格严禁后已经预知了死路。想想,反正都是一死。被带到王城,最终要是被女王赐以"点天灯",那就是活活烧死!还不如索性自杀,至少可以避免烈火烧身,在漫长的灼痛中被折磨至死的惨状。于是在凌晨时分,就着昏暗的夜色,潘扎西横下心肠,咬舌自残,失血而亡。

看守的战卒是在潘扎西断气后才有发现。自知事大,无法和南王交待。当下朝着自己的胸口就是一刀,以自刎的方式结束了生命。

松格后悔不已,但无奈人死不能复生,也只有落得遗憾。

次日,松格带着沉重而复杂的心情回赶。到达王城下方的花葬关时,却碰到了非天王。松格甚是惊讶,当即滚身下马,上前询问:"阿哥,西城路途遥远,信官一来一回也得半个多月,不知阿哥怎么这样迅速?"

非天王一脸无奈,与松格解释:"兄弟,我是放不下西城。本来难以回宫,但想到小甲姆协政更是大事,才横下心日夜赶路,一刻也不敢停!"

松格紧切问:"阿哥,是不是西城又出事端?"

非天王叹道:"哦呀!近两年来,西城不时地抓到从裹作那边潜入的密探。看来那裹作是想死灰复燃,我哪敢大意!只能日夜赶路,尽早回宫,尽早回城。"

松格心情更沉重了。原本想说的话，一时又不知怎么开口。

非天王瞧松格吞吐，就知道他有事，直言问："兄弟有什么话要说？"

松格犹豫良久，还是把遇到潘扎西的事说了。

非天王一听，并不惊讶。少顷沉思后，向松格道出一个搁置已久的心结。

原来早在多年前的救城战事中，非天王就对神师产生过怀疑——曾经阿修家族一夜之间人丁死亡过半。事后经非天阿妈回忆，神师进入阿修家族后，处处形迹可疑。非天阿妈早有预感：当年甲姆拉仙逝，非天王被神师误定为凶手，估计并非是误会那么简单。可能事出有因！现在就潘扎西抖出"天书"一事，更能印证：借用天书的玄秘力量，神师已在王城和民间为自己巩固了坚实的神权地位。而女王，这些年无论是政事还是情感，都经历了太多的不如意；性格脾气多多敏感又多多固执，很难听进别人的谏言；外加民间对于神谕的迷信根深蒂固。因此，如果寻不到实足可靠的证据，要想揭发神师，不仅唐突，更会打草惊蛇！鉴于如此，非天王就不敢轻易调查神师，一直拖到现在。

松格听完非天王这样的心结后，急切地提议："阿哥，是时候了！我们应当请蓝鹊使者帮我们暗中调查，她可是无事不通！"

非天王点头："我也有这个想法。还有绛珠大相，先前就已经给我送过密信，都是针对神师的种种质疑。我们也要寻求他的建议。哦呀，就等回宫再说吧。"

当下两兄弟打马回宫。

145. 他不是你的翅膀

二人一回宫，才知道大小女王之间的争锋大了。当夜，按宫规两位男王并不能同时留宫。松格就以拜访朝官为由自觉地退下。出了宫殿，他便直奔蓝鹊使者的官寨去了。

主宫中，松格一走，两边内侍一退，那七楼寝宫就变成了男王和女王的二人世界。久别重逢，夫妻间定也别有情趣吧。却不料二人不但不能喜悦，却为小王协政的事激烈争执起来。

但见非天王面色凝重，对女王近期的心浮气躁充满指责，直言不讳："甲姆！有两个事实我不得不说。第一，我总有感觉，是你自身行为有失，给附宫落下了口实，才造成今日这般局面；第二，对于小甲姆，她已经达到协政年龄。又处处为民，做得端正。你现在召我回宫，即使我有偏袒，生硬主事，怕也敌不过民意！"

女王一听就恼了。原本她召非天王回宫,是指望他能站在自己的立场上维护她的政权。至少对他本人这也很有必要——他们本是夫妻,荣辱与共,只有她稳坐大鹏宝座,他男王的位置才会坐得安稳。正是抱着这样的心思,在上一次的朝会中,女王才借天官之口争取时间,提出缓兵之计。没想到非天王回宫,却不是与她商量协政的对策,而是当场指责她。于是带着抱怨语气斥问非天王:"你回宫难道就为教训我来了?雪山的神圣需要雪狮的守护。作为一代男王,除了征战,更需要竭尽全力地维护甲姆的威严,而不是自己人抹黑自己人!"

非天王反问:"你要我怎样竭尽全力?"

女王大声道:"如今王朝战力一半都把握在你和南王手中。你们能用战队打倒强悍的战敌,难道还不能打倒一个附宫的人!"

非天王惊讶,质问女王:"征战可以用血洗的方式解决,你以为处理政事也可以吗?"

女王坦言:"我的大鹏宝座从来就不会离开两只翅膀。首先是战力——你和南王的战力就是祖母王朝的铜墙铁壁。"

非天王惊望女王,等她继续。

女王就道:"再还有神师刚布,和他灵验的神谕。"

非天王一听神师刚布,顿时哑口。用心地注视女王。见她提及神谕时两眼烁烁放光,心不由一紧,反问女王:"你以为神谕是甲姆的神谕吗?刚布会是甲姆的翅膀?"

女王语气坚定:"至少他的命是我的!"

非天王愕然。

却听女王决绝道:"暂不论刚布会有多么忠诚,但王宫一直是在借用他的力量稳定朝政。就在半月之前,刚布还向四方麦农传达过天神的旨意——苏墀家族是被西天女神赋予了管理祖母大地的权力。甲姆是上天钦定的人王!哦呀,包括你,男王,你也应该听到这样的声音!"

非天王听女王这么一说,就不知如何继续话题了。镇定少许,一个人走出寝宫,上了月台。凝望夜空,心中的感想就像那夜空中的繁星——女王为什么会如此依赖神师呢?神师又为什么总能在女王面前得逞呢?事实却不是女王有多愚钝,而是她的精神——被滞空了!自从丹增活佛进山修行,女王在精神上就失去了坚实的依靠。精神无所依时,就像大树被撬了根。女王需要再寻一片土地安顿她的精神大树,自然神师就成了她的土地。可这片土地,它是多么的深厚!深暗无边,不为一般力量可以撬动！非天王想到此，揪心不已。

146. 第一次震荡

　　第二天，并不是五日上朝之际；但因为非天王行程紧迫，女王便临时召朝官们进宫。一时间，王宫大殿再次燃起了争执的火焰。虽然在这之前，女王已经暗示过神师，对外传播了"苏埠家族专政"的神谕。但这一次，好像连天神也难以决断这么复杂的朝事了——对于小王协政，王朝上下竟然分裂出四个帮派！以阿乌格拉和天官赭面娘为首的反对派；以拥中高霸、绛珠大相和绛月大相为首的中立派；以神师、东知大相、小王的舅舅仁青为首的支持派。而两位男王——非天王和南王松格，二人对小王协政则另有看法。

　　南王松格动机纯洁，就事论事。当场提出：针对女王近期的一些不当行为，朝会不可忽视；因此而产生的种种民怨，朝会也不可轻视。结合这两点，就需要给女王时间——女王自此应该醒悟，端正态度。众官更应该大度，给女王机会。而对于协政，自从小王入驻附宫，其实早已经参与政事，锻炼的机会早已存在；只是没有通过正规的廷议，具体落实而已。如此，维持现状未尝不可。过于形式化只会造成两王间隙，不利于后期朝政。

　　非天王的思想又有不同，他有两面性。在他内心，王宫好比家族一样。无论这个家族由谁作主，对他来说都是在"看家"。只是看谁更有能力把家管理得安逸，井井有条，就这个区别。要说把看家之事扩大到朝政之上，那就不仅是看家人，或说女人一方面的事了，主要还在于男人。没有男人南征北战，出生入死，哪有女人看守的领地和家园！因此，男人是领地的缔造者，女人则是领地的管家。管家之事实在繁琐，男人自不必过多关注，就由女人们自己去解决。这是非天王最为真实的思想。而自从得知潘扎西与神师勾结，又结合先前阿妈的猜测，再有绛珠大相密信中对于神师的种种质疑，现在非天王最为关心的又不是协政一事了，倒是潜伏在协政背后的那股暗流，如何寻到它的源头才是重中之重——也许小王协政的根源就控制在某些人手中！查出他们，协政争锋就会化解。非天王心中这么想时，对于协政一事也就淡泊了许多。

　　阿乌格拉见非天王态度含糊，只好暗示女王："甲姆，南王的建议掷地有声！现在只看您了，请您给朝官们说个话吧。时间是检验高贵王权的铜镜，它会让您头顶的九朵花冠，闪耀更为灿烂的光辉！"

女王一听，自知阿乌格拉这是在提醒她，需要当众做出表现——对过去的行为进行忏悔，好让相官们看出她的诚意。但作为尊贵的人间甲姆，一时她是不会放下这个颜面的！

正僵持中，却见小王的舅舅仁青出列，面朝松格大声发话："南王，仁青以为，我们在给甲姆时间的同时，也需要给朗玛时间。每一朝甲姆主政，都需要充足的时间和过程。"再面向阿乌格拉："格拉，既然您也认同时间是检验高贵王权的铜镜，那更可以检验朗玛的能力，看她是不是真金实铜。这就需要深入到协政中，亲身体验！"

仁青的话刚刚落下，还没等阿乌格拉回应，就见民事大相东知跟着出列，接应仁青道："拉索！仁青官所言符合朝政规律。顺成天意、民意、具备实际操事能力，这是协政的三大基础。小甲姆上草原赈灾，出生入死，顺了民意；圆满回归，顺了天意；又已经跨过成人礼的年纪，更应该给她锻炼的机会，让她再接再厉！"

阿乌格拉只等东知大相把话说完，才回复他："东知官，你应该听到，前面南王已经分析得清楚明白。王朝原本就是集体议政，小王已经参入其中，只是没有具体落实到'协政'二字，锻炼的机会早已经存在。"

东知大相纠正道："格拉，下官认为您的话有些混沌。集体议政，是指男女朝官参与政事，提出建议，最终的决策却是甲姆。朗玛是当朝小甲姆，并不是女官。她只会辅助甲姆协政，不会参与朝官们议政。这个不能混为一谈！"

阿乌格拉似乎是被东知大相的话给绕住了。

女王却看得一清二楚。不管东知大相怎样绕口争执，目的却是鲜明的——支持小王协政！当下举目寻望大殿。但瞧众官当中，她的两位男王、阿乌格拉、神师、朗玛的舅舅仁青等，这些男官都在为协政之事争持不下，却不见女官们动静。那天官赭面娘、女官拥中高霸、女战官绛月大相、十三女战队中的各位小首领，她们不是沉默就是左顾右盼，一副混沌的模样。连史官姜措那执笔的手也在踌躇地晃动。女王不由来气，把恼火撒到女官们头上，大声喝问她们："你们这些高霸难道都是哑巴？"

天官连忙出列，响应女王的话："甲姆，内官认为南王建议得极其在理。"

女王点头，把目光投向拥中高霸。拥中高霸则显得有些为难，上前道："下官以为，王朝政事因人而制。实在需要时，可以让小甲姆尝试为甲姆分担负担。"

这等于复述了男官们的见解，等于没说。

就见天官再次出列，语气响亮地请示："甲姆，内官想起了一事。"

女王示意天官继续。

天官就道："内官刚才回想,当年甲姆九年学业完成后,对外是声称进宫协政;但实际却只是辅佐甲姆拉处理日常事务,直到第十二年才真正参与政事。如今小甲姆刚刚完成学业。那天文、地理、经书、礼仪、朝政、战事、宗教、哲学,体系庞大,浩如烟海。那些精髓的智慧,是需要花费很长的时间去参悟、吸收。内官以为,应当让小甲姆沉静下来,潜心钻研学问。协政是终身大事,没有扎实的基础,能应对一时,难以应对一世!"

女王欣慰中发话："哦呀,天官说得准确!"再把目光投向绛月大相和各位女首领,期待她们锦上添花。

绛月大相便代表小首领们出列,向女王进言："甲姆!十三女战队南征北战,以生命和灵魂捍卫祖母大地。我们的心对于王宫,对于甲姆拉、甲姆、小甲姆,就像山一样厚重,也像山一样忠诚——无论怎样,三位甲姆都是我们心中的女神!"

绛月大相这番话,又近似于表决了,并不是提议。女王再把目光投向三位年轻的女官:东城达杰家族的长女,绛央小姐;西城旺堆大头官的长女,美多小姐;苏埠家族的宗亲,帮金小姐。女王眼瞧这三位年轻的小高霸,想她们是和小王一同进宫,一同成长,共同经历了九年政事学习,未来也将会随同小王一起参与政事。就朝她们大声发话:"你们三位高霸是和朗玛一起成长的人,都来说说你们的看法!"

三位小高霸可没想到女王会向她们发问。因为年轻,涉政不深,又对当朝甲姆充满敬畏,她们一时竟有些不知所措。

这时,但见民事大相东知反复地出列,上奏女王:"甲姆,小甲姆协政原本已经顺成民意,却还是变得这么复杂,无法决断。看来这已经不是凡人可以解决的事了,请甲姆慎重!"

一直沉默的非天王听东知大相这个话,心跟着一晃——不是凡人可以解决的事,那就得由天神解决,或说由神师刚布解决!如此下去,事态可能会变得更加无法控制!

无奈,非天王急迫中发话:"众位相官各执一词,也应该听听小甲姆的意见。"当即询问小王:"朗玛,你自己对协政有什么想法?"

其实小王早想表达自己的主见。无奈她的舅舅和女王的舅舅,二人明争暗斗,一直让她插不进话。这下借非天王询问的机会,她迅速下了小宝座。先是面向女王庄重地朝拜;又面向非天王、阿乌格拉、自己的舅舅仁青、天官、神师、南王松格,以及众位王朝相官深深地作揖。

完毕后,面向非天王,语气沉稳,真诚地表达:"王,自从朗玛上草原赈灾,那时就已经深切地感受,民事看起来简单,像是小事。其实就像星星,众星云集,就会变成星河。星河浩瀚,一旦处理不当,就会酿成大事。"表达完,又毕恭毕敬地面向女王,再一次朝拜,行大礼。最终请示:"甲姆,朗玛并不想留在宫中。如果可以,请赋予朗玛分管民事的权利吧。从此朗玛深入民间,一心做好民事!"

小王此语一出,惊动四座。对于小王本人这可是肺腑之言。亲身经历草原白灾,和灾民们朝暮相处,小王已经深刻地感受到民间的疾苦与需要。需要她这样的人深入农牧两区,系统地体察民情,用心地做好民事工作。但对于女王和众位相官,他们却被小王的话拖进了混沌的深渊。包括仁青和神师,均也没有预料,小王竟在这样的关键时刻向女王叩首自荐!二人顿时喜出望外。

而非天王听过朗玛刚才那一席话,暗下早在惊叹:朗玛小小年纪,竟有这般忧国忧民的胸怀!不是天性里的慈悲心肠,哪里生得出这样的觉悟!不是天命昭示的人王,又哪里会有这样的气度!当下不由细细地端详朗玛,见这姑娘:面色皎洁,目光清澈;一斗月色披风裹着一身青花衣裙,明丽且又清朗;款款而立的身子,像是雪莲开放的模样;端庄可敬的神态,宁静得就像雪山!

非天王最终因这样纯洁的视觉而感动。举步,上前,行大礼——是的,作为崇高的男王,非天王竟在当朝中,面向女王深深地弯下腰身!这让女王震惊:她的男人,非天王,为削减她的王权势力,竟然作出如此决绝的朝拜!

女王的心跟着裂开了,目光变得有些混沌。在混沌的视觉里,她听到男王发出坚毅又厚重的声音:"甲姆,请准了朗玛吧。她的心真挚得就像雪山一样!"

这话一出口,就见仁青和神师紧随着非天王,面向女王把把实实地勾下腰身;继而是众位相官,他们的身子也变成了一张张弯弓;阿乌格拉和天官面色黯淡。最终二人只能顺应大势,慢慢地垂下脸面。

这时大鹏宝座里的女王,身子已经不再像昔日那样端正、高大。她,就像她的王权一样,被协政大潮冲击,突发溃堤——狂潮已经冲垮了女王的心智,令她神情恍惚。第一次,她坐在大鹏宝座上也会视觉模糊,看不见自己的男王……

147. 穷人的保护神

第二年的春天,小王正式协政。此时王朝中,大小女王的执政分工为:女王身处第二层曼扎的王城,分管政事;小王身处第五层曼扎的农寨,分管民事。主宫左边的附宫被赐名"协政宫"。小王的舅舅仁青作为协政大相,辅佐小王。女王又从东知大相手中调出两位熟知民事的女官——央金和德婕,作为小王的事务官;再从王宫男女战队中各抽出二百人马,交与协政宫。这么一来,小王朗玛就拥有了自己的正规马队。虽然有些单薄,但如果是参与民事,又不算太少。

在开展民事工作之前,小王专门拜访了王城中的两位重要人物:药师尼玛和神师刚布。在过去,小王深入草原救灾,感受最为深刻的就是贫困与疾病。如今涉入民事,小王就需要向药师尼玛请教一些民间常见的疾病知识,以便未来随时治病救人。

自然,药师尼玛对小王的志向充满感动。不仅悉心传授医术,怕她一时难以吸收,同时还分派了小药师桑吉,跟随小王一起深入民间。

得到尼玛药师的支持,小王劲头十足。又匆忙进了刚布官寨,拜访神师。二人见面,作过一番常规的问候,小王便开门见山,请求神师:"阿苛,朗玛即将下达农寨。临行前拜访您,主要是想在民事方面得到您的多多指教。"

神师面色恭敬,谦卑地回应:"小甲姆,阿苛也是一介凡身,哪有能力指教小甲姆呢。"顿一下,则又表示:"除非是让阿苛去请天神,问问天神会给小甲姆带来什么启发。"

小王点头,虔诚应声:"拉索!"

神师随即拿出法器、普巴、盲加、色线等,当着小王的面作法念咒。

一阵过后,借以天神的口谕,神师庄重地对小王道:"小甲姆,天神有示,您是西天女神转世。祖母领地上的所有民众,无论尊卑贵贱都是您的民子!"

小王认真地答应:"拉索。"

神师继续:"天神还有启示,您是天下所有穷人的保护神!"

小王注视神师,等他下文。

神师面色深沉,悉心说明:"作为保护神,她的慈悲心肠就像阳光一样,普照神山的每一个地方——那些最为贫困的地区,比如第五层曼扎的女寨和哥爸寨,他们最需要小甲姆的光芒!"

小王凝重地点头,答应:"拉索!"

神师语气沉重,进一步补充:"那些神山看不到的地方,阳光会看到它。小甲姆,您到达农寨时定也不能大意——不能跟随下官们的视觉走路;您要用自身的独特视觉,亲自深入民间的每一个山寨。用心走访,细致观察,实实在在地体察民情。最终您要了解他们的真实所需,解决他们的实际困难!"

小王严肃地答应:"拉索!"

神师加强道:"小甲姆,正如您所说,一颗星星是孤单的,众星云集就会变成天河——民事是最大的事。民事做不好政事就无法稳定。得民心者得天下!小甲姆,你定要记住这话!"

小王真诚地答应:"拉索,朗玛谨记在心!"

半个月后,小王带领四百人马从协政宫出发,前往第五层曼扎的农寨。她准备先从农寨着手,再到猎寨、女寨、哥爸寨,沿路系统地考察民情。之后再驻守农寨,开展民事工作。

当天,小王领上马队穿过梨花大道,一路奔驰,很快就到达王城下方的花葬关。站在高耸的关口处,小王放眼望前方。只见那前方:猎寨分布在女王河谷的中部,散落于陡峭的山岩和密植的丛林当中。农寨毗邻猎寨,坐落在丛林下方那些山势低缓的谷地上。按理说,两寨之间生活相依相伴——猎寨需要农寨的青稞,农寨需要猎寨的肉食,它们应该相互通达。但由于大山阻隔,交通不便,猎寨的肉食却难以便利地运达农寨,农寨的青稞也难以顺畅地运达猎寨。

小王凝望两寨地域,思潮起伏。见随在身旁的两位事务官,央金和德婕,就问她俩:"二位高霸,请看前方那些山寨,你们有什么感想?"

央金清晰地回答:"小甲姆,按照您的计划,我们下达第五层曼扎,首先是要打通农猎二寨的通道。您这决策我们完全理解,但具体做起来还是困难多多。"

小王凝重地点头:"哦呀高霸,请把困难尽早地罗列出来,我们也好尽早地准备!"

央金思考一阵后,带着表决语气,细细地阐述:"畅通农猎两寨的马道,是要分为两种。一是打通各个小山寨之间的'人行便道'。它们有些穿越在悬崖峭壁当中,那就需要凿建栈道;有些隔河相望,那就需要搭建索桥。这事难度很大。需要时间,人力、银两、技术,缺一不可。二是打通连接农猎两寨的'行马大道'。因为山势险恶,除一般人力和银两外,更需要征召大批劳工进山开路,那就不是一时半刻的工夫。就是说,想要达到两寨顺畅地来往,人行便道和行马大道都是必须开通的工程!所以小甲姆,不管困难多大,时间多长,只要您不放弃,我们就有信心!"

一旁德婕真诚地呼应:"拉索,小甲姆,我们会一直跟随着您!"

小王见二位事务官积极响应,连连点头,信心十足。当即就对手下人马作了分配。三分之一派往猎寨,三分之一派往农寨。他们将沿着女王的河谷勘查路线,绘制地图,以便未来开山修路。小王自身则带领余下人马前往农寨。未来将以第五层曼扎为驻地,建造协政营,作为临时办事机构。

人力分配完毕后,小王带领马队直奔农寨。刚刚到达第五层曼扎的关口,却见从王宫方向奔来一支马队。小王一看,竟是女王的马队,驮着满满当当的货物朝她奔来。那领队的侍官一见小王,立即滚身下马。行过大礼后,侍官直奔主题:"小甲姆,十日后就是女寨里一年一度的'蛙神节'。下官奉甲姆之命,给阿妈们分发节日礼物。甲姆的想法,每年她会亲自下达女寨慰问。但今年既然小甲姆已经分管民事,正好身在民间,就请小甲姆替代甲姆参加蛙神节,慰问各位阿妈。请小甲姆安排!"

小王一时被憷住,惊问侍官:"我记得'祖母秘籍'中是有规定,阿妈们对于祖母王朝功劳巨大。每年蛙神节甲姆必须亲自参加,以示抚慰。我只是协政王,怎么可以替代甲姆?就是去了,怕也镇不住场面吧!"

侍官就从怀中拿出一块金令,大声宣告:"这是甲姆金令,请小甲姆接过。甲姆已有吩咐:女寨之内,凡是见到金令,犹如见到甲姆。"

小王见是甲姆金令,惊动了好大一阵,才稳住情绪,感叹道:"哦呀,既然是这样,我也只能尝试。不过就算有了金令,也不如甲姆亲身看望更好。就怕到时会让阿妈们失望了。"

接过金令,望一眼女王的马队,小王就道:"甲姆不去,甲姆的马队可不能免了——王宫马队也是一种身份,你们就随我一起慰问去吧。"

女王的侍官恭敬答应:"哦拉索!"

小王只好使唤两位事务女官,吩咐二人带领马队先去农寨。自己则领上两位随身侍官以及女王的马队,前往峡谷下方的女寨。

对于小王,进女寨这也是第一次。先前她对女寨的了解,不是出自于书本,就是来源于传言。比如女寨的姑娘们,她们并没有自由的情爱,也守不住自己的亲人;只能把神圣的母爱当成苍白的任务。那种扭曲的人间情感,会是多么的无奈、多么的揪心,小王无法体会。在她曾经学习的正规礼教中,对于女寨的解释却是美好的:女子们怀孕的腹部很像青蛙,青蛙就成了生育的图腾。它象征着旺盛的生命力,这才有了蛙神节。每年这样的节日到来,王宫都会在女寨举行盛大的朝拜仪式,女王会亲自参加。所有阿妈也会得到女王亲手赏赐的礼物。这是她们一年中唯一的荣誉和奢求。

但现在女王却避而不见,她让阿妈们只能面对冰冷的金令朝拜。真不知到时阿妈们会是怎样的伤心! 小王想到这些,内心惴惴不安。

148. 他们脆弱又强大

　　王宫马队抵达女寨时,夜幕已经来临。疲惫中的小王被女寨主蛙母恭敬地迎进母碉。坐下来,放眼寻望,却见客堂中央立着一群模样特别的女子。她们一些是大腹悬悬的中年女人,一些是腹部微微凸起的年轻女子,一些则又是款款身材的少女。

　　蛙母见小王目光好奇,盯住少女们不放,就迎着小王的视觉介绍:"小甲姆您看,她们都是刚刚受孕的胎身。不出三个月,她们的肚皮就会像青蛙一样鼓起来。"

　　小王礼节性地点头。打量这些少女,见她们年纪并不比自己大多少,却已经身为人母,不由暗自惊叹。蛙母又指向几位腹部微微凸起的女子,介绍:"她们都是四五个月的胎身。再过几个月,就能听到她们的娃娃'呱呱'落地的声音。"

　　小王满心好奇地问:"呱呱落地的声音,那会是怎样美好的声音?"

　　蛙母就指向那些大腹悬悬的女子:"她们是快要临产的胎身。小甲姆等着吧,要不了几天,您定会听到生命的声音,它们脆弱又强大呢。"

　　小王双目憧憬,感叹道:"哦呀!多么神奇,她们的肚皮实在是了不起的!"随即起身,上前,拉住一位郁郁而立的女子,问她:"你有多大?"

　　女子回答:"小甲姆,民女和您一个模样的年纪。"

　　小王一时诧异。但见这女子目光迟钝,并不灵秀;面色憔悴,少有朝气。完全一副老阿姐的模样!怎么会是自己的同龄人?

　　蛙母见小王神色有变,以为是被这女子的话惹恼,连忙斥责女子:"你这只鹞子,谁和你一个模样!这是人间尊贵的小甲姆,你还不快快跪下悔过!"

　　女子慌忙朝小王跪下身,却又被小王一把搀扶起来,继续问她:"你有几个娃娃?"

　　女子先前已经回错了话,这下就不敢再应声。小王紧紧地握住女子双手,真诚地招呼她:"阿姐请别紧张,我这不是拷问你,是看望你来了!"

　　阿姐?小王这样的称呼让在场所有女子都为之惊动——她们何时受到过这样的尊重!包括那王朝甲姆,每年亲手赏赐的节日礼物,也比不得小王这一声称谓,更叫她们满足!

　　被小王称作阿姐的女子双目忽发湿润了,感激地回应小王:"民女有两个娃娃。第一个已经送进'娃娃碉'中,这里是第二个。"女子摸摸肚皮,再次朝小王下跪,恳求她:"小甲姆,您是天上的紫微星。我这肚皮里的娃娃如果能得到您的祝福,长大后肯定会成为大英雄!"

这时，却不是小王搀扶女子了；是蛙母抢先一步，挟持一样地拉起女子，大声发话："你快下去吧。小甲姆一路颠簸，已有疲惫。我们可不能拖累小甲姆！"

小王连忙招呼："阿姐，我不累。你就留在这里，我们也好多多交流——你过得好吗？"

女子目光黯淡，正要回话。却听蛙母匆忙地咳嗽一声。女子晃了下神，只好回答："小甲姆，只要娃娃好，民女什么都好……"

蛙母紧忙附和道："哦呀！她多多好着呢！"

小王见此情景，心下已经生出感受。抬头朝母碉外张望，脑海中就响起神师的话——"小甲姆，您到达农寨时定也不能大意，不能跟随下官们的视觉走路；您要用自身的独特视觉，亲自深入民间的每一个地方。用心走访，细致观察；实实在在地体察民情。最终您要了解他们的真实所需，解决他们的实际困难！"

想想，小王就凝重地道一句："我要到寨子里看看。"

蛙母先是一怔，继而应声："拉索，下官给您带路。"

小王冷静地回她："无需带路，我只想自己走走。"随即吩咐两位随身侍官："哦呀，你俩随我出门吧。"

小王走出母碉后，心情五味杂陈。刚才那位年轻女子，她那复杂的眼神，和蛙母那微妙的目光，紧紧地锁住小王的心绪——曾经自己通过太学官寨了解的女寨；后来在协政宫，听女官们描述的女寨；当下自己亲眼所见的女寨——似乎都不一样啊！这其中到底埋伏着什么隐情？

小王想想，就吩咐两位侍官："你俩先去打听刚才那位阿姐，她住在哪里，我要去看望她。"

两位侍官朝小王闪烁着眼神。

小王问："你俩怎么了？"

一位就挨近小王，低声汇报："小甲姆，刚才趁您询问的空档，我们已经打听过，她就住在中寨。"

小王朝她挥手："那快走吧。"

三人很快就来到女子的碉房前，在夜幕中等待了一会。见那女子已经由母碉回到自己的碉房，就跟了进去。女子一见是小王，无比惊讶，慌忙又要跪拜。小王上前拦住，坦言招呼她："你是带孕的身子，请不要多礼。刚才我见你言语吞吐，现在这里已无杂人，你有什么想说，尽管说吧。"

却见女子神情慌乱,张望窗外,并不敢开口。

小王的侍官就招呼女子:"你不用担心,你们的寨主不会跟过来。她有权跟踪你们,但她不敢跟踪小甲姆。"

小王点头赞同,语重心长地开导女子:"哦呀就是,你放心吧。是什么样的生活你直说就好。我来,就是要了解你的真实生活。你有困难,我会帮你解决。但如果你不说,我就无法帮你了。"

女子犹豫了好大一阵,却又要朝小王下跪。

小王一面阻止,一面催促:"阿姐,我知道你有苦衷,快说吧!"

女子听小王再次称她一声阿姐,心中的温暖就像彩云一样铺展开来。竟是不顾一切地朝着小王下跪,叩首。一边啜泣,一边把自己在女寨的一切生活——如何接待夜郎,如何被迫受孕,娃娃出生之后又如何被蛙母强制带走,送进"娃娃碉"中由专人抚养,不让她们母子相见等等,字字句句,声声落泪地诉说。

听得小王无比愤慨,跟着问她:"除在这里,你还有家人吗?"

女子泣不成声:"岂是没有家人了!民女的家,正在南城!"

小王一听南城,心就跟着晃了一下。暗在思量:这女子难道是洛绒家族的女战俘?要是女战俘,那就涉及战事上了。小王分管的只是民事,将会无法解救她!

却听女子自主解释:"虽然家在南城,民女却不是南城战俘——是这饱满的身体让民女遭了殃。因为女寨缺少阿妈,寨主令人到南城寻找年轻女子,民女是被她们生生地抓到这里来。"

小王一时惊愕,只道:"仅是个寨主,她有什么权利随便到南城抓人?"

女子幽幽说:"她有甲姆令牌在身,听说是因为王城战队的需要。"

小王就不语了,悲愤不已。

却听女子自顾感叹:"在这里,像民女这样遭遇的人多多有了。"

小王盯住女子:"还有哪些?"

女子低头,掰着手指计算。却听到小王已在发话:"别数了,先带我去看看。"

女子连忙应声:"拉索!"

小王由此夜访女寨。所到之处,无不泪水交织。阿妈们不同的经历,相同的命运,和她们句句悲伤的诉说,听得小王心胆俱裂。她怎么也想不到,现实中的女寨竟比传言中还要残酷!

到深夜,到天上的星星都睡进了天河里,小王才拖着沉重的心情回到母碉。见那蛙母惶惑不安地迎上来问候,小王却不想多话。倒是她的两位侍官在询问蛙母:"小甲姆的住处,寨主可安排好了?今后几日我们是要常住这里,系统地走访女寨人家!"

蛙母先是一惊,紧接着慌慌回答:"拉索!下官早已经安排好。小甲姆是高贵的人,要住在母碉最高的地方,和天神住在一起。"

小王一听母碉最高的地方,那应该是经堂旁的客房,就直径走上去。一边走一边头也不回,吩咐蛙母:"十日后的蛙神节,所有女子都必须到场,接受甲姆的礼物!"

149. 恨不得把身子变成金子,敬献给她

第十日,母碉前方的广场上果然聚集了众多女子。她们体态各异。一些看似还是款款模样的少女;一些则是大腹悬悬的妇人;一些女子肚皮微微地凸起;一些又是左牵右抱。她们兴致冲冲地聚集广场,等待一年中唯一属于她们的日子——蛙神节,接受王宫的祝福和女王亲手赏赐的礼品。虽然今年给她们送来祝福的人并不是女王,但自从小王进入女寨,挨门逐户地走访看望,就像一场甘露降临每座碉房。女子们对于这位未来的人间甲姆充满期望,她们拭目以待!

到午时,到阳光普照整座母碉的时候,小王就穿戴一身正装朝服,端正地坐在母碉下。女王的马队列成两排,分别处在小王的两侧。那些宫廷礼物已经卸在母碉前方的蛙形图腾柱旁。女王的侍官正在翘首等候,他们早已做好出发的准备——只等礼物下发完毕,立即回宫禀报女王,完成任务,领得应有的奖赏。

当下,只见一位身着青紫衣袍的小神师手执法器,一边作法,一边围绕图腾柱踱起神步;同时蛙母引领小王也来到图腾柱的下方。二人先是对着天、地、人三域作过朝拜,又面对图腾柱朝拜。众多女子则随在蛙母的身后,五体投地,虔诚叩拜。

一时间,图腾柱内外杉烟弥漫,咒符纷扬。就听蛙母高亢的声音,伴着杉烟从图腾柱下传开:"哦拉索!人间尊贵的小甲姆,她代表三域,给我们分发甲姆的礼物。请大家净心,净手,接过这个福分!"

女王的侍官听到这话,立即分发礼物。所有阿妈均得到了赏赐:分别是骨质的念珠一串,青花染布一丈,茶砖一条,酥油一份,八年的猪膘肉一份。这边蛙母也得到女王的一份特别赏赐,是主国的丝绸一丈,茶砖三条,酥油和猪膘肉各一份,紫铜酒壶一只,梨花香酒三坛。

礼物分发完毕后，就听小王吩咐女王的侍官："甲姆的礼物得到天神吉祥的祝福，已经下发。各位侍官，你们也应该回宫去了。"

女王的侍官齐声答应："哦拉索！"

小王点头，赏侍官每人碎银十两。侍官们一边道谢，一边领着马队退去。

一旁蛙母端详女王赏赐的酒壶，满心喜爱。又瞧女子们还滞留在广场上，一个个意犹未尽的模样，并不想离开。就大声对她们道："你们已经得到甲姆仁慈的赏赐，那美丽的青花染布会把你们装扮得像姑娘一个模样。哦呀，都回去吧。"

女子们一阵纷乱，她们把目光齐刷刷地投向小王。这时却听小王大声发话："慢！阿姐们都留下吧。除甲姆的礼物，我也为你们准备了一份——特别的礼物！"

女子们兴奋不已，充满好奇。连已经走出多远的女王侍官，也被这个从杉烟里挣脱出来的声音好奇了，停下回宫的脚步。他们倒要看看，小王会给女子们分发什么特别的礼物。

这时小王已经站在图腾柱下方那高耸的神台上，以无限肯定的语气大声宣布："我的礼物就是——给你们自由！除原本就住在女寨的阿姐们，还有南城洛绒家族的姑娘们，你们需要暂时留下来——我将会慢慢安抚你们的生活；其他阿姐，有家的都回去吧。以后你们就要以家为寨，在家中为王城战队效力。仍然留在寨中的阿姐们，今后你们将会抚养自由，我是指——"小王转眼盯住蛙母，突出地强调："我是指寨子里的'娃娃碉'，完全可以废除！娃娃们的阿妈就住在寨子里，为什么还要把娃娃关在碉中？说是隔离教育，我看母子隔离并不利于娃娃的身心发展。只有身心健康的娃娃，长大后才能成为王朝的栋梁！"

蛙母一听废除娃娃碉，惊慌失措，连忙上前解释："小甲姆！娃娃碉可是甲姆拉时期就已经设置，我们都无权解散！您就是真有这份决心，也得先回宫和甲姆商量才好——得不到甲姆宣令，下官可不敢随便解散娃娃碉啊！"

小王思量了一阵，同意道："好吧，这事暂且是不能为难你的。但我协政民事，凡是进入我协政的范围，迟早不会放下！刚才我已说过——"小王又面向女子们发话："你们当中有渴望回家生活的，日后就要以家为寨，在家中为王朝培养人才。"

女子们无比震惊。她们不相信自己的耳朵，更怀疑这种宣布——它真实吗？可靠吗？协政之王的话能算数吗？人群中，有人忽然哭泣起来；有人在默默地等待；有人则显得无比惊喜又急躁不安。她们对小王充满感激，但同时也不敢轻易响应她。

小王见此，只好从腰间抽出女王金令。高高地举起，响亮发话："这是甲姆金令！甲姆已有吩咐：女寨之内，凡是见到金令，犹如见到甲姆！"

女子们一见金令，纷纷下跪——这仿佛从天上掉下的馅饼，没想到竟是真的！场子上顿时哭声一片。女子们开始齐刷刷地面向小王，匍匐在地，双手伸展，朝着小王深深地、虔诚地、持续地叩拜——她们恨不得把身子变成金子，敬献给小王！

小王招呼女子们起身。符合条件的女子可以先回去收拾，其他女子也不用着急——复杂的事需要细细地酝酿，今后协政宫将会慢慢来改善她们的生活状况。

小王给女子们下发如此特殊的礼物，这让女王的侍官吓得不轻！原本他们以为，宫廷礼物已经顺利地下发，就等着回宫领赏；却不想突发事变，小王竟要释放蛙女。这还了得！侍官们慌忙调转马头，急速回宫向女王报信去了。

夜晚，小王回到母碉。正准备休息，却见两位侍官站在门口踌躇。小王就问："你们想说什么？"

一侍官凑上前，小心地提醒她："小甲姆，给女子们适当的抚慰倒也可行，但释放她们，这事太大了！您是不是需要先回宫一趟，请示甲姆？"

小王皱起眉头，反道："你难道不知，请示甲姆就等于不做，她不会同意的。我就是要趁她阻拦之前解救这些可怜的女子。其他事，就让我一手兜下吧。"

另一侍官连忙跟着提醒："小甲姆，如今甲姆的性格多有暴躁。她一动怒，芝麻小事也会变成滔天大事，您又怎么兜下？"

小王无畏道："我已是协政王，王宫又是集体议政。甲姆再动怒，如果拿不出道理，她也不能随便乱来！"

侍官竭力说："但是您也知道，这里很多女子都是南城战俘，她们可不是一般的人。"

小王语气肯定："白天不是说了，南城战俘暂且另议。"

侍官仍在坚持："好像还是涉及政事上了。表面看您是在解救平凡女子，但她们的娃娃长大后会被送进战营，是王宫战队的主要战力来源。这就涉及战事了，并不属于民事！"

小王沉重地点头，告诉侍官："这点我早已考虑过，但并不矛盾。我只想改善女子们的生活环境，让她们回到亲人身边，再为王宫效力。"

侍官更加担忧，坦言相劝："可您想过没有，她们离开女寨后如果背信于您——躲避王宫，把生下的娃娃藏起来，不交给战队，您又怎么背负这份责任？"

小王沉默少许，感叹起来："天神度化，教人慈悲为怀，大爱人间。每个人都能听见，但不是每个人都能领悟。有些人道理是有懂得，但心灵依然混沌。这并不是天神的错，是人的错。那么你说，我该不该解救她们？"

150. 第五层曼扎才是你的驻地

女寨中，白天得到小王的特殊宣告之后，第一批符合条件的女子立即回到碉房收拾。她们准备第二天清晨就出发，回自己的家乡。但就在半夜时分，小王却突然吩咐两位侍官，挨门逐户地招呼女子们，当夜就必须离开女寨；且要轻装上阵，行走才更为迅速。消息送达后，那位被小王称作阿姐的南城女子慌忙放下一切，仅仅带上一些糌粑就出发了。当夜，像她这样的女子共有六位。她们结伴而行，在侍官的护送下匆匆离开女寨。其他二十位符合条件的女子却给小王回复，说是第二天，或者第三天离开。她们不愿当夜出发的原因有两种：一是害怕走夜路，打算天亮后再出发；二是觉得还没有收拾妥当，需要多出一些时间整理，把应该带走的全部带走。

小王得知只有六人离开女寨，其他二十人要到第二天才能动身时，不由一声叹息："唉，随她们吧，这是命运的安排！"

到第二天中午，第一批离寨的女子们，已经翻过了女王河谷中最为艰难的山道。当她们快要穿越花葬场时，却看见王城大道上疾驰着一队人马，正朝女寨方向奔来。六位女子慌忙躲进路边丛林，伸头往外探望，却又见是女王的马队。而领队的人已经不是女王的侍官，竟是女王！

女子们心一紧，以为女王这是奔来拦截她们。慌慌伏身，趴在地上。一股由马蹄溅起的灰尘，随着马队的奔腾朝她们袭来。呛得她们作恶，呕吐。在经过一阵崩裂的等待后，她们却听到女王的马队像是从天而降的天雷——轰轰而来，又轰轰而去了。

最终女王并未发觉躲在丛林中的逃亡人，直接带领马队奔进女寨。

一进母碉，女王立即令人把小王身旁的两个侍官押起来。不望小王，女王只对两位侍官呵斥："你们是怎样服侍小甲姆的！"

两侍官垂头不回话，她们早已经预知了这样的后果。

小王紧步上前，请求女王："甲姆，请别怪罪她们，都是朗玛一人作主。"

女王这才转眼望小王。

小王朝女王真诚地弯下腰身，深深地行过大礼，请示："甲姆，王宫朝拜青蛙图腾是对女子们发自内心的恭敬。她们为朝廷付出之大，大到天上！是王朝真正的阿妈！我们应该善待她们。这也是甲姆对朗玛多年的礼教，现在朗玛正是参照礼教行事。请甲姆多多息怒,听朗玛解释。"

女王恼道:"听你这一说,倒是本王错了?"

小王深切地复述:"甲姆,请听朗玛解释。"

女王反问:"解释什么?你不主战事,怎么知道这其中的难处!给她们自由就会切断王宫战力,影响战事。你难道不知这个厉害!"

小王竭力地说明:"甲姆,并不是给女子们自由就会影响战事。朗玛只是让她们回到亲人身边,和亲人们生活一起,同样可以为王宫效力。"

女王怒声问:"你以为放她们回家,她们会好好听话?如果她们逃了,你难道能一个一个追回来?"

小王就止语了。她可以用"天神度化"的道理开导她的侍官,但面前这是女王,她如何出得了口!

女王见小王答不出话,就直言道出主题:"你确实有权分管民事。但女寨是朝中的特殊山寨,关系到王朝战事,并不是你分管的范围。第五层曼扎才是你的驻地!回你的第五层曼扎去吧。今后,没有本王口令,你就不要随便进入女寨!"

言毕,也顾不得小王情绪,跟着责令蛙母:"作为看护阿妈的大寨主,你的职责就跟你的生命一样重要!今日起,女寨少一位阿妈,本王就拿你的命抵上!"

蛙母咽下一口苦水,她本来正想禀报女王,小王已经放走了六位女子。但听女王这一说,吓得再不敢如实汇报了。唯唯诺诺地应声:"拉索,下官谨记!"

151. 神山看不到的地方

小王拖着沉重的脚步回到农寨。站在第五层曼扎的关口上,她在遥望峡谷底端的女寨。只感觉心口间搁着一块大石,特别的坚硬,堵得慌。这时,她的两位事务官已经赶到关口处迎接她。

小王未有心思理会。昂着头,迎着大风,仰望天空泪流满面。

两位事务官见势不妙,连忙询问小王的侍官。得知事端后,两位女官,两位侍官,四人开始小声地商谈起来。一阵过后,事务官央金挨近小王,在她的身后对着同伴发出感叹:"德婕,你看那天空中的太阳,它虽然慈悲大度,把所有光芒都投放在人间,但总有它照耀不到的地方!"

德婕问:"央金,太阳照耀不到的地方,那是什么地方?"

央金解释:"你看吧,前方那些低缓的山地、山间平坝,那些可以种果树、青稞、豌豆的地方，它们都是神山看得到的地方。因此阳光充足，日照圆满。但是在那些高大山峰下的幽谷里，有终年不被阳光温暖的地方，连神山也看不到它！"

德婕惊问："那样的地方难道还会有人居住？"

央金回答："生活极度贫困的人家，他们就住在神山看不到的地方。"

德婕好奇道："我是听说过'神山也看不到的孩子'。说的是民间那些长相丑陋的姑娘，人们总认为她们是没有受到神山的眷顾，才会变得丑陋。原来还有'神山也看不到的地方'，你不如直说生活贫困的人更好！"

小王听两位事务官这么一来一回地对话，才把目光落在她们身上，不动声色地道一句："知道你们是在说给我听，知道你们有思想，说吧。"

两位事务官连忙朝小王勾下腰身，行大礼，齐声请求："小甲姆，您是西天女神赋予的金命，请用您金色的光芒，照亮人间的阴暗！"

小王盯住事务官，等她们继续。

央金便大声提示："小甲姆，您要是真想做好民事，请不要到明亮的山峰上。要深入到那些神山看不到的地方去，那里的人们才更需要您哪！"

小王目光凝重，寻望前方山林中那些层层叠叠的山寨，陷入沉思。是的，生命是平等的。对于贫困和苦难的救助，不执着一时，不执着一地，身在其中就好。如今她负责民事，农寨属于真正的民事。既然知道这当中还有神山看不到的地方，她的工作又要开始了！

最终小王只能放下对于女寨的纠结，她心中又升腾起新的希望。这时，由她派出的两支马队刚好也返回了农寨。他们通过十几天的精心考察，已经摸清了农猎两寨之间的地形。

路线极为复杂！农区，一些山寨被陡峭的山崖破开，与外界完全隔绝，需要铺设栈道。一些又被河流阻断，需要架设索桥。猎区，大半山寨散落在无路通行的原始丛林，需要开辟新路才能通达。而连接两寨之间的行马大道，大半路线都处在高耸的山崖和险恶的河谷当中，开辟艰难。不仅需要财力，更需要庞大的人力。总之，这将是一项无比浩大的工程，不是一般的人马可以完成。

小王听过马队的汇报后，陷入深思。

央金一旁提醒小王："这么巨大的工程，如果得不到王宫支持，肯定难以进展。小甲姆，您是否需要先回宫一趟，和甲姆商量？"

小王没有直接回答事务官，却在询问探路的马队头人："马官，按照你们现在考察的路线,重新走一遍需要多少天?"

马官算了下,回答:"小甲姆,如果是连日不停,单程一趟大约六天,来回是十二天。"

小王点头发话:"好,就由你带路再走一遍。我要亲自考察,掌握具体路线。"

马官一听小王亲自探路,为难地解释:"小甲姆,那些山路大都残损严重,危机四伏。特别是横在两寨之间的熊胆谷,根本就没有通道,遍地都是暗渠,险恶又诡异——"

话还没完,却被小王打断了:"哦呀,明天就出发吧。等掌握到具体路线,了解到实际困难,我再回宫请示甲姆更为妥当。"又望两位事务女官,吩咐她们:"你们就留在这里,负责协政营的场地建设。今后我们是要常驻农寨。"

两位事务官齐声答应:"拉索!"

152. 不到本王垂老,她永远别想回宫

由马官引路,小王开始从农寨到猎寨,沿路重新考察路线。一路走,一路又顺道探望一些麦农。直到二十天后才又返回农寨。一进营地,却见两位能干的事务官,已经把临时协政营搭建完毕。

当下小王走进营寨,只见里面有巨大的厨帐二顶,就餐帐二顶,办公帐三顶,小王的宫帐一顶,男女官帐各五顶,长驻的劳工营帐五十顶。众多白花花的帐房沿着小王的视觉一字排开。小王看得欣慰,当即就要赏赐两位事务官,却听她们请求道:"小甲姆,我们是在为自己做事,不能领赏。修路工程浩大,您尽快回宫请示甲姆吧。"

小王满心感动,夸赞她们:"哦呀,两位高霸今后就是我的翅膀了。"

随即策马回宫,觐见女王。

因女寨之事,女王已对小王生出芥蒂。这时见小王回宫,怕不是又要弄出什么事端。当下女王就有些不客气,直言问小王:"朗玛,前面你已经给本王捅出大事,今日回宫又是什么事?"

小王朝女王恭敬地弯下腰身,行过大礼,认真地请示:"甲姆,请先听朗玛禀报。"

女王才缓了神色,点头应允。

小王就开始沉着地阐述:"朗玛深入农猎二寨考察。见到猎寨,虽然经受风灾的折磨,但恢复很快。那里的山林又开始葱翠起来,正预示着王城领地上饱满的猎食来源。

女王应声："哦呀。"

小王继续："又见农寨。农田作物也已经重新播种，果园正在慢慢复苏，不久那里就会成为王城丰足的粮仓。"

女王点头，等小王下文。

小王见女王面有悦色，才转入了正题："只是这农猎两寨之间交通不便，无法通畅地来往，所以再有饱满的猎食和丰足的青稞，也是难以相互照应。"

女王瞧着小王，直截了当道："你的意思本王明白，是想在两寨之间修筑道路吧？"

小王激动地回答："拉索，正是这样！我这次回宫——"

女王面色忽发暗了，打断小王："不管是农寨还是猎寨，他们只需要一条路，那就是通往王宫的道路——把他们丰足的食物统统送进王宫国库来。"

小王一听女王这话，顿时惊愕，就不知如何继续话题了。

这时，就听站在一旁的天官暗示女王："甲姆，您不如让小甲姆把话说完……"

女王原本已经恼火，是的，当小王出口"农猎两寨交通不便"时，她就已经预知小王接下来想要表达的思想。而她并不赞同！只是见天官从中提示，又见小王一副坚持不懈的神态，才发话："好吧，有什么想法你再说说。"

小王连忙请示："甲姆，我这次回宫，给您带来一份民事规划，请您查看。"说完，迅速把"畅通两道"的工程规划呈递女王。

女王接过，随手翻了几页，发问："这项工程耗资巨大，它的实际价值，能够超过为它所消耗的资源吗？！"

小王语气清朗地说明："短期，确实很难看出成效。但打通两寨道路，对于未来推动畜牧和农业发展，具有深远的影响。"

女王见小王不但听不出她的言外之意，还一字一板的模样，像在说教，很不舒坦，质问小王："朗玛，你这是在和本王谈论那些——太学官寨里学到的理论吧？"

小王实在地回答："拉索。相关理论朗玛确实是有借鉴，但这一次亲历民间考察，朗玛感受更为深刻！"

女王反道："既然感受深刻，你直接去做就好。民事原本就由你分管，为什么要来禀报本王？"

小王有些吞吐了："甲姆，朗玛是想自己解决，但解决这些问题，支出太大……"

女王一阵感叹："哦呀！还当你真的是在尊重本王，凡事定要回宫与本王商议。原来你是需要金沙才回宫嘛！"忽然生出不屑之心，转口发问一旁的天官："你说说，金沙会放射什么光芒？"

提及金沙,天官的目光显得无比闪亮,但听她无限热诚地回答:"甲姆,金沙的光芒比得太阳!九天之上都会被它照亮——"

女王打断道:"好了!"

一旁小王见这场面,有些迷惑,也有些莫名其妙。女王就问她:"你来说,金沙会放射怎样的光芒?"

小王顿时被问住。要是像天官那样回答,未免太轻易了。谁不知道金沙放射的光芒!女王之所以知马问马,这其间必有说法。而女王的说法小王猜不透,所以她只能沉默,等待女王最终启示。

女王就朝小王大声叫起来:"你这个模样将来怎么当朝执政——金沙就是广阔的领地,伟大的江山。金沙放射的光芒会照亮雪山、草地、牛羊,我们富饶的疆土!"

小王晃了下神。

女王还不解气:"就像你,是金沙的光芒,才把你迫到我这里来吧!"

小王被逼得满脸透红。

女王则在发话:"'畅通两道'的事还需要思量。你也累了,先回附宫休息去!"

小王无奈,只好应声:"拉索。"忧心忡忡地退下了。

小王走后,天官连忙暗示女王:"甲姆,这一次,您不觉得应该支持小甲姆吗?"

女王脸色阴暗:"本王知道你的意思。这朗玛对民事十分用心,又提出诸多计划。就单单'畅通两道'的工程,是得耗时多年。她当然需要常驻民间!对本王来说这是好事。但本王的心是被她堵住了,舒畅不开。哦呀,不到本王垂老,她永远别想回宫!"

153. 树葬背后的秘密

不出半个月,经过朝会廷议,又有女王和天官支持,畅通两道的工程终于被朝会通过。小王领着王宫增派的人马物资,满意地离开王城。

返回第五层曼扎的协政营,小王立即投入了修路工作。由她亲自带领马队进山,梳理连接两寨的行马大道:清理老路,开辟新路,修复毁路,架设断路。

比起偏僻地带的那些人行便道,它们因为隔山隔水,一时难以打通外,行马大道在临近王城的这一端,因为一直承载着对于王宫国库的物资运输,却是有着一些原始路基。且针对重要路段,每年王宫也有维护,因此修复起来还算顺利。不出两年时间,属于农寨地界的行马大道就被全线疏通。

小王的修路大军由此进入熊胆谷,这正是农猎二寨的交界处。一般跨越两界之地,地势总归险恶无常。正因为隔绝,才会变成两种生活,就像农寨和猎寨。那行马大道从王宫伸入农寨后,就断绝在与猎寨毗邻的熊胆谷。这段地界深埋在女王河谷的腹地当中,据说是"小熊子"居住的地方。除非经验丰富的采药人,一般常人根本无法穿越。在平日,王城中的朝官们出入猎寨都是绕道前行——经由遥远的神山,自它的背面迂回,进入猎寨。正因此,这熊胆谷就成了畅道工程的一道门坎,是最难打通的路线。小王自然不敢轻心。进入熊胆谷时,每打通一段新路,必先由她亲身参与——细心勘测,落实路线,精确计算,投入铺设。

这一日,小王步入熊胆谷的一堵山梁下,正准备检测路线,却惊奇地发现,山梁上竟有一座碉楼!这四周并无田地,也不见果园,更难看到茂盛的狩猎林地。只有一小片桦树林围拢在山梁下。如此不毛之地怎么会有人家?小王好奇。先前由马官引路她也曾到过这里。但那时行程匆促,并没有时间关注太多。现在看到如此奇异的场景,小王不由询问起身旁的央金:"高霸,你看那座碉楼,难道是户人家?"

央金却答非所问道:"小甲姆,路程并不远,我们是不是过去看下?"

小王点头,二人当即钻进桦树林。匆匆走过一段路,小王抬头观望,却见头顶上方的树杈间零零散散地挂着一些藤条吊篮,里面装的什么则看不清。小王急着赶路,无心关注。很快穿过树林挨近了碉楼。这时却听到楼内传出"嘤嘤"哭泣的童声,像是快要咽气的山猫。

小王急忙往里走,却被一位老阿妈给拦住。

小王就问她:"阿莫(老阿妈),这是什么地方?"

老阿妈神情敏锐地盯住小王,反问:"姑娘又是什么人?"

一旁央金带着责备口气,替小王回道:"阿莫,这可是王朝的小甲姆,你还不跪拜?"

老阿妈一听王朝小甲姆,吓得不轻,扑通一下跪在地上,再不敢抬头。

小王复声问她:"阿莫,这是什么地方?"

老阿妈声音颤抖地回答:"我们这里是,是连接生死的地方。"

小王不明白。

老阿妈脸面已经贴在了小王的脚尖上,恳求道:"小甲姆,请快离开吧。别让这里的煞气损伤您高贵的身体!"

小王更奇怪了,一把搀扶起老阿妈,真诚地要求:"阿莫,请您直说。"

老阿妈蓄积好大一阵气息,才充足了胆量回答小王:"小甲姆,这里是娃娃碉。"

小王无比惊讶,连忙问:"是和女寨的娃娃碉一个模样吗?"

老阿妈悲伤说:"也有些不一样。那里是娃娃们成长的地方,这里却是娃娃们等待'神马引路,回归祖地'的地方。您抬头看吧,前方树冠下就有一个娃娃,他已经回家了。"

小王当即抬头,果然望见一棵树的枝权间挂着一只藤篮,里面有个被经幡包裹得严实的形体,仔细一看,像是一个娃娃正在睡觉的模样。却又是黑乎乎的,无法具体看清。小王才想起来,之前她曾听神师说过"树葬"一事。但只知道有树葬的地方就很特别,至于怎么特别,神师并没有告诉她。

其实这里的树葬,并不是一般人眼里的常规丧葬。它属于典型的"男根社会"的葬俗。但凡树葬的娃娃,都是男根社会的后裔。据说他们的祖先原本生活在西南地带的哥爸部落,那哥爸部落可是个极富传奇的特殊部落。有一句俗话说:从哥爸部落飞出的每一只苍蝇都是公的!就是说,那是一个完全崇拜"男根"的地方。女人在那里没有任何地位。除生育和劳作外,她们连选择男伴的权利也没有,更不说拥有自己的官寨家产了。先前哥爸部落人是非常团结的,他们以家族联盟的形式生活在一起。但后来部落内部却发生矛盾,升温激化后,家族与家族之间开始血拼。搏斗中,失败的那一族只好逃离哥爸部落,隐居到女王的河谷里来。作为一贯崇拜"男根"的哥爸人,这支逃亡的家族自然和信奉西天女神的祖母王朝格格不入。而以慈悲当政的祖母王朝也不便诛灭远方来的流落人,但又不想接受他们,只好让他们像奴仆一样地活着:不允许进宫做官,不允许当地经商,更没有自己的土地家产;只作为流浪人口被安顿在第五层曼扎里那些土地贫瘠的地方。让他们自给自足,自生自灭。一般不是特殊情况,朝官大相们是不得随便进入他们的驻地,否则会被视为背离王宫,更会沾染晦气。

小王却不知道这些!她被娃娃的哭声揪住心房,疾步走进碉楼。一进去,却见里面躺着十多个娃娃,均是十岁上下的年纪。一个紧挨一个,卧成一片,个个形如骷髅,目光涣散。

小王蹲下身,用手轻轻地抚摸一个男娃。他才五六岁光景,却是骨瘦如柴。小王双手捧住娃娃的脸,轻轻地呼唤他:"娃娃……"

男娃一动不动。

小王提高一些音量:"娃娃!"

男娃微微地睁开双目。

小王欣慰,跟着招呼:"娃娃,你会好起来的。"

却见男娃一反常态,双手突发张开,紧紧地掐住小王的手,洞张着嘴朝小王大口喘息。那小手死死地扼住小王的手不放,把强烈的饥饿气息传递给小王;同时朝小王吐出舌头,作出吮吸之势。

小王震惊不已。一只手暂且由着男娃死死地掐住,一只手迅速朝央金挥动:"高霸,快去把我们的鲜奶拿来,给他喂上!"

央金慌忙折身,飞速跑向修路场地的厨帐,取来一壶牛奶。小王紧急地抓过来,又轻轻地送入男娃干枯的嘴里。男娃立即"咕咚咕咚"地喝起来,像是他的肚皮里装着一只吸奶罐,并不是他的嘴在喝奶,而是那只奶罐在疯狂地抽干壶中的奶水!

在拼命地吸吮中,男娃掐在小王皮肉里的手指,缓缓松开了……

小王双目酸痛,抬头对央金道:"他是饿的!"说时,垂下面目,却发现男娃躺在地上,安静地走了。人在饥饿中死亡,嘴会像洞口一样地张开。但这个娃娃是幸运的,临行前得到小王的恩赐,可以面容安详地离开。

小王转过面,再注视另一个即将临终的娃娃,无比心痛地吩咐央金:"给他也喂上奶水吧。让他饱饱地离开……"说时双目已被泪水打湿。

央金手指颤抖,给另一个娃娃喂奶水。却已经喂不进了,乳白色奶水顺着娃娃嘴角,无望地流下来。

小王站起身,询问老阿妈:"阿莫,还有多少这样的娃娃?"

老阿妈伤心地回答:"小甲姆,您就别问了。他们都是被神山遗忘的娃娃,天生是这样的命。"

却听央金大声责备老阿妈:"阿莫,你为什么不能说,他们是被甲姆遗忘了!"

老阿妈低声应话:"阿莫不敢说。"

央金语气严肃:"但现在小甲姆正在面前,你就说吧。还有哪些娃娃?要怎么救助他们?好好说出来,小甲姆会为娃娃们作主的!"

老阿妈泣不成声:"熊胆谷里,哥爸寨里,这样的娃娃,就像树上的青梨一样多。小甲姆仁爱,只要赐给一些鲜奶,他们就有救了!"

小王被老阿妈的话堵得心慌,注视央金,语气凝重:"看来这第五层曼扎里,还有很多神山看不到的地方啊!"

央金应声:"拉索,确实是了。刚才阿莫都说过,他们像树上的青梨,多得很。"顿了下,又像是自顾叹息:"唉,要想救助所有娃娃,怕是动用整个梨花宫的鲜奶也不够吧。"

小王连忙问:"你说哪里的鲜奶?"

央金则又吞吐了:"下官是说,梨花宫中……那甲姆的香流。"

小王一听香流,陷入沉思。

却听央金意味深长地道一句:"小甲姆,您定也知道,甲姆最近身体抱恙,一直是在休养中。"她哪里知道,小王刚才陷入沉思,正是在思考这个事呢。

原来,多日前因为在梨花宫染上风寒,回宫后女王大病了一场。请药师尼玛医治,用尽良药,却不见好。只能又召神师进宫,做了法事,请问了天神。却说是梨花宫中的少年消耗了女王的精气。要想恢复体力,女王必须节制,避开梨花宫。当中那些少年也都是染了魔瘴的,更需要遣散。女王不得不信。因为确实,在梨花宫的过度纵欲,已经导致她的身心极度虚浮。她自身早有感受。为恢复元气,她只好趁此节制,遣散了那些少年。香流也暂时被封闭,要等到来年春天梨花盛放时才会启用。

这个事不提则罢,被央金一提,小王心下更是拿定了主意。当即就吩咐央金:"高霸,去把我们的鲜奶都提到这里来吧,先给娃娃们留下。"

央金为难道:"小甲姆,那可是供应劳工们烧酥油茶的!都是定量。已近秋日,气候越来越冷,劳工们只有吃上盐巴,喝上酥油茶才有体力做活。提到这里,那边就供应不上了!"

小王坚持,语气凝重:"救命要紧,你还是先提过来,供应不上我们再想别的办法。"

154. 猎官洛塔的暗示

入秋时节,小王领着央金忽然来到梨花峡谷。

因为女王身体抱恙,正在宫中休养,自然这时小王进入梨花宫,就无法体会往日那雨露香流的胜景。现在的梨花宫内侧,除一池温暖的泉水依然如故,正在不息地蒸腾;其他则显得无比地寂寞。

小王沿着冷清的泉池往里走,来到香流的出口处,绕着它上上下下地摸索,一边自我嘀咕。

央金迎上前,明知故问地说一句:"小甲姆,您在寻找什么?"

小王指着香流:"我在寻找这段铜管的铆接口。"

央金弯下腰身,仔细地观察。一阵后,提醒小王:"小甲姆,这管线是从宫房的背面插入进来。我们要不要到宫房背面去看看?"

小王点头，抽身往外走。

很快她们就来到梨花宫的背面，果然看到铜管的铆接口正架在一堵高耸的岩石上。小王心切，双手扒住岩石就要往上攀爬。惊得央金连忙招呼："小甲姆快快下来！有什么想法，您吩咐下官做就好！"

小王就问她："从这铜管铆接的地方，可以破开管线。但除了采用铜管，我们还能不能利用其他方式，让这里的鲜奶流向更远的地方？"

央金自然明白小王的用意，可真要付诸行动时，她还是有些顾忌。不由慎重地提醒小王："小甲姆，您确定要把香流截走吗？"

小王坚定地点头："哦呀！"

央金担心说："这可是甲姆的香流。"

小王反道："甲姆的香流怎么了？要说那女寨涉及战事，这香流和战事可没有关系。"

央金小心地劝说："虽是这样，可您还是先回宫和甲姆商量才好。"

小王胸有成竹："是需要商量，但不是现在。甲姆要到明天开春才会启用香流。到那时我再与她商量，两边可以共用一条管线。现在请示甲姆，她肯定不会同意。可生命是等不得的！我们先做了再说，总归会有办法。"

央金对小王的胆识充满敬佩，跟着追问："小甲姆具体想怎么做？"

小王认真地道出计划："只要有办法截走香流，我就可以上草场去。上一次赈灾中我和牧民们早有熟悉，相处得就像自家人一个模样。我有信心上草原去说服他们，给这里的香流供应鲜奶，救助更多的娃娃。"

央金顿时兴奋，利索地回复："小甲姆，只要您有这个决心，截走香流就有办法。我们可以采用土陶管连接！"

小王急切问："土陶管？又在哪里获得？"

央金回答："猎寨里有个专门制作陶管的家族，这时间他们正在为王宫下方的花葬关供应陶管呢。"

小王惊异。

央金解释："花葬关的战碉建设是王城的堡垒工程。建成后里面会有驻军，需要从雪山上引进水源，供应生活。那里正在采用土陶管。"

小王严肃道："既然是为战碉制作陶管，那又涉及战事了。也是大事！我们可不能占用！"

央金显得心有底数，汇报小王："猎寨里有个洛塔家族，他们的族长就是王宫猎战队的大首领洛塔。据说近段时间他正在猎寨。小甲姆如果能寻得他的支持，也许会有办法。"

小王一听洛塔,倒是自己熟悉的战官,印象中他又是个刚正爽直的人。顿时心生希望,只道:"人命关天,我们尽快去猎寨!"

央金则又谨慎地问:"小甲姆,还有一个难处:即使有了陶管,熊胆谷的道路并未修通;我们还得经过神山绕道搬运,运到后又还要铺设,那得多久?"

小王果断道:"别顾虑,我们先去做吧。"

不两日小王就来到猎寨。首先进了洛塔家族,拜访猎战队大首领洛塔。猎人出身的洛塔果然是个性格刚直的人。他对女王的浮躁生活早有反感。如今听说小王要以陶管引走香流,救济穷人,十分感动,竭力支持。很快就把陶管一事落实了。又从猎战队中调出两批战力,第一批增派给制陶家族,充作临时劳工,日夜赶制陶管;第二批则帮忙小王运输陶管。

利落地把小王的事处理完毕,待小王离开之际,洛塔首领却又吞吐了。带着探试的口气请问小王:"小甲姆,下官深知您对民间的情感,就像待自己的亲人一个模样。我们猎寨也属于民间,这里也有多多复杂的民事,但不知小甲姆可有时间进来看看?"

小王真诚地回应洛塔:"大猎官,您有什么建议就直说吧。"

洛塔目光闪烁,却又说不出口。

小王见这位原本直爽的首领,这下出口吞吐,就知道并不是小事。为缓释洛塔的情绪,小王跟着说明:"我这次修路就是为了打通农寨,进入猎寨,是帮你们来了。您还有什么话不能说呢!"

洛塔才敢直言:"小甲姆有所不知。多年前刚布家族对于我们山寨侵犯巨大。先前甲姆对他们虽有处罚,但处罚力度并不深刻。刚布家族自从尝得捕猎的甜头后,暗下一直是在组织人马,对我们的猎林不时会有侵犯。相关狩猎我们都是适度而行,为保护猎源,我们从来不会大量杀生。但刚布家族的人马却背道而驰。他们不顾狩猎季节,也无视猎寨的规矩,到处胡乱捕杀猎物,破坏我们原本安宁的家园!小甲姆,您看这事可有办法扼制?"

小王一听刚布家族,就不知如何答复洛塔。

却听洛塔又继续道出一个猜测:"另外,刚布家族还在反复地利用残忍的催山术捕猎!因为这个,他们已经获得了更多的金沙。据说他们已经带上金沙前去边城。对外说是添置猎器,其实依下官看更像是购买战器。刚布是祖母领地上的大怙主——他如果也购买战器——那会是——"洛塔越说越深,竟被自己的猜测惊断了话语!

小王更是惊动不已,暗自思量:前面洛塔说"不顾狩猎季节,轻视猎寨的规矩",这事可能是有隐情,但购买战器应该不可能吧。在王城,神师已经拥有了无比崇高的神权地位。他就是再有雄心,也不至于叛离祖母王朝!这么想时,小王就坦言相告洛塔:"大猎官,您提的第一个问题,我会好好思考。但第二个问题,您可能有些多虑了。"

155. 她 的 翅 膀

再说王宫这边。一日,大宫深处的女王忽然感觉身心疲惫,就想起要进梨花宫沐浴,提提精神。当即召唤天官,吩咐她:"本王想念梨花宫了,要去休息两日。你先去准备,遣人上草原,让牧场供应香流。"

天官勾着腰身不敢回话。

女王惊讶问:"怎么还不动身?"

天官拖着关切的口气提醒女王:"甲姆,时已入秋,风寒多多。您就少去梨花宫吧。"

女王以为天官这是关心自己的身体。因为之前曾在梨花宫染上风寒,多久未能去疾。还是神师的建议,对梨花宫节制了多日。这下是好了身子忘了痛,女王坚持要去。一边吩咐天官:"你快去准备。本王身体已经康复,去也无妨。"

天官的腰身勾得更低了,小心翼翼地招呼:"甲姆,您还是不去梨花宫为好。"

女王不解道:"这又怎么说?"

天官踌躇好一阵,回话:"您的香流,断奶了。"

女王大声发话:"刚才不是说了,遣人上草原重新启动!"

天官忐忑在那里。

女王只道:"再怎么了?"

天官见再不说出实情,女王就要怪罪自己,只好说:"甲姆,您的香流被人截断了。"

女王诧异:"谁敢截断本王的香流?"

天官吞吐道:"是,是小甲姆。"

女王一时竟也想不通:"她为什么要截本王的香流?"

天官语出一半:"小甲姆在修路中,进入了第五层曼扎的哥爸寨——"

女王一听哥爸寨,忽发震怒:"哥爸寨?她进那里做什么!"

天官才把话挑明了:"小甲姆在那里发现很多饥饿的娃娃,就把香流接到那里。她要把鲜奶分给那些临终的娃娃。"

女王双目喷火:"临终的娃娃?他们喝再多奶水终究还是一死。这不是浪费!她竟敢截本王的香流,去做这么愚蠢的事!"说时,女王脸色已经大变:"本王倒想知道,她这是为民办事,还是要和本王作对——把她押回宫来!"

天官谨慎地提示:"甲姆,她现在已是协政王,不能说押了,只能是请。如今她在民间一边修路一边亲近麦农。麦农们正因为她而感动,无限地拥戴。这时您请她回宫,如果只为香流一事,定会掀起民愤——甲姆倒是忘了,先前那些麦农就已经围困过王宫!"

女王一听围困王宫,火气越发大起来,厉声叱问天官:"这么大的事,你怎么也不禀报!"

天官连忙解释:"先前内官并不知晓,直到小甲姆把香流截走,事才传开来。麦农们已经尝到小甲姆的好处,这时甲姆再去干涉,那就是甲姆的不对了。想那些麦农已经围困王宫一次,就不怕再有第二次。内官正是担心这个。寻不出应对的办法,内官哪敢随便禀报甲姆!"

女王这么一听,倒又觉得天官是在替自己分担烦恼,不好计较。再回想被麦农围困的那些日子,心里确实也有些顾虑,当下只把牙咬得"咯咯"作响:"那就等等。我倒要看看,她的翅膀到底能够伸展多长!"

这么说时,就见内侍匆匆进殿禀报:"甲姆,蓝鹊使者求见。"

女王听是蓝鹊使者,一边窝火一边又觉得奇怪,问内侍:"如今领地安宁,并无战事。使者进宫,又是什么大事?"

内侍轻悄地回应:"甲姆,使者说是有机密要事禀报。"

女王朝内侍挥手:"让她进来。"

话音落下不久,就见蓝鹊使者一副大汗淋漓的模样,慌慌跨进大殿,躬身朝拜女王。

女王便问:"使者,什么事叫你急成这样!"

蓝鹊使者语气紧张:"甲姆,下官无意中探得了您的火金聚,他的近况!"

女王一听火金聚,不由嘲讽道:"他还没有变成牦牛吗!迷人的金矿是不是把他的心又给照亮了?"

蓝鹊使者不知如何接话。

女王面色一沉:"说吧。难道他不是被金沙照亮,而是被金沙压死了?"

蓝鹊使者语气艰难地解释:"甲姆,也不是被金沙压死;是,他叛变了!"

女王惊道："什么？"

蓝鹊使者："甲姆，先前您是放心地把他送进矿主炽列的手中，但他并不安心！经不住西城那叛逃的人唆使，二人串通杀了炽列，号召矿工们叛变，逃走了！"

女王大为错愕："什么！"

蓝鹊使者："就是那叛逃人金布！由他唆使、带路，火金聚以王朝大金聚的身份，带领矿工们躲进一处隐蔽的峡谷里。正在私开金矿，盗采金沙。"

女王浑身轻微地晃荡了下，自顾念道："私开金矿，盗采金沙，这不是跟那裹作盗贼一样了！"

却听蓝鹊使者加强语气禀报："甲姆，要说裹作盗贼还可以理解。您的金聚他，他正在利用盗挖的金沙收买人马，说是迟早攻回王城！"

女王目光一裂，双手空置在大鹏宝座的扶手上，却有些把持不住。多久，才听她断续地道一句："看来他，这是要把矿场变成葬场了！"

156. 矿场就是葬场

三天后，女王借进山捕猎为由，从十三女战队中调出一支强悍小战队，作为自己的捕猎护卫队出宫。之后则悄悄地由蓝鹊使者领路，直奔西城峡谷，围剿火金聚。

女王之所以私下行动，主要是担心这个事如果被列入朝会廷议，首先是在一些别有用心的朝官那里，将会难以通过；另外消息会被传入西城。如果被非天王知晓，一则西城是他的管辖之地，二则火金聚是他的亲兄弟，围剿可能就会受阻；现在，她必须先灭了火金聚，再回宫宣布结果。她要让所有人，尤其是协政宫的仁青和小王朗玛知道，谁敢背离祖母王朝，或说背离她本人，谁就是覆灭的下场。包括自己的亲人！

有蓝鹊使者的精确领路，女王很快就来到西城峡谷。当她翻过一道山脊，举目望前方，她就看到了曾经熟悉的场景——但见前方的山岩上正在燃烧着熊熊大火。大火周围忙碌着分工不同的劳工：一些劳工正在丛林间砍伐火杜鹃；一些劳工又在打捆、搬运；烧火的劳工则守在矿脉下奋力烧火。翻滚的火苗卷着白雾直冲云霄，像是把那天空也要烧破！那场景，让女王看得目光纷乱。恍个神，她就听到康金大矿主在向她介绍："甲姆您看，矿脉下烧得最旺的，那是火杜鹃。"

不，不是康金大矿主；是他的长子，金布的声音！他正站在山岩的矿脉下吩咐烧火的劳工："哦呀你们快快加火草。多加火草，火杜鹃才会烧得更加兴旺！"

女王大脑晃荡了下,自顾道一句:"看来烧得最旺的并不是火杜鹃,是火草啊!"语音落下,就见山岩侧边走出一个人。虽然长发凌乱,不如从前,又背对这边,看不清面色;但一身金聚官袍如故,依然是从前的模样。那是火金聚!原本在发落之时,女王已将他的金聚官袍没收。不想他竟然私制官袍,在这个隐蔽的地方充作当朝金聚自居!

女王望得双目喷火。

这时,站在女王身后的是十三女战队中的"林狼战队"。当年围剿裹作时,女王已经见识过这支凶猛又特别的女战队。她们的当家本领是"围歼战术"。作战时刻,她们会群体配合,围困一群,砍杀一群。

现在瞧那山岩下一群叛贼,林狼战队的女首领早已迫不及待。上前请示女王:"甲姆,现在怎么做?"

女王厉声发问:"你们不是擅长围歼战术吗?"

林狼女首领意会:"下官已有主见,只等甲姆命令。"

女王一手指向前方,发话:"那矿场的背面正好倚靠崖岩,并无通道;其他三面伸入到丛林中。你们就以丛林为突破口,兵分三路,同时向矿场围攻,先把那叛贼绑了,再听本王命令!"

林狼女首领响亮应声:"拉索!"立即带领女战队冲进丛林。

直到抓住火金聚,他还糊涂中不知谁在挟持他。一边挣扎一边叱喝:"大胆!你们知道我是谁吗!"

女战卒们一阵哄笑。

火金聚满脸盛怒。金布则在一旁朝女战卒吼叫:"你们这帮有眼无珠的鹞子,王朝金聚你们也敢挟持!还不快快放手!"

金布话音刚落,却听到矿场上发出一串瘆人的大笑——女王站了出来!对金布道:"哦呀!不单火布是王朝金聚,你金布曾经也差点成了王朝金聚嘛!"

金布一见是女王,心往下一沉,张嘴回不出话了。而在他的身后,高耸的矿堆之下,他的头官次吉则悄悄地钻进丛林里,溜了。

这时火金聚正在仇恨地盯住女王,只感觉女王的面目像金沙一样灿烂。灿烂到极处时,又发紫、发黑,灿烂得就要着火,就要烧死他。

果然,女王面朝火金聚冷笑道:"哦呀,我的大金聚!既然你这么喜爱金沙,就让你永远和金沙在一起吧!"

除了更深刻的仇视,火金聚并不回话。

林狼女首领一旁请示:"甲姆,您还有什么吩咐?"

女王狠狠道:"这样的人,本王多一个字也不想说,开始吧!"

林狼女首领立即吩咐女战卒,把火金聚和金布捆得五花大绑。背部坠上矿石,塞进矿洞里。所有采金劳工均被挟持,同样被塞进矿洞去。再用巨石堵住矿口。又在巨石沿边铺上火杜鹃,点燃火草,矿洞上下顿时火光冲天。

女王冲着烧火的女战卒叫喊:"把所有火草都堆到矿口上,加大火力!"

女战卒蜂拥而上,成捆的火草被密集地围堵在出口处。不久矿洞就烧成了一片火海。大火从早晨一直烧到夜晚。女王就守在矿场外临时搭建的官帐里,用带来的梨花香酒款待女战官。林狼是女首领,需要带兵,自然不可随便醉倒。就由她手下的女战官陪女王饮酒。她们在火光中痛饮,直到天明。

天明时,女王已经喝得大醉,目光也紊乱了。盯住林狼首领头上的帽冠,瞧那上面的红缨穗,总感觉那是一团熊熊燃烧的火焰。舌头打转,女王断续道:"火,火——"

林狼首领见女王神态恍惚,又不住地叨唠一个"火"字,心下已有顾忌,小心地问:"甲姆,您说的火……是放不下您的火金聚?还是加大火力?"

女王分明看到一团烈火,自林狼首领的帽冠上喷薄着朝她扑来——那是火金聚愤怒的目光啊!一个要死的人还会放射如此凌厉的光芒,太吓人了!是的,女王要说的是:加大火力,让大火焚烧极致,让巨石爆裂,把那叛贼炸成灰烬!这么想时,女王却奇巧地醒酒了!突兀地站起身,走出帐篷,朝着火堆两旁的女战卒吼叫:"还不动手!"

矿洞前方泼水的女战卒早已备好了架势,听女王这一声令下,迅速朝巨石泼大水。那巨石经过一天一夜高温焚烧,已是青烟乌乌;忽逢大水一浇,顿时"嘣嘣"炸裂,轰鸣不断。

只是点香的工夫,整个矿洞就已经坍塌,碎石埋成了一座小山。地面上腾起巨大的尘嚣,轰隆、碎石、烟雾、火灰……女王被粉尘呛得剧烈咳嗽,眼角间滚下两滴泪珠,但很快就被粉尘吸干了。

157. 石头上开出惨烈的花朵

尘埃落定之后,寂静的西城峡谷像是一口炸裂的天洞,空荡如风。女王的心也裂开了一道豁口,巨大而深暗。也许用整座山峰也无法填平!谁知道呢。她打马离开矿场,身心疲惫。路途颠簸致使她神情恍惚,已经无力独自策马。只得由那林狼首领护身,倒在她的怀中一路奔赴。

　　第一次,女王变得如此地无力,如此地需要依赖同性的力量——林狼的怀抱好温暖啊,比男伴的怀抱还要温暖!而身体下方的战马,它奔驰的劲头凌厉如风,恰似大鹏腾云天际。大鹏!大鹏……在流云一样的颠沛中,女王神绪晃荡,感觉身体已经伏在大鹏的翅膀上。大鹏,带着她穿行在洁白的云朵当中。那云朵,朵朵巨大,轻盈绽放,如同梨花一样。多么圆满,这样的徜徉!不多久,女王就被大鹏载到了她的河谷——那宽阔的女王的河谷上方。透过蒸腾的云雾,女王巡视自己的领地:那洁白的雪山,广阔的草原,威严的庙宇,恢弘的宫殿;美丽深幽的高山峡谷,日夜奔腾的女王河流;遥远的北城,繁荣的南城,沉默的东城,灿烂的西城——西城!多事的西城啊!散布在"梨儿卡"周边的那些辉煌的金矿——它的流失与收复,荣辱与战难。还有自己的男人——他们在那片领地上生根、壮大、疏离、背叛……忽然间,女王感觉身子一沉,被大鹏拖进乌云当中。顿时,无边的黑雾朝女王袭来。大鹏在黑雾中嚎厉、挣扎,双翅开始倾斜。女王紧紧地抓住大鹏的一只翅膀。这时她发现大鹏的另一只翅膀上,同样伏着一个人,一个男人。背对着她,又与她平身。

　　女王大声斥道:"你是谁?竟敢和本王平身!"

　　男人解释:"人间尊贵的甲姆啊,我并不想与您平身,只想助您平衡。只有平衡大鹏翅膀您才会飞得安稳。我如果放下这只翅膀,大鹏就会失重、折翅,您就会掉下去。"

　　女王恼怒:"你这只地鼠竟敢口出狂言,先吃本王一箭!"

　　话音落下,女王腰间的飞箭已经射出去,直刺男人脑壳。但听"啊"的一声惨叫,女王才看到,那是火金聚!而伴随火金聚的坠落,果然大鹏的双翅震荡起来,突发失去平衡。折翅,在云海里翻滚,拖着女王直线坠落……

　　女王一阵惊慌,在林狼首领的怀中猛烈挣扎,林狼首领只得紧急勒住战马。待女王情绪稍有稳定时,立即扶持下马,一头跪在女王脚下。

　　女王大汗淋漓,困望林狼首领,多久才问:"我们到了哪里?"

　　林狼首领回她:"甲姆,我们快回宫了,这里是梨花峡谷。"

　　女王一听梨花峡谷,只道:"那不是挨近本王的梨花宫了?"

　　林狼首领应声:"拉索,是到了。"

　　女王疲惫地吩咐:"连日奔波,你们都累了。就随本王进梨花宫沐浴香流,休息一下吧。"

林狼首领原地不动。

女王奇怪,问:"怎么不走?"

林狼首领提醒女王:"甲姆,您的香流不是已经断了?"

女王才一惊。她被火金聚气的混沌,倒忘了先前天官就已经禀报过她,香流已经被小王朗玛截断!

默不作声,或说愤怒之极,女王不再说话。脚步犹如石头砸地,"嗤嗤"有声,疾步走进梨花宫。

果然不见香流!只有一个维护管线的陶工看守在那里。那陶工一见是女王,"扑通"一下趴在地上,双手伸展,脸面贴着地面。女王厉声斥问:"本王的香流,截到哪里去了!"

陶工早已吓破了胆,哪里回得出话。女王一把揪起陶工,声音像铜锤砸下来:"你这只地鼠,不想进三角碉就快快起身,带本王一路查看!"

那陶工本来腿脚已被吓得瘫软,一听三角碉,竟然连滚带爬地领了女王,来到梨花宫的背面。

这时女王才看到,香流的铜管已经被人破开;又用土陶管连接上去,直接伸进丛林深处。

女王双目怒放,砸步奔入丛林。一边命令林狼首领:"女官!带上你的战队,随本王一起找出它的终点!"

林狼首领紧步上前,小心地提议:"甲姆,长途颠簸,您已经累了。是不是先回宫休息?"

女王已不回话,疾步如飞。

林狼首领无奈,只得跟上去。

她们沿着陶管路线行走了大半日,终是到达熊胆谷。女王勒住马缰,只见引出香流的陶管分出两个岔道,粗的一根伸入丛林深处——是进入哥爸寨了;细的一根则直接钻进一处碉楼里。女王转身询问林狼首领:"那里住的什么人?"

林狼首领犹豫,不知如何回话。

女王大声斥责她:"不知不回是无知!知而不回是大罪!你是无知还是大罪?"

林狼首领才怯怯地说:"甲姆,那是娃娃碉。里面住的都是哥爸寨里长不大的娃娃。"

女王一听哥爸寨,心中那个怒火,就像干枯的火草被突发地点燃。想想那些卑贱的骨头,他们从遥远的男根领地一路流浪,其实早已经散失家园,一无所有。到这里来,却要以男根自居,轻视伟大的祖母王朝!女王这一想,越发愤怒,牙缝里挤出七个字:"本王倒要进去看看!"

于是疾步走进碉楼。一进去,却见里面躺着十多个娃娃。均是一脸死气,临终的模样。如果没有充足的奶水给养,怕是他们早就变成尸体了吧。而在碉房内的一侧,正有一根陶管伸入进来。陶管下搁着一只奶盆,那鲜奶正在滴一下,断一下,缓慢而细弱地落入奶盆中。一个男娃躺在奶盆旁,已经喝得饱满,鼓起圆浑浑的肚皮,清光幽幽的脸,正以满足的目光迎接进屋的陌生人。他原本是那么的安详,像是进入睡眠一样。只是见到女王突然凌厉的面色,这男娃又被惊吓了,竟"哇"地一下,放声大哭起来。

女王本来已经怒火烧身,再瞧这个喝足了奶水的娃娃,口里吸着她的鲜奶,竟然还在朝她猛烈大哭。目光恍惚了下,女王就看到,这娃娃惊慌的面目——他多像火金聚啊!再一瞧,更像水金聚了——如果不是自己下手快,水金聚和苏梨,这两个叛离的情人,他们也会有这样一个喝着奶水的娃娃吧!是的,包括火金聚和那个洛绒家的下人,他们都会有这样的娃娃!女王大脑"嗡嗡"作响。再瞧娃娃,又不像是两位金聚的了;变成了小王朗玛的娃娃——不是她的娃娃,她怎么会如此大胆?竟敢截断甲姆的香流——白白浪费甲姆的资源,实实侵犯甲姆的王权!

女王的心,分裂了!突发抓起娃娃,高高举起,向着碉楼外的月台上走去。

碉楼老阿妈紧步上前,跟在女王身后疾呼:"甲姆,甲姆,请您小心!"

女王回头,斥问她:"怎么,你是在警告本王吗?"

老阿妈双手颤抖,仍然向着女王伸展出去,央求道:"甲姆,请把娃娃放下吧!"

女王神态爆裂,呵斥道:"你这只地鼠,是不是中了哥爸寨的魔煞?"

哥爸寨!哥爸寨——这声音像一把战刀,挟持住女王双手,支使她死死地掐住娃娃,以决绝的姿态把娃娃举过头顶,朝着哥爸寨的方向;不,是朝着碉楼下方的石块,狠狠地砸下去!

在女王瘆人的大笑中,众人看到,那个喝足了奶水的娃娃,那可怜的娃娃,他像一只奶罐坠落在石头上!顿时头骨碎裂,血水四溅;伴着食道里还未消化的奶水,乳白,鲜红,鲜血淋淋,在石头上开出血肉模糊的花朵!

众人惊骇,定格在那里。包括林狼首领和她的战队,均被这突发惨烈的情景给吓住,丧失了主见。

女王却在朝她们吼叫："怎么，都站在这里，难道是要给祖母王朝的仇人送葬！"

林狼首领身子颤抖了下，低声说："下官护送甲姆回宫吧。"

女王头也不回，抽身下楼。

当她走出碉楼时，就听见月台上老阿妈发出决裂的声音："但愿我的身子像尘土一样埋住这一切，不让天神看到！"说完，只听"轰"地一声，老阿妈垂老的身子竟像一条氆氇从月台上飞下，盖住了石头上那惨烈的花朵。

158. 我要回宫主政

小王朗玛是在第二天才得知这个惨烈的消息。当她赶到娃娃碉时，那石头上的孩子，他的血液已经凝固成斑。碉楼阿妈厚实的身子盖住了一切。让小王看不清，那个曾经由她亲手喂得饱满的孩子，他的面目。唉，她救下的孩子，最终却因她而丧命！就不知在临终的路上，孩子会不会因为惊吓而迷失，变成孤魂野鬼？他要怎样才能寻到回家的路呢。

小王朝石头跪下身去。没有泪，只是轻轻扒开老阿妈的尸体。她已经不能感觉这是尸体；只以为是在掀开一件氆氇，一件盖在孩子身上的温暖衣袍。掀开来，却已经看不清孩子完整的脸面。满目尽是死亡的血迹，漆黑，阴暗，凝固成斑……小王的心空茫了，已经不知道痛，不知道伤。她像凝望一朵花那么地，凝望孩子。许久，但见她解下肩上的斗篷，铺在地上，把地上凝固的血斑和碎裂的头骨小心地聚拢、收集，包入斗篷；再以经幡包裹，拴到马背上，就策马回宫了。

小王走进王宫三楼大殿，抱着孩子的尸骨直视女王。并不下跪，直直地盯住女王。

这等气势的小王，女王从未见识，当即心一沉，呵斥小王："朗玛，你竟敢把死亡带进宫中。这是要破祖母王朝的吉祥了！"

小王一字一句："这个娃娃，原本快要离去。他只是在等待神马引路，回归祖地。为什么您竟这么狠心，不能给他最后的安宁！"

女王恼怒："哦呀朗玛，如今你是厉害！截断香流，本王还没拿你问罪，你倒责备起本王。就说截吧，真要供给那些有救的娃娃本王也能心服。你竟拿它喂养要死的娃娃，这不是白白浪费！"

喂养要死的娃娃？白白浪费？唉，这样不知深浅的话小王如何还能听下去！她已经目无光芒，声音如同断魂一样："我，只是在替您普度众生。用您的香流，度您的子民；给娃娃临终的关怀，让他们带上安宁、带上饱满，回到幸福的天堂。我想，即使他们在天上，也会为甲姆的慈悲念经祈祷。我不曾想，作为人间甲姆，您却这么狠心……"小王对女王已经极度失望，愤怒，泪水涟涟："我原以为，只要我把民事实实在在地做好，一切就会安宁。从来没想过要和您争持政事。您在甲姆拉时期，是九年后协政。我还在想，只要允许，我情愿十九年也不回宫，情愿一生深入民间工作；直到您垂老，您愿意，我才回宫。神山在上，我出口的话如有半点虚假——山崩！地陷！天诛！地灭！"小王已经泣不成声："可如今，您这样残忍地对待您的子民，您已经不配为王！是，我改变主意了，我要回宫！"

女王听小王如此决绝的言论，不由预感大事来临！但出口还是有些侥幸："你想回附宫是你的自由，不用这么愤激！"

小王坚定而清晰地纠正女王："不是回附宫！我要请所有朝官进宫——我要回宫主政！"

整座王宫均因小王这样的声音剧烈晃荡起来。不，是女王的身子跟着在剧烈晃荡。像是有一双凌厉的翅膀，裹挟着阴风朝女王直劈而下！女王想挣扎，想以人间甲姆的强大精气，折断面前这双愤怒的翅膀，让它像山鼠一样趴在地上，但小王目光坚毅，毫不畏惧。

双双不知僵持了多久。当女王最终克制住震惊的情绪。再望小王时，却见她仍然像松柏一样，坚挺地立在大殿中央。女王朝小王拍起大鹏宝座，朝她吼叫："刚才是谁在说话！是你吗朗玛！那是你的肉身，还是你的魂灵在作祟？你要回宫主政吗，问问我的大鹏宝座，它允不允你坐下！也要量量你的翅膀，它到底会有多长！"

小王面目严肃："大鹏的翅膀只有为天下的麦农遮风挡雨，才能像大树一样。要不，伸展再长它也只是行云流雾。"

女王怒斥："行云流雾？这是诅咒吗？这是你在诅咒，我们的祖母王朝是那行云流雾的命运？"

小王神色无畏："谁能比得星月长久呢！就算是行云流雾，也应有滋润大地的时候！"

女王这一听，整个浑身跌入大鹏宝座中，爬不起身了。

等能爬起来时，女王已不再盛怒。只是在梳理一段段往事，对小王道："处心积虑，截我的香流；带上亡灵，咒我的王宫。看来你早有野心哪！那么努力自荐，赈灾、协政、修路、掌管民事。哦呀，一切过程就好比念珠一样。一颗珠子一个野心，一节一节地串联。你以为只要一打结，念珠就会成串，你就可以戴上堂皇的头冠，登上我的宝座？"

小王张口，正要为自己辩驳，但女王并不想让她再发出更多崩溃的言论。是的，女王已经决定：把这个异想天开的女子，连同她斗篷里包起的尸骨，一同打入地宫！

159. 满腹的声讨，变成了石头

西城峡谷里那巨大的轰鸣声，并没有因为埋葬而彻底消失。不久，女王活烧火金聚一事，就被有幸逃脱的矿工报到非天王那里。非天王得知女王前行西城，竟也不通知他这位镇城之主；而自己的亲兄弟已经惨遭火焚！因为并不知晓火金聚叛变的事实，非天王只感觉纳闷、蹊跷，同时也无比愤慨。加上先前王城已在不断传出女王的种种暴戾事端。非天王满心焦虑：女王若是照此行事，长久下去，王权必会遭受影响。思前想后，越发感觉事态严峻。另外西城边境又查出了新的战事状况，正需要回宫禀报。便匆忙作些收拾，领上一支精悍马队直奔王城。

非天王快马加鞭，连日赶路。到达王城，奔上梨花大道，经过绛珠大相的官寨时，却被大相给拦住。非天王还来不及问候，绛珠大相却慌慌汇报："王！我正要派人给您送信，有大事禀报！"

非天王并不惊讶，心下揣测大相要说的，不是相关火金聚的死亡，就是相关神师的调查。

却听绛珠大相邀请他："王，请先到我的官寨里细说。"

非天王望一眼王宫，滚身下马。一边走进大相官寨，一边急切询问火金聚的死亡原因。这才得知，并不是女王无故要灭他；是他伙同金布叛变在先，激怒了女王才导致丧命。非天王情绪复杂，对火金聚悔恨交加——他的三个兄弟中，要说最为不幸，当属小阿弟水布。但三阿弟火布落得今天这样下场，与他自己的性格，还有女王对他的态度都有关联。双双均不得好，不单是哪一方。

非天王想想，也只有无奈，暂且放下了。跟着询问对于神师的暗访。

绛珠大相见非天王一心牵挂暗访，只好草草道："我已经得到蓝鹊使者的消息，由于中间横亘着一道神谕的门槛，暗访工作仍然被困在'有眉目，但缺乏证据'的状态。"

非天王并不失望，叮嘱绛珠大相："不论怎样困难，烦劳大相多多督促蓝鹊使者，一定要认真细查到底。"

绛珠大相点头，匆忙说："王，宫中出大事了！"

非天王一时糊涂,惊问:"大相,刚才见你急于表达,难道不是因为刚布,还有火布的事?"

绛珠大相急躁道:"是甲姆,她把小甲姆禁闭在地宫中了!"

非天王震惊不已:"怎么,她为什么要禁闭小甲姆?"

绛珠大相摇头,语气困惑:"具体原因我也不知,您只能去问甲姆。我请您进官寨,是想把内心的担忧告诉您:小甲姆一直驻守在民间,与民亲切,已经在第五层曼扎的农猎两寨积攒了多多人气,拥有大批麦农。这些人曾经就围困过王宫。现在麦农们暂时还不知小甲姆已被禁闭。等有人把消息送进农寨去,不用多久那些麦农定要赶上王城闹事,讨要小甲姆——如今小甲姆可是麦农们的保护神。王,请您快快回宫劝甲姆放人,不然后果严重!"

非天王这一听,再不敢停留,慌忙告辞。

平日非天王回宫,通常是先有报信。这下却不报而归,女王已经预知,他定是为火金聚讨要说法来了。另外自己禁闭小王,已经被协政官及一些朝官知晓。估计途中也已经传入非天王的耳里。

因此下达三楼大殿,见非天王时,女王就没了好气,直言道:"男王,你这等气势汹汹地回宫,难道是要把本王剁了不成!"

非天王一语道出,开门见山:"其他什么事都已经过去,无论放得下放不下,都必须得放下。但是你……算了,现在不是追究原因的时候,你快把小甲姆放了!"

女王冷冷道:"我要是不放呢?"

非天王厉声:"那就是禁闭你自己——你怎样禁闭小甲姆,不给她自由;不久你的麦农就会怎样围困王宫,禁闭你,不给你自由!"

女王愤言:"你这是威胁,你就像那些麦农!"

非天王毫不客气:"我要是那些麦农,我早就对你举起了战刀!"

女王一听战刀,忽而怒气散尽,变得有些悲壮:"向我举刀吗?你们都要向我举刀?朗玛提出主政,她这把刀,是要把我这大鹏宝座生生地劈斩啊!"

女王这么一说,倒把非天王给震住了,匆忙问:"你说什么?朗玛提出主政?"

女王则不想回话了,垂头,沉入大鹏宝座中。

非天王一听小王提出主政,刚才还是满腹翻腾着对于女王的声讨。现在,所有的责备却在瞬间凝固了,变成了石头,沉重地压在心上。

注视女王,凝视她的大鹏宝座,非天王陷入思考——不论甲姆的错误有多大,如果真是朗玛提出主政，那又另当别论了。阿乌格拉、南王松格、绛珠大相，以及那些世代享受王恩，生生世世拥戴苏犀家族的朝官们，他们怎么接受呢？就是非天王本人，他也不能接受！而不能接受的后果将会是：甲姆身后倚靠的是战队，小甲姆身后倚靠的是麦农。到两边均有不服时，定会引发冲突，导致自己的战队和自己的麦农，血肉相残！

非天王这一想，竟是惊出一身冷汗。反倒是最厉害的担忧，迫使他冷静了。多久过后，非天王终于缓下口气，对女王道："哦呀，她要是提出主政，就不是小事。但我糊涂的甲姆，你把她打入地宫，正好给麦农们落下了口实——她回宫主政的理由，就要被你早早地提供了！"

160. 她们是领地的半壁江山

第四天，正是五日上朝之际。在非天王的努力下，小王朗玛已在三天前被接出地宫。她在协政宫忧心忡忡地等待。朝会这天清晨，一大早她便穿戴一身正装朝服，进了主宫大殿。包括她的舅舅仁青，另有阿乌格拉、神师刚布、绛珠大相、绛月大相、东知大相、拥中高霸等，南王松格也在紧急中被召回宫来。

这时松格已经从朝官们口中得知火金聚被焚，当下对兄弟之死像是预料之中，又像是被重棒一击。正为此悔恨、难过、无奈、茫无头绪时，却听到小王当朝自荐，要求回宫主政！

王宫大殿第二次震荡了！

过去，对于小王协政，两位男王均是就事论事，心态不乏平静。但等到小王真正提出主政，两位男王却又坚定地站在女王这边了——他们并不支持！另有阿乌格拉和天官，坚决反对小王主政。如此，朝中那些一贯保持中立的相官们，绛月大相、拥中高霸等，也都认为小王这一次确实是有些过分。一时间大半朝官又都倾向女王，以及她身后那由阿乌格拉、天官、两位男王联合的强大势力。

属于小王这边的支持者，只有她的舅舅仁青、民事大相东知，以及一些不得权势的小高霸。明显势单力薄。神师内心当然支持小王，但却不好明白地表达；除非是让他抓住一个可以传达神谕的机会。而相官们大半都已经倾向女王。少数服从多数，神师无从插手。

如此，小王提出主政，终因支持范围孤立而不得阵势。小王哪里服气！一想到第五层曼扎里那些被女王打压的苦难百姓，心情就无法平静。而那被摔得头颅碎裂、血肉模糊的孩子更让小王悲愤不已。当下小王态度坚决，言语犀利，同女王，同众位相官据理力争，不肯退让！

最终还是非天王强行打断了局面，对小王道："小甲姆，无论你有多么远大的胸怀，请先听我陈述一事。"

小王见是非天王发话，想当初正是他的公正和努力，自己才得以顺利地协政。自然，男王的心怀是开阔的，值得信任。就不好再作僵持，只能恭敬地点头。

非天王目光凝重，注视小王，久久地注视。直到把小王弄得神色有些虚浮，他才以沉重的语气，细细地向小王陈述，近年来西城的战事状况。

原来大约在两年时间内，西城至少发现了七次裹作的密探！他们有的是藏匿在民间山寨，打探消息；有的是上规模的组织，悄悄地扎营在丛林深处，侦察地形；有的更是潜入了西城战队，怀揣金沙，四处游走，意图腐蚀战官。看来这一次裹作人的动机并不是盗挖金矿那么简单，怕是会有更大目的！

非天王这一陈述，不但小王本人被惊动，众位朝官一时也都有些不知所措。

非天王见此，加强了语气，建言大小女王："我们的大鹏宝地表面看起来是很平静，但实际很不安宁。甲姆，小甲姆，你们身处危境却难以觉察厉害，为主政一事争持，实在不是时机。如果领地被人侵略，谁还能安稳地主政！依我看，你们首先需要冷静，相互理解，相互包容；其次需要团结起来，共同努力，加强组织战力，扩充王宫战队，以应对未知的战事。"

非天王言毕，已顾不得大小女王的反应，直接询问绛珠大相："大相，以你目前手下的战力，远征的话可以维持多久？"

绛珠大相想了下，回答："这要看远征的对象。如果只是针对裹作人，加上你的西城战力，坚持十年八年也没问题！"

非天王点头，又问南王松格："战事方面，南城现在处于什么状态？"

松格回答："南城是商埠，除部落之间为利益偶尔发生小摩擦，大的暴动不会发生。"

非天王提醒松格："安宁时期不可忘记动乱，你应当时刻警惕，更要加强组织战力，以防万一。"

松格应承："拉索！时下我正在民间征召人马，充实南城战队。"

非天王赞他："好！现在我们的重中之重就是战事防御。"继而询问拥中高霸："拥中官，花葬关的战碉建设现在进展得怎样？"

拥中高霸回答："王，花葬关有三道关口，其中两道关口的战碉已经完成，另一道关口正在建设中。"

非天王欣慰点头:"哦呀!"再问绛珠大相:"平日大相是怎么操练战队的?"

绛珠大相带着感叹回复:"王宫战队平日分成两大阵式操练。一是近战操练,二是远征操练。听您刚才的陈述,怕是要在远征操练方面多多下功夫了。"

非天王严肃道:"确实,远征实属战事首要。边城就像围拢在领地周边的河坝,实在松懈不得!"

南王松格和绛珠大相,以及洛塔首领等男战官,齐声响应非天王:"拉索!拉索!"

一时间,王宫大殿竟变成了男官们的天地。他们纷纷提议、交流,讨论远征战事。话题不断,倒把大鹏宝座里的女王给冷落了。女王心下就有些不舒坦,当场打断男官们的谈话,不满道:"你们说来说去,竟也忽视了十三女战队!"

非天王面向女王,认真地解释:"甲姆,您就是不提我也正要说的。十三女战队是守护王城的堡垒战队。尤其当中的六位女首领,更是多多的神通!无论远征还是近战,直面搏击还是侧面巧夺,样样精悍,身手不凡。一旦发生战事,她们就是王城的铜墙铁壁,谁也不能忽视!"

女王才听得舒缓了一些,大声道:"哦呀,所有战事都少不得十三女战队。她们是祖母王朝的半壁江山,就像大鹏飞越,万里无疆!"

161. 头上的花冠,和脚下的马鞍

夜晚,女王拖着复杂的心绪回到七楼寝宫。非天王随在女王身后。想到明日就要返回西城,这一夜非天王很想和女王作一次倾心长谈。女王则不理会,上寝宫后,独自卧进凤榻里。她已经疲惫,不仅是面对非天王,而是面对一切!回想近些年,没有一件事让她安心。先是内宫出事,水金聚生生地背叛她;再是各种自然灾害横行肆意,造成民心摇晃;后来还有小王借机协政,处处与她对立;最终又不曾想,火金聚竟然起心谋反,叛离祖母王朝。承受如此巨大的痛击,这还不够,小王竟然提出回宫主政!虽然她的翅膀暂时还没有那么硬朗,但总有一天——唉,还是别想吧。女王已经身心疲惫,卧进凤榻深处,幽幽地闭着双目,像是就要睡去。

非天王站在凤榻前局促,却又无法兴起话题。无奈,他只好独自饮酒。喝下两鐏后,又觉得好大无趣。就为女王也斟了一鐏。女王哪里肯接,背对着非天王一动不动。非天王也不好勉强,只得又自己饮了。原本喝的可是梨花香酒,这下滑进肠胃里却感觉特别的苦涩。

深深地体味一番,非天王就自我感叹起来:"这是第一次,我回宫四日,却不能和甲姆倾心交流。"

女王不作答。

非天王继续:"也是第一次,这甲姆的香酒,喝下去却是苦酒。"

多久后,才听女王嘟哝一句:"不是酒苦,是心苦。"

非天王坦言:"心可以苦,但不可以苦涩——那是我的领地,为什么你去也不跟我招呼一声?"

女王:"连你也是我的,你的领地又是谁的?"

非天王:"可水布也是你的,你惜爱过他吗?火布也是你的,你有手下留情吗?"

女王又不作答了,不与男王理论。

非天王怔忡了一阵,只好缓口:"好吧,都已经过去,我们应该向前方看了。"

女王阴郁地道一句:"前方有什么——是你会留下来,还是你也要离去?"

非天王想了下,回答:"我们之间,就像梨花落在地上,你以为是梨花自身的意愿吗?"

女王一听梨花,双目湿润了。梨花,梨花,她多么爱它,多么怨它,终究也不能摆脱它。是啊,在她内心,她是多么地惜爱男王!多么希望他能陪伴在自己身旁!想想,女王这才翻过身来,凝视男王,思想他的话:你以为是梨花自身的意愿吗——难道这是男王在向她暗示,只要她肯挽留,男王就会留下?

这么想时,女王便缓缓地起身了,一边道:"如今宫中这么乱,男王,你愿意放弃西城,回宫扶持我吗?"见非天王神色惊讶,又安慰道:"如果你有心回宫,我会调绛珠大相前去西城。哦呀,现在我不再需要金矿了,只需要你!"

却听到非天王无比冷静的声音:"甲姆,你当真不明白,金矿就是领地,失去金矿就失去了领地。"

女王幽幽发话:"那么,西城比我更为重要了。你爱惜它,胜过爱惜我啊!"

非天王一脸无辜:"甲姆误解了,这是两个概念。"

女王不接话。垂下目光,不再望男王。

两下沉默。许久过后,但听女王自顾感叹一句:"哦呀,当真金沙的作用就像天地一样壮大了。"

非天王不假思索,纠正女王:"甲姆错了,金沙本身并没有作用。关键看它会做成什么,这很重要。比如是做成你头上的花冠,还是我胯下的马鞍!"

女王大脑一晃,一口气袭上胸口,堵得心慌。镇定好大一阵,才道:"听你这口气,像在跟一个下官说话!"

非天王神色严肃,表达:"有些下官的智慧就跟星辰一样,比如小王朗玛。"

女王回击:"别拿朗玛压我,我还是甲姆!"

非天王则道:"是甲姆更要以身作则。你要想:无论你有多大光芒,那都是在照亮周围。光,散发越远越柔和,它因扩散而美丽。如果只是独自灼亮,谁还能看得见——你对朗玛,可有点咄咄逼人了。"

女王最终被激怒:"非天,难道你回宫就是教训来了?咄咄逼人?是我对朗玛咄咄逼人,还是你对我咄咄逼人?你回宫,非但不能团聚,却彼此不得好处。这样倒不如避开,不回宫更好!"

独自,又深深地卧进凤榻里。洁白的羊毛毡子埋住面目,女王再无声息。

这一夜,两王互不理会。

第二天清晨,非天王在无趣中起床。幽幽地作了些收拾,惆怅地离开王宫。女王却不相送,只是站在寝宫的月台上,以居高临下的目光作了送行。立在一旁的天官见女王情绪低落,小心地安慰她:"甲姆,男王只是寝宫的客人,您可别因他伤了身子!"

女王冷冷地说:"客人?本王看他更像是王朝大主——在他心中,我们广阔的领地都是他和胯下的战马征服所得,是属于男人的领地。本王只是一个替男人看守领地的女人,是在借用他们征战赢得的金沙,打造头上的花冠!"

天官就沉默了。许久,才听她吐一句:"甲姆,那些外人的话您也不必在意。"

女王发狠道:"他的话就像战刀雪亮在本王面前。本王透过那刀锋的光芒看到——我们祖母王朝需要的并不是男人,而是金沙!哦呀!本王迟早要让这些男人知道,金沙最终是做成本王头上的花冠,还是他们胯下的马鞍!"

第 16 篇

162．男人的领地

非天王在惆怅中离开王宫。当他打马奔上梨花大道，回头仰望女王宫殿时，忽然就感觉，它是那么地凌厉、陌生，好像从来也不为他所有。是的，原本他只是西城之子，姻亲让他来到陌生的城池；又拖上自己的两个亲兄弟，变成断魂人！想起女王昨夜的话——"这样倒不如避开，不回宫更好"。这句话，即使算一时气话，也是气话伤人！再抚摸胸口间女王的信物，那只云凤金佩，心情越发难受——也许人还不及信物。信物知道跟随人一生，人却不知不觉间就可以将它弃失！想到深处，非天王不由双目凝重，带着诀别的情绪，打马奔离。

一路疾驰，不过两天就出了王城地界。这时非天王却在丛林间发现一支陌生的马队。足有二十的人马，就衣装上看也不像本地人。非天王当即生疑，正要赶上去问话，那马队却慌忙调头向丛林深处逃窜。非天王预计这又是裹作的探军，连忙快马加鞭追赶。翻过两座大山才把马队拦截。押上来一盘问，果然不出所料，这次抓获的正是当年裹作的密探头官黑鸢，和他带领的森波密探队。

非天王震怒，举刀把其他密探全给砍了，留下黑鸢和一个森波人。当然，由于森波人是以裹作人的装扮现身，非天王无法辨识，只以为还是裹作人。当下分别割去二人一只耳朵，斥令他们："我暂且留下你们一条性命，回去报信吧。告诉你那盗贼首领，不要再妄想偷盗金矿。我们已经全民皆军，连小娃娃的身体里都长出了战刀！今后如果再发现你们进入我们领地，我定要带上强兵强将，将你们的草原彻底烧成灰炭！"

黑鸢抱着鲜血淋淋的面目，一边心惊肉跳地回应："拉索！"一边拽上森波人庆幸地钻进丛林。

确实，非天王未能识破森波人，这对于肩负着重大使命的黑鸢实则是个幸运！

原来，自从几年前被女国火烧草原后，裹作的战队就已经精气大伤。他们再也没有能力同女国单独作战。但因为金沙,更为火烧家园的仇恨,裹作投奔了森波部落。

回想裹作正式到访森波部落,前后只有三次。第一次是为迎娶两位姐妹妻子,大小阿吉。她们正是森波部落的大首领——扎西森波的同族宗亲。第二次是用金沙从森波人手中购买人马战器。第三次则是被女国火烧战营后,身不由己,逃奔森波部落。当时,裹作给森波部落带去一件特别礼物——他那已被焚烧得遍地疮痍的草原。裹作向大首领扎西森波承诺,只要他愿意领军攻打女国,自己的领地就可以作为进攻战场,无偿地提供给森波部落。

扎西森波听完裹作这一承诺,半点也不惊讶。其实早在裹作向他购买人马的那一年,他就已经起心攻打女国。但无奈那时森波部落正陷入与西边更大部落的战事中。两边抗争了很多年,最终森波部落凭借凶悍的铁骑战力取胜。这下战事刚好结束,又是胜者赢家,扎西森波的心自然跟着膨胀起来。正计划着要去攻打女国。因他的领地处在女国北疆,他原本是想通过女国北城攻入。但困于那北城"生死关"的天路阻碍,进攻不易,就转换了目标,准备先拿下裹作,再通过他的草原进攻女国。不想这个计划还搁在脑海中,并没有落成白纸黑字,裹作就主动寻上门来。这真是天意的安排!

扎西森波大悦,却又故意询问裹作:"见你这么竭力,反复攻打女国,难道仅仅因为她们的金沙?"

裹作语气决绝:"大杰波,除了金沙,我们还有深刻的仇恨——那女国火烧我的草原,让我们的牛羊变成了灰炭!"

扎西森波不屑而笑,毫不客气地兜出一句:"我怎么听说,是你们自己引火烧身呢。"

裹作就被堵得哑口。

扎西森波跟着追问:"实在地说吧,攻打女国你有什么理想?"

裹作只好承认:"我们主要是为金沙,还有女人……"吞吐了下,则又神秘地吐露:"大杰波,您可知道,她们还有一位小甲姆!据说她容貌盖世,却又心智明亮,气质好比那雪山一个模样。"

扎西森波目光不经意地闪烁了下,问:"她是什么出身?什么年纪?"

裹作连忙回答:"那小甲姆的阿妈出身高贵,听说是苏埤家族的金骨头血脉!年纪嘛——"裹作有意地瞟一眼扎西森波:"虽说比大杰波小了一些,但也到了当朝执政的年纪。"

扎西森波一听"当朝执政的年纪",心绪便跟着翻腾起来——他当然知道那女国小甲姆！且他心中对她早就潜伏着一个盛大又机密的设想。只是局势未到，他还不便出口。

裹作哪里觉察得了扎西森波的雄心壮志！以他的视觉，那就是儿女情事嘛。所以奉承地、探视地提醒扎西森波："金马要配金鞍，大杰波，那小甲姆可是天下难寻的——"

话还没说完，却听扎西森波语气严肃地打断："你这个追求，目光短浅。"

裹作盯住扎西森波，不知他的本意，只好转口，好奇地问："大杰波，您要是攻打她们，又有什么理想？"

扎西森波笼统道："我嘛，要让那祖母的领地，变成男人的领地。"

裹作听得震惊，嘴张成洞口的模样，不得话语。

扎西森波跟着发出感慨："我早听说，你的战队同她们交锋，竟然败在女人的战刀下！真叫人好奇，那会是怎样一支战力？怎么比得了我们男人？攻打的话，首先我要揭开这个迷惑。大地嘛，是男人的大地。统领大地的主人是我们男人。我进攻，首先就要击溃那些女人的力量；要颠覆她们，改变她们的领地！这是主要目标，然后才是金沙。"

扎西森波的话，让裹作听得一愣一愣地。

扎西森波见此，突然转过话锋，面对裹作语气凛冽："你可记得自己的身份？"

裹作垂头，不知如何回答。因为这确实不好回答。说还是裹作部落的首领吗？当初自己虽然侥幸地逃出女国矿场，但想不到女国战队竟然追上草原，火烧了他的部落大营。他是死里逃生，才随同阿乌东嘎来到森波部落。又因为阿乌东嘎的情面才被森波人安顿。因此他就无法再论身份。

这时，就听扎西森波带着责备的语气提醒他："那祖母领地上的金沙是不是迷失了你的眼睛，让你忘了，你还是我们森波大部落的女婿。"

裹作真诚地应声："拉索！"

扎西森波就道："你娶了我们领地上的姑娘，就像酥油和茶水的交融——森波部落和裹作部落当然也是一家人！"

裹作大脑一晃，心下已经明白：扎西森波这是在暗示他——必须归属森波部落！当下就感觉咽喉里卡着一只死地鼠，吐不出，吞不下。

扎西森波自然看出来，知道裹作心里是有不服，思想正处在斗争当中。这就需要给他时间。于是吩咐下人，提上香酒。先给裹作斟满一杯，又给自己斟满，再主动向裹作敬酒。

憋屈加以无奈，无处发泄时，裹作只好举杯大口饮酒，借以麻痹复杂的心情。最终，直到酒劲摧毁了尊严，他才朝扎西森波深深地，深深地勾下腰身，臣服于他。

扎西森波坦荡而笑，大声招呼裹作："哦呀，你应该知道，这将是一场伟大的战事，不是一日两日可以成就。你嘛，既然是她们近邻，对她们领地更为熟悉，那就由你作为我的密探头官，先带领我的密探队进入她们领地。相关入侵的战地、路线，就由你来负责，全面侦查。我会同步在草原上筹备人马战器。等时机成熟就下战书，向她们宣战！"

裹作一听下战书，匆忙表达："大杰波，为什么要下战书？我们领地正好毗邻女国，通过我的草原可以直接攻打她们。"

扎西森波显得一脸正气："偷袭只是小人所为，不会长久。大战事需要大气度。下战书，通过明明白白地实战征服她们，才是人王之道。"

裹作一听，脸色红一块白一块，无比尴尬。多久才应声："拉索！"

如上所述，正因为裹作臣服于森波部落，成为扎西森波的密探头官，两年以来，西城地区才出现了大批裹作人和森波人联合的密探人马。

163. 麻子与花朵

再说黑鸢，被非天王割去一只耳朵后，抱着血淋淋的脸面逃回了草原。却不敢轻易回到裹作战营。因为这一次深入女国，他是带着一直未能突破的侦探任务：打探女国蛊战队和猎战队。尤其是蛊战队，一直就由女王本人控制，又深处王宫下方的绝林当中。黑鸢根本无法近身。这次黑鸢带上二十个密探，原本是想从各层各面打探两支特殊战队，不想却在半途中被非天王给灭了。黑鸢自知人单力薄再无法开展工作，只好先逃回了草原。

只是，不但没有带回有价值的情报，还丢了一只耳朵。这要是面见裹作，怕丢的又不仅是耳朵了！黑鸢心存顾虑，就带着森波人踌躇在草原边境，不敢轻易回返。他们前往一个小牧场投宿。准备先在牧场上逗留几天，等想出可靠的对策再回去应付裹作。

这时，他们却在无意中发现几个行为特别的牧人。这些人竟是当初从女国"香流"铺设中逃走的劳工！他们逃出丛林后就来到边境牧场，替牧场头人放牛。黑鸢开始并不在意——几个下等的劳工，能知道什么重大事件呢。但没想到他们却出语不凡，私下里对于女国王城的那些议论，让黑鸢听得心花怒放。

原来,时下的祖母王朝外表看似平静,内部实则已在跌宕。那大女王荒淫暴戾,早已激起民愤,民声四起;小女王虽然大智,却又不得实权,无法施展才能,造成王城上下政事混乱,民不聊生。

这消息太重要了!足够让黑鸢回营应付裹作。对于黑鸢,两年以来,他七次带领森波密探队进入女国大地,已经摸清了女国各大城池的战备情报。恰恰是那中心王朝的内部局面,他无法深入地了解,尤其是近期状况。

黑鸢获得如此重大的消息,当夜策马起程。到第二天午时,黑鸢疲惫的身躯就把把实实在地趴在裹作的脚下了。裹作见黑鸢耳朵被割,先是震怒;再听他报出女国王朝的最新局面,又感觉收获丰硕。很快领上黑鸢,直奔森波战营。

这时森波战营呢,早已进入了恢弘的战事筹备。再有两个月,从草原各地精选的铁骑战队就会操练完毕,编入森波战队。那时,只要大首领扎西森波一声令下,庞大的草原铁骑就会经由裹作草原,像浪潮一样扑入女国。是的,就等裹作手下的密探们最后一次返程。只要他们带回有利战事的好消息,扎西森波就可以下战书,向女国宣战。

因为战事筹备接近尾声,战力越发充沛,扎西森波已显得雄心勃勃。再瞧裹作和黑鸢,二人均是满面春风的模样,他那心气就跟着越发地膨胀。当即笑对裹作,痛快道:"哦呀我的头官,见你一脸喜气,定是给我带回了好消息!"

裹作上前行礼,响亮地回答:"大杰波,确实是有好消息!"

随即把最新探到的女国局势,详细地汇报一遍。

扎西森波听得满意,不过现在最能提起他兴趣的还是女国的战力和战队。于是招呼裹作:"你的密探队已经深入她们领地两年时间,你来总结一下密探工作。"

裹作提着慎重的语气,回答:"大杰波,我们的密探队历时两年,前后遣派七批密探人马深入女国腹地。到达她们的战营、关隘、城池、山寨,各层各面。不但确定了具体的作战路线,也探实了她们的重要战队,和重要战将的消息。"

扎西森波点头称赞:"很好!明确他们的各方战队,尤其是各方战将,更有利未来开战时知己知彼。都有哪些?"

裹作开始细细阐述:"她们共有六大重要战队和一个密探队。一是王宫'男战队',由男大相绛珠统领;二是王宫'十三女战队',由女大相绛月统领;三是'西城战队',由那甲姆的男王、西城的非天王统领。他们是镇守西域边疆的远征战队;四是'南城战队',由那甲姆的大金聚松格统领。他们是镇守南域边疆的远征战队;五是'蛊战队',是专门从事放蛊投毒的女战队。由那王朝的制毒官西贡波统领;六是'猎战队',由她们的猎寨头官洛塔统领;另有一支王宫'密探队',由擅于侦察工作的蓝鹊使者统领。"

扎西森波听得眉头紧皱,问:"这些战队中,数哪个战队,哪位首领最为厉害?"

裹作回答:"大杰波,要说那蛊战队,平日行踪实在诡秘,我们的密探人马暂时还无法探出她们的真实情况,不好估计。那猎战队大半时间生活在猎寨,频繁参与捕猎,看起来并不像是正规的战队。"

扎西森波盯住裹作,等他下文。

裹作继续:"除了这两个战队,我们已经探出三个厉害的战队,和几位不好对付的战将。一是西城战队,和领阵的非天王;二是男战队,和领阵的绛珠大相;三是女战队中的麻子大相,和她手下六个小首领。"

扎西森波问:"谁是麻子大相?"

裹作道:"就是统领十三女战队的绛月大相,她是个麻子。"

扎西森波好奇:"是麻子难道更有特色?"

裹作加强语气解释:"大杰波,我们最不能忽视的就是那个麻子大相!听说她手下有六位小首领,个个长得花朵一个模样。她本人却是个麻子。正因为破相,她才不像女人,从来不会顾惜容颜,一门心思扑在战事上。作战极其凶狠,是我们最需要防备的对象!"

扎西森波不屑而笑:"哦呀!不管是麻子还是花朵,她们也只是男人的麻子,男人的花朵。"

裹作朝扎西森波张合着嘴。

扎西森波知道裹作还有说法,示意他继续。

裹作就朝扎西森波勾下腰身,恳切地问:"大杰波,开战时机已经成熟,我们什么时间给女国下战书?"

扎西森波没有直接回答裹作。使唤战事头官群佩上来,问他:"群佩,我们的战事还需要筹备多久?"

群佩如实地禀报:"大杰波,依目前阵式看,我们的人马战器基本筹备完毕。不过即将进入冬季,女国领地多为峡谷地带,并不好开战。"

扎西森波感慨道:"哦呀,峡谷的冬季太漫长了。"

裹作跟着附和:"拉索!草原的冬季也是一个模样,气候多多恶劣。"

扎西森波则在计算:"冬春两季需要五个月才能捱过去,我们只能到明年春末拉开战事!"

群佩微笑接话:"大杰波,虽然被冬春两季拖住,需要等待,却又是件好事。我们就趁着冬季来临之前给她们下战书——大杰波要想以仁心统领那片领地,就不能急于求成。突然开战,那跟偷袭没什么两样。提前半年给她们下战书,才能彰显我们森波大部落的仁义。她们嘛,接到战书后,不久就会进入冬季,冰天雪地,将会无法开展大规模的战事筹备。等春天气候转暖,可以筹备,那时我们强大的铁骑战队早已覆盖了她们的领地。"

扎西森波会意,连连点头。转面看裹作时,却以责备的语气提醒他:"草原上的地鼠更熟悉草原气候。你嘛,可要多多学习群佩头官,把心思好好用在战事上!"

裹作一口气憋在心口,出不来。

扎西森波就大声令他:"征服也要让她们心服口服——我要提前半年,明明白白地给她们下战书。你,马上带领密探队再次进入她们领地,把那开战的路线作最后一次确实。等藏历年一过,真正的寒冬也降临了,那时就由你给他们下达战书!"

裹作连忙答应:"拉索!"抬头时,额上已经沁出了汗珠。

164. 丛林之子和雪域之子

时下正值女王主政二十四年。

这年的秋冬交接之际,西城的非天王突然接到裹作送来一纸战书。展开一看,顿时惊出一身冷汗:竟不是裹作人,而是森波部落的战书!

要说森波部落,非天王并不陌生。他们是由西域草原上各大马背部落组成的联盟大部落。大首领为草原上最强悍的铁骑家族,森波家族的长子——扎西森波。相传森波家族的祖先是从西天降临的雪域之子。他们的后代扎西森波,是被天神赋予了管理雪域高原的神狮。

非天王一直以为:天地广阔,不为一人可以操控。天神因此指派了各方人王,守护各方大地。他们需要各司其职,互不侵犯。天神从地界上已经把守卫者的领地明确地划分。就像他,天神封他为丛林之子,他因此恪守天规,镇守西城。要想越过丛林,侵犯雪山下的森波部落,就有那无法适应的高原气候阻拦他。而扎西森波作为雪域之子,他的领地归属在高原之上。要想侵犯女国领地,南方隔着广阔的裹作草原,征程遥远;北方横亘着无限绵延的大雪山——只那北城的生死关,就是一道天赐的堡垒战关,轻易无法突破。何况,那森波人一直在与更遥远的西方部落征战,连年不断，哪有精力入侵女国。正因此，非天王才有大意，一直以为自己的战敌只是裹作人。如何也想不到那裹作最终"狗急跳墙"，宁愿舍弃自己的领地，也要反咬一口！

非天王接到战书，哪里还敢停顿。当下快马加鞭直奔王城。

一回宫，整个王朝就像炸锅的蚂蚁，顿时纷乱了。女王手拿战书，浑身已在震颤。要说裹作部落，充其量也只是窃贼的阵式。森波部落就不一样。他们在高原上广结联盟，拥有强悍又庞大的草原铁骑战队。一旦入侵，不是一般战力可以阻遏！

女王紧急召回南王松格，又从第五层曼扎召回正在修路的小王朗玛。包括阿乌格拉、协政大相仁青、神师刚布、绛珠大相、绛月大相、东知大相、拥中高霸、各位小高霸等，立即上朝，商讨西城战事。

首先是绛珠大相，强烈主张迎战——就是倾尽国力也要把那入侵战敌消灭！女王寻望其他四位首领，但见蛊战队的西贡波面色恍惚，看不出所以；猎战队的洛塔首领则是一脸坚毅，看来他赞同打硬仗；西城战队的非天王和十三女战队的绛月大相，二人同样赞同硬战搏击，但出口的语气却又显得不够响亮。女王已顾不得询问这二人心思，转眼注视阿乌格拉。阿乌格拉则在瞧着南王松格。

这时女王也从松格的眉宇间看出他在思考，当即问："南王，你有什么建议？"

松格回答："甲姆，我是有想法，但不知说出来可否顺利成行。"

女王紧切发话："快说吧！"

松格便以提示的语气分析："之前发生在西城的围剿大战，我们面对的仅是裹作人。虽然最终战胜，但却费去好大心力——其实我们的整体战力虽然勇猛，却也不够庞大。应对一般战事是没问题，应对强大的森波战队，如果不借助外在力量，怕是难以抗衡！"

话音刚落，就听女王接应道："你是说，前去主国请求援军？"

松格深重地回答："拉索。"

女王点头思考，被松格的建议拖入深处。众官也都困在女王和松格的对话中，一时不得言表。

王宫大殿顿时鸦雀无声，除了大殿两侧的香炉里冒出冉冉杉烟，一切都像是静止的。

直到许久过后，女王凝重的声音，打破了这种寂静。但听她一声叹息，发话："哦呀！这一次，也许我们只有借助主国力量，才能更稳妥地打击战敌！"见众位朝官都在沉默，女王加强语气道："本王正在权衡——眼下我们面对的并不是小盗贼裹作，而是森波大军。他们拥有草原上最强大的铁骑战队。作战凶猛，阵式恢弘。一旦交锋，不为一般战队可以抵挡。主国战队都是经过了严格训练的正规战队，经得起各种战事。"

朝官们听完女王这话，个个陷入沉思。包括神师刚布，他也被女王拖入了困境。说来也怪，对于一般事务，人们最信任的就是神谕。但在重大的战事方面，却没有一个人希望通过神谕来解决。这就让神师说不上话，他显得格外失落。其实他内心完全赞同女王和松格的想法，也很想站出来表达支持，但干巴巴的言论总显得有些苍白，他得寻找一个合适的方式，比如通过神谕的方式表达。同时他内心也在揣度，去主国请求援军，这件事是不是十拿九稳就能成功。

神师正思考中，却听阿乌格拉已在发话："甲姆和南王的提议十分有力。那主国战队不但是训练有序的正规战队，规模更是十分的庞大，就是不战也可以覆盖森波军。看来向他们请求援军，是我们不可避免的命运！"言毕，把目光投向非天王。

非天王响应道："拉索，借助主国战队抵御森波军，这事可行。"

女王朝非天王投去赞许的目光，转眼，见有些朝官依然面色困惑，经过一番深深的酝酿，她开始给朝官们道出更为细致的分析："众位爱相，你们对这场战事的担忧，本王已经看在眼里。但你们也不必过度担心，如今领地之内虽然国泰民安，但我们并没有荒疏战备。在战将方面，我们拥有多位英勇善战的大战官，尤其绛珠、绛月两位大相。平日对于战事操练从不松弛。虽然不战，他们也在日日操兵练习，时刻处于待战状态；再行战事时，定也不会生疏。在战队方面，我们拥有五支实战大军，男战队、十三女战队、猎战队、南城战队、西城战队。要是再有主国援军加入，刚刚本王已经说过，那主国战队都是训练有序的正规战力——有他们的正规、庞大，加上我们的勇猛、精悍，必能抗衡森波军！在战地方面，比起那森波战敌，我们又多出一份地利：他们是入侵陌生领地，并不熟悉地理；我们却是在自己的领地上作战，熟门熟路。在战备方面，我们也已经做好了准备——领地之内，所有城池的关卡都已经建碉设卡。只要在其中备足战器，充足战力，随时就可以打击战敌！"

朝官们听女王这么一番系统的分析，多半心中已有宽慰。却见神师仍然神态严谨，向女王进言："甲姆，您的分析有理有据，清楚明白。但主国给不给援军，这又不是我们所能预计的事。"

女王朝神师点头，正要发话，却听松格接应道："这个提议很重要，我同时也有思考。但细细回想，其实对于主国援军倒也不用过分担心。我们领地原本就是主国附属之地,甲姆先前分派南城财政负责对于主国的朝贡。这些年南城虽然困难多多,却从来没有间断过朝贡大事。我们每次朝贡,主国都会送达这样的回复——附属地之事,当是主国之事;附属地兴衰,相关主国命脉!单从这点——单从边境领地的安危来看,主国不会轻视这场战事!"

女王点头感叹:"哦呀就是!附属地有难,主国的脸面也不好看!"顿了顿,想起刚才绛月大相出语不够利索,就询问她的担忧。

绛月大相听过南王的分析后,已经打消了顾虑,上前道:"甲姆,下官就等着出征!"

女王欣慰而答:"哦呀。"再询问众位朝官的意见。他们对出征都是信心满满,积极支持。

最后女王瞧一眼小王朗玛,附上少许嘲弄的口气,问她:"小甲姆,如今国难当头,你有什么建议?"

小王走下小宝座,面朝女王行礼,慎重地回答:"甲姆,我没有其他建议,就是——"当场从脖子上取下一条由金沙、珊瑚和小天珠串联的护身符,恭敬地举过头顶:"到主国请求援军,山高路远,途径曲折,不管甲姆遣派哪位使者前往,请戴上这串护身符吧,它会保佑使者一路平安!"

女王的心才跟着暖和了,众位相官也因此感动。女王随即询问众官:"哦呀,谁愿意接过小甲姆的祝福?"

话音落下,就见阿乌格拉硬朗地站出来,步入小王面前,朝她躬下腰身,无比坚定地道:"善良的小甲姆,请把它戴到老相的脖子上吧。"

小王望一眼女王,见她面露赞许之色,就把护身符恭敬地交给阿乌格拉。

女王已在询问天官:"天官,宫库中还有多少麝香?"

天官回答:"甲姆,麝香是不太多,但其他藏药多多有的。"

女王问:"都有哪些?"

天官细致道:"植物中多有曲玛孜、贝母、雪莲花;动物中多有熊胆、鹿角、旱獭凝脂。"

女王又问:"灵芝和虎骨呢?"

天官回答:"这两种却很少。"

女王思量少许,吩咐天官:"主国最喜好麝香,就把所有麝香都装上吧。再装贝母、雪莲、鹿角各三箱。"

阿乌格拉上前提示:"甲姆,珠宝方面怎么安排?"

女王明白,坦言道:"这次不是朝贡,是有求主国,不能太简单!"想了想,说出数目:"另有彩虹天珠一颗,九眼天珠三颗,金沙三箱,带去主国。"

阿乌格拉又提示:"甲姆都改成双份吧。主国风俗和我们恰恰相反,双数才是他们的吉祥数字。"

女王想了下,就道:"那就其他改成双份。彩虹天珠却是稀罕之物,难以成双。"

165. 凡 人 刚 布

虽然是冬季,路途多险,但三日后阿乌格拉还是带上敬献物资出发了,由南王松格护送前往主国。非天王已经火速返回西城。时下正值寒冬,不论王宫还是西城,均无法进行大规模的战事筹备。非天王只能在西城内征召战力,就着西城战营紧急操兵。其他战队——王宫男战队、十三女战队、南城战队、猎战队,都只能冒着严寒开展战事操练。

当然,除战官们忙于战事外,神师刚布也跟着忙碌起来。他开始为西城战事日夜念咒,作法祈祷。以往神师作法时,场地大半会设在三个地方:王宫前方的十三角碉,女王宫殿,刚布官寨。但这一次,为预示西城战事的成败而作法,神师显得极为慎重,场地选在极其特殊又极其灵验的地方——女王河谷上方的祭天台。

对神师来说,原本小王朗玛的翅膀渐次丰满,或说由他扶持的新政刚有起色,却被边境的一纸战书给搅乱!尽管他的智慧和法力神通广大,无数次地铲除了路障,但面对陌生的边城战事,他个人已经难有主见。这一次,他是真的需要听从天神的安排!而祭天台是女王河谷中距离天神最近的地方。

神师带上神器,冒着严寒走上祭天台。按照日常的作法仪轨,摆放神器、普巴、盲加、色线、人皮鼓、嘎巴拉碗和洁净的杉针。再向天神献上"三白":酥油、鲜奶、乳酪;"三甜":甘糖、蜂蜜、涂上麦芽的糌粑。一切就绪后,神师敬畏地凝视天空。突然,他双手颤抖,自怀中取出两块密物。这时,神师的目光已经由敬畏变成悔恨。十指哆嗦,跪下身来,他艰难地伸展双手,放下密物,面朝天空五体投地,沉重地叩拜。直到额头摩擦地面,磕出了血迹,他才缓慢地抬起腰身,以火草点燃两块密物。

但见一块密物着火即燃,抽出火苗,飘起青烟;一块则久焚不燃,冒出黑烟。两股烟雾相互交汇,混在一起,让神师的视觉也变得混沌起来——原来,在神师那宽大的衣袍内侧,除了常年携带作法神器外,还藏有两件必备的密物:一是陈年的干松脂,一是新鲜的湿松脂。干松脂易燃又旺火。在需要传达吉祥的神谕时,他会趁作法之际迅速在杉针中加入干松脂,杉针就会焚烧兴旺,青烟冉冉;在需要传达祸事时,就要加入湿松脂。湿松脂非但不能旺火,还会扑灭火焰,制造浓烈的烟雾,预示不吉。

作为天神的使者,想起过去曾多次借助神权,利用松脂控制烟火,神师的心早已惶恐不安。冒犯天规,他已经泣不成声。面向天空、天神,他开始剖心剖肺地忏悔——

"哦拉索!大怙主,刚布对您的敬重,胜过天地!可是刚布已经混入俗世,沾染了俗世风尘。他玷污了您的圣洁,不配再做您的使者!您的使者从来就是丹增活佛。丹增活佛,他慈悲,大智,有着日月一样的胸怀。他才是大鹏领地上的保护神!刚布呢,只是您足下的一抹尘埃而已!"

"哦拉索!大怙主,刚布作为尘埃,作为俗世凡人,他又是一个无奈的凡人!他有着七情六欲,有着蓬勃野心。为他的贪念,他借用您的名义,做出违背天理的恶事。但每一次违背,他的灵魂都会颤抖!他对您的忏悔,每时每刻!"

"哦拉索!大怙主,刚布所做一切,无论对错,只是凡人刚布的贪念,凡人刚布的野心!与您的信徒——那些无辜的哥爸寨人没有任何关联!过去的一切,未来的一切,既然是凡人刚布的祸事,请不要惩罚您的信徒,哥爸寨人。请惩罚刚布一人吧!"

"哦拉索!大怙主,刚布的心怀已经向您敞开,毫无保留!刚布的心灵已经向您忏悔,真心实意!刚布的俗身……凡人刚布的俗身——"

忏悔到这里,神师声音哽咽了下,目光落在前方那燃烧的松脂上。凝视片刻,他就毫不犹豫地抬起左手,伸出食指,一指插进正在燃烧的松脂中!顿时那食指就被已经融化的松脂油沾染,抽出火光!

裂痛!十指连心!神师已痛得大汗淋漓。咬紧牙关,他在灼痛中忍受,竭力镇定情绪。

最终,他以庄严的神态缓缓举起食指,坚毅地指向天空——点天灯!他在向天神赎罪,用血肉食指向天神供一盏天灯!

这时正值晌午,天空平静得像是一潭碧水,清风不兴。祭天台周边那已经枯萎的草地,因为阳光的照晒,灿烂得像是铺了一层金沙。神师的食指已被松脂烧得焦黑,发出刺鼻的焦味。剧烈又隐忍的疼痛叫神师面色苍白。但他一动不动,面向天空半身跪立,食指坚毅地伸展,直到它变得像一截黑炭。

到他以血指供奉天神,为大怙主点亮赎罪的天灯,洗尽心灵上的罪孽后,他便以一个凡人的姿态,吃力地爬起身,就着祭台上方的香炉焚烧杉针。

神情，在灼痛中硬是保持着以往的肃穆。目光专注，神师紧张地盯住香炉。但见里面的杉针先是悠悠地冒出一缕青烟。神师的心跟着踏实了一些；接着又见第一缕青烟的周边，忸怩着冒出多股乳白色烟丝。慢慢地凝聚，不多时，针叶上方已是青烟缭绕，冉冉地升上天空。

燃烧杉针是神师与天神沟通的唯一方式。从杉针的烟雾中，神师可以读出天神的预示：冒出黑烟的杉针将预示不祥，缓缓上升的青烟则预示大吉。作为凡人刚布，神师对此深信不疑。但见他面朝清烟深深地勾下腰身，无比虔诚地作揖。同时心绪大开——细细琢磨两位男王在王朝大殿中的对话，那些对于主国援军的思路，分析得有理有据，值得信任！其实相关主国战力的正规与强大，神师早有耳闻。确实，只要主国援军一到，王宫胜夺西城之战将无悬念！

再说，就算最终战败，森波人也只是奔着西城金沙而去。他们无法入侵遥远的王城。因为他们生活在高寒地带，并不适应气候温热的峡谷丛林。如果执意进攻，丛林中的瘴气就会要了他们的性命！这是其一。其二，过去森波部落侵犯西域部落，主要是以掠夺财富为主。因为他们自身原本地域宽广，人口稀薄，大半人口又都被征入战队，充作了战卒。对于征服之地，他们无法植入大批移民，守住土地。完全依靠战力入侵，能征服一时，却不能长久地统治。这道理还是出自当年那本"天书"里，主国人对于边境部落的分析记录，准确无误！

神师上上下下、前前后后地思量一遍。他再一次跪在地上，面朝天空五体投地，虔诚地叩拜；同时以凡人刚布的口气呼唤："哦拉索！仁慈的大怙主，前方那吉祥的圣烟，是您对哥爸寨人的护持吧！请一直护持您的信徒，哥爸寨的子民！等到未来，西城战事大胜，刚布要请小甲姆在哥爸寨为您建一座——万众朝拜的大神礩！"

深深地叩首，抬头寻望杉针，见它清烟冉冉，神师不禁问："大怙主，刚布还有一事请问：森波人这次入侵西城，目的是为什么？是为西城的金沙，还是王城的领地？如果是为金沙，请以青烟预示。"

深深地叩首，再寻望杉针，见它依然青烟冉冉，神师继续问："大怙主，您赐予森波人的领地，只在那草原之上。他们要想侵犯不属于他们的领地，哥爸河谷中的瘴气就会要他们的性命！大怙主，如果是这样，请以青烟预示。"

深深地叩首，凝视杉针，久久地凝视。见它正在源源不断地升腾，像是要把那天地连接。神师的心间也升腾起一条希望之路。但见他浑身已经匍匐在地，变成了蛇的模样，虔诚地呼唤："大怙主，请把哥爸寨的天空照亮吧，请让凡人刚布的心愿飞翔吧——护持小甲姆回宫主政——那时，未来的王朝就是您的法场！"

多久地呼唤，叩拜。爬起身来，再次寻望杉针烟火，见它越发地悠扬，升腾直上。神师在灼痛中放心地笑了。

166. 那是我们的领地

敬神结束后，神师却没有直接回官寨，而是匆忙地赶往农寨，拜访小王。阿乌格拉前去主国，这一去至少也得一个多月。作为女王身旁最倚重的尊长，阿乌格拉不在王城，属于神师把握的空间就更大了。也就是说，这时正是小王争取主政的最佳时期。接下来，神师将会去两个地方。

首先是下达农寨，说服小王把握时机，回宫主政。确实，小王自从协政民事，处处以身作则，早已深得人心。第五层曼扎的麦农们对于小王的信任，就像信任神山一样。这样时刻，如果再有神谕推波助澜，那规模宏大的民间力量定会像潮水一样，直接推动小王上位！那就是：以女王制造间隙，以战乱给予机会，以神谕巩固基础，以民意作为动力。四股浪潮汇聚一处，形成强大推力，成就小王！

其次，神师还会下达哥爸寨。在那里，将会有更为壮阔的大事等待神师前去安排。

这时小王呢，自从王城回到农寨后，她已经果断地中止了修路工程，匆忙加入战事筹备中。时下还是寒冬，进远山征召战力无法进行。小王就把手中现有的劳工全部组织起来，在协政营中为远征操练战事。另外又有营寨周边那些追随小王的麦农们，纷纷响应，报名参战。小王正为此里里外外地忙碌、接收、安顿，却见神师造访。

眼下王城上下，包括第五层曼扎的麦农，均因边境战事而紧张。小王更是心急如焚。她早有意向，要请神师到协政营做一场法事，预示未来的战事。这下见到神师，当然就像见到天神一样，跟着急切地请求："阿苛，天下紧张，我的心也在日夜焦虑。您能为王朝的前途请示神谕吗？"

神师无心回应小王的请求。当他走近协政营，看见正有大批人马，由着一位战官带领正在操练战事时，当即惊讶又惊喜，夸赞小王："小甲姆，没想到您这协政营竟也变成了战营！能顶着严寒操练这么多战力，可见小甲姆在民间的凝聚力，非同一般！"

小王认真地解释："阿苛，这里可不是战营，这些人马只是暂时留在这里。主要是针对他们进行基本的远征战事训练，等训练完毕就会送进绛珠大相的男战队。"

神师若有所思地道:"我想这样的战事,对于小甲姆正是好事。"

小王吃惊,盯住神师无法接话。

神师才说明:"小甲姆刚刚要我请示神谕,我却正为神谕而来。"

小王听是神谕,才切急发话:"哦呀,您快说吧!"

神师目光深切,注视小王,慎重地道:"小甲姆,昨晚我夜梦繁多,其中全是相关小甲姆主政的事!清晨醒来,我顺着梦境请问天神,果然不同寻常!天神预示,到那天边升起了紫微星,就是小甲姆主政的时辰。"

小王这一听,顿时惊愕。如果不是亲耳听到,她不敢相信这是神师的话。当下眉宇紧皱,坦言对神师道:"阿苟!都什么处境了,您还在纠结主政一事。现在让谁主政都不重要,重要的是那边境战事!"

神师竭力阐述:"小甲姆,边境战事再大,也只是摩摩擦擦的阵式。那森波人与裹作人苟同,他们图谋的只是西城金沙。"

小王反道:"图谋金沙就会入侵西城。那是我们的领地,难道任由他们侵犯!"

神师坚持说:"小甲姆是糊涂了?连您在内,我们不是已经在备战吗?这一战肯定要打,阿乌格拉也已经前去主国。那主国战队我倒了解,都是天兵天将一个模样。等他们援军一到,这一战我们不用担心!我的想法——"神师吞吐了下:"小甲姆何不趁早主政?"

小王目光震荡。

神师见小王固执,跟着揭短:"小甲姆,回宫主政也是您事先提出的。"

小王双眉紧锁,盯住神师,感觉不可思议。

神师见小王满脸生硬又生分的神色,只怕再说下去会把她逼急了,便自我作了控制。不语,观察。见小王最终也不发话,神师只好又自顾自说:"不管成事败事,这次外域入侵对于小甲姆都是天意的安排。如今甲姆主政不得人心,小甲姆又深得民众爱戴。很多时候,小甲姆所为,并不是小甲姆自身的觉悟;而是天神的授意——您已经做了,您却无法觉察。您已经深入大局,您就无法摆脱!"

神师这话,是多么混沌的话。小王听得越发费神,被绕进去了。

神师继续道:"每朝的人间甲姆,在她担当大任之前都会有一次大跌宕。就像当初小甲姆协政,草原突发白灾,小甲姆仁爱,亲自上草原赈灾。不是那份坚毅,承受生死考验,哪有后来协政的资本!现在也一样。逢上主政大任降临,自然天意是要通过外域入侵,成就小甲姆当政!"

小王听得云里雾里。

神师再接再厉:"小甲姆肯定不会忘记,上一次您截走香流,甲姆竟把活生生的娃娃摔死。她的心那么狠毒,未来要想废除您的协政之位,不会难吧!您如果不再协政,那些民事怎么来做?那些穷人谁人来帮?"

小王听神师提及摔死的娃娃,一想到那事心就跟着刀绞似地疼痛。

神师见小王情绪已有晃动,加强语气道:"小甲姆!您已经深入民间生活了很久,对于民间疾苦更是体察多多,但如果没有实权,就无法解决实际困难。现在您如果不把握机会进宫主政,等到边境战事结束,甲姆的势力更加壮大时,怕是您这协政王的身份也会丧失。到那时,您又怎么保护您的麦农!"

小王听神师这最后的言论,不但无法理解,同时也难以信任。反道:"阿苛,当初我能协政,那是天神的安排,是神谕最终的决定!丧失协政王身份——难道神谕也会有假?也会捉弄真诚的人?"

小王这一问,竟把神师问住了。这叫他怎么回答呢?肯定还是否定?肯定回答,就是在否定自己,否定天神;否定回答,又等于是,那么用心良苦地扶持小王,最终却是白费心力,派不上用场。

167. 她们就是画出来的战马

神师在郁闷中离开协政营,败兴而去。这时他才发现,当初自己是多么竭尽心力地扶持协政官呢,但最终却没有真正地掌控到小王,只是掌控了小王的舅舅仁青而已。

拖着沉重的脚步,神师穿过农寨,到达熊胆谷的哥爸寨。这时头人温加则提前行动了。祖寨里的所有男人,包括能够骑马射箭的男娃,都被编入了祖寨战队。那些用皮毛和药材从边境换来的战器,已经齐备地下发到每一位壮士的手里。神师到来的时候,分散在熊胆谷四周的大小战队,早已齐刷刷地汇聚到祖寨的中心广场——迎接神师,等待他的检阅。

神师这一见,无比紧张。匆忙登上神台,面向头官们疾声下令:"各位勇士,请带上你们的战队立刻撤回吧。从哪条山沟出发的战队,立即撤回哪条山沟!"

头官们一阵骚动,很不理解。他们已经等待了很久,就想见到神师,等待他的检阅。不想神师看也不看却宣布他们回家。哪里甘心!都整体地立在原地不肯动身。

温加一看急了,连忙朝人群大声叫喊:"大阿乌是让你们暂时回撤,又不是让你们永远退避,快撤!"

神师双目紧锁,以严厉的目光盯住温加。转眼,为安定人心,神师从怀中抽出祖寨金令,面向人群高高举起,铿锵有力地发话:"勇士们放心吧。无论多难的战事,刚布不会放弃,不会退避!刚布的心与天神共在!与哥爸寨共在!拉索!"

人群看到神师手里那崇高的金令,又听见神师口里发出坚定的誓言,这才缓下了情绪。观望一阵后,慢慢地散去了。

夜晚,神师前去温加的碉房。一进客堂就厉声责问温加:"作为祖寨头人,温加,你必须具备哪些素质?"

温加小声地回话:"处事通明,判断准确,是我应该做到的。"

神师反问:"那你做到了吗?"

温加已经自知擅自召集人马,迎接神师这件事做得过度了。动静太大,未免招惹外人怀疑。当即朝神师深深地勾着腰身,竭力解释:"大阿乌,多年以来,那协政宫不是倚靠您的扶持,哪里能够走到今天!温加这是想到局势顺利,一时大意了。"

神师一听协政宫,不由烦躁:"得我的扶持?只要扶持到翅膀一硬,她就飞了!"

温加这一听,就知道神师已在小王那里受阻。谨慎地探问:"大阿乌,接下来我们怎么做?"

神师并没有直接回答温加,只是在注视客堂四周的那些壁画。盯住其中两匹被描得五彩缤纷的战马,带着玄妙语气喊叹:"哦呀,只要天神再降一次机会,她们就是画出来的战马!"

168. 一队神秘人马

突然一天,一队人马闯入了小王的协政营。看那阵势和衣装打扮,像是女王的马队。他们直接冲进小王营帐。这时小王正休息中,还未反应,为首的侍官却朝小王亮出女王金令,一边发问:"小甲姆,如今王城上下都在操兵练战,正是紧要关头,小甲姆在做什么?"

小王一时惊愕,无法听懂侍官的话。

侍官就宣令:"小甲姆既然无法答复下官,那就随下官回宫一趟,答复甲姆去吧。"

小王越听越糊涂,实在地道:"侍官,你进我的营寨难道没有看到,我正在征召战力!"

侍官问:"那您的战力呢,交给谁了?"

小王说:"正要交给绛珠大相。"

侍官阴幽问:"正要吗——那是要呢还是不要?"

小王更无法听不懂了。一面细瞧侍官,却又不是之前在女寨中接触的那位。小王那满脸惊愕就变成了满脸惊疑。

侍官自然是看出来,上前一步,严肃宣令:"甲姆敕令,小甲姆速回王宫禀报近日政事。如有不从,将由甲姆的地宫密侍直接押回王城。"说完,又抽出一张密侍令牌。

小王一见密侍令牌,想到女王的地宫密侍,一般人确实难得见到。她这才想起,早年神师就在暗中招呼过她,平日女王行事是有三等规矩——

一般宫中发生女王特别注重的内部事务,或者秘而不宣的大事时,女王首先会分派天官赭面娘亲自处理。像当初天官亲自出行,夜传水金聚进宫等;如果是发生既私密又涉及朝政的大事,会先派出地宫密侍悄悄地暗访,获得证据后再交由朝会处理。像那次女王带领地宫密侍进入女寨,捉拿南城叛贼洛绒措等;那种公开发生的大事,就遣派身旁的近侍官直接去执行,像之前由火金聚押送青次高霸进女寨等。

小王想到这些,不由陷入沉思。

侍官见小王久而不答,当即吩咐手下人:"去吧,扶持小甲姆回宫。"

这时,小王的营帐外已经围拢了大批新征的弓箭手,他们都是追随小王的麦农。见那女王的侍官正要带走小王,哪里答应!迅速把营帐围堵起来。

小王努力着镇定情绪,竭力思索。回想女王这次动用地宫密侍,又回想刚才和侍官的几句对话。细细分析,心下就有了底数——可能是自己在协政营操练新兵,被人讹传到女王那里,造成误会。而女王也不能断定是真是假,怕公然进入协政营会引发民愤。知道事大,她这是谨慎出行才动用了地宫密侍——那就不用担心,回宫向女王解释清楚就好了。

于是小王一边随同侍官出发,一边招呼已经围拢上来的弓箭手:"请勇士们都散开吧,继续操练。"

弓箭手们哪肯让路,他们并不想小王被不明不白地带走。

小王只好吩咐拦在前端的头官旺杰:"远征战事紧迫,操练新征战力绝不能松懈!旺杰头官,请让他们都退去吧。继续训练,明日一早我就回营寨。"

旺杰见小王一脸严厉,又一脸自信,那紧张的情绪才有了舒缓,将信将疑地让开道路。小王就这样被带走了。

169. 谁的野心在膨胀

小王一走,协政营顿时无主。新征的战力中大批都是麦农,他们正是奔着小王而来。这下小王被莫名其妙地带走,士气顿时泄去了大半。虽然仍在坚持操练,但已是人心惶惶。他们无法预测小王,被那女王的马队带走终究是祸是福,只能在冰雪中一边操练一边焦急地等待。

一天后,不见小王回营寨,也不见王宫遣人返信;两天后,仍不见小王音讯。麦农们急了,催促头官旺杰上王城打探情况。

旺杰迅速策马出营。行至半途,却听到一个惊人的消息——小王私下组织战力,意图谋反! 女王已把小王禁闭在地宫中,协政营将被废除。那些正在营中操练的小王的同党,将会得到应该的惩罚!

小王意图谋反,这怎么可能? 协政营的弓箭手们不会相信,广大麦农们更不会相信! 这定是女王自身的阴谋——过去她与小王分歧多多,这时她正想趁机打压小王! 抑或,它就是一个流言?

头官旺杰疑虑重重,正准备策马上王城进一步打听情况,却遇到从王城下来的民事大相东知。旺杰心想,东知大相可是女王身旁最为重要的朝官,他的消息自然准确。就连忙向他探问虚实。

不想东知大相不仅出语肯定,还告诫旺杰千万别上王城,担心有去无回! 旺杰一时惊骇,慌忙返回协政营。他眼下最为担心的倒不是自身危险,而是小王的处境。

协政营里,弓箭手们一听小王被女王禁闭,终是愤怒了! 潮水一般围住旺杰,要求解决问题。旺杰从人群中跳出来,号召大家:"无风不起浪,我们再等一天吧。如果明日小甲姆还不回营,我们就全体上王城向甲姆讨得清白,救出小甲姆!"

头官的号召一出口,弓箭手们再也坐不住了。到第三天午时,还不见小王返回营寨,他们就手持战器,开始向王城出发。为证明小王的清白,他们一路高呼。所到之处,麦农们得知女王禁闭小王,均无比愤慨。先是有小批的麦农,自发地加入声讨队伍中;沿途经过各大山寨时,又不断有新的麦农加入进来。队伍越聚越发壮大。上达王城,进入梨花大道,再有一些不满女王暴政的城民也跟着火速加入。抵达梨花大萨时,那声讨的人群就汇聚成了滔滔浪潮。

先前只是协政营的弓箭手们,他们一路高呼,上王城讨要小王。进入王城后,由于那些充满见识的城民跟着参与、怂恿,慢慢地,讨要小王就变成了付伐女王——他们认为外域入侵,正是女王荒淫暴戾,不顾民生,导致朝政混乱,给外域人提供了间隙,叫他们趁虚而入。当前,只有废除女王暴政,扶持小王仁政,才能震慑外域,战事大胜!

这时在宫中,女王正陷入纷乱的思考。两天前她就得到消息,农寨中正掀起一场流言大风,说是小王被女王的侍官劫走。女王猜想这正是协政宫自身的阴谋。这下果不其然——麦农们围困王宫,果然提出小王主政!原本女王已经盼咐蓝鹊使者在暗中调查协政宫,却不想民间掀起的浪潮如此之快,等不到揭穿事实就已经涌向王宫!

女王连忙令绛珠大相抽去护城河上的横门,封锁进宫通道。宫内,几位王朝相官——绛珠大相、绛月大相、拥中高霸等已被紧急传召,通过地宫密道进宫。各位相官、战官、天官齐聚王宫四楼议事厅,商讨围困大事。

女王面对在席朝官,一手指向宫外,愤愤发话:"那些地鼠,他们这次是为野心而来,祸根就出在朗玛身上!她是故意避而不见,故意刺激麦农,引发民愤!"

拥中高霸赶忙出列,慎重地提示女王:"甲姆,您可要多多地调查才好。小甲姆为人正直,祸根真要发生在她身上,肯定也不是她个人所为。"

女王反道:"那是谁!谁有这么大能力,劫走朗玛竟然还可以嫁祸本王?"

一旁绛珠大相跟着接应:"哦呀就是!甲姆,这事肯定不会简单。不是深厚的力量,无法做到这样!"

拥中高霸就不好再言。

女王则又发话:"当然,围困已经发生,追究祸首还是后事。重要是当前,应该怎样劝回那些麦农!"言毕,寻望立在一侧的天官,想到平日天官的心思总比别人更为细致一些,就问她:"天官,你有什么想法?"

天官朝女王勾下腰身,拖着犹豫且又复杂的语气,进言:"甲姆,我们要不要请神师刚布——让天神劝回那些麦农?"

女王一听神师刚布,心中不由翻腾起一团云雾——发生这么大的事,她总感觉,就是请问神师也不可靠。当即道:"本王已经令密侍前去刚布官寨。他却在这样时刻病了,无法起身。哦呀——"女王深叹一口气:"现在,怕是连神谕也劝不走那些麦农了。本王倒要看看,是谁的野心在膨胀!"

170. 祖母王朝的苍松翠柏

夜晚,女王独自走上王宫九楼,进了经堂。是的,她想起甲姆拉来了。深深地跪拜在甲姆拉的神位下,五体投地。多久过后,缓缓起身,恭敬地抬起双手,她想搬出甲姆拉的神位——或许甲姆拉的威力仍然强大,可以震慑那些围困的麦农吧。女王这么思量,手已经触及神位,敬畏地托起,小心地捧在手中。不知掂量了多久,却也无法估计这神位的分量——也许对于心存敬畏的人,神位就是神灵,无限神圣。但对于那些怀抱野心的人,神位却是一座虚像,仅是紫铜皮子的重量。谁知道呢!

是的,虚像管得住虔诚的人,管不住野心的人!

女王思忖良久,手就轻了,轻轻地放回甲姆拉的神位。抽身走出经堂,站在王宫最高的月台上,俯视梨花大萨上那些黑压压的麦农。他们已经与王宫对峙了一天一夜,情绪越来越愤激。尤其是协政营中的那些弓箭手,和夹在麦农当中的那些不明身份的男子。他们手持武器,目光愤怒,面色铁青。那气势,像是就要奔赴一场战斗!

女王瞧得,揪心地闭上双目。

不知多久,当目光像天光一样,缓慢而巨大地张开时,女王就看到,登天寺下方的梨花大萨上出现了奇怪的现象:所有能够纳身的地方都挤满了围困王宫的麦农;唯有和梨花大萨相邻的登天寺大法场,它宽阔且又空荡——那是天神居住的地方——人们对它充满敬畏,轻易并不敢近身,担心打破天神的安宁。

女王心一动,目光穿过登天寺,射向它后方那些逶迤的雪山,它们竟像雪莲盛放在女王面前。女王才想起,在那雪峰当中的崖壁上,有座悬空的洞穴,民间称它"悬空寺"。人间的大智者丹增活佛,正在那里修行!

已经有多久,女王未曾见到丹增活佛?算一算,女王不由心惊:自她执政以来,前后已经二十四年!这么漫长的时间,她心中的高僧是不是常乐我净,已经涅槃?女王鲜明地记得,当初在甲姆拉的葬礼上,是丹增活佛的仁爱、大智,竭尽全力地争取,才及时地挽救了非天王的性命。而能够在肃穆又严谨的甲姆拉的葬礼上救出人命,除了活佛,谁人会有如此强盛的力量!

女王忽然茅塞顿开。才又记起:其实虽然不见,但每年王宫都会给活佛送去丰盛的供养。是的,丹增活佛是祖母王朝的苍松翠柏,他顶风傲雪,永远不会倒下。而事到如今,也许只有丹增活佛才能挽救局面!

女王这么一想,焦躁的心情才又缓和了些。连忙使唤天官,吩咐她准备,自己要通过地宫密道亲自前往悬空寺,恭请活佛回宫。

天官一听悬空寺,显得满脸惊讶,提醒女王道:"甲姆,请丹增活佛出山,这可不是一件易事。过程将会非常艰难!"

女王奇怪:"那悬空寺就在王宫对面,怎么艰难!"

天官实在地解释:"甲姆有所不知,远在天边的坦途可以到达,近在眼前的天堑却隔了一层天!那悬空寺正是处在天堑上方,悬之又悬,险之又险。需要行走险恶的山道,趟过汹涌的大河,攀爬陡峭的悬崖,匍匐阴暗的地洞。临近活佛修身的地方,又需要经受'九丈鸟道'的生死考验,才能过关,见到活佛!"

女王好奇问:"九丈鸟道是什么?"

天官语气严肃地说明:"就是连接仙境和俗世之间的生死崖道,只有鸟儿才能通过。"

女王反道:"既然是崖道,为什么只有鸟儿才能通过?"

天官面色坚毅:"那崖道长达九丈,左右悬空,下方就是万丈山崖。宽也不过二尺,仅供一人攀附而过。九丈之内均无扶栏。稍有一丝不慎,人就会像鸟儿那样飞出去。"

女王将信将疑:"听你这一说,那真是一道天堑,飞鸟的通道?"

天官则又这样说了:"但凡天神居住的地方,平凡人难以出入——下人们能够到达的都是平凡之路,特殊的道路只有非凡的人才能到达。甲姆是西天女神的化身,可能又会不一样吧。"

171. 日　　月

第二天傍晚,在天官和两位地宫密侍的陪伴下,女王终于在疲惫中抵达悬空寺。临近它的下方,一看,却又不仅是天官先前描述的,只是九丈鸟道的困难了;另有一道阴暗的地洞,也是极其痛苦的难关。那地洞不仅阴暗曲折漫长,且只容一人通过。先前女王爬山,疲累时总有密侍搀扶;渡河,害怕时也有密侍陪伴。这下需要亲身伏地爬行,又是越爬越深越黑,如同爬进地狱一样。那将是多么崩溃的过程!而女王,她又怎么可以弯下她那尊贵的腰身呢——作为至高无上的人间甲姆,从来都是万众朝她下跪,哪有她为一口地洞下跪的道理?

女王因此困在地洞前沉吟不定。她从不下跪,因为她是人王!

天官见女王犹豫不决,为赶时间,只好实话提醒她:"甲姆,没有人敢令您跪与不跪,但我们永远也拗不过大地。它会安排您:不下跪,您就无法到达!"

女王听天官这么一说,目光跟着晃荡起来。终也无奈,只好强行闭上双目,默默地念起经语,欲借经语缓解纷乱的心情。不知克制了多久,心绪才稍微地安定一些。慢慢地弯下腰身,正要低首,探身进洞,却感觉忽发一阵阴风,自地洞深处侵袭而出。女王浑身一抖,刚想退缩,就听阴风带出一个声音,在说:"跪下!这是天神的安排!"一听天神,女王由不住自己了,应声跪下去。不,是伏下身,她竟像一条蛇那么地——爬进了地洞!

也许这是女王人生中最低的姿态,又是最高的救赎。谁知道呢!

黑暗,终因前进而短暂。最终女王穿过了阴暗的地洞。只是浑身已被冰凉的泥沼打湿,狼狈不堪。站在地洞外,女王仰望头顶上方,只见得:悬空寺像一方巨大的石棺悬挂在崖壁上,除庙基下的岩壁间倾斜着一条逼仄的崖道,其他均飘浮在云雾里,无根无底。而就在崖道的入口处,居然神奇地耸立着一棵参天大树。细一看,却是一棵青杠。一般山坡间的青杠也只是小乔木,没想到这里的青杠却长成了千年大树,实在奇特!但见它以华盖的形态伸展开去,浓郁的树荫像一把宝伞护住悬空寺。在那虬曲而沧桑的树盘下,玛尼堆上已经爬满青苔,焚香的烟炉也被丰绿的地衣覆盖。云雾蒸腾缭绕,雨露弥漫四方。这神地,竟像是一千年也不曾有人过往!活佛呢,丹增活佛还在悬空寺吗?女王忽然感觉,她的视觉已经跌入空茫——雾气升腾,遮掩,她突然看不到悬空寺了。不知所措中,女王再次寻望岩壁间的崖道。哪里还能看清!只有不断飘移的雾露包围着她!

这时天官和两位地宫密侍也跟着爬出了地洞,站在女王身后。女王双目已经湿润,她望不见悬空寺;但她分明感应到:雾气当中,咫尺之间,活佛正借以流云、雨露、松萝和苍翠的青杠,召唤她:在天神面前要学会敬畏,下跪,要以最低的姿态仰望,乞讨真经!

女王因此伏下身去,朝着茫茫空间五体投地。一边流泪,一边呼唤:"太阳一样的高僧,请见我一面吧。二十四年前您就说过:天下经堂自有日月光芒映照。现在我终于懂得,您就是祖母王朝的日月啊!请您回宫吧,看看您的宫殿,它已经饱受摧残!您慈悲,您大智,您修得天地精气,就用您的气度庇护王宫,让它安宁,让它成为子民们敬仰的神殿吧!"

如此真诚,如此透彻,如此竭尽心力的呼唤!但女王悲壮的声音却被不断升腾的雾气卷走了,散失在万丈山崖——悬空寺内无人回应。

女王空茫地转过身,注视天官。

天官双手已经朝着悬空寺方向伸展出去,无比恭敬地提醒女王:"甲姆,您还有一道难关没有通过呢。"

女王心一晃,目光坠落下来。见那崖道上的雾气正在慢慢地流散。若隐若现中,她看那九丈鸟道,它竟像一条带子系在岩壁上。

哪里敢过!女王望一眼天官,又望一眼地宫密侍。

天官已经猜出女王的意图,这是想让他们代步呢。就悉心地重复之前她已经说过的话:"甲姆,但凡天神居住的地方,平凡人难以出入——下人们能够到达的都是平凡的山道。特殊的道路,只有非凡的人才能到达。"

女王怀抱侥幸,问:"那每年王宫的供养,又怎么送达?"

天官手指前方的玛尼堆:"都是供在那里,天神自己会来取它。"

女王目光一阵晃荡。

天官进一步解释:"甲姆,其实朝拜悬空寺的过程,在祖母秘籍里已有注释。行走险恶的山道,是在考验人的耐力;趟过汹涌的大河,是在考验人的定力;攀爬陡峭的悬崖,是在考验人的魄力;匍匐阴暗的地洞,是在考验人的胆识;最终通过九丈鸟道,是在考验人对于生死的透悟。只有历经这些难关,清晰这些道理,才能洗尽铅华,见到神明大智。"

天官这席话,一边把女王拖入不归的境地,一边也鲜明了主题——但凡天神居住的地方,平凡人无法出入。就像女王,作为人间甲姆,第五层曼扎的平民要是想亲眼看见她的尊容,定要被挖去眼珠。何况这是恭请救世的活佛呢,自然不是平凡人可以做到!

无奈,女王只能亲身行动。凝视崖道,细细地观察,久久地揣量。再屏住呼吸,用心地迈出一步,脚尖子踮入,尝试一下。待第一步落得稳实后,再小心地迈出第二步。分散思维,把所有精力投注到观想当中:观想天,观想地,观想丹增活佛,他的能量——当年在甲姆拉的葬礼上,他既然有办法打破传统,救赦人命,现在他就有办法让王宫恢复安宁!是的,这才是当下,女王心中不能中断的经语!她只能一遍接一遍地念诵,一边潜心地移步。一步,两步,三步……又一步,两步……再一步……最后一步……

好了,随着难以置信的穿越,女王忽然闻到一阵奇异妙香,自悬空寺内散发出来。轻世,隐约,带着雾气的湿润,苔衣的清凉;又伴有霞光的明丽,云朵的轻盈。

女王心间升起一股温暖,不由抬头,却发现身体已经伏在悬空寺的门槛上,脚底下方就是万丈深渊。而丹增活佛,端坐万丈山崖,入定云雾当中——闭关太久,导致他的身体与风云雨露融为一体,无法辨识了!

女王大惊,以为活佛已经"入寂"。突发悲伤让女王忘失了对于九丈鸟道的害怕。她匍匐着爬到活佛的脚下,一声痛哭。不想这一哭,活佛却突然睁开了双目!"嗯!"活佛哼了一声,惊得女王浑身一抖,腿脚猛然一阵哆嗦。这一哆嗦,女王的半个身子就吊在云雾中了。但见她双手死死地抓住活佛的一只脚,双腿却无依无靠,脚踩云雾,那下方可是万丈深渊! 女王几乎崩裂。确实,她的肉体与灵魂因为极度紧张,已经在分裂:肉体在习惯性地抽搐、哆嗦,思想却充满了悲伤、壮烈、虔诚和无助。她再不想说话——人落到这样地步,说什么都跟雾气一样了!

这时丹增活佛已经拭去脸面上的雾露,开口发话:"甲姆,王宫的日月并不是老僧,而是你和你的子民!"

"拉索!"女王愧疚点头。

活佛:"这一次老僧可以出山,但不是永远都能救你——首先你要认真检点自己的行为,再要诚心悔过,更要善待你的子民,善待小甲姆!"

"拉索!"女王虔诚答应。

活佛:"如果你是太阳,就需要和星月共同轮回天际。仅仅一个太阳,成不了苍穹!"

"拉索!"女王泪流满面。

活佛:"就像你和小甲姆,你是太阳,她是星月。你禁闭了星月,天空就不再日月交替,东升西落。黎明又怎么到来!"

"哦拉索!"女王泣不成声。

172. 来自天上的经声

每天,围困王宫的麦农总能看到他们的女王,站在宫楼高耸的月台上观望他们。正因为女王还在关注,他们对女王仍然心存希望,期待她最终能够放出小王。但自从第二天清晨开始,却不见女王再上月台。她为什么不再观望? 她在想些什么? 她在准备些什么? 或者,她已经进入地宫,加害小王?

麦农们为小王的生命焦心,他们再也无法安静地等待。这时协政营的弓箭手们和混在麦农当中那些手持战器的陌生人,他们已在躁动。有人已经跳上高耸的神台,面向民众大声疾呼,希望神师刚布能在关键时刻进入十三角碉,为小王的生命做法事,请求天神保佑。

于是就有大批麦农返回梨花大道,聚集在刚布官寨的外围,整体叩首,齐声高呼刚布。

这时在刚布官寨的密室里,神师正在对温加作最后交待:"温加!我们祖寨人的理想,成败在此一举。等我走出官寨,你要随在我的身后观望。成功,你速速回到这里,绝不能掀去朗玛脸上的蒙面,直接送她回协政营。同时放个消息,这一切都是朗玛配合舅舅仁青的预谋。他们将百口莫辩!这事与我们就无关联。失败,更不能杀她,要保她性命。朗玛对众生的仁爱你是已经感受,保全她就是保全我们祖寨!其他事,就由我一人兜揽。如果我出事,你千万不能出手营救。那会暴露身份!你要尽快离开王城,速回祖寨。这是祖寨金令——"神师已从怀中抽出令牌:"温加,请你接下。我不在时,你就是祖寨的大阿乌。要记住我们的理想!"

温加两行热泪,坚定地点头,答应:"哦拉索!"

神师走出官寨,望见成群的麦农和混入其中的哥爸寨人,正在虔诚地朝他叩拜。他心绪大开,朝麦农们频频挥手。走进人群,脚步坚定,发恨,一路念咒,抛撒咒符。当他到达十三角碉时,天空正是乌云翻涌。每逢大事降临,天象总是不会平静。神师见此,内心思潮起伏。一面铺展神器,为小王的生死卜卦;一面则在悄悄地抬头观望,梨花大萨上方那高耸的王宫。高耸的九楼月台之上,不见女王,只有翻滚的彩幡在"呼啦啦"地飘扬。天色昏暗,风声很紧。远方传来林鸦粗暴的叫声。神师深深地勾着腰身,吩咐家侍往祭台上的香炉里堆杉针。大捆大捆的针叶,一层一层地叠加,形成厚实又紧密的垛积。神师已经解散发盘,将鞭子一样的骷髅辫紧抓在左手中,朝着前方的三角碉方向猛烈抽打。同时抬起右手,向着香炉上方抛撒咒符。又一次,在他花乱的旋动中,一件密物自他宽大的衣袖内迅速落入香炉。

这时,围拢在香炉周边的麦农们个个神色紧张。他们开始整体祈祷,期待吉祥的清烟能够尽早地升起。但是非常不顺,是的,非常不幸!只见那杉针久焚不旺。而四周已是浓烟翻滚,黑雾直接熏上了天空。麦农们大惊:升腾的黑雾,那是不是小王冤屈的灵魂——难道小王已经被女王加害?!

惊慌的麦农纷纷把目光投向神师,却见神师面目痛苦,正在大声疾呼:"拉索!拉索!大怙主!请送回小甲姆吧!别把她带走——她是人间的怙主,是麦农的保护神哪!"

话音落下,就见一群麦农已经跳上祭台,大声请求神师:"阿苛,请您以吉祥的神谕为我们铺路吧。带我们进宫——揪出那宫中暴主,我们要另择贤人!"等不及神师表态,麦农们已经架上神师,呼啦啦地朝着王宫前进!

当躁动的人群架上神师来到护城河旁,这时,他们突然看见,天空中落下成片的彩幡。不,是从女王宫殿的上方——那九楼经堂的月台上,除了落下纷繁的彩幡,还有女王、丹增活佛,他们竟然映现在彩幡当中!

但见活佛手持大幡,像青松大木屹立在月台之上。一身的绛紫衣袍,犹如朝霞映射,震住了麦农们的目光;一脸的苍翠气息,好比大风拂面,吹开了麦农们的心结!而那清畅明亮的经语,那么地高远,悠扬,像是来自天上——

"嗡玛遮么耶萨雷德,嗡玛遮么耶萨雷德……"

"嗡玛遮么耶萨雷德,嗡玛遮么耶萨雷德……"

这来自天上的经声,它终是锁住麦农们的脚步——听到久别重逢的经声,见到至高无上的活佛,麦农们顿时胸怀舒畅。"轰"地一下,他们齐刷刷地趴在地上。跟着活佛,齐声念诵——

"嗡玛遮么耶萨雷德,嗡玛遮么耶萨雷德……"

"嗡玛遮么耶萨雷德,嗡玛遮么耶萨雷德……"

女王已经抽身奔下宫楼,令绛珠大相展开横门,恭请丹增活佛出宫。

当活佛穿过横门,进入梨花大萨时,趴在地上的人群已经自动地为活佛让开一条通道。活佛举步向前,走向神师。神师则双目怒视活佛,双手伸进衣袍里,紧紧地把持着里面的利器。

活佛面容沉定,目光安稳。缓步走向神师,朝他伸展双手,对他道:"刚布,你的眼目代表日月;你的身躯代表山河;你的双手——刚布,伸出你的双手——它是天神怙主向人间传播福音的法器,你要面向你的麦农,将它张开。"

活佛言毕,一边前进一边念经。

"嗡玛遮么耶萨雷德,嗡玛遮么耶萨雷德……"

"嗡玛遮么耶萨雷德,嗡玛遮么耶萨雷德……"

神师盯着活佛,听他念诵光明八字真经。那经声,一会像行云流雾,一会像暴风骤雨,一会轻盈得如同白云铺展,一会又紧促得像是吸纳精气的地洞。神师双手不禁在衣袍内颤抖,目光跌宕在活佛的经声里,浑身开始轻微地摇晃。

这时活佛已经走到神师面前。而神师,却被迅速冲上去的女王侍官束手就擒了。

173. 阿乌格拉带回的礼物

神师的宏伟大梦终于在活佛的经声里破灭,他被女王赐了死罪。

这之后,女王在焦躁中等待一个月,阿乌格拉终于从主国归来。王宫经受又一场生死劫难,水深火热中的女王更加急迫地希望得到主国援军。见阿乌格拉时,别的事情,包括神师策反暴动的大事均被抛在一边;女王只在紧切地询问她的大阿乌:"格拉,这一趟行程,主国有没有给我们回馈希望?"

阿乌格拉当然明白女王要问什么,他却不能直接呈上消息。因为确实有些复杂,他需要先稳住女王的情绪,之后再慢慢地汇报实况。

于是阿乌格拉这么回复女王:"甲姆,主国对于我们的朝拜无比敬重,他们也有珍贵的宫礼回赠甲姆。"

女王直白道:"不管回赠什么,都比不得他们的援军。"

阿乌格拉提醒:"甲姆,作为礼节,这些主国的回礼,您还是过过目吧。"

女王盯住阿乌格拉,不发话。

阿乌格拉就吩咐侍官把主国的回赠一一奉上,是精致的瓷器十三箱,绫罗丝缎十三箱,上等贡茶十三箱,神师曾经索去的相关"天书"十三卷。

女王走马观花地看一遍,却没有太多兴趣,令侍官收下。

阿乌格拉又遭侍官呈上一幅画卷,亲手展开,感叹道:"大地原本是一个模样。甲姆应该知道,主国曾经也有过像您这样的甲姆。"

女王才稍得兴趣,回答:"我当然知道。"

阿乌格拉立即呈上画卷:"甲姆,这幅画像您过目看看。"

女王吩咐侍官接画。呈上来一看,映入眼前的是一位华丽女皇:梳高髻,露丰胸。头戴金凤皇冠,肩绕红帛飘带。外着金黄刺凤长宫袍,内衬碧玉雪绸衣衫。一脸的日月气度,一身的天地华装。女王这一瞧,双目不由闪亮起来,明知故问道:"这是谁?"

阿乌格拉回答:"这就是主国先前的女皇。"

女王称赞道:"真是一位从天而降的人王,我们一个模样!"

阿乌格拉趁势说:"甲姆,主国册封您为'银青光禄大夫'。"

女王心下掂量——银青光禄大夫,就是相当于主国从三品的官位,当即不悦:"哦,那是把本王下到高霸的位置上了。"随即转入主题:"格拉,您还是快说正事吧!"

阿乌格拉只好回应:"甲姆,主国已经同意援军,他们将派出十万人马。"

女王一听十万人马,确实够庞大了。但一瞧阿乌格拉那神态,似乎还有表达,当下心又跟着提起来了。

果然,就听阿乌格拉面色为难地补充一句:"不过,他们援军是有条件。"

女王盯住阿乌格拉。

阿乌格拉语气吞吐又断续,显得无比地艰难:"甲姆……刚才您是看到他们的女皇……但最终,他们的王朝还是回到,男皇的手中……"

女王语气急骤:"格拉!到底什么条件,您为什么不能直说?"

阿乌格拉见再也无法搪塞,只好道:"甲姆,他们希望未来的王朝,由男人当王。"

女王一听,心一裂,脸"唰"地一下白了。

在席朝官们听此,尤其是女官们听此,均神情惊乱,不知所措。男官们一些面色诧异,一些陷入纷繁的思想中。绛珠大相则在小心翼翼地询问:"格拉,主国会在什么时间援军?"

阿乌格拉回答:"他们得到甲姆的答复后,就会援军。"

174. 架起那道铜墙铁壁

草原上,原本森波人按照战书上标注的时间,会在来年的夏至时节向女国开战。但最后一次潜入女国打探战报的密探却提前返回了草原,给扎西森波带回一个意外的消息:女国前去主国请求援军!

扎西森波一听主国战队,心跟着提了起来。由于裹作和密探队的努力配合,扎西森波对女国现有的战队状况基本已经了解。算是知己知彼,易于操纵。但如果最终还得和主国人交战,那就被套进陌生的战事中——不了解对方的战队状况,就无法稳当地操纵战事!针对女国的入侵大战已经筹备两年,又有裹作人奋力配合,这一战扎西森波是抱着必胜之心。可要是主国人参与进来,那就会节外生枝,无法预算胜负。

扎西森波因此不敢有大意。他决定改变战策,提前向女国开战。

如此,也就不过一个月,西城又接到森波人一纸战书。这时扎西森波已经率领大战队从草原上出发了。他们只是象征性地给女国西城送达战书,其实早已经踏上征程。

而当非天王再次回宫禀报战事时,祖母王朝已经疲于应对。一是她们再也来不及遣派使者复去主国报信,催促他们提前派出援军;二嘛,既然主国提出那么残酷的援军条件,对于女王、阿乌格拉、天官、小王、小王的舅舅仁青等,都不再是意愿之事。且现实已经迫在眉睫!祖母王朝只能顺应大局。

女王紧急召见王宫六位重要战官,非天王、南王松格、绛珠大相、绛月大相、洛塔首领、西贡波,另有阿乌格拉、天官、协政大相仁青,以及众位王朝相官,齐聚三楼大殿,拉开朝会。当下按级别排列,各就各位。女王端坐在大鹏宝座上。宝座一侧是小王的宝座。小王因为被神师暗算,劫走后又被蒙面,私囚在刚布官寨的密室里多日,造成身体多处受伤。现在正处于恢复中,便由着女侍官扶持才能坐稳。两王的宝座下方,分别是阿乌格拉、非天王、协政大相仁青、天官赭面娘和南王松格;再下方依次为绛珠大相、绛月大相、洛塔首领、西贡波、十三女战队中的六位小首领;最下方才是各位朝官大相。个个正襟危坐,面色深沉。

女王首先发出一道敕令:"西城大战,本王决定,将由男王非天主阵战事!"发令完毕,才询问非天王:"男王,不知你有什么建议?"

非天王起身,语气干脆地答复:"拉索!要说别的城池我并不敢多想,但西城是我的生养之地,确实熟悉。作为西城战官,护家守院是我义不容辞的责任!"

女王对非天王充满信任,点头道:"哦呀,西城是你的镇守之地,你会比别人更有主见。"

绛珠大相跟着出列,真诚地响应:"拉索!甲姆,西城大战,请非天王主阵最为牢靠!"

女王欣慰,又询问众位相官:"西城保卫大战,以男王非天主阵,众官可有异议?"

朝官们异口同声地回答:"我们没有异议!"

女王再问松格:"南王你呢?"

松格出列,大声表达:"我完全赞同!"

女王随即发话:"那就定了。"一边征求非天王:"男王,既然你也自愿主阵,肯定对战事已有主张,可能具体说说?"

非天王少许沉思后,进入主题:"这将是一场规模宏大又艰巨复杂的战事。如果部署不当,很难有效地阻遏战敌。我们的核心战队是王宫男战队和十三女战队。但就目前形势看,森波人两度变化战书,出尔反尔。从中可以觉察:虽然战书只是送达西城,却不能保证他们的最终目标就是西城。这样,我们的男战队和十三女战队就不能同时远征赴战。我的想法是,王宫男战队要以远征为主,十三女战队要以守宫为主。"

女王惊诧,反问非天王:"西域战敌阵势强大,我们仅以王宫男战队和西城战队,怎么抵御!"

非天王提醒:"还有猎战队和蛊战队。另有民间新征的战力,也有三万的阵势吧。"

女王大声道:"即使他们参战,没有十三女战队依然困难!"

非天王出语无奈:"这是两难的事。所有的远征,最终目的都是为了保卫王城。我们不能因为边境战事,把王城变成一座没有战力防御的空城。"

女王望一眼松格,问非天王:"松格的南城战队呢?"

非天王坦言:"南城是边境城池,就像王城,它更需要战力防御。即使出征也只能调出一半战力,松格更不能离开南城!"

女王沉默了,陷入深思。

非天王带着提示语气继续:"按那战书里显示的方向,森波人将从裹作草原入侵。我们的西城边境全是崇山峻岭,原始森林。他们以那里作为进攻战地,对于我们倒也有利。"

女王听非天王这后一段话,大致已明白他的思路,边思考边发话:"哦呀也是。通过裹作草原,这并不是森波人自愿的选择。他们是无法越过我们北城的生死关,裹作草原才成了他们入侵的唯一通道。倒是对于我们,拥有一处'特色战地'非常重要。西城边境那茂密的丛林山地,更适合我们不同特色的作战队伍!"

非天王朝女王投去赞许的目光,望一眼猎战队的洛塔,代他阐述:"在丛林间作战,猎战队更具优势。他们拥有一套完整的'捕猎式'作战技巧,适应各种丛林阵势。山坡、峡谷、丛林、溪涧,遍地都可以成为他们的战地。开战时,不用一刀一戈,只等战敌扑入猎地,陷入猎阵,自会不战而亡!"顿一下,非天王征求洛塔首领:"猎官,猎战队的战况是不是我说的这样?"

洛塔首领大声响应:"拉索,正如男王所说!"

非天王跟着问他:"目前你的手下有多少人马?"

洛塔首领回答:"下官手里有经过训练的正规猎军二万。自第一道战书过后,下官已经在猎寨又新征战卒五千人。都是健步如飞的猎手,平日追赶猎物就像飞鸟一样。"

非天王赞道:"好!"道出最终的战事部署:"所以我计划,开战之际,先由猎战队作为先遣战队,冲锋陷阵,打击战敌的第一批战力。之后由蛊战队出场。蛊战队的主要任务是在峡谷间设置各种丛林毒障,以投蛊的方式消灭战敌的第二批战力。这其中一切细节,还得西贡首领亲自安排。"就转口询问西贡波:"西贡官,你们的战队和战器可有齐备?"

西贡波坚定地回答:"蛊战队时刻待命!"

非天王点头,总结道:"等猎战队消耗敌阵的第一批战力;蛊战队消耗敌阵的第二批战力；之后再由王宫男战队、西城战队、南城的一半战队，三股战力联合作战。这时战敌的阵队在前面两场战事中已有损耗，再来应战，定也力不从心！"

听完战官们的对话，女王信心倍增。

这时，就听阿乌格拉无比感慨地接应："哦呀！我完全赞同男王的战事部署。那就让猎战队和蛊战队作为先锋铜墙；男战队、西城战队、南城战队作为后卫铁壁；我们在西城边境架起一道铜墙铁壁吧！"

女王点头发话，语气铿锵有力："铜墙铁壁，齐心协力！这一战天不胜人，人也胜天！哦呀，就像上一次，本王要亲自出征，覆灭森波人！"

非天王见女王要亲自出征，思量少顷，语气凝重道："甲姆出征，这事还得慎重。"

众官目光都盯住非天王。

非天王解释："原本那森波人已经下过战书，但如今却出尔反尔，提前入侵。从这点看，图谋西城金沙也许不是首要，攻击王城可能是他们的最终目标。甲姆当然还能远征。应该和小甲姆共同留在王城，配合十三女战队守卫王宫！"

说得女王无法应话。

非天王面向女王，悉心解释："守卫王城也是最大的战事。甲姆，您是王朝最坚实的守护人，请把我们的家园保护好吧。我们前方征战，需要坚实的后方！"

女王听得心情复杂。

非天王则跟着补充："当然，十三女战队不能完全留守王城。有丛林作战经验的女战队还是需要抽出来远征，以便应对特殊战事。"

十三女战队中，最擅长丛林作战的当属林狼女战队。她们的女首领听此，连忙出列，向非天王自荐："王，林狼战队最擅长丛林作战，请让下官带领战队远征吧！"

非天王欣慰的目光注视林狼首领，点头："哦呀，林狼战队是祖母王朝的精英女战队，有你们出征，战力更会强大！"转身，请示女王："甲姆，您认为怎样？"

在前面的两场战事中，女王已经同林狼女战队有过接触，对她们的丛林作战感受深刻，自然是有信心。当即应允："哦呀！本王信任她们，就像信任天上的星辰一样！"

175. 两支特殊战队

一个月后，森波人果然穿过裹作草原，集结在女国西城的边境地带。这时女国的男战队、猎战队、蛊战队、西城战队、南城战队、林狼战队也已经赶到边境的落马关。当下在关内战营中，身为主战官的非天王正与四位战将——绛珠大相、洛塔首领、西贡波、林狼首领，部署战事。

非天王首先针对洛塔首领发话："猎官，现在正是猎战队为王宫效力的重要时刻。作为先遣战队，请先说说你们的战事部署。"

洛塔首领胸有成竹，细细陈述："猎战队的作战方式，主要显示在猎手和暗器两个方面。精明的猎手和精确的暗器在猎战中缺一不可，精明的猎手埋伏暗器，具有模糊战敌视觉的技巧；精确的暗器又可以直接消灭战敌。那森波人历代生活在草原，对于丛林并不熟悉。我们却是丛林之士，就得好好利用这一优势。等到开战，我们首先会把战敌引进陌生的丛林战地——我们事先布置的'猎战地'，这其中将会埋设各种杀敌暗器。第一是弩箭，又叫见血封喉。弩上置好毒箭，以枯枝乱叶覆盖。战敌一旦踏入，立即中箭身亡；第二是老虎嘴。由两排尖利铁牙组成。摊开平放，与树根混搭，真假难辨。战敌匆忙行军，一脚踩中，铁牙立即合拢，咬断战敌下足；第三是暗木箭——"

非天王打断道："很好！再多不必细述。一切布置完毕后，接下来猎士们怎么做？"

洛塔继续陈述："等一切布置完毕，就需要把战敌引进丛林。林狼战队正适合参与这样的战事。由她们手持战器最先冲上草原，不交战，只是拉开阵式，引入战敌——那草原战敌向来轻视女子，我们正借此制造假象，利用女战队把他们引进丛林。当他们误入猎战地，尝到暗器的厉害，势必四下逃窜。这时林狼战队又可以作为引线，在丛林间四处奔跑，引发他们追赶，越陷越深。等他们跌入更远的丛林，早已埋伏在暗处的猎士们就会用手里的弓箭射杀他们。这样，那第一批闯入丛林的战敌，不是被埋伏的暗器击中，就会被猎手的弓箭射死。接下来的战事，就要交给蛊战队把控。"

非天王认真地听完洛塔的战事部署，不住点头。同时面向西贡波，寻她的作战方案。

西贡波接应道："等猎战队打赢第一战，我的蛊战队就来对付第二批战敌。猎战队是从肉体上消灭战敌。我们蛊战队将以设蛊的秘密作战方式，从精神和肉体上双重打击战敌。'猎战地'之后，我们将在丛林中分段布置三道'蛊战地'：第一段是'火麻战地'。战敌一旦投入其中，浑身就会染上火麻毒。奇燥奇痒，导致神志分散。厉害时更会引发神经紊乱；第二段是'噬蚁战地'。我们的噬蚁子只要投入战敌途经的地方，不出三小时就会生出成千上万只黑蚁。这黑蚁又以吸食火麻毒为主，当嗅到火麻气息，立马蜂拥而上，蚕食战敌血肉，直到啃成白骨；第三段是'血蛇战地'。这是专门对付那些有幸从噬蚁战地逃脱的战敌。他们一旦陷入血蛇战地，立刻会被血蛇缠身，不久就会被绞成肉泥！"

非天王认真地听完二位战将的陈述，心下已有欣慰，跟着发话："哦呀！先遣战队的作战能力和打击能力尤其重要，往往会左右整个战事的大命运——只要开战势头强大，先让那战敌尝得厉害，后来的战事总会水到渠成！"

176．神秘的森林

不久两军开战。草原那边，森波军的第一批入侵战力是由裹作主阵。为金矿和寻仇，裹作这是自荐上阵。扎西森波十分快慰地应允。在他内心，这将是一场惊天动地的大战事，实在不敢轻易举动。不过借助裹作人的地盘，又有裹作本人自愿冲锋陷阵，对他来说这也是占上了"地利与人和"，自然对裹作充满期待。开战之前，扎西森波从腰间取下一把金鞘宝刀，赏与裹作以示鼓励。

裹作接过大首领的赏物，信心十足。当即命令战卒吹响开战号角，第一批战力开始雄心勃勃地向丛林挺进。当他们挨近森林线时，却见一支女战队策马奔出丛林。裹作一见女战队，恨得咬牙切齿，高举战器直奔而上。不想女战队却不迎战，迅速折身钻进了丛林。裹作想起昔日他的那些威猛壮士，竟然败在这些女人的胯下，一时血性上来，也就来不及顾忌太多，呼啸着杀了过去。一进丛林，却又不见女战队，她们像风一样消失得没了踪影。裹作这才感觉不对，紧急勒马，刚刚退到阵后。还来不及下令，他身后的那批野马战力就呼喊着奔入丛林深处。一时间，但见丛林中战马奔腾，掀起拼杀的热浪；刀箭飞闪，伴着战卒们的呼杀声涌向前方。但是不久，只听那第一批冲锋陷阵的战卒，他们原本高亢的呼杀声，突发间却变成惨烈大叫。随后就有大批人马跟着中套！顿时丛林间人慌马乱。一些战马被"老虎嘴"咬断铁蹄，立即人仰马翻；一些战卒被"暗木箭"戳穿脚掌，瘫倒在地上；而被"见血封喉"击中的战卒当场就在剧毒中毙命；那些撞上"石攻"的人，一部分砸烂了头颅，一部分砸断了腿脚，已经丧失拼杀的能力。不多时，丛林中就遍布了残肢断体，和混在血泊中痛苦挣扎的人马。

裹作是草原人，先前同女国几次交手，不是偷袭就是打硬战，哪里见过这等惨烈的埋伏战事！顿时惊骇，惶惶下令，命剩余战力回撤。逃上草原后，一清点，第一批战力已经损伤了六成！

裹作领着残军回到草原大营。扎西森波见裹作首战失利，一副落败模样，先前对他的期望就变成了裹着怒气的失望。当即质问裹作："那些猎器是用来捕捉猎物的,难道你也是猎物?"

裹作被堵得无语。一直等到扎西森波火气稍有回缓时,才探试地问他："大杰波,下一步我们怎么做?"

扎西森波眺望远方丛林,陷入沉思。多久一阵后,咬牙切齿道："那些丛林母鹿,除了埋伏暗器我看她们还有什么花招!再派一批人马进去!"

裹作担心地提示："大杰波,怕是丛林深处还有暗器埋伏。"

扎西森波抬头望草原,问裹作："你的草原上有多少牦牛?"

裹作不解,懵道："大杰波?"

扎西森波怒视裹作,发问："难道那些暗器还长上了眼睛,专门识别我们活生生的壮士?"

裹作一听"暗器长上了眼睛",终是明白过来。连忙回应："拉索,大杰波实在高明。我这就回草场准备!"

当下裹作就带领一队人马返回领地上最大的草场。他们挥舞马鞭,把草场上的牦牛围拢在一起,全部赶出草场。包括那些看牛的大狗们,也在不知情中跟着一路狂吠,追随裹作的第二批战力,呼啦啦地冲进边境丛林。

裹作率领第二批战力,赶着牦牛,沿着猎战地急速前进。不久大群牦牛就被暗器套住。裹作命令所有战卒等候在牦牛奔跑的后方,待那些没有思想的家伙拼尽最后气力,它们庞大又笨重的身躯套住丛林间的所有暗器;之后,第二批战力就踩着牦牛的尸体前进。

最终,凭借牦牛铺起的血肉战道,裹作战队破除了女国的猎战地,攻下边境的三座大山。扎西森波坐镇草原大营,心头焦躁,不时地张望丛林方向。在派出第二批战力之前,他已经和裹作约好,只要顺利突破猎战地,铲通前往落马关的战线,就要以狼烟为信号。他将亲自领军一举前进,先攻下落马关,再攻下梨儿卡战关,最终抵达西城。

事实却超出了扎西森波轻视的预算。在他的第二批战力快要占领第四座大山时,新的战况出现了。第二批战力在丛林间又遭遇了一场闻所未闻的特殊战地:蛊战地。大批战卒在毫不知情中踏入"火麻战地",突发浑身奇痒奇痛。裹作心惊,不知又中了什么埋伏,当即喝令战队后撤。因为前面已经遭遇过暗器,裹作更加小心,行军时只让战卒们在前方开道,自己是随在战队的后方。这下突发新情况,裹作只好丢下火麻战地。他们绕道,占据另一座大山,欲从那里开辟新战线。不想刚刚前进不久,又陷入另一道特殊战地——"噬蚁战地"。先前那些染上火麻毒、浑身火烧火燎的战卒,看到阴凉的森林后,均以为逃过一劫,策马直奔其中。立马引来成群的噬蚁围攻!裹作一见势头不对,慌忙下令战队再次回撤。但大半战力已经困入了蚁阵。一些战卒跌倒在地,一边呼喊一边挣扎,却是不多久,就被黑浪一样汹涌的蚁阵覆盖!一些未被噬蚁围困的战卒见此,惊乱中慌不择路,直接奔进第三道战地——"血蛇战地"。顿时人蛇交混,扭作一团,惨叫凄厉,噬人心骨……

　　裹作领着有幸摆脱的一些战卒逃出丛林。爬上一处安全的岩地,远眺下方蛊战地上那个惨烈场面,陷入沉思。他突然想起,多年前偷袭西城时就曾遭过女国的蛊毒。对照眼下这么惊骇的场景,不用说,这定是摊上了蛊战。裹作深有感触:什么战都可以坚持,一旦染上蛊战那就完了——神秘莫测的蛊毒,据说在女国除了女王和制毒官,其他人根本无法破解。

　　裹作这一想,再不敢犹豫。丢下仍然挣扎在蛊战地上的那些痛苦的战卒,慌慌逃回草原。

　　接下来,风息了,雾散了,丛林安静了。只落得草原那边的扎西森波,和落马关这边的非天王,他们在焦心地等待。那边扎西森波不见裹作烧起胜利的狼烟,就不敢贸然领军前进;这边女国战队听到蛊战地上刚才还人马嘶鸣,突然间所有声音就像被吸入了黑洞,丛林寂静无声,就知道对面的战敌已经被蛊战给覆灭。

　　山冈上的落马关战营内,西贡波默默地算了下时间,对非天王道:"王,这时我们的战敌应该变成了一堆堆白骨,和蛇腹中的肉泥了。"

　　非天王朝西贡波投去赞许的目光,抬头仰望西边天空。只见那里阴云密布,不开天日,不由凝重了神色:"这暂时的击退并不稳定。我们做好准备,迎接更大的搏击!"

177. 火攻开道

　　扎西森波这边,等待多久也不见丛林里升起狼烟,就知道又出事了。但不知究竟是什么情况,为什么连个回程报信的人也没有?难道裹作全军覆没?正焦躁中,却见裹作狼狈不堪地逃回大营。

　　扎西森波对这个落魄的小首领早已不耐烦,没好气地质问他:"你像只山鼠一样逃回来,难道我那强大的战队又被你给葬送了?"

裹作哭丧着脸解释:"大杰波,这回可不是下官愚钝,是那边阴计多多,竟给我们设置蛊战!"

扎西森波听得糊涂。

裹作竭力解释:"大杰波,之前我的密探队已经带回消息:女国有一支号称'火杜鹃'的蛊战队,专门以美色、美舞、美酒诱敌。但不想她们会把蛊毒利用得这么高超,竟然可以在丛林间设置蛊战场。"

扎西森波震惊:"女国擅长放蛊这事我倒听说过,但真的就有那么灵验?"

裹作紧张道:"可不是。当年下官败战西城,多半就是因为蛊毒!"

扎西森波若有所思:"难道就没有办法控制那个毒瘴?"

裹作惆怅地回应:"蛊毒是强大又看不见的战器,就像烧茶时放进盐巴,随便就可以完成。这次她们针对的是整片丛林。投毒范围那么大,怕是没有成效的办法。"

扎西森波想起自己的那些生猛战力,竟然不是死在刀箭之下,而是被无声的暗器埋葬。对于血气方刚的壮士,这是多么屈辱的事!越想越窝火,破口道:"那些峡谷里的母鹿,她们脑壳里装的尽是娃娃的把戏!什么猎战、蛊战,待我放一把大火烧了那些玄秘!"

扎西森波原本只是怒火中烧,信口泄愤,不想裹作听到"一把大火",惊喜得连连大叫:"大杰波!大杰波!"语气像是抓魂一样地急迫:"您这办法实在绝妙——火有毁灭一切的力量。天地当中没有什么可以拗得过它!哦呀就是!暴雨来临之前,天空中出现火蛇(闪电),它连苍天也能撕裂!"

扎西森波先是懵了一下,经裹作这么一提,却突发哈哈大笑了。恍然大悟:"果真这样,我们就用烈火焚烧那些丛林瘴气,把它们烧成灰烬,我们就踏着灰烬直捣西城!"

裹作一听踏着灰烬直捣西城,又觉得不大现实。语气转化成小心地提示:"大杰波,直捣西城怕也困难。因为受天气、地势和路程的影响,大火是不可能连续地烧到西城。"

扎西森波指责裹作道:"你嘛,确实愚钝!刚才还说蛊毒就像烧茶时放进盐巴,随便就可以完成。有这么轻易,他们肯定沿路都有投放。我们要想突破蛊战线,只有沿路放火破蛊。密探队不是已经确定了进攻战线吗,那就沿着战线一路焚烧森林,哪里熄火哪里点火!接下来的战事,我们就以火攻开道!"

裹作内心憋屈,同时又暗叹扎西森波的智谋。

扎西森波则又感慨起来:"哦呀!我突然发现,是上天在助森波部落!想吧,如果不是她们到主国请求援军,我们只会在春末开战。那时正是雨水充沛,想放火也难大面积地焚烧。现在正是冬末,冰雪将尽,丛林枯燥,正适合点火烧山。"

只是几天时间,裹作人就从草原上运来成堆的干牛粪。又就地取材,在丛林间收集火草、枯枝、落叶、松香,开始在蛊战地之外铺起长长的火道。以火草引火,以松香导火,以干牛粪和枯枝乱叶作为主要着火点。

不久,一条绵延的火线就在丛林间腾空而起。先是蛊战地,山坡上冒出滚滚浓烟,很快就弥漫了整片丛林。丛林上方的天空也被罩上一层漆黑的烟雾。非天王和绛珠大相率领的大战队,隐蔽在落马关一带的密林深处,原本是计划以伏击的方式,等森波军的剩余战力踏过蛊战地,立即拉开硬战;不想战敌还未等到,却等来一场铺天大火!虽然暂时还未看见火光,但所有人都嗅到了强烈的焚烧气息。非天王令战卒爬上高处探望,得知是蛊战地着火。当下奇怪:天气虽然干燥,但无天雷地火去引发,蛊战地怎么会突发大火?可现在又不是追探原因的时候,是他身后的庞大战队,他们再也不能驻守落马关,必须尽快撤到安全地带。

非天王无奈,只好吩咐绛珠大相带领王宫战队先遣撤离,退回梨儿卡战关备战。他自己领上西城战队,一边观望,一边随着火势慢慢地后撤。

非天王带领西城战队沿途撤离,穿越了很长的丛林,感觉似乎已经摆脱火线。但他们从峡谷爬上一道山冈,抬头寻望时,却惊呆了:整个战队根本就没有撤出火线范围!当下只见西边,那里的山林早已烧成了赤红色的火海。北边山坡上有明火的地方,焚烧的木树碎屑像蝗虫一样漫天翻滚,炸裂声连成一片。没有明火的地方升腾起一团团热雾,正在树林间迅速地蔓延。很快热雾就蔓延到东边山林,东边山林因此被浓烟包裹。不多久,那浓烟当中猛然跳出一团明火,抱着树木呼呼直上,形成一排巨大的火墙。先前,西边山林是主要的着火点,跟着北边山坡迅速烧起来。不久东边山林也燃起了熊熊大火。西城战队处在南边山林。虽然一时火浪冲不到南边,但灼烈的火浪气息已经直扑南坡。非天王感觉身上的战袍已在慢慢发热,就像被七月的骄阳炙烤一样。脸面皮肤也被炽得火烫,随时面临烧伤的危险!无奈,他只得放弃落马关,带领西城战队迅速撤离。

森波军那边,因为害怕无处不在的蛊毒,他们就用火攻开道,一路进攻一路放火,焚烧各种丛林战地。之后他们就踏着灰烬一节节向梨儿卡战关逼近。非天王这边,因为丛林大火面积宽广,火势凶猛,西城战队无法越过火线同森波人正面交战,他们只能沿着火势继续后撤!

178. 让金沙的光芒照亮来生

　　二十八天后,非天王撤回了梨儿卡,同绛珠大相汇合。二人跨踌在梨儿卡战关。遥望西边山林那滔滔火海,它正在慢慢地向梨儿卡逼近!森波人以火攻开道,这让女国战队陷入困境。依靠丛林,利用猎战队和蛊战队打击战敌的计划已被打破。在熊熊火光的映射下,非天王和绛珠大相忧心忡忡。他们并不清楚森波战队的具体实力——等到山火熄灭之后,那些入侵战敌到底会是怎样的阵式?而女国战队被大火牵制,正在一节一节地丢弃设置完备的战地!

　　冷兵器时代,战地犹如战器,同样是战事之本。丢弃战地,对于女国这场战事将越发不利。因为设置猎战地和蛊战地,主要目标就是消灭大量战敌,首先狠狠地挫伤战敌的锐气和整体实力;之后女国战队再针对剩余战敌进行硬战打击。但现在两大战地被破,森波军就避开了巨大的损伤,保住了实力。

　　迫于无奈,女国战队只能针对当下局势重新调整战事,撤到更为有利的地方再同森波人开战。

　　只是,让女国战队迷茫的是,随着大火不断蔓延,他们最终又要撤到什么地方?是保卫梨儿卡战关,还是撤回西城?如果选择梨儿卡作为开战阵地,这一战将无法预算胜负。因为自从裹作人侵占大矿区后,梨儿卡战关早已不再具备"一夫当关,万夫莫开"的天险功能,只能依赖后来新建的一些防御系统。可由于突发战事,梨儿卡战关的整体防御工程并没有全部竣工,无法达到真正的防御效果。那么,只有深厚的西城才具备完整的防御能力。另外对于战事的后期补给,西城也更为充实。

　　如此,非天王只得与绛珠大相商议,索性撤出梨儿卡。退回西城,保卫西城。

　　这期间,地处战线当中的一些金矿劳工,以及生活在沿路山寨的麦农们,随着西边战火向南方蔓延,他们只能跟随在西城战队的后面,弃家逃难。这当中所有青壮少年,包括能够骑马操刀的女子,都自发地加入西城战队。老人和孩子则被安排在战队的前端,投奔西城避难。非天王已经从战队中抽出两位得力战官,负责护送老幼的工作。

　　夜晚,西城外的丛林间人马喧哗,无法平静。战队与逃难的麦农均不敢随便停留歇宿——蔓延在身后的森林大火不会停熄,逃难人的脚步就无法停止!一些年迈的麦农因为日夜赶路,体力不支,已经瘫倒在路上。更有一些落在战队后方的伤残矿工，他们自知体力跟不上，再难前行，竟在战火烧身之前吞下了金沙！他们要带着财富上路，让金沙的光芒照亮来生。

但是有几个诡异的矿工却不信这一套。他们觉得人都死了，还要用腐烂的肉躯埋住珍贵的金沙，实在可惜。而等到肉躯完全腐烂，金沙还会从他们的白骨中闪出光芒；之后，依旧会被活人拾取。与其这样，不如剖开尸体取出金沙。这与从白骨中拾取金沙，只是换个形式而已。

于是就有两个不怕报复的矿工动手了。

剖尸挖金，这还了得！像瘟疫一样，这个悚人的消息立马传遍了西城战队。非天王获知后，心被震裂了。作为天神的信徒，他无法容忍这样伤天害理的恶事！当即令随从抓住两个剖尸挖金的矿工。押上来一盘问，才知道其中一个竟是刚布官寨曾经的信人——次吉！非天王立马联想到神师。直到现在他也不明白，为什么当年神师会把他指认成杀害甲姆拉的凶手？要说是为了刚布家族最终的谋反暴动，那时非天也只是遥在西城的小小少主，平日与刚布家族并无交际，又怎么结下了仇恨？

非天王这一想，心头不由漫出一层迷雾。就想来个激将法，尝试从次吉身上突破一下。于是对战卒下令："他们剖尸挖金，违背天理，这样的人就是火魔附身！哦呀，就以驱逐火魔的规矩，把他们压在石头下方，让接下来的森林大火度化他们吧！"

次吉一听非天王这话，就知道是死罪难免了。不由冷笑起来，笑得寒瘆，让人心虚。

非天王见此，探试地问："剖尸挖金，做出这样恶行，难道你还不服？"

次吉大声回答："我当然不服！因为再也看不到我们大阿乌，他预言的那个美妙世界了！"

非天王听次吉这话，心头一晃，沉默少许，吩咐战卒："留下他，严加看守！"

179．踏着灰烬上路

当女国战队被迫退回西城时，主战官非天王对两大战队重新作了调整。以他本人为首的西城战队，进入西城，保卫城池；绛珠大相则带领王宫战队，埋伏在西城郊外的丛林中。等森波军攻城时，王宫战队将在城外以硬战阻击。

又过去二十天，森波军果然踏着灰烬上路，直抵西城。这时，只见西城深厚的城墙上方，一边列着无数只箭眼，一边架起一口口铁炉。对于那些箭眼，之前因为偷袭过西城，裹作自是熟悉；但面对那些铁炉，裹作多半也不理解。心存疑虑，他就不敢冒昧开战。

不管设置了多少机关,攻城之战实则就是硬战,拼的就是血肉战力。扎西森波见裹作犹豫,丧失了首战时的那股勇猛劲头,心里很是不快。下令就由裹作人先遣冲锋,抵挡城楼上方那些密集的战箭。同时森波军将以裹作的冲锋战力作为血肉铺垫,向城楼强硬挺进,架设攻城战梯。

到森波军的第一批战力靠近城墙时,攻城战梯也开始在密集的箭雨中架设。一时间,城楼上乱箭如麻,城楼下死伤无数。但森波战队阵式庞大,顶着乱箭不断前进的队伍仍然像黑浪一样!两边战队就这样生生地硬拼,持续了五天。那城楼下被毒箭射死的战卒,已经码成了几丈高的人墙。

森波战队就踩着人墙继续向上搭建战梯。死亡越多,人墙越高;人墙越高,战梯攀升越快。逼得丛林中的绛珠大相再不敢等待,连忙吹响搏击的号角,冲出丛林阻挠森波军。顿时西城外战马嘶鸣,刀戟相交。森波军在大首领扎西森波的指挥下兵分两路,一路奔向绛珠大相的王宫战队,一路则像升腾的乌云,继续架设战梯。

城楼上的非天王眼见战梯越升越高,迅速下令启动火炉。顿时所有火炉倾墙而泄,泼出蒸蒸铁水,落在搭建战梯的敌手身上。那些敌手先是通身赤红,不久肉体就被铁水整块地烫化,掉落下去。这叫他们刚刚口里还在发出惨叫,瞬间浑身血肉就被铁水扒得精光,变成一具具焦骨,落在尸堆上!

这时城墙下方的阵地上,扎西森波正与绛珠大相混入厮杀。扎西森波抡刀直上,奋力进攻;绛珠大相不顾生死,愤然砍杀。双双来回较量,无数次刀光剑影,总也厮杀不下。那你死我活的拼杀场面,只瞧得城楼上的非天王,恨不得变成一只飞鸟杀进战场。

最终,两边白天开战,夜晚休整,双双血战十五天,分不出上下。到第十六个时日,突然间,城楼上的非天王发现,歼敌的战器和铁水即将耗尽!而攀附城墙的那些战敌,他们依然像蚂蚁搬家,正在不断地架设战梯!非天王心情沉重,转眼寻望西城。只见所有城民都已经投入到协战中。人均手提砍刀、腰刀、铜戟、猎矛、竹箭、木箭,包括火镰、火铲等民间铜铁用具。他们把利器迅速交给西城战队。接下来,从城楼上射出的,就是五类杂陈的民间兵器了!

城外,正在同扎西森波进行又一轮厮杀的绛珠大相见此,知道非天王那边正规的战器已经耗尽,心不由一紧。刹那间的一恍惚,就被扎西森波趁势扎进一刀!绛珠大相摇晃了下,更加猛烈地砍杀。这时扎西森波也发现城楼上那一幕,心下已经明白：西城再无战器！如此他就不必把体力消耗在绛珠大相身上了——攻破城门对他更为重要！于是一边厮杀一边后退。把手下战事交给裹作，令他带领战队牵制住绛珠大相，让女国战队挨不近城墙。自己则领上一批精悍战力突击攻城。

顿时又是：西城之上乱器翻滚，西城之下战马奔腾。而森波军搭建的攀墙战梯，竟像乌云一样越升越高了。

180. 物在人在，物毁人亡

到两边开战的第四个月，森波人的战梯最终还是爬上了西城城楼！

森波军通过战梯涌上城墙垛口，同西城战队又是好一番生死拼杀。最终西城战队因为之前战器消耗太大，无法抵制战力齐备的森波军。森波军一鼓作气，以闪电之势破开城楼，直奔城下，大开城门。集结在城门外的森波战队顿时像黑浪一样涌进西城。战事很快演变成三面鼎立状态：一边是西城大街上手无寸铁的平民百姓，一边是城楼上鲜血淋淋的西城战队，一边是城楼下威猛强大的森波军。三方对峙西城。而第一批冲进城内的森波军，他们已经突破群围，在裹作的带领下直奔西城战营。

非天王立在城楼上的烽火台旁，望一眼城外的绛珠大相，见他满面鲜血，手肘断裂；又望一眼城内的扎西森波，他也是满身刀痕遍布；再望身旁的勇士们，他们更是血肉糊涂。只有西城内那些无辜而庞大的民众，他们正在用一道道彷徨的目光，无助地仰望他们的人王。

这时扎西森波高跨在大马之上，面向西城民众大声呼喊："广大城民们，只要你们愿意做我的子民，现在你们就可以回家了。今后我们就是一家人——你们将会得到雪山神狮的庇佑，生活安宁！"

言毕，又昂头对城墙上方的非天王叫喊："包括你！如果愿意臣服于我，你就可以从城楼上走下来。如果逆我而行，你也可以从城楼上飞下来！"

话音落下，却见西城战营里喷出一团烈火。转瞬间，所有营房跟着一起着火。已经占据其中的森波军急速地往外撤退。但由于火势太猛，进入营房的战卒实在太多，人浪跑不过火浪，致使上千的森波战卒被困火海。扎西森波立刻想到，这定是又中了女国的机关埋伏！当即命令头官群佩前去抢火。正在这时，却见裹作自西城大营押来一个满面焦黑的女子。

没想到她竟是非天王的女管家——小达娃！

原来，自从非天王选择在西城同森波人开战后，聪明而忠烈的小达娃就开始在为最后的死亡搏击做准备。她借用女管家的便利，在西城大营里安放了大量的松明、火草。到森波军钻进结构复杂的营房，她就藏在出口处点燃松明火草，堵住出口，焚烧森波军。

争锋时刻，追究一个纵火的女子实在浪费时间。重要的是自己的战队。扎西森波慌忙询问裹作："里面我们的战力，现在什么状况？"

裹作担心又要被扎西森波斥责，只能绕着关子解释："大杰波，之前我们的头官黑鸢已经密访过西城大营，说是里面布局复杂，犹如迷宫。为战队的安全，我先是指派黑鸢在前方带路，领军进入大营；那些随在黑鸢身后的战力就这样被困火海。火势太大，我们外面的战力根本无法进入内部抢火。"说时一把推出小达娃："是这个魔女在纵火！"

扎西森波一听密探头官黑鸢葬身火海——那不是损失了一位进攻战线上的领路人吗！当下满面盛怒，呵斥裹作："鲁莽的头官，你还押她来这里做什么！绑了，丢进火海。她纵火，就让她变成火灰！"

此刻，站在城楼上方的非天王，注视从西城战营里不断升腾的火焰，目光跌入了空茫——那火光，那翻天覆地的火光，它像是隔出了一世，叫非天王震颤，又无从思想。少顷，非天王凝视自家官寨，那阿妈居住的地方，为它停顿，瞑目；许久，他转眼再望南方，王宫的方向。长望一阵后，从怀中掏出女王的云凤金佩。它已经深埋在怀抱中很多年，光泽如新！非天王紧紧地握着它，目光已经由空茫变得晃荡——他可以倒在腥臊的血泊中，但这只信物他要让它干净地离开！是的，他在回想曾经对女王的承诺：人在物在。无论他的信念，他的胸怀，是多么的洒脱又孤傲，但对于心中惜爱的人，当他无法再用生命守护她的时候，就要用这血肉之躯，保护她的干净！

手，紧紧地握住云凤金佩。闭上眼，心在滴血。唇齿颤抖间，非天王朝口中塞进信物，生生地哽一下，咽了下去……他终是——吞下信物，戳碎心房，吐出鲜血……再望一眼南方，这位人王就高举战刀，一纵身，朝着城楼下方的裹作飞身而下。只在一瞬间，他愤怒的刀尖就破开了裹作的头颅！

在仇敌的血水喷溅中，非天王，他像一只大鹏，以飞翔的姿态，悠悠地坠落地面……

城外，绛珠大相被扎西森波扎进一刀，手肘筋骨断裂，已经无力作战；又见非天王纵身跳楼。这下西城完全沦陷。城内生活着那么多百姓,扎西森波以百姓为人质,想要反攻已难上加难!再来清点手下战队,心又凉下了半截:仅仅剩下八千战力!八千战力,怎么敌得过手握众多人质,仍然像黑浪一样庞大的森波战队!孤军作战只会白白送死。而保存实力回返,保卫王宫将是更大的,最后的战事!

绛珠大相经过一番痛苦的思量,只得放弃反攻救城的想法,暂时带领王宫战队回返王城。等见到女王和十三女战队再议战事。

第二天,扎西森波发现绛珠大相已经撤出西城,以为他们只是退到远郊调整战事,之后再来返身救城。就不敢轻心,命令手下战队严阵以待。但等过了好几日,却不见西城郊外有动静。这才知道女国战队已经全部撤走。原本扎西森波是想乘胜追击,但又有两个原因困住他的脚步:一是在这次西城战事中,裹作和熟悉丛林战线的密探头官黑鸢,以及他们的草原战队,都已经葬身在西城战事中。扎西森波对女国地理半点不熟。先前已经尝到猎战地和蛊战地的厉害,担心盲目追击,又会遭遇不测;二呢,放回绛珠大相又是一计。想自己攻占西城,女国王宫怎会擅自罢休。绛珠大相定是回宫请求援军去了。不久之后,势必又要赶来救城。如此他就可以坐镇西城,慢慢地套出女国战力。一批一批地来,一批一批地灭。

181. 守望着他,遥望着你

绛珠大相领军回撤,费时十三天返回王城。进宫时,女王却病倒了!

也许心性相通,那边非天王生吞云凤金佩时,王宫这边女王突发一声惊叫,猛然口吐鲜血,心痛不止。当下急召宫廷药师尼玛治疗,用尽良药也不见好。又请登天寺的喇嘛做了法事,怎样都不见效。这次女王得的不知什么奇症,既不是药师可治的病,也不是喇嘛可治的病。因为自身再无气力主持政事,女王只好请求小王替代主政,且小王早已从协政宫搬进主宫,日夜守候在女王身旁。

这时女王已经卧床多日,忽然听到宫楼外人马嘶鸣,就知道是远征战队回宫了。跟着心气大开,连忙吩咐小王下楼探视。

当小王下达王宫三楼大殿时,绛珠大相已经立在大殿中央。他那满脸沉痛的神色,和一身已经凝固成斑的血衣战袍,落在小王惊慌的目光里,像是结出了冰花,那么的冰凉!小王双手紧紧地捂住唇齿,她害怕自己悲痛的哭泣会传上七楼去——非天王战死！西城沦陷！这样的噩耗，吐血的女王怎么承受！

当下二人困在大殿中，不知如何向女王报丧。

小王提议暂且不说，要等到女王心气稍有恢复时，再去慢慢告诉她。

绛珠大相虽然赞同，却也揪心不已，跟着叹息："唉，这样大的国难，怎么瞒得过去！"

小王伤心又迷茫，无奈道："瞒不过去也得瞒，瞒一天算一天了。"

绛珠大相担忧地提示："可您就要上楼去，甲姆正在等您的消息！"

小王更加伤心，自顾嘟哝一句："那就瞒一时算一时吧……"随即又上七楼。

拖着沉重的脚步，小王缓缓地向女王的凤榻旁移动，一边竭力思忖：自己要如何做到，瞒过一时！

这时女王的视线已有些模糊，以为面前那移动的、小心而刻意的身影，是她的男王。她开始竭力地招呼："非天……我的王，是你回宫来了？"

小王的心抖了一下。

女王问："我的王，你回宫，有没有带回我的信物？"

不见回应，女王则说："你已立誓，要用你的血肉身躯，温暖它，带它回宫。"

不见回应，女王又说："你还立誓，当是人在物在。"

不见回应，女王断续说："我却看见你，带着它走了……"

不见回应，却见一双手轻轻地替女王盖起了被褥。

女王恍惚了下，见是小王，才问："我的男王呢？"

小王犹豫片刻，朝着女王微笑："甲姆，您的男王他……因为镇守西城，他走不开呢。"

女王疑惑："真的走不开？那现在回宫的，又是谁？"

小王轻轻回答："是绛珠大相。"

女王说："让他上楼见我。"

小王提醒："甲姆，这是您的寝宫，一般人可不能随便上来呢。"

女王却说："他不是一般人。"

小王只好解释："早晨喇嘛是有卜卦，甲姆身体不适，暂时不能见人。"

女王并不信任："喇嘛吗？他们怎么可以在这样时刻说这样的话？"

小王不敢回应。

就听女王努力地提高音量："把绛珠叫来！"

小王应一声："拉索。"脚步却又迈不开。

女王闭上双目，不理会她了。侍奉一旁的天官见此，朝小王深深地勾着腰身，暗示她下楼。

小王踌躇少许,下楼去。

楼下,阿乌格拉已经到场。另有绛珠大相。二人面色阴郁,没有主张。

小王默默地走下楼梯,站在两位相官面前,语气凝重地道:"甲姆像是有了觉察,这一关怕是难挺了!"

阿乌格拉接话,焦心地提议:"小甲姆,您是否先请大相上楼,见一面甲姆,看状况再作行事?"

绛珠大相紧迫说:"我是一个武相,从不知道委婉。万一说得不好,就是要甲姆的命了!"

绛珠大相的担心困住了小王。

这时就听楼上"咚"地一声,像是什么东西摔落在地。小王紧忙奔上楼去。却见女王已从凤榻上坠落下来,身子正在痛苦地抽搐。天官一把抱住女王,正在竭力地搀扶。小王慌忙赶上前协助,终是把女王又送上了凤榻。

女王面色苍白,目光涣散,像是丢了魂一样。

小王俯身疾呼:"甲姆!甲姆!"

却听女王迷糊中吐出几个字:"我看到……甲姆拉了。"

小王这一听,再难顾忌宫规,疾呼绛珠大相上楼。

女王看到绛珠大相时,神志才又清醒了一些。朝他抬手,欲要说话,唇齿好大一阵蠕动,却又吞吐不出。天官是女王身旁人,自是明白女王的用意,就跟着暗示小王和阿乌格拉,各自退下。

这时,只见女王视觉游离,朝绛珠大相伸手,凌乱道:"我的王!"她说:"绛珠,不要在我面前躲闪……"她说:"我已经看到,他就在那里……"她说:"非天……我的王……"

绛珠大相小心地招呼:"甲姆,您的王是神子,他像太阳一样。"

女王问:"你呢,我的王?"她说:"你是我心中,永远遥望的王……"她说:"一生,我守望着他,遥望着你……"她说:"一生……我还有第二生吗?"她说,面前飘晃着非天王的身影。

绛珠大相垂下眉目,不敢再望女王,更不敢接话。

女王断续,"如果有第二生",她说,面前飘晃的身影又变了模样,变成了水金聚,她说:"如果有第二生,我要做一朵梨花!"

绛珠大相实在不明白,女王的思维为什么会如此凌乱,她到底想要表达什么?

这时女王涣散的目光里,又飘晃起绛珠大相的身影来,她又说:"绛珠,你像天边的云朵,那么空荡……"

这之后,女王在呓语中陷入昏迷,不理会绛珠大相了。

绛珠大相下达王宫三楼时,大殿中已经坐满文武朝官。这时小王则代替女王坐上了大鹏宝座。绛珠大相见此,以大礼朝拜小王,向她细细地禀报西城的沦陷过程。继后,十三女战队中,五位还未参战的女首领均跟着出列自荐,要求远征,驱逐战敌。绛珠大相细数十三女战队之实力。除"林狼战队",她们已经在西城战事中阵亡;其他五支女战队依然齐备,倒是王城的坚实堡垒。但让绛珠大相揪心的是:非天王之后,作为继任主战官的他身负重伤,再难亲自挂阵。而他并不清楚,森波军具体还有多少战力。在他印象中,那些涌进西城的森波战队就像黑浪一样。这让绛珠大相心下无底,不敢轻易决定远征。

正困厄中,却见绛月大相挺身而出,请示小王:"小甲姆,我们不能犹豫!那战敌先前已经与我们交战,同样会有损伤。这下正好利用西城进行战事休整,补充士气。等休整壮大后,他们定要入侵王城。我们应该趁他们士气挫折时,火速救城!"

小王心中早有主张,思路正好又与绛月大相不谋而合。当即点头赞同:"哦呀!西城这一战是打也得打,不打也迫得要去打的。甲姆贵体有恙,这一次,我要代替甲姆出征!"

182. 他像山峰一样

三日后,由绛月大相挂帅,小王压阵的王宫女战队开始向西城出发。她们救城心切,日夜兼程。只用了九天时间,就赶到了西城郊外。这时,扎西森波早已预料女国战队会来救城。他们已在郊外的跑马关设下强大的埋伏圈,正想请君入瓮。

当绛月大相率领王宫战队挨近跑马关时,就见关内关外一片寂静,所有丛林农舍均无人马走动,好似从未沦陷,平静得有些异常。这让绛月大相深感蹊跷。凭借多年的作战经验和习惯性的敏感思维,绛月大相预知这其中肯定有诈。连忙带领战队退避。一边观察战事,一边撤到关外的峡谷里。

不想一进峡谷,立马就陷入森波人的埋伏圈!顿时,大批森波军像洪水一般从四面山头呼啸而下,团团围住女国战队。当下就交起血战。葱郁的峡谷瞬间就变成了滴血的战场！两边人马交混，杀声震天。女国战队出手凌厉，横刀直箭，无比决裂。森波军因为有备在先，倒显得凛冽又安然，杀得坚毅，不留余地。

这时小王正处在绛月大相的身后，看这阵式，心急如焚——由于森波军早有埋伏，女国战队遭受突袭，深陷其中，无法精深战事，最终怕是难以破阵。十三女战队已是王宫最后的保卫战队。如果败在西城，那森波军就会毫无阻挡地直捣王城！因此，无论如何也要保住十三女战队，想办法让她们突破重围！

想到这个厉害，小王连忙策马奔到前阵。绛月大相一面惊讶，一面替小王挡箭，紧急道："这里危险，小甲姆快快退回后阵！"

小王却在令她："大相，撤退的是你！我们已经陷入埋伏，一时难以破阵。保住战力是为首要！就让我来拖住他们，你速带战队回撤！"

绛月大相立马明白小王的用意——她这是要以人王的身份掩护女战队撤退！哪里同意！大声劝阻："小甲姆千万不能，您就是做了人质，我也不能弃您不顾！"

小王已无时间解释，牙关一咬，直奔敌阵。却是一刀还未出手，就有一双大手朝她挟持过来。绛月大相因为身陷厮杀当中，摆脱不开，只好朝前方战卒大声呼喊："快去营救小甲姆！"但说时已迟，小王举刀的双手已经被大首领扎西森波给紧紧抓住！这时，正当血雨腥风中，扎西森波却盯住小王，目光变了模样——但见他的面前，这位竭力扑腾的年轻女子：她神色愤怒，却不狰狞；目光如炬，却不伤人。那举手之间的反抗，也只是出于本能中的自身保护，并无凶恶野心。扎西森波的心，或说他的思想，突然像战刀一样雪亮了——他想起裹作之前对小王的描述——"她容貌盖世，却又心智明亮，气质好比雪山一样"。

可不是！面前这位女子，她那内在释放的纯情之气，确实比得雪山！人间怕是只有雪山之子才配拥有如此清澈的女子吧？扎西森波思潮起伏，耳边又回想起裹作的另一段描述——"她的阿妈出身高贵，是苏墿家族的金骨头血脉！她的年纪刚好达到当朝执政的时期"。其实早在那时，扎西森波的心头就窝着一个盛大的理想——娶她为妻，借她执政。现在局势已到，时机就在面前！

确实，得人心者得江山。他这样威武强壮地入侵，即使得到女国领地，又怎么踏实地控制它？是的，只有面前这样的女子，她才是女国领地上最高的雪山。或者说，只有得到这样的女子，他才能安稳地统领女国江山！

这么想时，扎西森波连忙将手松开，招呼小王道："自古战事，不到最后关头王者不上。美丽的拉姆，你这是破规了！"

小王双目怒视扎西森波。

扎西森波又道:"既然你已经破规,就请下命吧,让你的战队都住手!"

小王用愤恨的目光咬住扎西森波。

扎西森波却突然对自己的战队大声喝令:"都停下！她们的小甲姆已在这里!"

拼杀中的绛月大相心一裂,抬头望,就见小王已被扎西森波牢牢地控制在马背上！她挥舞战刀的双手不由一阵打晃。而两边的战队原本正杀得血雨腥风,这下得令停战,个个是神情晃荡,不知如何收场。一个已经用战刀挟持住对手的森波战卒,眼看生死就在他的举手之间,哪里甘心放手,只想一刀子先断了对方首级。扎西森波迅速朝那战卒飞去一刀,当场刺穿他的咽喉。那战卒脑袋一晃,倒在地上。

扎西森波朝他的战队大声叱令:"谁不放下战刀,就是他的下场!"

森波战队因此个个缓下手来。

绛月大相见小王已经落入敌手,担心会伤及小王。无奈,只好也喝令停战。一边在矛盾中带领战队往丛林里撤退。

森波军这边,扎西森波已经放开小王。他决定以真诚的行动感动她,慢慢接近、了解她。但却听到小王语气尖锐地质问:"毁我领地的仇人,你把我们的男王放在哪里?"

扎西森波一听男王,就知道是非天王。那一刻非天王从城楼上飞身而下时,他那英烈的身影像是一方巨石,深深地砸在扎西森波的心坎上。是的,扎西森波一直好奇峡谷女人的神秘力量,却忽视了她们的男人,更像山峰一样——无论山崩地裂,他仍然还是磐石,坚硬,质不可变!

这也与扎西森波的精神相契——都是男人,都视"西天战神"为崇拜之神,他们心性共通!

于是扎西森波指向远方城楼,对小王道:"他像一块磐石落在城墙下,无人动他。"

小王一把推开扎西森波,跨上战马,直奔西城。扎西森波笑望小王,策马跟上去。

当小王到达城楼时,只见城门内,非天王躺在城墙下的一块大石上,浑身被战袍覆盖,像是睡着了一样。小王朝非天王跪下身,深深地朝拜,磕头。上前去,抚摸那血迹斑斑的战袍。

扎西森波赶上来,劝告小王:"虽然活着时他像山峰,但现在只是一具尸体而已。你再怎样安抚他也不会知道!"

小王并不理会,用手紧紧地抓住男王胸前的金嘎乌。她还记得昏迷中的女王,声声复述非天王身上的信物,那只云凤金佩。小王摸索半天,却找不到——它会不会就装在这只嘎乌里?

扎西森波瞧小王紧切地抓住金嘎乌，就道："好吧，你可以取走这只嘎乌。原本你再也见不到它。金沙这么珍贵，哪个战卒一见金嘎乌眼睛都会放光！可我非是要给你们男王最后的庄重——他是应该获得这样的尊严，所以留下了它。"

小王冷冷道："你有这么好心？"

扎西森波解释："不是好心，是我们心性共通。"

小王再不想听到这个仇敌的话。一边流泪，一边吩咐随身战卒："替男王整理衣装，带他回家。"

两个战卒就把一件崭新的战袍盖到非天王身上。他们和小王一起捆扎尸体，裹上经幡，架到马背上，一步一步地离开。

扎西森波站在城门外目送小王，没有拦截。包括仍然对峙在落马关外的十三女战队，也没有下令去追击。他的头官群佩很不理解，急躁问："大杰波，我们为什么不乘胜追击那些绵羊？"

扎西森波坚定道："她们可不是绵羊，是母豹！之前她们深陷我们的埋伏，倒还容易攻击。现在我们却反中一计！那麻子大相利用她们的人王迷惑我的目光，趁机突破重围，造成我们的攻击难度成倍增大。无法预计她们在王城留守了多少战力，我们还是多多保存实力吧，用作最终撕开她们的战幕。"

群佩仍有疑问："大杰波为什么还要放走那已经俘获的人王，不杀她？"

扎西森波面色深沉："你以为杀了她就能彻底征服女国吗？"

群佩不明白。

扎西森波胸有成竹道："今天放了她，是为明天更完美地拥有。"

183. 嘎乌里的惊天秘密

当小王拖着悲伤的身影离开西城时，扎西森波的脸上露出了笑容。之前因为密探头官黑鸢葬身火海，进攻女国王城的战线也跟着被迫中断。现在放走小王正是扎西森波的另一计策。他计划：先派出一队密探人马跟踪小王，探索前去王城的可靠路线。等待中，正好休整战力，恢复士气。待密探人马带回明确的路线，那时他将率领大军一举进攻女国王城！

而经过西城的半局战事，绛月大相也已经深刻地感受到出征之前，绛珠大相对于救城的那些顾虑。事实恰如绛珠大相所料！森波军战力强大，又以坚固的西城作为阵地，救城实则困难。如此她更需要及时返回王城。接下来，保卫王城才是最大的战事!十三女战队因此匆促回撤。行军三天,来到一处岔口。绛月大相命令全体战队停下。经过良久的思考后,她下令战队离开主道,即西城直接通往王城的行大马道,绕道东南方向,经过女王的河谷对岸回宫。

小王似有不解,提醒绛月大相:"绕道甲姆的河谷对岸,大相,我们这么多战力,到时只能以小小牛皮船过渡回宫,怕也困难。"

绛月大相胸有成竹:"过河困难,正是我们绕道的真实目的。"

小王盯住绛月大相,等她继续。

绛月大相悄声发狠道:"小甲姆定也发现,那跟踪在战队后方的森波密探。我定要把他们引入水道,葬身大河!"

小王再不言语。

十三女战队因此绕道东南地带,穿过女国腹地前进。二十天后才回到王城。这时女王已经从绛珠大相口中得知非天王战死,又见小王运回了男王,已经送入花棺。当下就有些站不稳。

摇晃中,女王步入花棺。她就望见,她的男王一身金衣铠甲,安静地睡在花棺里,像是腹中的婴儿。不,不是望见,是她的目光映现了这样的场面。现实中,已经不见男王脸面,不闻男王气色,不显男王的音容笑貌。唯有梨花一样雪白的火草,铺在花棺上面。女王恍惚了下,她说:"让我看看。"

但是阿乌格拉严实地堵在花棺前,两位侍官也在神情紧迫地扶持女王。那力度,竟像是挟持一样。

女王再说:"让我看看!"

阿乌格拉低声招呼女王:"甲姆,回家的人需要安静地上路。打搅他,会让他迷失,不知方向。"

女王抬头望天,喃喃道:"大鹏已在天上,那是不是方向?"

缓了下,凝视花棺问:"我的王,在人间,哪里才是你的方向?"

垂下面目,又嘟哝:"在人间,是不是我们都没有方向?"

望着舅舅格拉,女王不禁失声:"格拉……我的亲人!请让我看一眼吧,让我看看,我的男王!"

阿乌格拉身子摇晃了下。

女王已经泣不成声:"格拉……这里不让看,那是天上看了?天那么广阔……我还能遇到他吗?"

这么说时,就见小王上前来,挨近女王。为分散女王的视觉,小王小心地递上一只金嘎乌。

女王一看,知是男王的。接过来,放在手心里。一边拭抹,一边则在呼唤:"我的信物,我的云凤金佩,它又在哪里?"

小王轻声地提示:"甲姆,它是不是装在嘎乌里了。"

女王用手掂量,就说:"哦呀,这么沉的嘎乌,是装在里面。朗玛,请把它戴在我的心口上!"

朗玛就把嘎乌戴到了女王的脖子上。

回宫后,女王元气大伤。卧在七楼寝宫的凤榻上,随手取下心口间的嘎乌,长久地凝视。她想看看男王的信物,闻闻男王的信物。因为二十五年来,它已经融入了男王的体息。是,她取回嘎乌,就是想抓住男王这最后的气息,陪在身边。

手托嘎乌,女王心痛地抚摸。一遍,两遍,三遍……手,一边抚摸,一边已在颤抖。恍惚间,混乱中,那嘎乌的顶盖却似有松动;再一遍抚摸,它竟然裂开了一条缝隙。透过缝隙女王就看到,那里面并没有云凤金佩!慌忙拧开顶盖,打开来,居然看到,它竟是一封长信!

女王十指哆嗦,努力着展开信件。顿时她的心因信件裂开了——

原来,两个月之前因为剖尸挖金,非天王无意中发现昔日神师家的信人次吉。当时听他一声长叹,遗憾自己再也看不到大阿乌预言的美好世界。这让非天王倍感蹊跷,就不敢轻易处死次吉。只把他秘密地押回西城。经过多次严刑拷问,最终次吉招供。

事情要追溯到西城大战之前。那一次女王亲自进入西城矿场,活烧了火金聚。次吉见势不妙,悄悄地逃了。之后仗着手里有些采金技术,又潜进另一处矿场。本来他是想躲在矿场静观事变,不想最终因为剖尸挖金,又栽进男王手里。在严酷的刑具面前,次吉终是把自己知道的一切,包括神师设计替换北城才女,参与陷害和利用洛绒措,运用神权控制小王的舅舅仁青等,一一招实。最让非天王崩溃的是神师的身份——他竟是哥爸人的后裔!且担当着哥爸人的重大托付——借以天神的法力,改朝换代!

怪不得神师始终对祖母王朝不得释怀。从打击西染高霸,到暗杀北城才女,到控制小王新政,无不处心积虑。而当年非天王的阿爸正是在无意中,得知了神师的这个神秘身份,才招惹杀身之祸!以至于后来非天刚刚接受军令赶往王城,却在花葬关被人蹊跷地挟持,变成暗害甲姆拉的"凶手",差点送命!

当时次吉的招供让非天王听得心胆震裂——想那神师已经伏法,他的刚布家族也已经被控制。原本以为他的神权力量完全被覆灭,不想他在民间还余有一颗更大的毒瘤!非天王越想越焦心。但无奈身处战事,水深火热,无法回到王城。才把秘事写成信件,装进嘎乌,随在身边,以防万一。

184. 神秘的哥爸寨人

再说森波部落的密探。他们尾随在女国战队的身后,一路走一路标注路线,跟踪到女王的河谷,看到河岸对面那高耸的王宫后,匆忙折身回返。这时驻足西城的森波军也已经休整完毕。等到密探人马一回城,扎西森波随即率领大军向女国王城挺进。

他们行军二十天,到达女王的河谷时,却被滔滔大河挡住了去路。虽然在这之前密探已经汇报过大河拦道的实况,大战队也已经做好准备,将以木排和牛皮船渡河。但真正面对波涛汹涌的河水时,扎西森波还是有些心虚。当下按照计划就地扎营。一边派出两队人马,分别沿着河岸上下寻找山寨。扎西森波的想法,只要找到山寨,就可以从麦农们手中缴获牛皮船。

两队人马立即分头行动。不久,下游的路探率先返回了营地。报告说,下游地势险恶,山寨不多,牛皮船更是一只不见。

扎西森波奇怪:"没有牛皮船,他们自己怎么渡河?"

路探回答:"确实是有一些,但已经被那王城收缴了去。"

扎西森波心一沉,就知道那女国王宫早有防备,这是有意收缴船只。

继后上游的探路也返回营地,带回了相同的消息。虽然找到一些山寨,但牛皮船同样被王宫收缴。扎西森波听此,遥望女国王城,陷入沉思。

夜晚,扎西森波召集几位战官,正在帐营中商讨战事,却见随从押进来一位男子。见这男子一身本地打扮,扎西森波以为这是女国派来的探子,当下喝令鞭罚,想从他口里探些口风。

不想还未动手,男子却朝扎西森波大笑起来:"大杰波!您就这样对待诚心投奔您的人吗?"

扎西森波就感觉这男子有些来路不凡。上前一盘问,得知他是哥爸寨人。

原来,自从神师刚布被女王赐死,哥爸寨人改朝换代的理想也随之破灭。不仅如此,最终神师的秘密身份又被揭穿。王宫因此屠杀了哥爸寨里所有值得怀疑的男子。唯有一人幸免逃出了寨子,便是头人温加。他以牛皮船渡河,躲到了河谷对岸。正惶惶不知去处,凑巧遇到森波的路探。血仇之下,温加再无顾忌,决心投靠扎西森波。

扎西森波听得温加这个原委,既诧异又惊喜。但面对这个陡然冒出来的女国人,又不敢轻易信任。就跟着质问:"作为甲姆城下的子民,你为什么要背叛自己的王城?"

温加愤言:"谁是那甲姆子民,我是哥爸寨之子!"便把哥爸寨是如何形成、之前是如何处境,后来又如何被女王血洗全寨、自己又如何死里逃生……愤怒又细致地陈述一遍。

扎西森波边听边回想,他印象深刻:之前裹作的密探就曾汇报,女国王城下方有一个崇拜男根的神秘山寨,与那祖母王朝素来不和,几乎势不两立。当时他还与裹作商量,如何想办法利用这个山寨。这下见到温加,听说他是哥爸寨之子,心下初步就有了底数,直言问:"你既然要投靠我们,可有什么重要消息带来?"

温加无比坚定地道:"大杰波,我带来的消息比牛皮船还要珍贵!"

于是温加把王宫周边的战事地形,细细地汇报给扎西森波。完毕后,拖着庆幸的语气感慨:"当那十三女战队不走行马大道,选择从大河对岸回宫时,我就已经预料,她们定是想迷惑你们——把你们引进水道,葬身大河。哦呀!幸亏我温加有祖神庇护,活了下来!"

扎西森波吃惊地盯着温加,等他继续。

温加便又另加一道重要汇报:"大杰波,这里距离南城不远,只是三天的路程。大杰波完全可以领军沿着河谷绕到南城,经由那里攻入王城。那就一只牛皮船也不需要,还免去了渡河的风险。"

扎西森波一听,心中喜忧参半。经由南城绕道他倒是想过,但因为害怕再次卷入未知的战地,他并不敢贸然前行。于是充满疑虑地问:"南城是那甲姆的领地,当然早有防备。听说那南城战队十分强大,绕到那里,定要折损我的战力,又怎么攻打王城?"

温加好笑道:"那只是甲姆的信官散布出来的讹传,吓唬你们。其实南城战力早已经抽空了大半,上一次就在西城被你们砍了。这时的南城正是战力空虚!"

南城战力已被抽空大半?这消息太重要了!对于一筹莫展的森波军,这比获得一千只牛皮船还会重要!扎西森波内心兴奋,但脸面上仍然表现出不信任的神色,责问温加:"你仅是一个小小的哥爸寨人,又怎么知道这些?"

温加轻妄地笑了一下,从腰间掏出哥爸寨的金令,亮出来。扎西森波一看金令,这才明白,原本他就是自己一直想要合伙的哥爸寨掌门人!当即打消了顾虑。行军紧要,扎西森波已经发令,就由温加领路向南城方向挺进。

果然不出四天,森波军就抵达南城关外。这时由松格领军的南城战队早已进入戒备状态。一见森波军,擅于战事分析的松格立马明白:森波人此番并不是奔着南城而来;他们只是经由南城,前去攻打王宫。而南城战队已被抽空一半,要想大战森波军肯定无望。如此,松格原本可以关闭四方城门,不迎战。因为迎战的话,就松格那点战力,不出多久就会被庞大的森波军湮灭。

但如果不迎战,森波军更不会主动攻打。因为交战就会损兵折将。森波军需要保全完整的战力,以便应付攻打王城的最大战事。松格想到这里,明知送死,还是决意出城阻遏,以此损耗森波战力——南城这边多消灭一个敌手,王宫就会少去一个攻击。

两边战队因此在南城关展开激战。但见松格一马当先,抡刀直上。扎西森波却横戟挡刀,一边厮杀,一边退到阵队后方——自从得知南城战力空乏,扎西森波就不想把精力消耗在南城。他退避后方,目的是想让手下战队牵制住松格,自己好领军直奔王城。松格哪肯放过,冲着扎西森波奋起直追。但毕竟寡不众敌,他的战马四周已经聚拢起黑压压的战敌,团团围住了他。松格再难顾及退路,当下只以人头当道,劈开血路,越杀越猛。他只想耗尽最后一口气,砍杀最后一个人,那就是扎西森波!若是不能如愿,他将踩着战敌的鲜血,拔刀自刎!

可精明的扎西森波总是在前方若即若离,血雨腥风中,他的战戟总是不远不近,让松格轻易不能上手。直到最终,扎西森波也没有给松格自刎的机会,反倒是把他严实地挟持了!

185. 最后的堡垒战关

森波军击败南城战队后,带上松格一路向王城挺进。因为有哥爸寨的温加带路,不出三天,他们就来到王城下方的花葬关。扎西森波立在关口处,抬头仰望。只见上方,女王宫殿像一座飘浮在云雾当中的庞大天宫,只容人仰面观望,不容人亲密接触——前方那险峻的花葬关,其中的三条通道早已经关闭。呈现在森波人面前的,除了陡峭的山崖就是高耸的战碉!那里,尺寸皆山,插天摩云,羊肠一线,行拆于悬崖峭壁之间。那架势,除非森波军可以变成飞鸟,不然无法穿越战碉!

扎西森波仰望那些战碉,目光切入碉体,竭力地探索,仍然陷入困境——如果强攻战碉,就会遭受正面打击。那战碉内部储备的各类战器,扎西森波虽然看不到,但以之前西城大战为例,却能想象得到:那些刀箭矛戟、弓弩火器,定是碉碉充实,源源不断。但如果打不起硬战,森波军将无法破关进城!

目光飘晃在花葬关上下,扎西森波一筹莫展。思来想去,最终他的目光还是落在了温加身上。

扎西森波注视温加,神情恳切,承诺他——作为本地人,又作为哥爸寨的掌门人,还是胸怀大志的掌门人,温加对于王城上下的地理以及战事,定比一般人更为用心。若是他能想出妙计,助森波军攻破花葬关,神山作证,未来王朝中最重要的官位就要留给他。

温加一听大首领拿神山作证,发出如此厚重的承诺,当下是既兴奋也为难。他开始挖空心思地思索。

三日后,由温加带路,扎西森波爬上花葬关对面的一道山岩上,开始以遥望的方式侦察花葬关地形。但见那花葬关,整体呈现一面"凹"字形状。左边是高耸的雪峰,右边是突兀的山崖。中间那深陷下去的凹地,即花葬关的正面,奇巧地冒出一堵巨大而垂直的岩壁。岩壁间裂开三道天然豁口,形成三条通道。通道之上就是王城。之下又分二路:一路通往南城,一路通往西城。现在森波军正处在南城这边的通道上。而那石壁间的三条通道,每个通道的关口处都建有两座战碉,三道关口共有六座,就像六把巨箭死死地卡住关口。

这叫扎西森波看得心情黯淡:这样的天门天路,怎样才能突破!扎西森波想得心烦意乱。转眼困望温加,却见他双目盯住上方那高耸的雪峰,一动不动。

温加盯住雪峰,他在想什么呢?

最终,他是想起洛绒家族来了!早先王宫攻打洛绒家族,曾经利用过洛绒官寨里的一个重要设置——水源设置。洛绒官寨依山而建,水源均来自雪山。她们以连接土陶管的方式,从雪山上把水源引进官寨。当年王宫围剿洛绒官寨,首先就切断了她们的水源。让洛绒家族在枯渴中又战器耗尽,最终覆灭。

温加想起这个,不由一阵兴奋。立马把当年的那场战事汇报给扎西森波。扎西森波一听，顿时茅塞顿开：是嘛，战碉再牢固，生活在里面的战队总需要饮水。如果切断战碉的水源，没有生活用水，战队就无法坚持长久。但再一想，又心生顾虑：即使切断水源，从王宫那边的通道上不是也可以人工运水吗？

温加就笑了，介绍道："大杰波这倒不用担心。你们战器多多，人越不过战碉，箭却可以飞过战碉。她们最大的厉害就是躲在战碉内部射击你们。有那战碉作掩护，你们也无法还击。但如果她们暴露在战碉以外，不是轻易就可以射杀吗！"

扎西森波不明白："怎么射杀？"

温加领着扎西森波，爬上一道更高的斜岩，指着脚下那些斜岩暗角，道："这里就是战场！大杰波可以借用这些斜岩暗角埋伏战力。等那碉内的战卒出来取水，就从这里用飞箭对付她们。"说完，又竭力指出："大杰波请看，当初是为王城自身防御考虑，战碉那边的通道铺设并不宽敞。仅以马车通过，且又路程狭长。即使她们出来取水，通道狭窄，过程也不会很快。这正好给射击留下机会。"

扎西森波这一听，连忙伏下身，针对温加的介绍实地体会。确实，这边地势要比花葬关高出很多。因此，虽然人越不过战碉，埋伏在这边的斜岩暗角里，以居高不下之势射杀对面通道上的人马，确实不难。

但接着扎西森波又发一问："哦呀，就算射杀，那女战队也不是一人两人，怎么射杀得完！"

温加又笑了，点拨扎西森波："大杰波还是疏忽。生硬的战箭可以坚持半个月也射杀不完，但她们那活生生的战卒可坚持不到半个月，就会干渴难当。我们只需要日夜攻守半个月，断她半个月水源，逼迫她们走出战碉，就可以通过硬战搏击，攻破花葬关！"

扎西森波这么一听，才放心了。匆忙返身回到战营，当即就吩咐温加带路，领上一百人马悄悄上山，寻找战碉上方的水源通道。

五天后，扎西森波派出的上百人马，只有十人回返。不见温加。扎西森波大惊，慌忙询问。这才得知，温加带领人马攀上雪峰，在那岩壁与雪峰之间的冰河旁，果然发现几排水道。温加当即领着人马跃身而下，毁掉水道。但不想那水源之处其实是女国王宫的禁地，当中早已设置了众多蛊毒机关。战卒们在销毁管线的同时，他们也跟着跌入了有去无回的路程！

想想也是，如果不是有去无回的路程，那花葬关岂不是虚设！扎西森波对此十分理解。但一听温加沦没，心中不免也有些可惜。

186. 血色浪花

花葬关这边，三道关口中，镇守主战碉的是绛月大相。两侧关口则由手下女战队坐镇。原本她们稳坐战碉，准备慢慢地拖垮森波人。但突然却发现战碉断水！就知道是森波人切断了水源；又不知如此机密的战事工程，怎么会被森波人知晓。无奈，各大战碉之间只能通过地道相互接济水源。但维持到半个月后，最终所有战碉的蓄水都已用尽。这时绛月大相只好召集各座战碉的女首领，商议派人出碉取水。

不料取水的女战卒一走出战碉，刚刚踏上关道，就被对面山岩上的飞箭射中。而因为关道狭窄漫长，女战队当下无法施展突破之力，冲出关道。一时无奈，她们不得不选择另外方案——如果坚持守碉，迟早因为身体干渴而力不从心；不如趁有力之时，走出战碉，同战敌决一死战。

绛月大相只好针对各路小战队的作战特点，重新部署战事。

在森波军对峙花葬关的第二十一个时日，这天夜晚，从花葬关的主战碉中猛然杀出一股女战力。她们身穿紫光闪闪的铜网铠甲，手执雪亮战刀，呼啸着杀入森波大营。当她们决绝的刀尖刺破森波战卒的咽喉，血水喷溅中，扎西森波却瞧得心情激荡，立马意识到：这是切断水源的结果——胜利在望的结果！

扎西森波连忙举刀迎战。又见冲在战队前端的是女战官绛月大相。在上一回西城跑马关的交锋中，扎西森波早已领教过这位麻子大相的飚猛，自然不敢大意。眼见绛月大相冰雹一般四处飞闪的刀法，他先是小心地抵挡、避让，并不敢主动攻击。绛月大相见扎西森波退避，更是越攻越勇，拼出浑身解数奋力砍杀。单刀下去，取他一只人头；双刀下去，断他两颗头颅！血水喷溅在扎西森波脸上，竟像是泼上的雨水一样！但是这位入侵的战敌抹去一脸血水，仍然不会主动攻击。

扎西森波屡屡避战，绛月大相终是看出了端倪，对方这是要用以守代攻之势拖疲自己；她正想改变战术，却已经迟了。这时扎西森波突发变成一头雄狮，抡刀直扑绛月大相，欲先砍落她的手中战器。绛月大相抽身急闪，但来不及避过，后背生生地吃过一刀。就像被天雷击中，绛月大相浑身一震；但她竭力扛住，迅速调转战马，反身朝扎西森波飞去一刀。这一刀竟如雷电飞闪，急速掠过扎西森波的脸面，叫他脸上喷出一股鲜血。

之前扎西森波避战，是想先拖疲绛月大相，再生擒了她，作为人质带上王城；但现在面部喷溅着愤怒的血液,这让扎西森波最终失去耐心。当即一声怒吼,以大虎捕食之势冲上绛月大相,猛砍一刀。只听"哐当"一声,绛月大相的战刀被折成两半!但绛月大相丝毫未受影响,高举半截战刀,奋身恶扑扎西森波。眼看那刀锋已经破向它的战敌——是的,若不是被折断一半,这时那战刀的尖锋足可以穿透扎西森波的胸膛!绛月大相飞身直上,抢刀再一次砍杀;却见前方飞来一只铜镞,生生扎入她的心房!

绛月大相浑身晃荡了下,欲再坚持,手里那半截战刀却贴着扎西森波的胸口,随着她摇晃的身体,共同坠落马下……

187. 只为远方那深爱的人

到两边开战的第六个月,森波军强大的入侵战队终是占据西城,攻破南城,打败刚烈的十三女战队,押上南王松格,来到王宫前方的梨花大萨。这时大首领扎西森波也变得身心疲惫。不管是自己的战队,还是女国战队,均已死伤无数。扎西森波深知,杀戮越大,仇恨越深,对于未来统治陌生领地将会越发困难。

因此,虽然血洗祖母王朝已是指日可待,但扎西森波更希望先以谈判的方式,和平进宫;再以小王朗玛为突破口,娶她为妻;最终通过联姻慢慢地渗入——以二人共同的子嗣即位,慢慢转移王权。这样才算是真正地控制了祖母王朝,也是他为什么会在西城放走小王朗玛的真实原因。因为这样的宏伟大计,扎西森波就不敢轻举妄动。他先是令自己的战队扎营在梨花大萨。再以飞箭射击的方式给祖母王朝送去一信,请求与女王谈判,和平进宫。

女王又怎会接受战敌的谈判!包括小王朗玛、阿乌格拉、天官赭面娘,均态度一致,坚决拥护女王,王宫绝不谈判!

扎西森波坐镇临时战营,陷入沉思。战事打到最后关头,如果祖母王朝拒不妥协,势必又会引发新的血战——凝望梨花大萨上方那巍峨的女王宫殿,扎西森波感觉:它就像一座悬浮的天宫!不仅巨大牢固,听哥爸寨的温加介绍,那宫殿内部还设有九道神秘的"蛊毒门"。除少数战事大相外,谁也无法估量那蛊毒门的厉害。都说它是上抵天庭、下达地狱的鬼门关!

现在,要怎么才能减少死伤,又能顺利地破除蛊毒门,顺利进宫呢?扎西森波想到了一个人——南王松格。毕竟如今他是女王唯一的男人。也许以他作为人质和女王谈判,进宫更为顺利。谁知道呢!

当下扎西森波就遣人带上松格,对他说明用意:为减少更大的血腥杀戮,希望松格能够进宫说服女王,接受谈判,和平进宫。

松格这边呢,自从被扎西森波挟持后,他就像一只落入鸦群的雏鹰,抱着无畏的沉默活下来。不像是叛离,也不像是苟且偷生。谁也不明白他究竟为了什么。而当扎西森波向他提出进宫谈判的用意后,他竟然没有拒绝!

扎西森波回想这位女王金聚的前后举动:先前在南城,他那么不顾生死地拼杀抵抗;现在竟然同意配合进宫谈判。这前后截然不同的变化确实蹊跷,令人生疑。

扎西森波就对松格发出质问:"作为甲姆的男人,战死沙场是你的荣耀,你又怎么甘心配合我们?"

松格目无神韵,语气却无比坚定:"我上阵并不是为你这头野牛,是为祖母王朝中那些高贵的生命!"

扎西森波语止。

松格就问:"那我可以走了?"

扎西森波嘲笑道:"你以为就这样进宫?"

松格等在那里。

扎西森波发话:"我要派上精兵'保护'你前行!"

松格什么也不说,转身朝王宫方向走去。他的身后立即跟上了大批森波军。

松格面无表情,一步一步走向宫殿前方的护城河。

此刻,站在月台上的女王惊望她的南王,浑身在剧烈地抖动。她速令绛珠大相严以待阵。护城河上的"横门"早已被切断。森波军若想进宫,必须先下护城河,蹚水前进。松格引领森波军站在护城河旁,举目寻望王宫。他看到了女王!——谁能知道,忍受这么多天屈辱,这南王最终的心思,也只是为见到宫楼上方那深爱的女人!然后他就要——是,松格看到了女王,脸上终于露出欣慰的笑容。但见他低头注视脚下的护城河,又转身盯住身后的森波军。再回身时,他已是安心又决裂地凝望女王,朝着她点头,微笑。

这时,女王人生中最后一次,悉心地读出了这位金聚的心思——他将要用血肉身躯消耗战敌,保卫祖母王朝!

女王突发泪流满面。虽然不能彼此对话,但现在他们正在用心间的光芒,彼此照亮。

她在说:我的南王,你真是傻了!有多少次,我冷落了你,误会了你,为什么你还要拼死回到这里?

他在说:无论多少冷落,多少误会,你依然是我惜爱的甲姆。在那梨花盛放时节,我曾暗下对你承诺:今生今世,不做甲姆的梨花,就做甲姆的云霞!现在,就让我盛放吧。

她的泪,已经变成雨水一样。

他却迈开脚步,走下了护城河。

后面的森波军见南王松格下水,他们并不知情,都放心地跟了下去。一时间森波军进攻心切,竟像黑浪一样扑进护城河中。但就在不多时,那些黑浪一样的森波战力,当他们还在河水中摸索时,却发现周身冒起了烟雾!包括南王松格,他已经躺倒在水中,浑身冒出黄色、蓝色、绿色的烟雾——就像云霞一样!

继后前进的森波军见此,惊慌失措。紧忙停止前进,却已经来不及!这时,足有上千的森波战卒已经扑入了护城河。自然不久他们就被满河蒸腾的毒瘴埋葬了。

188. 你为什么而来

森波军开始长驻梨花大萨。他们封锁了花葬关下方第五层曼扎的所有出口,切断王宫的一切物资通道,又把农寨粮食吸入战营,打算持久对峙。只等王宫粮草耗尽,逼迫谈判。

而对女国来说,王宫被森波军围困并不可怕;但第五层曼扎的农寨如果被森波军封锁,那就太可怕了!原本王宫是可以通过地宫密道出入农寨,把农寨的物资悄悄运进宫中。但如果农寨的出口被封堵——因为先前战事不断,国库日益空虚,自从花葬关战败后,居住在梨花大道两旁的朝官们也都随之搬进宫中,更增加了王宫的生活压力。这下整个宫殿仅仅依靠国库储粮度日,将无法维持长久。

朝官们开始紧张了,齐聚三楼大殿,和大小两位人王商量对策。

这时,距离森波军围困王宫已经二十五天。扎西森波又给王宫传来一信,要求和平谈判。

到第二十六个时日,王宫迫不得已,只好给扎西森波返回一信,要求他们给出和平谈判的最终目的,以及谈判的诚意。

扎西森波见女国王宫从最初的拒绝,到后来的回信,心中已有底,知道女王态度开始松动。当即回信表示:关于诚意方面,森波军可以接受女王的任何考验;关于谈判目的,却要等亲自见到女王才能说得清楚明白!

接到扎西森波这样的回信，王宫一时争锋激烈。一些朝官根本不信。森波人如此一路血雨腥风地打过来，怎么可能和平谈判！他们只是惧怕宫内"九毒门"的厉害，不敢强攻才佯装谈判。一些朝官认为可信。因为王宫是民众的神殿。他们如果血洗王宫，就是在摧残民众的信念。失去民心，那些陌生领地上的牦牛将无法长久地安身！这样的道理，想必森波人自会懂得。一些朝官则充满理性，提出：信与不信，考验一下就知分晓。这也正是阿乌格拉和绛珠大相提出的建议。二人均认为，既然森波人大言可以考验诚意，那就先以乱箭射杀，以消灭他们的人肉战卒作为探试，看那些鲁莽的草原人最终可能忍受。如果他们暴躁、反抗，证明他们尽是一些不可控制的野牛。如此，谈判的危险系数就会增大。

女王最终采取了这个建议，当下又给扎西森波复回一信，表示：若想谈判，森波人必须先给王宫献出一百勇士，祭奠被他们杀死的女国英魂。

扎西森波接信后，气得浑身剧烈震荡。一百勇士，这可是活生生的一百条性命！他怎么可以接受这不战而亡的服从！当下无比愤怒。一边吼叫，一边把信件撕成碎片。

不知抑制了多久，扎西森波环顾四周，才发现接信的老战官已被他愤怒地轰出了营帐，连自己的随从也不敢待在帐内。扎西森波只好愤愤地走出去，欲到护城河旁叫阵，同那女国王宫理论。

却不想一出营帐，远远地就望到护城河旁集结了上百人马，一色的森波军！正由着接信的老战官带领，自发地站在护城河旁，静候，只等女王处罚。

扎西森波一看伴随自己多年的老战官，他竟然列在战队的前端，当下那个心痛得，就像刀割一样！正欲上前阻挡，却见王宫的城楼上方，随着绛珠大相一声令下，竟有一阵黑云迅速地朝护城河这边飞来。只是眨眼的工夫，那阵黑云——那阵密集的毒箭就覆盖了森波军的百人战力。

扎西森波脑袋一晃，脚步再也迈不开。征战以来，第一次，他面朝自己的战队，跪在地上！

这时，高处在宫殿上方的女王、小王、阿乌格拉，所有朝官都震惊了。他们看到：护城河对面那些战力，不躲闪，不反抗，排成一排，一动不动，像一堵墙那么地，轰然倒下！

女王心情纷乱，被小王搀扶着回到三楼大殿。上了大鹏宝座，坐下来。坐下来还惊魂未定。她被森波战敌那强大的意志震慑了——如此可怕的战队，还有什么不能破入！

阿乌格拉已经出列，沉重的声音上奏女王："甲姆，看来这是天意啊！"

女王混沌了目光，望向阿乌格拉，竟像望苍天一样，空茫无绪。晃个神，却见小王、天官、拥中高霸，是的，所有朝官，均是齐刷刷地朝她跪下。

这时，苍天之上已经落下一个声音；不，是阿乌格拉的声音，悲壮，无奈，苍凉："甲姆！我们这样被困王宫，迟早会因断粮而饿死。俗话说，留得青山在，不怕没柴烧！那森波人来自异域，并不熟悉我们的领地、我们的子民。即使占据王宫，也不能进行实权统治。他们是需要依赖我们的王朝力量，才能号召我们的子民支持他掌政。这正是他们为什么要和平谈判的原因！就是说，这时他们提出谈判应该是认真的。我们不如暂时以缓兵之计与他妥协。"阿乌格拉言毕，缓了下，语气则又变得有些深暗："等森波军进入王宫，依杜官寨就能派上用场——我们可以在四方萨内'迎接'战敌，为他们举办一场特殊的茶会。也许那时，会有一些出其不意的变化。"

女王惊望阿乌格拉。她心中自是明白阿乌格拉的意思，但她不敢往深处想。

阿乌格拉则带着决绝的侥幸，道出想法："甲姆，那主国就有很多反败为胜的战例，我们可以借鉴——汉时，那赤壁之战，是以少胜多；也是汉时，那官渡之战，是以弱胜强；还有秦时，那巨鹿之战，更是破釜沉舟，背水一战……"

女王乱乱地听到此，打断道："好了，格拉，我已明白。"一边招呼天官："来，扶我出宫！"

女王来到护城河旁。这时扎西森波已经等候在护城河的对面。

隔着河岸，女王冷冷道："大杰波如此处心积虑，不就是想得到我们领地上的金沙吗？只要你肯退出，未来西城那些金矿任由你去开采吧。"

扎西森波则回答："金沙只是身外之物。"

女王心一沉，已经觉察扎西森波的阴计，当即嘲讽："不为金沙，你为什么而来？难道是为我们的姑娘？"

扎西森波目光闪烁，回答："是，也不是。对于姑娘，天上的仙女又能怎样！只是，自从西城相见，我确实也无法忘记你们的小甲姆——希望甲姆成人之美，让我娶了她！"

虽然对此女王已有意识，但亲耳听得这话，还是有些突然。女王的心跟着一裂，身子已有些站不稳。

却听扎西森波进一步补充："我这次来，只想和平进宫，娶小甲姆为妻，做你们王宫的男王，并不会侵犯你的王权。你，仍然是那大鹏宝座上的甲姆！"

女王哪里还信——如此血雨腥风地打过来,这战敌怎么甘心入赘王宫!

却听扎西森波又大声道:"既然甲姆已经明白我的心意,就请回宫吧。带信给小甲姆,我只等她打开宫门,迎接她的男王!"

女王无比愤怒。转身回宫时,已经感觉那支撑身体前行的并不是自己的双腿;而是扎西森波手中那锋亮的战刀,挟持着她回到宫中。

一时间王宫大殿又像炸锅的蚂蚁。阿乌格拉立即识破了扎西森波的心计,万分震怒。众位朝官也慌作一团,不知如何是好。女王注视小王,目光沉重。这时她才想起,小王已经过了成人礼的年纪,正是谈婚论嫁的时候。女王再细细地端详小王,但见她忧郁的面色虽然有些彷徨,仍然不失清丽,如同冰雪一样;款款的身姿虽是裹着华装,却无法遮掩那骨质里透出的明朗——她原本就是一位清澈女子,却怎么就落得这沦陷的人王身份!

女王想得泪不由下来。也是当初自己多出一个心计,以为选个温和的女子更能安稳宝座。现在看来,甲姆拉当年是何等的强盛,她走了自己就稍逊一筹;自己又是何等的不可一世,如今也行将没落。这生性善良的小甲姆,未来她又怎么把持得住强大的宝座!

女王想得揪心,望小王,叫她一声:"朗玛!"双目已经湿润,声声感叹:"唉,朗玛!甲姆拉大我二十岁,稳坐大鹏宝座三十年。我大你二十三岁,稳坐大鹏宝座二十五年。轮到你,穿上人王的嫁袍,做那战敌的阿吉,再登上这大鹏宝座,又会多少年?"

小王朝女王跪下身,匍匐在地,已经泣不成声:"甲姆,我怎么可以和自己的仇人……共处一梦?!"

189. 云霞归天

无奈,最终粮草用尽时,王宫只能展开横门,迎接森波军。就在宫楼之下的四方萨内,森波军与女国朝官们联欢,举行盛大的锅庄茶会。当下,虽然大鹏宝座依旧,女王置身其中。但因为身病和心病,女王已经不能端正地坐立,庄严祖母王朝的气势。她只能由着侍官扶持,偎依在宝座的一侧。小王朗玛紧挨女王而坐。她右边的男王席位上,已经换成了扎西森波。又有阿乌格拉、小王的舅舅仁青、天官赭面娘、绛珠大相等朝官入座。却已经少去多个席位:那非天王、南王松格、火金聚、水金聚,竟是虚席也未设置!

女王强作笑颜,宣布锅庄茶会开始。

一时间,四方萨内弦声四起。身着五彩衣袍的舞侍们迈出热情的步伐,就着弦子跳起锅庄。她们一边舞蹈一边歌唱。缤纷的衣裙旋起来,变成一朵朵流动的花。那花,那梨花、杜鹃、党参、蜀葵、点地梅、林牡丹——女国所有的花,尽在森波人面前炫丽开放。

扎西森波望一眼小王,她又是一朵别样之花。是的,无论她的目光多么忧郁,她那洁白的面目也像雪莲花! 扎西森波温情脉脉地注视小王,无比感动地招呼她:"我的天上拉姆,雪山作证,我们可以成为一家人。"

小王看也不看,独自低垂面目。

扎西森波转面瞧女王,则又大声道:"甲姆你看,今日天象吉祥。太阳还未落山,月亮已经高挂天空——正是日月同辉的胜景嘛。"

女王心一晃,面色却又装作平静的模样。待一曲停下来,女王就招呼场子上的舞侍:"日月同辉,天象吉祥。姑娘们,请把战官的酒杯都斟满吧。"说时就有一群舞侍款款而上,为在场的战官奉上梨花香酒。

森波人自从攻打女国以来,一路都是血雨腥风地砍杀,哪里享受过这等香软! 早是一个个放开胸怀,畅饮起来。舞侍们斟完香酒,刚刚退去;又有一群杜鹃模样的姑娘跟上来,绕着森波人再次跳起锅庄。

女王这时也生硬地直起了腰身,一杯梨花香酒抓在手里,在姑娘们花瓣一样纷繁的闪现中,她向扎西森波敬酒。扎西森波爽朗一笑,正要回敬;但面前这曼妙的姑娘,她们火热的舞蹈似乎勾起了这位雪域之子的奔放情怀——但见他突然迈开脚步,走进舞池,举起酒杯迎上跳舞的姑娘们,一边旋转一边趁势拉过一位姑娘,对她道:"优美的舞蹈还要美酒陪衬,我的姑娘,你也来喝一杯。"说时,已将手中香酒硬是灌进姑娘的嘴里。这时大半战官都已经投入了酒兴,正在开怀畅饮。而就在倏忽间,当香酒漫过姑娘嘴唇,这姑娘却突发面色惨白,口吐黑血,倒在地上!

扎西森波说时迟那时快,急令手下战官:"勇士们小心! 毒酒!"

这时已有几位喝下毒酒的战官摇晃着倒了下去。没有中毒的战官及时地抽出战刀,杀进舞池。顿时热烈的舞场变成了血浴葬场! 姑娘们刚刚还如花盛放,只是三刀两箭的工夫,她们就变成血淋淋的尸体,倒在地上……

扎西森波狠狠摔下酒杯,望向已经被他控制的女王,冷语道:"果然不出所料,你的这些火杜鹃,真地会在我的战队中盛放啊!"

女王怒视扎西森波。

扎西森波则转眼盯住小王:"可我怎么舍得下这美丽的雪莲花!"

顿一下,又带着解释语气,面朝女王的相官们发话:"我对你们的祖母王朝充满情感,也对你们的甲姆用尽耐心——这么竭尽全力地爱惜,她却不知道珍惜。这就是她自己不想做太阳了——把她押起来!"

原来,早在第一场战事中,扎西森波就已经从裹作那里获知,女国有个蛊战队,她们专以美色、美舞、美酒诱敌。如今在这锅庄茶会上看到众多美丽的舞侍,她们又是跳舞,又是唱歌,又是敬献香酒。扎西森波立马有了警觉,暗下留心观察。终于从舞侍们受伤的皮肤上看出破绽:原来她们都是不久前参加过护城战事的女战官。当然,扎西森波很想揭穿女王的把戏,但又一想,自己娶小王原本就是想改朝换代。可改变需要时间。之前他又和广大麦农们承诺过:他要和平进宫,保留女王的大鹏宝座。当然就不能过早地打王位的主意。不过这下发现投毒事件,正好弄巧成拙地给他制造了挟持女王的理由。

扎西森波瞧着已被挟持的女王,嘲弄道:"难得日月同辉,只是时间短暂嘛。"

女王愤言:"短暂不短暂,是天说了算!本王是金命,生死只由天来决定!"

扎西森波佞笑道:"天,早已给你安排了归宿。"

女王呵斥:"你想怎样!"

扎西森波语出一半:"我听说甲姆热爱梨花峡谷嘛……"

女王一听梨花峡谷,当下就明白了扎西森波的用意,这是要把她软禁在梨花宫!浑身不由一晃。

这时,但见一旁的天官浑身同时跟着一晃,绝望的目光望向女王,像绝望的阿妈望向临终的孩子一样。

扎西森波则不想再等待了,直接命令随从:"让她常住梨花宫,现在就带走!"

这时小王朗玛奋力推开随从,站到扎西森波面前,愤怒道:"你不是说,我们可以成为一家人吗!难道你就这样对待你的姐妹?!"

扎西森波一见是小王,面色就温和了,才对女王道:"哦呀好吧,看在小甲姆的情分上,你的一切宫廷待遇不变,生活还会按照甲姆消遣夏宫的方式。"

女王不望扎西森波,只望天官。心想:自己一生信任的人只有三个——阿乌格拉、天官、女官苏梨。扎西森波定是不会让她带走阿乌格拉的。那就只剩天官了——带上深厚老成的天官,是不是未来之路还有转机呢。于是道:"本王别的都不要!"

扎西森波不解:"你要什么?"

女王盯住天官:"本王只带走她。"

天官面色一怵。

女王瞧天官这个神态,悲伤道:"难道你不愿意?"

但是天官无数次明白女王的心,却是这最后一次,她似乎并不懂女王的心了。只见她朝女王微微勾下腰身,请求道:"甲姆!请允许内官回宫收拾。"

女王点头。天官又转身,第一次,她面朝小王朗玛深深地行礼,三遍后,缓步走进宫中。

扎西森波示意两个随从跟上去。

不一会随从就奔出宫来,惶惶禀报扎西森波:"大杰波!那女官直奔王宫七楼,揭开一只大鹏酒坛,对口猛饮。我们实在拦不住!她喝下毒酒,写下一只字条就倒地身亡了!"

扎西森波不由惊动,竟不知这是怎样一位女官,为何女王特别点名要她,她却违命而殁!

女王一听天官动用七楼寝宫的大鹏酒坛,眼前顿时一黑——那大鹏酒坛已经不知历经了多少代王朝,谁人也不敢去动它。祖母秘籍中自有规定:大鹏酒坛里盛放的是地动山摇的毒酒。仅供覆灭年代里,迫不得已时,王宫大主们独自饮下。意为不落敌手,与王宫同在。因此那大鹏酒坛附有颠覆阴阳之气,就像大鹏顶天负地,谁人也不能轻易触动它。一动大鹏就会翻身,王宫就会坍塌!

没想到天官竟然动用了它,这是多么巨大的凶兆!

这时,随从已把天官的纸条呈递扎西森波。扎西森波接过一看,却又无语,示意随从交给女王。

女王双手颤抖,艰难地展开看。只见那上面寥寥数句,却实在一个断人心肠——梨花宫,我怎么去得!在我心中,那是甲姆拉的祭宫!难道今天它又要变成你的祭宫?既然甲姆拉不能因你骄傲地复活,那就因你璀璨地升天吧!

最后这一句,是多么混乱的话!

但女王却看懂了。这"祭宫"二字就像一把刀,生生地扎进女王的心窝里。而最终已被动用的大鹏酒坛,致使女王精神彻底崩溃:大鹏酒坛,就像大鹏顶天负地,动了它,王朝前途注定不保!女王想到这,心不由一裂,目光就涣散了——谁能想到,情同手足的女眷,伴随终身的贴心人,她竟把自己当成甲姆拉的傀儡,就这样在虚妄中,欺骗二十五年!没有一种欺骗会是这样,这么的漫长,坚固,璀璨如同梨花。纵然即将凋谢,它也要附上颠覆阴阳的气势,盛大开放……好了,女王已经无法回忆,昔日女眷们那些美妙的假象,就像梨花经雨,轻盈,美丽,却带着无法愈合的灾难。

她晕了过去。

醒来时,女王已经身处梨花宫了。两位青衣素女立在她的身旁,却是陌生的面目。就像她再望这个世界,又突然变得陌生一样。静默,凝望,唇齿苍白。当女王听到王城上方传来小王婚礼的弦乐时,她开始竭力地回想:她的王宫,和小王新嫁的模样。抬头,她寻望窗外。却看见窗外的天空中纷飞着雪花。不,是梨花。女王努力着挨近窗棂,她望到的又是雪花!到底是梨花还是雪花?女王发现,发生这种混乱的视觉已经不是现在。在雪葬苏梨的时候,她分明看到那天空中飞舞的,都是梨花!唉,不管梨花、雪花,都是戴孝的颜色——这里已经成为她的祭宫。祭宫?这让女王又想起了天官。那女眷!神师刚布再阴暗,怕也比不得她吧。难道她才是王朝真正的神师?她的预言就像山崩,她的预谋就像山洪……想到这里,女王再难继续回忆更多的人和事。比如她还想见一面非天王、南王松格、水金聚、苏梨、绛珠大相,但她的心路似乎被一股突发浪潮给堵截了——猛然吐出一口鲜血,倒在枯竭的香流旁。

风,是凌厉的刀。花,是冰凉的泥。梨花宫四周的山脉高大得令人心虚,而怒放的梨花,似乎要把这种心虚埋葬……

结束语

祖母王朝随着最后一位实权女王的猝死而逐步失去统治力量。后来的小女王与外域首领联姻,王权渐渐落入夫君手中。到小女王的下一代,继位者则变成男性子嗣。如此,通过权力和性别的改朝换代,女权王朝自小女王后,渐渐归于寂寞。

此后,各朝大地变成纯粹以男权为中心的统治时代。被男权取代的女国,日后与主国之间时有摩擦。后来主国内部又陷入分裂当中,对其周边的附国统治力量薄弱,就难有史料记载。而这期间,已经成功实现男权的女国,其统治力量也在日益衰落,直至最终崩裂。之后,女国又重新回到了原始的"邦国"时代。只是今非昔比,在经过多年的男权统治过后,女国领地上,一些部落深受男权的影响;一些靠近主国的部落又深受外来文化的影响,逐步演变成实体的男权社会。

只有一些交通闭塞的深山峡谷部落,才保留了过去的女权遗风。在中间断失史料记载的千百年中,随着男权社会的历史大潮推波助澜,女权王朝渐渐被淹没、遗忘。终是变成今天这样的局面——没有太多的史料记载,却能从一些深远山区的民间生活中,感受到女国文化的遗风。

【附录】

图片与注释

图1　这张岩画来自阿坝州嘉绒文化遗址。据考证,岩画已经保存千年。画中的神像留有长发,手中托着嘎巴拉碗,为当时的神师或巫师。据相关学者介绍,巫师与寺院是分开的,不住寺院,可以结婚,拥有自己的独立官寨,但寺院有仪式时必须参加。巫师之能力,上观天象,下降地魔,中兴人宅。作法时,是以占卜、祈祷、咒语、幻术以及各种特殊的仪轨加以表现。通常是以世袭及弟子为主要传承方式。

图2 阿旺·丹贝降参活佛热衷草原文化,收集历史文物三十余年,品种多达上万件。这些历史文物把古老的草原文化展现得淋漓尽致。图为作者江觉迟正在记录每件文物的用途及年代。

图3 | 图4

图3 图为甘孜丹巴地区的"十三角碉"遗址。碉楼是嘉绒文化最为典型的建筑元素。十三角碉,象征着极高的财富、权力和地位。
作者摄于2012年。

图4 图为甘孜山岩地区的一处碉房旧址。当中曾住有六七户人家,一户紧挨着一户,每个家庭之间都有公共的通道相连。远看,它就像一座废弃的城堡。
作者摄于2012年。

图5 | 图6

图5 图为沪沽湖沿岸地区传统的火葬仪式。右边四人抬起的是花棺。左边被众人牵引的是一匹马,马背上驮有亡人生前的随身之物。由法师唱经,引领亡人灵魂回归祖地。据说当地人的祖先曾生活在西域高原,后来一路迁徙南下,至今天的沪沽湖地带。因此,在这一带,人死后,会唱读送魂的经语。经语里会明确地标注灵魂回归的路线,比如从哪里出发,经过哪些地方,最终到达哪个目的地。
作者摄于2008年。

图6 图片为金沙江沿岸甘孜山岩地区的树葬。逝者均为十多岁的孩子。旧时当地人有对神山和神树的崇拜。他们认为,树木和人的繁衍生育有着紧密的联系。每个小孩出生都要祭树,祈求孩子健康成长。人们把逝去的孩子挂在树上,希望他们来世安宁,同时祈求家族里能够多添男丁。
作者摄于2008年。

后 记
追溯神秘失落的草原文明

（一）

对我个人来说，这是一部既亲近又遥远的作品。说它亲近，是因为里面的很多描写就发生在我工作的草原周边，甚至我也生活在其中；说它遥远，是它的时间却是描写千年之前的故事。这中间是有着一条时间的河流，我是顺着这条河流，从下游（当代）一直往上追溯，到达那千年之外。

也就是说，这部小说其中的故事，一部分是参照现实生活中至今仍然延续着的古老的草原文化习俗加以描述；一部分来源于实地遗址考察记录；另有一部分来源于经书和史料记载。

所以说，这是一部在史料的基础上，以经书为引索，以现实生活为背景，加以现有遗址考察、民间遗风遗俗等融为一体汇集而成的作品，具有一些"文化复原"的意味。

这样的写作，先前的铺垫就像堆积土壤，今天一点，明天一点；今年一些，明年一些。慢慢地，才形成一片平地。有很多时候我在想：急于求成，就会一事无成。比如前期的文化收集工作，不仅是走访和记录，更像是生活一样。往往，为求得一份实录，获得一个珍奇的故事，需要进入深山大谷中生活很久，如走访一些高年老人，记录他们对于古老的草原文化的回忆。老人们的回忆并不是流水式的，不是你想问什么他们就能回答什么。你必须和他们生活在一起，很长一段时间陪着他们，观察他们的生活；同时循循善诱地提问、引导、挖掘，才能勾起他们的回忆。往往是，他们偶尔目光一闪，说出一事，那便是一个精彩！这部小说的前期收集工作，多半是这样。

应该说，这部小说从当初的收集工作，到后来的创作，到最终的完成，前后有十二年，前面不定期的走访工作有六年。2011年开始，我一边进行草原帮扶工作，一边正式提笔，又是六年多。

这其中，有太多的人在关注、爱护、帮助这部作品。十二年来，我也走访了很多地区,到过西藏的阿里地区,探访象雄文化;沿着青藏高原一路南下,经过西藏、青海、阿坝州、甘孜州等;顺着河流,穿越金沙江流域、大渡河流域、雅砻江流域等;最终进入云南迪庆州,到达古老的草原文化的终点——四川与云南交界处的泸沽湖。前前后后走访专家、教授、学者、民间艺人、民间文化研究人员达一百多人。所到之处,收集了很多图书资料,单本的就有八十多册。因为人员过多,时间过长,在这里,我只能寥寥记录。

(二)

多年前,我听说甘孜州的阿旺·丹贝降参活佛热衷草原文化收集工作,文物收藏历时三十余年,品种多达上万件。他通过那些历史文物,把古老的草原文化展现得淋漓尽致,我便迫切地赶去拜访。记得当时阿旺·丹贝领我到他的收藏库,让多位喇嘛帮忙,才把他几十年的收藏呈现在我面前。之后,便是一件一件地解说文物的来历及用途。那些时光,我们住在山上,夜晚经常停电。我们会点着蜡烛工作,熬到深夜。

这期间,《藏地阳光》杂志社主编耿秋多吉先生及其夫人巧燕,是我走访途中最难得的支持者。夫妇俩竭尽全力帮我寻找本土资料,反复安排走访、饮食、住宿。对他们,我经常会有这样一种感觉:在进入那些偏远艰难的陌生地带,我是不用提前担心或者顾虑——如果真的遇到困难,就去找多多吉祥的耿秋多吉!

2012年有很多时光是和嘉绒文化爱好者辛绕拥珍女士一起度过。我们深入墨尔多神山的角角落落,寻踪、走访、收集当地文化。这当中,我们还得到了政府部门的支持:金川县的原县委书记张海清先生、原副县长郑刚先生、阿坝州的李茂(雀丹)先生等。而到金沙江沿岸走访时,可能考虑我是女子,外加沿途山道险恶,甘孜白玉县的人大主任周玉红老师为安全起见,竟给我安排了一位彪形大汉护送进山,就像保镖一样。现在想想,既感动也有些忍俊不禁!

确实,很多时候,外界朋友的热心就像一股大潮,一直在推着我前进。

而作为我个人的生活,无论是收集还是写作的过程,都像是一场修行!是的,我已经无力回忆近年来自己的困境。发生在我人生中的大事,先是让我猝不及防,后又让我心力交瘁。2016年春,我几乎是放弃了这样的坚持——写作和帮扶。不,不是放弃,是迫弃。当时,我感觉我人生的酥油灯,里面的酥油快要耗尽了,比起之前写《酥油》的那些时光,还要艰难!

后来,结识老乡唐先生。这位默默的爱心人,他为我的草原、我的写作,又撑开了一片天空!我对他的感觉就是,一座大山压在我身上,他来了,帮我推开了它。一年多来,我记得最深的是与唐先生的通信。他的信总是写得很长,长到像一篇文章。提的都是我的帮扶工作和我的作品。想想,百忙中的先生是多么的用心!对我来说,他就是兄长。

　　我的老师甲乙(叶卫东)先生,对于这部作品倾注的心力,依然像《酥油》一样。记得三年前,我的第一稿完成后发与他看。那时正逢春节,我年关时发稿,他正月初十就返回稿件,提出宝贵建议,包括修改病句。这过程,完全是他在与家人团聚的春节完成。我想,这已经不是爱心,而是慈悲心。

　　2016年,我在上海有幸结识杨翠玉小姐、崔波先生,以及复旦大学出版社的王联合先生。再后来,又结识了曾在西藏工作过三年、现为复旦大学出版社董事长的王德耀先生,便由着他们安排——可以说是激情地安排,开始了这部书的出版旅程。我要由衷地感谢两位王先生!他们对于这部作品的热情,让我有一种品尝盛宴的感觉。另有我的编辑高婧小姐、陈丽英女士,她们为这部小说付出了太多的心力。包括十二年的收集过程中,那些难忘的朋友。昌都文化研究学者土嘎老师、西南民族大学的喇明清教授、丹巴文化馆的桑丹馆长、金川嘎达山的罗天寿村长、康定姑咱的金矿主扎西、忠诚的守碉人翁都、沪沽湖的拉金和她的女儿独玛拉姆……

　　是的,众多与我、与草原结缘的朋友,他们像一股股清泉汇入民族文化的河流。让它丰盈、壮大,奔向大海。

　　我的感恩,亦如大海!

江觉迟
2017年7月6日

图书在版编目(CIP)数据

最后的女权王朝/江觉迟著. —上海：复旦大学出版社，2017.8(2017.9 重印)
ISBN 978-7-309-13001-0

Ⅰ.最… Ⅱ.江… Ⅲ.长篇小说-中国-当代 Ⅳ.I247.5

中国版本图书馆 CIP 数据核字(2017)第 128880 号

最后的女权王朝
江觉迟 著
责任编辑/高 婧 陈丽英

复旦大学出版社有限公司出版发行
上海市国权路 579 号 邮编：200433
网址：fupnet@fudanpress.com http://www.fudanpress.com
门市零售：86-21-65642857 团体订购：86-21-65118853
外埠邮购：86-21-65109143 出版部电话：86-21-65642845
上海复旦四维印刷有限公司

开本 787×1092 1/16 印张 32.5 字数 536 千
2017 年 9 月第 1 版第 2 次印刷

ISBN 978-7-309-13001-0/I·1047
定价：68.80 元

如有印装质量问题，请向复旦大学出版社有限公司出版部调换。
版权所有 侵权必究